後六十種曲

第六册

朱恒夫　主　編

復旦大學出版社

目 錄

三笑姻緣（傳奇）……………………………… 清・佚 名　1
仙議 ………………………………………………………………… 5
第一齣　□□ …………………………………………………… 9
第二齣　結盟 …………………………………………………… 9
第三齣　□□ …………………………………………………… 13
第四齣　閨諫 …………………………………………………… 15
第五齣　遊山 …………………………………………………… 16
第六齣　燒香 …………………………………………………… 20
第七齣　追舟 …………………………………………………… 22
第八齣　訪主 …………………………………………………… 31
第九齣　投靠 …………………………………………………… 33
第十齣　見主 …………………………………………………… 35
第十一齣　謁師 ………………………………………………… 38
第十二齣　奪食 ………………………………………………… 41
第十三齣　慶壽 ………………………………………………… 45
第十四齣　料壇 ………………………………………………… 47
第十五齣　亭會 ………………………………………………… 50
第十六齣　計賺 ………………………………………………… 53
第十七齣　查奏 ………………………………………………… 56
第十八齣　行香 ………………………………………………… 57
第十九齣　親臨 ………………………………………………… 58
第二十齣　付果 ………………………………………………… 61
第二十一齣　代文 ……………………………………………… 63

第二十二齣 □□	69
第二十三齣 □□	72
第二十四齣 □□	74
第二十五齣 □□	82
第二十六齣 □□	85
第二十七齣 □□	95
第二十八齣 □□	96
第二十九齣 □□	97
第三十齣 □□	102
第三十一齣 □□	105
第三十二齣 □□	110
第三十三齣 □□	113
第三十四齣 □□	117

紅樓夢(傳奇) …………………………………… 清·仲振奎　125

自序		129
第一齣	原情	130
第二齣	前夢	131
第三齣	別兄	135
第四齣	聚美	137
第五齣	合鎖	142
第六齣	私計	145
第七齣	葬花	149
第八齣	海陣(刪)	152
第九齣	禪戲	152
第十齣	釋怨	156
第十一齣	扇笑	159
第十二齣	索優	161
第十三齣	讒搆	165

第十四齣　聽雨	168
第十五齣　補裘	170
第十六齣　試情	172
第十七齣　花壽	176
第十八齣　搜園	180
第十九齣　誄花	184
第二十齣　失玉	187
第二十一齣　設謀	191
第二十二齣　焚帕	193
第二十三齣　鵑啼	197
第二十四齣　遠嫁	200
第二十五齣　哭園	201
第二十六齣　通仙	203
第二十七齣　歸葬	205
第二十八齣　後夢	208
第二十九齣　護玉	211
第三十齣　禮佛	214
第三十一齣　逃禪	216
第三十二齣　遣襲	217
附錄　紅樓夢（越劇）……徐進改編	221
人物表	225
第一場　黛玉進府	225
第二場　讀《西廂》	230
第三場　別琪官	235
第四場　不肖種種	236
第五場　笞寶玉	240
第六場　閉門羹	244
第七場　葬花	246

第八場　王熙鳳獻策 …………………………………… 255
第九場　黛玉焚稿 ……………………………………… 258
第十一場　金玉良緣 …………………………………… 263
第十二場　哭靈、出走 ………………………………… 267

琥珀匙(傳奇) ………………………………… 清・葉時章　273
第一齣　家門 …………………………………………… 276
第二齣　畫梅 …………………………………………… 276
第三齣　倩詞 …………………………………………… 279
第四齣　閱錦 …………………………………………… 281
第五齣　山盟 …………………………………………… 283
第六齣　罹禍 …………………………………………… 287
第七齣　審問 …………………………………………… 289
第八齣　逐寓 …………………………………………… 292
第九齣　義令 …………………………………………… 294
第十齣　媒詰 …………………………………………… 296
第十一齣　續妹 ………………………………………… 300
第十二齣　賺桃 ………………………………………… 302
第十三齣　矢貞 ………………………………………… 304
第十四齣　江遇 ………………………………………… 307
第十五齣　訪錯 ………………………………………… 309
第十六齣　報中 ………………………………………… 313
第十七齣　關守 ………………………………………… 315
第十八齣　傳歌 ………………………………………… 317
第十九齣　塗哭 ………………………………………… 320
第二十齣　書戲 ………………………………………… 321
第二十一齣　撇親 ……………………………………… 323
第二十二齣　焚劫 ……………………………………… 326
第二十三齣　義結 ……………………………………… 327

第二十四齣	謀匿	330
第二十五齣	思報	330
第二十六齣	憤索	332
第二十七齣	樓禁	335
第二十八齣	封妬	338
第二十九齣	激合	340

人中龍(傳奇) ………………………… 清·盛際時 343

第一折	346
第二折	346
第三折	350
第四折	354
第五折	355
第六折	357
第七折	360
第八折	365
第九折	367
第十折	371
第十一折	373
第十二折	375
第十三折	377
第十四折	380
第十五折	384
第十六折	387
第十七折	390
第十八折	392
第十九折	396
第二十折	399
第二十一折	402

第二十二折 …………………………………………………… 404
第二十三折 …………………………………………………… 407
第二十四折 …………………………………………………… 410
第二十五折 …………………………………………………… 415
第二十六折 …………………………………………………… 420
第二十七折 …………………………………………………… 424

十美圖（傳奇） …………………………………… 清·佚　名　429
開場 ………………………………………………………… 433
第一齣　自歎 ……………………………………………… 433
第二齣　巡海 ……………………………………………… 433
第三齣　敘圖 ……………………………………………… 435
第四齣　遊宮 ……………………………………………… 438
第五齣　改名 ……………………………………………… 440
第六齣　蘇訪 ……………………………………………… 441
第七齣　錯聽 ……………………………………………… 443
第八齣　寺遇 ……………………………………………… 446
第九齣　夷反 ……………………………………………… 451
第十齣　私訂 ……………………………………………… 451
第十一齣　許配 …………………………………………… 453
第十二齣　討扇 …………………………………………… 455
第十三齣　進兵 …………………………………………… 457
第十四齣　拷婢 …………………………………………… 459
第十五齣　催試 …………………………………………… 461
第十六齣　書露 …………………………………………… 463
第十七齣　候榜 …………………………………………… 465
第十八齣　易姓 …………………………………………… 466
第十九齣　服虜 …………………………………………… 468
第二十齣　聯姻 …………………………………………… 471

第二十一齣	揭曉	474
第二十二齣	報凱	476
第二十三齣	成親	477
第二十四齣	剖疑	479
第二十五齣	閨爭	482
第二十六齣	雙合	485

正昭陽（傳奇） 清・石子斐 489

第一齣	家門	493
第二齣	議奏	493
第三齣	幸滇	495
第四齣	蠻聚	498
第五齣	設謀	499
第六齣	誣貶	501
第七齣	點將	503
第八齣	平蠻	506
第九齣	誠服	508
第十齣	撮弄	510
第十一齣	誣害	513
第十二齣	貶忠	515
第十三齣	途救	518
第十四齣	謀絕	522
第十五齣	火救	523
第十六齣	禪託	525
第十七齣	計訴	529
第十八齣	鳴冤	530
第十九齣	阻鳩	535
第二十齣	廷奏	538
第二十一齣	賄託	542

第二十二齣　搜奸 …………………………………………… 543
第二十三齣　誑招 …………………………………………… 551
第二十四齣　遣弒 …………………………………………… 554
第二十五齣　保儲 …………………………………………… 555
第二十六齣　供招 …………………………………………… 558
第二十七齣　自鴆 …………………………………………… 562
第二十八齣　圓宴 …………………………………………… 563

三笑姻緣

（傳奇）

清·佚名

【作者簡介】作者佚名。

【劇情概要】該劇故事發生在明代弘治三四年間。正劇之前附寫一段羣仙議論,詳表劇情的前因後果——唐寅、周文彬,常常毀仙謗道,惹怒仙家,於是仙家挑動起人間的情感公案。明弘治三年中元佳節,江南四大才子唐寅、祝枝山、文徵明、周文彬以詩會盟,隨即相約同遊虎丘。途遇從虎丘還願回府的無錫華太師夫人一行,唐寅遠遠看見貌若天仙的華府婢女秋香,便悄悄尾隨而來。秋香發現了他耍癡弄呆的情種模樣,忍俊不禁。唐寅見她對己笑靨如花,更是心旌蕩漾,一徑追至華府。為能接觸秋香,他化名華安,屈身為僕。怎奈春風有意,流水無情,秋香別有心志。入府多日,唐寅見不能如願,心灰意冷,準備離去。不意華太師發現了他的不凡文才,擢為西賓,掌府內一切文書事務,並議選府中侍婢為其配婚,唐寅又看到了一綫希望。與此同時,居於杭州的江南才子周文彬因仰慕名媛王月娥,而遣媒求親,但被月娥母兄——惡霸王老虎母子嫌棄。祝枝山受唐寅夫人陸氏逼迫,前往周文斌府尋找唐寅,直至轉年上元仍無音訊。周文彬綽號"周美人",為了讓周得到美好的姻緣,祝枝山設計讓周在元宵時節,妝成女子模樣,與己扮成夫妻,上街觀燈。兩人行至王老虎府前,周文彬竟被王老虎當作美女搶去,夜間寄宿在妹妹月娥閨中。文彬、月娥二人互表傾慕之情,并由祝枝山為媒,結為夫婦。後祝枝山獲悉伯虎隱跡華府,急來尋訪,進而又促成了伯虎、秋香的婚姻。

該劇末齣【尾】曲唱曰"《文星》翻出新篇稿",又有舊鈔本題曰"《文星現》改本《三笑姻緣》"(見杜穎陶所記《禦霜簃藏曲》),因此有人認為此本是在清朱素臣《文星現》傳奇的基礎上,廣泛吸收前人雜記和民間盛傳的江南四大才子奇聞軼事,改編而成。

【版本流傳】該劇今存多部鈔本:一、清乾隆鈔本四冊,三卷,三十四齣;二、清咸豐四年(1854)吕記鈔本兩冊,二卷,四十齣;2004年出版的《綏中吳氏藏鈔本稿本戲曲叢刊》據此本影印;三、清同治元年(1862)杜步雲瑞鶴山房鈔本兩冊,二卷,三十九齣;四、清鈔本四冊,不分卷,三十五齣;五、鈔本兩冊,上、下二本，不分齣；六、鈔本，上、下二段，存上段一冊；七、清鈔本一冊，提綱本，四十四齣。另存多部散齣、曲譜本、身段譜鈔本，及另名《桂花亭》、《天緣合》、《三笑緣》、《笑笑笑》等節本、串本的鈔本。本書校點以清乾隆鈔本為底本。字跡不清或殘缺處，參校呂記鈔本、瑞鶴山房本增補，文中明顯的錯字、俗字等徑改為標準的繁體字。正文多齣未標齣目，因無可參照，故一仍其舊；前有本劇砌末目錄，另附序幕"仙議"一齣，此本保留並補標題。

【演出情況】此劇自創作以來，傳演不衰。乾隆時期的詠劇詩中常常見到對本劇及演者的詠歎，說明彼時該劇即已受到藝人和觀眾的喜愛。上列諸版本皆為舞臺演出本，即可證明；現存另有諸多散齣、折子戲的舞臺演出本、曲譜、身段譜、提綱本，及另名《桂花亭》、《天緣合》、《三笑緣》、《笑笑笑》、《王老虎搶親》等節本、串本，亦可證。有史料載，清末至民國間，昆劇沒落時期的演出劇目仍有《三笑姻緣》，仙霓社主要演員顧傳瀾還對該劇作改編演出。其他劇種如京劇、秦腔、川劇、越劇、評劇、常錫灘簧、莆仙戲、木偶戲等都有該劇的改編演出。近世以來，電影的改編亦有十七版之多。

(詹怡萍)

仙　　議

（舞鶴、鹿對勢介，引四仙女上，同唱）

【玉芙蓉】長生術異方，壽世真無量，巧私蜜何須問取韓康。（許白）我等乃九靈太妙龜山金母猴氏婉妗娘娘駕下，許飛瓊是也。（阮）我乃阮靈莘是也。（范）我乃范成君是也。（段）我乃段安香是也。（許）俺娘娘身居昆侖之圃、閬風之苑，金城千重，玉樓十二，左帶瑤池，右環翠崖，木公並貴，玉女相從。適纔娘娘同定天榜而回，命我等採取仙草靈芝、蟠桃仙酒，赴金闕稱觴。你看鶴舞鹿鳴，好仙景也。（衆）便是。（同唱）尋芳崖畔峰嵐颭，鋤煙摘露自吐涼。雲霞暢看，天花更香，聽聲聲猿啼鶴唳任翱翔。

（阮白）鶴、鹿二童，可往玄崖，採取靈芝仙草，令白猿摘取蟠桃，不得有誤。

（鶴、鹿舞下，白猿跳上取桃，鶴、鹿同上介）

（許、阮白）妙吓，可為至寶也。

（范、段）我二人領他們繳旨便了。

（許、阮）二位先請，我每就來。

（范、段同鶴、鹿、白猿下介）

（許白）這遍山草木花果，食之皆可長生。凡人不識，將來作踐，甚是可惜。

（阮）便是。

（同唱）

【芙蓉燈】深山旭日長，曲徑風和蕩。滿山頭常春，琪花開放。拈來皆可醫人恙，投誤休誇《肘後方》。（昆侖、杏叟二仙上，同接唱，合上）凝望層巒疊嶂，向瑤宮仙山遊賞。

（白）二位仙子。

（許、阮）二位仙長，稽首。

（昆、杏）何暇閒遊？

（許、阮）奉娘娘之命，採取蟠桃仙草。

（昆）咳！一身閒散，才是仙真。為何這等賓士，供人使令？甚為沒趣。

（杏）便是。

（許、阮）俺娘娘道行崇高，德配山河。我等荷蒙超釋，得免塵囂，理宜隨使臺下，何言沒趣？可笑！

（昆）據爾所言，亦是有理。哪，爭似俺每，嘯傲乾坤，逍遙世界，朝遊北海，暮樂蒼溟，無拘無束，何等自在！

（杏）妙哉！妙哉！

（許、阮）這等說，我們皆是驅使奴隸之輩耳。

（昆）好說。

（許、阮）我等皈依駕下，理應遵奉欽依，強似那班自尊小仙，墮落塵寰，為奴作婢，貽笑人間哩。

（昆）你道俺每下凡一節事麼？休言墮落，此千秋佳話也。

（許）不是佳話，卻是話靶。

（昆）有何話靶，到要請教。

（許）說來猶恐不便。

（昆）但說何妨。

（許）磨勒公吓！

【□□□】有個人將你謗。你在凡世賓士往，煉神魔歷盡了多災障。侍崔君盡職殷勤傍，盜紅綃機巧將汾陽誆。恁劍仙到做了，人世穿穴逾牆。（昆白）穿穴逾牆？吥，何人大膽，輒敢污謾仙家？乞示明言。（許）吓，就是吳趨解元唐伯虎。（昆）吓！這該死的狂徒，擅自譭謗神仙，俺即飛劍斬之便了。（杏）仙翁不必焦忿，莫非是仙姑報復之言否？（昆）現有名姓，何言報復？（杏）坤道之言，不可被惑。（阮）什麼坤道！杏叟仙，你好一個鬚眉丈夫！君之貽笑尤勝，更覺醜播人間，與騷人作笑談耳。（杏）詩家稱頌，何為笑談？（阮）武陵解元周文彬，有詩單道仙翁，說來不由仙翁不惱。（杏）吓！什麼詩句，我就着惱？到要請教。（阮）聽了！"謫離瑤島降蓬萊，補過酬恩別有懷。醫術少工誇劍術，鬚眉頰氣逞娥媚。"

（杏）阿喲，好刻薄的狗男女！

（昆、杏）罷了。吓，吓，吓！我每好好一個美名，被這兩個狂徒顛覆至此，好生可恨。

【銀燈芙蓉】恨狂狙無知草莽，亂揮毫將仙誹謗。教人怒氣高千丈，管教他在青萍論喪。思魍魎難教恕將，除非是斷臂挖目把罪名彰。

（李白、月老同上白）醉裏乾坤大，壺中日月長。眾仙請了。

（昆、杏、許、阮）太白公，月老，請了。二位何往？

（李、月）朝拜金闕，徑過名山。二仙頗有怒色，何也？

（昆、杏）不要說起！今有下界唐寅、周文彬，污詞褻謾，定當奏聞金闕。

（李）書呆狂士，往往無辜造孽，不足為介。

（許、阮）樂奏鈞天，娘娘鶴駕出宮了。

（二仙女、金母騎鶴上，細吹打）

【引】弱水今有幾，又滄海揚塵久矣。

（眾）金母在上，小仙等稽首。

（金）眾仙少禮。今當朝拜玉闕，恰直羣仙至此，正好同往。

（昆、杏）小仙等啟上金母，那唐寅、周文彬，捏詞謗污仙真，情難容恕，伏乞聖裁。

（金）他每乃下屆文魔，一謎任意狂妄，自取罪愆。唐寅、周文彬乃係丙戌、乙丑二科之榜首，因同傷風化，已摘去榜首，惟此解元而矣。

（昆、杏）這樣狂徒，當加嚴譴。

（金）減去功名，何又置罪？

（李）此乃上天好生之德也。

（昆、杏）只是心中甚是不平。

（李）金母在上，青蓮有個處分，可泄二仙之忿。

（金）怎麼樣處分？

（李）他二人皆是輕浮近色之徒，那唐寅與大學士華宏山使女秋香有姻緣，煩月老與他每繫足牽情，使彼遙隔難逢，令他自生機巧，鬻身為僕。雖然姻親遂意，而品斯下矣。（合笑介。李）那周文彬,才華貌美,人間有"美色"之稱,況他慣要喬妝,於女伴打渾,令人莫辨,那王兵部之子認作婦女搶回,因而得婚其妹。雖則得了妻子,清白難明了然,斯文掃地盡矣。

(衆笑介)妙哉!妙哉!但塵寰生出一夕笑談矣。

(金)仙姑捧了玉酒蟠桃、瑶草靈芝,與衆仙同赴金闕者。

(四仙女)領仙旨。

(昆、杏、李、月)我等隨駕同往。

【銀燈兒】(合唱)駕祥雲鶴馭翱翔,窮島岐諸仙同降。仙桃仙果仙佳釀,頌仙詞仙姑齊唱。揚塵進觴,齊拜祝壽無疆。

【尾】仙家奇幻難評量,不過聊借因由好待場,乞恕平地生枝這無蒂謊。(下)

第一齣 □ □

（末上白）才子唐寅，吳中訂會，結義四才人。虎阜遊玩，留情三笑，易姓託傭身。送肴饌，秋香覷面；犬爭食，戲美書生。華府設壇禮懺，親臨玉帝，脫冒賺三人。代文章，圖書掌握，另眼垂親。為尋夫婿，枝山諾訪，錫邑賞紅燈。喬妝女扮，觀燈被護，巧合佳人。選俊婢，潛歸妝贈。睹佳麗，妾繞勝蓬瀛。

來者，唐寅。

第二齣 結 盟

【引】（小生上）風月煙霞情致，琴心薰茗襟期。富貴如雲，功名夢兒，必竟同親螻蟻。招風弄月須乘少，問水尋山莫待遲，從人絕笑癡。（白）少小瑤華振雅音，清泉白石在胸襟。馬非蹀躞寧酬價，人不嬋娟肯動心？無管束，信浮沉，興來何處不登臨。黃金如斗那堪惜，明日池塘是綠陰。小生姓唐，名寅，字伯虎，姑蘇吳縣人也。椿萱早逝，家園獨守。少小遊庠，叼中鄉魁。家有陸氏昭容等八房妻室，租居吳趨坊，別墅桃花塢。每與祝枝山、文徵明往來詩酒，勤工書畫。近有武陵解元周文彬來此訪謁。見他一表人才，風襟磊落，貌如美女，談鋒瀟灑，竟與我輩志同道合。今乃中元佳節，在於花塢中，欲與誼結金蘭，投膠為契。他們往半塘看會去了，專等來此，共相八拜。得祿那裡？

（丑上白）得祿，得祿，青眉秀目。舊年十四，來年十六。大爺有何分付？

（小生）分付你安排筵席，可曾完備麼？

（丑）才停僮哉。

（小生）對司工說，要豐盛些，莫使杭州人批評便好。

（丑）豐盛麼，阿要說拉大爺聽聽，好放心調落。

（小生）講一講那幾肴。

（丑）才是雙耕，一碗是芋艿醬折肉、海蜇拌雞、炒三鮮、腰子蛋糕湯，還有一碗脚魚、方塊頭糕、上桌饅頭，共總五籃一點。勿要說是杭州朋友，就是揚州商家，也吃得出勾哉。

（小生）還該好些纔好。

（丑）個個廚司務，也算拉大爺面上討好個哉，三錢半把多桌，別個弄勿來。無非要大爺薦薦主客，所以烏糟糟做勾。

（小生）然雖如此，再可以富式些為妙。

（丑）介嚜再稱八分銀子來。

（小生）做什麼？

（丑）備個四個壓桌，雞頭、秋白、藕、勒瓜子。有子四個壓桌，就覺道臺面上鬧熱蓬生哉。

（小生）如此快去分付收拾起來，一面你到門首伺候。三位到時，即忙通報。

（丑）是哉。

（小生）在家不會邀賓客，出外方知少主人。（下）

【引】（花生扮周上）吳下甚風流，世胄奢華就。

【引】（老生祝上）記懷中朱李曾投，訂約交盟，心似許侯。

【引】（末文上）單勝著張姓、關、劉。

（丑上白）大爺有請。

（小生上白）怎麼說？

（丑）周二爺、祝大爺、文大爺到哉。

（小生）說我出來。

（丑）大爺出來哉。

（小生）三位請。

（生、末）周兄請。

（花生）不敢，小弟年歲、才學皆占於末，雖有蘇杭之並，況又地土扁窄，每居下屬，焉敢有薦大方纔子輩之先乎？

（生、末）周兄青年魁解，才富三冬，況武陵乃山明水秀之鄉，敞地萬不及矣。請。

（小生）周兄是客，那有不先行之理？

（花生）如此從命了。請。

（小生）請坐。

（花生）不敢。

（小生）一定的道理。

（周）如此告坐了。

（衆）請。我等有一言奉告，不知周兄意下如何？

（周）不知三位有何見教，小弟敢不聽從？

（衆）我三人呵，

【玉芙蓉】從來心性驕，志向非同小，看風塵牛馬奔役勤勞。我這裏雖登雲路非圖貴，只是笑傲目空散淡豪。（周白）小弟此心，亦然如是耳。請教何言囑弟？（衆）我等承兄不棄，涉遠到此，含愧無涯。令兄在京，職居武選，貴耀尊頌。我等不耻，而敢請兄結一盟社。（合唱）推同調，仰攀契交。願他年相逢，同契似同胞。（周白）辱蒙見愛，弟不勝踴躍，只恐：燕雀不如鴻鵠志，如何比翼向天飛？況三位呵，（唱介）

【玉芙蓉】才高名譽高，冠世天公巧，鄙庸人怎與文星盟交？止圖傾蓋從師教，洗硯攜琴使者僚。（衆白）周兄不必謙虛。既蒙允諾，我等分個長幼，對天八拜如何？（小生）祝兄居長，文兄次之，小弟第三，周兄第四。（生）這却扳了，豈我輩所作用哉！我每起個新例，毋論長幼，做個忘年交罷。（衆）有理。請。（合唱）情相好，不須舊套，仗平心對天八拜結同胞。

（丑白）請各位大爺上席。

（衆）自然文彬首坐，聊盡地主之情。

（周）占了。

（衆）請。

（合唱）

【玉芙蓉】文光射斗杓，聚得英年少，羨武陵美譽周郎名號。吳中伯虎、枝山妙，添個徵明文社老。（合前"情相好……"）

（丑白）請舉箸。

（生）周兄，貴處可有此芋艿否？

（周）有是有的，没有這等烹庖得法。就是海蜇拌雞亦美。
（末）這三鮮是吳中新時蔬爾。
（生）竟且腰子蛋糕湯最妙。
（丑）就是個次脚魚也勿差奢。
（小生）取色盆、大杯過來，送與周二爺行令。
（丑）是哉。
（周）小弟叨占首座，不當之極，還是送與文大爺行令。
（末）豈敢。既是文彬推委，小弟酒力不勝，枝山量高，文彬竟推舉一行東翁如何吓？
（生）既要我行令，不用深奧之句，只須在席面上生風——在肴饌內取用個古人名，應於菜內，名曰"席面上生風"，吟詩四句。如何？
（衆）使得，請教。
（生）占了。
（默飲）天蓬元帥下九霄，今日將來做酒肴。可惜唐僧來護送，連皮帶骨一齊嚼。請。
（周）可歎當年百里奚，僰嫠妻炊烹夷齊。堪羨今朝多品物，那邊來了海闍藜。請。
（末）好個南山福禄壽，如何一旦來宇宙。相逢我輩多榮幸，請向瑶臺莫相候。請。
（小生）張仙無矢挽弓開，斷臂圖名實可哀。仙義雙雙今會面，司工收拾送將來。
（衆）好。
（丑白）還有盤脚魚無人說，等我男兒說子罷。
（衆）也好，若説得有理，賞你一杯酒。
（生）若説得不好，打十下門閂。
（丑）説得好，勿要賞；説得不好，也不要打。稱鉤打釘——扯直。告罪哉。素徽親父啞仙夫，本是同宗差不多。背上斯文如錦繡，腹藏者也與之乎。
（衆）倒被他説了去了。打這狗才！

（丑）勿要打，勿要打，縮了。
（衆笑）這狗才可惡。
（付上）太太書一至，兩腿不存留。二爺拉囉裏？拉囉裏？
（周）享福，為何大驚小怪？
（付白）長壽個男兒來哉。
（周）他來何幹？
（付）太太有封書拉裏，請相公看。説太太身體欠安，大奶奶催二爺歸去。船才叫端正丑哉。
（周）曉得了。你先到船上去，我就來了。（付應下。周）三位兄長，小弟家母身子欠安，喚小弟回去。今且暫辭，再圖面晤罷。
（衆）本欲相留過了中秋去，爭奈伯母有恙，不敢相留了。
（周）三位兄長若有閒暇，可至敝地一遊。
（衆）聞説西湖甚佳，一定要來奉拜。我等相送下船，請。
【尾聲】（合唱）相逢何事相離早，期約重來會故交，只這兩對才人世所少。

第三齣　□　□

（外上，淨、付院子隨上）

【齊天樂】（外）榮歸故里還鄉第，只得暫辭京畿。泛水殘夷，隨風飛絮，添我餘情堆積。（白）解綬歸來半載餘，書傳課子耀門間。只知祖父遺骸骨，日夜思量補上辜。老夫華宏山，自告老還鄉，不覺半載。夫人方氏，所生二子。長曰文魁，年方二十；次曰文元，年方十九。皆已完配，大媳秦氏，無錫人也；二媳談氏，乃蘇州山塘談府之女，却與唐伯虎表兄妹之稱。我想那唐寅，文才自恃，字畫過人，名重一時，為人促掐。莫説黎民畏懼，就是現任紳衿，無不另眼相看。稍有不到之處，即便捉鵝頭、尋款條。因此江浙之間，無不聞名。老夫未出京時，曾聞過他的文章、字畫。咳，我那兩個蠢子，十分愚垒，怎及得他來。這也不在話下。我先父出身貧苦，把先祖父母骸骨淪落，未知所向。雖是先父之過，實罪歸於我，

應該與先父補過。意欲請下高僧高道,設一羅天大醮,超度祖靈。不免請夫人出來,商議而行。院子,

（淨）有。

（外）傳話後堂,着秋香等,伏侍夫人上堂。

（淨傳介,內應）

【引】（老上）幾載黃扉信未的,今日裏念恩澤。

【引】（貼接上）香閨侍側命輕微,紅顏薄質。

【引】（二旦、丑接上）奉人歡那堪巾幘。

（外、老見介）

（老）相公。

（外）夫人請坐。

（三旦、丑）春喜、夏玉、秋香、冬珠叩頭。

（外）起來。

（眾應）

（老）相公請我出來,有何見諭?

（外）老夫非為別事,因祖父母呵,

【高陽臺】相跡無蹤,先棺何處,郊原廊外難逢。信息誰知,乏人識認音通。（老白）如今待要怎麼?（外唱）我心中,欲延僧道設醮也,代先椿補取頑風。仗夫人精誠內務,潔皂相同。

【前腔】（老）寬容,爾未龍鍾,消停略備忙中。伺主匆匆,且待初冬,那時擇地壇恭。（白）因你在京時,妾身曾許下虎阜香願,未曾了得。明日喚個船兒,到彼完願回來,再商酌醮事便了。（唱）秋中,誠心完却前願也,保得個康健身躬。（外白）進過香時,即便就回。（老唱）迫舟回乘風逐浪,即便歸蓬。

（外白）着幾個家人隨去,秋香等四人擺轎。完了香願,即便下船,不可遲滯。

（眾應）

【前腔】（外唱）尊重,相府三公,黃扉位裏清名。遠振家風,莫使聲威,欺鄰百姓縱橫。丫環們,你儂,肩輿前導擺隊也,整花鈿衣飾從容。這蘇城慣行囂薄,比並豪窮。

【尾】(合唱)明朝欸乃舟聲動,今夜裏安排齋供。(外下,貼隨老下。丑白)姐姐、妹妹,我里明朝早點起來打扮打扮哩,去遊虎丘哉嘝。(二旦)姐姐,明日早些。(丑)則是一説。我個雙金頭銀,有點挺胸凸嘍那處。(二旦)不妨,連夜買一方新帶,繞起來就是了喲。(丑)既然是吓嘍,妹妹吓,(合唱)咱們兒同往姑蘇,去賣俏容。(下)

第四齣　閨　諫

【小蓬萊】(正旦上)靜守閒庭深院,聽堂前燕語連綿。桂月良宵,人生難遇,何意遷延?(白)綽約檀郎瀟灑,那堪處處留情,囊中書史不關心。逢常來作戲,鬧裏奪先爭。奴家陸氏昭容,乃唐伯虎之妻也。他性耽花月,意屬風流,妾身未敢一次相阻。今值中秋佳節,奴與七姨等備下筵席,意欲留他在家賞玩,未知允否。言之未已,相公出來了。

【玩仙燈引】(小生上)白露風光,看紛紛往來相亞,虎山前笙歌韻雅。

(白)大娘。

(旦)相公。

(小生)請坐。

(旦)自古四時令節,常言道得好:有月有花有酒。今日中秋佳節,奴與七姨等備下酒筵,同相公賞月觀花。何必三朋四友,在外遊蕩,可不失了解元體統?望相公俯從妾意,從此去垢而日新。當思積善之門,莫效顔淵之父也。

(小生)大娘,此言雖是,但閨門勝地,有兩樣比方;在家出外,非一般道理。大娘生居宦室,那知世俗規模。就是文、祝二人往來詩酒者,豈作風塵碌碌之輩乎?

(旦)相公不言,奴也不諫。若説文、祝兩人呵,

【錦庭樂】浪名傳,混風光,蕩子儼然。花柳巷,街穿鎮,終朝閒遊,説地談天。嗜新釀,講娼論妍。却不道是斯文,戀芳塵虚度

青年。早早心回意轉,轉過了是非方圈,勸郎君成就好文元。

【玉芙蓉】(小生)奎光已利天,文運開鄉薦,又何須復向鼇頭獨占。一生詩酒詞中臥,半世風流花月眠。(合)這便是終身願,伊休再言,請尊行回闈便。

(白)正是:老歲只思歸隱日,少年不樂待何時。(下)

(旦)看他竟自去了。這多是祝枝山、文徵明有約,勾引去的。下次再勸他,不與二人往來便了。

諫父不聽阿奴言,終日邀朋放蕩間。
良劑忠言利行疾,正行履道候時來。(下)

第五齣 遊 山

(蓮目僧上)

半世殺人放火,一生愛賭貪嫖。抵防國法不相饒,無奈潛身佛教。千人石哉。化兩個銅錢,修修五藏殿。

(阿彌陀佛云云)

東邊要化龐居士,西邊要化孟嘗君。

(阿彌云云)

男要修來女要修,男女雙修離紅塵。

(阿彌云云)

男人修得為羅漢,女人修得活觀音。

(阿彌云云)

試看朝中官共宰,紛紛多是捨財人。女人鳳冠穿霞帔,前世修來今世行。

(阿彌云云)

香煙此際騰騰起,火氣沖時旺殺人。一般皮肉爹娘養,焦肉傷皮好心疼。阿喲!

多蒙那位大相公,見我禪和色即空。看被火勢焰兒凶,念我心中苦而痛。

左一文,右一文,救我頭陀急難中。貧僧朝夕捧經誦,誠心感動那天公。

佛門有位大英雄,坐在三十三天天上天,喜心一片鑒當中。

照見善人即御封,御封不到地獄中,來生必定享素封。

若問英雄本姓關,頭帶紫金額,身穿綠龍袍,五柳須髯尺八長。

坐下赤兔胭脂馬,單刀匹馬世無雙。黃金不能改其心,美女不能動其腸。

秉燭達旦人驚異,君臣叔嫂有綱常。封金棄印曹瞞駭,橋邊薦別要神傷。

過五關,斬六將,擂鼓三通斬蔡陽。華容道上情和義,紛紛四海把名揚。

這位英雄管着魔和煞,默顯神通護菩薩。若然那個善人來發善,保佑你官官每、小娘每、一歲關、兩歲關、三六九歲關、折脚關、斷橋關、穽井關、四柱關,關煞開通智慧生。

（阿彌云云）

天留甘露佛留經,人留兒女草留根。天留甘露生萬物,佛留經卷度亡靈。

根枯草盡逢春活,人老何曾再後生。

（阿彌陀云云）

阿呀,善人吓!

為人好比一間房,口為門戶眼為窗。兩手兩脚為四柱,背脊彎彎是正梁。

五臟六腑為傢伙,舌頭便是管家郎。心為善惡司書簿,意是歹人緊要防。

善人吓,

為人須要行良善,莫使欺心莫用強。有朝一日無常到,關了門兒閉了窗。（下）

【普天樂】（末、生上）待相交,如心眷。暫徘徊,凝眸盼。漸行來七里山塘,三里半路將一半。（生白）學生祝枝山。（末）學生文徵明。今早約唐伯虎往虎阜一遊,約在半塘相會。如今早膳已過,還不見到來。他寧甘失約,不敢越規麼?（生）這學生,平昔最是頑皮揣骨,那肯靜守家規,必在此時來也。
(小生上)
【合頭】心如箭腳蹤飛展,瞬息間,早臨堤畔半塘前。
(生白)如何?信人來了。
(末)老唐,我二人候久了,何來晚矣?
(小生)細君欲令秋霜以杜門檻,故爾遲滯耳。
(生)子瞻母面訓老泉,季常妻專司閫令,此是家之幸也。而何令趨於此?汝乃野人也。
(小生)我雖放蕩,亦要公私兩盡哉。
(末)好。雉尾遭冰,不免插於膚首;色精戒足,終難閉於雙目。老唐內外無私,所謂日中之三足烏也。
(小生)休得開告,且去頑耍元頁而女。
(生、末)説得有理,大家利多止少。請。
【新水令】中秋令節正清夷,煞金風翻天下地。飄飄如雲外,客綽似中兒。年少愚癡,蹙芳塵共登山履。
(下。丑、付上,衆上)
【步步嬌】萬事丟開閒遊戲,同步皆相契。幾處古賢祠,看酒肆茶坊,成行逐隊。(付白)你個個拔勿倒幾勾銅錢買個?(丑)相巧勾,開店勾就是我里表娘姨氘,外甥因兒勾過房兒子了,所以讓勾,只得念四個銅錢。(付)介沒我里買得貴哉,一共裁拉哈十二雙爍青。(丑)□□個,説喬話。(付)勿大會説奢喬話個嚇。(丑)你沒算伽頭,我到勿大伏臘勾。(付)勿伏臘沒阿要暴暴?(丑)來哉那。(生、末、小生上)你們這班蠢人俗子,遊玩名山勝景,止不過尋歡覓笑而矣,如何恁般模樣?阿呀呀,如此行為,真乃小人之道哉。(丑)我里是小人,你到是大人!(衆)呸!冒入鬼,這是唐大爺。(丑)直頭勿關得腰喬上。(衆)有鬍子的是祝枝山,那一個是文徵明。(付、丑)亦是梗了。我里走罷。(衆唱)縮手去如飛,莫教太歲當頭位。
(衆下。內吹打【折桂令】)
(末白)這些百姓,倒有怕懼,竟各各低頭而去。咦,那邊酒樓上,笙歌之聲,且聽一聽。

（內住介）

（生）老唐、老文,聽樓上寬鼓大板,悶笛蒼喉,聽得好不悖人也。

【江兒水】聽此蒼音技,惟圖一醉歸。言詞湊趣,令人喜作斯文清雅輩。批評嘲笑全憑嘴,暮樂朝歡而矣。（生）你道他們早上吃什麼？（末、小生）吃什麼呢？（生）哪,（唱）早食浮萍,權當做蓮湯補胃。

（內應白"戲法",撮戲法上,不論做兩套,做完下）

（小生白）此等江湖人,有錢的奉承幾句,沒錢的,就有不遜之言。可惡之極。

（末、生）不要管他,且進山門。

【僥僥令】（合唱）中秋天氣好,虎阜地山擠。男女紛紛來遊戲,鬧裏奪爭世所稀。（淨打拳上,白）浪蕩江湖已有年,（二旦上）拋頭露面好羞慚。（淨）聞說蘇杭如錦繡,（旦）漢子,腰疼腳軟腿兒酸。

（淨）敢告列位,久慕蘇州是個大邦,名山大刹。小子帶了家小,到這貴地方兒,做些小意思,與諸位爺們看看,求衆位幫個襯兒。妻子來,做這麼意思,與諸位爺看來。

（二旦應,做連相,唱【四塊】完,淨打拳或打流星槌,打完下）

（生、末白）我們上山去。

【收江南】（合唱）呀,行過劍石樓閣呵,上了個幾塘堤。早只見千人石上密重圍。笛聲嘹喨鼓聲嵬。十番兒緊緊催,十番兒緊緊催,俺這裏疾忙移步向前隨。

（二院子、三旦、丑引老上,接唱）

【園林好】上崚嶒吁吁喘氣,走疆墥重重力微。招呼着遊人如蟻,進寶殿叩慈悲,進寶殿叩慈悲。

（下。內吹【紙錢飄】）

（小生白）吓！老文,你們在此聽一聽,我去出個恭就來。

（生、末）就來吓！

（小生）自然就來的。（下）
（生、末）我和你捱進去，聽完了出來。
（生）有理。（下）
（小生上）且住！方纔這乘轎子，必定是個大家眷屬在內。這四個擺轎的，也個也屬平常。那一個穿一領淺色衫兒、罩着一個背心呵，

【玉交枝】生得個十分嬌媚，畫不盡風流俊儀。臉如三月桃花色，櫻桃小口紅微。蛾眉新月堪相似，一雙俊眼清似水。髻盤龍後英燕尾，論花容人間少稀。

（白）若說那女子，正經之人，如何擺轎起來？若說丫環使女，那有這樣絕色的？唉，唉，咳！不放心，待我趕上去看他舉止動靜，就知明白。忙忙移步去，我緊緊要跟隨。（下）

第六齣　燒　香

（內應"太太下轎"，老上，三旦、丑隨上）

【引】（老）寶刹嵬峨峭壁重，登臨如紫竹，誠敬處敢惜山峰。
（外和尚上白）本寺僧迎接太太。
（老）清高方丈，誠褻寶刹，敢勞尚人迎迓！
（外）絳燭已點，請太太禮佛。

【古江兒水】（老唱）誠心拜禮，志心瞻禮。願慈光普照，垂賜恩無極，歸鄉康健度年時。（合）子孫聰慧，闔家安逸，願得個一門無疾。

（外白）請太太後樓瞻禮檀香觀音法相，請到方丈用茶。
（丑）太太，丫頭勿上樓哉嚛。
（老）為何？
（丑）雞眼痛了，我答秋香妹妹拉下底等太太罷。也喚子虎丘來介一場，也有點心願，要拜拜千手觀音菩薩，保佑保佑來世。
（老）如此，秋香，你同春喜在樓下等候便了。
（貼）曉得。

（老下）

（小生上）你看他們，多到觀音殿上去了，不免也上去觀看一回。吓，事有湊巧，物有偶然。老夫人不在殿上，止有兩個女娘在此。吓，是他，是他。

（丑）妹妹，我答你兩個也來拜拜，有奢心事沒，告訴菩薩嚎。

（貼）和你女兒家，有甚心事來吓。

（小生）好，有意思，也有不肯説的。

（丑）我是心直口快，有奢説奢。

（小生）直道些好。

（丑）菩薩吓，我叫春喜，前世勿修今受苦，别人擡轎，我里没擺轎，走得合盤雞眼脹，一步也走勿動。保佑後世去，轎子坐勿着，撐扇門板擡擡，勾得試哉。

【古江兒水】（丑、貼唱）虔心頂禮，專心禱祈。望慈航普濟，救拔衆生輩，廣施擺難度人危。（合）願求夫婿，終身了期，了期了齊眉到底。

（小生白）吓，我也有一樁心事，待我也來拜拜。

（丑）啐！出來！我里因兒家拉里拜佛，伽個男人家拉哈像奢？真真蘇州人，那能無規矩。

（小生）吓，姐姐，你也拜佛，我也拜佛，十方所在，大家拜得的。

（丑）怕勿曉得是十方所在。我里姊妹兩個兩邊拜，你拉當中，阿是香爐蠟燭千？妹妹起來。

（貼）姐姐，你看嚎。

（丑）看奢？

（貼）哪。

（丑）啐！介個刁鑽促掐短陽壽個，跪牢子我里姐姐裙邊哉。起，起！啐！推嘸介個反千跟賭没好。

（貼笑介）

（小生）這位姐姐好蠢吓。

（丑）到説我蠢，嘸是斯文臉兼人。

（小生）小生也在這裡許願心。

（丑）有奢願心許？

（小生）小生前世不修今受苦，保佑後世，轎子坐不起，掙一扇門板擡擡也是好的。還要討一個好老婆，齊眉到底。

（丑）噴吪勾姐，熱吪勾順！妹妹，到不渠聽見哉。

（貼）阿呀，你這個人好惹厭！在石場上隨來隨去，又至殿中，又不分男女，竟自挺身參拜，又出言不遜，是何道理？

（丑）勿要理渠。

（貼）好副涎臉兒，不識羞。

（小生）是，姐姐説得是。

（內白）太太下樓。

（二旦隨老上）虔心瞻禮拜，口誦念彌陀。

（外白）請太太方丈素齋。

（老）不消。把香錢送與師父。

（衆應）

（外白）多謝太太。阿彌陀佛。（下）

（衆白）分付打轎。

（三旦、丑、老下）

（小生看貼下，白）你看他每，多下殿去了，我心上怎生放得下這位姐姐吓！不免趕下去，看他們船在那裡，再須飽看一回。正是：心忙不擇路，事急步行遲。（急下）

（生、末上白）老唐，老唐！

【六么令】人如螻蟻。推背捱胸，行步難移，雁行咫尺白雲迷。（生白）老文，我們後山尋了半晌，不見蹤影。吖，必然方纔見了一隊女娘，隨往雙吊桶那邊去了。我和你再去尋一尋。（末）有理。噲，老唐，老唐！（同唱）好一似武陵溪，劉郎流落桃源地，劉郎流落桃源地。（同下）

第七齣　追　舟

（三旦、丑隨老上）

【亭前柳】耽擱久遲遲,敢不便回歸。持齋三寶地,了却願心兒。(合)此時,彩鷁轉篷檣。駕棹張帆,一路無辭。(下)
【前腔】(小生唱)促步敢行遲,疾疾向前移。一心忙似箭,兩脚走如飛。(合)此時,料已臨舟矣。進退踉蹌,意亂心迷。
(內白)分付開船。
(貼上)曉得。太太分付開船。
(內應介)
(小生)阿呀,開船了,這便怎麼處?
(貼)吓,這厭物,又趕至船邊來了。
(小生)咦,艙門首站的正是這位姐姐。
(貼)這厭物是通仙的。待我把這書呆,成個單思病罷。(手指笑)
(內白)太太叫。
(貼)吖,來了。(笑下)
(小生)阿呀,妙吓!那位姐姐臨下艙時,儼然一笑,秋眉一轉,把十指尖尖玉手招上一招,分明見愛小生。只是他們舟行甚速,我在岸上,如何能得佳人相向而行?必須喚隻船兒,追上去便好。只是急切之中,那有這隻便船?天吓,可不急殺我唐寅也!
(付上搖船)
【山歌】一個姐兒生來眼睛裏介鮮,我大家吼個私情只差手裏沒銅錢。好像穿心吊裏頓茶沒拉乩心裏子個熱,亦像蒸籠頭上無蓋拉乩氣沖天。
(小生白)好了,有隻蕩河船來了。船家,搖攏來。
(付)要到囉裡去個?
(小生)要追趕前面那隻大船的。
(付)個是蕩口華太師乩勾船,去遠哉,追勿着勾哉。
(小生)多與你些船錢就是了,一定要趕着的。
(付)說子船錢多没,就肯搖哉。相公下船來,看仔細。艙裏坐,艙裏坐。
(小生)快些搖。

（付）相公，趕着子前頭勾大船，不幾哈奢拉我？

（小生）趕着了，與你三錢銀子。

（付）真真好主客，一開口就是三錢。勿好！個個人大模大樣，倘然趕着子，着個三十廿勾銅錢，還是答你相罵好呢？相打好？要子點現個勒介。相公，既要趕着前頭個隻大船，費一主氣力虱，求相公現付點銀子。見錢眼開，有氣力個。

（小生）我今日相公，没有帶得銀子，改日與你罷。

（付）勿曾帶没，改日搖子罷。幾乎上當！

（小生）咳！囊中乏鈔，反受小人之氣。也罷，你船中可有筆硯麼？

（付）有吓，才虱佛堂裏，自家拿子罷。相公，阿是要寫借票？

（小生）我相公豈是寫借票的？

（付）甲没寫欠票？

（小生）不要管，包你有銀子。取些水來。

（付）吓，水拉里。

【六么令】（小生）些微點綴。水郭山村，樹草萋萋，小船一隻踏前溪。艄兒後，一人兒，輕搖慢棹來灘矣，輕搖慢棹來灘矣。

（白）的立一小舟，投鋪水面游。咿呀七八櫓，踢踏到灘頭。待我落了款：吳門唐寅筆。船家拿去。

（付）相公，勿要人個把扇子，勿知阿直個三錢銀子？蹋個點奢拉上，寫幾個字，就值三錢銀子哉？

（小生）蠢才！你拿到當鋪中，當些銀子就是了。難道我相公來哄你？

（付）相公蹺個，目今詩畫就有祝枝山、唐伯虎，個没值銅錢。相公，勿要作弄我老娘家上當哉。

（小生）唐伯虎、祝枝山，怎比我相公的字畫？如應如響！你拿去，包你當來。

（付）甲没相公看好子個船。几里有爿新開典當，叫做"元亨當"，也熟自個故櫃上汪朝奉。不常，搖你到閶門去勾。竟去便罷。

（小生）快去。（下）

（付白）且住！勿要是拐子。灘頭上大阿哥，帶眼看看船裏，有個客人拉哈。

【六么令】腹中胎鬼。事有參差，心下猜疑，讀書多是訕訛兒。几里是哉。心忒忒，步遲遲，探其右識酸丁字，探其右識酸丁字。

（扮朝奉小郎隨出）介勾船上個老車吓。奢探頭縮腦，走進來吓。

（付）勿是，朝奉，我有一件物事拉里要當了，只怕朝奉勿起眼了，所以有點疑惑。

（朝）有奢物事當？值多少，當多少。

（付）甲沒一把扇子。

（朝）扇子不值錢吓。

（付）拿來還子我罷。

（朝）住着住着。字畫到值錢的，是囉裡來的？

（付）吁，昨日一個人叫子我個船，准折拉我個。

（朝）要當多少？

（付）哪——

（朝）十兩？罷了罷了，在老車面上，就是十兩罷。起票。扇子一把，當銀十兩。姓車。票子、銀子拿去。（下）

（付白）哈哈哈！好快活，好快活！再勿曉得，今日財星照命，票子殺拉裰巴里子介。打開來看看，七錠四塊。錠沒包子起來，四塊頭沒不渠看，即説當個點。且住！等我算算看。七得七，三七二兩一錢，九兩一錢。拿個九錢不拉渠沒是哉。個個書呆，也無場哈去查考。有理個。説話之間，几里是哉。大阿哥，多謝多謝，改日打酒請吒。相公。

（小生上）船家，你來了。可曾當？

（付）當個，當個。本來勿肯當個，汪朝奉是老主客了，認得個，權當銀九錢。

（小生）票子呢？

（付）票子拉里。

（小生）票子上是十兩，怎麽説是九錢？

（付）相公到说字個了。我試試吪，我道是吪勿識字個了。答吪摟拉里，還有七隻錠仔。

（小生）你這個人不老實。

（付）勿老實没，勿拿出來哉。

（小生）閒話少説，快些開船，趕上前去。

（付）燒口飯吃子里開船罷。

（小生）趕着了大船再吃罷。

（付）甲没坐穩子，開船哉。前頭個只船，扳得來。

【長拍】（小生）疊疊私情，疊疊私情，重重幽恨，羈絆怎生禁架？知他近遠，蕩水洶湧，闊迢迢去程無涯。紅日映雲霞，望水村深處，酒旗高掛。淺水灘頭有鷺立，枯樹上噪寒鴉。這來往櫓聲咿啞，正野塘水漲，浪泛汀沙。

（付摇下。三旦、丑、老上唱）

【短拍】紅蓼灘頭，紅蓼灘頭，白蘋岸側，曲彎彎水遠人家。環繞簇籬笆，看將來許多瀟灑。異日圖將此景，待歸鳳池誇。

（衆下。付摇上）

（小生白）船家，大船在前面，趕上去，並着摇就是了。

（付）大約大船裏，有個巴標緻阿姐拉哈，所以叫我趕上去。噲，相公，阿曉得船上人個毛病？

（小生）什麼毛病？

（付）嘴裏唱得高興，手裏摇得高興。

（小生）你會唱什麼？

（付）會唱山歌。若是唱得起來，大船里個星阿姐，吪才出來哉。

（小生）這等説，你到是個趣人。若唱得好，賞銀三錢。

（付）個個相公，到是老三錢。讓我來算算看，一隻三錢，十隻三兩，一百隻三十兩。

（小生）若唱得不好，倘有白字，罰銀三錢。

（付）山歌雖粗，白字直頭無得勾。

（小生）不要多説，唱吪。

（付）是哉。
（小生）什麼？
（付）曲有曲屁，山歌有歌屁。
（小生）如此放完屁就唱。
（付）吪，相公，我唱哉嘸。
（小生）多説！唱。
（付）今日賞得勿好開高丑哉。

【山歌】東方發白天亮哉，姐兒手把子個房門勿肯開。介個十指尖尖拉起子個羅裙拉㐌揩眼淚，問郎介個去子没幾時來。

（小生）唱得好。賞銀三錢。
（付）連船錢是六錢哉。
（小生）再唱。
（付）吪，來哉奢。

【山歌】郎道姐兒正月勿來，二月裏來，三月裏個桃花嘸處處開。四月五月勿來嘸，儂休想子介我六月裏勾荷花嘸向外開。

（小生）放屁！只有向内開，那有向外開？罰銀三錢。
（付）相公，刻板上才是"向外開"。
（小生）不通之極，我偏要向内開。
（付照前念，小生再照前念。付白）我歡喜罰強酒乾，就是梗嘸是哉。再唱翻本哉。

【山歌】姐道郎君説話忒蹺蹊，當初裏介原説做夫妻。那間好像豆腐店裏弄壞子勾磨，梡嘸拉㐌心忒忒嘸，送上子個高樓拉㐌扳短梯。

（小生）也不好，罰銀三錢。
（付）壞哉，連船錢才罰落哉。再唱。

【山歌】拔短梯來拔短梯，外頭人勾説話忒稀奇。千丈麻繩總有介個結嘸，露水裏個夫妻活分離。

（小生）又不好，再罰。如今反欠我三錢。
（付）完賬。個歇真正要翻本哉。

【山歌】吪離我我到勿肯子個離，孟姜女個千里去送寒衣。

（小生白）好。（付唱）祝英臺大家子個梁山伯，後來依舊做夫妻。

（小生白）這只唱得好，賞銀三錢。

（付）扯本哉。

（小生）再唱。

（付）相公，嘸道我阿唱哉？

（小生）唱吓。

（付）相公，嘸阿會搖船勾？

（小生）我若會搖，不雇你的船了。

（付）唱出來總是勿好個，倘然唱個七八十隻，罰介二三十兩，個隻船纜是嘸勾哉。我到直頭勿唱哉呀。

（小生）既不唱，手裏搖快些。

（付）是哉。扳得來。

【醉羅歌】（小生）望你、望你去飛沙，盼殺、盼殺貌如花，窗櫺一見喜無涯。秋波怎轉隨光乍，不枉了乘風駕。

（下。老、三旦、丑上）

（老）遠望雲山有景，果然難畫難描。秋香，取水來。

（貼）來了。送水端茶忙侍奉，攜來敢自不殷勤。太太，水在此。

【畫眉序】（老唱）膳罷漱青茶，沐指兒淨手抹。把彌陀常念，專心誠話。（小生白）船家快些搖上去。（付應，搖上。小生接唱）舟前後風色蒹葭，老人家筋骨力乏。（老白）倒了水，取茶來。（衆下。貼白）呀，這小舟內，就是那厭物的書呆，如此呆呆看我。吁，待我把個媚態兒，看他如何。（唱）這會教你來牽掛，攝魂兒在此一下。

（貼潑水下）

（小生白）阿呀，有趣，有趣！船家，快快搖上去。

（付）阿呀，真真有趣。船亦趕着哉，天亦夜哉。相近到蕩口哉，相公那哼哉？

（小生）不要管，搖到蕩口，再加三錢，如何？

（付）真正老三錢。咳，就是梗嚛是哉。

（小生）如此快些摇。

（付）是哉。

【排歌甘州】（小生）用力撑持櫓聲雜，踏手足無由偷暇。前途卸却甚伊家，南北東西怎地查？休誇，送舟金各做生涯。

（付白）相公，到子蕩口哉。個只大船剛歇，請上岸罷。

（小生）到了麼？這九錢銀子送與你罷。難為你，去罷。

（付）多謝相公。

（各下。末、外、院子接老上，三旦、丑隨上）

【尾聲】（合唱）時遭日落銜山埡，請上回香迎迓。（衆下。小生白）呀，你看他們多已上岸進府。待我前去，飽看一回。（貼）這厭物果是通仙的，又到此間來了。也罷，待我索性下個絕命丹兒罷。（唱）**管教他落志忘魂做作他。**

（貼下，小生呆看內）

（末、外、院子上）吥，這個人，眼光忒忒如醉如癡，對着裏面看。什麼所在？大膽！還不走？可惡！（下）

（小生白）咳！可惜，被這些狗才惡奴推了我出來。且住！我想虎阜下船，一笑留情，也還在次；在舟中潑水，這是第二笑，極為有意。則這方纔進門時，又看小生，捨不得走進去。一手把住牆門，把左脚金蓮跨於門檻內，又把那一隻金蓮揣在檻外；一雙俊眼，又看着小生，又一笑，手一招，分明知會於我說："汝可有法兒進來麼？"是這個意思在裏頭。喲，相府威嚴，十分謹慎，竟兼重垣邃室，怎生進去？阿啐！常言道得好："愛賭身貧無怨，貪花死也甘心。"我如今隱姓埋名，投靠進去，一則朝夕相見，二則與他剖明其事，三來或者成就此事，也未可知。算計已定，只少一個引進之人。吁，不免問一聲。噲，大哥，借問一聲，這裏一帶，可有作中保的麼？

（內白）前面左首轉彎，和合巷內，第九家有個韓媽媽，慣作中保的。

（小生）事不宜遲，我且快快問個着實便了。想必此間就是。韓媽媽在家麼？

（淨上）奢人來哉？

【一匹布】聽得喚，出門前，想必孩兒轉家園。（小生白）韓媽媽拜揖。（淨連唱）元來一位美少年，敢為要連姻眷？

（白）相公請坐，到舍有何貴幹？

（小生）學生此來，非為別事，要尋個飯主人的。

（淨）說那裡話來！這樣清清秀秀的官人，怎做得底三四下的人？

（小生）媽媽不知，以實告之。

（淨）願聞。

【啄木兒】（小生）只為椿萱逝未締姻，孤獨單生少故親。笑書香一脈斯文，田共產典盡無存。出於無奈求生分，仰祈大德留方寸，引個有道之門過幾春。

（淨白）咳，可憐。請問官人，尊姓大名，住居何處，多少年紀了？

（小生）虛度十七歲了。

【三段子】康宣名姓，住常州——（淨白）武進縣管的，在城在鄉？（小生唱）孟河鄉郡。世居久停，守田園名聞遠近。今逢不造來形迸，一朝漂泊言難盡。伏望娘行提幼人。

（淨白）既是這等，也是你的造化。此間華府要尋個書童。

（小生）可是華太師府中麼？

（淨）正是。

（小生）妙得緊。別家養我不牢，相府乃有福之門，可以住得。媽媽就去，不要擔閣了好主顧。

（淨）且慢，介個性急！你看天色夜下來哉，且住在我家一宵，明朝早點領吓進去便了。

（小生）咳，一椿湊巧事，晚何甚速耳。

（淨）真真讀書人，書霧騰騰起來哉。即是一說，明朝進去也是介打扮，太師爺勿肯收沒那。

（小生）怎麼樣妝扮，請教媽媽。何以教我？

（淨）必須換一身布衣、布鞋襪，頭上要帶一頂氈帽嚦，像個落難人那間個個意思。晉巾華服、白綾襪、紅鞋子，如此體面，太師爺直頭勿相信嘿那。

（小生）如此怎麼處？

（淨）我到有拉哉,等我拿出來哄看看。哪,如何？

（小生）喲,學生怎穿得這等下作衣服來！

（淨）勿下作,官人着慣子上作衣帽,看得下作起來哉。個是我里大個出客衣裳,哄那間着着看,像呢明朝領哄去,勿像嘿也不必進去哉。

（小生）罷！説不得,聽憑媽媽便了。

（淨）來試試看。

【滴溜子】除下了、除下了玉玦晉巾,忙穿着、忙穿着藍布直身,更换了足底雲跟。（白）還有一説,我答哄要認點親没好哉。（小生）認什麽親戚便好？（淨）哄今年十七歲？（小生）媽媽高壽？（淨）小來,斛次之年。（小生）不懂。（淨）六九五十四,蒼蠅躲斛刺。（小生）吓,五十四歲了。（淨）十七歲個男兒,大細也做得着。（小生）媽媽休得取笑。（淨）省得討子哄個便宜,叫我一聲娘姨,我叫哄一聲外甥,中人、保親纔是我便。即是一説,若成了交,個套衣裳答哄哉。（小生）送與媽媽便了。（淨）夜飯少哉哉,買三個銅錢面拉哉,哄吃子,困没只好搦大門哉耶。（小生）隨分便了。（唱）咳！無奈這星星命兒遭困,（淨唱）安心守待今宵盡。明朝管取來安頓,口舌乖乖伶俐人。

（白）我去收拾夜飯拉哄吃,跟我進來。

第八齣　訪　　主

（丑上白）白相人人要白相,惟有主人真慢帳。日落西山不見歸,還拉外頭走月亮。好笑我里大爺,朝飯才勿吃,答大奶奶嘔氣出門,虎丘白相,直到個歇晨光還勿見居來。大奶奶答七位姨娘調勿落,差我到三茅宫巷裏文大爺哉屋裏去問聲。門纔關哉,連忙出子烏龍巷,隨彎到彎,直走到糜都兵巷祝大爺屋裏。還勿曾困來,扒哉扒哉拉哉吃夜飯。渠也乖,勿要我開口,就説:"哄哉大爺阿曾居來來?"我就說:"若是居來子,也不來尋哉。大奶奶說道,謝聲大爺。"個是我個乖處,止不過挃臟問罪個意思。囉里曉得,個個祝大爺就跳起來哉:"㖏,㖏,㖏,狗才!放肆!可惡!日間同在虎丘頑耍,你相公要大解,往後山而去,半晌不見他出來。我與文大爺尋了好一回,並無蹤影,只得回來了。你大爺又不是三歲孩子,被人拐去。難道走失了路徑,必要等他的?你們大奶奶又能幹,何不出一招紙,往虎丘各處尋訪,為何反到我家來,訛說言言?可笑!"不渠別力白拉一陣說,我到勿好意思,連忙出渠勾大門,快點居去。只索回覆奶奶去。

【劉潑帽】主人摸索歪斜性,也是他一世毛病。貪花愛色全無信,一朝兒遊興,一溜兒傷情。

(白)大奶奶有請。

【春瑣窗】(正旦上)懷癡念,揣異情,多應是范張期應同右盟。只怕阮生途困,到門題鳳把嵇康窘。(白)你回來了麼?(丑)正是,居來哉。(旦)大爺可在他兩家麼?(丑)走到文大爺乣,困哉。亦走到祝大爺乣,正拉乣吃夜飯,說日裏一齊拉虎丘白相,唗乣大爺要到後山解手,等殺勿見出來,所以先回來了。他回來不回來,那裡曉得?(旦)阿呀,相公吓!(唱)敢則是南昌仙尉韶顏笑,京兆拾遺斑鬢。(白)過來,分付管門的,大爺不在家,小心看管門戶。你明日再到文、祝兩家訪問,一定要尋個着實便好。(唱)我郎君必在兩家庭,訪其實分明。

(丑白)曉得。

(丑下。貼上)大娘,大爺可有着實否?

(旦)方纔得祿往兩家訪問,說文家早已閉門。即往祝家去呵,

【大迓鼓】含糊語不清,反遭辱吒,回轉家門。今宵忍却情和性,來朝親向問原因。(貼白)他兩人放蕩疏狂之人,大娘且不要去。待其數日,大爺自然回來的。夜深了,請安置罷。(唱)這籌兒且停,那籌兒且停。(同唱)捱過今宵,來朝再評。(下)

第九齣　投　　靠

（淨領小生上）
（淨白）外甥，走吓！
【雙勸酒】好時過了，惡日來到。尋衣覓飯，將身投靠。（小生唱）得個機關湊巧，願宏山一見成交。（淨白）幾裏是哉。門上囉裏個位大爺拉裏？（生上）門第黃扉府，三槐宰相家。什麽人？
（淨）是我。大爺，前日太師爺分付，要尋一個書童了。領一個拉里，相煩大爺禀知。
（生）有了麽？太師爺已曾提過，正欲差人來問你。領了這小廝，一齊進去。
（淨）極是勾哉。外甥，跟我來。勿要怕羞。看門檻。
（生）這小廝是你外甥麽？
（淨）正是。我妹子嫁乱常州，單養得個個大細。十年勿曾來往，弄得家業蕭條，父母雙亡，所以來投奔我。我亦養渠勿起，為此領拉太師爺乱來，赴度渠蓋家好人家。掐掐湊巧。若是別人家，也勿去都個聲老嘴哉。
（生）人品到也罷了。
（淨）要大爺幫襯幫襯。
（生）自然。若成了交易，怎麽說？
（淨）自然奉謝勾。
（生）在此等一等，與你通報。太師爺有請。
【引】（外上）輔佐皇朝，假歸來林下逍遥。
（生白）啟相爺，韓婆領着個小廝在外。到也十分俊秀，行止端方。年紀還在仿佛，況且是韓婆的外甥，是有着實的，可以用得。請相爺示下。
（外）且喚他們進來。
（生）是。韓媽媽，相爺着你領小廝進去。
（淨）是哉。跟我進去。太師爺在上，韓婆叩頭。

（外）起來。

（淨）外甥來，見子太師爺。

（小生）是。太師爺在上，村野人叩頭。

（外）這小廝到也伶俐。你是那裡人，住居何處，姓甚名誰，多少年紀？說與我知道。

（小生）太師爺聽稟。

（外）哈哈，這小廝到會通文。

（淨）外甥贊贊講講，說拉太師爺聽。

（小生）是。

【鎖南枝】毗陵郡，武進產，孟河祖貫風月灘。昨載葬椿萱，家業已消散。留孤己，影只單。因此奔韓姨，覓衣飯。

（外白）咳，可憐這小廝的語言不俗，竟像讀過書的。

（淨）讀子十年書𠲎，目今無得子讀書本錢了。

（外）這樣人品，恁地苦楚，況又書香子弟，暫時落泊，後必成人。既是韓婆的外甥，不消寫賣契，留他在此罷。

（淨）太師爺，個是要寫勾。外頭人曉得子，只道做娘姨個養勿起了，賣渠個。個是渠自家情願，說子相府裏快活得勢，跟子就走。

（外）吖，你自己情願麼？

（小生）是。

（外）你既讀書，可會寫字麼？

（小生）村人不過塗鴉而矣。但官不嫌字丑，待村人自寫便了。

（外）取紙筆硯墨，擡張桌兒與他。（生應。外）聖賢之字，豈有站寫之理？取個凳兒與他坐了寫。

（生）嗄。

（淨）太師爺勾恩典，教吥坐子寫。告坐子。

（小生）多謝太師爺，告坐了！

【鎖南枝】我把文和契，自所干，從頭至尾寫一番。只為意嬋娟，故作微寒賤。年和歲，姓氏刊。後無憑，立此單。

（生白）賣契寫完了。

（外）"立賣身文契康宣，為因父母雙亡，衣食不周，情願自賣自身。央中韓姨,今賣到華府為僕,當得身價銀十兩正。進府之後,聽憑使喚、更名。倘有疾病不測,各由天命。逃亡走失,中保理直。恐後無憑,立此賣身文契存照。弘治三年八月十六日,立賣身文契康宣。央中韓姨,保親韓壽。"這小廝到也習得一筆好字。唔,竟像那裡見過來。

【鎖南枝】這體格,仔細看,吖,原來習學唐解元。(小生白)他是上等之人,怎比得他?(外唱)上下有相懸,字跡無寒賤。(白)取十兩銀子過來。(小生)康宣不要銀子。(淨)小幹介歡喜銅錢勾。(小生)也不要。(外)不收身價,難道白白使人不成?(小生)存在太師爺處,盤放起來,康宣日後無非幹些正經,不要求人了。(外)好,有志氣。過來。(生)有。(外)取二兩銀子,送與韓媽媽,以作中保之金。(生)嘎。(銀與淨,生下。外唱)你這外甥兒,志氣堅。放心兒,後必顯。

(淨白)多謝太師爺。外甥,你小心在此伺候吓。

(淨下。外白)我府中有個華平,也罷,改名華安便了。華平那裡?

(丑上)聽得太師叫,慌忙走來到。太師爺有何分付?

(外)這是新進府的書童,取名華安。你們須要照看他,不可推託。倘有人欺侮他,查出究治。

(丑)是哉。

(外)領他去見了太太,即引見大娘、二娘,然後到書房中去見先生、大爺、二爺。就叫他書房承值。(下)

(丑白)是。華安兄弟,好造化,太師爺青目。跟我幾裏來。(下)

第十齣　見　主

【不是路】(老、正旦上)昨轉家庭,一善能消萬慮生。(付梅香上,貼秋香上接唱)姑蘇境,怎般囂薄人乏性,一味虛花動止輕。(老、正唱)休評論,天分南北皆由定,古來咸令。

（丑白上）太太，大奶奶，華平叩頭。

（老）你不在書房伏侍太師，來此何幹？

（丑）太師爺新買子一個書童，取名華安，着小人領見太太、大奶奶，還要見二奶奶，然後領見先生、大爺、二爺勾來。

（老）引他進來。

（丑）吠，華安兄弟介。

（小生）來了。在他矮簷下，怎敢不低頭。

（丑）個個寮簷勿算矮哉，低奢頭？

（小生）這是古言。

（丑）跟我進去磕頭。個是太太。

（小生）曉得。太太在上，新到書童華安叩頭。

（貼）呀！

【不是路】忽見心驚，一似吳門色俊生。（丑白）那，磕頭咭。見子大奶奶。（小生）大奶奶，叩頭了。（正唱）渾無罄，令人疑忌神不定，隱約珠簾罨畫屏。（老白）你這小廝。（唱）敢有些癡呆症，原何直恁顛頑性，且歸來徑。

（丑、小生下）

（老白）太師買的小廝，人品到也罷了，只是有些癡呆，如何使得？自此以後，內外出進，須要防他癡性。正是：自覺獲得明珠寶，不知蚌水浸人來。

（老、正下）

（貼白）方纔進來的小廝，好似前日在虎丘山見的，今日何故來此投靠？

【掉角兒】似相同人間尚存，怎年貌一例拘評？仿佛時何來賤品，入相府自鬻更名？（白）吁，理會得了。（唱）奴意兒，暗思省。舟相並，比同行。無計施能，因此甘為下人，稀圖面雲。那些個冤魂消散，離却家庭。

（下。丑、小生上）

（丑白）走，走！吒個個人，有點癡個。見子太太，那說頭才勿磕，太太説有點癡個。

（小生）不要説了。

（丑）二奶奶個答去哉。

（小生）二奶奶是那裡人？

（丑）蘇州人，山塘上談府上個小姐。

（小生）阿呀，我到忘了。（私白）這是我的表妹。完了，今番要出醜了。怎麼處？吁，想我表妹，也是見機伶俐之人，就認出來，也決不識破我的行藏。且妝個葳蕤進去便了。

（丑）吭個個人會説鬼話，勿聚財勾。

（小生）不是説鬼話，我在此想。

（丑）想奢勾？

（小生）怎麼樣見二奶奶。

（丑）答方纔一樣磕子兩個頭，就是哉。

（小生）承教。

（丑）豈敢。姐姐吭説聲，太師爺新買子書童華安，來見二奶奶勾，請聲出來。

（内白）二奶奶有請。

【掉角兒】（貼上）聽口傳禮恭拜請，引將來階前站等。（丑白）進來見子二奶奶磕頭。（小生）是。（貼唱）吓！這人兒為何面沉？（白）叫新來的小廝轉來。（唱）怕甚麼羞慚含掙？呀！覷來人，美丰儀，顏方正，氣神情仿佛唐寅。（白）華安，你是那裡人？（小生）常州武進縣人。（貼）幾歲了？（小生）十七歲了。（貼）叫什麼名字？（小生）叫康宣。（貼）只怕不叫康宣。（小生）明人不可細説，小人去了。走罷，走罷。（同丑下。貼白）好奇怪！方纔這小廝，活像唐伯虎表兄模樣。若説是他，為何來此投靠？若説不是他，見他形容局促。直至盤問他，他又指東話西。又説"明人不可細説"，急急而去，則這一句就有根蒂了。我想他是個風流人物，最喜美色。我且不要道破他的機關，看他如何出得相府的門吓！（唱）人非志誠，心似浮萍。那些個佳人有意，心屬相應。（貼下）

（小生、丑白上）那人哉！吭個個人一點規矩勿曉得勾。二奶奶問吭説話，吭那説"明人不可細説"，帶累我着急殺。

(小生)"明人不可細說",這六個字,是古言通文的道理。二奶奶是宦家之女,懂得此理。你是不讀書之人,那裡知道?

(丑)吖,個一句是通文吓?承教,承教。

【掉角兒】(淨上)奴本是司廚女形,生得來嫋娜娉婷。過中兒安排菜羹,裏和外數桌餘零。(丑白)個就是管廚房勾喬大娘。來唱喏。(小生)是。(淨)個個是奢人?(丑)今朝太師爺新買個書童,叫做華安,派拉書房裏承值。倘然端菜端飯,才要經由吼勾,所以領來見見。認得子廚房裏,好走動,還要大娘照應照應。(淨)好吼。清清秀秀,標標緻緻。吼今年幾歲哉?(丑)十七歲哉。(淨)十七歲,曉得人事勾哉。(唱)看他眼伶伶,眉山黛,臉如月,鼻方正,瀟灑斯文。(白)我個老小拉里,也是十七歲哉,鎮日拉外頭作精作怪,成子勾瘀病死子了。看來到有點像我個兒子吼。等我回聲太師爺,竟過繼做子兒子了。(唱)勝似嫡親,承繼喬門。(丑白)今日來勿及個哉,改日罷。(淨連唱)有閒時常來走走,看顧頻頻。(下)

(小生白)啐,啐,啐!倒了銳氣,山魈鬼魅,也來相侵。且到書房中去,看是怎麼。

(丑)有理個。

【尾】(小生唱)一朝失志垂身行,遇此妖婆來混。(丑)華安兄弟,(唱)且進書齋執所寧。

第十一齣 謁師

【引】(末上)西席從來無忌憚,有酒食先生饌。

【引】(淨上)日伴書齋堪厭。

【引】(付上)做文章腹庸妝憨。

(白)先生。

(末)罷了。方纔太師新買一個書童,發到此間承值。說是叩見太太去了,只在此時來也。

(淨)先生,聽見說是常州人,必竟是個粗蠢勾。

（付）奢説話！人有幾等人，物有幾等物，勿是一例而通行勾。且待來時，看渠如何人物，再派執事便了。

（小生、丑白上）幾里來。先生，太師爺買一個書童，叫華安，來領見先生、大爺、二爺勾。

（末）你自回避，着他進來。

（丑）是哉。華安兄弟，進去先見先生，後見大爺、二爺，纔要磕頭勾。

（小生）何物？先生？要我叩起頭來！

（丑）是余姚朋友，極會做作勾。大爺、二爺纔要磕頭勾，何況你我！

（小生）他們是師徒，應分叩頭。我們是東家門下大叔，怎麼叩起頭來？

（丑）甲没呕進去，或者渠説免，也勿可知勾。（下）

（小生）這也説得是。先生在上，新進府的書童叩頭。

（末）一半罷。見了大爺、二爺。

（小生）大爺，二爺，華安見。

（淨、付）也是一半罷。

（淨）二老官，人物好㐷。

（付）我要勾。

（淨）伏侍我勾。

（付）勿要爭，公用便罷。

（末）呕，没規矩。只在書房承值，自然多是他伏侍。華安，你新進來，不知書房的事體，聽我分付。

【皂羅袍】出入禁言囉唣，臉湯兒端了，茶水須早。朝粥餐過送廚庖，時臨晌午專心曉。忙持肴饌，三雙箸條。冬春米飯，四人料稿。（白）還有一説，我們用過夜宵，洗了手脚，（唱）那尿壺、馬桶攜來到。

（淨、付白）我里也有分付。

【皂羅袍】你們新來晚到，一時間不辦，坑缸井竈。（白）我裏屋裏丫頭、婆娘多得勢，（唱）勿要無人空處把鬼搗，鶯頭搽面陪歡笑。查出重究，一下不饒，門拴戒尺，三十之敲。（白）我里兩個倘然進去子，勿要答先生兩個阿拉阿拉。（唱）切不可一時心軟來法竅。

（內白）請先生用飯。

（淨、付）請先生用飯。明朝就是吪端哉。等我里吃子，叫吪飯。（同下）

（小生白）咳，只為美貌女，受盡小人談。這老頭巾，受我的頭兒，待我慢慢的作弄他起身。這兩個醜驢，管教受我兩場氣惱。（笑介）哈哈哈，今日叩頭，到也有興。罷！為了這美女，就跪在跟前，也是情願的了。

【皂羅袍】休道木人非曉，這其間不得不是妝喬。暫時假借度昏朝，姣娃入手尋別調。那時歸同吳郡，常樂日宵。相將廝守，一生計着。從今只得藏玄妙。

（外上白）花費日窗來補過，思時駒隙去難留。

（小生）太師爺來了。

（末、淨、付上）外頭去吃飯。

（小生）是。（下）

（外白）老夫有一心事，特來請教先生。

（末）太師降臨，有何見諭？晚生自當聽從。

（外）老夫從幼至今，未知祖父骸骨安葬何處。今先父母的墳塋，豈有止獨一代乎？今與先父補過，要建黃羅大醮，追薦祖靈，必要有德行的高僧、高道主壇纔好。我想先生在外行道已久，各省名勝之方，奉請到來，方為妥當。望乞指教。

（末）豈敢。太師垂問，敢不遵依！此道得中，此處却也沒有。蘇州圓妙觀中，有一穹窿方丈，有一掌院羽士，姓何，法名天客，此道甚有法力。

（外）先生何以知之？

（末）晚生前歲時，曾在育嬰堂管賬，與他至厚，所以知之。

（外）如此就煩先生寫個名帖，差人去請他到來，面議便了。

（末）不消太師費心，晚生協力效勞。

（外）過來。你二人只在書房看書，不可懶惰。
（淨、付）是。
（外）華平，喚一小舟，你跟隨伏侍先生。
（丑暗立上應）
（外白）乘鶴不知來路遠，登舟爭似遇風便。
（各下）
（末）待我進去，收拾行李。（末下）
（付）華平，替先生打打鋪蓋。
（丑下）
（淨白）二老官，明朝我同吤有得白相哉。

第十二齣　奪　食

【二郎神】（貼上）中秋後，笑書生遠投身售。似眷戀，奴心無計就。重門不啟，蕭條難寄情由。（白）我秋香，自從在虎丘回來，明早有一書呆來此投靠，分明是"三笑"中的書呆。未知可是，又不敢明言一問。我想"莫須有"三字，咳，教人好難猜摹也。方纔奉太太之命，往廚房分付喬大娘，整治下飯。我想新來的華安，也要到廚房來取飯，必從備弄而走。吓，待我亦從此備弄而行。一則觀其真假，二則問個詳細。若果是他，索性作耍他半生半死，問他下次可再敢風月了。（唱）為甚的癡迷如醉酒，空思慕何能消受。任他個掩留，竟不想匆匆歲月如流。（下）

【鶯啼兒】（小生上）身臨相府又季秋，姣娥一似卯酉。並非關途路悠悠，也不干魚雁差謬。（白）小生唐寅。自那日在太太房中，見了秋香一面，直至如今，不能相會。阿呀，天吓！若遇巧會着了他，把我心事向他說個明白。阿呀，兩邊見情了吓，（唱）奈花容密蒂藏春，更錦障深圍怎漏。（白）吓，也罷，（唱）我且權待守，休錯誤了刻日輻輳。（下）

【簇御林】（貼上）專心候，略滯留。覷他們，有意否。朝朝暮暮尋窺竇。（小生內嗽。貼白）呀，那邊是他。我假做不知，迎上去。(唱)急抽身便走,莫俄延待久,明知是彼癡心剖。(小生上,接唱)快凝眸,若還一見,感謝地天厚。

(白)阿呀,果然是姐姐。阿呀,姐姐!

(貼)吓!你是那個吓?

(小生)吖,我是新進來的華安耶。

(貼)既是新進府的,為何不來見禮?

(小生)前者在太太房中,不便見禮。今日沒,補禮了。姐姐!

(貼)大家禮數,沒有作揖的道理。

(小生)吖,如此沒,就磕頭如何?

(貼)今日補禮,也遲了耶。

(小生)姐姐,先進于禮樂,野人也吓;後進于禮樂,君子也吓。我認認真真拜,有甚麼好笑?

(貼)我看你有些面善,所以好笑。

(小生)姐姐果然認得小生麼?

(貼)小廝家,什麼小生!沒規矩。

(小生)是,責備得極是。姐姐果然認得,待華安以實告之。

(貼)從實說來。

(小生)自那日,姐姐隨了太太,往虎丘觀音殿上燒香。只見姐姐與春姐,在拜臺上兩頭而跪,我在中間一齊拜佛,就是我耶。

(貼)就是你?

(小生)被春姐推我一跤,也就是我耶。(旦應。小生)太太起身下舟,我就忙忙趕至船邊。正直開船,只見姐姐站立艙門首,頭一點,手一招,又笑了一笑。

(貼)那個與你笑介?

【啄木兒】(小生)曾留戀,哂素口,像秋水春山常聚首。因此上浪跡浮蹤,又相逢覆水情留。疾忙趕至尊衙後,多蒙三笑來相誘,那時無計可施,只得自鬻其身進府投。

(貼白)咳,你這廢物的東西!我看你在虎丘山觀音殿中,何等風流,怎般放趣,今日反作此低三下四的勾當,什麼意思吓!

(小生)姐姐是通仙的,請猜一猜,什麼意思在裏頭?

（貼）吖，是了。

【滴溜子】莫不是，莫不是，爹娘病久？（小生介）不是。（旦連唱）莫不是是非僝僽？（小生白）父母早亡，一生不惹是非。猜不着。（貼唱）敢是官糧追究？（小生白）上不欠官糧，下不少私債。姐姐多猜不着的了。（貼白）吖，也不消猜得，我早已知道了。料你黑心腸的東西，有甚好意來吖。（小生）吖吖吖！哈哈哈！（貼）走來，我實對你説了罷。（小生）請教。（貼唱）奴是相府一姣柔，含香豆蔻。這玉竊香偷，休開牛口。

（小生白）姐姐雖通於天，難道見憐之念也沒有的？

（貼）胡説！什麽叫做見憐？

（小生）哪，

【水紅花犯】要你周全三笑，完合此姻儔。（貼唱）看他苦哀哀如此求，（小生唱）望你慈心一點將咱救。（貼白）既要我周全你，你且把這盤兒放在此，隨我進來。（小生）這個所在，酒飯肴饌，如何放得在此？（貼）不妨，這裏沒有人來的，只要放隱秀些就是了。走嚛。（小生）多謝姐姐，我來了嚛。（貼唱）步難留，毋教迤逗。（白）啐，没用的東西！來嚛。（小生）如此姐姐慢些走。（貼唱）曲彎彎穿過了，廊舍一帶靜還幽。（小生白）吓，走到那裡去了？（貼唱）匆匆一似放鈴鳩也囉。（貼急下）

（小生白）噲，姐姐，等一等。咳，那裡説起！吓，那裡去了？看他三回四轉，竟不見了。吖，想是躲在那邊。

【尾聲】這含羞休僝僽，（白）吓，阿呀，這是後牆門。不好，上了他的當了。咦，那邊有人來了，我轉去罷。（唱）衝衝小鹿撞心頭。（白）不好，有人來了，不免轉去。不知盤兒怎麽樣了。（唱）但願盤中原物留。

（下。雜扮扮犬上，咬下）

（小生上）阿呀，不好了！你看飯菜多已吃完，碗碟盡行打碎。

【撲燈蛾】教我如何怎理論，教我如何怎理論。肴饌皆無剩，飯食盡精光，只存惠山泉酒也，（白）吓，想他不會吃酒的。（唱）只喜骨骹細哨。止取個碗碟零星，好教我難安頓。這遭兒，教人無計少支分。

（白）這便怎麼處？吖,有了,我今拿出三錢銀子,送與喬大娘,買一桌就是了。正是:清酒紅人面,財帛動人心。咳,那裡説起!阿呀,你那秋香!且耐性。（下）

【阿好悶】（淨、付上）華安一去阿好悶,有些頑不知何處安身。落得閒遊阿好悶,想必貪看衆妖精。一回心上阿好悶,他們去有許多時辰。肚皮餓癟阿好悶,兀的做了餓殺神君。

【太平令】（小生上）堅心耐等,終須有日見情人,終須有日見情人。依然講舊盟,又何必一時成。

（白）飯有了,請飯。

（淨、付）吚拉囉裏去白相,到個歇來。阿唶唶,一個肚皮不拉背家裏捉子去哉。

（小生）管廚房的喬大娘身子不快,故爾遲了。

（淨、付）賊狗腿,我里中飯極准勻。

（小生）我一時腹痛,出了大恭,所以遲了。什麽大事!

（淨、付）白鐵刀轉口快。方纔説管廚房個身子勿好了,個歇亦説出子大恭。跪丐。

（小生）跪那個?

（付）隨便。

（淨）二老官,罰渠跪子聖人罷。

（小生）跪聖人使得。

（淨、付）吚勾狗骨頭,我曉得吓!

【好孩兒】只怕你,看見了許多波俏。慢消停,偷情細瞧。忘前没後計無牢。我的腹兒,枵㶼蟲叫,等你、等你不來到。

（小生白）不要打,待華安説。

（淨、付）甲没放吚起來,快點説。

（小生）華安拿了肴饌酒飯,走到備弄,腹疼起來,把盤兒放在轉角地上。

（淨、付）個就差哉。

（小生）進了花園,出了一個大恭。回轉身來,只見一個穿皂的、穿花的,把飯菜吃得精光。

（淨、付）個兩個奢人？後來呢？

（小生）後來這兩個就廝打起來了。

（淨、付）爻,爻,竟相打！吥阿曾去勸勸介？

（小生）這樣東西,那個去睬他？把碗碟多已打碎了。

（淨、付）介可惡,阿有祖蘇勾？

（小生）微微幾根。

（淨、付）甲没到冤枉子吥哉。個盤裏個菜囉裏來勾？

（小生）華安將三錢銀子,送與喬大娘買來的。

（淨、付）吥買來勾？我里何忍吃吥個,拿去自家獨啖子罷。我渠到房裏去吃耶。

（小生）多謝大爺、二爺。若非利齒與伶牙,怎得相瞞免禍來。

（下。淨白）兄弟,看渠勿出,倒肯捨己。

（付）就是我里爺爺,不拉渠做點心錢吓。

（淨）我前日子,看渠枕頭邊,七八隻錠乱來,合渠乒胡罷。

（付）擲骰子好。

（淨）有理勾。（下）

第十三齣　慶　　壽

【引】（丑上）伯父有威權,勢耀重如山。

（白）山水天然好,蘇堤跨六橋。西湖布十錦,綠柳鬥天桃。學生乃杭州草橋門外王老虎便是。伯父在京官拜兵部尚書,阿姆從未生長,把學生承繼為嗣。奈北邊風高地厚,水土不伏,回家養病。母親鄭氏,天命年矣。有一小妹,名喚月娥,年方二八,尚未婚配。今日乃母親壽誕,已曾分付整備筵席,未知可曾完備。王大囉裏？

（末上）來了。主人喜愛點頑耍,凡事由他自逞強。大爺有何分付？

（丑）今日太太五十壽誕,着你整備筵席,可曾完備？

（末）完備了。

（丑）各衙門送來勻禮，六個上賬？

（末）小姐上賬的。

（丑）不差的。請太太、小姐上堂。

（末）曉得。後堂傳話，請太太、小姐上堂。（内應）

【引】（老上）堂開筵宴安排早，啟簾幕瑞煙浮綺。（貼上，接【引】）紅妝翠圍，綽約翩躚臨陛。

（丑、貼白）母親。

（丑）妹子。

（貼）哥哥。

（老）請我出來何幹？

（丑）今日母親壽誕，孩兒整備筵席，與母親上壽。

（老）兒吓，汝父早亡，多虧大伯為官，我一家得沾宦興。況又隻身，此慶祝到也免了罷。

（丑）孩兒誠心，一定要上壽的。

（貼）哥哥，母親尊意，不須故違。

（丑）妹子說了，甘休哩。看酒。

（末）有酒。

【園林好】（合唱）啟東閣華筵早開，又何必妝榮做貴。聊借此官場之概，休得要損家財，保取個福將來。

（末白上）禀太太，周解元差朱媒婆在外求見。

（老）聞得周文彬，與蘇州唐伯虎、祝枝山、文徵明三個文棍為友。他遣媒婆而來，必是求親。我兒，你去回他，我們回避。（同貼下）

（丑白）喚媒婆進來。

（末）吓！媒婆呢？大爺喚。

【江兒水】（付上）我是媒根首，胸藏轉變才。今番老虎當頭在，（丑白）你是朱婆，不怕我老虎的麼？（付）怕是怕勻，也是不得已來至。（丑）到是老實話。到此何幹？（付唱）奉命求親新魁解。文彬周姓身名大，不須高梁支派。伏望包容，特來見後堂老太。

（丑白）住下來！王府裏頭，那個作興你直進直出？國有大臣，家有長子,是我大爺做主,見太太何干!不是我批點周文彬,論身份不過是解元,比家財止得百畝薄田,他的兄長做個武選司,況且他綽號叫"周美人"。不瞞你說,我家月娥,千金小姐。伯伯是兵部尚書,管得着武選司否?那一椿賽得過?敢來求親!你快些走,走遲了,拳頭奉承你。奢物事,也來求親!(丑下)

(付白)真真王老虎,越凶哉。不免回復二爺便了。(唱)

【饒饒令】晴乾不肯走,直待雨兒灑。做勢妝威將人怠,直訴因由莫自改。

【月上海棠】(周上)心自揣,未知何日相成在。朱媽媽,問伊家作伐,此事和諧?(付唱)奉爺命往彼求親,怪他們欺凌忒歹。(周白)你去時可曾見二房太太?(付)沒有,只有王老虎在堂。老身就把親事講起。他說解元身分小,配不上兵部的侄女、千金小姐。又說周府上不過薄田百畝,說周大爺是個武選司,也是兵部屬下官兒,敢來犯上求親,門戶又不相稱。後邊還有一句,老身不敢說。(周)但說何妨?(付)如此待老身告了罪。(小生)罷了。他說什麼?(付)王老虎說,二爺綽號叫"周美人"。(周)吓,他便這等講?(付唱)必竟是龍陽輩,二尾生成,石女投來。

(周白)這畜生,恁般無理!我不來尋你條款就罷了,怎麼到來嘲笑於我?你也辛苦了,且到裏面用飯,還有酬勞。

(付)親事未諧,還要二爺費心。

(周)說那裡話。朱媽媽,

【尾聲】雖然未就朱陳配,還把媒根先已培。(付白)二爺,(唱)謝你個冷熱不堪奕世才。

(周白)隨我進來。(同下)

第十四齣　料　　壇

【引】(付上)書符咒,把星襄,不畜我穹窿方丈。

(丑隨末上)

【引】陪賓迎客有容光,須信是儒道通庠。

（白）法師，見了相爺，還是儒禮、道禮見？
（付）自然是道禮而見。
（末）如此放尊重些。
（付）為何？
（末）莫見乎隱，莫顯乎微。
（付）何消説得。道也者，不可須臾離也。
（末）你若可離，非道也。
（付笑介）哈哈哈。
（末）華平通報。
（丑）是。太師爺有請。

【引】（外上）日夜掛心腸，為祖考未得長享。
（小生隨淨、付上）
（丑白）啟太師爺，法師請到了。
（外）我兒出去迎接。
（淨、付）是。
（丑）大爺、二爺出來。
（淨、付）道士哉，接渠做奢？看那哼藎只蚱蜢法師。
（付）大爺、二爺，小道志心進謁，敢勞貴光出迎！
（淨、付）豈敢。先生來哉。
（付）太師。
（外）法師。
（付）太師請上，待小道參拜。
（外）有勞法師，涉遠而來，那有返勞之理？常禮罷。
（付）從命。大爺、二爺。
（淨、付）罷哉。
（付）吓！唐——
（淨、付）個道士詫異，也喜歡標緻面孔勾。吁到書房裏去。好斂臉道士！
（淨、付、小生下）
（外白）請坐。

（付）太師在上，怎敢坐！

（外）説那裡話，那有不坐之理！

（付）告坐了。

（外）久聞法師，道通玄妙，德重鬼神，久仰久仰。

（付）不敢。蒙太師呼唤，面商醮事，小道已知。但據此醮壇，非比等閒，趁目今早早備下，方得臨期應用。若有不周，不為志誠矣。

（外）此間先生稱羨法師，名望非常，故爾相請到舍。老夫頃囊，遵依法師便了。

（付）既蒙臺命，小道擅行了。

（外）豈敢。

（付）第一，請上帝下降，必須擇一所潔靜地坯，設兩日席地神筵，名曰"借土"。命匠工就此地方，起造廳堂，或五間，或七間，以作結壇之處。檻上用黄油栅欄，廳之中，上掛黄羅帳幔，造一黄龕；二、供上帝、左右諸大帝、三十三天羅天宰三百六十位、兩傍三十六員天將，請天師監壇；其餘龍神師相、天從天兵、天馬天曹、執御者十萬八千總軸，每日更換素筵齋供，壇內用二十四員官。完滿日，一應鄉民、僧道，來此赴齋，以結良緣。四十九日為滿，再建如意壇三日，以作謝土酬願功德。太師，

【浪淘沙】要碗盞，新鮮往江西。進壇時，換新衣。沐浴淨手潔身體，大小見外只憑水。敬天米粟，另行調理。用棗頭，搖田疇，虔誠無穢。志心可動天和地，這醮事，有誰比？

【福馬郎】（外）器皿曾差人去矣，供奉田和轎，巳耕曆。（白）只是法師的酬禮，和衆法師的勞金，共計多少，也要請教明白，莫使有褻。（唱）請尊教付金帛，前後須記。完醮事，好名兒。

（付白）太師爺，道末等，也不敢計論。太師爺先付銀五百兩，付小道回蘇，準備各項。到了至期，七日前，等候寶舟一到，隨即邀衆而來。完滿日，再算便了。

（外）從命。法師用葷用素？

（付）穹窿法派，都是吃齋。

（外）如此東廳擺席，煩先生相陪。明日先兌銀五百兩，喚一舟船，相送法師回觀便了。老夫失陪。

（付）太師請便。

（外）天上人間皆一體，誰知高士有能為。

（外下。末白）請到裏面去用齋。過了一宵，明日早行。

（付）我里進去開馬賬，明日回蘇便了。

（末）有理。請。

（付）請。（同下）

第十五齣 亭 會

【引】（小生上）憐香惜玉，幾時得與伊同衾共褥？天付斯人，何時方可情和睦？

（白）我唐寅，前日會見秋香，細訴衷情，反被他一番捉弄，心中十分嗔恨。我想既作此匪事，不可執一己之念，且慢慢調侃他便了。方纔在廳上，被玄妙觀中道士，險些被他說破我行藏。幸得大爺、二爺命我看管書房，方得脫身。咳！對此寂靜書齋，好不悶人也。吁，不免往後花園中閒步一回，多少是好。

【懶針線】相逢那日似情和，到如今浪蝶狂蜂幾調睃，慳雲蕊雨縷經過。恁教他百樣相催挫，只忍受痛腸無那。有時節背地如留意，有時節人前佯誚呵。他和我，有許多科段，空惹目睃。（下）

【太平令】（貼上）書魔閒身未晤，為牽情遠投，無奈奴何。風流累呵做不得欲海情河，差訛誰言水盡欲飛鵝。那些個鴛鴦相臥，（白）我秋香，自那日撞見了這沒廉恥的東西，告訴一番苦情，我將他捉弄得心慌意亂，又賠去三錢銀子，又受了一場打罵，使他心灰意懶，自然不來纏繞了。方纔奉太太之命，往後花園中折取晚桂，只得走遭。（唱）晚香枝頭零落，甚時結果？

（小生上白）畫梁紫燕雙雙宿，蓮蒲鴛鴦對對眠。

（貼）呀，那邊來的是厭物。阿呀，天吓！搯搯的又撞着了他。吁，索性哄死這冤家。噲，華安哥，來。

（小生）啐！什麼"華安"，敢是叫命！

（貼）阿呀，好意叫你，為何這般光景待我？

（小生）什麼好意，分明是脫空說謊哄騙精，免勞下顧。

（貼）阿呀華安哥。

（小生）你如今不要叫我了。

【瑣寒窗】（貼）堪笑你恁地瘋魔，（小生唱）我廢寢忘餐着甚麼。（貼白）來，亭子上來。（小生）我不來。（貼）阿呀，為什麼介？（小生）哪，（唱）怕伊家計賺，打破砂鍋。雲帆霧槳，時或相阻。你若真心呵，願卿卿降臨亭坐，又何須不想會合，須不想會合。

（貼白）你不信麼？

（小生）我不信。

（貼）吖，也罷！我如今把個啞謎與你猜。你若猜着了，我便下來；若猜不着，從今已後，勸你息了這念頭罷。

（小生）哈哈，文章會做，何況啞謎乎？請說。

（貼）不是講的，是做手勢的。

（小生）如此請做。

（貼）你看了吓。

（小生）快些做。

【大節高】（貼）指尖兒指斷銀河，看明瞭，指垂淵，破靈谷，來回想指知其可。拇指兒阿奴，七月七乞巧銀河渡。八仙會，上蓬萊，轉身兜個大團圈，伊家好把機關破。

（小生白）這又何難？你我這椿事，只有天知、地知、你知、我知，不可與外人知之。七八是十五夜，在後花園中一會。可是這個意思？猜着了嘘，下來，下來。

（貼）啐，放屁！吖，待我直對你說了罷。你若起了此心，是天不容，地不載，你貪我不愛。稟過太師爺，打你七十板；告訴老太太，八十番黃蓋。若還打不死，枷你起來不自在。可是猜不着？

（小生）住了，你這個手勢做差了。

（貼）怎麼說差了？

（小生）那枷是方的，不是圓的。

（貼）咳，蠢才，蠢才！外面是方的，裏面是圓的。

（小生）也不是方的，到是兩頭尖的。

（貼）啐，小廝家，這等沒規矩。

（小生）噯，什麼小廝吓？

（貼）讓我去。

（小生）放你去吓，不中用。

（貼）嗨，你便怎麼樣？

（小生）要叫我一聲哥哥，纔放你去。

（貼）吓。

（小生）要你叫吓。

（貼）就是一年也不叫。

（小生）唔，如此十年也不放。

（貼）沒奈何，如此，哥哥。

（小生笑）親親的妹妹。

（貼）那邊有人來了。

（小生）在那裡？吓，沒有人。噲，好姐姐。

（貼）以後少要如此行狀，倘有人看見，無絲有線了。你今晚吃晚膳，在桂花亭中等候。待我伏侍太太安寢了，我即便來此園中，完你的心事，如何？

（小生）真個？

（貼）真的。

（小生）多謝姐姐。噲，又不要學前番爽約我了嘘。

（貼）今夜若爽約你，是狗類。

（小生）如此真個要來的嘘。

（貼）再三不用親囑咐，

（小生）一心合意是前緣。（各下）

【東甌令】（淨上）筵前事，醉顏酡，半世同逃弟與哥。從教酒色相連禍，尋取個原生貨。（貼接上）饒他癡漢有機謀，反被我舌相挑、口懸河，等得性如火。

（淨白）吓，個是秋香。天從人願，正拉里想渠，來得正好。拉里哉？

（貼）吓，是那個？

（淨）是我，大爺。

（貼）不可如此没正經。

（淨）我吃醉哉，連字低下個勾字哉，要白相白相瓦。

（貼）太太要折桂花，在房中立等。

（淨）我愛得嘸勢哉。

（貼）吖，你若愛秋香，今夜黄昏後，到後花園中相會，我在桂花亭等候便了。

（淨）真勾噓？若騙子我，下遭看見子，再勿饒嘸勾哉。

（貼）這個怎敢！快些放手。

（淨）罷！暫時放你去，不久便歡娛。（淨下）

【尾】（付上）醉羅呵，歸房卧。（白）拉裏哉？（貼）纔離虎穴，又入虎口。這是那裡說起！（付）好寶貝，想殺子我哉，到柴房裏去白相白相罷。（貼）這個使不得，倘人看見，體面何在？你有心於我，你可今晚黄昏時分，在後花園中相會，我在桂花亭等你。（付）當真？（貼）真的。（付）要來勾噓。介没我去哉。（貼）走來，不可對二奶奶知道。（付）個是我阿說個介，真正當我呆大哉？我心欲火燒，萬事憑天造。（付下。貼）慚愧，慚愧！我秋香魔難恁般多矣。（唱）何事相逢三錯，（白）他們只道便宜，今晚且教他三個冤魂，一番没趣吓！（唱）我且穩坐漁舟聽笑歌。（笑拍手下）

第十六齣　計　賺

（起更）

（小生上）晌午許言無反悔，黄昏守待可人來。我唐寅，方纔閑步花園，忽遇秋香，正欲交情。他再三相約，今晚黄昏時候，到桂花亭中等候他來，完却心中之願。此時晚膳已過，不免就步而行。阿呀，你看這天。偏偏今夜呵！

【梁州序】長空如墨，回廊路狹，摸索將人相向。（浪白）說不得！（唱）且自匆匆移步，偏宜色興顛狂。（白）阿唷！好了，且喜已進花園門了。這露天地裏，影影有些亮光。（唱）轉履太湖石畔，芍藥欄邊，悄地過木香廠。阿喲，輕寒透體也露微涼，却不道抹殺多情年少郎。（白）咦，且喜那邊是桂花亭了。咳，但不知此時，太太可曾安置否，那位姐姐未知可曾出得房門吓。（唱）奈銀河漫碧波，囡園亭冷落心懷想，玉人至肯輕放？（下）

【梁州序】（付上）停杯且往園亭前向，密約秋香消賬，（白）想我渠房下，真真輕薄，竟勿肯放我出房門。阿唷，我説肚裏痛，要出大恭了，二奶奶説房裏有馬桶拉里；我説，阿唷臭了，要坑上去，介沒叫丫頭點子燈，照子二爺到花園裏去大解；我説勿要，坑缸上去撩衣脱褲，露子小二老官出來，阿覺道勿雅，況火光照子，極罪過勻。我里房下到相信，為此放心而來。天爺爺，那能黑介！（唱）思想訂取黃昏候赴巫陽。阿呸呸，伸手不知五指，園路崚嶒，兩脚高低壤。（白）阿呀，好哉，到子花園裏哉。勿知我里好妹妹，阿出房門來吓？（唱）桂亭何處也會嬌娘？兩眼模糊仔細張。（白）咦，你看個荅，影影能個有人來哉。等我拉假山背後子上了吓行，相着實子勒到亭子上去。（唱）心兒盼，目兒望，思思切切時時想，今夜裏似蛤蚌。（下）

【梁州序】（淨上）算風流其實高强，石灰袋即溜飛誑，從心兒酒色延過時光。（白）哈哈哈，我大呆子久已想勾秋香美色，勿想今夜到要成功。方纔吃子夜飯，拿勾酒得來灌醉子大奶奶，偷伴倢得出來，尋點野食荅荅。勿知我里老太阿曾困來，我心裏亂箭攢心。阿呀，睡魔神伯伯，保佑我里太太困着子嘿好嘘。（唱）只為佳期不遂，納取偏房，完却三生上。攜雲握雨也地天長，莫使他人覓鳳凰。（白）咦，吓看個荅，搖哩額哩，像是來哉。且伴拉桂樹底下，等渠來勒，辮上去。（合前）

（絆介）

【梁州序】（小生接上）風馳雲讓，急臨方向，一上還須亭上。毋教爽昧，佳人有意狐猱。（白）好了，來此已是亭中了。咳，阿呀天吓！（唱）只怕事遭不偶，羈絆姣娘，情屬藍橋樣。做成祆廟也火

光芒,恨殺重垣邃室牆。(付暗上白,淨同白)咦,那邊來的是他,待我迎上前去。(淨、付同唱,合前)

（同白）在這裏了。

（付）吓,六個?

（淨）阿是二老官?

（付）吙,是大老官?個是六個?

（淨）勿曉得。

（付）吙是華安耶?

（小生）差也不多。

（淨）賊狗骨頭!黑天忙地立拉個答人,赫人勿要赫壞子勾。

（付）吙拉個答做奢?

（小生）我在此間——

（付、淨）做奢?

（小生）你們在此做什麼?

（淨）我拉裏小解。

（小生）你呢?

（付）我是拉裏大解。

（小生）解手?要手足同行的?

（淨）我里是弟兄。

（付）有官同做,有馬同騎。

（淨）有飯同吃,有恭同出。

（小生）只怕未必。

（淨、付）何以見得?

（小生）我到猜着你們意思了。

（淨、付）猜着我裏奢勾?

（小生）哪,

【節節高】只怕你心懷色欲腸,會姣娘,園亭圖却情歡暢。(淨、付唱)機關亮,細思量,如何響?(小生白)不必細說,告訴太太去。(唱)匆匆隨我來歸伏,將情直訴夫人向。(淨、付白)阿呀,華安吓!(唱)連連唱惹可相央,伊家休得來直上。

（白）好男兒，下遭來遲去慢，再勿計較，可以恕饒子我罷。

（小生）你們前日好罵！

（付）勿罵吓。

（小生）好打，不中用，又要我跪。

（付）叫吓跪個孔聖人耶。

（小生）没相干，告訴太太去。

（付、淨）阿呀華安吓！

【又】休稱主僕行，兩相當，從今不必分卑上。（小生白）今後不分上下，講過的了吓！（淨、付）君子一言。（小生）罷，罷，罷！（唱）如廁狀，共商量，無推讓。多蒙見愛承廣况，自當銜結將情放。（付、淨白）介没我里去哉。（合唱）三人分手各歸房，各人各自心惆悵。

（小生白）你們歸房去罷。

（淨）二老官，白濁病才不渠赫子出來哉。

（付）亦然亦然。（同下）

（小生笑）哈哈哈，妙吓！這兩個醜驢，被我三言兩語，歸房而去。阿呀且住！只是今晚，又被那女子哄了。咳！

【尾】今朝又上無情當，懷抱終須悒怏。（白）吓，秋香吓，吓，吓！（唱）教你後日，相逢和你對面講。咳！（無興式下）

第十七齣　查　　奏

（二旦值殿引生、末、外三官上）

【點絳唇】昊闕金都，五雲深護，三元户。天地乘除，水府相圖路。（外白）上界無私至得書，（生）位存帝座任清虛。（末）世都謂極三元品，（同白）誰道高玄是一樞。

（外）吾觀下界，大明弘治三年，秋末冬初，正當體察人民功過。待其二遊神回徹，交旨過了，方好輕重獎懲，以彰善惡之報。體道上天耳目近，須知報應甚分明。

（淨、付二遊神上）查察人間事，善惡見分明。二遊神見，《善惡簿》呈上。

（外）取上來。（二神應，外唱）

【油葫蘆】俺將這功過呈查一簿錄，要把那善惡書，衆生罪孽和那修心處。每日價名利兩驅馳，優共劣爭相逐，那裡有善良心處處寬洪度。放不下情牽故，棹不得冤仇挫，有一個忠國孝心夫。

（白）查得江南常州府無錫縣人氏，姓華名宏山，出仕本朝為相。今告老還鄉，為祖設醮，虔備清心，思之可憫。吾當為彼呈奉天廷，降取禎祥，永傳奕世之美談也。護從們！

（衆應）速往金闕去者。

（衆）領法旨。

【寄生草】（合唱）謁奏江南仕，誠心孝無虛。忠良國祚邦家輔，天恩降瑞須臾臁，誇伊補過生身父。因此上須臾呈上降丹書，咸封下詔齋壇座。

第十八齣　行　香

（丑香火白上）鐃鈸收燈日夜忙，肩挑擔子力兒強。安排掛軸多辛苦，送帖傳人做道場。我乃玄妙觀中穹窿方丈一個香火便是。我里個何法師，包子幾裏蕩口華太師府上黃羅大醮。勿打緊，到忙殺子我做香火勾。合觀道士，勿多幾個動得手勾，請來請去，只請得廿四位拜懺，還少三十位動得手勾。亦是我晦氣，奔到城隍廟裏，請子道紀司；康王廟裏二道士，答子棒槌精；關帝廟前，請子王道士；富仁坊巷朱奕峰、乾生觀瓦一黨、三十個名公吹打。九月廿三日，到子幾裏，鋪排子七日，十月初一起懺。月小勾，今日剛剛十一月二十。完滿日期，亦要發表，亦要行香。外頭搭子大廠，勿論僧道等，都來赴齋。個個勝會，是難得看見個。等我去做完子正經，偷忙捉工夫，也去看看介。忙裏偷閒應自樂，苦中何趣暫時歡。（丑下）

（雜扮童子撞旛，雜拿傘轉下。吹打道士、法師上，二院子外上，走下又上。進壇外拜佛）

（副淨白）氤氳繚繞，香霧騰騰。虔誠拜禱，求護祥雲。今因孝孫華宏山，設建黃羅大醮，亡靈追薦。先祖父母，薦拔三界。悠悠樂處，蓮花住跡。飄飄渺渺過時光，散淡雲閑總是仙。落處悠悠忘世事，生生世世在天凡。

（衆吹打）

（付淨誦）洞中元虛，光郎太原。八方威鎮，靈使我自憐。祥雲初起，法界氤氳。羅天海岳普遥聞，到處覆慈雲。達信通誠，萬聖悉退齡，大聖香雲浮蓋大天尊。諸天諸地轉靈機，皇天受天齊。大道慈悲萬化樂雍熙，大道慈悲萬化樂雍熙。

（丑上白）請各位師太用齋。

（衆）請。（下）

第十九齣　親　　臨

（四天將、李天王、孫行者，雜扮車夫，末玉帝上白）體貼人情盡美彰，上天降得照禎祥。永傳碑口稱賢孝，萬古千秋名譽揚。吾觀上元呈奏，知下界明輔華宏山，為祖設醮，志心垂念，虔備清心，上古罕有。今日完滿，待吾親往壇中，以彰善惡之報。天從們！（衆應。末白）護駕祥雲，往蕩口鎮去者。

（衆）領法旨！

【玉環清江引】齊駕祥雲，紛紛瑞靄飄。萬水千山，輕輕下九詔。天風徹地摇，天香透碧霄。天從天兵，恭擁護着。

（扮城隍、本境衆神祇上見）

（末白）免。爾等在四下安頓。吾當化下道者，前往壇中，以彰報應。

（衆）領法旨。（衆下）

【清江引】（末唱）改豐儀，化全真清虛教，妝做個塵凡鬧。免揖莫相邀，一例體行導。進門闌，撥紅塵，分清濁。

（生上白）吓，這全真道人，到此何幹？

（末）來此赴齋。

（生）你不見麼？一應僧道人等，俱已赴齋過了。去罷。
（末）住了！你主人做的，名曰"如意醮壇"，止不過要盡人如意。今者，只我一人，慕名而來，尚且不能如人之意，還稱什麼"如意醮壇"？可不枉了這四十八日功勞也！
（生）如意不如意，與我何干？待我報與主人知道。太師爺有請。

【引】（外上）淨禮志誠心，不競喧嘩性。
（白）什麼事情？
（生）啟太師爺，外面有一遊方道人，在此化齋。
（外）在那裡？
（生）哪，進來了。
（末）齋主，貧道稽首了。
（外）老道，從何而來？
（末）天水郡而來。
（外）那一府？
（外）位天府。
（外）那一縣？
（末）雲天縣。
（外）那座名山？
（末）太昊山。
（外）那一洞？
（末）乾一洞。
（外）到此何幹？
（末）來此赴齋。
（外）何不早來？請回，明日酬土功德再來罷。
（末）齋主，貧道來路遠，何得再來？
（外）請問那位天府在於何處？
（末）吓，齋主！

【北集賢賓】論開闢清濁未分糊，立玄機啟通衢。恁清霞業存行，德與釋道通儒。（外白）虛詞無實，焉得信乎？（末唱）恁道是實虛詞,世人談若有程途。羨伊家惟忠惟孝奕世奇,一椿椿誠設虔鋪。博得個聲名傳遠播,早難道一頓少了吾。

(外白)是吓,多的齋了,何況你一人! 過來,分付廚下,收拾素齋,取三十三文襯錢過來。

(生)曉得。(下)

(末白)我聞如意醮壇,非同小可,甚是潔淨,欲往一觀,未審肯容否?

(外)老道,化齋猶可,則這如意壇非同小可。衆道官進壇,都要更換新衣鞋襪,並無一些穢污。我看你身上不潔之衣,上下骯髒,如何進得壇中? 勸你莫惹這罪孽罷。

(末)我這一身雖污,豈知朝天禮上,全賴此衣也!

【逍遙樂】向高壇禮拜,如却人知,何方見取。俺只是一往庭除,少刻價低首眉俛。却不道功德場中眼目舒,誇得個誠心伊吕。潔皂黃羅,輔國人豪,主得人徒。

(外白)老道志心如此,老夫豈阻行哉。請。

(衆道法官上)

(末白)道者請了。

(衆)請了。

(外)起來。

(衆)此位道者何來?

(外)是遠方而來。

(末)果然好醮壇也!

【梧葉兒】只見取如般禮,一派介恭祝呼,不覺的暢懷動心伏。齊濟濟傾身拜倒,他志誠深處。供奉吾拜禱慢匍匐,比不得這荒林也那草廬。

(外白)開了柵欄。

(衆應)

(末白)妙吓! 齋主虔誠,名不虛傳。果然至心至孝,實乃替父補過,出此賢孫也!

【醋葫蘆】羨伊家恁淨潔,如意兒酬土木。俺這裏陵涉敢不折腰趨,爭向壇中來俯伏。一霎時藏蹤歸陛,只教他一門聲世從後有名譽。

(隱下。吹打)

(外白)這道人半晌不起。法師,扶起來。

(付)呀,好奇怪!這老道,全身不見,止有一堆衣巾,內有一紙,紙上有字。

(外)取來我看。(付應。外白)"玉帝親臨"!原來上帝垂恩,親臨降壇。吾當叩謝。

【煞尾】(合唱)感深恩,降壇中親垂訓,下丹霄紅塵路。聽悠悠音樂聲,隱隱上天衢。這籌兒萬千秋,傳遍了世人語。好把那刊刻臨書,向中堂相傳奕世作區圖。

(外白)過來。

(生暗立上)有。

(外)明日喚個刻字匠人,進來伺候。

(生)曉得。

(下)(外白)請住持師用了晚膳,放過焰口,送了諸神。酬土畢時,上匾日,謹設華筵,酬謝上帝便了。

(付)忠孝由來感上憐,

(外)志誠所至格神天。

(眾)今朝事出超千古,他日聲名萬古傳。(下)

第二十齣 付 果

【引】(老上)昨臨醮事超千古,曉相傳四外聲呼。

【引】(貼上)月零數日尊清素,方閒此身安居。

(老白)前日醮事匆匆,未能閒暇。明日乃臘月初八日,例啜果粥。秋香,取了果盒,採取各色果品,付與管廚人,明日早早炊煮,不得擔誤。

(貼)曉得。

(老)萬事抱歸主,分撥有權衡。

（各下）

（小生上）風月主人誠有意，花容姣豔隱無蹤。我唐寅，為了秋香，藏身華府，不覺三月有餘，並無粘些好處。正是：未吃羝羊肉，反惹一身羶。罷！不如尋個去路，及早歸家，何苦受此卑污。咏！這老頭巾出去拜客了，這兩個丑驢，命我茶房取茶，只得走遭。

【一江風】那冤家，三笑成虛靶，手把門兒妒。細端詳，無意無情，剗地裏輕相搤。（白）我想他是個使女，那有此福分吓！（唱）他若能到我家，他若能到我家，燒香供養他，說幾句知心話。（下）

【一江風】（貼上）送香茶，悄往回廊下，恐惹人窺乍。記秋時，三弄園亭，他怪我情兒寡。（小生上唱）我若還撞着他，（占唱）若還見了他，（小生唱）便問他真共假，責備他言謊詐。

（貼白）好吓！

【一江風】意心邪，說與傍人話，洩漏漫天架。（小生白）我何曾洩漏來？（貼唱）為何因，二子相逢，錯認三交詫。（小生白）住了！你自爽約不來，何故知主人交詫？（貼）我麼，不曾——（小生）你來的？（貼）來的吓。（小生）什麼時候？（貼）黃昏已盡，伏侍太太安寢，我即便隨至園中。你可曾到亭子上去麼？（小生）我在亭子上等你。（貼）我問你，這兩個是何人？（小生）這就是大爺、二爺。（貼）喲，可又來！我也知是大爺、二爺，我連忙就轉。你自己不伶俐，反來怪我，你好沒良心吓！（哭介。小生）吓，如此說，姐姐是來的？（貼）來的耶。（小生）阿呀，如此是我錯怪姐姐了。（貼）可不是麼？（小生）咏！（唱）我恨殺醜驢兒，我恨殺醜驢兒，將好事生反卦，還望你親親媽。

（白）前日緣慳，有負姐姐，依今日之長，補前日之短罷。

（內白）太太出來。

（貼、小生急下）

【一江風】（老上）囑教他，付果司廚下，擔誤齋時罷。却何來，平昔尊行，今日裏無回話。今日景堪誇，今日景堪誇，偷閒何處也，聲音何事匆匆話。

（丑暗上白）秋香妹妹，太太叫。

（貼急上）吖，來了。太太。
（老）你在那裡？
（貼）唔、吓、吖，在廚下。
（老）既在廚下，為何去了半晌，還沒有到？
（貼）吓——
（老）看你面紅耳赤，慌張無語，必有元故。從實說來，免汝之罪。若不招成，春喜，看家法。
（丑應）
（貼白）太太請息怒，待秋香說噓。

【皂羅袍】付果廚房明用。（老白）快些説吓。（貼唱）急抽身，遇了新到安童。（老白）可是華安？（貼）正是。（老）他便怎麼樣？（占唱）他癡迷俏態失心瘋，言三語四來呼哄。（老白）他哄些什麼？（貼）他要哄果兒吃。小婢呵，（唱）因此與他爭口，耳赤面紅。聽說夫人來至，（老白）如今華安呢？（貼唱）賓士似瘋，真情無奈虛調弄。

（老白）他初來時見我，原分付你們，下次見他，只有躲避，切莫與他一般見識。春喜，你拿了果盒，到廚房下去分付了。（丑應下。老）秋香，

【尾聲】從今規避癡愚種，少艾黃花尊重。（下。貼白）咳！（唱）若不是俺識遮瞞，須教惹禍祟。（下）

第二十一齣　代　　文

（淨吟詩上）在明明德，
（付吟上）賢賢易色。
（淨）二老官，題目竟思索勿出没那？
（付）個要死勾哉，先生只怕要居來耶。
（小生拿茶壺上）屋漏更遭連夜雨，船遲又被打頭風。不知太太可曉得？（敲門介）
（淨）先生居來哉那没那？

（付）等我去問聲看。阿是先生居來哉？

（小生）唔。

（付）正是，快點開門。

（小生進坐）

（淨白）哑，狗骨頭！好人能勾坐虱子，眼睛虱虱煞，口也勿開。

（付）哑看氣急唞吼，像是撞子點奢勾虱哉，替哑掇碗羹飯沒哉。

（小生）非也，非也。

（淨）飛子上去，勿要跌殺子勾。

（小生）不是。

（付）北寺，拉蘇州，即怕撞子倒塔鬼哉。

（小生）華安方纔往茶房取茶，竟撞着了太師，何聞起説兩位元公子的文字，可曾做完。

（付、淨）哑那説？

（小生）我説做完了。

（付、淨）啐！那説做完哉？

（小生）太師隨即就來觀文字了，速速趕完為妙。

（付、淨）那説速速趕完？介容易？連答題目勿懂拉里來。

（小生）什麽題目，這等煩難？

（淨）我是"在明明德"。

（小生）你呢？

（付）我是"賢賢易色"。

（小生）四字題目，容易，不難。

（付、淨）有所説勾，為人容易做人難。

（小生）什麽難！哪，一揮而就。

（付）吖，勿難勾，一揮而就？叫渠代做子罷。

（淨）極是個哉。既然是梗做做看。

（小生）喲，文章豈是代做得的？

（淨）勿是，實在急哉。替我渠兩勾做子文章，弟兄相稱。

（付）同櫈吃飯。

（小生）吖，代做了文章，弟兄相稱？
（付）同檯吃飯。
（小生）這也罷了。磨墨。
（淨）吓，就磨墨。
（小生）啊喲喲，口渴得緊，取茶來。
（付）吓，取茶來。茶拉里，吃子快點做。
（淨）好做作，快點做。若做勿出，我個兒兒子，小心點，奢面孔對吥。
（小生）不要多說，到門首去看看，恐怕先生來。
（淨）勿差勾。二老官，吓到書房門口看看。
（付）吓，讓我去看看。
（淨）快點做。
（小生）不要多說，待我下筆便了。
（淨）是哉。先替我做。
【催拍】（小生）走龍蛇施能遇巧，顯吾才將他壓倒。欲締鶯膠，欲締鶯膠，仗此文章，瑟弄琴調。（付白）先生勿來。我勾阿做完來？（小生唱）二子周全，事沒虛囂。一題兒兩篇就了，請檢閱，細推敲。
（付、淨白）阿曾做完了？
（小生）完了。
（淨）好吥。
（付）就是三峽之流，不能之甚速；天河之水，無無其倒源。好兄弟，下遭竟准子吓做哉。好吥。
（小生）文章做不來，也知好歹。
（淨、付）文章沒辦勿出，好歹是曉得勾。
【引】（末上）為謁舊相交，轉書齋，催文字獻功勞。
（淨、付白）先生居來哉。先生。
（末）罷了。你二人的功課完了麼？
（淨、付）學生揣摩文字，不十分思索，勉強做完，請先生筆削筆削。

（末）取來我看。好吓，平昔不及此章也。

（小生）太師着華安催之已久，請先生面呈此章于太師，也顯平昔教訓之功也。可是麼？

（末）這小廝，到也說得是。就向東翁呈好句，來稱二子長文才。

（付、淨）爹爹面前，替我渠兩個包謊包謊。

（小生）在我。

（末）華平，請太師出來。

（丑內）太師爺有請。

（丑隨外上）

【引】獨坐無聊，轉待等課子文稿。

（末白）太師。

（外）先生，有何見教？

（末）來呈二位元令郎的文字，故爾驚動貴體。

（外）這兩個蠢物，幾年來未成一篇，不信今日就聰慧起來了。

（末）不瞞太師說，晚生出外拜客回來，恰恰二位令郎的功課纔完。華安持與晚生，晚生細觀此章，比平昔大不相同，竟有魁解之才。將來金榜題名，穩如磐石耳。

（外）取來我看。

（丑）嘎。

（外）呀！

【催拍】果然見珠璣，貫着如鋪錦，兩篇妙稿。毛塞頓消，毛塞頓消，聰俊一時，才學今高。苦盡甜來，智慧相調。（末白）晚生並不虛言。（外）只是一說。（唱）這筆跡，非是兒曹。曾見過，費猜度。

（白）這筆跡，與華安相同。

（末）或者令郎做了，教華安抄寫，亦未可知。

（外）豈有此理！喚兩個畜牲和華安過來。

（丑）嘎。華安兄弟，大爺，二爺，太師喚。

（小生隨付、淨白上）二老官，爹爹中哉。爺爺！

（小生）太師。
（外）先生稱讚你兩個文字，可是你二人做的？
（淨）正是我里兩個做勾。
（外）這筆跡，不像你們寫的。
（淨、付）學堂裏，只有先生答子華安。除子兩個，還有奢人？
（外）明明是華安的筆跡，還要抵賴麼？
（付、淨）爺爺是仙人哉。文章我里兩個做勾，寫没實在華安寫勾。
（外）這文章，也不是你兩人做的。
（淨、付）正是耶。
（外）華安，你這小狗才，在書房伏侍，必知其故，從直説來。那個做的文字？誰叫你代寫的？若有支吾，看板子。
（小生）阿呀太師爺！
（淨、付）爺爺，華安是打勿得勾，要圖下遭主客勾來。
（外）這兩個畜生，明明招了。華安，這兩篇文章，可是你做的？
（小生）是華安胡亂代做的。
（外）這小廝放刁，這樣好文章，還說胡亂做的。也罷，你如今再做一篇胡亂與我看。取筆硯過來。
（小生）太師爺跟前，況又先生在此，華安不敢做。
（外）你不做麼？看板子過來。
（淨、付）爺爺要打哉，快點做。
（丑）做得來，就做哉那。
（小生）請太師爺命題。
（外）就是方纔這原題罷。
（小生）是！

【剔銀燈】恩東命書文玉毫，一字字鑽研窮妙。篇篇文質臨花昊，一句句如風疾掃。結題，光前後耀，請臺電拙才亂作。

（外白）妙吓，果然比前更勝幾分。你兩個蠢物，枉為宦家子弟，到不如一個書童，沒廉恥！還不到書房中去？
（淨、付）先生快點走罷，爺爺動氣孔哉。

（末）惶愧,惶愧。
（同下）
（外白）華安,命你掌管寫書出帖,都是你經手。
（小生）多謝太師爺擡舉。
（外）隨我來。（外下）
（小生白）咳,我是他兒子身傍的書童,如今做了太師爺的管印大叔,也算平陞三級了。喲,他那知我的心事來。我在外邊,還可與秋香見面,如今在太師身傍,難以相逢。正是：十二欄杆八寶臺,相思只為海棠開。東園桃樹西園柳,何不移來一處栽。
（外上聽）華安,聽汝之吟,暗藏春意。你若安心在此,少建功勞,在女使中選個有造化的配與你。
（小生）多謝太師爺。肯乞恩典。
（外）什麼?
（小生）求速。
（外）唔,這等性急。
（丑）放走老冬烘,管取三十擢。稟太師爺,先生方纔進館,卷子鋪蓋,大爺、二爺圈留不住,門上孫連叫子脚夫,挑子行李,竟去哉。有封書裏,太師爺請看。
（外）不消看得,喚管門人過來。
（丑）嘎,孫大叔,太師爺喚。
（生上）來了。幹事不精細,必然有班駁。太師爺在上,管門人叩頭。
（外）你這狗才賣法!先生要去,竟不來回我,自作主張,放他走了。打!
（生）阿呀,不干小人之事,都是華安之過。
（外）與他什麼相干?
（生）多是他代做文章,以致先生羞慚滿面,懷恨而歸的。
（外）一個西賓先生,在此三載,教不出一個好門生,反怪別人。吖,是了,他分明忌才而矣。這樣庸儒,由他自去。你這狗才,在我門上多年,不遵法度,取板子過來,重砍三十。

（丑應）

（生）求太師爺海涵。

（小生）太師爺，孫大叔雖以玩法，乃門上要緊之人，恐傷筋骨，難以奔跑。求太師爺恕其二十，責之十板，倘若再犯，倍加重懲。望太師爺俯聽。

（外）你們聽他！莫說會做文章，便是求饒之語，句句通文達理，你們那裡學得他來！

（丑）實在學勿來。

（外）如此饒二十，打十下。

（生）求太師爺方便。

（丑）十記造化吥個哉。一五，十，打完。

（外）華平，華安，多隨我進來。

（小生、丑）曉得。

（外下。丑白）謝子華安兄弟。

（生）多謝，多謝。

（丑）我里明朝替吥暖臀吓。（下）

第二十二齣　□　　□

【孝順歌】（末上）金蘭誼，結契深，斯人一去沒信音。使我日憂心，貽孩少年甚。（白）自家文徵明，只為伯虎迷失，日夜不安，至今四月有餘，信息全無。他家差人來問，屢受兀悖之氣，這也不在話下。今日無事，往老祝家去走走，與他談講談講，有何不可？（唱）把多才詳審，則他是靈巧風流，有誰妙品。彼處停蹤，忘其回廠。（白）有人麼？（生上，接唱）心兒悶，意兒沉，是何人來相問？

（白）元來是老文。日來疏失，今又相親。甚風吹得到此？

（末）老祝，在家納福，竟不思桃花主人矣。

（生）何得無思？但彼妻室十分能幹，來僕傳言，骯髒你我兩人，甚為可笑，亦為可恨。似此將來，如何處置哉？

（末）哈哈哈，枝山從來個儻，只這一個女人，就無標撥了，豈成個江南名士耳？

（生）不瞞你說，方纔發過利市了。

（末）請教，什麼利市？

（生）伯虎之妻，差家童得祿前來說硬話。

（末）怎麼樣說硬話？

【孝順歌】（生）他說詩林黛，日共飲，斯人眷戀在誰處隱。不曾締盟心，相諧着意尋，要我交還主人。（末白）吖，要在你身上交還伯虎？還好，與我沒相干。（生）老文，你也脫不得干係。（末）你那時怎麼回答他去？（生）我的無明已透天門，竟發了幾句刻毒的言語。（末）必竟是惡罵之言，到要請教。（生）那時被我變了臉兒，哪，手之舞之，擂兒着之。哇，狗才！胡說！放肆！可惡！難道我家是留人哄局的麼？你回去上覆你家大娘，唐伯虎的情性，是曉得的耶，慣會躲在人家家裏，非圖求親，即貪美色。（末）阿喲，這句狠了。（生唱）他是個色役之人，決難定準。又不是幼小孩童，遭人暗挭。（末白）噲，老祝吓！（唱）只怕頃刻裏，有禍侵，在須臾是非輕。

【孝順歌】（丑跟旦上）聽傳報，說事因，匆匆問取果是真。（丑白）唐大奶奶來哉。（末）道言未了，魔頭早到。（旦）文伯也在此，來得正好。（末）尊嫂到舍，有何見教？（旦）方纔多承祝伯背後見教過了。我家相公心性雖則如此，難以相勸，就是朋友之中，自然難艱於阻行。只此一番之事，實乃二伯所約，故爾尋蹤訪跡，只向二伯處緝訪。何其出言無狀、惡語傷人？可見酒肉朋友千個有，急難之中一人無矣。（唱）似此少人倫，出言太不仁。必是伊家勾引。（生白）斯文道友之交，怎麼說"勾引"二字？豈有此理！（旦）吖，你原曉得豈有此理！（唱）為何的口似含沙，將人柱噴？致使兩下分顏，伊家自忖。（末白）尊嫂，請坐了，慢慢商酌。（旦）文伯，不干你事。（末）噲，可聽見？與我沒相干。（旦唱）都是恁，起禍根，把吾夫何處存？

（生白）尊嫂吓！

【孝順歌】我非材庸漢，你非懞懂人，緣何恁地沒情分？你的夫婿性繽紛，綽約步逡巡。聽我見陳，自古友誼，同胞同戚同親。

則除是賠補尊夫,伊心方穩。(旦)吓!(唱)你言不遜,巧弄唇,和你往街坊將理論。

(丑白)咦,去落子一半哉。

(生)狗才!

(丑)阿喲,吙只好欺瞞我。

(生)老文,你來看看。

(末)略略去了幾根。

(末白)尊嫂不可如此。

(丑)扯脫子一半哉。

(貼上)娘娘放手!

【羅帳裏坐】吾夫非理,出言愚蠢。(旦白)有文才的,怎麼說愚蠢起來?(貼唱)雖有文才,口無方寸。請娘息怒,看妾薄分。勸你暫息與雷霆,且自寬容耐尋。

(白)你和文伯書房少坐。

(生)好潑婦!難道我怕了他?

(末)老祝,不可如此,書房中坐。

(末、生下。貼白)祝龍,看茶到書房中去。風兒,看茶來。

(付上)奶奶吃茶,勿要動氣,我里大爺是生成個張敞嘴,就是我里丫頭婆娘氹,也勿作渠准個也。

(貼)胡說!進去備酒。

(付應下)

(旦)不消費心,討個示下就回去了。

(貼)好說。通家耶,莫說客話。

(旦)我伺候他賠補個唐伯虎就回去了。

(貼)娘娘,妾身想起來了。七月間,他與臨安周美人有約,中秋節屆,到彼拜望,遊賞西湖。此必唐伯瞞着二人,竟往臨安去了,亦未可知。

【羅帳裏坐】他是個風流瀟灑,無羈無絆。蕩情自適,絕無語循。思想臨安,周家美人。(旦白)"美人"之稱,自然丰韻的了。好賤人吓!(貼)不是女人,是個男子。只因生得齊整,故有"美人"之稱。想來唐伯必往無疑。待我明日買舟,着我相公親至他家,尋取回來便了。(旦)如此多謝娘娘。奴家告辭。(貼)酒筵已備,再請少坐。(旦)家事繁冗,不消了。(丑)奶奶,個個周家裏去子,只怕到有介事個。我還記得七月半個一日,大家我里大爺拜弟兄個,真當生得標緻。(旦)打轎。(丑)吓,打轎子進去。(旦)娘娘!(唱)請留尊步禮殷勤,從此往來通問。

(旦、丑下)(貼)有慢了。

(生上)娘娘,他去了麼?

(貼)正是去了。他被我三言兩語,使他去了。只是許他到臨安周家去尋還他丈夫,你可作速起身去便了。

(生)阿呀,挨近年節,如何出門?

(貼)你若在家,諒不平安。家中之事,有我料理。你去走一遭,在不在,回來再處。文伯呢?

(生)他去了。方纔進門時,好生厲害,後來虧得娘娘一番言語,他竟放下臉兒。看起來,那陸昭容也是虎頭蛇尾,怎比得娘娘軟款溫柔,言談和順。古之說客,不過如是耳。我祝枝山,口似懸河膽似羊,只宜達道不宜剛。

(貼)走來。你從來學得驚龜法,收得藏時且自藏。

(生)啐,放屁!(下)

第二十三齣 □　　□

(燈開場白)

燈月交輝勝事多,金堂簫鼓夜徽歌。玉笙屏炙傾杯斝,銀燭高燒妹綺羅。春意足,笑顏酡,金吾不禁樂如何。紅牙漫度宮商曲,莫把良辰輕放過。

【吳小四】(丑上)燈市開,鬧花街,哄動鄉城士女來。搶個佳人摟在懷,權當做老虎菜。

(外暗立上白)大爺。

(丑)罷哩。王大,演燈故事齊全否?

（外）多齊全。

（丑）扮的奢幾件故事？

（外）有個單兒在此。

（丑）《四季採茶姬》。先演"採茶"燈。

（外）先演"採茶"燈。

（吹【六板】）

（淨上）自家姓毛名尖，字大葉，六安州人，販茶為生。來到徽州家園，有個茶媽媽，養下四個女兒，一個珠蘭，一個蓮心，一個叫鳳尾，還有一個叫雙窨。法制得上好的茶葉，不免前去走遭。苦丁挑着擔兒，隨我到茶媽媽家去。

【茶歌】肩背着花銀去買茶，穿街過巷到他家。他的公平茶葉兒好，我的花銀也不差。（白）這裏是了。茶媽媽在家麼？（付上白）來了。（唱）老娘生來臉兒花，嘴頭子活動會說話。問我的家園出什麼，粗細松蘿茶。（白）那一個？（淨）是我。（付）是毛客人，裏面請坐。（淨）茶媽媽一向好？（付）好。你好？（淨）好。（付）大家好。到此何幹？（淨）特來買茶。（付）帶多少銀？（淨）也不多。（唱）我只帶得一千細絲銀，二百九成，三百八成，四百七成，五十六成，四十對沖，七百挾板銅銀。要買的，四萬五千六百七十八斤九兩，零還有八兩送與苦丁。

（付白）罷了，罷了，送與他罷。只是家中止有四萬五千六百七十斤，還差八斤九兩，要等幾日就有。

（淨）罷了，罷了，耽閣四五天。茶媽媽，我雖在此走過幾回，從沒有看見採茶。今日可能使我看看，如何？

（付）使得，待老娘喚他們出來。吓，女兒們出來。

（【六板】上）

（付）見了毛客。

（四旦見禮）

（淨白）罷了。

（付）毛客要看"採茶"。

（四旦應）

【採茶歌】（老旦）正月裏採茶是新年，奴把釵環典茶園。典得茶園十二畝，當官寫契始交錢。七月裏倒採茶，木答裏香是秋涼。姐兒們去問阿娘，早茶不比晚茶香。（旦唱）二月裏採茶共當家，手扳茶樹剪一芽。郎採多來奴採少，奴陪笑臉討郎茶。八月裏倒採茶，木答裏稀留家裏。賣錢來與郎君做一件採茶衣。（貼唱）三月裏採茶葉兒青，奴在家中繡汗巾。兩行繡得茶花樣，中間繡出採茶人。九月裏倒採茶，木答裏黑葉作堆。我郎君用小車推，今以買茶歸。（貼唱）四月裏採茶葉兒黃，我郎生活兩頭忙。奴又忙時蠶又老，郎君忙時蠶又黃。十月裏倒採茶，木答裏霜細思量。販私茶走長江，郎君早還鄉。（旦唱）五月裏採茶葉兒圓，茶籬樹下毒蛇盤。多買金錢並紙馬，山神土地保平安。六月裏倒採茶，木答裏紅箱子空。待來年，正二三月再相逢。（下）

（外白）大爺，可齊集否？

（丑）這燈兒其實好。跟我到城裏頭去殺勝會。

（外）大爺，方纔太太說，叫大爺領了花燈出去，不可闖禍，試了燈即便回來。

（丑）曉得哩。官清私暗，不要管。我大爺出去，憑他那個不敢攔阻我。一路去，倘有女子，搶他回來戲戲何妨。（同下）

第二十四齣 □ □

【二集賢】（生上）元宵令，看錢塘慶豐年佳兆。遍結彩觀燈，人道好。奈失友，一時難自尋討。（白）學生祝枝山，只因舊歲八月中秋，不見了唐伯虎。直至年底，杳無蹤跡。他家妻子忽然到我家來尋問，不合說了幾句譃談，被這潑婦一把揪住鬍鬚，劈面就打。幸虧徵明兄在傍相勸，許彼尋還他丈夫。因此連夜起身，來至杭城，借居鐵線巷周文彬家。捱過新年，又是上元佳節了。六街三市，大放花燈。欲去觀玩，順便察訪伯虎蹤跡。咳，爭奈周兄之母，管束甚嚴。今日是十四，又逢月忌。獨坐書齋，好悶人也。（唱）心如麻繞，悶縈懷無時忘了。阿呀情緒惱，何日裏遇此風騷？

【二郎神犯】（花生上）朱顏一過不再邀，怕雪鬢霜毫。這個門庭吾自保，願此生常為花貌。（白）噲，老祝，叉手捧膝，呻吟無語，思索何事？（生）老周，無非思念老唐而已。（花生）嘖，好個孝子！來到我家，不上一月，就思想伯母，足見孝友之士。失敬了。（生）吓吓，老唐者，唐寅也，豈是萱堂乎耶？（花生）我和你幾次訪問，並無影響，想必不在下路了。今屆元宵佳節，為此特備酒肴，與兄消遣。（生）多謝賢弟，請那。（唱）知道如今失故交，好相知怎生能到？（花生）兄吓！（唱）費不得推敲，請開懷暢飲香醪。

（生白）賢弟，你要我開懷暢飲？你若依得，我便暢飲幾杯；若不允從，一口也不吃。

（花生）小弟忝居文社，又承兄待如莫逆，有甚言語，請道其詳。

（生）愚兄說來，你不可着惱。

（花生）小弟不惱，請教。

（生）愚兄久聞賢弟呵，

【集賢畫眉】千姣百媚難比，好似嬋娟，難尋根苗。今日裏要我開懷，你須妝扮巧。（花生）豈有此理！頑戲之事，豈在元旦所為？使不得。（生唱）久知汝常易妖嬈。你的名兒已早，吳越聞"美人"尊號。

（花生白）吓，這只為小弟幼時，駁雜甚多，家嫂將我常易為女，無非益壽而矣，外邊認不出者更多，故有此說。如今年紀長大，豈可改易哉，豈可改易哉吓！（唱）

【畫眉序】慢將風化傳人道，一任粉郎輕掃。

（生白）愚兄所為尊號疑惑久矣，只怕他人阿諛，未必的確。

（花生笑）哈哈哈，"周美人"，誰個不曉，怎獨獨老祝不信？

（生）不是吓。大凡男女，品格各別，況你慣會做作，只好瞞昧愚人俗子，怎瞞得我祝枝山吓！

【皂羅紅花】就是花草人物落畫稿，映絹紙山島，飛禽走獸分白皂。（花生白）使不得，使不得。（生唱）何妨面姣，何妨衣姣，一生雙目清光皎。

（花生白）噲，老祝，不要賣嘴。你自誇眼力最好。

（生）不敢欺。
（花生）我如今與你打個賭兒。小弟妝扮女人出來，你若認得出我是周文彬——
（生）怎麼樣呢？
（花生）我輸二十兩銀子與你。
（生）住了！我若認不出你是老周沒，也是二十兩。
（花生）要的吓？
（生）自然吓。
（花生）不好，你這個人慣會說謊。
（生）哈哈哈，豈有此理！
（花生）要寫個筆據與我，方為的准。
（生）罷！要看你將男作女吓，吓說不得，寫個筆據與你。
（付）勿差個，寫起來。
【水紅花】（生唱）急提龍蛇飛動，落紙似雲飄，忙寫個親執照也羅。
（花生白）取來。
（生）收好了。
（花生）看準了吓，我去妝扮出來了。
（生）快些改妝我看。
（花生）放出眼力來吓。
（生）在行。
（花生）這回散淡斯文客，少頃風流窈窕人。（下）
（生白）享福過來。
（付）奢個？
（生）你是從幼伏侍二爺的麼？
（付）正是。
（生）吓，今日這場賭賽，輸贏如何？吓，你來估一估。
（付）勿消説得，祝大爺立子出小恭。
（生）此話怎講？
（付）穩輸。

（生）何以見得？
（付）勿瞞祝大爺說，我里二爺生來的賤相。
（生）尊相吓。
（付）勿是，拉客面前，一則謙遜，二則通文也。
（生）你倒會謙遜、通文。
（付）勿敢欺。
（生）就請通文。
（付）我裏二爺生得來柳葉眉、桃花眼、櫻桃口、鵝蛋臉，口似含珠，腰如束素。只為從小啾唧多了，拿渠女妝子，記名拉三觀菩薩，所以叫渠"燈姐"耶。
（生）吓，吓！如此說，你家二爺是正月裏生的了吓？
（付）明朝就是我里二爺賤誕哉也。
（生）阿呀呀，又謙遜了。

【集賢黃鶯】（付）因此常常扎扮女豔姣，認不出斯文品貌。這樣奇文天下少，你與他賭賽爭交。只怕伊家輸了，二十兩是輕輕丟掉。

（白）等我去拿酒出來。（下）
（花生上，唱）

【鶯兒合頭】看多姣，（笑介）只怕留春不住，送至洛陽橋。
（白）燈姐在家麼？
（生）小娘子何來？
（花生）來尋燈姐的。
（生）小娘子，敢是此間周府上的令親麼？
（花生）不是。燈姐可在家麼？
（生）在是在家。小娘子與他什麼稱呼呢？
（花生唱）聽稟。
（生）願聞。

【黃鶯皂羅】（花生）我與他舊比一鄰交，送攻書，幼同學。（生白）尊姓？（花生唱）口天吾姓感知道？（生白）口天是吴了。唔，請教何名？（花生唱）雙林盡曉。（生白）貴庚多少？（花生唱）二九過了。（生白）正在妙齡。尋他做什麼？（花生唱）為他幾度啼痕繞。

（生白）小娘子，我非別人，就是姑蘇祝枝山也。

（花生）吖，元來就是祝大爺。

（生）不敢。

（花生）久聞大名，無由會面。今日相逢，如慰三生。

（生）豈敢！周文彬方纔在此飲酒，進去解手了。小娘子等一等，就出來的。阿呀，只是站在此，心上不安，何不少坐片時？若不嫌棄，請飲一杯如何？

（花生）多蒙盛情，奴家不惜自耻，遵命便了。請坐吓。

【皂羅袍】（二生合唱）東風靜日，江山畫描。相逢一夕，千金此宵，韶光雖好人空老。

（付白上）熱酒拉里。吓，祝大爺無正經，囉裏來個女客，勾肩搭背子吃酒。

（花生）呸呸呸，老祝，豈有此理！勾引人家婦女，該當何罪？

（付）奢個，就是我裏二爺？連我男兒也認勿出哉。祝大爺輸哉，祝大爺輸哉！

（生）哈哈哈，我說那裡來這樣灑脫的女娘！

（付）沒得說，稱銀子二十兩。

（生）住了！你方纔從內室進去的，如今是大門進來，不算輸。

（付）若是內堂裏出來沒，就各答哉耶。個歇打大門裏進來，不一個想勿出哉那。祝大爺稱銀子。

（生）住了！銀子我輸便了，如今可能同我到街坊上去看燈？若是臨安城中，認不出你是周解元沒，再加二十兩。

（花生）喲，這個使不得。

（付）二爺，上青白銅錢，有奢使勿得？既扮之，則走之。況且夜頭慢邊，奢人認得清？落得贏個。去便罷。

（花生）須要瞞着太太便好。

（付）若太太知道，打你二十戒方，着拉我身上擔當沒哉。

（花生）住了！還有一說。街坊上行走，有人問及，什麼稱呼？

（生）何消說得？自然是夫妻。

（花生）唉，渾賬！討人的便宜。該罰，該罰。
（生）不消罰得，若認了夫妻，再加二十兩。
（付）二爺，也罷哉，六十兩，有奢勿好？暫時一歇歇兒，勿要疑惑。防早走，高興頭上，看看女客也是好個。
（花生）噲，老祝，只是便宜了你。
（生）喲喲喲，出了許多銀子，自然要討些便宜縐。
（花生）不要說了，走罷。
（生）住了！如今就要稱呼。
（花生）何妨，就稱呼吓。
（生）娘子請。
（花生）吓，官——，哈哈哈。
（生）叫吓，稱呼出來吓！
（花生）官人請。
（生）請！哈哈，妙吓！
（付）畫意哉，畫意哉。我里二爺，妝子小旦拉丒哉。
（花生）你好生看守大門吓。
（付）是哉。直脚拉丒扭哉。（付下）
（生白）娘子，走吓！

【貓兒墜玉枝】妝成旖旎，綽約任遊遨。嫋娜腰肢似柳條，隨風蕩颺步底高。

（內打鑼鼓）
（生白）娘子，那邊燈來了，和你迎上去看。
（花生）有理。
（同唱）

【玉交枝】聽喤喤鑼聲鬧吵，響咚咚，鼓聲喧唕。
（下。外、末、淨、付上）

【普天樂】慶豐年，人康泰。放花燈，觀常在。逢今歲雨順風調，喜官民共樂天街。（白）我們乃武林郡士庶軍民便是。今乃上元佳節，大放花燈，往街坊上觀看一回。（外）聞得王老虎扎扮許多故事，要到府前煞勝會，大家同去走遭。（眾）有理。（唱）看鰲山景,堆蒼龍教子,催白象黃獅,青鸞丹鳳飛來。

（下,三旦、丑上）

【玉芙蓉】（丑）青年裊女孩,少艾多姣媚,步丁丁做出千般情態。只是我煢煢一媽能才幹,怎似青春踏翠臺。（三旦白）你看這老娘,走又走不動,何苦廝趕着我們。再若遲慢些,王府上盛燈看不見哩。（丑）親娘家,嫌人老,虔婆也是女兒身。當初為小娘的時節,遊西湖,走六橋,飛風豁跳,也像你們妝姣作媚,拗頭裂頸。奢子要緊哩。（三旦）自古嫦娥愛少年。我們少年出來看看燈,步步月,你是落莊貨了。又道是老不答少,再沒有嫦娥愛老年的話頭哩。（丑）你們寡會講油談,竟忘了兩句舊話兒哩。（三旦）那兩句?（丑）好男不看春,好女不看燈。撞見了王老虎,銜了去,纔是苦的哩。（三旦）啐,不要理他。你這老現世!我們前面去罷。（下。丑白）奢子,你們說我現世?這件衣服還是皇上賜個我的哩。（唱）這是皇恩齎,賜將我絹帛,老娘百年穿着走官街。（下）

【普天樂】（生、花生上）串街坊,觀清蓋。女和男,無疆界。亂紛紛蟻聚蜂囤,豔晶晶燈火明白。（生白）老周,你看那邊簷下,立着許多女娘。你可有本事,與他們站在一處麼?（花生）非惟一處站立,只揀美色的,還要與他攜手言談。（生）你若果有此手段,再加二十兩。（花生）如今是八十兩了吓,回去是要的。（生）天平上兌與你。（花生）你在對面而觀。（生）只看你,只看你。（花生）只是你目力不濟,怎麼樣呢?（生）不妨,我有視鏡在此。你自去,莫要顧我。（內應）燈來了。（上下。花生白）官人在那裡?不要擠,堂客在此噓。（唱）力盡衰,料足軟難捱。只得向簷前,跌倒在塵埃。

（三旦白）阿呀,列位姑娘,你看這位大娘,被人擠倒,跌在街前做事,那個扶他一扶?

（二旦）他的身子重,扶他不起。

（貼）既如此,待我來扶他。

（生）老周好刁,揀一個美色的,就起來了。咦,咦,咦!着手了,着手了。

（花生）多謝姑娘。

（三旦）好標緻大娘,怎麼不同個男人出來?獨自一個,那裡擠得他們過吓。

（生）責備得不差。

（花生）不瞞姑娘說,元有男人隨來的。

（三旦）如今男人呢?

（生）在這裏。

（花生）他是斯文之人,不知擠到那裡去了。

（三旦）你男人做什麼生意的?

（生）聽他說什麼來。

（花生）說也惶恐,是此道。

（生）呸,放屁!

（三旦）什麼此道?

（花生）是把脈的。

（三旦）原來是醫生。

（生）轉口得快。

（三旦）大方脈,小兒科?

（花生）是大方脈。

（三旦）姓甚名誰?

（花生）姓夏,名鬍子,就是拙夫。

（生）呸,放屁,放屁!

（三旦）住在那裡?

（花生）住在草橋門外。

（內應）燈來了。

（院子、丑上白）這邊女娘,生得齊整,與我搶他回去。

（院子扶花生下）

（生白）住了!禁城之中,擅搶有夫婦女!還我娘子來。

（丑）什麼還你娘子!哈哈哈,個把女娘,奢子吠番拽鑼,吶喊搖旗!真正不還的哩。

（生）你叫什麼名字,擅搶人家女子。

（丑）你可認得？我叫王老虎。（下）

（生白）吓！元來就是王老虎。這狗男女，倚勢欺人。我如今回去，不要説與伯母知道，只説朋友家看燈。且待明日，再作道理。

【尾聲】天堂空把蘇杭綴，誰道衣禽作祟，且待來朝索解魁。（下）

第二十五齣　□　　□

（花生、衆、丑上）

【六么令】如風廝搶，到街坊，忽遇姣娘。千般柔態適心腸，行樂事，定周堂。銷金帳内為情況，銷金帳内為情況。

（丑白）到書房裏去。放手，放手。站遠介點，站遠介點。椅兒上請坐。太太睡乏？

（衆）太太睡哩。

（丑）好，這裏喜娘、儐相、廚茶、鼓手，住得近乏？

（衆）東首鞋襪店裏，馮小官做親，現成的多有在那裡。

（丑）你們去叫他們快快結了親就來。（衆下。丑）女娘，走得脚酸乏？把衣袖放下來，臉調過來，不要害羞。我是兵部尚書的兒子，極知趣的。説説閒話。

（花生）吓，既是宦家子弟，應知法度。

（丑）不知奢子法度哩。

（花生）搶逼有夫婦女，強逼為婚，知法犯法，成何道理？

（丑）道理，道理，憑他那個不敢與我大爺淘氣。我且問你，你父親是那個，做奢子生意？

（花生）奴家父親是刑科。

（丑）刑科奢物事？

（花生）縣中書辦。

（丑）書辦吓。你男人呢？

（花生）男人是郎中。

（丑）阿喲，是那一部的郎中？

（花生）是醫病的郎中。

（丑）吓，頭尾尖！倒唬我一跳。

（花生）快快放我出去。

（丑）如今到有些放不成。

（花生）却是為何？

（丑）你既是醫生的娘子，必然會醫病的。今晚要你醫一醫學生的毛病哩。

（花生）啐，奢物事！你要順頭順腦好，你惱了我，把一個沒趣與你哩。

【玉交枝】（丑）伊休悒怏，順吾生今宵歡暢。（花生唱）我是村居匹婦庸人相，又何曾當司馬門牆。（丑白）奢子話哩！若是尊容不好，也不搶回來哩。（唱）看你柳眉櫻口俊俏龐，眼如秋水清波漾。見了時，魂飛魄喪，魂飛魄喪。

（花生白）啐！

（丑）阿喲，好大大氣力，幾乎跌一跤。你從便從，不從，我大爺不認得人的哩。不中擡舉。

（花生）且住！今晚夜深，料老祝不來的了。哄過半夜，明日枝山必來討我。吓，大爺。

（丑）奢子，奢子？

（花生）今日正月十四，是月忌，成不得親的。

（丑）吁，竟成不得親的？

（花生）月輪未滿之日，事有不足之象。

（丑）阿呀！

（花生）上於公姑所礙，下於夫主有妨。明日十五團圓之夜，與你成親，纔得個天長地久。

（丑）娘子說話，是不錯的哩。

【川撥棹】（花生）你安心望，待來朝入洞房。博得個地久天長，博得個地久天長。（丑唱二句。丑白）好個地久天長。（花生）我男人若來，全仗照看。（唱）望尊裁常時獲攘。（丑白）不妨，不妨，要一百二百，立刻兌與他，就甘休哩。（唱）二從夫敢自當，二從夫敢自當。(衆上白)大爺,喜娘、儐相、廚茶、鼓手多來哩。(丑)我大爺今晚不做親。(衆)擠介不做親?(丑)今日月忌,成不得親的哩。(衆)馮家怎麼做親的?(丑)他們是小人家,不知陰陽,胡亂做親的哩。(衆)這些衆人擠介?(丑)原叫他們馮家去。(衆應下。丑白)吓,待我喚臘梅阿姐出來商量。臘梅阿姐囉裏?(付上)來哉。(唱)臘梅生得俏段,小姐身傍作伴。一生乖巧惹人歡,能擺轎,會擔盤,人人叫我夜行船。

(丑白)你的夜行船乘人乏?

(付)若要乘人,船錢三百文。

(丑)擠介貴的?

(付)老虎乘船,自然貴的。

(丑)呸!不要嚼蛆。小姐睡乏?

(付)分來。

(丑)好臘梅阿姐,你大爺討一位新娘,回來做親。今日月忌,成不得親。明朝十五,團圓之日,方可成親。你與我送到小姐樓上去,交與小姐收管半夜。明日成了親,請小姐吃酒,還要酬你。

(付)何勿送拉太太樓上去子罷。

(丑)沒有告訴太太討的,如何送去?

(付)不告而娶,好將進大細,即怕亦是奪人之所好。

(丑)猜着哩。

(付)拉玕囉裏?

(丑)在書房裏。

(付)等我看看介。阿喲喲!

(丑)好一位女娘,生得齊整哩。

(付)介標緻個,答我里小姐差勿多。既是來歷不明,那哼送拉小姐樓上去?太太倘或曉得子,勿要說小姐勿便,就是臘梅也有干係拉哈。個是難討擔個。

(丑)阿姐,這時候,已經三個更籌哩。少停一會兒,就天明哩。阿姐,我同你一向好的,今晚周全了我的事,打一隻金扁方與你帶帶。作揖哩。

（付）罷嗻，看吓苦惱子了。介沒金扁方是要個嗻。
（丑）有的，不賴的。
（付）介沒獨自一干拉書房裏困子罷。失陪吓。新娘跟我來。
（丑）多謝你。
（付）凡事留人情，後來好相見。（下）
（丑白）快活，快活。我大爺明朝要做親哩。（下）

第二十六齣　□　　□

【引】（貼上）梅花已透春消息，教人添上愁眉。
（白）奴家王氏，小字月娥，年方十九，尚未適人。針指明繡，性格溫柔。常思甘旨不培，每念伯父恩榮。今乃元宵佳節，武林內外，大放花燈。方纔侍奉母親晚膳已畢，恰自回房安寢。
（付同花生上）住丑，等我去稟聲小姐看。小姐。
（貼）做什麼？
（付）丫頭丑招擔個一椿難事拉裏，要請小姐個示下了。
（貼）什麼難事？
（付）就是大爺吓。
（貼）大爺便怎麼？
（付）方纔領子幾起故事，到府前煞勝會，勿知拉囉裏，到討子一位新娘居來。説一則勿曾稟過太太，二來是月忌，做勿得親個。叫丫頭領得來交拉小姐處，勿要告訴太太。明朝天亮，就要做親個。阿是一出難事體丑？
（貼）何消説得，又是強搶來的。
（付）差也勿多，小姐是仙人。
（貼）那新娘容貌如何？
（付）着實走得出個。
（貼）如此領來見我。
（付）吙，是哉。新娘，小姐叫吓上樓來。
（花生上）來了！

【引】情緣諧已，向秦樓隨機相對。

（付白）那，輕聲點。

（花生）好一個豔麗小姐！

（貼）好一個俊俏女娘！

（付）小姐，新娘來哉。來，見子小姐。

（花生）阿呀，小姐救命吓。

（付）詫異，女娘家張貌熟，將見面，兩隻手巴子膝饅頭上去哉。小姐，還是出手貨，推板勿起個來嘘。

（貼）胡説！扶他起來，容他講。

（付）起來，告訴小姐，自然放吓居去個。

（貼）你是何等人家之女？

（花生）小姐聽禀！

【園林好】奴本是書香女兒。（貼白）出嫁何處？（花生唱）鐵線巷愚夫作醫。（貼白）男人作何生理？你青春幾何？（花生唱）度青春三六年紀。（付白）答小姐同年個。（貼）怎麼被兄長搶來？（花生唱）只為看花燈被令兄窺，只為看花燈被令兄窺。

（貼白）你既被我哥哥搶來作妾，是有造化的了，只索從了罷。

（花生）小姐，你説那裡話來！

【江兒水】我是四德三從婦，如何有二夫？（付白）奢一出，手之舞之，斯文點咭。（花生唱）被人談議身難度。伏乞天恩垂親顧，終身感佩慈悲主。若送回歸故里，夫婦相逢，千萬載不生塵土。

（貼白）住了！大娘，你住在鐵線巷，可認得新解元周文彬麽？

（花生）認得的。

（貼）吓，你是婦人家，那裡認得？

（花生）不瞞小姐説，周文彬就是奴家的表兄。

（貼）吁，元來解元的令妹，失敬了。看椅兒來，請坐。看茶來。

（付應下。花生）多謝小姐。

（貼）吓，大娘，奴家久聞令表兄有"美人"之稱，果是如何？

（花生）不瞞小姐説，家表兄才貌雙全，為人寬厚，性格溫和，風流體態，美不可言。只是可惜，沒有個絕色佳人配他。

【豆葉黃】真個是風流俊雅，一個玉人兒。早覓個絕色佳人，早覓個絕色佳人，遍天涯難遇璋珪。（白）今日見了小姐尊容，正與家表兄一對哩。（唱）地產一雙，天生一對。（付暗立上）舊年原有人來請歌帖子個，太太倒肯個哉，大爺心上勿肯了。（花生）為何呢？（付）道是吪乩個位表兄，忒煞像個美人，恐怕短陽壽了。（唱）更兼他家業需微，更兼他家業需微，因此上無心擇婿，未許婚配。

（內打四更）

（貼白）四鼓了，收拾睡罷。明日早起，領你去見太太，送你回去。

（花生）多謝小姐大恩。

（付）小姐，此人困拉囉裏？

（貼）也罷，你與秋菊睡了，等他在你床上睡了罷。

（付）是哉。小姐請安置罷。

（貼）你們好生伏侍他睡。

（下。付白）來捕面。

（花生）洗臉麼？不用。

（付）懶樸，洗忒子面孔上個秀氣了。介沒忿脚？

（花生）也不用。

（付）外面子生得乾淨，介個勿敖好個！看我勿出，人沒粗蠢，勿如吪，倒是隻姐幹嘘，隔子個把月日，必要用水個哉。勿像吪，外清裏濁個貨色。個沒困罷，粗被頭勿中蓋個。

（花生）阿呀，姐姐，出小恭怎麼處？

（付）有馬桶拉乩床橫頭。

（花生）沒有吓。

（付）啐，忘記哉。吪是困，我掇上來也。（下）

（花生白）阿呀，丈夫吓！好生坐在家中罷了，出來看什麼燈！被人搶來，孤孤淒淒，教我獨自一人，那裡睡得去吓！

【月上海棠】阿呀想念伊，今宵也自無安睡。兩下裏悲慽慽，徹夜想思。枕席間少個人兒，那裡有鴛鴦衾被。難禁住，忍不住愁懷，憂心雙淚。

（付白上）笑話嚡,倒馬桶□□個,忘記倒子我個。重勢勢,勿掇上去哉。為奢了哭？驚動子小姐沒那處？

（貼）丫環,那個啼哭？

（付）小姐,就是個個勿識竅個小堂客哉也。

（貼）你去問他,為何啼哭？

（付）小姐問吽,為奢了哭。

（花生）不瞞姐姐説,我們雖是小人家,夜夜成雙捉對。今晚活活拆散年少夫妻,孤身隻影,又睡在骯髒床鋪,不由人掉下淚來。

（付）賤胎,好意讓子吽,到批點床鋪勿好。

（貼）秋菊呢？

（付）死狗能個困着哉。

（貼）既如此,教他在我床上睡了罷。

（付）阿聽見？答小姐困。吷看,飄簷白步床,百子銷金帳,紅綾被,錦緞褥子,即怕吷困子要折壽個嚡。

（花生）那見得？

（付）殻勿出。

（貼）臘梅也睡了罷。

（付）吷,是哉。（下）

（貼白）吓,大娘,可有暖茶了麽？

（花生）還是熱的。

（貼）不敢,待我來。

（花生）小姐手上什麼東西？

（貼）是鐲兒。

（花生）為何如此顏色？

（貼）赤金鐲兒,也認不得？

（花生）小姐,我們小人家,銀鐲也是難得帶的,從沒有見過金鐲。小姐與我帶一帶,見見世面,明日還你。

（貼）你我俱系女身,帶帶何妨。

（花生）妙吓,小姐的尊臂與我一般的。

（貼）不要説了,睡罷。

【尾】(花生)今宵見識官家麗,使我心頭忻喜。(貼白)卸了妝,脫了外衣,那一頭睡去。(花生)不卸了。(唱)我就帶髻和衣做一堆。

(花生困)

(貼白)阿呀,有賊,有賊!

(花生)小姐,不要叫喊。

(付上)小姐,賊在那裡?

【不是路】(貼)賊在床幃。(付白)阿曾偷奢去?(貼)金鐲雙雙竊去矣。(付)住瓦!做賊個是有手腳個,等我拿馬桶蓋擋子介。(花生)阿呀,姐姐吓!(唱)我是斯文輩,敢將利器來胡使?不必高聲惹是非。(付白)我只道男賊,元來就是大爺搶歸來個女賊。(貼)臘梅吓!(唱)他非女子,紅鞋白襪是魁巍。(付)只怕是二印子,放子渠去罷。(貼)放不得!大爺交付與你的,私自放了去,玉石不分了。(唱)臭名兒,伊家枉自擔干係,清濁難洗。

(付白)個歇晨光,東方發白哉。小姐先去請老夫人梳洗,擺端正子鐵尺、竹爿、拶子、榔頭、夾棍,我里兩個原差,縛子賊,解得來,審裏個供便罷。

(貼)如此快來。吾兄不辨高和下,惹却深閨是與非。(下)

(付白)小姐下樓去哉。吓老實說,是男是女?說拉我聽,好脫我個干係咭。

(花生)姐姐,小生呵!

【不是路】我實是男兒。(付白)阿呀,男——勿大像,等我摸摸介。阿,真個介!(花生唱)周姓美人人所知。(付白)為奢男扮女妝介?(花生唱)無虛的,家庭常扮延增歲。(付白)介哩為奢了出來看燈?(花生唱)賭賽輸贏故敢知。(付白)吓,賭東道了。大爺搶居來沒,就該說哉。(花生唱)難提起,解元名分官場穢。(付白)勿要管周解元、周會元,縛子走沒哉。秋菊阿姐,鎖子樓門。(花生)姐姐,太太跟前幫襯幫襯。(付)番道,有我原差拉裏。(唱)只要你口供詳細。(同下)

【不是路】(旦上)不肖頑皮,幾次行凶任己為。(貼白上)阿呀,娘吓!(唱)兄無禮,怎將不白葬親妹,伏乞娘行作主維。(旦白)雖然如此,你哥哥頑皮揣骨,不省人事,你從來知書達理,乖巧聰明,來歷不明的人怎生留在樓上住?(唱)元何的,一時忘却靈心意?(貼白)全仗母親主裁。(旦唱)你且回避。

(貼下)

(旦白)帶這個人過來。

(花生、付上)

(付)吓,四勿像,進來見子太太。

(花生)太太在上,小侄拜見。

(旦)咦!你是誰家子弟?擅自男扮女妝,到此府第,混入內樓。從實説來,免汝送官究治。

(付)老實説拉太太聽,免你送官,私下發放哉。

(花生)太太在上,小侄姓周,名文彬,年一十九歲,正月十五子時生。

(付)到答我里小姐同年同月同日同時了。

(旦)胡説!

(花生)昨日祝枝山打賭,改易女妝,觀燈遊嬉,言其有人認不出周解元者,輸銀二十兩。不意尊府貴公子錯認小侄為婦女,着悍勇家人竟搶了小侄歸家,強逼為婚。小侄自思,堂堂男子,天下之才,豈可為此不肖之事。假推月忌不好成親,許團圓日方可完姻。因此令郎信以為實,將小侄交付臘梅,託與令愛收管。

(旦)臘梅跪着。

(付)壞哉,不拉賊風吹哉。

(旦)後來便怎麽?

(花生)多蒙令愛千金一見如故。

(付)是哉,招出小姐來哉。

(花生)破格相待,叩明來歷,賜香茗以解其渴,命同帷欲訴其衷。方欲寢而忽聞獲賊之聲,葬縹緲而竟遭冶長之□。伏乞天恩斷遣,以表清白。並不虛言,供招是實。

(旦、付白)起來。

（旦）聽此口供，睹此面貌，其情必切，解元無疑。臘梅過來。

（付）吙。

（旦）取大爺衣巾與他換了，請到書房少坐。（花生下。旦白）喚那不肖出來。

（付）是哉。啐！魂纔赫出來。大爺起來，大爺起來。

（丑上）來哩，來哩。阿姐，可是叫我做親哩？

（付）介陳抱穩，太太叫吙。

（丑）完哩。

（付）快灑點。

（丑）阿姐，可有事乏？

（付）就是搶來女客個家主公拉乢。

（丑）那不妨，那不妨。阿呀，母親起身得太早，老人家該睡睡兒哩。

（旦）還不跪着！

（丑）為奢子哩？

（旦）你夜來怎麼搶人家的媳婦？

（丑）母親不要動氣，孩兒不是搶的。有個醫生，他借了孩兒五十兩銀子，一年寬哩，本利不還，準折來的，不是搶的。

（旦）還要胡説！那裡是女人，却是新解元周文彬"美人"。

（丑）吙？

（旦）他與蘇州祝枝山打賭，夜來觀燈，假扮女人遊嬉，被你搶來，怎麼交與你妹子樓上住？男女授受不親，這却如何處分？

（丑）打發他回去了，就撒開哩。

（旦）没見識的蠢東西！若放了他回去，你妹子清白難分了。

（丑）阿呀！放又放不得，住又住不得。不然弄死了他，一樁事就完哩。

（旦）胡説！唐伯虎、祝枝山、文徵明、周文彬這四個是有名的扎火囤，如何惹得？既是祝枝山、周解元打賭，昨晚必竟祝枝山一同在那裡的。

（丑）有的，有的。搶的時節，一個鬍子，矇鬆眼，連忙扯住我的衣服,説使不的,使不的。被我一推,竟像西瓜樣的轂碌碌滾將去哩。

(旦)這等就是。昨晚夜深,不及幹事,只怕今早一定要來。

(丑)要來的,要來的。

(末上)有事忙傳報,無事不亂傳。啟太太,蘇州祝枝山拜。

(丑)完哩,完哩。

(旦)如何?

(丑)完哩,完哩。

(旦)我説一定要來的。

(丑)母親擠介?

(旦)你到外書房去先陪解元個不是,同去迎接祝枝山到廳,以禮相待,他説什麽,你就依他怎麽。我在屏後聽,你講不過他,那時我便出來相見。快去。(下)

(丑白)是哩。周先生在那裡?(花生上。丑)晚生不知是解元,得罪哩,得罪哩。

(花生)不知者不罪。

(丑)也不在我心上哩。祝老先生在外,同先生去迎接。

(花生)他來做什麽?

(丑)不曉得哩,且去迎接進來没就曉得哩。

(末)祝大爺有請。

【引】(生上)為友妝喬,儆戒他一生壽考。

(丑白)祝老先生。

(花生)老祝,小弟在此。

(生)昨晚同着管家各處抓尋不見,却在王府上。相交了貴公子,就不思窮友了。棄舊憐新,惡賴吓,惡賴吓。

(丑)大門前不好講話,到大廳上去。

(生)正要登堂奉拜。

(丑)不敢,不敢。

(生)公子請上,待祝枝山拜見。

(丑)不敢,晚生也有一拜。

（生）久慕大名，無由造拜，今日一見——

（丑）吓？

（生）阿喲，不勝膽寒耳。

（丑）奢子話哩！請坐，擔茶來。

（末應下）

（生白）不消。

（丑）這個，老先生一向好？

（生）吓！

（丑）這個唐伯虎先生好乏？

（生）要不説起。自去歲中秋不見了他，杳無音信。小弟疑他來此遊賞西湖，因此特至貴處找尋，在解元家居住。昨晚同行，不見瞭解元，實為笑談。

（花生）多蒙此間公子見愛，挈我回來的。

（丑）不要説哩。

（生）不是吓，知你有"美人"之稱，所以如此。夜來失便宜否？

（花生）豈有此理，公子為人至誠老實。

（丑）老實不過的哩。

（花生）將小弟交與他令妹收管的。

（丑）阿呀呀！

（内白）太太出來。

（丑）家母出來哩。

（丑、花生下）

（旦上）請坐。

（生）伯母在上，小侄怎敢坐？

（旦）有事請教，那有不坐之理？

（生）告坐了。

（旦）久聞先生文才廣博，書畫精工，京淮江浙如灌耳。今駕降臨，蓬蓽生輝矣。

（生）不敢。小侄菲才薄技，何敢當伯母過譽，惶恐，惶恐。

（旦）先生來意，我已盡知。小兒頑劣，得罪解元，萬分難辦。

但事關風化,干礙官箴,老身亦有治家不嚴之罪。京中司馬公知道,必然不容承嗣,怒而處之。一則絕了後裔,二來小兒何以為人。伏乞先生從中周扎,委曲調停,相勸解元。

(生)小侄只因伯虎迷失,來此尋覓,但小侄人微言輕,豈敢主行家事乎?

(旦)先生説那裡話來!

(生)如此待小侄先告個罪,然後尊行。

(旦)請教。

【掉角兒】(生)告尊前愚懷淺識,事勿遲早為之計。趁今朝外人少知,宜家室遂諧婚配。(旦白)先生高見,正合愚意,只是少個媒妁。(生)伯母若不棄嫌,就是小侄作伐如何?(旦)多謝先生。取三百兩銀子過來。(末暗立上應。生唱)稱良辰,美景好,今日裏,定此歡欣。事遭否極,從權護持。免教他,家門不造,風化乖違。

(末白)銀子有了。

(旦)先生,老身有白銀三百兩,送與先生,以為酬謝之禮。

(生)小侄鄙才僻論,蒙伯母允諾,叨光多矣,何敢受此賄乎?

(旦)官家大媒,理應酬謝。先生回府促迫,權當程儀之敬,非酬也。不必推辭,請收了。

(生)如此多謝伯母,小侄告辭。

(旦)請到書房少坐。

(生)不消了。周伯母處還要小侄告明,待等滿月之日,使彼迎回便了。

(旦)足見先生周到之極。恕不送了。不是一番寒徹骨,怎得梅花撲鼻香。(下)

(花生上)老祝,我説還要你來。

(生)恭喜,恭喜。拙中成巧,難得,難得。你好生住在此做親,愚兄今日即便起身回去了。

(花生)阿呀,焉有不告而娶之理?

(生)不妨,伯母處愚兄代言。待滿月之日,迎歸尊府。將來不可忘了大媒。

（花生）來，八十兩頭稱了出來。

（生）吓，這頭親難道只值得八十兩？

（各笑）

（花生白）兄若尋見了伯虎，代弟多多問候。

（生）不消分付。後會有期，告辭了。

【尾】相逢何事相回避，萬事皆由天綴。（白）請了。（下。內白）請姑爺進來沐浴更衣。（花生）妙吓！我周美人吓，（唱）今日裏男女分妝燈月輝。（下）

第二十七齣　□　□

（末上白）屏開金孔雀，褥影繡芙蓉。我乃王府中院子便是。今日上元佳節，我家太太招贅解元周文彬為婿，着我去喚儐相六局人等。諸事齊備，待我去喚儐相出來。儐相呢？（淨上）大叔，阿是要請新人哉？（末）正是。

（淨）是哉。伏矣。秉燭達旦萬年稀，燭影搖紅千古疑。孫氏仲謀圖先主，得便宜處失便宜。奉請新貴人擡身，緩步請行。（外、院子暗上。花生上。淨）伏矣。你賺我來我賺你，你來賺我做夫妻。賺到今年十月半，管教賺出小東西。奉請女新貴人擡身，緩步請行。

（旦上。老旦、付扶貼上。淨照舊喝禮）請太太受禮。案席。（定席）請上酒。掌禮人造退。

（淨下）

【畫眉序】（合唱）燈月喜無雙，燭豔花芳耀洞房。喜佳兒佳婦，巧綰鸞凰。男共女昨日疑成，夫和婦今宵鴛帳。（合）華堂深處同歡暢，直飲到梅梢月上。

【尾】佳人才子情非量，百歲良緣消帳，但願雙雙地久長。（下）

第二十八齣 □　□

【光光乍】(淨上)道行似堅砂,妙力實無差。請得天神平空降,這回鬼怪光光乍。

(白)小道何天容,自從舊歲在蕩口打醮回來,不覺又是初春天氣。今日正月十六日,落燈時候,不免往觀外走走。

【光光乍】(生上)離浙轉吳屬,棄棹便登陸。且向家庭忙碌碌,這回惹得人匍匐。

(淨白)祝大爺囉裏去?過門不入?

(生)元來觀中之物。

(淨)休得取笑。忙碌碌囉裏去?

(生)不要說起。為老唐不見,他的家小着在我身上,要尋還他。我在杭州尋了一回。

(淨)阿拉飥?

(生)不在下路。我今日趕回家去,住了一晚,明日再往上路去尋,故此心忙意急耳。請了。

(淨)住飥!勿要寶,阿是唐伯虎大爺吓?我到見過個。

(生)吖,你曾見過?在那一處?

(淨)勿知阿是嘘。勿要擔閣子唔個正經。請罷。

(生)法師,不要作難,你在那裡見過來?

(淨)立拉觀門前說,覺道勿雅相,方丈裏去坐子說。請進了,如意門對直是方丈。道人茶來。

(生)茶到不消,且說唐伯虎,在於何處?

(淨)舊歲蕩口華府上,要建黃羅大醮,請我去打料賬,即着見有蓋人,立拉飥二公子背後,答唐大爺是——

【貓兒墜】一模一樣,狀貌甚端詳。(白)我連忙上前要叫。(唱)只見他羅帽海青僮僕妝,將身掩過影無響。非唐,不是文元,定是同龐。

(生白)相貌行止,或者相同,只是犯不着到華府去做伴儅吓。

（淨）還有一個拉裏來。吓，先生快來。
（末上）落窑破罐物，相類失遮人。法師，喚我何幹？
（淨）此間是祝大爺，過來見了。
（末）祝大爺，老拙拜見。
（生）不消奉揖個，請坐。此位是——
（淨）是華府西賓，他亦為此僕而出。
（生）為什麼被他所出？請教。
（末）老拙在華府教授兩公子。忽於舊歲八月十六日，有一姓康名宣，投靠進來，太師爺發在書房中承值。四月之後，見他吟詩作賦，每每出奇。忽遇那一日呵——

【貓兒墜】一揮而就，做出兩篇好文章。太師爺呵，把我輕如薄紙張，因此上卷書辭謝出門牆。（生白）若説會做文章，却像是他。先生講來表裏廂像，似有幾分，但無真實。我且請教先生，與他盤桓四月，可曾認得他有什麼多一缺二的異處麼？（末）有的，有的。（生）那一處呢？（末）這一日端飯出來，錫罐熱，燙了手，只見左指兒呵——（唱）三雙。（生白）多了一個？在那一處？（末唱）多隻在拇指兒後生附從傍。

（生白）的真的真。我去了。
（末、淨）天色已晚，那裡去？
（生）我今家也不回，隨即下舟，連夜趕至蕩口。待等天明，即往相府拜謁，訪問伯虎便了。

【尾】從今的確真情況，必是風流年少郎。（生下。末白）吖，元來就是唐伯虎，怪道做出這樣好文章來。起先實實有些怪他，如今曉得了唐伯虎，是——（唱）遇着當面批評不敢響。（下）

第二十九齣　□　□

【引】（外上）元宵過了麗春期，又入東風花卉萋。
（白）一飲一啄，莫非前定。老夫細觀華安品格，不像以下之人。意欲與他擇配，未曾和夫人説知，不好擅專。今為秦家添了孫兒,大兒和媳婦回家賀喜,我這裏亦打發僮僕人等,一同持禮,前往無錫去了,止存華安一人伏侍。我且靜坐一回。
　(末上)門館無閒事,忙移柬帖來。禀爺,有蘇州祝枝山大爺來拜,有帖呈上。
　(外)唔,祝枝山這種子,最難相與的。一向沒有見他,今日為何而來?到要會的,説我出來。
　(末)祝大爺有請。
　【引】(生上)風塵碌碌走東西,心懷友誼奔馳。
　(白)老太師。
　(外)賢契請。
　(生)太師請。
　(外)賢契是客,自然賢契請。
　(生)不敢。
　(外)如此同行罷。
　(生)太師請上,待晚生拜見。
　(外)多蒙賢契光顧,況舟楫勞頓,常禮罷。
　(生)從命了。
　(外)請坐。
　(生)阿呀呀,侍立不當,焉敢望坐?
　(外)有話談談,那有不坐之理?請。
　(生)告坐了。
　(外)賢契,闊別數秋,常懷渴想,今日蒙顧,足慰鄙懷。
　(生)不敢。晚生久思品望,慎猶衾影,今誠叩謁,冒突尊顏。
　(外)豈敢。同社文元唐賢契好否?
　(生)好。
　(外)徵明賢契好麼?
　(生)也好。
　(外)沈石、田同賢契每來往否?
　(生)常會。
　(外)聞得臨安有個新解元周文彬,雅綽"美人",亦在尊社了?

（生）是，晚生元宵時曾在他家，與王兵部二房聯姻了，是晚生為媒，已入贅進府。晚生即便回家，聞得太師府上建如意醮壇，虔誠齋戒，致使玉帝親臨。

【松下樂】傳揚四海盡稱奇，道太師忠孝堅持。相傳黎庶誇名譽，方顯得志心所致。

【齊天樂】（外）斯言如是。感天垂念取，因此永懷大德，惟善存之。

（白）華安，取茶來。

（小生上）來了。

【松下樂】如年度日怎支持，方念一時難棄。從今收拾歸家計，又恐怕那人笑耻。呀，這厭物來至，如何廝見伊。我徘徊無定，一步難移。

（外白）送與祝大爺。

（小生）是。

（外）請坐。這是小廝華安。

（生）這——，尊駕叫華安麼？幾時來的？

（外）舊歲八月十六投靠進府的。

（生）可有身價？

（外）有的。

（生）多少？

（外）十兩。

（生）多了。坐也不會，端的與他十兩銀子。晚生敝處，出散之所，雇工的一兩二錢一年，買的不過三兩頭。晚生告辭了。

（外）賢契到舍，那有空坐之理？且請少坐，老夫暫別，即來奉陪。還要與賢契共飲一杯，聊作地主之情。華安，分付備酒，留祝大爺少坐片時。賢契，老夫失陪了。（下）

（生）太師請便。吓，老唐，我那一處不尋得到，你反在這裏，神仙也猜不著。敢是華府上有什麼可意人兒麼？

（小生）實不相瞞，舊歲你我三人同遊虎丘山，到千人石上呵，

【風入松】肩輿輧至，可人兒擺轎，堪稱美麗。隨他同上觀音

寺,相逢三笑留窺。没奈何再思無計,只得將身賣,指望效于飛。

(生白)可曾到手?

(小生)還未。

(生)五月有餘,還不到手!再若延捱日子,事不諧矣。我如今救你一救。

(小生)如何救法?

(生)少間此老出來,我自有處。

(笑介)哈哈哈。

(外上)賢契,老夫失陪。為何與我家華安這小廝語笑起來?

(生)晚生獨自一人而坐,甚覺無聊,故與尊價講講。不想他到是一個通文的,問一答十,詩詞歌賦,般般多曉。好,有意思。故此奇而笑之。

(外)小價果有文才,賢契眼力不差。有意思的。

(生)不但有意思,竟像我輩中人物。

(外)恐怕養他不牢。

(生)太師,該賞他一個老婆纔好。

(外)老夫久有此心,奈拙荊多忙。今蒙賢契提調,就與他完姻便了。

(生)告辭了。

(外)備有菲桌一席,少伸薄敬。

(生)趁日趕回,至家傍黑矣。不敢久停,晚生領情了。

(外)賢契執意要行,老夫不敢久留。過來,取白銀一百兩,以作程儀。

(生)這個,晚生怎敢受?

(小生)祝大爺,自古長者賜少者不敢辭,請收了罷。

(生)這小廝,到會講話。如此多謝太師,告辭了。

(外)有慢。送賢契一送。

(生)阿喲,這個決不敢當,請留步。

(外)既如此,華安代送,說我恕不送了。

(小生)是。

（生）倒是你送我出門去罷。

（小生）太師爺說,恕不送了。

（生）老唐,方纔替你做媒嚛。若成了事,就回來。吓!你家令正與我吵鬧得個了不得。

（小生）多多有罪。老祝你眼望旌捷旗,

（生）老唐,我耳聽好消息。

（同白）請了。

（生下）

（外白）吪,華安,你好大膽,怎麼與祝枝山大爺打恭作揖?他專會捉人訛頭,倘他有怪老夫家教不嚴,怎麼處?

（小生）太師爺,自古宰相家人七品官,他不過是個放蕩散士,何足為奇?況父親在日,時常來往的。

（外）唔,權且記責。

（小生）是。

（外）方纔祝枝山說你習上之品、替你說分上,賞你一個妻子。今日是好日,選個丫環,就與你成親罷。

（小生）多謝太師爺。但華安這裏,要親自選中的,方為妥當。

（外）這小廝,得隴望蜀。也罷!我若不依你,只道我度量不寬了。你自回避,還與太太說明,齊集一衆女使,喚你擇選便了。（外下）

（小生白）多謝太師爺。自古福人多積善,常言相腹好撐船。

（丑上）捨舟來登岸,進府去回音。阿呀,華安兄弟。

（小生）華平兄回來了?

（丑）正是。阿喲,紅光滿面,喜氣衝衝,勿是發財,定是要做親亓。

（小生）猜得着!蒙太師爺恩典,賞我一房妻小。太師進去同太太商議,齊集梅香,任憑我擇選,今夜就做親。

（丑）亦是介了。天老爺,千選萬選,勿選子秋香去咭。

（淨上）等我說個聲介。小大叔,船就歇拉亓水牆門邊,我去望一個朋友了。齊夜點來,阿番道個。

（丑）番道奢了？

（小生）這是那個？

（丑）個是莊田上個船上人，新領燈籠個，不常拉蘇州上下。來來來，哪，個是太師爺身邊，頭一個得寵小大叔。下遭有奢事務，替渠説没是哉。

（淨）是介説。小大叔，下遭有奢事體，照應照應。

（小生）有事照看你。

（淨下）

（丑白）甲没兄弟，吓拉個答等，我去回禀太師爺，等吓揀中意子來，相幫吓做親哉也。

（小生）休得取笑。

（丑）啐！説話君子，詳話小人。（各下）

第三十齣　□　□

【清江引】（淨、付上）梳妝打扮如風驟，美貌天生就。只憑小鬼頭，揀擇來相候。（合）望紅鸞，照得終身久。

（淨白）姐姐，太師爺、太太叫我里梳妝打扮子哩，拉前廳去，把華安男兒挑選，揀中意子囉哩個一個没，今夜頭就做親乱。

（付）我倒拉裏愁。

（淨）愁奢個？

（付）倘或華安個男兒刁鑽胚，揀中意子没，就要做親乱，個没那處？

（淨）勿要抱穩子，渠勿歡喜矮篤子勾。

（付）啐！矮脚哺雞會生蛋，只要有子腸，勿圖身體長。

（淨）阿曉得身長力不虧？

（付）勿要説哉，快些走出去罷。

（淨）介没走嘘。小娟根，慢點走，慢點走。（下）

（貼隨老旦上白）自古宜男原有種，常言侍媳可當家。我相公寵愛華安這小廝，必要與他選一侍女相配。我已曾分付衆婢女，梳妆打扮，出外揀選去了。未知那一個，是癡小廝的配偶也。

（貼）太太，這小廝雖有癡顛之疾，論他才情學問，出人頭地，必有好處。今日此舉，皆太師爺愛而行也。他們中與不中，只宜終止了，不可復令其選。有關相府之規模，有褻閫中之儀範。請太太詳之。

（老）哈哈哈，這婢兒，到也言之有理。

（淨、付上）啐！促掐佬，小短壽命個，六個要嘸個樣，沒來歷個娍猻精！回稟太太去。

（老）你們進來了？

（貼）選中那一位姐姐？

（付）上作戲才勿中。

（老）如何不中？說與我聽。

（淨、付）太太，個個男兒，真正怪肚子嘘！

【清江引】說我小時節曾生過癩痢頭，那，吐剝光鮮假梳鬆。說渠吊鰓皮，還有點豬狗臭。火刀腳，扒牙齒，煙薰手。

（老白）你們回避。

（淨）啐！小娟根，單說我勿好，嘸也沒奢好甩囉裏。

（付）唔，比嘸好點。（下）

（老白）華安癡，到也批評得不差。我的意思，元是先把醜的與他點選，若不中，再把中勻些的與他看看。眼睛花了，自然胡亂點中一個就罷了。可是麼？

（貼）太太高見極是。如今火速再着一應大小出去與他看，完了一椿事，省得太師爺在外費心。

（老）有理。你且躲在房中，待我去分付他們便了。

（貼）是。

（老）正是：觀於海者難為水，目盡花枝一世嫌。（同下）

（小生隨外上）

（外白）華安，你的才學也妙，察情更好。方纔這幾個女使，果然末等的。我已分付進去，教那些着得眼的出來，與你看便了。

（小生）多謝太師爺。

（外）喚使女們出來。

（生暗上白）是。女使們走動。

（衆女使上）來了。

【清江引】太師行苦把情兒扭，這廝們兀自乖生透。喜的俊龐兒，怪的是夾三秀。只得向高堂，各含羞，由天就。

（白）衆女使叩頭。

（外）罷了。站過一邊，逐一點名過去。華安看中者留，不中者竟自進去。華安，這一衆內，難道沒有一個配得上你的？

（生）有單呈上。

（外）逐一點名過去。

（生）蕙蘭，雙蓮，雙桂，金菊，芙蓉。

【清江引】（外）這丰儀美貌如蘭秀，蓮步雙雙驟。雙桂好名兒，梅雪爭春鬥。（白）金菊、芙蓉兩個，選了一個罷。（小生）多不好。（外唱）除非是，降天仙，姻緣就。（衆女使下。小生白）華安也不指望天仙下降，就是地仙也勾得哼了。（外）地仙在那裡？（小生）在太太房中的，四位地仙，還沒有出來。（外）是吓，這小廝，到也想得着。我想姻緣大事，非比尋常。過來。（丑）有。（外）進去對太太説，即着春、夏、秋、冬出來。（生）曉得。（下。外白）華安，太太身邊四個丫頭，你那裡知道？（小生）太師爺，俗諺雲：店中有好物，名譽傳千里。（外）哈哈哈，我若不喚他們出來，只道我太師爺伉儴了。（生上）啟太師爺，太太説不可。（外）唔，我的話豈有爽言？快催他們出來。一名不到者，重責不恕。（丑應下。小生白）願太師萬代公侯。（唱）除非是，地仙來，姻緣就。

【東甌令】（衆使女上）東君令，敢淹留，自古姻緣宿世酬。將人催逼沒前後，一會價多即溜。（貼唱上）教人羞澀難洗搆，心事向誰投？

（小生白）哪，哪，哪，屏風邊的這位姐姐罷。

（外）這小廝，有眼力。回避了。

（丑）中甴個哉，進去罷。

（衆下）

（外白）過來，進去對太太說，華安選中秋香了。擇日不如撞日，就是今夜，替他們完姻。一應釵環首飾、新舊衣服，都付與秋香，還要豐富些為妙。再收拾下房幾間，與華安居住。再喚個儐相、伴婆、樂人等，與他贊禮吹打。他們喜日，理宜熱鬧，爾等眾人，合該慶賀他便纔是。

（丑應下）

（小生）多謝太師爺，萬代公侯！

【尾】（外）宜男只影無親冑。（小生唱）全賴主人恩佑，（外唱）今日才色雙雙永遠流。（各下）

第三十一齣　□　　□

（旦上白）咳！花星不照命，喜氣屬他人。

（丑上）阿喲，氣殺哉，氣殺哉！無分三生石，有緣前世因。好笑秋香姐姐，今夜答華安做親，反有不悅之意。

（旦）我們與他，多年同伴之情。

（同白）且去勸他一番。

（丑）有理勾。吓，秋香姐姐！

【引】（貼上）何來鴞獍，閑藤野蔓，抵死纏侵。

（丑白）妹子，萬事分已定，何須苦掛縈。

（旦）妹子，恭喜。今夜乃百年配偶，為何反有許多愁悶？

（同白）我等奉太太之命，特來相勸。

（貼）二位姐姐，有所不知，奴家幼失父母，六親無靠。多蒙太師、太太收錄，十分看待。豢養之恩，未遑報答。今日一旦屬與匪人，怎不有感於懷？小妹呵，

【三換頭】想婚姻無那，兀自將人摧挫。更紅絲系足，注其來蒂瓜，有許多意促。這其間只見他強爭着，臨妝鏡花。憐殺人無親也，淚珠兒空自灑。想此段姻緣，勉得個微身難自躲。

（付伴娘上白）催促閨中女，莫誤吉時辰。姐姐，個位就是新娘娘麼？

（丑）正是。

（付）外頭諸事停當。時辰已到,太師爺同太太拉亢外頭等哉,請新人出去拜堂。請開面梳妝起來罷。

【三換頭】（合唱）紅鸞星耀,雙星高照。吉時近也,請新娘步踏,喜事毋教成姹。這其間只得把那壁廂,已臨堂下。遵奉雙雙命,怎生忤了他。一對佳人,敢則是前生並蒂花。

（吹打下。外、老旦上坐）

（淨掌禮上白）

　　　　郎又歪來女又嚚,
　　　　姻緣三笑兩相挑。
　　　　何用冰人來說合,
　　　　花園備弄已相交。

舊云。（小生上。丑、生暗上。淨白）

　　　　金童玉女下雲霄,
　　　　三台撮合配鸞膠。
　　　　但看來年當此際,
　　　　野貓養出玳瑁貓。

舊云。（付、貼上。淨白）恭喜,恭喜。

（小生）有勞。

（生、丑）華安兄弟,恭喜。

（小生）多謝,多謝,請裏邊用酒。

（生、丑、淨下）

（付）新官人,恭喜。

（小生）媽媽,有勞你,裏面吃杯喜酒去,難為你。

（付）好說。（下。起更）

（貼）咳!

（小生）喲,好時好日,歎這樣窮氣。

【忒忒令】（貼唱）記中秋相逢畫船,又驀遇檻花窗畔。我見他癡迷撩亂,似趁風而頲,門兒外竚難前。又將他,如勾線,誰知今宵意牽。

（小生白）娘子，一向被你掇賺了許多，今日方同一室。娘子請一杯，不要冷落了俗套。

（貼）啐！什麽娘子，分明的前世冤家。

（小生）吓，夫妻，什麽冤家！

（貼）阿呀，你這不長進的東西吓！

【尹令】自那日虎山留戀，再沒處尋方覓便，誰知你投靠又進身重面。你幾度卑呼寒賤，我也不更一念。（小生白）娘子一點芳心，卑人十分敬伏你。（貼）咏，我好恨吓。（小生）阿呀，恨什麽介？（貼）只恨你一府中，多多少少女人，多選不中。（小生）吖，這麽各有所愛。（貼唱）為甚抵死，偏偏我和你，結下前生夙孽冤。

【品令】（小生）娘行，何事兀自的苦埋怨。甚伊屬愛，三笑意情牽。我甘為下賤，此心非靦腆。如今及半載了，指望百年姻眷，今夜呵方遂我平生願。娘子，和你帶綰同心，共結絲蘿衾枕邊。

（貼白）阿啐！你這個人必定是個拐子。

（小生）住了！就是拐子，被我拐到手了，悔也遲了吓！

（貼）我在此想——

（小生）娘子，你想什麽？

（貼）想你決非姓康。

（小生）娘子果是神仙，我其實不姓康。

（貼）如何？不姓康！你若説出真名姓來，那時與你同諧和好，不然休想做夢。

（小生）吖，我若説出真名姓來，恐怕驚壞了你吓。

（貼）如何？可見是油嘴光棍。我不怕，你説。

（小生）吓，娘子不怕，我説了噱。

（貼）快些説來。

（小生）娘子聽稟。

（貼）阿啃，説罷了，只管通文。

【豆葉黃】（小生）念卑人寒家，實姓為甜。（貼白）甜麽？吖，敢是"高夏蔡田"之田？（小生）非也，是苦盡甜來之甜。（貼）吓，那有此姓吓？（小生）我實是甜吓。（貼）吖，你敢是姓唐麽？（小生）

好猜,好猜。(貼)名字呢?(小生)名字吓,你站穩了。(貼)什麼?(小生)不要害怕。(貼)啐!活見了鬼。(小生)哪,(唱)就是那常鎮蘇杭,仕宦與黎庶欽羨。我才高七步,倚馬七篇。華宏山曾睹文章,華宏山曾睹文章,是一個風流俊雅,名譽驚天。

(貼白)阿喲喲,講此大話!阿嗐,真正被你赫死了!大才之人,只有蘇州唐伯虎、祝枝山,你略有些才學,怎比得他每來吓?

(小生)不敢欺,學生姓唐,名寅,字伯虎,雅號桃花主人沒,就是我。

(貼)吖,唐伯虎,就是你?

(小生)就是我吓。

(貼)且住!我聞唐解元,是六個指兒。過來,你若有十一個指兒,即是唐寅。你快拿出來與我看。

(小生)娘子要看,這又何難?容易。哪,請看,這不是五雙半?

(貼)呀,果然是唐相公!賤妾不知,望相公恕罪。

(小生)阿喲喲,豈敢,豈敢。今後不要捉弄我沒,就勾得緊了。吓,娘子,你一向為何怪我吓?

(貼)吖!

【玉交枝】怪你書生輕賤,把伊行亡魂喪膽。(小生白)住了!既怪我,你為何又對我三笑呢?(貼)吖,這個麼——(唱)要賺伊落志想思塹,渭梁橋水漲難淺。勝如袄廟火沖天,(小生白)刁鑽促掐,刁鑽促掐。(貼唱)鴛鴦塚內報相見。(小生白)娘子,如今是肯的了麼?(貼)吖!(唱)既知名從今自然,(白)只是可惜。(小生)可惜什麼來?(貼唱)你鸞身兒怎生回轉?

(小生白)娘子,不要着忙,我今晚就要回去了。

(貼)吓,你好沒良心吓!難道你撇了我,就是這等去了麼?

(小生)娘子,不要哭,自然和你一同回去。

(貼)只怕你來得去不得了。

(小生)為何?

(貼)自古說得好:大家門檻三尺三,進門容易出門難。總然要走,是——

（小生）便怎麼？

【月上海棠】（貼）只在吳郡間，歡娛未了生悲怨。太師呵，駕扁舟來至，緝獲呈官。一霎時枷打非寬，奸拐情罪應條款。（小生白）吓，吓，吓，我堂堂才子，誰人不知，那個不曉？就是太師知道，還要他賠送妝奩上門哩。（唱）伊休諫，落落襟懷，從權回轉。

（貼白）只要你無事，我就隨你去。

（小生）包管無事便了。

（貼）既如此，且過了今晚，待我往太太房中，收拾衣飾等類，那時我同你回去便了。

（小生）阿呀呀，你如今做瞭解元娘子，還是這等小氣得緊。衣衫首飾，我家盡有，若拿了東西去，倒有贓物了。

（貼）既如此，不知什麼時候了？

（小生）約有四更時分了。

（貼）如此船兒呢？

（小生）恰有莊田上，李小二的船，在水牆門外，你可把我衣帽穿帶起來，扮作書童模樣。待我打着相府燈兒，只說太師爺差我二人往蘇州公幹，連夜開船，不消到飯時即可到家了。

（貼）如此快些改扮起來。

【江兒水】（合唱）蕩水明如練，人情薄似綿，扁舟飄忽飛輕箭。看床頭翠被餘香卷，囊中首飾釵環釧，一概遺留少緩。怕不送妝奩，要得個人財雙占。

（貼白）待我打了燈就去。

（小生）且慢！我來雖不明，去却要還他個明白。待我題詩一首，微露其意便了。

（貼）阿呀，這個使不得。若留詩句，太師詳出，為禍不小。

（小生）我正要他知道。把燈兒起一起。（寫介）

　　　　萬丈文光射斗牛，誤將詩酒賣風流。
　　　　秋闈奪得經魁首，雁塔還須名姓留。
　　　　醉眼朦朧輕鼎鼐，文思磊落慢公侯。
　　　　太師要問華安事，只在康宣兩字頭。

（貼）好吓。

（小生）吖，再寫十二個小字在上：吳字云，細詳論：父之兄，是山君。詩已寫完，待我開了側門，再開了水牆門去罷。拿燈來吓。

【川撥棹】（合唱）詩題誼，算將來千古鮮。夜迢迢輾轉無眠，夜迢迢輾轉無眠，洞房虛孤燈黯然。似枯枝泣露蟬，似風花啼杜鵑。

（小生白）莊田上李小二那裡？

（淨上）是六個？半夜三更，叫名叫姓。

（小生）我是華安。奉太師爺之命，差往蘇州去公幹。連夜開船，就要去的。

（淨）我正要蘇州去買點貨，下來，下來，就開船哉。個是六個？

（小生）這是華吉兄弟。一同去的。

（淨）燈籠放子船裏去，耀眼睛了。

（小生）快些開船。

（淨）開船哉。

（小生）不要嚷。

（淨）阿是逃走了？

（貼）啐！

（淨白）前頭船扳來吓。

【尾】（小生、貼）歸舟有日還重見，那時節錦堂歡宴，管教他一見詩兒知我宣。

（淨白）吷！船梢上大阿嫂扳開點，推進來哉。

（小生）不要嚷。

（淨）奢了勿要嚷，阿是逃走了？（下）

第三十二齣　□　　□

（生、丑上白）夫婦從天定，人心莫強求。昨宵成燕侶，一對好斑鳩。

（丑）我華平，吃親吃苦子兒哈。指望秋香姐配拉我，囉曉得，到不華安搶子去哉。
　（生）噲，夫妻不是今生定，五百年前結會來。
　（丑）噲，吓看渠乩兩個，拉五百年前結得來個？
　（生）古人之言。
　（丑）古人？住乩囉裏介？
　（生）兄弟不要歎氣。昨日擾了他的喜酒，今早起來，就眼紅了！
　（丑）孫子沒眼紅，説個去處吓。
　（生）不要如此。你我兩個，平日承他相待，我和你到新房裏去，一則恭喜他，二來指引他進去叩謝太師爺。
　（丑）昨夜分做親，就謝個哉。
　（生）大家禮數，是這等規矩。況且兩日當三朝，新時行禮吓。
　（丑）亦是梗，去嘘，去嘘。門才勿門，勿老到。
　（生）只怕起來了。新郎，恭喜的在這裏。
　（丑）勿答應。吖，昨夜辛苦哉，困着乩哉。
　（生）帳子掛起，沒有人在床上。
　（丑）像是滾龍門，滾子床底下去哉。
　（生）前門開在此。
　（丑）則怕賊來子，連渠乩兩個新人纔偷子去哉。
　（生）只怕到進去了。
　（丑）我拉裏向將出來。
　（生）有些詫異。報與太師爺知道便好。
　（丑）勿差個，走吓。太師爺有請。
【引】（外上）何事喧嘩，想必是一對夫妻。
　（丑）夫妻夫妻，插翅而飛。
　（外）什麽説話？
　（丑）小人兩個前去恭喜，
　（生）並無人答應。
　（丑）進他房裏，諸樣不動，只差男女。
　（外）那有此事？

（生、丑）太師爺若不信，到他房中賞鑒賞鑒看。
（外）我這等恩典待他，難道他拐了秋香，竟自去了？
（丑）有數說個：恩多反成怨。幾裏是哉。進去看嘘。
（外）此室後牆築底，何方潛室門庭。
（生、丑）前門出去的。
（外）房中飾物留存，那有些須遺影。
（丑）牆頭上黑赤赤是奢個？
（外）待我看來。"萬丈文光射斗牛，誤將詩酒賣風流。秋闈奪得經魁首，雁塔還須名姓留。醉眼朦朧輕鼎鼐，文思磊落慢公侯。太師要問華安事，只在康宣兩字頭。"吓！"吴字云，細詳論：父之兄，是山君。"好奇怪，果然去了。你們將此房中飾物收拾過了，待我進去與太太商議，追他轉來便了。
（生、丑下。外白）正是：莫信直中術，須防人不仁。吓，夫人，
（老上）相公。
（外）有一件不測難詳之事在此。
（老）什麼不測難詳之事？
（外）秋香被華安拐去了。
（老）華安是相公心愛之人，圖書多是他掌管。使女拐不拐，總是他的妻室。由他去，不可聲揚，有關相府儀範。
（外）夫人，吾豈不知？事雖平淡，情理難容。
（老）怎見得？
（外）華安題詩一首，在牆上道（舊云云）。我疑他不叫康宣，竟是姓唐名寅。
（老）唐寅？是蘇州唐伯虎？難道華安就是唐解元麼？
（丑上白）二奶奶來哉。
【香柳娘】（旦上）笑書生路迷，笑書生路迷，驀投花底，霎時不認兄和妹。（白）公婆萬福。（外、老）罷了。（旦）媳婦聞知華安拐去秋香一事，可真否？（外）怎麼不真？現有書兒在牆上。（唱）道康宣首尾，道康宣首尾，疑是喚唐寅，與你表兄呵，一樣名和字。（旦唱）既留題果是，既留題果是，無虛是伊，表兄名兒。

（外白）媳婦，何以見得是你表兄？

（旦）吖，他舊歲八月十六日進來叩見時，就有些可疑。將他盤問了幾句，他道"明人不可細說"，連忙就跑了。那時媳婦細思，唐表兄是個風流之士，必竟婆婆在虎丘山了願呵，（唱）

【前腔】擺肩輿豔婢，擺肩輿豔婢，被他窺覷，故來相府投身矣。（外白）他是解元，又系是親，來此怎麼？（旦唱）他只圖美女，他只圖美女，故爾用心機，今已入手矣。（外）若是他，只合蘇州而來，怎說是常州人氏？（丑）太師爺，二奶奶說話，直腳有因頭個。故日拉虎丘觀音殿拜佛，跪子秋香個裙邊，不拉我一推，一個大跟頭。後來跟來跟去，直盯到船邊。個日進府，我說道，個付面孔，熟得極，貼准噱。（外）既是唐寅，為何後邊還切着十二個小字，是藏何意？（老）那十二個細字？（外）"吳字云，細詳論：父之兄，是山君。"（旦）是表兄無疑了。（外）何以見得？（旦）父之兄是伯，山君是虎，豈不是唐伯虎？（外）這畜生，欺吾太甚！傳出去，着華平喚船伺候，說我用過了早膳，即便下船往蘇，到唐寅家去問他。講得是就罷，講得不好，是送官究治便了。（唱）告官司講理，告官司講理，奸拐情兒，湘江難洗。

（外下）

（旦白）婆婆，公公發怒，望婆婆解勸解勸。

（老）太師盛怒之下，恐有差遲。分付外廂僕從人等，多着幾個隨去。着華平，凡一應所用衣飾服件，多帶了去。小心伏侍，相勸太師，見機而行，方為宰相之度量寬洪矣。

（付應下）

【尾】（老旦唱）海涵度量高臺位，不作小人之罪，來朝聽取消息。（下）

第三十三齣　□　□

（淨上白）順水行舟真個穩，逆風搖櫓果然難。好笑華安個小大叔，昨夜四更天，答一個書童，說太師爺之命，差往蘇州公幹。今氣力費子一主,平天亮到閶門。等開子水城門,一直過子太伯廟橋,轉彎進子皋橋,歇住拉小弄口。小大叔上岸去子,勿上半個巴時辰來哉。阿唷唷,改子一個人哉,晉巾華服,粉底皂靴,十分齊整。打聽打聽,囉曉得,就是唐伯虎大爺。領子一個女老娘家,進艙去,替個個書童改扮子一個女客。卓卓裏個,坐丑平幾上,專等轎子一到,就要上岸哉。看起來有點秧腔丑嘘。勿要管,少間多說法兩個賞青,空船竟到自家莊上去,勿要蕩口去惹禍招非哉。

(衆上)盤頭包攬迎親事,相伴專司閫內情。李親娘,轎子來哉,請新人起岸。

(淨)是哉。請娘娘上岸。(付扶貼上。淨)鼓手先生丑,吹打吹打。

(衆)放高聲。

【畫眉序】鸞鳳報春情,喜遇良辰共美景。看流星炮燭,間着高升。轎兒前一對花燈,傘和扇鋪排齊整。(合)須恭敬,詩禮傳家,魁解門庭。

(丑白)大爺有請。

(小生上)怎麽説?

(丑)新人到哉。

(付)請新人出轎,就拜本堂。請大娘娘出來見禮。

(旦上)新娘遠涉而來,風霜辛苦,況又是客,那有坐家占上之理?

(小生)以小事大,古之禮也。不必謙遜,請受一禮。

(旦)良人之寵,理宜疼惜,豈敢妄自尊大?常禮罷。

(付)大娘娘,個是天下通行勾,也勿消推得個,請坐子,拉裏拜哉。請七位姨娘出來見禮。

(小生)少停裏面見罷。

(付下。丑白)祝大爺到哉。

(旦)祝伯為了你,受了多少累,快快出去相見賠罪,改日請文伯一同過來,吃杯喜酒。

(小生)大娘此言極是。你同新娘進去,和七姨們見禮。

（旦）四時和氣春常在，一室安居樂有餘。（下）
（小生白）請祝大爺。說我出來。
（丑）祝大爺有請，大爺出來哉。

【一青羅袍】（生上）能唧溜轉程，悄行舟到此城。（小生白）老祝，小弟有累吾兄跋涉了。（生唱）既曉咱行涉遠尋，應分通知來去明。（小生白）本欲先至尊府叩謝，奈有新人在舟。迎歸之後，明日到府了。（生）成了親走的呢，還是私自走的？（小生）成了親走的。（生）可有行跡留於彼處？（小生）有的，題詩一首。（生）只怕此老要來尋你。（小生）尋我怎麼？（生）哪！（唱）説你逃亡奴婢，奸拐盜情。官司返究，將伊送呈，那時堂堂魁解壞聲名。

（小生白）老祝，你也是這等愚見。此老若來尋我，是他造化低了！

【羅袍甘州】教他捐財無吝，備妝奩行嫁，送至吳門。這其間翁婿喜相親，偷香手段元端正。男有意，女有情，隔簾空自眼睜睜。觀不見，恨轉增。（生白）果然如此，我這媒人又做着了。來，請新娘見禮，待我看一看，怎麼樣一位天上有、人間少、美貌佳人，以致屈身，流落相府半載。（唱）直待吾來説合方為聘。

（小生白）老祝，你這張嘴，專會批評人的，如何見得？使不得。
（生）吓！你不肯使其新寵一見麼？這又何難，我偏要見一見，纔得放心。
（小生）他在內室，我不使他見你，那裡得見來？
（生）憑你藏在鐵櫃裏，我有本事見他。
（小生）老祝，我和你打一個賭兒。你若見得新娘一面，輸二十兩與你。
（生）又是周美人的故事了。
（小生）住了！你若不能見，輸多少與我？
（生）也是二十兩。請了，明日回話。要見真和假。走來，進去分付一聲，少要出來。明日便分明。（下）
（小生）哈哈，這人極有細作的，須要提防他纔是。待我進去分付一聲。明知難見面，故使作輸贏。贏他二十兩頭，下次不敢説嘴了。

（丑）大爺，華太師到門，拜望大爺。

（小生）此老果然來了，中吾之計也。取我大衣服過來，進去對大娘說，與新娘打扮整妝，再着丫環伏侍，候我呼喚，即便出來。

（丑）是哉。（丑下）

（小生）請太師爺下轎。

（院子隨外上）

【引】臺輔名臣，到姑蘇訪緝其蹤。

（小生）晚生不知太師到來，失於遠迎，恕晚生不恭之罪。

（外）老夫有事來蘇，思慕賢契乃吳門名士，久不面晤，故特造府一望。

（小生）寒門陋室，感蒙大駕降臨，蓬蓽生輝矣。

（院子）太師爺，這就是華安。

（外）吭。

（小生）太師到來，有何見諭？

（外）老夫門下，有一新投靠的康宣，改名華安，拐了使女秋香，逃在蘇州。聞說住在貴府，相煩賢契查查，可有此人否？老夫在此立等。

（小生）只怕有的，待晚生進去查來。後堂傳話，請九姨出來，華太師在此。

（內應。二丫環扶貼上）

【泣顏甘州】翩遷離後廳，見恩公下拜頻頻。恰嫦娥離殿，謹恭祝壽比長生。（丫環白）九娘到。（貼）太師在上，待秋香叩頭。（外）阿呀，我兒請起。（小生）岳父大人請上，受唐寅夫婦拜見。（唱）從今後不須論，翁婿情深莫可評。前生定，望尊行，乞賜妝奩送吾門。

（外白）嫁女愚情不必說了，老夫回去，明日就送來。

（小生）少坐相款。

（外）不消，補了妝奩，再來相擾。

（外下。貼、丫頭下）

（旦上）相公，華太師到來，所為何事？

（小生）華太師的來意麼，説也話長，裏面細談罷。

【尾】華家首尾相親並，輔弼文魁兩鬥爭，只教他嘔氣吞聲認女生。（下）

第三十四齣 □　□

（生上白）賣貨，賣貨。哈哈！棄却書香經紀忙，手持擊繡喚姣娘。只因乏計觀新寵，故作傻傻賣貨妝。我祝枝山，與唐伯虎打賭，要見秋香。無計可施。今早站在門首，忽有一老者，肩背擔羅，手持擊繡。被我喚進牆門，再三打合，三兩六錢細絲銀子，連帽連衣，連貨連羅，折倒了他的。又叫他教了我半日貨物名兒、擅錢買價、口唱貨曲。此時朝粥已過，不免到唐家後門走遭也。

【粉蝶兒】初出擔羅，則我這初出擔羅，恁便是老經紀，也賽吾不過。俺是個，滑塔書魔。背籃擒搖擊繡，只望洞開着深閨繡閣。俺笑那暗想東坡，逋仙詩有誰酬和？（下）

【泣顏回】（末上）聞説鳳凰雛，一對雙雙回蘇。風流種子，石灰瓶處處跡多。（白）我文徵明。前日祝枝山回來，方知伯虎的實信。到在蕩口華府為僕，得了秋香早晚即歸。今早聞説唐解元娶了新娘，昨日到家，隨即華太師拜望，甚有體面。想這節事，只有老唐做得來，別一個萬不及矣。我為此急急到他家恭喜。（唱）他一向蹤籠跡鎖，掛心腸美色迷人貨。到今日果遂絲羅，一霎裏榮幸如波。（下）

（生上白）阿喲喲，幾乎被他認出來。這是老文呀，他急忙忙往那裡去？呀！必竟他亦聞老唐回來，前去恭喜。待他往前門去，我從後門而走。

【石榴花】俺只見友人人去友人家，唬得俺力軟與筋酥。只望着冷街靜巷，一溜兒如梭。（內應）甩托盤個幾里來。（生白）今日不賣。（內）為奢勿賣？（生）哪，（唱）少本兒，買貨，另日個思羅。（內白）窮擔羅。（生唱）咳！休笑俺一人窮，休笑俺一人窮，伊行一

世裏人輕薄。叮叮噹當幾聲入户，願得那女妖嬈，願得那女妖嬈，閑憑着雕欄坐。好一似，送杵與嫦娥。（下）

【泣顏回】（丑上）獅山土物古來多，趕早入城鬻貨。油酥乳酪，幾家主顧，常呼奔波。勞碌轉橫塘，靠櫃充饑肚。（生上撞，即下。丑白）吙，吙，個個甩擔羅是新出來勾，眼睛勿帶出來，做生意！咦，個個人到像三茅觀巷祝枝山大爺也。我半年把勿曾進城做生意，一個祝大爺，竟窮哉，拉丑甩擔羅哉。咳，為了古老道人説勾：坐吃山空！我看祝大爺，坐子好多年哉，勿要説是山空四空，即怕有個十五空丑哉。勿要管閒事，我是賣我個乳餅，渠是甩渠個擔羅。（唱）任他們得失榮枯，士農工兼與作商賈。（下）

（生上白）吓，這賣乳酪的唐三觀！險些出丑。不好，這條路去不得了。不免進了王樞密巷，轉至柴魚巷內，即是他家後門了。

【鬭鵪鶉】曲彎彎急走一忙遁，曲彎彎急走一忙遁，路迢迢排門挨户。一帶的土壁相連，一帶的土壁相連，過幾處圍牆半垜。這家是漆油雙環錦繡窩，認得他唐姓後規模。狠狠的響擊千餘，狠狠的響擊千餘，引出了丫環使女。

（白）賣貨賣貨。

【泣顏回】（付上）新娘令我喚擔羅，聽却直聲入户。開門一望，這人兒滿口鬚髯。（白）咦，個個甩擔羅個，勿認得，個是新出來勾？（生）姐姐，是新出來的。（付）那嘴才没得個？（生）姐姐，好大眼睛！毛裏勿是嘴？（付）哈哈哈哈，個甩擔羅個，到有趣勾介。（生）姐姐，我是個趣人噓。（付）跟我進來，作成吚生意。（生）姐姐，幫襯幫襯，少間送你一針。（付）啐，死也，奢個一針？（生）是引線吓。（付）我勿會當引線個，到是花罷。（生）多有，多有。（付唱）跟隨，進府價相應廣買伊行貨。（生白）你們有幾位娘娘？（付唱）我娘娘結跎羅多，椿椿貨物俱可。

（白）住丑，九娘有請。

（貼上）恩父相承為繼女，妝奩親許到門庭。玉兒，賣貨的可曾來？

（付）來哉。

（貼）照此單上之物，一一取齊，共該多少銀子？

（付）是哉。甩擔羅個，照個單上勾物事，一一拿齊子，共結幾哈銀子？唔阿識字勾？

（生）不識字的。

（付）介没我念拉唔聽：元色繞絨緞丫髻一個，唐式包頭一付，芙蓉宫粉十匣，胭脂十張，鑲金法藍鈕子各十付，大紅扎根頭繩三十丈。唔個甩擔羅個，到是魘生介。絨線四兩，銷金膝褲一付，大紅鞋緞一雙，香肥皂廿匣，香袋四個，夾草絨花三匣，汗巾十二條，木梳、泯子、篦箕全。阿才有拉虱？

（生）多有，多有。姐姐，你自己來取就是了。

（付）個個人，癡個奢，逐椿講子價錢，該稱個稱，分個分，那叫我里自家拿介？

（生）姐姐，你不知，這擔羅呵，

【疊字犯】丫髻包頭新做，宫粉胭脂名播。藍金的鈕扣佳，扎根紅細共粗，鮮鮮豔豔線條兒客。杜馥馥的香囊香皂，夾草兒絨花耀目。一雙兒膝褲銷金，一雙兒膝褲銷金，鞋緞篦箕，泯子一付。（付白）要幾哈銀子？（生）姐姐！（連唱）算將來白銀三兩六錢餘。

（付白）三兩六錢，搬得高興。

（旦上）隔牆須有耳，窗外豈無人。

（生見旦，奔下。付笑介）

（旦白）這些丫環，為何這等喜歡？好没規矩。

（付）新娘拉里買點雜貨了、妝扮了，預備太師送行嫁來，好看點。

（旦）為何賣貨人見了我，就跑了去，把這些東西撇在此，什麽意思？

（付）個個甩擔羅個，有點爽個。奶奶出來，竟吓子去哉。

（旦）方纔大爺進來分付，防備祝枝山來偷看新娘。你們不謹慎，怎麽放這賣貨的人進來？

（付）勿喲，祝大爺是認得個耶。方纔賣貨個人叫做、叫做……

（旦）休得多言，把這些東西放在此，不可動他。若回來取，叫他拿了去,就是了。(付應。旦白)家和日夜能安樂,雪月風花事事足。

(衆下)

【尾】(生上笑)誤迷津桃花渡,打掌人兒輸賭。

(白)老唐,快些出來。

【接尾】(末上、生上)是何人足躍喧聲頻笑呼?

(生白)老文也在此。你可曉得老唐與我打賭?

(末)方纔正道此情。

(生)來,稱銀子來。

(末)問你,可見新娘麼?

(生)看見了。

(小生)什麼,看見了?又來掉謊了。我已分付他們,前頭後户,刻刻提防,難道你有隱身法的?

(生)非也,非也。

(末)來,坐了講,坐了講。

(生)吓,老文,我與老唐打了賭,回家去呵——

【桂枝香】尋思無計,(末、小生)無計便怎?(生唱)只聽得,叮噹聲氣。銅鑄着一面如錚,(小生、末介)是何人所用?(生唱)賣花線是包頭丫髻。(小生、末)這些東西是那裡來的?(生)不瞞你說,三兩六錢細絲銀子,連帽連衣,連貨連盤,是我一總買了,折倒他的。(末)怪道如此打扮。(小生)你從那條路兒走的呢?(生唱)從柴魚巷裏、從柴魚巷裏,後門而入,(小生)那個喚你進來的?(生連唱)見一個花花小婢。(小生)可曾看見新娘麼?(生連唱)見芳姿,(小生)生得如何?(生唱)果是天仙降,明珠出海奇。

(小生)老文,他一派謊談,明明假冒。我問你,新娘怎生打扮?說與我聽。

(生)新娘的打扮麼,哪,

【又】滿頭珠翠,遍身羅綺。外穿着蜜褐披襖,(小生)襯裏呢?(生連)內穿件水紅襯裏。(小生)裙呢?(生連)鑲裙細揀,鑲裙細揀,又見野花鑲地,(小生)住了!可曾看他脚兒大小?(生)這個,在門檻內，不曾看見。（唱）不敢論其肥細。（小生）終究不信。（生）你不信麼？現有買貨單在此，還有貨物盤兒，都在你家後門。（小生）院子那裡？快些去看來。（下。生白）快活，快活。（末）老祝，虧你扮得出來。此女果然標緻麼？（生）生得好，只怕姑蘇第一。（末）比尊嫂呢？（生）比房下沒，相去不遠，只多一個俏字。（末）怎麼多一個俏字？（生）老文，大凡女人，有八俏。（末）那八俏？（生）哪，眉俏眼不俏，眼俏口不俏，口俏聲不俏，聲俏行不俏，行俏立不俏，立俏坐不俏，坐俏喜怒不俏。這位新娘，無一毫而不俏者也。（末）怪道老唐失志。（生）老文吓！（唱）動神兒，就是西方佛，其心亦自迷。

（小生上白）豈有此理。老祝不是人了。

（生）不是吓，留在你家做個證見。

（末）老唐，你輸了。

（小生）不必說，二十兩明日來取。

（生）還有三兩六錢貨物銀子，是要還我的。

（小生）吓，二十兩內，除去三兩六錢，還賺我十六兩四錢吓。

（生）吓，難道第一帳生意，就要教我折本不成？

（小生）罷！有限，就是這樣。

（淨院子上）大爺，華太師送妝奩到。

（小生）就是你去分付，喚吹手們伺候，着衆人捱次搬取便了。

（淨應下）

（末、生）恭喜。

（小生）有煩祝兄茶廳點閘，相煩文兄大廳登簿。

（末）當得效勞。

（生）這樣打扮，教我怎好見你令岳？

（小生）不妨，裏面去更衣。

（生下。吹打。淨、花生、院子、小生、末、生接外上進）

（外白）二位賢契也在此，請。

（末、生、小生）告坐了，請。

（外）文賢契清高雅望，文譽日隆。老夫幾欲請教，奈家事煩冗，未能得暇。今日得會，不勝榮幸。
　　（末）晚生拙作虛譽，敢蒙太師過獎！每思叩謁，無由瞻拜。今忝在親末，晚輩增光多矣。
　　（外）祝賢契識人權度，撮合有方，老夫尊命而行。今俯允，特送嫁妝全付、妝奩田三百畝、媒金八十兩。
　　（生）媒金決不敢領。
　　（外）莫嫌輕。另外一匣，要賢婿開看收好。
　　（生）這個待媒妁代勞了。
　　（外）亦可。
　　（生）取過來。
　　（末）是什麼東西？
　　（生）這是田契三張，請收好。
　　（末）請收了。
　　（生）這是賣身文契，到要請教請教。
　　（小生）老祝，什麼意思？
　　（末）看看何妨。
　　（生）"立賣身文契康宣，為因父母雙亡，衣食不周，情願自賣自身。今央中韓媽，賣到華府為僕。舊云云。"
　　（末）好，寫得老到。
　　（小生）老祝！
　　（末）罷了，全了他的體面罷。
　　（生）太師，這身價銀十兩，要求讓的了。
　　（外）康宣不取身價，華安白攜妻室。解元遊嬉三昧，女婿故稱姣客。前事盡付與東流，今日補償盛矣。
　　（生）伯虎聞名人懼，今不免懼人耳。
　　（末）翁婿之情，意不介之，還祈青目。
　　（外）此理當然，則吾遺蔭者，還須照應。
　　（小生）施恩布澤，草木猶知，何況人乎？
　　（淨）太太到了。
　　（末、生）既是太太到了，晚生們告辭了。不是一番寒徹骨，怎

得梅花撲鼻香。

（小生）再請少坐。

（末、生）請了。（下）

（小生）請岳父書房待茶。（外下。小生）過來，着大娘、九娘出來迎接。

（淨應，各下。吹打。丑、丫頭隨老旦上。旦、貼上接見）

（貼白）阿呀，太太。

（老）兒吓，自小身傍未離左右，不幸虎山了願，累你半載牽纏，被人欺侮，吾甚憐惜。自汝出門，無得厚贈，今有頭面首飾一付，金元寶一對，四季衣衫全件，聊作添妝。倘有不周，差人道達，即便送來。自今以後，就是我的女兒了。

（貼）多謝母親大人。

（老）此位是——

（貼）是陸氏大娘，乃伯虎之結髮也。

（旦）太太請臺坐，待陸氏昭容拜見。

（老）老身也有一拜。

（旦）顧蒙寵荷，草舍增輝。

（老）刻日而來，不周禮數。小女在此，全仗照拂。

（旦）相府閨金，敢無不恭。備有酒筵，請太太上席。

（老）今設此筵，原為兩新會宴。請他翁婿二人進來，待他夫婦相敘團圓，此乃禎祥之幸也。

（旦）太太高論，極盡人情。院子，

（淨）有。

（旦）請太師、大爺進來上席。

（淨）是。太師爺、大爺有請。

【引】（外上）喜氣盈庭。

【引】（小生上）今日華堂歡慶。

（外白）夫人。

（老）相公。

（小生）岳母大人請上，待小婿拜見。

（老）半載相依，上下識熟，不勞拜罷。

（小生）去舊從新，一定要拜的。向來蒙榮，恩叨福庇，今又相親，如沾撫育。過來見了太師。

（旦）太師。

（外）此位是——

（老）陸氏大娘，乃伯虎之結髮也。

（小生）今日岳父母降臨，小婿備有喜筵，請二位大人上席。看酒。

（淨應。小生定席完坐）

（淨白）上酒。

【大和佛】（同唱）玳瑁筵開祥瑞巧，姻緣自尋討。吾心轉展，兀自做僮僕，不想有今朝。為何一念費推敲，笑吾年，雙雙暮景誰相照。絕學高才當顧老年高，休記取兒行囉唕。休得要，意屬咱行有別調。

【尾】文星番出新篇稿，曲盡女男腔調，只這三笑姻緣情意高。

（小生）介没就坐席哉。

【賢賓鶯兒】殷勤把酒多志誠，勸娘行須索要常情。前世祈來三生訂，幸相逢虎阜留停。同歡同慶，晚秋到碧梧金井。

【黃鶯兒合】語批評，洞房花燭，相府賜良姻。

（丑白）祝大爺到哉。

紅 樓 夢

(傳奇)

清·仲振奎

【作者簡介】仲振奎(1749—1811)，泰州(今江蘇泰州市)人。字春龍，號雲澗，別號紅豆村樵。清代戲曲作家。出身官宦家庭，科場失意，僅以監生終其生。主要活動在乾隆末嘉慶初。曾至楚、湘、冀、京等地旅行。寫過《楚南日記》。乾隆五十七年(1792)寫成《葬花》一折，早孔昭虔劇作《葬花》四年。嘉慶二年(1797)，將小說《紅樓夢》改編為《紅樓夢傳奇》。是將《紅樓夢》改為戲曲第一人。另有《看花緣傳奇》、《雪香梅傳奇》、《卍字闌傳奇》、《香囊恨傳奇》、《憐春閣傳奇》、《後桃花扇傳奇》、《水底鴛鴦傳奇》等十四種，《憐春閣傳奇》今存，其餘均散佚。有《綠雲紅雨山房詩抄》(刊本)、《綠雲紅雨山房文抄》(稿本)。

【劇情概要】該劇的主要內容源自曹雪芹的小說《紅樓夢》，部分情節取自逍遙子的《後紅樓夢》和秦子忱的《續紅樓夢》。劇本寫賈寶玉迫於父命悶守書齋，困倦無聊，伏几畫眠，被警幻仙姑劉蘭芝引入太虛幻境，得見金陵十二釵正副冊。林黛玉父母早逝，嗣兄林良玉送其入賈府。黛玉初逢寶玉，即一見如故。寶玉至寶釵處看見金鎖，上鐫八字與通靈寶玉的文字相合。黛玉知之，心生嫉妒。寶玉偷看《西廂記》，為黛玉窺見，取來閱讀，大為感動。晴雯抱病被逐，含恨而終。寶玉作誄文，祭芙蓉花神。通靈寶玉不翼而飛，寶玉染病如癡如呆。王熙鳳獻"掉包計"為寶玉沖喜。黛玉聞寶玉與寶釵成親，怨怒不已，飲恨而亡。史湘雲素與黛玉相善，聞訊傷悲。警幻仙姑降臨，為湘雲指點迷津，並委以補恨情緣之任。榮、寧二府被抄，王熙鳳吐血身亡。黛玉之兄林良玉在揚州行鹽，獲利甚豐，王夫人等人後悔設"掉包計"，認為如果"老太太把林姑娘配了二爺"，可以得"這一分天大妝匲"。寶玉再次夢遊太虛幻境，得知黛玉已經為仙，且有晴雯伺候她。因寶玉尚有"鼇頭小占"的俗緣，返回俗界應鄉試而後出家。賈府衰敗，仲春(即惜春)在櫳翠庵帶髮修行，紫鵑自願侍奉仲春。王夫人驅遣襲人和五兒。五兒誓死不走，被送入櫳翠庵侍奉仲春。

【版本流傳】該劇現存有嘉慶四年(1799)綠雲紅雨山房刊本、清同治十三年(1874)友于堂刻本、清光緒年間石印本、光緒三年

(1877)上海印書屋排印本等。後收入阿英編輯的《紅樓夢戲曲集》（中華書局，1978年）。

【演出情況】該劇曾於嘉慶七年(1802)排練上演。據楊懋建《長安看花記》載，道光年間北京昆班演出紅樓戲，大多採用兩種本子，一是荊石山民吳鎬的散套本，另一種便是紅豆村樵仲振奎的傳奇本，云："嘗論紅豆村樵《紅樓夢傳奇》，盛傳於世。""故歌樓仲雲澗本傳習最多。"《集成曲譜》收錄了其中的《葬花》、《扇笑》、《聽雨》、《補裘》等四齣。近世京劇、越劇、錫劇、川劇、評劇、粵劇、秦腔等劇種，均有《紅樓夢》劇目，然以越劇、錫劇影響較大。

（侯雪莉）

自　　序

　　壬子秋末，臥疾都門，得《紅樓夢》於枕上讀之。哀寶玉之癡心，傷黛玉、晴雯之薄命，惡寶釵、襲人之陰險，而喜其書之纏綿悱惻，有手揮目送之妙也。同社劉君請為歌辭，乃成《葬花》一折，遂有任城之行，厥後碌碌，不遑捯管。丙辰客揚州司馬李春舟先生幕中，更得《後紅樓夢》而讀之，大可為黛玉、晴雯吐氣，因有合兩書度曲之意，亦未暇為也。丁巳秋，病百餘日，始能扶病而起，珠編玉籍，概封塵網，而又孤悶無聊，遂以歌曲自娛，凡四十日而成此。成之日，挑燈漉酒，呼短童吹玉笛調之，幽怨嗚咽，客座有潸然沾襟者。起步中庭，寒月在天，四無人語，遙聞宿鳥隨枝，飛鳴切切，而余亦頹然欲臥矣。所慨劉君溘逝，無由寄質一編，以成宿諾，不幾乎掛劍墓門而重傷余懷乎？劉君名宗梁，四川人。嘉慶三年歲在戊午且月望日紅豆村樵自序於小竹西。

第一齣　原　情

（末仙裝上）

【中呂引子·四園春】情關一座高千丈,問若輩誰能撞!古骨森森非本相。

（貼仙裝上）赤霞宮裏,靈河隄上,又注風流賬。

（末）天若有情天亦老,

（貼）月如無恨月常圓。

（合）有人打破三生夢,高坐清虛第一天。

（末）小仙乃放春山遣香洞太虛幻境警幻真人焦仲卿是也。

（貼）小仙乃警幻仙姑蘭芝夫人是也。

（末）夫人,我和你,生墮分離劫數,死歸忉利天宮,將歡補恨,永偕碧落之緣;去喜忘悲,早醒紅塵之夢。上帝因我夫婦識破癡情,命司幻劫,分掌太虛幻境兩天之事。夫人主離恨天,小仙主補恨天,專管世間一切情男情女,離合死生,統領各司,稽查冊籍。癡多者豈必圓成,疏極者或翻團聚。合者可離,離者可合。生者可死,死者可生,萬變不常,一情所引。凡此因果,皆我太虛天中主之。

（貼）相公,我想情場如斯顛倒,那些癡兒騃女,尚爾沉溺於中,真堪一哂也!

（末）便是。

【過曲·泣顏回】辛苦是情場,一片情天羅網。恩男愛女,難逃情劫悲惘;憐生痛死,縱仙緣也墮非非想。算通身淚點流完,空遺恨神人霄壤。（貼）

【前腔】〔換頭〕春窗刻鳳暗虛房,隔斷那九地三天音響。我想若能不合,那得有離,若能不生,那得有死!無邊魔障,都因愛心迷惘。金刀破棗,仗天恩別注回生榜,喚香魂重到人間,償不盡生前悲怏。

（末）那一宗還淚公案,神瑛、絳珠、芙蓉仙子和一班歡喜冤家俱經下世，合是夫人主持離恨，也該打點布散相思了。

（貼）妾憐絳珠魔劫甚重，意欲召彼神瑛，夢遊幻境，譜成歌曲，指點迷途，庶能不著情魔，免墮無量苦海。相公意下如何？

（末）夫人言之有理。

【千秋歲】但忘情定免牛頭旁，也省卻恩報仇償。提醒癡人，提醒癡人，怎不把你箇仙姬全仗？那絳珠得免劫難，轉可速就良緣，我也得少一番運用。只是凤孽已深，恐難喚轉。況且芙蓉仙子與神瑛並無良緣？今生淚，前生賬，心緣重，身緣妄。便做醒醐非杠，怕佳人命蹇容易摧傷。

（貼）如今先召神瑛，隨機指點，若還不醒，然後以練容金魚賜與絳珠，則他日回生便易為力矣。

【越恁好】真身不壞，真身不壞，此金魚補恨方。那芙蓉仙子呵！芙蓉楊柳，早注定同根長。意孜孜，恨茫茫，意孜孜，恨茫茫，裊亭亭兩靈兒重現高唐。為妒雨驚風，到來生尚兀自無限苦傷，香鶯侍，翠鳳雙，冤結都休講。好笑絳珠聰明一世，未免懵懂一時矣。求仙至願，翻被仙降。

（各笑介。末）史真人應為夫人弟子，會當以其訣相傳。

（貼）且待了彼塵緣，再為指授。

【紅繡鞋】（合）他是侯門薄命孤孀，孤孀。做大羅天上仙娘，仙娘。拋繡袷，改雲妝，蔥種綺，菜栽琅，看騎鸞參拜西王，西王。

【尾聲】生生死死情無恙，一曲《紅樓》好夢香。

（末）夫人，你且先喚取神瑛來上方。

　　　　林顰卿死補還淚緣，柳晴雯生洩授園痛。
　　　　賈寶玉離墮野狐禪，史湘雲合堪紅樓夢。

（同下）

第二齣　前　夢

（生金冠箭蟒上）

【正宮引子·喜遷鶯】奇情天與，又賦就玲瓏一寸心珠。借月為家,將花作枕,年少正好歡娛。頻送懶,文章無用;真快樂,緣分何如?問此生恁風流.莫認尋常紈袴。【清平樂】淩霄奇氣,別具雲霞志,命酒看花閒一世,纔是生人樂事。　　功名水上浮漚,榮華草露空留。常傍玉閨春暖,也應抵得封侯。小生姓賈名寶玉,金陵人也。先祖代善,以功封榮國公,中年下世。祖母史太君在堂。父親諱政。現任工部員外。母親王氏,誥封宜人。小生生時,口中銜下一塊五彩晶瑩之玉,因取名寶玉。丰儀絕世,靈悟非常,因為祖母愛憐,與姊妹一同嬌養。我想女兒是水做的骨肉,男人是泥做的骨肉,我但見了女兒,便覺神氣清爽,見了男子,便覺臭濁逼人。以此終日閨中,未嘗輕出戶外。脂香粉澤,聞之則心骨皆仙;玉軟花酣,見之則神魂若醉。祖母又與一侍兒名喚襲人,溫柔可愛,朝夕相依。煮酒裁詩,自謂無媿風月。爭奈父親定要小生讀書,為求取功名之計,只得悶守書齋,可也了無生趣。其實,文章不過祿蠹之津梁,賢傳聖經何勞敷衍?勳業亦屬名蟲之作用,皋夔益贊豈讀詩書?總不如活潑心胸,陶寫性靈為妙。正是但願一生花裏活,何須百卷案頭排。

【過曲‧玉芙蓉】流光過隙駒,垂白歡無補,算香天翠海,此生堪度。甚蟾宮折桂雲梯步,待鶯紙裁花錦句書。可笑這班女子也撇不去功名二字,常常苦勸小生,也覺太不知心了。紅閨住,怎得箇同心伴侶,絕沒些俗人心孔,常此對清虛。癡坐半日,身子乏了,不免隱几一回。嫩寒鎖夢因春曉,亂絮吹雲覺畫長。

(睡介。貼仙裝上)春夢隨雲散,飛花逐水流,寄言衆兒女,何必覓閒愁。小仙蘭芝夫人,來領寶玉魂遊太虛,將《紅樓夢》新曲,令美人歌唱,使彼聽聞,化其癡心,早入佳境,庶免歷劫之苦。來此已是,寶玉醒來!

(生起介)呀!這却是何處也?你看朱闌玉砌,綠樹清溪,人跡罕逢,纖塵不到,真好清涼地面呢。且住!那邊有位仙姑,待我問他一問。(揖介)神仙姐姐,這是箇什麼地方吓?

(貼)此乃離恨天上,灌愁海中,放春山,遣香洞,太虛幻境。吾即警幻仙姑是也,司人間之風情月債,掌塵世之女怨男癡。今日與爾相逢,亦非偶然,可便隨我一遊。

(生喜介)這可妙極了!(行介)

【前腔】輕雲滿袂裾,拂面吹靈雨,太虛幻境,見金書翠榜,半天呈露。假作真時真亦假,無為有處有還無。(想介)這對句好奇也。為什麼將真作假偏多誤,還只待有處如無總是虛?癡情司、結怨司、朝啼司、莫哭司、春感司、秋悲司、薄命司,呀!你看兩傍配殿,各署司名,不知裏面是些什麼?吓!神仙姐姐,小生要到各司中隨喜隨喜呢。(貼)此各司中,貯着普天下過去未來女子冊籍,爾凡眼塵軀,未便先知就裏。(生)神仙姐姐,小生那裏就能知道,略容我去去罷。(貼)也罷,便在薄命司中走走罷。(案上設冊箱,生入看介)金陵十二釵正冊,金陵十二釵副冊,金陵十二釵又副冊。且住。小生家本金陵,莫非我家女子,都在這上面?待我取來一看。"霽月難逢,彩雲易散",這却是誰?"堪羨優伶有福,却與公子無緣",這又是誰?待我且看正冊。"玉帶林中挂,金簪雪裏埋",越發奇了。後面又有這許多畫兒,好難解也?緣何故,這謎兒難悟;細端詳,教我難打悶葫蘆。

(貼掩冊介)這悶葫蘆打他則甚?且和我遊玩去來。

(生隨行介。內奏樂介。生聽介。內唱)

【北中呂·粉蝶兒】開闢鴻濛竅陰陽,害人情重,問誰人風月都空?悼温金,悲冷玉,傷心何用?喚醒愚蒙,仗紅摟一場春夢!

(生)是歌得好也呵。神仙姐姐,此曲何名?

(貼)此曲名《紅樓夢》。

(生)《紅樓夢》,好吓。(內唱)

【石榴花】一箇兒豔晶晶嬌小仙葩,一箇兒潤生生碧玉無瑕。若說是無緣偏又遇着他,有緣也假,無處抓拏。甚的是好相知,甚的是好相知,東恩西怨同歸罷,生離死別兩無回話。若沒箇補緣人,若沒箇補緣人,重安了連環靶,都化做陽臺一片晚雲斜。

(生淚介)怎這樣悽楚人呵?

(內唱)

【鬥鵪鶉】一箇兒眼睜睜萬事全拋,眼睜睜萬事全拋,顫巍巍綾衣換了。又誰知翠娟娟楊柳依人，嬌滴滴芙蓉更好。一箇兒秋雨團蒲寶樹高，早勘破繁華景，霧煙消。只分的伴孤眠佛火宵青，伴孤眠佛火宵青，倒博得箇故雙花銀燈夜皎。

【上小樓】一箇使聰明將身害，一箇弄機關生性歪，剗地裏好夢無多，春色將闌，為着誰來？並頭蓮原自雙開，並頭蓮原自雙開，盲風瞎雨於花何礙？空贏得汗顏難蓋。

【寄生草】無心的翻成對，着意的偏墮坑，有恩的都從死裏逃身命，有情的心雖如鐵終難冷。這的是死生離合皆前定，只一箇瑤池侍從不關情，眼看着白茫茫大地真乾淨。

（生）神仙姐姐，此曲音節甚哀，又無頭緒，小生不願聽他，別處隨喜去罷。

（貼）咳！癡兒尚然未悟。

【朱奴插芙蓉】【朱奴兒】紅樓夢仙音甚都，怎喚得你癡兒愚魯。因頓方纔念仙語，怕回首空傷遲算。（歎介）人難度，是生來命途。【玉芙蓉】把相思劫中甘苦要咀茹。

（生徑行介。貼）你看他竟自去了，直恁麼喚他不醒也。

（生）呀！

【傾杯賞芙蓉】【傾杯序】驀忽的日暗風淒路徑蕪，一抹煙和霧。只見這黑水長溪，又没橋梁，倒有那猙獰豺虎，怪鳥嗚呼！（貼）寶玉作速回頭！（生）哎呀！神仙姐姐，這是那裏吓！（貼）這裏是迷津，遙亘千里，其深萬丈，無舟可通。你若墮落其中，那便百千萬劫了！（生驚介）呀！【玉芙蓉】却原來迷津浪涌無舟渡，還只怕直墮其中斷送吾。何方去？望仙姑指與。（內金鼓介。貼下。生）哎呀！不好了！水中許多夜叉海鬼來也！神仙姐姐，救我一救！偏偏他又去了！（急走介）唬得俺三魂不守汗如珠！

（夜叉海鬼上，趕生遶場，作拖下水介。眾下。生大叫介。丑急上）寶玉！寶玉，怎樣了？

（生醒介，癡介）好奇夢也！

【尾聲】這無端噩夢心驚怖，為甚的黑海迷津陷此軀？（丑）你到底做了什麼夢？（生）吓！襲人！且和你歸向房攏說太虛。

淺睡偏驚春夢婆，虛堂斜照半窗過。
何由小海風波大，愁聽紅樓一曲歌。

（帶丑下）

第三齣　別　兄

（旦素裝上）

【商調引子·遶池遊】淒涼獨自，命薄眞如紙。（淚介）痛雙親而今已矣，兄依妹倚。又扁舟催人離異，做愁天孤雲莫飛。冰雪聰明命不猶，懨懨多病又多愁。如何更有分離感，千里關河一葉舟。奴家林黛玉，金陵人也。父親如海公，官拜兩淮鹽政，母親賈氏，誥封夫人。單生奴家一人。嗣兄良玉，係我母乳哺長成，與奴友愛，無異同胞。（淚介）爭奈父母相繼歸西，依傍嗣兄，便在揚州居住。我哥哥欲承先業，奮志讀書，一切家事，皆命義僕王元經理，以此事業尙不彫零。只是形影相依，未免孤苦耳。日來外祖母史太君懸念奴家，幾次遣人來接，奴家不敢推辭，只得買舟北上。今早已經下船，尙未解纜，且待哥哥到來，和他囑別一番。（歎介）想奴家姿稟天人，胸羅今古，屯邅至此，其如命何！（淚介）

【過曲·山坡羊】淚清清，不能捨的鄉地；遠迢迢，不能分的兄妹；哭哀哀，不再生的二親；軟怯怯，不中用的愁身體。眞命苦，怨天不做美，有顏便似玉，虛生耳，倒不如腹少才華做凡女子。思之，虛飄飄病怎支？含悲，實丕丕苦告誰？我聽得母舅家，有箇衘玉而生的表兄，喚做寶玉，長奴一歲，只不知怎樣箇人兒。

【前腔】少什麼王孫公子，却是他靈胎奇異。打量着生有根基，到紅塵遊戲、遊戲。那人間世，便是奴家呵，恁風姿也，天仙來到此。俺的心兒聰慧，不讓靈妃月姊。如今呵，却一處相依。敢靈山舊相識，遲疑，要分明見有時，須知，驀生人他是誰？

（副淨侍兒暗上。小生帶末上）

【引子·憶秦娥】銷魂地，一番風月添憔悴，添憔悴，江雲燕樹，分開同氣。

（副淨）大爺來了。

（旦淚介）哥哥！

（小生淚介）賢妹，你拋棄家園，遠依舅氏，愁多似絮，身弱如花，使我懸心，切宜珍重。

（旦）哥哥，你抱恨終天，卜居異地，勉承堂構，矢志詩書，願惜良時，無憂遠道。

（小生）賢妹！

【過曲・金絡索】【金梧桐】你腰身柳不支，瘦弱花相似，勞頓舟車，自要扶持，自三餐好順時。【東甌令】到京師，雙鯉投波莫漫遲，平安庶免兄牽繫。今日在姜兄處通一道長，他有一枚煉容金魚，說是安期島玉液泉所出，能起死回生，使身形不壞，這話却也無憑。但是此魚長只四分，渾身金色，投之水中，自然活動。那鱗甲上，且有篆書八字，道是：亦靈亦長，仙壽偕臧。實實是一件異物。我想妹妹必然愛他，特地買來奉送。【針線箱】但取這仙壽偕臧幾字兒，【解三酲】言詞利，【懶畫眉】供你蘭閨無事閒嬉戲。【寄生子】躍清波一片天機，權把做忘憂計。

（送旦介。旦）果然奇怪。雪雁，取水來。

（副淨取水介。旦抱魚看喜介）多謝哥哥，這真是箇寶貝呢。

【前腔】身同粟粒微，浪跋靈鯤勢，鱗細於塵，上篆陽冰字。這是乾坤巧弄奇，鼓靈機，棘蒺獼猴不罕希。敢則是金龍幻作須彌芥，誰信道白小多蟠活即師。須珍秘，仙泉玉液誰能至？我想那道人呵，居然到蓬島安期，多管是神仙輩。

（末）啟爺開船了。

（小生）開船罷，我送姑娘一程。

（末）是。（叩頭介）王元叩送姑娘。

（旦）起來。老人家，大爺諸事，你須加意照料呢。

（末）老奴敢不盡心。（回身介）分付開船。（下。內鳴金開船介。旦淚介）

【尾聲】伶俜更向他鄉寄，（小生）分手前途淚滿衣，（合）又知是何月何年重見伊？

晚雲流水放扁舟,珍重金魚作遠遊。
此去燕臺秋正好,二分明月憶揚州。
(同下)

第四齣　聚　美

(外冠帶上)

【黃鐘引子‧玉女步瑞雲】念切君親,忠孝萬分難盡。(老旦上)椒房貴,尤加敬謹。

(外)生平嚴正立朝端,

(老旦)為感君恩天地寬。

(合)但得公餘頻舞采,白頭人最愛尋歡。

(外)下官賈政,字存周。貫本金陵,位居工部。夫人王氏,內助甚賢。所生三子三女,大兒賈珠,不幸夭亡,寡媳李氏,撫孤守節。二兒寶玉,銜玉而生,雖在髫年,也還聰慧。爭奈詩書懶讀,情性乖張,終日在姊妹叢中廝混。只因母親愛憐,不能嚴加管束。三兒賈環,庶出之子,闒茸而幼。大女元春,以才人入選,蒙聖恩冊封為鳳藻宮貴妃。三女探春,四女仲春,齠齔未字。下官為渠公次子,家兄賈赦,已襲正選。皇上念先人之功,持頒餘蔭,是以下官得司今職,拜恩之後,竭蹶不遑。近來又蒙恩旨,許令元妃歸省,現在蓋造省親別墅。碌碌事多,一時無人經理,只得將姪婦王氏接來,承管一切家務,且喜才情開展,御下有方,甚得母親歡心,這也極妙了。今日秋光甚好,特請母親出堂歡笑一番,夫人,酒席可曾齊備?

(老旦)齊備了。

(外揖介)奉請母親上堂。

(正旦、副淨扶淨上,淨)

【前腔】大國銘恩,一世榮華過分,垂老日龍鍾自哂。孩兒、媳婦,請我出來則甚?

(外)今日秋光甚佳,兒婦備有酒筵,請母親一坐。

(淨)生受你們。

（內奏樂，外、老旦奉酒介。淨）你們坐了，叫兩箇孫媳伺候罷。
（外，老旦告坐介。合）

【過曲·畫眉序】錦堂人，天壽加籌步安穩，對秋高氣爽，同慶長春。（副淨、正旦奉酒介）酒懷寬，瓊斝芳流，山珍薦，金盤香歆。暮年歡笑精神健，到百歲靈蓍還閏。

（淨）那省親別墅，有幾分工程了？
（外起介）將次落成。
（淨）我聽得對聯匾額，皆系寶玉所題，可還好麼？
（外）也僅有些小聰明，只是正業上不肯認真料理。
（淨）孩子家慢慢教導，太逼緊了，倒怕生病，反要曠功呢。
（外）是。
（淨）今日寶玉那裏去了？
（老旦起介）廟上跪香去了。
（淨）我說他怎麼不來呢？
（正旦、副淨奉酒介。合）

【前腔】丹桂暗吹芬，筵上風來繡簾引。更酒情踴躍，笑語殷頻。（淨）林丫頭也該來了？（外、老旦）正是。（淨）我聽得你薛家妹子，帶了兒女，也要進京，敢則也該到了。（老旦）也該到了。（淨）盼天涯秋水孤舟，排燈下珠環雲鬢。（合）暮年歡笑精神健，到百歲靈蓍還閏。

（淨）收過了罷。
（衆）是。
（小生上）稟上老太太，林姑娘到了。
（淨喜介）好好，我正想他，他就來了。
（旦上）滿袖辭家淚，孤雲出岫心。
（見介。淨抱旦哭介）兒吓！你真恁命苦，怎麼你父母通不在了！我也不能見他一面！
（旦哭介，衆淚介。淨）

【滴溜子】青天的、青天的、為何太忍，雙亡化、雙亡化、無兒堪憫。（旦）女孫伶仃失訓，因連次遣人，感深下悃，特放扁舟來見至親。

（淨指外介）這是你舅舅，

（旦拜介。外）兒吓！我和你母親最相友愛，你今到此，便與家中一樣，有甚言語，告訴你舅母。

（旦）是。

（外點頭歎介）好箇孩子。

（淨指老旦介）這是你舅母。

（旦拜介。老旦攜旦背介）兒吓！我囑付你，我有箇孽根禍胎，是家裏的混世魔王，你只不要睬他。

（旦）可是銜玉而生的這位表兄麼？

（老旦）正是。

（旦）知道了。（背介）不知怎樣箇憊懶人兒。

（淨指正旦介）這是你珠大嫂。

（互見介，旦視副淨遲疑介。淨笑介）你不認得他麼？他是我們這裏有名的一箇潑辣貨，叫做鳳丫頭。

（眾笑介。老旦）兒吓！這是你璉二嫂。

（旦見介）原來是二嫂子。

（副淨）哎喲喲！我的姑娘！當不起！當不起！（細看介）好標緻人物，真是老祖宗的氣派，怨不得老祖宗天天心裏想口裏想。

（小生上）稟老太太，薛府姨太太和姑娘進府。

（淨）你們去罷。

（外、老旦）是。

（外）眼看嬌女悲同氣，

（老旦）心繫連枝喜再逢。（下）

（正旦隨下。雜旦暗上。淨）紫鵑！叫姑娘們來。

（雜旦應下。副攜旦手介）妹妹清臞，可服什麼藥？

（旦）服養榮丸。

（淨）我們現配着藥，就便給他配些。

（副）是。

（老旦攜小旦上。老旦）自攜青鬢容，來拜白頭人。老大太！

這是媳婦的姨侄女兒薛寶釵,特來拜見老太太的。他娘明早過來請安。

(淨)替我問姨太太好。

(小旦拜介。淨扶住介)真好人物呢。

(向旦介)你們也見一見,以後總要常在一堆的。

(旦,小旦見介。老旦)這是林妹妹,這是你鳳姐姐。

(小旦、副淨見介。副淨)寶妹妹,我還沒去請姑媽安呢。

(小旦)好説。

(淨)媳婦,我想姨太太即來,也不必外邊居住,咱們家梨香院空着,就請到那邊住罷。只是窄小些,却可常常來往的,你去告訴你老爺。

(老旦)是。寶丫頭,你在老太太身邊坐坐,我着人來請你。

(小旦)是。

(老旦下,副淨)我也得去照料林姑娘的行李呢。老太太!林妹妹的行李,就鋪在裏間房裏罷。

(淨)把寶玉挪到前間,林丫頭就在後間住罷。

(副淨)是。幾聲靈鵲報,一對玉人來。(下)。

(小旦)妹妹也是纔到麼?

(旦)也是纔到。

【鮑老催】乍來繡壼,幸珠暉玉澤,邂逅佳人。(小旦)你朧梅雅度仙丰韻,纔是真佳麗,冠羣芳,羞金粉。(雜旦引貼、正旦垂髫上。淨)過來見了薛、林兩家姐姐。(各見介。淨)這是我兩箇孫女,他叫探春,他叫仲春,以後你們一處讀書、寫字、做針線罷。(衆)是。(合)今生有緣相親近,雲姿月貌人兒後,何必向飛元把鮮于問?

(生上)殘鐘送客寺門淨,活火圍香房户深。老太太,寶玉回來了。

(淨)快見了你姐姐妹妹。

(生見介。旦驚介)倒像那裏會過來?

(生)這妹妹我認得的。

（淨笑介）又胡說了。你在那裏見過他？
（生）見是不曾見過，確是像熟識的。姐姐尊名？
（小旦）奴家寶釵。
（生）妹妹尊名？
（旦）奴家黛玉。
（生）表字呢？
（旦）無字。
（生）我送妹妹一箇字，莫若顰卿最妙。
（貼）二哥哥可又杜撰了，什麼出典？
（生）這出在《古今人物考》。西方有石名黛，可代畫眉之墨。這妹妹眉尖若蹙，用這兩字豈不恰好？（四望介）可惜喜鸞姐姐、史大妹妹未來，不然，倒是箇勝會呢。
（內）太太請寶姑娘。
（小旦）來了。再來請老太太安罷。
（淨）好說。三丫頭、四丫頭陪了過去。
（貼、正旦）是。畫堂辭阿姥，
（小旦）深院過梨香。（下）
（淨）紫鵑，林姑娘帶來丫環太小，你便伺候林姑娘罷。
（雜旦）是，姑娘。
（紫鵑叩頭。旦）妹妹請起。
（淨）襲人呢？
（丑應上。淨）伏待寶玉去睡罷，我要睡了。（合）

【尾聲】邐芳燈，花半褪，聰金壺銀箭已宵分。（雜、旦、丑扶淨下。生）妹妹，你認得我，我也認得你。（合）莫不是大會龍華，和你有舊因。

　　似曾相識兩驚疑，執手翻嫌見面遲。
　　試剪西窗紅蠟燭，不妨談到月斜時。

（攜手下）

第五齣　合　　鎖

（小旦上）

【中吕過曲·駐雲飛】小病新瘥，倦倚妝臺花半嚲。生怕禁寒臥，還怕支寒坐。嗏！閑理繡床羅。刺花描朵。習靜空閨，且做清功課。分付爐薰莫漫多。【菩薩蠻】紅簾深掩香閨悄，梅花昨夜新開了。無力撥爐灰，慵來病乍回。　不知愁甚箇，草草梳妝坐。雲冷暗眔罳，獨兒睡醒時。奴家薛寶釵，金陵人也。生書香之後，為豪富之家。最厭繁華，頗耽書史。罕言寡語，人道妝愚。安分隨時，自云守拙。父親早世，老母相依。哥哥薛蟠，性情驕縱，奴家常時相勸，略不回心，這也無可奈何。近因挈眷來京，寄居賈府，姨母甚愛奴家，又得與姊妹們相聚。其中，黛玉姿才，一時無兩，尤為契合。此間有位表弟，名喚寶玉，當初係銜玉而生。想奴家幼年，有一瘋僧，贈我金鎖，說是將來與有玉的是姻緣。因此奴家見他，每每迴避。只不知這話可真否？

【前腔】天意如何，慧眼支郎傳證果。道他是東床臥，奴是賠錢貨。嗏！爭說附松蘿，玉胎金鎖。誰占王昌，没的難猜破。只分人前迴避呵！不免做些針黹則箇。（針黹介。生上）

【南吕引子·臨江梅】心字香前花一朵，終朝幾遍摩抄。喬喬怯怯占嬌多，愁也憐他，怨也憐他。我寶玉，自與林妹妹相依，莫説他深談淺笑，足以揺蕩神魂，便做薄怒嬌嗔，也覺低迷心魄。又且性情灑脱，絶無名蟲禄蠹之談。自古佳人難得，知己尤不易逢。因此小生一心一意，要和他到老，只不知祖母意下如何？若得一語完成，小生便終身極樂了。今日他住東府看戲未回，小生獨坐房中，十分岑寂。前日聽得寶姐姐身上欠安，不免去看他一看。

【過曲·繡太平】【繡帶兒】雖則是心疎意淺，由來本性温和。動人憐，暗裹藏嬌，不出口俊眼留波。【醉太平】犯微痾，只怕花憔月悴人無奈，好趁着暇時相過。縱不比那多情素蛾，也須是怨我抛他。來此已是他閨中了。待我掀簾而入，寶姐姐！可大愈了麽？

（小旦）原來是寶兄弟。我好了，多謝你惦记着。请坐。鶯儿倒茶来。

（雜旦上）来了。原来是寶二爺。（笑介）二爺，今日是甚風儿吹你到此？

（生笑介）特來瞧瞧姐姐的病體。

（小旦）成日價説你這玉，我究竟不曾賞鑒，今日倒要瞧瞧呢。

（移身近小生。生摘玉送介。小旦）呀！真是奇呢！你看燦若九霞，潤分五色。

【懶針線】【懶畫眉】品潔空明九光多，説甚麼璞守荊山老卞和，敢則召龍騰虎總無譌。【針線箱】是誰人直鑿的天根破？不是那泛常珍貨。（雜旦）姑娘，這上面還有字呢。（小旦念介）莫失莫忘，仙壽恒昌。（反看介）一除邪祟，二療冤疾，三知禍福。一邊兒綠字誇仙壽，一邊兒金書除祟疴。莫失莫忘，仙壽恒昌。（背介）他和我，這分明成對，不住把八字吟哦。

（與生掛玉介。雜旦）這兩句話，倒不和姑娘項圈上的是一對兒麼？

（生笑介）原來姐姐項圈上也有八箇字，我也賞鑒賞鑒。

（小旦）你別聽他，沒有什麼字。

（生）好姐姐，你怎麼瞧我的呢？

（小旦）不過是兩句吉利話兒，沒有甚麼希罕。（解衣取鎖介）你便瞧去。

（旦上）好幾日不見寶姐姐。東府回來，瞧瞧他去。

（生）不離不棄，芳齡永繼。（笑介）姐姐，果然這八箇字，和我是一對兒，這也奇吓。

（旦）這是寶玉的聲音吓。（悄聽介。生還鎖介）

【醉宜春】【醉太平】因何芳齡幾字，對恒昌仙壽，略不爭多。（背介）敢蘭因絮果，反不是意裏嬌娥。差譌，除非水盡却飛鵝。不然呵！【宜春令】管成就鴛鴦則箇。（雜旦）這是箇和尚送的，説要配……（小旦嗔介）你不去倒茶，在此亂説。（雜旦笑下。生偷眼看小旦介）偷眼看，雲嬌花媚，也非輕可。好香吓！姐姐熏的什麼香？

（小旦）我不喜熏香。
（生）這香味兒，竟從未聞過呢？
（小旦）噢！是了，我今早吃了冷香丸的。
（生）什麼冷香丸？
（小旦）說也瑣碎。這方子，是春天白牡丹花蕊十二兩，夏天白荷花花蕊十二兩，秋天白芙蓉花蕊十二兩，冬天白梅花花蕊十二兩，於次年春分日曬乾研細，又要雨水的雨十二錢，白露的露十二錢，霜降的霜十二錢，小雪的雪十二錢，才丸得成。
（生）可難湊巧。
（小旦）不多幾年，也竟得了。

【瑣窗繡】【瑣窗寒】按名花分季搜羅，却共那雪豔霜清雨露和，歎清香到口，所病旋瘥。（生）餘芬扇馥，時縈衣裏透肌膚，且休誇那百和。（合）【繡衣郎】這非關在名香傳呵，這非關在名香傳呵！

（旦笑入介）好香呵！
（生、小旦笑迎讓坐介。生）你穿着這衣服，外面下雪了麼？
（旦）可不下了半日呢。
（生）鶯兒。
（雜旦應上。捧茶送介。生）你叫我的人取斗篷去。
（旦笑介）是不是我來了，你就該去罷。
（生笑介）不過取了來，那裏就去。
（雜旦接杯下，捧酒上）太太說天冷，勞二爺、姑娘來，一杯淡酒搪搪風，不自己陪了，姑娘陪着罷。
（生）我正想着吃酒，冷的纔好。
（小旦）寶兄弟，那《本草》上道，酒性最熱，熱飲則散，冷飲則凝，快不要吃冷的。
（生）便依着姐姐吃熱的罷。
（旦笑，視生點頭介）

【大節高】【大勝樂】仗芳尊酒熱破寒多，肝腸須似火，熱心情休更把堅冰做。【節節高】深承荷，倚仗他，天花唾，從今冷战熱歠商量過。(副淨提手爐上)姑娘,手爐在這裏。(旦)誰叫你送來?(副淨)紫鵑姐姐叫送來。(旦冷笑介)我冷死了麼?也虧你倒聽他的話,我的話只當耳邊風,他說了就比聖旨還快。我問伊何事偏心大,悄語伊行莫妝癡,閒中世事新看破。

(生微笑背介)

【東甌蓮】【東甌令】微言刺,俏言訶,刻薄書生心太多,但聰明一任花奚落。(小旦背介)這話兒盡奪的隨和坐。(冷笑介)却緣何舌底動風波?【金蓮子】我閒處試瞧科。(轉介)妹妹請酒。且開懷博取醉顏酡。

(旦)酒多了,我們也該去了。

(生)我們去罷。

(旦為生披斗篷介。合)

【尾聲】漫天雪似揚花簌,姐姐請罷。(小旦)請。(下。生旦攜手介)雙攜玉手到香窩。(旦)寶玉,我問你可有暖香?(生)什麼暖香?(旦)若無暖香,怎配冷香呢?(生笑介。旦)我還問你,以後可吃冷酒了?(生笑介)妹妹休得取笑。(旦)嚇!我笑你賣盡查梨慣撒科。

　　　　暖閣紅爐頌酒時,因憐生愛愛全癡。
　　　　此中暗有關心處,不遣人知人已知。

(同下。副淨提手爐做鬼臉諢下)

第六齣　私　　計

(丑上)柔情一縷破瓜時,自恨生非絕世姿。要共玉郎偕白首,好將心力自扶持。奴家襲人,自寶玉夢醒紅樓,與奴家私偕連理,深情密愛,似漆如膠,奴的終身可也不須憂慮了。只是寶玉的正配人兒尚無定準。若論他的意思,却與林姑娘親密,一房居住,朝夕相依,甚至日間同臥一床,深談濃笑,夜間挑燈共坐,溫語柔言。雖無伉儷之歡,儼有唱隨之勢,只不知老太太和太太意下如何?若據奴家看來,林姑娘嘴舌利害,性氣孤高,却不及寶姑娘溫柔敦厚,能容下人。奴家既在寶玉身邊，不得不慮及於此。怎生使箇法兒，教他撇了林姑娘，娶了寶姑娘纔好。且慢慢看箇機會便了。前因大姑娘奉旨省親，整整忙亂了半年，蓋了一座花園，娘娘賜名大觀園。樓亭之外，又起了一座廟宇，叫做櫳翠庵，招了女尼，在內焚修。又買了一班蘇州女樂，在梨香院承值。上元這夜，娘娘駕臨，沸地笙歌，接天燈火，簾飛彩鳳，帳舞盤龍，説不盡奢華富貴。娘娘和老太太、老爺、太太説了一回話，又和二爺、姑娘們做了一回詩，然後遊園飲宴，賞賜諸人。臨起身，叫四姑娘畫這園圖進呈，又吩咐寶玉和姑娘們進園居住。昨日搬來，我們住了怡紅院，林姑娘住了瀟湘館，寶姑娘住了蘅蕪院，大奶奶住了稻香村，三姑娘住了秋掩書齋，四姑娘住了蓼風軒。每房中又添了兩三名大丫頭，五六名小丫頭，一時這園中花招繡帶，柳拂香鬟，好不風流豔麗。却愁寶玉進了迷城，要生出許多不尷不尬之事，叫我怎生照應的來？我們這邊添了三箇大丫頭，那麝月、秋紋也罷了，只有晴雯十分美貌，性情又不隨和，寶玉見了，説他模樣兒和林姑娘相似，喜的無可奈何。哎呀！天哪！怎麼男子家不從一而終，竟自見一箇愛一箇？尤且我家寶玉，餓眼饞喉，任是什麼人，都要糾纏糾纏。我聽得他在外邊也很鬧事。那日在薛大爺家飲酒回來，繫着一條紅縐汗巾，問起根由，纔知和什麼琪官兒換了，却將我的一條蔥綠汗巾把與他去。奴家説他幾句，他倒涎着臉，將紅汗巾來賠我，你道這些事兒可還了得？倘若老爺知道，豈不白白要打死了麼？奴家想來没法，須是拏箇去字哄他，等他情急，苦勸一番，多少是好。今日母兄接奴回去吃年茶，説道要贖奴回去，被奴斬釘截鐵，説了一箇至死不回。恰好寶玉來到我家，那些光景，料然母兄也都明白，斷無贖我的念頭了。我却偏要將贖我之事，説與他知道，看他是何情景，再做理會。吓！晴雯妹妹。

（貼上）嬌羞花解語，宛轉玉生香。姐姐回來了。

（丑）回來了。二爺呢？

（貼）敢是在林姑娘那裏？

（丑）我聽的紫鵑説，怎麼二爺抱着林姑娘的袖子聞香，你可知道麼?

（貼）我不知道。本來林姑娘身上那香味與人不同，並不是香珠香袋熏衣香的氣味，敢則自來的肌膚香呢？

（生上）春花新放怡紅院，暮鼓遥聞櫳翠庵。小生搬進園來，十分快樂。老太太又與了一箇侍兒，名喚晴雯，百媚千嬌，竟與林妹妹依稀仿佛，但不知他情意如何。且自着意溫存他些兒。今日從襲人家來，想起林妹妹替做了《杏帘在望》一詩，大為元妃賞鑒，走去謝他，恰好大嫂子、寶姐姐、三妹妹也在那裏，商量要起詩社，大家另取一箇雅號，小生便叫怡紅公子，林妹妹是瀟湘妃子，寶姐姐是蘅蕪君，大嫂子是稻香老農，三妹妹是蕉下客，唯有四妹妹畫着園圖，不來入社，又商量去接史大妹妹，議論了半日。不知此時襲人曾否來家？且去看他一看。（笑介）原來你回來了，正要叫人來接你。

（丑笑介）不勞二爺費心。

（生笑介）姐姐，我問你，你家那穿紅的是誰？

（丑）是我的姨妹。

（生）真好人物，怎麼也在我家就好了。

（丑）這可休想，明年便出嫁了。

（生）咳！可惜！

（丑歎介）自從我來這幾年，不得和他們一處，如今我要回去了，他們又都去了。

（生驚介）怎麼你要回去？

（丑）今日我媽和哥哥商量要來贖我。

（生急介）為什麼要贖你？

（丑）這又奇了，我不比家生女兒，那裏能住在這裏一世？

（生）我不叫你去，你也難去。

（丑）也没箇長遠留下人的道理，我家來贖，正該叫去，只怕連身價還不要呢。

（生）依你説，去定了。

（丑）可不去定了呢？

（生歡介）原來是箇薄情無義的人！早知要去，我也不該弄來。（冷笑介）晴雯！你去不去？

（貼笑介）我麼，攆着也不走呢。

（生）好！你還好！

（悶睡介。貼下。丑搖生介）起來，怎麼就睡了？

（推生起介。生拭淚介。丑笑介）這有什麼傷心的？你果然留我，我自然不去了。

（生）你倒説，我還要怎麼樣留你？

（丑）咱們平日相好自不必説，但則要安心留我，須依我三件事。

（生）莫説三件，三百件我也依。只要你守着我，等着我飛了灰，化了煙，那時你顧不得我，我顧不得你，聽憑你們去罷。

（丑）可又來了。這是頭一件要改的。

（生）改了。

（丑）第二件，你如今大了，姊妹們也大了，以後須要存神，留箇疆界。

（生）依了。第三件呢？

（丑）那第三件，是不要和丫頭們廝混，吃什麼嘴上的胭脂，和那愛紅的毛病兒，通要改了。

（生）通改了。

（丑）至於你喜讀書也罷，不喜讀書也罷，却要裝箇喜讀書的樣子，也叫老爺不惱你。

（生）我通依了。

（丑）如今是再不去的了。

【大石過曲·催拍】要相依夜燈曉衾，須守奴三條例禁。休得迷沉，休得迷沉。你做公子公孫，不是山野山林。怎把大禮全乖，成了荒淫？（合）從此後，記取規箴，全莫縱幼年心。（生背笑介）

【前腔】笑花情言嬌感深，買倉庚心癡妒甚。暗自沉吟，暗自沉吟。我有千種相思，怎樣持禁？要緩分離，權讓他頻縱頻擒。（轉介。合）從此後記取規箴，全莫縱幼年心。

（貼上）三更天了，睡罷。

【前腔】響丁丁花天漏深，昏鄧鄧銀燈欲陰。香爐春衾，香爐春衾，好向華胥一覺酣沈。（丑）隱褥芙蓉，且付他法灸神針。（合）從此後，記取規箴，全莫縱幼年心。

　　　花嗔花笑豈無端，梅子枝頭一點酸。
　　　約法三章君莫恨，從來枘鑿事真難。

（同下）

第七齣　葬　花

（生攜書上）

【商調過曲・山坡五更】忒匆匆韶春已暮，亂紛紛落花如雨，急煎煎子規喚人，悶懨懨一腔心事和誰語。小生與林妹妹兩小無猜，同心已久，自謂今生得一知己，可以無憾。不料他搬進園來，性格忽然一變，若遠若近，若喜若嗔，倒教小生無從揣度。偏遇這暮春時候，一片風花，好難消遣也。心緣在，信誓虛，情懷誤。只為神光離合，離合無憑據。長恨縣縣，那和春去。因此揣着這《會真記》出得怡紅院來，不免依花籍草，披閱一番，以解悶懷則箇。（坐地看書介）

【前腔】破蒼苔斜倚花樹，對香詞細參宮羽。問東風吾生奈何，逐游絲，芳蹤多悵紗窗阻。（風起舉袖介）呀！早落得滿身片花也！我想美女名花，皆天地至靈之氣，那美人全在温存，這花片豈宜踐踏，待我送入沁芳橋下，做箇水葬香妃，也不枉憐香惜玉一場。（兜衣起介。放書介。行介）只是這地上的還得掃起纔好。（拋花介）花鮮潤，水潔清，無塵污。你看明霞千點，千點隨波去。流出仙源，知他何處？（復坐看書介。旦珠笠、雲肩、荷花鋤，鋤上繫紗囊、手持帚上）

【北越調・鬥鵪鶉】則俺是瑤島司花，常惦記珠宮豔友。眼看着搓粉揉香，還說甚紅肥綠瘦。這些時拾翠精神，變做了傷春症候。因此上，丟不下惜花的心，放不下拈花的手。準備着護臙脂藥圍雲鉏,撥動俺掃天門零陵鳳帚。

【紫花兒序】早貯過絳紗囊丹砂幾斗。回避了催花雨過眼繽紛,又遇着妒花風拂面颼颼。不分明芳春竟去,無倒斷花夢誰留?漂流,這是薄命紅顏榜樣不?怎怪的煙荒月瘦,燕懶鶯癡,蝶怨蜂愁。寶哥哥看什麼書呢?

(生起介)妹妹來得正好,我和你將這落花掃起者。

(旦)且慢,將書來看。

(生藏介)沒有什麼書吓。

(旦)你又來了,一本書兒,也這樣藏頭露尾,若不拏來,我就惱了。

(生笑介)哦,惱了,妹妹如何惱得?

(送旦介)請看。

(旦看介)是好文字也呵!

【天淨沙】這的是豔盈盈《金荃集》上詞頭,俊翩翩《玉臺詠》裏風流,着超超紅豆場中聖手。原來詞曲之中,也有天仙化人手段。好一似錦翩翩飛瓊回袖,韻悠悠霓裳在月殿龍樓。

(生)妹妹看的好快。

(旦笑介)你道俺女孩兒家便無一目十行的本事麼?(看完介)

(生)妹妹你道好不好?

(旦笑介)果然有趣。

(生笑介)我是箇多愁多病身,你便是傾國傾城貌了。

(旦怒擲書介)呀!

【調笑令】你怎生信口胡謅,道傾國傾城病與愁?(哭介)甚心腸愛把奴欺負?好端端少年的心友,定要到參辰路兒相背走,問哥哥做甚來由?我去告訴舅舅,看你如何?

(生急介。扯旦介)妹妹,饒過這次吧,以後再不敢了!(旦)

【小桃紅】白沒事恁將人輕薄肯干休?到高堂你親口回尊舅。(生連揖介)妹妹饒了罷!(旦冷笑介)你仗着禮體斯文把罪名救,百妝出假溫柔。我問你。怎沒遮攔,還認取年華幼?(生)小生怎敢欺負妹妹?只不過一時間語言昏憒。倘屬有心,便墮落沁芳橋下。(旦掩生口介)禁聲!做甚便盟神立咒,敢則你失心中酒。(笑介)呸!兀的不是箇銀樣蠟槍頭!

(生癡介。旦)我們掃花去來。(生應,拾書藏介,荷鋤攜囊介。旦持帚掃介。生裝花入囊介)

【禿廝兒】掃不盡錦闌前蜂銜雀牋,只免了錦韉邊玉躪香蹂,恨則恨東風倖薄不耐久。(生)妹妹,我想這花瓣兒和美人一般,豈宜踐踏?你未來之先,我已兜了一衣襟送入沁芳橋下去了。如今也送到橋下去罷。(旦)此間水氣雖清,但是流出園門,便有許多穢濁,豈不污了此花?(生)是吓!這便怎樣呢?(旦)我在那湖山背後立了一箇花塚,盡是碎綠殘紅,皈依淨土,你道何如?(生笑介)我寶玉也算惜花,怎及妹妹這般精細!(旦笑介)免勞謬獎。但教歸淨土,較勝付東流沉浮。來此已是,大家葬花則箇。

(葬花介。旦淚介。生驚介)妹妹為何掉下淚來?

(旦)偶有所感耳!(背介)

【聖藥王】則這花一丘,土一丘,知他能共我合山丘?便道情不休,意不休,不休休到底也休休,那不為花愁?(轉介)

(生)妹妹珍重玉體,切莫常常愁悶。

(為旦拭淚介。亦自掩淚介。貼上)蜂回羣蝶舞,花繞鬢雲香。我晴雯,為尋二爺,來到園中,怎耐百尋不着,不知往那裏去了?呀!原來和林姑娘在此葬花。二爺,太太請你呢!

(生)如此,我去了。妹妹也回去罷。

(旦)知道。哥哥請。

(生)香詞歸繡口,花夢隔琴心。

(帶貼下。旦)寶玉去了,不免回轉瀟湘館去者。(荷鋤持帚介,歎介)儂今葬花人笑癡,他年葬儂知是誰?一朝春盡紅顏老,花落人亡兩不知!(淚介)

【麻郎兒】我好似雨中花香蔫玉愁,水中萍蒂小枝浮,百忙裏芳心厮牋,又何曾性格鉤輈。

【么篇】只為的面羞、事醜、衆口,做不得霧非花夜度明休。待博箇水和魚天長地久,不隄防喜成嗔薰香猶臭。

【絡絲娘】他其實克性兒言投意投，他料不至將無作有。只是我呵，話到了咽喉，却難剖，閃的他一場消瘦。

（內唱"如花美眷"一曲介。旦癡聽出神介，鋤帚墮地介，軟癱坐介，淚介。雜旦上）水流雲不定，花落鳥空啼。我紫鵑，為尋姑娘到此。呀！怎生癡癡流淚，是誰得罪了也？

（旦）非也。我觸景傷情，你那裏知道，扶我回去罷。

（雜旦取鋤帚扶旦介。旦嗽介。雜旦驚介）姑娘，嗽病又起了。

（旦歎介）

【煞尾】柔腸斷盡由他嗽，甚年光商量健否？（雜旦）姑娘，到底為着何來？（旦）你待要叩根原下一箇解愁方，只問取惹煩冤那三尺掃花帚。

餞春何早得春遲，獨許芳心燕子知。
閒掃落花流水外，百愁如雨病慵時。

（扶旦下）

第八齣　海陣（刪）

第九齣　禪　戲

（丑上）

【南呂過曲·一江風】小冤家，不信奴奴話，性子又難招架。昨日史大姑娘來，在林姑娘那邊住下，亘耐小祖宗直談到三更多天，催了幾次，纔回來睡了。今日天色纔明，即便披衣過去。奴家起去瞧他，早已洗過臉，叫史姑娘梳頭呢。我想姊妹們和氣也有箇分寸禮節，沒有箇黑天白日鬧的。奴家賭氣回來，接着他也來了。和他吵了一場，他自覺無趣，獨自坐在房中，弄銀毫暗裏書愁，冷面颼颼，竟自把奴拋下。如何奴保他，如何奴保他？由他跌箇又太倡狂，只好奴甘罷。

（下。生上）

【越調引子‧霜天曉角】一齊放下，轉覺心閒暇。如許情河波浪，也實在擔驚怕。前日林妹妹問我從那裏來，我説寶姐姐處來。他説虧得那裏絆住，不然早來了。那時小生便説差了一句，道是只許和你解悶兒，他就大生其氣，費了無限溫存，纔得罷了。昨日寶姐姐生日，史妹妹來了，晚間唱戲，偏偏鳳嫂子説，做小旦的很像一箇人，史妹妹嘴快道，像林姐姐，我恐怕林妹妹多心，瞅了他一眼，那知史妹妹惱了，又賠了無限不是。這也罷了，再不想林妹妹更惱，又受了多少的語言。今日好端端又被襲人吵鬧了一場，小生竟不知是何緣故。我想不過這幾箇人尚難應酬妥協，將來尚欲何為？這正是莊子所説：巧者勞而智者憂了，這正是山木自寇，源泉自盜了。

【過曲‧繡停針】索垢求瑕，一點癡情惹話疤。幾番多謝鸚哥罵，受拘鉗做了村沙，甚科條連加罪罰，我也太低迷急急巴巴。如今若俯就他們，將來日甚一日，若加震怒，又覺無情，索性身邊不要一人，倒覺心恬意適。不免擬《南華》一段。（寫介。念介）焚花散麝，而閨閣始人含其勸矣。戕寶釵之仙姿，灰黛玉之靈竅。喪滅情意，而閨閣之美惡始相類矣，彼含其勸，則無參商之虞矣。戕其仙姿，無愛戀之心矣。灰其靈竅，無才思之情矣。彼釵玉之花麝者，皆張其羅而穴其隧。所以迷眩纏陷天下者也。（歎介）玉釵花麝全拋罷，但是寂寥怎樣禁愁乍。待惜禪機陶寫，待我書他一偈。（寫介）你證我證，心證意證，是無有證，斯可云證，無可云證，是立足境。（笑點頭介）

【前腔】舌吐蓮花，色色空空長道芽。有甚心頭塊壘難消化，算披了一領袈裟。昨日寶姐姐念出《寄生草》一曲甚好，我不免也擬它一擬。（寫介）無我原非你，從他不解伊，肆行無礙憑來去。茫茫着甚悲愁喜，紛紛説甚親疏密，從前碌碌却因何？到如今回頭試想真無趣。（笑介）無住着千般都罷，則那沒底末倒是花瓜，料小情城禁不住翻身打，總豔容光也不過葬黃沙。落得安閒瀟灑。一時困倦起來，不免去睡他一睡。（下）

（老旦上）春花一朵壓香鬢，夢裏仙雲幾往還。不解做愁因甚箇,冷吟閒醉住人間。奴家史湘雲,早喪椿萱,相依叔嬸,自憐薄命,耻說侯門。每好清吟,生多才調,從不縈心於花月,頗堪食苦於薑鹽,只是未免伶仃,且多勞瘁,幸得此間老太太,係奴嫡祖姑母,得以常常往來,與姊妹們不時相聚。其中寶姐姐本性金和,林姐姐仙才葩發,與奴倍覺關情,今日同林姐姐上房回來,他到寶玉那邊去了。奴家獨自在瀟湘館看了一回道書,身子有些倦怠,不免也到怡紅院走遭。(行介)竹影橫階靜,花陰遠徑斜。呀!那邊林姐姐已來了。

(旦笑上)誰知惹草拈花客,竟有長齋繡佛心。奴家去看寶玉,他却睡了,見他案上有《擬莊》一段,甚是可惱,又覺可笑。襲人又取出兩紙送與我看,原來是一偈一曲,袖了回來,和史妹妹大家一笑。

(老旦)姐姐,為何這樣歡喜?

(旦出箋介)妹妹,你看這箇人悟了。

(老旦看笑介)果然悟了,這都是寶姐姐一曲引出來的,他倒不是箇罪魁了麼?

(旦)不妨,我能收攝其癡心邪說。

(老旦)如此,我們同去。(轉行介)好非所好,徒以自迷。

(旦)欲除妄念,仍用禪機。寶玉!

(生應上)這聲音是林妹妹吓。

(老旦)二哥哥,你好禪語吓?

(生笑介)不敢,也頗頗去得。

(旦笑介)寶玉,我問你,至貴者寶,至堅者玉,爾有何貴?爾有何堅?

(生茫然介。旦笑介)這樣愚鈍,還參禪呢?

(老旦笑介)二哥哥可輸了?

(旦)你道無可云證,是立足境,這還未了。我要下一轉語,無立足境,方是乾淨。

(老旦)是吓,這纔是真正禪機呢。

(旦笑介)連我們所知所能,你尚且不知不能,還參什麼禪?以後再不須談禪了。

【祝英臺】為甚的擬南華,書佛偈,輕易嘴兒喳。無立足時,中具初機,方是認真靈芽。全差,劍鋒兒一點先輸,笑殺幾千人,也怎逃得棒喝聲聲齊下?(老旦)

【前腔】〔換頭〕還怕,剗地着癡魔,成左性顛倒變瘋傻。自來那些禪魔所擾的人呵!多半拋棄正途,丟了親人,翻借月雲為家。詳察,少年公子人兒,怎便灰心禪塌?更休把那些旁門左道談他。(生)

【前腔】〔換頭〕閒耍,我暫時消遣春愁,不是愛楞伽。今日片言,知解全虛,方信嚼蠟留渣。(背介)嬌娃,恁般了徹靈明,我的前根殊下,論扶與,可不鍾毓了佳人而罷。

(丑捧茶上)姑娘們請杯茶罷。

(旦笑介)好嫂子,坐着罷,怎麼給我倒起茶來?

(丑笑介)姑娘慣拏我們取笑兒,丫頭罷咧,怎麼說出這兩箇字來。

(旦笑介)你說是丫頭,我却將嫂子待。

(眾笑介,丑出前場望天笑介)天上雲頭兒甚亂,竟不知是東風是西風呢。

(旦笑介)也不知東風壓了西風,西風壓了東風呢?

(丑驚介)呀!

【前腔】聽者,却為何壓了西風,此話暗驚呀。一日洞房,花燭雙圓,敢有幾分磨牙。權且,耐心兒等箇機緣,啞謎何須輕打。這言詞怎不叫人膽寒心怕?

(接杯下。內)娘娘宮裏送出燈謎來了,老太太叫請二爺、姑娘們去打呢。

(眾笑介)是了,這大姐姐却也高興呢。(合)

【尾聲】且將燈謎消閒暇,誰是箇慣猜詩社家?(旦)寶玉,我們談禪罷。(生)再不談他了。(旦笑介)則被我一棒兒頭打醒了他!(同笑介)

　　　　四禪無處避情魔,贏得花枝巧笑嗟。

知是幾生修得到，七心開孔慧光多。

（同下）

第十齣　釋　怨

（雜旦上）

【南呂引子・于飛樂】為鍾情，翻送惱，不合又助悲添怨。成生分問誰能勸？恁瞞心，他昧已，各生機變。這其間細底，被奴家閒中看穿。那日寶二爺來和姑娘好好玩笑，憑空他說了兩句，是什麼多情小姐同鴛帳，不要你疊被鋪床，當時姑娘惱了，幸而老爺叫他，飛奔而去，也就罷了。接連幾日，或喜或怒，反覆不常。到了前日，寶玉來看姑娘病體，正好說話，忽然大鬧。這一鬧，直鬧得箇天翻地覆，虧得襲人和我抵死勸開，兩下竟不往來。如今老太太、太太都知道了，逗着璉二奶奶做張做智，形容得着寶難聽。我想姑娘和寶玉，心下其實相親，只為你疑我，我疑你，兩下裏倒生了許多風浪，竟不知姻緣大事可能成就否。日來姑娘不住悲傷，奴家勸過多次，總不開懷。那寶玉又全不過來，難道等我家姑娘去陪他的不是不成？因此，奴家也十分納悶。

【過曲・太師引】恁良緣，兩下都情願，偏則是恩多怨連。論心迹又毫無更變，但雙雙恨語仇言。越挑疵越加眷戀。這的是情天磨煉。最牽愁是匏星正懸，怕成了筐籃漏水欠完全。你看姑娘出房來了，我且閃在一邊，聽他說些什麼。（下。旦上）

【賺】想起悽然，他自知心我見憐，不過閑排楦。老羞成怒竟衝冠，忒狂顛。水流花泛方今見，月破雲遮表意難，空依戀。豈無慧劍將情斷，眼潮頻濺。奴家原知寶玉心中有我，便是金玉良緣，他又豈肯聽這邪說。只是事有可疑。頭一次他要看寶姐姐的香串兒，呆了半晌，等到脫下來時，他並不知去接。第二次，寶姐姐到怡紅院去，隨即閉上門兒，奴家敲門不開。第三次，他來看我，我說了幾句霜兒雪兒，冷香暖香的話，他就十分着急。至於前日偶因張道士提親，奚落了他幾句，他竟動了真氣，說白認得了我。奴家和他口角了一場,他便要砸碎了玉。因此奴家百般傷感,又百般疑心。假饒你真心向我,便提那金玉之事,你只管了然無聞,這就毫無私心了。但我提起,你便做出許多光景,這不是有心欺瞞了麼?想奴家和他耳鬢廝磨,心性相對,不料竟至於此!且又兩日不來,可不負了奴家的心也!

　　【前腔】枉結纏綿,竟作參商住兩天。此後休相見,伯勞飛燕任飄翩。自為憐,水萍身世風花旋,本是玲瓣還孑然。拋奴善,紙鳶斷了東風線,那能無怨?

　　(雜旦上)奴家聽了半日,似有悔心,再等我勸他一勸。姑娘,只管悶悶的怎麼?

　　(旦歎介)紫鵑,我一腔心緒,難解難言,叫我怎的不悶?

　　(雜旦)姑娘,不是紫鵑多嘴,前日姑娘也太急了些。那寶玉脾氣,別人不知,我們是知道的吓。

　　(旦)你倒來派我不是。

　　(雜旦笑介)姑娘,好好的做什麼剪了穗兒呢?若論他素日待姑娘却好,未免姑娘小性兒,歪派他些,他纔這樣的呢。

　　(旦)你去取本書來,我看看解悶。

　　(雜旦取書送旦看介。生上)孤負春心空自悔,調停花事太無才。小生那日從窗隙中偷窺林妹妹,聽得他說了一句鎮日價情思睡昏昏,不覺心癢起來,以致語言顛倒。更兼這幾日屢次不順他心,教他生氣,總由小生不能溫存之過。但是別人不知我心,情原可恕,難道你也不知道我心裏眼裏只有你一箇人?你却倒來奚落我,如何不急?因此吵了一場,兩日不敢過去。今日且去與他賠話,看是如何?

　　(敲門介。雜旦)那箇?

　　(生)是我。

　　(雜旦笑介)這是寶玉的聲音吓,來賠不是了。

　　(旦)不許開門。

　　(雜旦)罷咧,姑娘看破些罷。

　　(開門介,笑介)我只是道二爺再不上門了,誰知又來也。

（生笑介）我便死了，那魂一日也來一百遭。
（旦淚介。生笑介）妹妹可大好了？
（旦不理介。生坐旦旁笑介）我知道你在惱我，我却不敢來，又不敢不來，所以今日才來了。你若不理我，叫別人知道我們拌嘴，大家來相勸，那倒不生分了麽？
（旦哭介）你也不用來哄我，我也不敢親近二爺，只當我去了罷。
（雜旦）好了。（下）
（生笑介）你那裏去？
（旦）我回家去。
（生）我跟了去。
（旦）我死了呢？
（生）你死了，我做和尚。
（旦惱介）你又胡說了。（怒視生良久，以指點正額介）你這。
（歎介，淚介。生以袖拭淚介。旦擲帕與生介。生取帕拭淚介。副淨暗上窺介。生攜旦手強笑介）我的五臟都碎了，你還只是哭。

【仙侣入雙調過曲·江頭金桂】【五馬江兒水】休得把啼痕輕泫，九迴腸，不耐煩。（旦）我為的這箇心。（生）我也為的這箇心。兩兩心心相印，性命牽連，縱嗔多沒閒言。就是前日，也不過偶然角口，不到得便存芥蒂。【柳搖金】我和你似影依形，如針穿線，說不盡千般關愛，怎付冰淵。小生如今也悔不來了。你寬宏恕俺癡可憐。【桂枝香】漫茹悲含歎，將身作踐，但開顏一笑應消散，莫使旁人作話傳。（旦）

【前腔】非是我多猜多怨，你從來心太偏。（生）小生怎敢偏心？那些親戚，都是外三四路，你我是姑表兄妹呢。（旦冷笑介）姑表雖親雖近，爭如姨善。（生）其實小生心中並無別人。（旦）哦！感君心多謝歪纏。（生）那是小生一時愚蠢。（旦）從此後另更顏面，免受刁鑽。（生）還要妹妹憐念。（旦）可也不能了。早把妄心來翦，你捏扁搓圓，我難受人閒語言。（生）以後再不敢了。（旦）再敢呢?(生)再敢,聽妹妹處置。(旦歎介)算來難,不饒他罪須中斷,只合將他且放寬。饒便饒你,以後却不許來。

(生笑介)妹妹,還要許來纔好。

(副淨拍手笑介)如何?我説不三日就好了。老太太一定叫我來勸,你們説這兩箇小冤家,真箇不是冤家不聚頭呢。

(生旦各低頭介。副淨)如今好了,快和我見老太太去。

(攜旦行介)你們三日好了,兩日惱了,越大越成了孩子了。有這會子拉着手哭的,前日又成了烏眼雞呢?

　　　　蜂猜蝶怨亦何嫌,心性由來冷暖兼。
　　　　送暖太深纔送冷,甜中苦是苦中甜。

(同下)

第十一齣　扇　笑

(貼上)

【仙侶引子·鵲橋仙】花柔無奈,又經風擺,為是平時澀耐。紅蓮搖夢夜蟾來,自歎我泥中情態。奴家跌了寶玉一把扇兒,受了他些言語也還罷了。叵耐襲人也軟攧硬抵,幫着數説奴家。被奴奚落了一回,寶玉竟要回了太太,攆我出去。(冷笑介)我就死也是不出這門的。恰好林姑娘走來,大家罷了。奴家轉想轉恨,那寶玉平日最是温存,從無一言半語,忽然這樣作踐奴家,其中必有緣故。

【過曲·皂羅袍】不料非常疼愛,竟薄言逢怒,定有差排。封姨何必妒花開,明璫怎肯吹燈解?幺花十八,心情怎乖。挑茶斡刺,叨登費揑。忍幽悁半枕新涼在。(睡介。生上)

【前腔】扶醉遶沁芳橋外,向怡紅歸去,秋水樓臺。蓮花鎖夢月波筵,珠蘭香裏藤床矮。(見貼笑介)晚雲深院,吟蛩遍階。羅襟煙細,涼風水來。擁桃笙畫出無聊賴。小生今早也忒過分了些,不免去温存他一番。

(撫貼介。貼起推生介。生笑拉貼坐介)你的性子太慣嬌了,便是跌了扇子,我也不過説了幾句,你就説了那些。説我也罷了,那襲人好意勸你,又拖上他則甚?
　　(貼)二爺,人來看見很不雅相,我也不配坐在這裏。
　　(生笑介)既不配坐,為什麼配睡呢?
　　(貼笑介。生)我心頭甚熱,怎麼好?
　　(貼)你心頭熱什麼?老太太那裏送了些果子來,冰在水晶缸裏呢。你放我去罷,好叫他們拏果子你吃。
　　(生)你便拏來不得?
　　(貼冷笑介)我是蠢才,連扇子也跌了,敢則連盤子都打了呢。
　　(生笑介)你還記得這些話麼?
　　(貼)怎麼不記着,一輩子都記着呢!
　【前腔】那些箇溫存寧耐,恁將人輕賤,問可應該?敢千金買得扇兒來,迎頭招了東風怪。玻璃瓶盎,常時摔開,茱萸新錦,常時翦開,怎今朝氣比天還大?
　　(生笑介)我這幾日肉顫心驚,十分煩悶,纔是這樣,你切莫惱我。若說那些物件,不過是借人使用,你愛這樣,我愛那樣,各自性情不同。比如你愛打盤子,就打了也使得,你愛撕扇子,就撕了也使得,只不要生氣。
　　(貼)這麼説,拏扇子來我撕,我最愛的撕扇子。
　　(生送扇介,貼撕介。生)
　【前腔】聽嗤的一聲撕壞,(笑看貼介)早春風上頰,笑顏逐開。(貼連撕介。生笑介)撕得好!湘蘭拋玉墮瑤階,裂繒褒姒偏心愛。徉癡徉鈍,堆將俏來。非挑非泛,流將喜來。好風姿乍可增憨態。
　　(小旦持扇上,指貼笑介)你少作些孽罷。
　　(生奪小旦扇與貼撕介。小旦)好呀!怎麼拏我的東西開心呢!
　　(生)打開扇匣,揀幾把去就是了。
　　(小旦)既這樣,搬出來,儘他撕豈不好?
　　(生)你就搬去。
　　(小旦)我不造孽,他會撕,他就會搬。(下)
　　(貼倚生懷笑介)我也乏了,明日再撕罷。

（生大喜介）古人千金買笑，這扇兒能值幾何？

【玉交枝】只見雲嬌花解，眼迷廝多少情懷，偎人軟玉觀音賽，嫣然笑口還咍，憐卿愛卿呆打孩。（摟貼悄介）香心能許蜂蝶採？（貼推生介）二爺，吃果子去罷。（生笑介）縱紅冰難消渴抱來，為伊家情深似海。（抱貼介，貼避下。生笑介）

　　　　銷魂一笑值千金，半似無心半有心。
　　　　可奈殢郎懷抱處，晚涼庭院月初沈。

（下）

第十二齣　索　　優

（副淨帶兩役上）

【越調過曲・水底魚兒】王命親銜，來尋小蔣涵。潛藏賈府，此話有人談，此話有人談。咱乃忠順王府長史官是也。奉王爺令旨，前往賈府，索取優人蔣涵。左右打道。

（役喝道諢介。副淨）

【前腔】虎窟龍潭，輕輕用手拑。不愁崽子，狐兔把蹤潛，狐兔把蹤潛。

（役）已到賈府了。

（副淨）通報。

（役）門上有人麼？

（小生上）什麼人？

（役）忠順王府差官要見。（小生）

【引子・桃柳爭春】朝衙放參，薰風滿袖來南。揀涼亭，尋歡縱談。

（小生跪介）稟老爺，忠順王府差官要見。

（外沉吟介）素與忠順王府並無往來，為何差官到此？道有請。

（外迎副淨入見介。各坐介。小生獻茶介。接杯介。副淨）下官此來非敢擅造，因奉王命，有事相求，仰仗老先生做主。不但王爺感情，連下官也感激不盡。

（外）大人既奉王命而來，不知有何見諭，望大人宣明，學生好遵辦。

（副淨冷笑介）也不必辦得，只用老先生一句話就完了。我們府裏有箇做小旦的琪官兒，名喚蔣涵，一向好好在府，如今竟三五日不見回去，各處皆找不着。聞得人都說，他近日和銜玉的那位令郎相厚。下官聽了，尊府不比別家，可以擅來索取，因此啟明王爺。王爺說，若別箇戲子呢，也罷了，這琪官甚合我心，是斷斷少不得的。故此請老先生轉達令郎，將琪官放回，一則可慰王爺之心，二則下官輩也免訪求之苦。

（揖介。外怒背介）哎呀！這畜生要死！適間環兒說他強奸金釧兒不從，逼打投井而死，我還不信，那知又闖下這樣禍來，這還了得！（轉介）叫寶玉來！

（小生應下，引生上見介。外怒介）該死的畜生！你怎麼做出這些無法無天的事來！那琪官，是忠順王爺駕前承奉的人，你何等魯莽，敢於哄騙他出來？

（生）哎呀！爹爹！孩兒不知什麼琪官吓！（哭介）

（副淨冷笑介）公子也不必隱飾，或藏在家，或知其下落，早說出來，我們也少受些辛苦，豈不念公子之德？

（生）恐係譌傳，實在不知。

（副淨冷笑介）若說不知，那細汗巾怎得在公子處？

（生驚背介）哎呀！這是壞了！且打發他去，再做道理。

（轉介）大人既知底細，為何他置了房屋倒不知道呢？

（副淨）在那裏？

（生）他在東郊二十里紫檀堡居住，恐在那裏也未可知。

（副淨笑介）一定是在那裏了，我且去找一回，若有了便罷，若沒有，再來請教。（與外別介）

（外）寶玉不許動，回來，有話問你。

（送副淨下。生急介）這事不好了呢，須得遞箇信兒裏面去纔好。焙茗！焙茗！鉏藥！鉏藥！怎麼一箇小廝也不在？如何是好！

（丑、老嫗上。生）好了，來了箇老婆子了，你快去告訴老太太、太太，老爺要打我呢。快去！快去！要緊！要緊！

（丑做聾介）吓！跳井吓！讓他跳去，怕什麼？

（生急介）出去叫我的小廝來！

（丑）有什麼不了的事，老早完了，怎麼不了事呢？

（生）呀吥！

（丑下。生急介）

【過曲·羅帳裏坐】沒亂裏腸慌淚沾，問誰人憐俺救俺？偏遇箇癡聾費喊，我陡地唬開心膽。怒轟轟料不把鞭笞略減，此身羸弱又何堪？可輕恕，我從今不敢！

（小生、末上）老爺在書房叫二爺呢！

（生）哎呀！（顫介）

【前腔】聽說叫驚魂冉冉，似飛蛾投身赴炎。（小生、末）哥哥快走！（生哭介）災星怎脫，伏願你仁天垂鑒，好年華沒的早填坑塹。（小生、末扶生介）哥兒不要延捱了。（生）哎！想來無法避威嚴，只合硬着着頭皮蹈險。

（小生、末扶生哭下。丑、貼上。丑）風雨橫空至，

（貼）雷霆震地來。姐姐，聽得老爺痛打二爺，老太太、太太都到書房去了。不知為着什麼事這樣生氣？

（丑）論二爺呢，很會鬧事，得老爺管教管教也好。

（貼）只是他那裏禁受得起？

（丑）可不是呢，我和你門前望望，看可有消息。

（貼）如此就去。（雜扶生、淨、老旦同擁上。合）

【黃鐘過曲·出隊子】一番懲創，一番懲創，嫩筍皮膚着重傷。層層紫黑間青黃，血肉淋漓衣袴上，怎不教親人針心刺腸？怎不教親人針心刺腸？

（貼見慌介。場上先設床帳，丑、貼扶生睡介。淨）兒吓！好生將息，我再來看你。

（生哼介。淨恨介）嗨！虎毒不食兒，

（老旦）牛老猶舐犢。（下）

（丑笑介）為什麼就這樣毒打？

（生）不過那些事，問他做甚？你且瞧瞧那裏打壞了。

（丑看介）娘吓！怎麼打得這樣！

（貼淚介。丑歎介）若聽我一兩句，敢也不致如此。

（小旦托藥上）忍悲憐大杖，止痛倩靈丹。襲人姐姐，晚間將這藥用酒研開，與他敷上就好了。

（丑接介）多謝姑娘。

（小旦）寶兄弟可好些了？

（生）多謝姐姐，好些了。

（小旦歎介）早聽人一句話，也不至於有今日。莫說老太太、太太心疼，就是我們看着心裏也……（低頭弄帶介）明日再來看你，好生靜養着罷。

（同丑下。貼淚介）二爺可覺怎麼？

（生）也不覺怎麼。你去梳洗罷，我要睡些兒。

（貼應下。生歎介）我受了這一頓，他們一箇箇憐惜我，若死了，還不知何等悲痛呢！縱然一生事業付東流，但得如此，死亦瞑目！只不知林妹妹更傷到什麼份兒了！

（旦哭上，撫生慟介。生舉手看介）噯！你又來做什麼？雖然太陽落了，那地上熱還未退，若受了暑，怎麼好？我雖然吃了打，也不覺疼痛，我裝這樣子教老爺聽，其實是假的，你不可認真。

（旦擁面泣介，哽咽介）你從此可都改了罷。

（生淚介）你放心，我就死也死得着了也。

【畫眉序】如雨淚滂洋，透了羅衣又羅裳。更誰人仁愛似你心腸？相看處痛楚都忘？休悲念精神無恙，暑雲涼雨空園裏，珍惜自身為上。

（內）二奶奶來了。

（旦）我從後院去了，回頭再來。

（生扯旦介）這又奇了，怕他做甚？

（旦急介）你瞧瞧我眼睛，又該他取笑了。

（生放手介。旦急閃下。副淨上。貼隨上。副淨）寶玉！可好些了？

（生）好些了。

（副淨）娘娘有恙，明早老太太、太太入宮請安，張羅了半日，纔得來看你。

（生）可知大姐姐什麼病？

（副淨）說是痰喘。你安心睡著，我去送些東西來你吃。（歎介）只是打得太重了，我也心疼。（下。）

（生）晴雯，你瞧瞧林姑娘去。

（貼）二爺有什麼話說？

（生）沒有話說。

（貼）沒話說，他問我來做什麼，我怎樣答應呢？

（生）也罷，就將床頭兩條鮫綃帕子，送與他去，說我多多致意。

（貼）這帕子舊了，怎麼好送與他？

（生）不妨，越舊越好。

（貼）哦！越舊越好？既這樣，我與你放下帳兒，你安心睡一睡，我去了就來。

（生應介。貼放帳介。生暗下。貼）我如今拏了這帕子到瀟湘館去走一遭者。

　　　　　無端下馬拜荊條，愁宋還憐瘦沈腰。
　　　　　一掬斷腸情女淚，可堪淹透兩鮫綃。

（下）

第十三齣　讒　搆

（老旦上）

【越調引子‧金蕉葉】淚流、淚流，為嬌兒添些僝僽。忒下得鞭笞亂抽，恨殺人銷金鏨口！今日老爺痛打寶玉，若不是老太太和我抵死救回，幾乎一命難保。這畜生本不爭氣，只是也太狠了，竟全不顧妾身僅存此子，直恁下得無情！（淚介）我那苦命的兒吓！不知這時候怎麼樣了，已曾分付到怡紅院去，喚箇丫頭來問他一問,此時想也該來了。
　　(丑上)隨機施暗箭,趁火接犂頭。
　　(見介)太太喚我有何分付?
　　(老旦)你不管叫誰來罷,你又丟下了他,誰伏侍呢?
　　(丑)二爺安穩睡了,有他們伺候着呢。恐怕太太有什麼分付的,他們聽不明白,倒誤了事。
　　(老旦)也沒甚話,問問他這會子疼的怎麼樣了?
　　(丑)寶姑娘送了一丸藥來,替他敷了,便沉沉睡去,可見好些。
　　(老旦)可吃些什麼?
　　(丑)飲了兩口湯。
　　(老旦)我恍惚聽得今日寶玉捱打,是環兒在老爺跟前說了什麼話,你可曾聽見?
　　(丑)倒沒聽見這話,說是二爺霸占了王府什麼小旦琪官,差官來要,所以打的。
　　(老旦搖頭介。老旦)也為這箇,還有別的緣故呢?
　　(丑)襲人今日大膽在太太跟前說句不知好歹的話,論理——(住口介)
　　(老旦)你只管說。
　　(丑)論理,我們二爺也得老爺教訓教訓,老爺再不管,不知將來做出什麼事來呢!
　　(老旦)我的兒,你說的是。我也是這箇心,我何曾不知道管教兒子?只是你珠大爺又死了,我年已五十,只剩他一箇,又長得單弱,老太太又寶貝一般。若管緊了,或有好歹,若氣壞老太太,豈不倒壞了,所以縱了他些。常時我也說他,他略好些兒,過後又依然如故,端的吃了虧纔罷。若打壞了,教我靠誰呢?(淚介)
　　(丑亦淚介)不要說太太說他,就是我,那一日那一時不勸?只是再勸不醒。今日太太提起這話,我還惦記着一件事,要回明太太呢。
　　(老旦)我的兒,你只管說。
　　(丑)也沒甚說的,只是怎麼變箇法兒,教二爺還搬出園來住就好了。

（老旦驚介）難道和誰作怪了不成？

（丑）眼前原沒事，却保不住將來不和誰作怪。襲人的小見識，覺得二爺也大了，姑娘們也大了，寶姑娘、林姑娘，雖則兩姨姑表姊妹，到底有男女之分，日夜一處起坐不方便，由不得不叫人懸心。二爺性格，是太太知道的，倘或錯了一點半點，人多口雜，那小人的嘴有什麼分量。即如今日二爺捱打，就有人眼睛哭得紅桃子一樣的呢，這却為着什麼來？那嚛，丫頭中有箇把狐狸妖精，好打扮引誘他的，也要太太定箇主意呢。

（老旦）好孩子，你這話提醒了我，我竟不知你這樣好。我自有道理。只是還有一句話，你今日既這樣説，你好歹留心，保全了他就是保全了我。

（丑）太太！我日夜懸心，又不好出口，只好燈知道罷了。

【過曲·山桃紅】【下山虎】我只為事兒貽臭，暗裏擔憂，要朝夕防疎漏，常把閒中意留。【小桃紅】却不敢輕開口，恐怕的壞名頭。這裏跟，那裏隨，竟終朝沒箇閒時候也。【下山虎】但只願不在園中心便丟，那寶姑娘却好，他語笑全無茍。和而不流，知誰箇有福兒郎賦好逑。（老旦）【下山虎】你真即溜，心意和柔。那更你人敦厚，體心到頭。尤難大理分明，與言忠而周。兒吓！我將你留在寶玉房中，教你們一輩子過活。你要心神時刻留，莫落他人後。不然，我也叫你開了臉了，一則老爺未肯依。二則你做了屋裏人，就不敢勸他，他也未必聽你。三則到底未有正配，倒恐閒言此事休。至於你的月錢，每月在我分例內派出銀二兩、錢一吊。我告訴你二奶奶便了。（丑叩頭謝介。老旦）起來。但只這千金擔，你的擔頭盡收，慢道雙飛欠一籌。兒吓！你且去罷。誰知簷下妾，提醒夢中人。（下）

（丑）這番却被我擺布着了。（驚介，四望介）幸喜無人聽見。（行介）

【蠻牌令】真大幸，話兒投，早生拆散了順和儔。女淳于將轂灸，雌蘇季到燕遊。錦囊佳計，懸河辯口，博得箇花蕊雙頭，枕函邊明風已流。只是太太忒拘泥些,什麼正配不正配呢,我早是破天荒占了頭籌!

【尾聲】從今怕甚言挑逗,問誰及綠珠婚媾,年深歲久綢繆。
　　　　殺人不用赫連刀,舌底橫生萬丈濤。
　　　　饒是白絲硬變黑,從来謠諑愛吹毛。

（下）

第十四齣　聽　雨

（旦上）

【南呂過曲·梁州新郎】【梁州序】芳年虛擲,涼秋又報,一點金荷孤照。碧闌干外,疎簧碎玉頻敲。只覺酸來心底,悶鎖眉尖,那更俺薄命同秋草。撇不去淒涼懷抱也兩鮫綃,情句書成獨自瞧。【賀新郎】愁和病,啼兼笑。費支持,瘦損花容貌。閒坐臥,夜闌悄。奴家因寶玉受責,未免心疼,走去看他,又怕淚眼難乾,被鳳丫頭取笑,只得悄地回來。那知他命晴雯送來半舊鮫帕兩幅。奴家初意不解,既而想出他的意思,倒叫奴家喜一回,悲一回。當下在鮫帕之上,題了三絕。忽然一病淹纏,將次兩月,或好或歹,醫藥無靈。我想死生有命,富貴在天,本非人力所可勉強。只是奴家以驚鴻游龍之姿,抱桂馥蘭芬之性,伶仃孤苦,所願都虛,一旦鬼籙冤沈,人天夢斷,不免癡魂難化耳!（淚介）

【前腔】眸空凝血,身難自了,苦殺我迴腸千道。月殘花謝,誰知黛玉今朝?便算知心留想,玉骨成灰,小夢煙空抱。浮生如寄也,忒蕭寥,石火泡光容易消。（歎介）聰明誤,精華耗,算虛生浪死殊堪笑,何處是,我依靠?這些時哥哥也不見有書來,不知他光景如何了?

【漁燈兒】當日箇贈仙魚分袂河橋,杳不見平安信雁帶鴻捎。想必是功名事猶緩扶搖,又未卜于飛曾效。此間喜鸞姐姐姿容性格,冠絕一時,我倒有心與他撮合,只不知他曾定下否。鎖天臺難訪紅桃。（歎介）我也不用去管這些事了。

【錦漁燈】廝盼着青裳樹丹顏呈笑,倒做了杜鵑花紅淚常飄。不能彀扣緊連環成鳳交,這散婁光的媒人,何必更嘮叨?想我和他雖然情投意合,爭奈我千里依棲,無人做主。舅母本也不甚憐愛,加以鳳丫頭百般詆毀,以致老太太心上也冷落了許多,看來是無益了。只是兩下癡心,終歸不遂,即使靦顏人世,亦甚無聊,又不如早赴泉臺,倒落得箇身心乾淨也!

【錦上花】既不呵食同器,居共牢,不如去跨斑龍,吹洞簫。縱小梁清未許領仙曹,且下箇他日種,來世苗。但可能前世債,後世消。猜不透三生緣法枉煎熬,覷地情魂飄。偏是今夜這般風雨呵!

【錦中帕】我只聽空簷亂敲,雜一片風簫。又兼着花和樹蕭騷不了,竹和蕉淅泠相鬧。不住的驟紅闌鐵馬搖頭,助愁人許多煩惱!一聲低,一聲又高。廝攪着雨慘風號,風悲雨嘯,和我這淚蹤兒流到曉!不免題詩一首,以寫悶懷。(寫介,歎介)

【錦後拍】覷着他忍天心把人抛,閃的我病他癡做成焦。可甚的心盟無處繳,可甚的心盟無處繳。怎怪得悲秋氣紅顏易老,戰秋窗風雨夜蕭條。獨把這一首秋詞吟了。疎喇喇秋聲到耳人寂寥。

(生上)衝泥過別館,含意慰愁人。
(旦笑起介)這樣風雨怎麼樣來了?
(生)我想風雨長宵,妹妹必然孤悶,特來和你談談。
(旦笑點頭介)你好了?我因抱病多日,沒來看你。
(生)我好了,妹妹可好些?
(旦)也只如此。
(生)日來可吃藥了?
(旦)藥是吃着,也無甚效驗。
(生)妹妹這病,都由鬱結所致,總要排遣靜養纔好。
(旦點頭介,生見詩介)原來妹妹在此做詩。
(取看介,旦奪介。生)好妹妹,賞我看看罷。
(旦笑介)偶爾閒吟,略無好句,你便看去。
(生)秋窗風雨夕,這題倒與春江花月夜相似呢。

（旦笑介）此詩原擬此格。

（生念介）秋花慘澹秋草黃，耿耿秋燈秋夜長。已覺秋窗秋不盡，那堪風雨助淒涼？助秋風雨來何速？驚破秋衾秋夢續。抱得秋情不忍眠，自向秋屏挑淚燭。（歎介）淚燭搖搖爇短檠，牽愁照眼動離情。誰家秋院無風入，何處秋窗無雨聲？羅衾不奈秋風力，殘漏聲催秋雨急。連宵脈脈復颼颼，燈前似伴離人泣。寒煙小院轉蕭條，疏竹虛窗時滴瀝。不知風雨幾時休？已覺淚灑紗窗濕。（淚介）讀妹妹此詩，使我寸腸欲斷也！

【北罵玉郎帶上小樓】鑄雪裁雲錦句敲，一似清商怨，和玉簫。空江嗚咽送回潮，感心苗，不覺的氣沮神搖。（背介）為癡生鬱陶，為癡生鬱陶。倚紅箋怨寫秋宵，淚模糊未消，淚模糊未消。痛殺我相思盈抱，苦了他亂愁如草，隔香衾夢想魂勞，夢想魂勞。問何時金屋深貯陳嬌？（轉介）妹妹。任淅瀝瀝窗兒外那斷雨零颷，你是箇病煩人要強尋歡笑。

（送詩還旦介。旦）你去罷，我要睡了。

（生）我也去了。

（旦）且慢，外間風雨難行，紫鵑！

（雜旦內）怎麼？

（旦）可將玻璃燈點起，照了二爺去。

（雜旦應持燈上。生）不用你送，我自照了去罷。（攜燈介）

【尾聲】風天雨地玻璃耀，這分明心燈留照。（下，復上）妹妹，你要什麼，告訴我，我好要去。（旦笑介）等我夜間想起來再告訴你罷。（生下。旦歎介）難得他百樣的殷勤來破薛惱。

　　　　　風風雨雨奈秋何，淚較秋窗雨點多。
　　　　　強自裁詩寄幽思，箇儂親口為吟哦。

（下）

第十五齣　補　裘

（小旦扶病貼上。貼）

【仙侶引子・卜算子】病染身偏重,力倦神難聳,只為金泥沒處縫,強起拈針弄。(指小旦介)昨夜和麝月妹妹偶然作耍,未經添衣出院,着了風寒。今日頭暈眼花,四肢沈重。二爺請大夫看了,說是太陽感寒。服過藥,些微有汗。只因二爺從舅太爺處拜了引壽回來,將老太太新賜的一件俄羅斯國雀金裘燒去盞一大塊,女工成衣皆不能補,襲人姐姐又因母病而回,他明日一早便去拜壽,假若不穿此衣,老太太知道了緣故,他豈不受氣?奴家只得扶病替他補好則箇。妹妹,你把那燭臺拿近些。

(小旦拏介。貼)適纔他在這裏鬧的慌,是我叫他去睡了,且待我補起來者。(用翦折介,復用金刀割介,竹弓弸介,穿針補介)

【過曲・桂枝香】金刀微送,竹弓輕控,一時經緯分明,做意兒挑針拈弄。(伏枕哼介)奈驚花到眼,奈驚花到眼。一霎指尖難動,腰肢沈痛。(復縫介。合)漫生慵,金絲界線誰能補?只合停眠忍病縫。(小旦)

【前腔】含情搖夢,針線催送,不辭病裏尰勞,諒為他垂青殊衆。(貼伏枕撫心介。小旦)靠檀隈小停,靠檀隈小停,好比雪消雲凍,風敲花重。姐姐(合)漫生慵,金絲界線誰能補?只合停眠忍病縫。

(貼起縫,仍伏枕介)哎呀!

【前腔】心神虛縱,耳波喧閧,(強起縫介)說不得瘦骨勞蒸,要做的天衣無縫。(喘介)剩絲兒嫩喘,剩絲兒嫩喘,輕魂飄動,雙肩山重。(合)漫生慵,金絲界線誰能補?只合停眠忍病縫。

(雜持衣上)二爺叫將這皮衣替姐姐披上呢。

(貼點頭介。雜披衣介。下。小旦)

【前腔】嬌身禁凍,芳心深用,(貼噉介。小旦)一番兒病體增勞,(背介)怕做了輕塵短夢。(貼)妹妹,取箇牙刷來。(小旦取送介。貼刷介。小旦)這金泥補成,這金泥補成,還須刷動,毧毛方縱。(合)費針工,聽銅龍玉漏沈花底,徒倚空房蠟炬紅。

(小旦看笑介)一些也看不出。姐姐!竟做得俄羅斯國的裁縫呢。

（貼笑介）補雖補了，到底不像，我也再不能了。
（倒介。小旦扶介。貼）妹妹快扶我睡罷。
　　　寒扶病骨強拈針，補就金裘漏已沈。
　　　不惜萬金花性命，為君無量愛憐心。
（扶下）

第十六齣　試　情

（雜旦上）
【南呂過曲・懶畫眉】軟風庭院寶簾垂，開到桃花春又歸，慕瓊嬌恙未全回。纖影添憔悴，心病難將心藥醫。我紫鵑，因姑娘和寶玉那番口角之後，情意加倍綢繆，未知寶玉之心是真是假，幾番要試他一試，未有空閒。今日姑娘病體稍痊，午窗小臥，奴家做些針黹，且看寶玉來否？（針黹介。生上）
【前腔】一番花謝一增悲，錦地香天兩意違，雙雙紫燕畫橋飛。蜂蝶都成對，苦耐春愁瘦沈圍。小生為看林妹妹，一徑行來，已到瀟湘館了。你看，竹陰遍地，花影環牆，深掩湘簾，悄無人語，敢是他往別處了？
（見雜旦，笑介）紫鵑姐姐，姑娘呢？
（雜旦）睡了。
（生）他夜來咳嗽可好些？
（雜旦）好些了。
（生）阿彌陀佛！
（雜旦笑介）你也念起佛來，這又奇了。
（生笑介，撫雜旦介）你穿得這樣單薄，還在這風頭坐呢。
（雜旦嗔介）二爺！一年小，二年大，以後不要動手動腳。那起黑說白道的，背後嚼舌，你全不留心。還是這樣行為，怎怨得姑娘分付我們，不許和你說笑。你瞧，他近來可不是遠你還遠不及呢？
（下。生呆介，行介，淚介，坐介。副淨上）我雪雁，取了人參回來，已望見瀟湘館了。

（見生驚介）那桃花樹下不是寶玉麽？怎麽癡癡坐着哭呢？敢是獃病又發了！等我耍他一耍。（蹲介）咻！苦吓！哭罷！
　　（生）你又來做甚，你難道不是女兒？他們既嫌我遠我，你又來尋我，可不又有口舌了？你快去罷。
　　（副淨）咦！這是什麽話，是了，又受了姑娘氣了。（笑介）
　　【前腔】説你癡來更加癡，偸向花邊把淚垂。懸知揣了悶弓兒，子細還淘氣。（學旦聲介）寶玉！你可敢了？（學生聲介）妹妹！以後再不敢了。（刮鼻介）羞羞羞！你這賣蜜人兒没面皮。（笑下。雜旦上）
　　【前腔】纖纖小步到花蹊，爲着幽情悄試伊。雪雁回去，説起寶玉在沁芳亭後桃花樹下流淚，因此前來尋他。紅桃花樹小亭西，呀！果見雙淚流，怎如此春風不肯歸？（笑介）我不過説了兩句，你就賭氣到這風地裏來哭，弄出病來，還了得麽？
　　（生笑介）誰賭氣呢？我想你這樣説，自然別人也這樣説，將來都不理我，我成了孤鬼兒了，所以傷心起來。
　　（雜旦笑坐生旁介。生笑介）剛纔對面説話，你尚且走開，如何又挨着我坐呢？
　　（雜旦）你倒忘了，幾日前你姊妹兩箇正説話，二奶奶走來，奚落了一陣，姑娘纔這麽説。適間聽得他們入宮去了，所以來問你，你前日説什麽燕窩的話？
　　（生）我因你家姑娘離不得燕窩，是我回過老太太，一天送一兩來，吃上二三年就好了。
　　（雜旦笑介）吃慣了，明年家去怎麽好？
　　（生驚介）誰家去？
　　（雜旦）妹妹回揚州去。
　　（生笑介）你説白話呢。原因無人照應他纔來的，如今回到那裏去？
　　（雜旦）他有哥哥呢，不會照應他？你難道不知道？况且年紀大了，該出閣了，自然送還林家。難道林家女兒，在賈家一世不成？明年早則春天，遲則秋天，這裏縱不送去，林家也必有人來接。前夜姑娘說了，叫我告訴你，小時玩的東西，他送的你還他，你送的他也還你，你打點去罷。

（生急介）哎呀！

【仙呂入雙調過曲·朝元令】魂迷夢迷，只說偕連理。花依月依，不道成拋棄。骨化形銷，寸心都碎，怎生下得分離？從小和伊，心意兒兩做癡，煙水送將歸？風花並影飛。（哭介）怎捱這三梢滋味，清清冷冷遣愁無計，寄愁無計。

（痛哭介，呆介。雜旦）二爺！二爺！哎呀！你看他神色頓然改變，不要弄出病來吓！

（笑哄生介。生不理介。雜旦慌介）不好了呢！

【前腔】看他情移性移，衰颯無神氣。魂離魄離，所事都茫昧。紫鵑吓紫鵑！作甚來由這番兒戲？二爺！二爺！是我哄你來。（生不理介。雜旦急介）聲聲喚他全不知。（淚介）看這光景，好不可憐！我也憐伊，癡心恁般真箇稀。白首定同歸，青廬更莫遲，纔信道真情真意。怪不得玉人心醉，玉人心醉。

（貼上）我晴雯。新病初痊，精神尚少。因老太太宮裏回來，叫二爺說話，只得去尋他。（見生驚介）哎呀！怎麼這箇樣兒？

（雜旦）他來問姑娘病，我告訴他，就變成這箇樣兒了，你快扶他去罷。

（貼扶生下。雜旦）這却怎麼好？（定介）且回瀟湘館去，再做道理。（向內介）姑娘服過藥了？

（旦內）服過了。

（旦上）花雨迷離春院悄，柳風綽約暮寒輕。紫鵑，我一病多時，今早雖覺好些，這會兒倒又精神倦怠了。

（雜旦）本來天氣困人，姑娘加意調攝，自然就好。

（丑急上）這是那裏說起？（哭介）紫鵑姑奶奶，你說了些什麼話，你瞧瞧他去。你回老太太，我不管。

（坐介。旦驚介）怎麼了？

（丑怒介）紫鵑姑奶奶，不知說了些什麼，我們那獃子眼也直了，手腳也冷了，胡說八道，是什麼林家接的人來了，快打出去。看着西洋船，説是接的船來了。李嬤嬤説是不中用了，只怕這時候已經死了呢？姑奶奶，你這是何苦呢？

（旦急介，吐介，欵介。雜旦搥介。旦推介）你不用搥，你竟勒死我罷！

（雜旦）我並没説什麽，不過幾句玩話，他就認真了。

（丑）你還不知道他傻，玩話專要認真的。

【前腔】他是箇天生最癡，何用來相戲？常時你知，為甚的故意兒招他氣？我也無法維持，你保他生死。（雜旦）我怎麽保他？（丑怒指雜旦介）你闖下來的禍，你不保誰保？口兒裏休亂吠，你暗下心機，問妖嬈，有何仇負了伊？你斷送他一身虧，説的來没繫兒，待要向誰行推委？遮遮掩掩是何心肺，是何心肺！

（旦恨介）你説了什麽話，趁早去解脱，只怕就好了。

（丑）去吓！姑奶奶！

（雜旦頓足介）受他無限氣，因我一番心。

（同丑下。旦歎介）聽襲人言語，敢是紫鵑説了奴家回去的話，他情急了，所以如此。（淚介）此心真可感也！

【前腔】想我時低運低，感你情無二，則他蜂欺蝶欺，閃的神如醉。雪雁！你去看二爺可曾好呢？（副淨内應介。旦）心似懸旌，黛全鎖翠，問可能化解災危？難分鶯喜烏悲，愁中病中，又添些苦意兒。他若是有差遲，我不若先他死。那紫鵑吓！分明是前生冤對，没揣的送他辭世，送奴辭世！

（副淨上）姑娘！紫鵑去了，二爺就哭出來了，説是要去同我去，只是拉着紫鵑不放。老太太説，且留紫鵑在那裏住幾天，姑娘若要人使唤，叫琥珀來罷。

（旦）你看見二爺没有？

（副淨）我看見的，果真好了。

（旦）果真好了？阿彌陀佛！

（下。副淨學介）果真好了，阿彌陀佛！（笑介）

　　　　説道分離便感傷，如歌河滿斷柔腸。
　　　　可憐病裏佳人淚，更為知心墮幾行。

（下）

第十七齣　花　壽

（老旦醉上）

【正宮過曲·傾杯賞芙蓉】却誰道梨花春酒醉當風，倍覺心頭涌。悄地裏離了芳筵，過了迴廊，倚了湖山，占了花叢，好貪着林陰透骨梢雲重。權借這藥圃圍香石蹬空，把花茵擁，酣眠萬卉中，認鈞天一覺夢兒濃。

（睡介。小旦、旦上。合）

【鋪地錦】步翹雲悄向那花田迥，因為箇儂，被琳腴醉倒，芍藥闌東。（旦）今日寶哥哥生日，大家行令猜拳，歡飲了一回，忽然不見了雲妹妹，聽得丫鬟說，他在湖山背後石磴上睡着了，寶姐姐，我們尋他去來。（小旦）尋他去來。（合）香海分開，花路斜通，呀，在莊周先占你蘧蘧夢。

（小旦）妹妹你，看雲妹妹濃香一枕，落花滿衣，蜂隊蝶羣，四圍環繞，真神仙中人也。

（旦）便是。（合）

【古輪臺】我見他態嬌慵，映花花比豔姿容。蜂喧蝶嚷圍香閧，真要算神仙伯仲。問玉佩金裙，可消得蕊珠青鳳？（旦）待我喚他醒來。雲妹妹！雲妹妹！（老旦醉語介）泉香酒冽醉扶歸，宜會親友。（小旦、旦笑介）醉到這箇分兒，還討酒令呢！快醒醒罷！（老旦開眼望介，自看介。笑介）本是貪取涼風，因甚的深思懞懂？（小旦、旦笑介）恁紅酥一朵欲消融，似這般香熏錦烘，勝得那珠圍翠捧。四妹妹！現畫着圖圖，教他將你畫上罷。如此佳人，無邊幽韻，花天擎醉，宜畫入圖中。（老旦）休捉弄，早求一片脆冰紅。

（旦）他們都等着你呢，快去罷。

（小旦同扶介。合）

【隔尾】花馱柳捧穿溪攏，扶醉低鬟雲未攏，人在涼煙暮靄中。

（扶下。丑上）

【黃鐘引子·瑞雲濃】弧南夜朗,恰對棗花簾幌,雪藕冰桃壽筵敞。(貼上)花枝招展,盡簇擁燈前,齊捧仙釀,又誇甚金人露掌?

(丑)今日二爺生日,我們暗地裏開了一罈香雪春,備了四十碟鮮果,替他祝壽,怎麼二爺此時還不回來?

(貼)姐姐!我請他去。

(丑)等他來罷,不要鬧得上頭知道了,怪不好意思。

(生上)還丹無九轉,奇福有羣花。襲人!我們還得吃酒纔好。

(貼)我和他已經備了果碟兒,開了好酒,替你做生日呢。

(生喜介)既這樣,我們脫了衣裳就吃罷。

(貼)你脫便脫,我們還要安席呢。

(生笑介)安什麼席,如此熱天,快卸了妝,一同暢飲。

(丑、貼卸妝介,丑送酒介)雖不安席,也在我們手裏吃一盞兒,盡盡我們的心。

(生飲介。貼送酒介)我這杯要吃箇一口乾無滴呢。

(生笑飲介)乾。

(共坐飲介。生)

【過曲·降黃龍】快吸流霞,多謝花情,沁骨沾腸。(合)願千秋萬年,共祝恒春,仙樹同芳。歡場,酒天花地,做箇可意的羣芳盟長。更家門蒸騰日盛,福緣長享。

(丑、貼奉酒介。合)

【前腔】〔換頭〕何當我輩侍兒,得執金壺,與君常傍。叨榮匪淺,算身註東華,名並煙娘。(生合)蘭房翠偎紅倚,料沒些乖離惆悵。擺幾座脂營結采,粉陣吹香。

(生)我們也該行箇令纔好。

(丑)要行令就行令,只不要大呼小叫。再則我不識字,可不要文的。

(貼)我們占花名兒罷。

(丑)這玩意兒雖好,人少了沒趣。

(貼)我們去請了寶姑娘、林姑娘、雲姑娘來,可不好?

(丑)怕鬧的大發了,大奶奶知道呢。

（生）索性請了大奶奶來，怕什麼？
（貼）也好，我就請去。
（丑）你在這裏等，我去罷。
（貼）你去請客，我去拿籌子去。
（丑、貼下。貼持籌筒骰子上。生笑介）我和你先擲骰子。
（貼笑介）輸了可不許賴酒。
（生）你輸了呢？
（貼）我輸了麼？（笑介）二爺代。
（生笑介）你叫我代吃，我也吃。
（貼笑介）二爺，紅到你，你先擲。（生、貼互擲介。丑、雜旦提燈引正旦、小旦、旦、老旦上。合）

【黃龍袞】花亭畫傳觴，花亭畫傳觴，夜蠟還傾釀，直挽銀漢波，一齊兒澆下心纔爽。特占花名，尋歡一餉，興太高，心怎却，聊同往。

（生笑介）好了，鬧熱起來了。
（丑）我還要帶了紫鵑來，前日伏侍了幾夜，也該歇歇他。
（生笑介）他哄我病了，我還謝他麼？
（雜旦）既這樣，我去就是。
（生笑扯介）可不是該謝的？
（旦笑介）我們這不也夜飲聚賭了麼？
（正旦笑介）生日節間何妨，你們都來坐了。
（老旦）我日間醉了，這會兒不能再吃，我只好坐坐罷。
（各坐介。丑送酒介。貼擲介）六點，寶姑娘起。
（小旦笑介）我先抓，不知抓箇什麼呢？
（掣介，衆看介）任是無情也動人，牡丹花，在席賀一杯。
（衆笑飲介）你也原配牡丹花。
（小旦擲介）十六點，該紫鵑。
（雜旦掣介）茶蘼花，開到茶蘼花事了。在席各飲三杯。
（衆飲介，雜旦擲介）十九點，該大奶奶。
（正旦掣介）很好。

（衆看介）寒姿霜曉，是梅花。請自飲一杯。下家擲骰。
（正旦飲介。旦擲介）十八點，該雲妹妹。
（老旦掣介。衆看介）香夢沈酣，海棠花。
（旦看介）只恐夜深花睡去。（笑介）這夜深兩字，不如改做石涼好？
（衆笑介。老旦笑介）你快坐上這西洋船家去罷。
（衆笑介，看介）掣此籤者，不便飲酒，上下家各飲一杯。
（老旦）阿彌陀佛！真正好籤！
（生、旦飲介。老旦擲介）九點，該晴雯。
（貼掣介。衆）松上寄生女蘿花，自飲一杯，隨意奉一杯。
（貼奉生飲介，貼擲介）又九點，該林姑娘。
（旦）不知可有什麼好的了。
（掣介，衆看介）風露清愁，是芙蓉花，好極了，除了他，別人也不配。自飲一杯，牡丹陪一杯。
（小旦、旦飲介，旦擲介）二十點，該襲人。
（丑掣介，衆看介）武陵別景，是桃花，同辰者陪一杯。
（旦、丑飲介。丑擲介）十二點，該二爺。
（生掣介，笑藏介，衆搜出看介）風絮飄零，是楊花，（笑介）也很像他。在席一杯，自飲三杯。（衆笑飲介。合）

【黃龍醉太平】【降黃龍】叢芳，獨是楊花忒煞輕狂，慣被風引上。紅簾翠幌，看乍點西窗，旋過東牆。【醉太平】飄揚，閃一片暮雲，天外送春光。頗似恁性情搖漾，造癡生妄。這花籤有眼，合付伊行。
（生笑介，擲介。旦）我可撐不住了，去罷。
（衆）去罷。
（生留介。衆）遲了，該去了。
（丑、貼）既這樣，每位再奉一杯。
（送酒介，衆飲介。合）

【黃龍捧燈月】【降黃龍】如海蘭漿，不更能支，倦體搖蕩。籌添幾轉，北斗闌干，花夢迷茫。【燈月交輝】透羅衣露采生涼，穿柳曲風絲來爽,攜一片夜園情同歸睡鄉。

(雜旦提燈引衆下。生笑介)我們拏大杯來再吃幾杯。

(貼)我吃不得了呢。

(生)勉強吃些兒,我今日很高興。也不用行令,只吃一箇流星趕月罷。

(丑)你做月,我們做星,來趕你。

(生)輪流着好,我先吃起就是了。

(生、丑、貼輪飲數巡叫乾介,各醉介。丑、貼拍手隨意唱小曲介。生大笑介)今日這生日過了,我好不快哉樂哉也。

【玉漏遲序】羣花供養,盡生平未有今宵歡暢。媚眼嬌歌,漫誇唯酒無量。勸人把名花要賞,勸人把金杯莫放。陶然矣,倩紅袖控扶歸帳。

(起欲倒介,丑、貼扶介,同踉蹡介。合)

【尾聲】驚花亂散春魂漾,問誰箇玉厄無當,惟願取歲歲年年樂未央。

　　　　　　九春香色注瑤觥,盡向摻摻手内擎。
　　　　　　如此生辰天下少,不勞仙曲奏長生。

(相扶下)

第十八齣　搜　　園

(副淨上)

【雙調引子·搗練子】心比蒜,腹藏鱗,口生波浪面生春,却是玉樓金屋品。珠情玉韻虎狼心,嚇鬼瞞天計最深。笑裏有刀君莫怕,把持威福到而今。奴家王熙鳳,金陵人氏。丈夫賈璉,本係大房之子,因這邊二老爺家,諸事無人照管,二太太係奴姑母,特命搬來,同理家務。奴家天性聰明,滑稽善變,多謀足智,善能治劇理煩,肩難任鉅。主持家政,一例嚴明,順我者生,逆我者死。喜的老太太憐愛,可以放膽而行,手下得用之人,又皆心腹,以此每每干預外事。更兼私放支頭,多收月利,行之數載,私囊亦頗豐腴。但只有女巧兒,並無子嗣。人道心機太過,我言天道難知。從來福禍無門,豈必賢豪有子?這也不在話下。今早二太太滿面怒容,拏着一箇春意兒香袋,硬派做奴家之物,說是傻大姐在園裏拾了,被我家太太看見送過來的。奴家辯白了一場,纔得罷手。那王善保家的出了主意,定要搜園。我想園中這班兒姑娘丫頭,平時好不利害,借此去搜他一搜,搜得着,大家出氣,搜不着,又不與我相干,當下應了。二太太又叫了晴雯來罵了一頓,說要回明老太太撐他,這又不知是誰放了暗箭。那王善保家的,一力攛掇,我也不便開言,只好聽他擺弄罷。此時天色尚早,我且歇息片時。正是,計就月中擒玉兔,謀成日裏捉金鳥。(下。生上)

【過曲·孝順歌】情雖厚,意未申。怡紅院中花一羣,薰豈是香焚,膏寧為明燈,其中箇人,鄭旦誇光,許多豐韻,未許消魂,空憐廝認。咫尺紅牆路,隔亂雲。又未知何日得締良姻。小生坐擁羣花,放懷一醉,那知樂極悲來,接着大姐姐歸天,十分傷感,三妹妹又許了周家,行將遠嫁。姐妹們漸次分離,林妹妹這段婚姻又無定準,一腔惡抱,無以為歡。病榻愁燈,幸有晴雯相依為命,怎奈屢次求歡好,他執意不從,看來光景是怕襲人妒忌,這也怪不得他,只是小生害殺了也。

(貼哭上,倒生懷哭介,生驚介)怎麼!怎麼?是誰欺負了你,快快說來!

(貼哽咽介)太太喚去,也不問青紅皂白,便說道:好箇美人兒,真是箇狐狸妖精呢!誰許你這樣花紅柳綠的打扮?又說,你幹的事,打量我不知道麼?我明日揭你的皮!二爺,你道我幹了什麼事來?

(生)並沒幹差一件吓!

(貼哭介)還要回了老太太撐我呢。

【前腔】無端緒,為甚因,說來話兒真怕人。(生)你便怎麼說?(貼)他問寶玉可好些,我說我不大在房裏去,襲人、麝月纔知道呢。(生)嗏嗏!太太怎麼說?(貼)太太說,阿彌陀佛,你不近寶玉,是我的造化。便喝聲:出去,我看不上這浪樣兒!二爺,這不把我冤屈死了麼？和伊縱相親，何嘗結殷勤，冤人誘引。我自那番病後，身子總不得好，近日又着風寒，若果真撐了出去，多分是死。（哭介）只是二爺吓！蒙你擎奇，酬君無分，到死春蠶，柔絲難盡！（合）咫尺紅牆路，隔亂雲，又未知何日得締良姻。

（生淚介）

【前腔】肝腸斷，五內焚，如何捨他可意人？羅韈散香塵，金裳線誰引？想是太太的氣話，你且休慌。（貼）二爺！我心裏也明白，是人放了暗箭了，看來斷不能免。只是捨你不得，怎生是好？（哭介，生抱貼哭介）遭逢困頓，未占歡期。拋離何迅，眼看瓊枝玉消花褪。（合）咫尺紅牆路，隔亂雲，又未知何日得締良姻。

（副淨帶淨雜上）

【賺】恩仇折準，好去搜園問禍根。（淨）二奶奶，先往那裏去？（副淨）先往怡紅院去。踏芳塵怡紅來到，早是擤重閽。（敲門介，丑上開門介）有何因，寅夜來敲月下門。（生慌介）二嫂子却是為何？（副淨）丟了一件要緊東西，怕是丫頭們偷了，大家查一查好除疑。你們去搜罷。（眾應介）誰的箱籠誰來打開。（丑忙開箱介，眾搜介）沒有什麼。這是誰的箱子？（貼怒倒箱介。淨）姑娘不要生氣，叫查就查，不叫查，還許我們回太太呢。我們並非私自來的，是太太叫來搜的。（貼怒介）你說是太太打發來的，我還是老太太打發來的呢。太太那邊人都見過，就只沒看見你。（副淨笑介）晴雯不許多言！媽媽，你別和他一般見識，你且細細搜你的。（眾搜介）滿地掀翻翡翠裙，零脂和剩粉，輕拋塵垒。（淨）也沒什麼。（副淨）你可細查查，若查不出來，難回話呢。（淨）都細翻過了。（副淨）哦！都細翻過了？這等，我們去罷。漫因循，去把夜園搜盡。

（帶眾下。生）這是那裡說起？晴雯，你身子又不好，又鬧乏了，去睡睡兒罷。

（貼下。老旦帶雜含怒上）

【鵲踏枝】尤物是晴雯，入眼便堪嗔，急除寶玉迷魂陣。（生見老旦驚介）母親。（老旦不睬介。生背介）完了，晴雯保不住了！（老旦）晴雯呢？（丑）病了。（老旦）扯他來。（雜下扶貼上。老旦好箇病西施,你裝這樣兒給誰瞧?扯他出去,交與他哥嫂。(生背頓足介。老旦冷笑介)我統共一箇寶玉,難道憑你引他壞了麼?妖狐去!妖狐去!省得纏人!襲人!以後這些丫頭,你須查管。我將寶玉交與你了!休只管避評論。(丑應介。貼哭介)最苦生離別未分,死離別未分。辣苦酸鹹,苦辣酸鹹,無從置吻,甚日得再圖親近?

(雜扶貼哭下。老旦)寶玉,你此後好生念書,仔細你爹要問你。

(生)孩兒送母親。

(老旦)罷了!難容心上刺,且拔眼中釘!

(下。生彷徨介)這怎麼好?這怎麼好?

(痛哭介。丑)二爺,哭也不中用了。

(生)究竟晴雯犯了什麼彌天大罪,就這麼撑了?

(丑)太太嫌他生得好,未免輕狂些,説這樣美人兒,心裏是不安靜的,倒像我們粗粗笨笨的好。

(生)吒!美人兒就不安靜麼?晴雯外面雖然伶俐,心中其實老成,便有過失,也不過玩笑而已。你和麝月未嘗不和我玩笑,為什麼太太不挑你們呢?

(丑驚介,笑介)是呢,太太為什麼不挑我們呢?想是回來再發放,也未可知。

(生)晴雯也是老太太那裏過來的,和你一樣,雖生的比人強,也没什麼妨礙着誰的去處。就是性情爽直,口角鋒芒,也没得罪了誰?可不是你説的,生得好累了他了。(哭介)

【尾聲】無邊冤抑憐紅粉,便能抆心疼怎忍?我想他嬌生慣養,何嘗受過一日委屈,兼之一身重病,一肚子悶氣,又没箇親爹熱娘,他這一去,那裏等的一月半月,再不能見一面兩面的了。(哭介)我的晴雯吓!怕不做露葉風燈斷俏魂?

(哭下。丑冷笑介)聽他言語大是疑,我且自由他,看他怎樣。

漫天風雨送嬌花,無計留花枉自嗟。
不是妒花花引妒,教人錯怨風雨斜。

（憤下）

第十九齣　誄　花

（生上）

【商調過曲‧二郎神】人兒歿,撇的來似鯽魚直跳。問去後誰消愁一抱。衣篝虛麝氣,幾番錯喚嬌嬈,喚不着嬌嬈心碎了。疼殺人春蔥綾襖,却這麽開交。怎得他撲琅生現出燈宵！小生昨夜瞞了襲人,悄出後門,去見晴雯一面。他一見小生,又驚又喜,又悲又痛。説道：我不料今生還能見你！小生問他可有什麽話説,他道：我有什麽説的？不過一兩天就好回去了。只是我死也不甘心！我雖生得好,並没有什麽私情勾引着你,怎麽説我是狐狸妖精？今日既擔了虛名,又没有遠限,不是我説後悔的話,早知如此,我也打正經主意了。隨將兩箇指甲咬下與我。又脱下紅綾襖子,和小生換了。便説道：你去罷！我這裏腌臢,你的身子要緊。今日這裏一來,我就死了不枉擔了虛名。你的恩情,只好來生補報罷！彼時小生哭得死去活來,難拋難捨。恰值五兒來了,扶我回來。睡到五更,便夢見他來辭我。天明之後,叫人打聽,果爾身亡！（哭介）哎呀！天哪！這不是生生送了他性命麽？早間小丫頭説起,也曾夢見他來,做了芙蓉神女。此時芙蓉正開,小生特製一首誄文,用他心愛的冰綃縠寫了,悄向花前偷聲一哭！（行介）

【前腔】〔換頭〕號咷！佳人分淺,仙容已杳。怎到得花宮來喚叫,是天乎命也,不能縠彩鳳同巢。酪子裏一片針砂把心碎撓,只落得虛頭的名號。説多嬌,共翠被紅綃,占了良宵。來此已是池邊了。（歎介）雖不能多陳祭品,却有這一片丹心。晴雯吓,晴雯！你須憐鑒小生,休嫌輕率。（哭揖介）想你暑天戲扇,寒夜補裘,那番情況,不能見矣！

【二犯二郎神】【鶯啼序】恨漫漫裘邊扇底魂竟消,直恁麽絶豔偏彫。【集賢賓】眼看這萬樹芙蓉花自好,為什麽送紅顏身先花落！【二郎神】早知道如今無處,我悔當初朦朧過了。教花笑,説是箇倖薄兒郎,填不滿深深情窖。待我將祭文讀於他。維太平不易之元,蓉桂竟芳之月,無可奈何之日,怡紅院濁玉,謹以花蕊冰綃,芳泉露茗,致祭于芙蓉女兒之靈曰:竊思女兒自臨人世,十有六年,玉得於衾枕櫛沐相與共處者,僅五年八月有奇。憶女兒生時,其質則金玉也,其體則冰雪也,其神則日星也,其貌則花月也。孰料鳩鴆為炎,茝蘭被刈,花原自怯,豈耐狂飆?柳本多愁,何耐驟雨?讒遭蠱蠆,病入膏肓。自蓄心酸,誰憐夭折?仙雲既散,芳趾難尋。洲迷聚窟,何來却死之香?海失靈槎,不獲回生之藥。委金鈿於草莽,拾翠盒於塵埃。樓空鳷鵲,徒懸七夕之針;帶斷鴛鴦,誰續五絲之縷?況乃金天屆節,白帝司時;連天衰草,豈獨兼葭;匝地悲聲,無非蟋蟀。芳名未泯,簷前鸚鵡猶呼;豔質將亡,檻外海棠預萎。拋殘繡線,誰補金裘;裂損桃枝,空傷寶扇。爾乃西風古寺,落日荒邱,隔霧壙以啼猨,遠煙塍而泣鬼。紅綃帳裏,公子情深;黃土隴中,女兒命薄。固鬼域之為災,豈神靈之有妒?毀彼奴之口,討起從寬;剖悍婦之心,忿猶未釋!在卿之塵緣雖淺,而玉之鄙意猶深。因蓄倦倦之思,不禁諄諄之問。始知上帝垂旌,花宮待詔。生儕蘭蕙,死轄芙蓉,相物類方,斯言可據。用希靈感,陟降於茲。不揣鄙辭,有污慧聽。

【集賢聽畫眉】【集賢賓】仰看那空天不語何杳渺,跨蒼虯,駕緣䡝,碾咿啞,月御銜山悲太早。鏤珠瑢瓊佩飄搖,待雲旗花姑南岳。可能穀一靈兒來到?【畫眉序】藉葳蕤桂膏,蓮焰憑虛吊,仿佛見幽魂嬌小。

【黃鶯帶一封】【黃鶯兒】却又悅惚不能招,盼歸來徒自勞。則問他住神林可念人悲悼?汎金霞兮海濤,弄珠林兮鳳簫,衘一抹空濛塵霧區寰罩。【一封書】閃的我兀淘淘把愁淚拋,還求你玉簡重留下紫霄。嗚呼尚饗!(哭介,莫茶焚文介)

【鶯集御林春】【鶯啼序】空留恨舊日韋皋,再生緣,何處繳?【集賢賓】哭爛了犀簫,教我怎樣抛?殺堯婆詎忘悲惱?晴雯吓晴雯!欲拼身來伴你,【簇御林】只是有人心上難丟落。你是知道的,【三春柳】你知道我這根由,切休要冷言嬌語怨儂薄!明日等芙蓉花落，裝入淨瓶，送到埋香塚去便了。

（欲下，旦內）且請留步！

（生驚介）敢是晴雯陰魂來了？

（旦笑上）飄零嬌婢命，新雅誄花辭。寶哥哥，好新奇的祭文吓！可與《曹娥碑》並傳矣。

（生笑介）偶爾寫恨，誰知被你聽見了，有甚瑕疵，妹妹改削改削。

（旦）將來倒要看看原槀。只聽得什麼紅綃帳裏，公子情深；黃土壠中，女兒薄命。這一聯意思却好，只是紅綃帳熟爛些，想我們用軟煙羅糊窗，何不說茜紗窗下，公子情深呢？

（生笑頓足介）好極！好極！這一改，新妙之至。只是你住的窗兒，我怎好借用？

（旦笑介）何妨。我的窗即可為你的窗，如此分晰，倒覺太生疎了。

（生）非敢生疎，那唐突閨閣，却萬萬使不得的。我如今改做茜紗窗下，小姐多情，黃土壠中，丫鬟薄命，算你誄他的罷。你素日又待他甚厚，這可不好呢。

（旦笑搖頭介）小姐、丫鬟，也不典雅。

（生想介）是吓！這樣罷，我竟改作茜紗窗裏，我本無緣，黃土壠中，卿何薄命罷。

（旦驚介，遲疑介）這改得好，快去罷，太太叫你呢。

（生）這等，妹妹也回去罷。

（旦）我知道了。（生）

【尾聲】問今朝甚處有春紅笑，只隔一晝夜時光魂夢杳，空教我誄盡名花把恨挑！（下）

（旦視生下良久欸介）他怎生說"茜紗窗裏，我本無緣"呢？

【南呂過曲·紅衲襖】莫不是為奴嗔，不願諧？莫不是冷奴心，將病解？莫不是，恁高堂，有甚風聲歹？莫不是，恁癡腸，終牽薛寶釵？這話兒教人怎猜？這事兒教人怎揣？還怕是言出無心，做了讖語天機，也好教我悶懨懨難放懷！

花天擎淚誄芙蓉,恰向花前帶笑逢。
何事茜紗緣法少,暗添愁結上眉峰。
(悶下)

第二十齣　失　玉

(淨禿和尚、副淨跛道士上。淨)我盜一隻牛,
(副淨)我偷一隻狗。
(淨)若無牛狗,大家撒手。
(副淨)若有牛狗,大家一口。
(內)到底是怎麼着了?
(合)月華滿天,萬象來會,聚妄會真,隨意點綴。
(同笑介。淨)貧僧志九。
(副淨)小道涵虛。
(淨)道兄,咱們法力高強,雲遊四海,我能隱身。
(副淨)我能望氣。
(淨)我能勾攝生魂。
(副淨)我能變幻夢境。
(淨)我能擺兵佈陣。
(副淨)我能倒海移山。咱們同夥多年,也造了千千孽債,得了萬萬金錢,這家當我真仙。
(淨)那家當我活佛。日來遊到京城。咲,道兄,這京城你住過的吓?
(副淨)便是,我住過十年。
(淨)可有什麼巧宗兒?
(副淨)偌大京師,怎麼沒有巧宗兒?只是輦轂之下,輕易幹不得的。我如今想了一宗大買賣,只不知你做不做。
(淨)什麼買賣?
(副淨悄說介)如今海上潘王,招延豪傑,你我如此法力,到了那裏,怕不軍師元帥起來。這場富貴,非同小可,這不是大買賣麼?

（淨笑介）此事我已留心久了，只為此去要建奇功，須憑兩箇陣法，用着些人，一時沒有全備。
（副淨）那兩箇陣法？
（淨）一箇迷魂陣，一箇勾魂陣。
（副淨）用些什麼人呢？
（淨）那迷魂陣用三百二十名美女。
（副淨笑介）那美女嬌嬌怯怯，那裏拏得動刀，使得動槍，要他做什麼？
（淨笑介）如今人見了美女，怕不喪魄銷魂，還待動刀動槍麼？
（副淨）雖是如此，那裏拐逃得這許多？
（淨）只要攝了魂來就是了。
（副淨）那勾魂陣呢？
（淨）那勾魂陣要二百八十名美男。
（副淨）要他做甚？
（淨）天下還有不好女色專好男色的呢？迷魂陣迷不得他，少不得勾魂也勾了他，這不一網打盡了麼？
（副淨）據我看來，還得擺箇元寶陣才好。見了元寶，他纔顧財不顧命呢？
（各笑介。副淨）請問師兄，這美男也攝的魂麼？
（淨）這却要生人的。
（副淨）怎麼又要生人呢？
（淨）以陽勾陽，猶如以毒攻毒，全要陽盛，纔送得死他，若是魂魄，就大半陰了。
（副淨）領着許多人，不怕關津隘口盤詰麼？
（淨）我聞得潘王有十萬軍兵，可以到彼挑選。只是領隊之人，須得一箇絕色，還要有些根器纔好。怕他那裏沒有這樣人，却是帶了一箇去的妥當。單則一時那裏得有？
（副淨想介）咱們那年在大荒山無稽崖經過那塊女媧補天未用之石，不是已投生人世了麼？
（淨）是吓！他如今在那裏？

（副淨）就是這榮公府裏的賈寶玉，那塊石頭如今變做了一寸多長鮮明美玉，在胎裏口中銜下來，真是一件奇寶，除災祛病，見吉知凶。

（淨）那玉到處有瑞雲籠罩，神鬼護持，出入百萬軍中，矢石不能傷損，此去甚是合用。只是這寶玉你見過沒有。

（副淨）見過多次，他面若中秋之月，色如春曉之花，鬢似刀裁，眉如墨畫，一對嚴嚴電眼，兩行璨璨銀牙，不但男子無雙，抑且婦人少有。但是輕易不出大門，沒法兒拐他前去。

（淨想介）這玉，他家可寶貝麼？

（副淨）怎麼不寶貝？這是他家的命根呢。沒了這玉，他就不得活了。

（淨）這就容易了。如今我們隱身進府，取了他玉，等到垂危，將玉送還，用幾句話兒打動他歸我禪門，不怕他不隨着我走，那不是人也得了，玉也得了麼？

（副淨）若不走呢？

（淨）不走嚛，咱們仍舊取了玉去，替另找人。

（副淨）好計好計！就這樣行！

（淨）他家可還有些女子？

（副淨）他家女子極多，美的也不少。若論絕世佳人，也只兩箇，一箇叫林黛玉，一箇是使女柳晴雯。

（淨）晴雯！我昨日收了他家一箇新死女魂，不是叫晴雯麼？

（副淨）想是他了。

（淨）那黛玉你如何知道？

（副淨）他家老太太時常領了到我們師父那裏來燒香看戲，我們通看見過，並且還有年庚八字在我們師父處，替他禳災祈福呢。

（淨）這就好了。其餘你還知道些什麼？

（副淨）其餘還有幾箇什麼傳秋容呢、史湘雲呢，不過五六人，也都生得好。

（淨）是了，我們就使起隱身法來，到這幾處去，一面攝魂，一面盜玉便了。

（各畫符念咒介）急急如律令！敕敕敕！（合）

【仙呂過曲·上馬踢】神通變現多，鬼畫符兒妙，真形頓地收，化成煙霧杳。藏癸趨壬，常怕丁神找。弄鬼裝妖，幻比偷天，喜的是人不覺。

（副淨）這是史湘雲家了。

（淨）我們進去。

（急下。末天神提鞭打上）咦！妖僧孽道！此系天仙府第，焉敢隱身擅入，快走出去！

（下。淨、副淨亂走碰跌介。淨）哎呀呀！碰破了髻頭了！

（副淨）哎呀呀！跌折了瘸腿了！

（定介。笑介。淨）道兄，什麼天仙，有天神護衛？

（副淨）難道就是史湘雲麼？我們賈府去罷。

（淨）再有天仙呢？

（副淨）且莫管他，到那裏再看。

（淨）兩團黑氣！

（副淨）一陣妖風！

（淨）穿過夾道。

（副淨）走進胡同，這裏是了。

（淨）道兄！你先望望氣看。

（副淨望介）這府裏氣甚衰颯，雖有紅光，也都被黑氣掩了，不多時就要損傷人口呢。

（淨）這等咱們進去。

（下即上。淨出玉介）在這裏了。

（看介）果然是一件至寶，咱們如今回去，查了黛玉年庚，攝去靈魂，再拐了寶玉，那事業就做得成了。（合）

【前腔】東洋戰陣開，好座坑人窖，雄兵上將來，望風身便倒。誰本天閽，一定魂飛了。（淨）咱們不時前來看箇機會，好用言語打動他。（副淨）極是。（合）看風下操，片玉收來，不怕他人不到。

（笑下，丑提燈哭上）皇天菩薩，怎麼好端端把玉丟了。如今那一處沒有找過，那一人沒有問過，只得到園裏找去。（尋介）平時這勞什子沒一日不掛着,偏偏今日枯海棠開花了,一家子鬧着賞花做詩呢,吃酒呢,我忙着伺候,不知他怎麼丟了,叫我那裏去找?屋裏屋外,只少翻過地皮來,也沒些影響。(哭介)這園裏又沒有,這却怎麼了?菩薩吓!我可不是箇死了麼?

　　　　命酒看花樂事多,誰知平地起風波。
　　　　人生禍福原難料,失却通靈且奈何。

(哭下)

第二十一齣　設　　謀

(老旦上)

【仙吕過曲·傍妝臺】悶沈沈,幾度尋思難把話兒喑,到頭這事如何,恁憑空着我坐氈針。自寶玉失玉癡呆,老太太着急,分付老爺,替他娶親沖喜。因寶丫頭有一把金鎖,可以辟邪,又有金玉姻緣之説,定了主意,要討寶丫頭。既是王家瓜葛,又且穩重大方,這是極妙的了。爭奈襲人悄地請我出來,説寶玉與林丫頭十分綿密,那年夏天,寶玉曾將襲人錯認做林丫頭,説了好些私心話兒,加以紫鵑一句頑話,便病了多時,唯恐知道娶的寶丫頭,不是沖喜,倒是催命,要我想箇萬全之法,這却教我難了。不提防瓊漿思另飲,教我兩下躊躇薛共林。林家既系衰門,林丫頭性情氣度,也總不及寶丫頭好,況又有怯病。他背上無三甲還腹欠壬,輕花飛絮太臨侵。且去回了老太太,看是如何?

(副淨扶淨上。淨)

【前腔】〔換頭〕鬖鬆華髮未堪簪,更為孫兒病體皺眉心。那襲人鬼鬼魆魆,和你説些什麼?(老旦)他説寶姑娘甚好,實在老太太有眼力。(淨)可不是寶丫頭好呢?(老旦)但是寶玉心中,只有林丫頭,恐怕娶了寶丫頭,這畜生要鬧得箇天心不順呢。所以他回了媳婦,要想箇萬全之策。(淨沈吟介)這就難了。林丫頭原也好,就是病多些。況且又與他姨媽説過了,怎好改口呢?這大事難擷窖,要身健比黃金,況此舌難捫朕,又只怕癡顛甚,真無任費酌斟,有何良計要搜尋。

（副淨）良計倒有一箇，只不知姑媽肯不肯？

（老旦）你有什麼主意，可就說出來，大家商量。

（副淨）依我想，這件事只有一箇掉包兒的法子。

（淨）怎麼掉包兒呢？

（副淨）如今不管寶兄弟明白不明白，大家吵嚷起來，說是老爺做主，將林姑娘配了他，瞧他的神情。若是全不管，這包兒也不用掉了；若有些喜歡，這事就大費周折呢。

（老旦）便算喜歡，却怎麼樣？

（副淨耳語介，老旦點頭笑介）就這麼行罷了。

（淨）你到底也告訴我。

（副淨耳語介，淨）這麼樣也好，只是苦了寶丫頭。若林丫頭知道，又怎麼樣呢？

（副淨）這話原只說與寶玉聽，外面一概不許提起，有誰知道呢？

【掉角兒序】代李僵桃，權欺瘦沈，喜的是病癡難審。到佳期芳緣自諧，又何須轉鳩為鳩？不是我說，那林妹妹左性兒，很難受呢。口兒尖，心兒重，性兒陰，身常病，淚常淋，久無庇蔭，歡嗔任心。又全無驅邪寶鎖，玉金符讖。且待我試試看。襲人，扶二爺出來。

（丑扶生上。副淨）寶兄弟大喜，老爺給你娶親了。

（生笑介。副淨）給你娶林妹妹，好不好？

（生大笑介。副淨）老爺說你好了，給你娶林妹妹。還這麼傻，就不給你娶了。

（生正色介）我不傻，你纔傻呢。

（眾驚介。生）我瞧瞧林妹妹去，叫他好放心。

（副淨）林妹妹早知道了，要做新媳婦，他還肯見你。

（生）娶過來，他見我不見？

（副淨）你好好兒的，就見你，你若是傻，就不見你了。

（生）我的心，前日已交給他了，他過來，橫豎給我帶來，我就好了。

（副淨）襲人，你快扶他進去罷。

（丑扶生下。副淨笑介）看這光景，竟得行那着了。

（淨、老旦）只好這樣行呢。我們不要管他，且求姨太太去。（合）

【尾聲】命門針，消災祲，擘開蓮子借蓮心，單則要銘背三緘莫漏音。

以假為真不是真，權將妙計慰癡人。
八門金鎖五花陣，別仗心機役鬼神。

（同下）

第二十二齣　焚　　帕

（旦上）

【北南呂・一枝花】嗟哉你緣難旦暮成，兀的倒身患膏肓病。受悽惶無從能正本，怕將來悠忽竟傷命。都為的遺失通靈，纏惹下了癡呆症。閃得我皺雙蛾熨不平，眼看着小方喬瘦盡冰肌，怎教俺愁紫竹拋開寶鏡。畫桃賦藕事都譌，還遣花星避病魔。悔把瑤琴彈別怨，斷弦贏得淚痕多。奴家那日譜成三曲，寫入孤桐，不料末調太高，君弦忽斷。自謂屛軀將辭人世，那知不幾日間，寶哥哥失玉瘋癲，形神危殆。倘若琴竟通靈，豈免身為異物。（淚介）哎呀！天哪！那茜紗無緣之語，可不竟成讖了麼？日來他已搬出園中，仍在老太太裏房居住，奴家看過他幾次，着實憂心。不知今日如何了，我且再去看他一看。

【梁州第七】他和我是當翠水指天為證，度紅羊歷劫翻身。想他所銜之玉，莫非就是我林黛玉麼？他、他、他口銜黛玉為生命，但見面言歡語喜，但見面心暢神清，但見面眉花眼笑，但見面體健身輕。他、他、他小書生不讓元經，謫仙人合配雙成。他、他、他不打量一家兒銀漢金城，不打量十年來虛華畫餅，不打量兩心期泛梗浮萍。他赤力力白費了志誠，急登登昏迷了本性，慘模糊憂恨成寃病。那裏是星為祟災來峻,一迷價被愁推落坑穽。説起失玉事,可也太奇。到處跟尋,竟無蹤影。若果奴家數應此玉,必且先他而死矣。怕不做曉月晨星。

（欲下。丑傻大姐哭上。旦）傻丫頭哭什麼呢？

（丑）姑娘,珍珠姐姐打我呢。

（旦）他為什麼打你？

（丑）就是為寶二爺要娶寶姑娘的事。

（旦驚介,彷徨介,定介）你且跟我這裏來。

（轉介）怎麼寶二爺要娶寶姑娘呢？

（丑）老太太、太太、二奶奶商量了,娶寶姑娘過來,給二爺沖喜。

（笑介）還要給林姑娘説婆家呢！

（旦呆介,顛介,徑下。丑）我説這箇也是寶,那箇也是寶,又是寶姑娘,又是寶奶奶,真正纔寶做一堆的,他就打我了。姑娘,你評評這箇理。

（擡頭介,笑介）咦？怎麼就走了？

（雜旦上）傻大姐,我家姑娘呢？

（丑）正説話就走了。

（雜旦笑介）和你有什麼話説呢？

（丑）就是寶二爺要娶寶姑娘的話吓！

（雜旦驚介）怎麼寶二爺要娶寶姑娘呢？

（丑）上頭説的,寶二爺病了,要娶寶姑娘沖喜呢。

（雜旦）哎呀！你這話告訴了他麼？

（丑）他問我,我怎好不告訴他呢？

（雜旦急介）不好了！你死多活少了！

（丑驚哭介）姐姐我怎麼死多活少了？

（雜旦）上頭知道,不活活打死你麼？

（丑）哎呀！

（怕介。雜旦）我且快尋姑娘去。

（丑拖住介）好姐姐,你別告訴他們吓！

（雜旦推倒丑急下。丑起氣介）我就不信這些話是說不得的。打的打，推的推，通遭蹋我。若是說不得，上頭又怎麼就做呢？

（雜旦內）姑娘看仔細。

（丑望驚介，奔下。雜旦、小旦扶旦上。雜旦）姑娘回去歇歇罷。

（旦笑介）可不是，我這就是回去的時候了。

（急走介。雜旦）麝月！這怎麼好？偏偏今日他腳步兒又走得飛快，那裏趕得他上。

（小旦）那是瀟湘館了。

（雜旦）好了，阿彌陀佛，可到家了。

（旦跌介，二旦急扶介。旦吐介，雜旦驚介）哎呀！這不是吐紅了麼？

（旦昏介，二旦扶旦坐介。小旦）我且回老太太去。（下）

（雜旦）姑娘！姑娘！

（旦不應介。雜旦哭介）這番罷了。

（旦徐徐開目四望介）你哭什麼？

（雜旦）剛才姑娘從二爺處來，覺得身子有些不好，我沒了主意，所以哭了。

（旦笑介）我能早死，豈非萬幸！（喘介）

【牧羊關】這冤愆債全還過，望夫山不用登，甚的是美甘甘著意知情？一枕兒春夢初醒，寒灰盡冷。昏慘慘的人間殊悶損，黑漫漫的泉底料安寧。今日裏蕩東風花飛定，惟願取速化飛煙，再不生！

（副淨扶淨上。淨）娶婦莫娶多嬌女，做人莫做有情人。林丫頭！你怎麼又病了？這會兒可好些？

（旦開目看淨笑介）老太太！你白疼了我了！

【四塊玉】多謝你念先人，道奴是孤悽命。美意兒移花栽到謝公庭，到頭來只落的都乾淨。兀的不結了恩，兀的不叫了幸，兀的不人世間空弄影！

（淨冷笑介）好孩子，養着罷，不怕的。

（旦微笑開目介。淨出歎介）這孩子不是我咒他，只怕難好了，你們也該替他預備預備。

（副淨應介。淨）紫鵑！這些話到底是誰説的？

（雜旦）不知姑娘聽了誰的話呢？

（淨）孩子家從小兒一處玩笑親熱是有的，到懂了人事就該分別些，纔是女孩兒的本分，我才疼他，若是他心裏有別的想頭，成什麼人了？（冷笑介）我可是白疼了他呢。從來醫心無藥，林丫頭若果真是心病，不但治不好，我也没心腸了。

（副淨）林妹妹的事，老太太不用費心，倒是姑媽那邊的事要緊。喜日近了，我們且去請姑媽說結了，好辦事。

（淨）你説得是，我們就去。（下）

（雜旦氣介。旦長吁介）懊儂心最癡，憐儂命垂絶，曷不求神仙，無端墮情劫。

【哭皇天】俺只為苦仁兒箇中如杏，俺只為怕飄風波面吹萍，俺只為靠周親免歎機絲命，俺只為愛彼溫柔心性。誰知道没相干雲消天淨，還説什麼春花結塚，秋雨挑燈，鮫綃寄淚，詩句含情。值不得回頭一笑都冰冷！（喘介。雜旦）姑娘冷麼？（旦點頭介。雜旦）火盆移近些罷。（旦點頭介。雜旦移介，旦）再近些。（歎介）取我詩本來。（雜旦取送介。旦翻介，指介。雜旦）敢是要手帕子麼？（旦點頭介。雜旦送介，旦摇頭介）有字的。（雜旦另送介。旦）外面是誰？（雜旦出看介。旦抛詩帕入火介，雜旦急搶介）完了！都燒壞了！姑娘，這是什麼意思？（旦）咳！紫鵑！留甚麼他人笑柄，我只合的盡付丙丁！紫鵑！我和你分有尊卑，親同姊妹，相依數載，無限關情，只道終身聚首，不料和你分離。

（雜旦哭介。旦）這也是大數如此，你也不必悲傷。我死之後，那妝奩内有箇紫金魚兒，千萬與我合殮。倘得太陰鍊形，也勝是虛生一世。

（雜旦）姑娘！事到如今，我也不得不説了。姑娘心事，我也知道。現在寶玉這樣大病，況且娘娘服制未滿，怎能做親？那些瞎話，不要聽他。還要自己安心保重纔好。

（旦微笑介）

【烏夜啼】太悠悠這没料的人情，人情竟送冷，便不死也只虛生。哎呀！紫鵑吓！你是我體心人。哎呀！妹妹吓！你再不必來提醒。俺如今拼却嬌身，躱却愁城，切切的走陰司，急急的棄紅塵，急急的棄紅塵，也省得心頭眼底無窮恨！流畢了千行痛淚，再不繫半點癡情！一任取天悲絶代，惟仗着魚鍊真形。

【煞尾】縱不得金丹絳雪歸仙境，落可的風快鋼刀斬葛藤，不患桃人傷土埂。妹妹，我的身子是乾淨的，好歹叫他們送我回去。墓鴛鴦既不能，小魂靈怕孤冷，好松楸江南雲影。（忽起介）寶玉，寶玉你好……（倒介。雜旦急扶哭叫介）姑娘醒來！姑娘醒來！（旦徐醒介，喘介）哎呀！寶玉吓！害得俺没終竟，送入了泉臺，那可不痛快殺您。

　　　　鏡花水月枉禁愁，萬苦應知死即休。
　　　　焚却鮫綃完恨債，更無情感到心頭。

（雜旦哭扶下）

第二十三齣　鵑　　啼

（正旦上）

【仙呂過曲・一封羅】【一封書】情捐命也捐，剩殘魂，延幾天，毒害焉能人不怨？（淚介）苦殺我姊妹班中失閬仙！奴家李紈，因為孀居，那邊喜日，不便過去。正在稻香村與蘭兒改詩，忽地紫鵑走來，説林妹妹病勢只在旦夕，唬得我連忙過來，看了光景，果是不祥。咳！這都是二娘的主謀，直送了他的性命纔罷！【皂羅袍】三言五次閒挑冷言，千方百計離鸞間鴛，合歡枝苦被他金刀翦！（下）

（雜旦上）

【中呂引子・粉蝶兒】積恨填胸，香魂此番難守，幾絲兒氣結咽喉，惜花軒翻做了前生讎寇，忒情慉識得人心真謬。勸君莫繫情，繫情徒自苦。殘燭又經風，催將歸地府。新歡方入門，舊恨已難補。可惜天上花，竟化泉中土。我家姑娘，一心牽着寶玉，前因王姓提親，絕粒數日，已自垂危，後來知道未經依允，纔轉過來。接着寶玉失玉瘋癲，上頭定了娶寶玉姑娘沖喜，傻大姐漏了語言，立地迷了本性。扶回園裏，吐血不休，焚帕焚詩，一臥不起。今日病體更甚，已經暈過幾次，眼見得不能好了。（哭介）我想姑娘孤子一身，雖有一箇哥哥，又不常通音信。薛家正在勢耀之時，宜乎捨此就彼，只是也太勢利了些。聽得都是二奶奶的擺弄。（恨介）咮！我好不痛心切齒也！

【過曲・粉孩兒】匆匆的送華年，遭讒口，覷炎涼意歹，恨來真陡。方纔去回老太太不在房中，去看寶玉也搬去了，細問墨雨，纔知今日做親，這些人好狠毒呢！尤且寶玉更是可恨！深情密愛一旦丟，合他人去結綢繆。這邊廂腸斷魂離，他那壁鸞配鴛偶。想我姑娘也太癡心了，什麼有情之物，還值得為他而死麼？

【紅芍藥】甘不過喬作溫柔，相思樹却換鳹鶋。這也難怪姑娘，便是奴家呵，險被他拖刀計兒誘。幸奴家像銅豌豆，只可憐姑娘呵！軟綿綿扯不去錦套頭，小魂兒暗風吹皺。畫魚函靈鵲無緣，買花船變了虛舟。

（淨上）東邊日出西邊雨，冷處悲多熱處歡。奉二奶奶之命，叫紫鵑姑娘去扶新人。來此已是。姑娘，二奶奶叫你呢。

（雜旦）林奶奶，你請罷。姑娘死了，我們自然是去的。我守着病人，身上也不乾淨。姑娘還有氣呢，不時的叫我，也萬不能去。

（淨惱介）姑娘的話是不打緊，只是叫我們怎樣回呢？

（正旦急上）紫鵑！你還不去替姑娘穿衣裳，難道女孩兒家叫他赤身露體去麼？

（雜旦痛哭急下。正旦）你來做什麼？

（淨）二奶奶叫紫鵑姑娘，他不肯去。

（正旦）為什麼叫他？

（淨附耳介，正旦點頭介）本來他也離不開，你叫了雪雁去也是一樣，二奶奶問，就說是我的主意。

（淨）大奶奶說了就是了，我帶了雪姑娘去罷。

（下。内）大奶奶！姑娘不好了！

（正旦急下。內細樂一套。雜旦哭上）我的姑娘吓！

【耍孩兒】萬劫一身偏不壽，兀那歸真去，何處是鳳闕麟洲。（哭介）傷悲！他惡噷噷薄幸難生受，恨的我碎咬牙兒咒，世不曾見這欺心獸！今日他死了，你算躲過了，日後你拏什麼臉來見我？（哭介）哎呀！姑娘吓！

【會河陽】小夢如煙，愁魂更愁，他生未卜此生休，問誰埋向花塜，烏啼廢丘？那紫金魚兒替他含了，棺衾之類尚未備來，也並無一箇人來問信。（哭介）這可不痛殺我也！人縱絕，人情陋，甚日消得我心頭慪，甚時捏着你衫兒袖！

（正旦哭上）

【縷縷金】才非福，豔難留，玉人偏厄運，歎泡漚。紫鵑，看這光景，今夜是不能入殮了。還得叫些人來，一同守夜纔好。（雜旦）大奶奶！這園裏人，通是二奶奶叫去了，還有誰呢？（正旦淚介）萬種悲涼態，離魂時候，竹梢殘月掛簾鉤，燈光暗如豆，燈光暗如豆。

（雜旦）大奶奶！你是箇有情有義的人，還來送我姑娘，也不枉相好一場。你看那些人可有箇影兒？（痛哭介）

【越恁好】什麼至親關切，至親關切，回面盡如讎！今日收籃罷斗，黃泉路恨能休？浮雲太薄風弄秋，何曾會久？磚兒呵！重測測何其厚？瓦兒呵，脆薄薄無將就！

（正旦）你也不用恨了。起先姑娘絕氣之時，你可曾聽見那一陣音樂？

（雜旦）也曾聽見，那是新人進門呢。

（正旦）娘娘服中，那邊不用鼓樂，想是你姑娘昇仙去也。

（雜旦）哦！昇仙去了。（歎介）

【尾聲】縱乘雲直上登離垢，騎不得白鳳隨他翠幰遊，（合）可能縠月現雲開重聚首。

　　　　寂寞空園秋長夜，竹風桐露助淒涼。
　　　　瑤姬一去歸何處，痛哭瀟湘舊館荒。

（同哭下）

第二十四齣　遠　嫁

（小旦上）

【中呂引子‧尾犯】悲逝復憐生，花落葉寒，離輕愁更。姊妹相依，無端孤另。魂已斷，淒其舊館人欲去，蕭條畫屏，最堪憐是雨柝風更，燈伴纖纖影。奴家喜鸞，系出賈氏，只因父母雙亡，老太太憐愛，太太認為己女。常時得與姊妹相聚，尤加親愛者，黛玉、探春兩人，怎奈林妹妹竟而殀亡，使我寸腸欲斷，又值探妹妹行將遠嫁，更覺執手難分，不免去送他一送。

【過曲‧尾犯序】殘照逼離情，冷落花畦，珠淚雙迸。此去關河，問何年轉程。孤影，瀛海上風多浪涌，蓬島外煙淒月冷。荒荒地，干戈時節，着箇小娉婷。妹妹！

（貼上）傷心悲遠嫁，矢志靖邊烽。姐姐。

（小旦）奴家特來奉送。

（貼）有勞了。

（小旦）好說，妹妹，我和你相依未久，一旦遠離，無限情懷，難以言罄。

（貼）奴家薄命，遠別雙親，既乖姊妹之歡，復有道途之苦。

【前腔】〔換頭〕星程雨驛似飄萍。別路苦長，難拒親命，垂海妖雲，正兵戈相爭。（小旦）妹妹嫻熟韜鈐，戰勝攻取，正堪建立功勞。（貼）難定。有幾箇蛾眉皓齒，畫得上麟臺鳳鼎？天涯遠，如何教我拋撇了好家庭？日來二哥哥病可好些？

（小旦）前日他知道林妹妹去世，一慟而絕，幸喜救回將來，還不知怎樣呢？

（貼淚介。小旦）

【前腔】〔換頭〕佳人歸玉京，笑殺旁人，苦殺多情。我想鳳嫂子也太狠毒了！嚇鬼瞞神，還科派頂了虛名。老太太也甚是懊悔，說害了他了。傷情，哭不轉嬌花嫩柳，喚不出煙痕畫影。空悽斷，輕憐痛惜，都是假惺惺！

（貼）我想二哥哥天性多情，日前既喪晴雯，如今又亡黛玉，此皆痛心切骨之事，若使憂能傷人，非止病魔來擾，我此去甚不放心。

【前腔】〔換頭〕他癡心難喚醒，怕命似懸絲，身如飄梗。那寶姐姐也不是僅講道學可以籠絡得來的。只用道理牢籠，恐更添上嫌憎。姐姐！你可將我言語細勸寶姐姐。丁寧，他没奈何悲花戀鳳，難便把言規語諍。奴如今，心兒怎放，兄妹最關情。

（小旦）妹妹好起身了，前途保重，切莫多愁。

（貼）姐姐！小妹有一拜。

（小旦）愚姐也有一拜。

（拜介。各淚介。貼）

【鷓鴣天】淚滿羅衣萬里行，臥龍山外擣衣聲。（小旦）雲浮大海風催冷，日落長河水欲冰。（貼）憑浩氣，鬥心靈，天潢倒挽洗戈兵。（小旦）一朝得掃煙塵淨，凱奏來將父母寧。

　　　　蜃氣蒸成海市高，紅裙斜壓雁翎刀。
　　　　從今夢倚三壺月，青雀舟中檢豹韜。

（同下）

第二十五齣　哭　　園

（生上）

【北正宮・端正好】痛沈沈，難存坐，（哭介）哭殺人無處騰那。閃下這徹天冤，害得無明夜，端的是熬煎殺！小生一病癡迷，被他們欺鬼瞞神，一場擺弄，只說娶了林妹妹，那知倒是寶姐姐。及至細問起來，纔知林妹妹已死！（哭介）就就這樣害殺了他也！前日隨老太太、太太到瀟湘館哭了他一場，未能盡哀，便被他們催逼回去。今日寶姐姐生日，衆人暢飲歡呼，小生勉强吃了幾杯，按不住心頭悲戚，佯推欲臥，悄地來到園中，着實哭他一哭，（哭介）哎呀！妹妹吓！

【滾繡球】你竟長眠繭窩，為支離誰箇？幾年來受多少折挫，今日裏死生分一面還差。我心兒裏没耐向的癡，夢兒中可也没處的抓。誰想你做輕虹隨風而化,一旦價影斷音遐。我哈嘍嘍為青鸞佳信眼兒斜,又又誰知弄虛囂詿騙咱。哎呀!妹妹吓!送的你落葉飛花。

【倘秀才】奈朦朧天何也那地何。鎮日價暗吞聲,難禁架,更受些兒没聊賴的言語多。他假姻緣將人拘縛,只分的頓開了網羅。

【叨叨令】向斷腸天和你消閒過,那日一慟而絕,徑向泉途問你,有人道,你生不同人,死不同鬼。大嫂子又説,你臨死之時,半空有音樂之聲,一定是成仙的了。小生久拼一死,倒為此輾轉遷延。怕進了幽城費查,被泰山宮早牒向鄷都來住下。那時節兀的不更波查也麽哥,兀的不又虛花也麽哥。哎呀!妹妹吓,急切裏仙雲那答,難道只這嗚嗚咽咽的罷。我當初夢中將心剖交與你,只道你過門時帶來與我,那知如今你帶着上天去了。

【脱布衫】那高雲裏余心怎拏,須共你上塴為家,我已自覷人間魚龍戲假,却怎能筋兒梯從空掛下?我想要得上天,非仙即佛。

【小梁州】遥望着佛地仙山萬里遐,淹答的心內頑麻。好妹妹!你看往日之情,來度我一度罷。料不能再世傳蒹葭,難甘罷,來度我上靈槎。妹妹!度我一度!度我一度!哎!你怎麽全不理我,敢則恨着我麽?

【么篇】你敢則無邊怨恨如天大,實丕丕是陰錯陽差。若論娶寶姐姐這節事情,小生之心,惟天可表!他們都喬坐衙,精打詫,直弄得神魂顛倒,無何奈始成家。你生前喜也是憐小生,嗔也是憐小生,難道死後就全不憐我了麽?

【滿庭芳犯】你共我但差一嫁,親親熱熱,浹浹洽洽。你縱不憐我,我却怎能抛你?怎忘得雨敲詩,墓埋花,和那幾遭禪話。想那日和你談禪,你笑着説道:寶玉!我問你,寶姐姐和你好,你怎麽樣?寶姐姐不和你好,你怎麽樣?你和寶姐姐好,寶姐姐偏不和你好,你怎麽樣?你不和寶姐姐好,寶姐姐偏和你好,你怎麽樣?我笑道:任憑弱水三千,我只取一瓢飲。到如今,被黑心人那裏暗使着絶命鋼叉,真箇把欠知心的冤家送下。你倒向雲天上脱胎捨家,尋思起恨殺。我心中悲也不悲,你魂魄化也不化。

（風起介。生哭介）

【小上樓】只見靈風颯颯,錢灰飄墮,料應是天海歸來,豔魄婥姬,一地胡拿。（四面擁抱介）妹妹！你來了也！你來了也！現真容,留聖跡,天風裾衩。慰癡人,殢心窩,萬般悲吒。（忘介,哭介）你竟不肯一現真容,叫小生如何是好！

【么篇】我將這冤苦鳴,恁當做衷情寡。俺便合戴着僧伽,披着袈裟,拜着菩薩,誓成功尋見他。遇着咱,圖箇三生一夜,那便是犯天條,也值得被風吹化。

（慟倒介。小旦上）當局真堪死,旁觀也痛心！正飲酒,不見了二爺,又不在房中,定是偷到園中去了。因此一逕尋來,呀！原來哭倒在此！咳！可憐可憐！（扶生起介。生）哎呀！

【朝天子】把你潤風風玉花,活生生拗折。消不了相思假,但剩下茜紗窗疎篁低亞,幻中緣無收煞,似這祆廟全焚,可也包山悄下。我志誠心你也難勾抹。哎呀！妹妹吓！一回兒哭他,哎呀！寶玉吓！一回兒哭咱。哎呀！天吓！更沒處重寄幅兒鮫綃帕。

　　　　哭壞唐衢竟不聞,空園寂寞鎖寒雲。
　　　　何由得睹珊珊步,天海今無李少君。

（小旦强扶生下）

第二十六齣　通　　仙

（侍從翠旗羽葆引貼仙裝上）

【正宮慢詞・長生道引】燒丹煉汞,在本分工夫用,一寸淨靈臺,此即天宮,免去謨觸求仙洞。跳猿定也,御氣飛空,是為乘鳳與驂龍。小仙蘭芝夫人,近因離恨天中,幻情諸案,將次完結,惟神瑛、絳珠,尚須補恨,數應史真人撮合于前,覺迷於後。現在湘雲始具志心,未成大道,特奉焦仙之命,前去傳彼真詮。

【中呂過曲・合笙】俺騎着一捧天風,望神仙第宅雲彩中。趁更聲漏點清夜永,喚醒他浮生夢。九靈鏡空,看玄霜翠霞滋味濃。九天路通,听鸞笙鳳簫聲韻宏。十芒心孔,仗靈慧生光,大丹應合用。不在雲笈開籤，洞元虔唪，天女自欽奉。

（衆下。老旦道裝上）

【大石引子・念奴嬌】金羊夜皎，正元功肅穆，三關輕送。一片冰輪來海底，滿度金橋光炯。緣督為經，收心至踵，無浪因風動。還丹成否？且須朝拜仙洞。碧奈花開瑤筍長，雲衣一着紫琳香，倘能種得丹泉粟，免向人間更斷腸。奴家史湘雲，以叔嬸之命，出嫁董生，女貌郎才，琴和瑟好。怎奈他一病支離，竟成不起。奴家欲以身殉，却又上有翁姑，須為董郎侍奉，只得偷息人間。日前賈府祖姑溘逝，奴家前去弔獻，纔知黛玉殀亡，着實傷心。只念草露風燈，難免三官之考，送爾矢志修仙。却喜平時道書尚熟，要訣稍知，當此孀居，正宜拋却俗塵，力求正果。幾日來三關已透，虛室生明，只是未有真傳，恐遭魔擾。奴家以女子之身，既不能求謁名山，又未便招延道侶，只好憑着慧悟，慢慢而行的了。

【過曲・念奴嬌序】虛房靜悄，溉瓊田幾遍。香心一點和融。十二重樓旋轉處，督任陰蹻先通。誰共？閒論丹頭，為傳真訣。千川月印啓愚懞。（貼衆上。合）應自有金仙引道，朝謁青童。

（侍女）史湘雲速來迎駕。

（老旦喜介）你聽仙樂盈庭，兼之異香滿堂，有人喚奴引駕，想有真仙下降也。

（侍女又喚介。老旦跪介）塵凡弟子史湘雲敬迓仙輿，乞恕不知，有失祇候。

（貼笑扶老旦起介）史娘請起。

（老旦拜見介）請問上仙何來？

（貼）吾乃放春山遣香洞太虛幻境警幻仙姑蘭芝夫人是也。因汝夙有根基，心忘風月，堪稱道器，特指迷途。

（老旦跪介）下愚故陋，得承上仙指引，何幸如之！

（貼）大凡脩仙，不在金丹服食，惟須心地潔清。要訣無多，你須靜聽。忠孝節廉，其根本也。閉九竅，通三關，其功用也。心死而後身生，保精而後藏神，其真訣也。今汝有忠孝之性，廉節之心，稍知功用，未能盡死其心，則心且召魔，定貽後悔。你且起來聽者。

【前腔】〔換頭〕休憒,鞭心芥孔。要纖埃全掃,明珠澂水晶瑩,姹女嬰兒,休要去元白工夫輕用。當懂,元氣周天,丹宮無垢,自然不死御剛風。(合)應自有金仙引道,朝謁青童。至於功夫次序,也須層累而企。去欲速之心,守常惺之體,得一步再進一步,到一層才上一層,桶底大脱,火棗生胸矣。幸汝穎慧過人,以此訣堅行一載,便可成真。

(老旦拜謝介)謹遵仙師要旨而行。

(貼)功成之後,尚有一段補恨情緣,應汝作合,汝宜勉之。

(老旦)仙師,那補恨情緣可否宣示。

(貼)待汝道果既登,自然説明就裏。

【前腔】功用,你且白鍊朱砂,青栽琳樹,躡乾履兑取圓通。開絳闕,待着恁明月飛瓊。須共,出地香花,飛天靈尊,一時攜手返瑶宫。(衆擁貼行介。合)應自有金仙引道,朝謁青童。

(衆下。老旦跪送介,起仰望良久,喜介)我湘雲好徯倖也。

【前腔】知重,我欲飛去瑶天,手摩銀漢,即逢仙馭入塵中。傳要訣,定能到紫府銀宫。只不知補恨情緣當在何處?占鳳,怎冰下無人,繩邊闕繫,等俺孀女管牽紅。我想前因後果,諒非偶然,我果能了此一宗公案呵!應自有金仙引道,朝謁青童。

【餘音】大藥金丹何須用,看俺佩曳海山風,去嵯雪瑶臺人姓董。

寶光珠雀掌中來,煙女相期去九垓。
一片右英壇頂月,從今不許着纖埃。

(下)

第二十七齣　歸　葬

(小生上)

【仙吕入雙調過曲·雙勸酒】新拖舊逋,開除無處。錦貂繡于,都歸典鋪。只為的事多難措,算將來煞費枝梧。在下乃榮國府門官吳新登是也。俺這榮、寧兩府,本來富貴風華,自從璉二奶奶來管家務,鬧了箇稀爛,私放支頭,盤剝小民重利,又背地裡打着老爺旗號,東面懇情,西面說事。璉二爺又不成材,私娶了尤二姐,被他知道了,騙進府來,要了性命,又暗地賣出。尤二姐本夫張華,告了部狀,希圖洩忿。鬧的都老爺知道了,參劾了赦老爺、珍老爺,查抄了家產,這府裡幾乎一例抄沒。幸喜北靜王一力保全,只抄了璉二爺一處,老爺即便將兩府搬來居住。赦老爺、珍老爺出關去了,聖上恩旨,便教老爺襲了榮公之職。怎奈數年以來,支應浩繁,庫藏空虛,又添了兩家眷口,澆裹不來,只得遣了尼僧女樂。接着老太太受驚成病,轉背歸西;二奶奶費盡心機,積趲的私房,盡被抄去,哭了幾夜,吐血而亡;寶二爺又為林姑娘去世,患病瘋癲。喪儀醫藥,所費不支,把老爺逼得走頭沒路。老太太的蓄積,又為盜賊所劫,箱篋一空。如今要送老太太靈柩回南合葬,各處張羅,都不應手,只得將間壁這所大宅子,抵了三千金,且作盤費。點了總管賴昇和跟班諸人,擇定今日酉時起馬,這倒也了却一樁大事。只是一切帳目,俱未開發,將來年下很饑荒呢。話言未了,賴總管來也。(末上)

【哭岐婆】多年總管,爪牙紛布。封翁七品,榮而且富。裂皮斑剥鬢蕭疎,雖老此心常戀主。自家總管賴昇。三代舊人,一腔忠悃。怎奈兩府事業日漸衰微,哥兒們又多浪蕩,眼見得支撐不住了,這却如何是好?

(小生笑迎介)老太爺來了。

(末笑介)我因匆忙起身,支派些家事,就來遲了。

(小生)來的不遲。老爺酉時才起馬呢。

(末)這麼着,我且坐坐。

(小生)老太爺,如今老爺南去,要到你令郎地方過了,你去瞧他不瞧?

(末)自然要去的。

(小生)老爺盤費不足,只怕要煩你令郎心呢。

(末)那有什麼說的?只是好好一件美事,却被上頭弄壞了。

(小生)什麼美事呢?

（末）咱們這裡林姑娘的哥哥，教做林良玉，兩日前我聽得人說，在揚州行鹽，發了大財，有一二千萬之富，各處都有字號大店，近來京城也有了十幾處銀樓，若不是璉二奶奶弄鬼，敢則老太太把林姑娘配了二爺，那時林姑娘也不死，二爺也不病，得了這一分天大妝匳，咱們這府裡不大興旺了嗎？

（小生）真箇可惜了呢，我想這府裡的事，那一件不是璉二奶奶弄壞了？

（末）可是呢，這林姑娘的性命，不是他送的麼？薛家這門子親，什麼好？薛大爺還是人麼？

（小生）那寶姑娘却也罷了，聽得說二爺不大喜歡。

（末）他自幼兒和林姑娘好，忽然撤了姓林的，娶了姓薛的，怎怪他不喜歡呢？老爺也很心疼，說本意原要把林姑娘配二爺的，因為老太太言語，不敢違拗，還說太太偏向親戚呢。

（小生）如今林姑娘的靈柩，也該趁此帶回南去纔是。

（末）老太太留的五百銀子，上頭使了，聽得說，要等他哥子來搬呢。

（雜上）伺候齊了麼？老爺要起身了。

（小生）伺候齊了。

（雜下，隨外素服上）

【五供養】無限刺心悲楚，緦帳秋風，泣壞臯魚。南天開葬穴，桐杖諧苫廬，那更郵程千萬。看囊篋渾難前去，只分的扶靈櫬下三沽，再思良計救焦枯。

（小生下，眾擁外行介。合）

【月上海棠】纔上車，早離了榮寧兩府家常路。望元州官道，一意馳驅。馬蹄輕夕照遙山，水程近虛煙柔艣。傱傱去，回望神京，幾行雲樹。

　　　　王謝門衰燕子稀，更堪血淚染麻衣。
　　　　黼荒三列齊圍火，池躍銅魚萬里歸。

（俱下）

第二十八齣 後　　夢

（貼上）

【仙呂過曲・臨鏡序】柳青娘,玉身嬌小稱情場,憐殺我禁病禁愁,只怕的生是尪。纖腰一捻,常自怯晨妝。顫輕颭花一朵,經曉雨樹搖香,總被情絲漾。却盼到依張敞,那知心迹又惆悵。奴家柳五兒,珊珊玉骨,常患捧心,怯怯花枝,每思續命。因為二爺愛惜女孩兒,想着貼身伺候,費盡許多周折,日來纔在身旁。誰知二爺為林姑娘去世,一向拋染沈疴,近日方痊,了無情緒,兼之二奶奶端莊可畏,襲人又時刻提防,奴家倒將舊日念頭,一齊冷了。今夜二爺忽然要在外房住宿,派奴伏侍,只得在此等他。（生上）

【不是路】空費心量,一去誰知夢也涼？怎繳這糊塗帳,匆匆草草小黃粱。小生雖然哭了林妹妹幾次,只是拋他不下,今日襲人偏偏又把晴雯所補的雀金裘拿來我穿,更添我一番悲感。又被這些人行監坐守,實在可厭可憎。無可奈何,只得在這外房住下。（淚介）哎呀！妹妹吓！你若憐着小生,好歹今夜在夢中會我一會。望娘行,悄趁雞前,夢裏來相向。（貼為生解衣介。生睡介）支枕遙聽玉漏長,多少懨駿況。金環幸為羊權降,訴些悲愴。

（睡不着介,起坐介,歎介）

【哭相思】悠悠生死別經年,魂魄不曾來入夢。

（閉門合掌介,貼笑介）二爺真像箇和尚。

（生笑介）果然像麼？

（貼笑介）果然像。

（生細看貼介）人道五兒和晴雯一樣,果然脫箇影兒。（招介）五兒這來。

（貼）二爺要什麼？

（生視貼良久,貼羞介）二爺要什麼？

（生）你和晴雯姐姐好麼？

（貼）好的。

（生）晴雯病重，我去看他，不是你也在那裏麼？

（貼笑點頭介。生）你聽見他説了什麼？

（貼）没有聽見。

（生攜貼手介）他和我説，早知擔了虛名，也就打正經主意了，你怎麼没聽見？

（貼羞介）也虧他女孩兒家説出這些話來。

（生放手介）怎麼，你也是道學先生。我因你生得和他一樣，纔和你説這些，你倒派他不是，這又奇了。

（貼）二爺，夜深了，睡罷。（笑介）今夜不是要養神麽？怎麼倒坐着呢。

（生笑介）實告訴你，什麼養神，倒是要遇着仙呢。

（貼羞介）你莫混説了，人家聽見，什麼意思？

（内響介。小旦内）外間什麼聲響？

（生、貼各驚介。貼吹燈悄下。生）敢則林妹妹來了也。

【望吾鄉】半夜金堂，何處虛生起繡窗。抛毬想必仙真降，縷金裙佩風來往。妹妹吓！我欲睹嬌模樣，你憐儂病，來消妄想。須知道玲瓏夢裏空無障。

（睡介。内奏樂介。生徐起行介）呀！何處樂聲嘹亮，待我看來。真如福地，原來是座禪林。假去真來真勝假，無原有是有非無。且住，我記得太虛幻境那對聯是：假作真時真亦假，無為有處有還無。這裏也是什麼真假有無，却説得好。待我進去問問去來因果。（行介）你看一徑松陰，滿空花雨，這般氣象，好不莊嚴也。

【十二紅】法雨法雨香臺滉，松徑松徑翠陰涼，一塵不到似天上。薄命司！原來這就是太虛幻境，我夢中來過的，如今竟得親身到此，真正是大幸呢。且喜册籍猶存，待我取來一看。無恙，這册兒好更端詳。這玉帶掛在兩株樹上，不是林黛玉麼？這雪裏金釵，不是薛寶釵麼？一箇夜臺抱恨，一箇繡窗寄暢；一箇知心伴侣，一箇無意鴛鴦。看這詩句，也無甚不詳，為什麼離合死生這般懸異？早是一生一死太荒唐，蜂媒莽，紅絲枉，誤殺好容光，留恨空天壤。待我再看這弓上香橼，敢是大姐姐？虎兔相逢大夢歸。（想介）是吓！他是卯年下世的呵。這船中女子，想是三妹妹。這古廟美人，難道是四妹妹？這飛雲幾縷，逝水一灣，莫非史湘雲？上面金書一籙字，是何緣故？我且看這又副冊，這水墨之痕，敢是晴雯？怎麼後面又有五株柳樹呢？這鮮花一簇，破席一條，分明是花襲人呢。堪羨優伶有福，却與公子無緣，哦哦，原來如此。一箇寃歸泉下，悶的我痛折愁腸，一箇花移檻外，却與我並没下場。今朝明白花胡賬，（放冊介）這不了閒緣又何須强。只是伏侍多年，又有些情分，怎麼抛得他下？（哭介，貼悄上）你又發獃了。林妹妹請你呢。（下。生）這是晴雯吓，待我趕上前去！（急行介）待把我兩般心事訴紅妝。（遲疑介）呀！一路來並不見晴雯，他從何去了？那林妹妹又在何處呢？你看那白石闌中，有一株青草，葉尖上微帶紅霞，中間有些花朶，微風動處，嫵媚可人，却不知叫什麼名兒。這般矜貴，只覺滿袖香風漾。（小旦上）何方蠢物，擅敢偷窺仙草。（生驚介，揖介）神仙姐姐，小生聽得晴雯說，林妹妹請我，所以來的。請問神仙姐姐，此草何名？（小旦）這草麼，名曰絳珠，生在靈河岸上，那時萎敗，有神瑛侍者，日澆甘露，得以長生，歷劫報恩，暫歸真境，我即專司此草者。（生）姐姐既是花神，可知芙蓉花是誰掌管？（小旦）這倒不知。我主人纔知道呢。（生）你主人是誰？（小旦）是瀟湘妃子。（生）是了，這瀟湘妃子，便是我表妹林黛玉了。（小旦冷笑介）此乃上界神女，豈與凡人有親？若不速退，叫力士打你出去。（生驚退介）呀！如此莊嚴話又剛，休苦受黃荊杖。（貼上）速請神瑛侍者。（小旦）我等够多時，並無神瑛侍者來到。（貼）那去的便是。（小旦）神瑛侍者請轉！（下。生急走介，貼扯住介，生驚看介）原來是晴雯。（哭介）你想殺了我也！（貼）侍者，我非晴雯，乃妃子侍女，奉命請你一會。（生）姐姐！那妃子是誰？（貼）到彼便知。（生背介）他聲音面目，皆是晴雯，怎麼說不是呢？（旦仙裝引侍女暗上坐介，貼）請侍者參見。（下。生拜介，侍女捲簾介，生舉頭見旦痛哭介）妹妹！你原來在這裏，叫我好想！（衆喝介）這侍者無禮，快快出去！（撐生介，生急走介，旦衆下，副淨暗上立介，生徬徨介）叫我從那裏出去？怎麼好？那是鳳嫂子吓！（笑介）我原來回到家中了，怎麼這樣迷亂起來？姐姐，你在這裏麼？那林妹妹！（副淨帶鬼臉介，生驚哭走介，副淨下。四力士提鞭上）呔！什麼人敢在天仙福地啼哭，照打！（生急奔介，力士下。生回望介）且喜力士去了！（看介）補恨天！（歎介）心中事，恨最長，問誰人能彀比媧皇？剛纔見，旋即颺，料無緣，能共你成雙。真如福地好家鄉，只讓我暫相羊。

（淨和尚笑上）寶玉！你看了離恨天中什麼了？

（生）看了些冊籍。

（淨）世上情緣，都只如此，你可悟了？

（生癡想介，大笑介。貼驚介）二爺又犯病了！

【節節高】（生）浮雲過眼忘，漫悲傷，紅樓夢破都明亮。有何風浪，虛情誑，癡愁枉，置身須在青霄上。撇開塵界上天堂，心兒暢。從今花底不乾忙，大睜慧眼看空相。

【尾聲】平生孽債徒勞攘，填却銀河浪不狂，小生原許下他做和尚的，豈可失信？是必拜蓮花身毒禮鳩王。

　　　　夢醒紅樓忽憬然，塵緣消盡見心緣。
　　　　寶雯滿地花誰採，長嘯高登廣果天。

（笑下。貼隨上）

第二十九齣　護　　玉

（丑上）

【正宮過曲·錦纏道】玉來歸，感菩提慈悲送回。起兵果稀奇，竟從容興居飲食都宜。料從今消災免危，不爭的又早是神情全異，縱跡甚堪疑。扢的把奴家擱起，毫無掛眼時。敢深知，其中就裏，其中就裏，近日敢深知。前日二爺又病了，有箇和尚送了玉來，登時病起，和好人一樣。那和尚要一萬銀子，太太和二奶奶打算了幾日，尚未停妥。今日和尚又來要銀，二爺會他去了。但是這事我有三不放心：一則當日失玉之時並無外人，拆字請乩皆有空門之象，今日和尚送來，敢則便是和尚取去，保不住得銀之後，不再取來。二則和尚行蹤怪異,怕他着魔,另有心腸,白費了奴家許多心力。三則他日來待我光景,比前大不相同,漫道恩愛衾裯,便親熱言語也無一句,怕他知道奴家的暗計,存恨在心。那日他和鶯兒説,襲人是靠不住的,這話就古怪了。

（生急上）自知金可煉,安用玉通靈。

（取玉走介。丑）二爺！你急急忙忙拏玉那裏去？

（生）還和尚去。

（丑）哎呀！這玉是你的命根,還不得的！

（急趕扯住生介,生推倒丑介,丑不放介,哭介）前日丢了玉,幾乎把我命要了,如今有了又去還他,你也活不成,我也活不成！你要還先叫我死了罷！

（生推丑介）你死也要還,你不死也要還！

（雜旦急上）怎麼！怎麼！

（丑哭介）他要把玉還和尚呢！

（雜旦急扯住生介）哎呀！這却如何使得？

（生左右推介,大笑介）這玉就死命的不放,若我走了,又待如何？

（丑驚哭介。老旦、小旦上）怎麼好端端拏這玉去做什麼？

（生）那和尚不近人情,必要一萬銀子,我還了他玉,他見不希罕,敢則隨意給他些就罷了。

（老旦）原來如此,為什麼不説明了,也叫人放心。

（小旦）這倒使得,若真箇還他,那和尚古怪,可不又鬧不清了。至於銀錢,我的頭面還變得來,你也不用出去,我給他錢就是了。（取玉介）你們放了手罷。

（雜旦、丑放手介。生笑介）你們原來重玉不重人,我跟他走了,你們守着玉罷。

（急下。丑）太太！他説要跟着和尚走呢。

（老旦）快叫人分付門上,莫放二爺出去！

（丑急下。老旦）這畜生竟不知是何意見？

【普天樂】父娘恩,深無比,撫成人,新成室。偏存箇乖劣心期,傍曇花要着緇衣。(小旦愁介)怕情遷性移,下得便拋家計,做了轉關難料,拆開恩愛夫妻。

(俱下。淨和尚上)白晝逢僧虎,玄丘嘯鬼狐。那日咱家取了玉去,果然他家寶玉,出了賞貼,送還者謝銀一萬。咱家幾次來打探機緣,纔知他與黛玉、晴雯有情未遂。且喜兩人魂魄已自攝來,可以誘他同走。我便尋入他的夢境,示以禪機。後來送還了玉,本不為萬金起見,却借索銀名目,來指名會他。我曉得太虛幻境他們當年的公案,用些言語打動他。他進去取玉去了。待他出來,佯為指引,敢則就上了鈎也。

(生上)師父,玉被他們搶去,弟子在此,願隨師父去罷。

(淨)我要玉不要人。

(生跪介)師父慈悲則箇。

(淨)你且起來,你可知那玉的來頭麼?

(生)弟子不知,望師父指點。

【古輪臺】(淨)那在大荒西,倚高峰青埂弄神奇。偷下這繁華世界,了情緣把空花閃你。你若入我門來,那黛玉、晴雯仙魂指日可見。想見他生小癡魂,嬌顏豔體,且須撒手,空門之內,指證牟尼。(生喜介)弟子便隨師父去罷。(淨背介)這裏怕走不了呢。(轉介)你尚有世緣未了,等到那日,我自來引你。做君家一箇印度懶殘師。(生)請問師父,弟子還有多少世緣?(淨)你且聽我一偈:火宅抽身,鼇頭小占。意馬收韁,玉人見面。咦!榮華富貴沒收成,和你同登太虛殿。(生)是吓!弟子夢遊太虛幻境,會見過師父的,真是一尊活佛了。但不知這地方却在何處?(淨)説遠就遠,説近就近。且等靈山高會,和你潛行去。着了紫梨衣,歡天喜地,稱心如意。鳩摩宗法許雙棲,巧笑迦和底,不經生死沒分離。我和你即是舊相識,如今不要銀子了,但記着我的言語罷,我去了。

(生送介。淨)

【尾聲】虛空領悟西來意,好打破葫蘆沒底。(下。生)且喜那仙草仙花盡可依。聽師父偈中,説什麽鼇頭小占,想父親正有書來,命我鄉試,不免料理些塲屋工夫,賺取一舉以慰父母,以了世緣便了。

浮名從不繫心胸，偶被名牽為懊儂。
劈破玉籠飛彩鳳，頓開金鎖走蛟龍。

（下）

第三十齣　禮　佛

（雜旦上）

【仙吕過曲・羽調排歌】蔫了香心，拋開夢影，皈依古佛青燈。昏衢麻線好難行，世事盤陁不慣經。不忍聽，不忍爭，早則游絲委地懶縈情。優婆命，華蓋星，没牽没絆且繙經。奴家紫鵑。自林姑娘下世，立意不與寶玉交言，怎奈他一種柔情，再三剖白，又見他幾番大病死去活來，奴家倒心中不忍。可惜我姑娘性急了些，假如在世，這姻緣尚可結成。咳！而今是無益了！從來萬事難憑人作主，一生惟有命安排，奴家見此風波，看得世情雪淡。恰好四姑娘願入空門，再三求准，太太叫他帶髮俏行，便在櫳翠庵居住，因問情願伏侍之人，奴家便求了太太，來伺候四姑娘。昨日搬到此間，且喜十分清靜，只是心心念念，憶着林姑娘，不能拋下耳。（淚介。正旦上）

【南吕過曲・宜春令】分珂月，點慧燈，唪蓮花香生妙經。這雲堂暮鼓，把世間緣敲得無餘剩。早將我算定今生，也只合伊蒲清冷。那化人城諒許我住香天，打碎梅花磬。紫鵑，我立心事佛，情願翦髮盟神，幸得太太依從，可酬素願。只是你青年妙麗，那能耐此淒清？

（雜旦）姑娘説那裏話來？

【前腔】奴心死，早斷腥，為林娘把人間看輕。似電光一閃，夕陽已翦桃花影。博得箇繡佛長齋，全不怕更迷真性。只求姑娘時常指點愚儜。神機慧悟，好指點這寸心明淨。

（正旦）將來慢慢講求便了。

（雜旦）多謝姑娘。

（生上）一心歸妙法，隨意叩禪關。妹妹，你倒隨了願了。只是愚兄尚自沈淪苦海，奈何奈何！

（正旦）哥哥世緣太重，怎及妹子無掛無牽？

（生笑介）賢妹差矣，我有什麼牽掛來？

【解三酲】俺幾曾為他們心中耿耿，為他們肯去夜曉營營？俺把些香迷翠惹竟全看剩，俺把些燕鶯歡比做浮萍。俺自從亡了玉人，還有甚閒心興？算了一枕華胥夢不成！（雜旦淚介。生）守得真源定，你道是牽掛多人，我道是了沒關情。紫鵑，你果然伏侍四姑娘一生，功勞可也不小。只是你既自願出家，為什麼前日又幫着襲人阻我？

（雜旦）二爺，那和尚古怪，未知是妖是佛，怕你走差路頭，因此紫鵑呵！

【前腔】憐伊做浪花無定，這其間體認難清。（生笑介）你又那裏知道我從太虛幻境過來，久知他是一尊活佛了。（正旦）什麼太虛幻境？（生）太虛幻境中，有神女主持，我家諸人，皆有冊籍在內。（正旦）那冊籍上寫些什麼？（生）我便念將你的出來：勘破三春景不長，緇衣頓改昔年妝。可憐繡戶侯門女，小臥青燈古佛傍。（正旦）原來也有定數。（雜旦）二爺，林姑娘呢？（生）他是兩株大樹，上面掛了一條玉帶。我前日已經會過他來，現今已為神女，好不威嚴。晴雯在那裏伺候他呢。（雜旦）哦！原來如此？住仙宮是何人為證？（生）是我親眼見的。（雜旦）見佳人敢惹的譏評。（生）並沒一言，早被侍女們攛了出來。（雜旦背介）我紫鵑，若能去伏侍他就好了。怎得丹房悄展韓房鏡，也免的枉住塵中沒着生。一片嬌雲影，只隔斷半壁虛屋、幾點鐘聲。

（生大笑介）妹妹！我去了呢。

（正旦）哥哥去了。

（生看雜旦笑介）紫鵑很好，也罷。

【尾聲】論佛法都平等，青鴛會許侍兒行，只要去尋見瑤宮的那舊日盟。（下）

（雜旦）姑娘！你聽二爺言語。只怕將來也要走上這路呢。

（正旦）他若走上這路，那就不得安寧了。

（雜旦）便是。

（正旦）你且隨我進來。

（雜旦）是。

珠火生眉優缽香，水田衣衲事空王。

人天最永惟花窟，百福何如清福長。

（同下）

第三十一齣 逃　　禪

（淨和尚、副淨道士上。淨）

【仙呂入雙調過曲·字字雙】拐行手段我為魁，妖魅；（副淨）拐人拐到漏州西，頑意；（淨）任他逋峭着癡迷，圈繢；（副淨）何嘗有座上天梯，（各笑介。合）把戲！把戲！

（淨）道兄，我用盡心機，騙得寶玉心肯意肯，約定今日出場同走，我們等他去。

（副淨）這時候好放牌了，快走快走！

（淨）踏破鐵鞋無覓處，

（副淨）得來全不費工夫。（下）

（末、小生上）我們賈府家丁，因為二爺和蘭哥兒鄉試，今日出場，特地來接。

（末）哥吓！人山人海，眼睛要放快些呢。

（小生）知道。

（內鼓吹，生衆士子挨擁上。副淨暗上扯生下。衆下。末）哥呵，蘭哥兒出來了，怎麽二爺還沒有出來？

（小生）我們去問蘭哥兒。

（末）有理。（下）

（淨、副淨引生上）師父，我們走罷！

（淨）走罷。

【窣地錦襠】（生）天空海闊鳥高飛，脫卻儒衣換佛衣。師父！

那黛玉、晴雯仙魂指日可見？（淨）今夜就見的。（生大笑介）仙魂今日會相依，從此應無腸斷時。

（大笑下。淨、副淨各做勢下。末、小生上）我們走去問蘭哥兒，說是二爺一同出場，如今不知走到那裏去了，我們快快找去。（合）

【倒托船】急須尋去休遲滯，休遲滯。若無公子怎逃罪，怎逃罪？小街大街胡同內，分頭找，趕忙追。恨身軀不能飛，尋不見哥兒可就了不的！

為雲飄散水分流，此去何時更轉頭。
無限花枝留不住，暮雲殘日杳難求。

（同下）

第三十二齣　遣　襲

（老旦哭上）

【商調過曲·二郎神】拋娘去，刺娘心，痛嬌兒寶玉，可怎的覆地翻天無覓處？年華老邁，叫娘爭受悲吁。是不合將情來間阻，閃殺他山椒水渚忒糊塗。為殘緣鬼窟，親人都付空虛！老身只有一箇寶玉，前出科場，不知去向，京城內外，跟尋了一月有餘，都無下落。他卻中了第七名舉人。天子甚愛其文，詢及緣由，令各省地方官搜尋，也無消息。老身年過半百，靠誰主張？（哭介）早知如此，便娶了林丫頭也罷了。日前寫了家書，報與老爺知道，不知如今可曾接著否？（哭介）哎呀！我的兒吓！

（小旦哭上）

【前腔】〔換頭〕號呼，我終身無人做主，生生撇捨，比病死家園還更遽。我紅消翠減，怎生般天佑兒夫？早遣他活去生還，也歸故居。一霎裏，喜孜孜向燈前共住，免欷歔，上賴你天公，化轉癡愚。婆婆。

（老旦）媳婦，我生兒不肖，忍棄家園，誤你青年，使我沈痛。

（小旦）婆婆，說那裏話來。媳婦顏不花紅，命如紙薄，遭兹遐棄,莫可如何。尚望婆婆强自排遣,切莫過傷。

(老旦淚介)兒吓!你叫我怎能不傷呢?

【集賢賓】千辛萬苦來撫育,正膝下歡娛,竟人向天邊無定所。又誰知生死何如?送得我殘年受苦。算此後光陰難度,我生命蹇,要忘悲快歸黃土。(小旦)

【集賢聽黃鶯】【集賢賓】你孩兒撇你真坦如,又何必苦為縈紆,你老景餘年奴看取。縱不能改換門閭,也守得崦嵫日暮,莫常抱無量憂苦。(低介)【黃鶯兒】喜的是水懷珠,倘能罷入夢,何患影兒孤?

(老旦)這却還好,兒吓,我還有事和你商量。

(小旦)婆婆有什麽事情,吩咐媳婦便了。

(老旦)這般尋覓,没箇影兒。(哽咽介)寶玉是不回來了,那襲人雖然跟他多年,却未經收在屋裏,不便留他,我已命人喚他兄嫂去了。等他來時,叫他領回另嫁。那五兒更不必説,人也大了,叫他出去配人罷。

(小旦)媳婦也如此想。

(雜侍兒暗上。老旦)你去喚襲人、五兒來。

(雜應下。老旦)兒吓!這襲人却有些難處,若遣他怕他尋死覓活,若不遣他又怕老爺回來不依。

(小旦)且等他來,以大義説他,再則婆婆與他些妝奩,叫他哥嫂配一門正經婚事,他也就可安心了。

(老旦)這也説得是。

(雜領丑、貼上。雜)太太!襲人、五兒喚來了。

(丑、貼見介。老旦)襲人,我想寶玉和你雖有恩情,却未分明説破,老爺是全不知道的。我豈不願你為寶玉苦守,只是老爺如何肯依?我已經分付你哥嫂,叫他替你尋一門正經親事,我還與你一分妝奩,你却不可拂我之意。

(丑哭跪介)哎呀!太太!念襲人呵!

【前腔】賤身軀早與公子俱,怕貽笑庭除。(老旦)你既未分明,便是侍女,那有侍女守節之理?(丑沈吟介)却説是守節從來無侍女。(老旦)況且老爺也斷不依。(丑)又兼之主人難恕,待拋離竟去,却怎把舊恩情來負?(想介)襲人從不敢違拗太太的言語,任憑太太主張罷。幾躊躇,打熬一世,償不了白辛勸。

　　(老旦)好孩子,你真箇明白,你哥嫂定與你揀箇好人家的。五兒,你是不用說的,我已叫你娘去了,你好好跟他回去配人罷。

　　(貼哭跪介)太太,五兒却是不願出去的。

　　(老旦)這又奇了,你與寶玉什麼相干,你倒不肯出去。

　　(貼)五兒不為二爺起見。

　　(老旦)可又來。

　　(貼)念五兒呵!

　　【二犯二郎神】投身未久心意迂,願常侍階除,忍似燕匆忙辭救主?五兒果然有了過犯,太太攆了,是該的,今日呵!甚愆尤除名而去?若是二爺在家,或者還有一說。如今二爺又走了,怕什麼?比不得花貌晴雯遭忌妒,望洪恩容依廈宇,暫時住,待得他年再尋歸路。

　　(老旦怒介)我的言語怎敢不依?你可仔細你的皮肉!

　　(貼叩頭哭介)五兒情願太太處死,不願出去!

　　(老旦)這倒叫我疑惑起來了。

　　【鶯簇一金羅】留戀亦何須,敢私情,曾共居?(貼)二爺並無苟且。(老旦)既無苟且,為什麼不肯去呢?(貼)五兒情願長久伺候二奶奶。(老旦)不勞,錦堂中自有人圍護,繡帷前怕沒花扶助?我今日偏不許你在這裏。(貼哭介。老旦)敢違吾,再枝梧,那時動了我無明,你死矣夫,奈何?稱得你心頭你好不愚!(貼哭叩頭介)只求太太恩典。(老旦)看你涓涓清淚如同滾珠,哀哀求告,應知切膚早難言,就裏無緣故。侍兒取家法過來。

　　(貼哭介。小旦)婆婆且請息怒,待媳婦問問他去。

　　(老旦)也罷,你問問他去。

　　(小旦攜貼向前場介)

　　【琥珀貓兒墜】肺肝傾吐,不必更妝愚。料我官人曾汝覷,好將心事告知奴。(貼)五兒並不為着二爺,只是不願出府。(小旦)

这却也奇。齟齬,竟没緣由却思長住。

(老旦)他説什麽?

(小旦)他説並不為着二爺呢,依媳婦愚見,且送他四妹妹那裏去,晨鐘暮鼓,受些淒涼,自然就肯去了。

(老旦)此言甚是。侍兒,你可送五兒到櫳翠庵去。

(雜)是。

(老旦哭介)只是我那親兒呵!你却在何處也?

(小旦淚介。合)

【尾聲】望天雲,悲風絮,可能彀月再團圓花再舒?(帶丑下。貼背介)二爺吓!我只為那一夜燈前難棄汝。

　　　　一園秋雨一龕燈,心跡年來略似僧。
　　　　欲頌金經盟古佛,沾衣恐有淚痕凝。

(同雜下)

附錄　紅樓夢

（越劇）

徐進改編

【作者簡介】徐進(1923—2010)，浙江省慈溪人。因家境貧窮，中學未畢業即到上海西藥房做學徒，業餘發奮讀書，愛看家鄉的越劇，還學習寫戲。1943年春，考進袁雪芬領銜的劇團當編劇，寫的第一部戲便是由袁雪芬主演的《月缺難圓》。此後，又在芳華劇團、玉蘭劇團、東山越藝社和雲華劇團分別擔任編劇或主持劇務部。1949年前所創作的較有影響的劇目有《木蘭從軍》、《葛嫩娘》、《天涯夢》、《明月重圓夜》、《沙漠王子》和現代戲《浪蕩子》、《秋海棠》等。1950年4月參加國營華東越劇實驗劇團，參與越劇傳統劇目《梁山伯與祝英臺》的改編，增寫了"喬裝"、"逼婚"兩場戲。1953年春，和桑弧合作將《梁山伯與祝英臺》改編並攝製成我國第一部彩色影片。1959年，他編寫的《紅樓夢》作為上海越劇院建國十周年的獻禮劇目赴京演出。之後，該劇目曾先後到越南、朝鮮、日本、新加坡、泰國及中國香港、澳門和臺灣等地演出。他創作或整理改編的劇目還有《盤夫索夫》、《金山戰鼓》、《劈山救母》、《花中君子》、《三月春潮》等。

【劇情概要】林黛玉自幼失怙，寄居於賈府，與賈寶玉有着共同的生活旨趣，都反感仕途經濟，同樣喜愛《西廂記》這類禁書，便漸漸產生了愛情。寶玉的父親賈政望子成龍，逼迫寶玉用心於八股文章，並要寶玉常和官宦接觸。然而，寶玉蔑視功名利祿，罵官場人物為"祿蠹"，倒是有興趣替婢女晴雯畫眉，與"戲子"琪官交往。賈政無法容忍寶玉的種種叛逆行為，當知道寶玉與琪官結交而惹怒了王爺後，更是怒不可遏，痛笞寶玉。寶玉養傷期間，黛玉探訪，晴雯恰巧因心中不快而拒開院門，使黛玉吃了"閉門羹"。黛玉以為是寶玉故意不開門，不禁傷心落淚。落花飛舞，黛玉觸景傷情，葬花賦詞，抒發精神上的痛苦和對未來人生的憂傷。寶玉見此情景，向她吐露心曲，兩人不僅盡釋前嫌，而且還互將對方視作知己。寶玉的祖母賈母、母親王夫人等欲以婚姻約束寶玉，她們為家族的長遠利益計，選中了家庭富有、本人又符合封建道德要求的淑女寶釵。王熙鳳出謀劃策，以掉包之計捏合寶玉、寶釵二人的婚姻。黛玉從傻丫頭處得知寶玉娶寶釵的消息後，傷心至極，以為是寶玉背叛了他們的愛情，含恨焚燒詩稿與作為信物的手帕，就在怡紅院舉行婚禮的時候，她香消玉殞。新婚之夜，寶玉方知新娘子不是黛玉，悲憤交加。他奔至黛玉靈前哭祭後，毅然地離開賈府，出家為僧。

【版本流傳】該劇最初為上海越劇院印製的蠟紙刻寫本，後由上海文藝出版社於 1959 年 8 月正式出版。不同的越劇團或不同的劇組，在演出時都有所改動。本書以上海文藝出版社的版本為底本，用杭州越劇院的舞臺演出本參校。

【演出情況】該劇於 1958 年 2 月 18 日由上海越劇院首演於上海。吳琛為藝術指導，鍾泯為導演，徐玉蘭飾賈寶玉，王文娟飾林黛玉，陳蘭芳飾薛寶釵，唐月瑛飾王熙鳳，周寶奎飾賈母，徐慧琴飾賈政，鄭忠梅飾王夫人。連演五十四場，場場爆滿。1962 年，上海海燕電影製片廠將該劇拍成電影戲曲片，岑范為導演，王文娟演林黛玉，徐玉蘭飾賈寶玉，呂瑞英演薛寶釵，金采鳳演王熙鳳。電影上映後，受到了海內外觀眾高度的讚揚。劇中唱段"黛玉葬花"、"寶玉哭靈"一度成為人人愛唱愛聽的戲歌。之後，幾乎所有的越劇院團都搬演了該劇目，許多劇種亦移植了該劇目。

（朱恒夫）

人 物 表

賈寶玉——賈政的兒子　　　　林黛玉——寶玉的姑表妹
薛寶釵——寶玉的姨表姐　　　賈　母——寶玉的祖母
賈　政——寶玉的父親　　　　王夫人——寶玉的母親
王熙鳳——寶玉的二嫂子　　　紫　鵑——黛玉最親密的婢女
襲　人——寶玉的婢女　　　　晴　雯——寶玉的婢女
長府官——忠順親王府長府官　薛姨媽——寶釵的母親
周媽媽(周瑞家的)——賈府女管事　王媽媽——賈府女管事
司　棋——迎春的婢女　　　　傻丫頭——賈母的婢女
雪　雁——黛玉的婢女　　　　焙　茗——寶玉的書僮
琪　官——忠順親王府優伶
賈母的婢女珍珠、鴛鴦　　　　王夫人的婢女繡鸞、金釧
王熙鳳的婢女平兒、豐兒　　　薛姨媽的婢女同喜、同貴
薛寶釵的婢女鶯兒、文杏
喜娘、僕人、老婆子、小丫頭、轎夫、挑夫等

第一場　黛玉進府

（殘冬時節。賈母正房內室。丫鬟珍珠和紫鵑在門口等着遠道而來的賈母的外孫女林黛玉，她倆正在張望着。）
（內聲："林姑娘來了！"傻丫頭的聲音："老太太，林姑娘來了。"）
（林黛玉由老婆子扶着，從一排玻璃窗後走過。只聽得周媽媽說"林姑娘走好"，"林姑娘請進來"。後面跟着林黛玉從家裡帶來的小丫鬟雪豔。）

合　唱：乳燕離却舊時窠，
　　　　孤女投奔外祖母。

（林黛玉入室，老婆子為她脫去披風。室內時鐘聲鳴，她

好奇地注視了一下。）
林黛玉：（自語）外祖母家確與別家不同。
合　　唱： 記住了不可多說一句話，
不可多走一步路。
紫鵑、珍珠：（笑迎）林姑娘，剛纔老太太還在掛念呢，可巧就來了。
（又爭着打起簾子）老太太，林姑娘來了。
（傻丫頭扶着鬢髮如銀的賈母從內走出，繡鸞扶着王夫人隨着出來）
賈　　母： 我的外孫女兒來了，我的外孫女兒在哪裡啊，在哪裡啊？
（看到林黛玉，悲喜交集的哭喚）外孫女兒……
林黛玉： 外祖母！
賈　　母： 我的心肝寶貝啊！……
（眾人陪着拭淚。林黛玉扶賈母坐了，按禮拜見了賈母。）
賈　　母：（拉着林黛玉坐在自己的身邊。唱）
可憐你年幼失親娘，
孤苦伶仃實堪傷，
又無兄弟共姐妹，
似一枝寒梅獨自放。
今日裡接來嬌花倚松栽，
從今後，在白頭外婆懷裡藏。
王夫人： 是啊！
賈　　母：（指着王夫人）這就是你二舅母，快去見過。
林黛玉：（跪拜）拜見二舅母。
王夫人：（扶起）不消了，外甥女兒，快起來，這旁坐下。（林黛玉坐定，王夫人細視林黛玉）外甥女兒，看你身體單薄，弱不勝衣，却是為何？
林黛玉： 外甥女自小多病，從會吃飯時起，便吃藥到如今了。
王夫人： 常服何藥？如何不治好了？
林黛玉： 經過多少名醫，總未見效，如今正吃人參養榮丸。
賈　　母： 正巧，我這裡正在配丸藥呢，叫他們多配一料就是了。

（丫鬟們獻上茶果，在嚴肅的氣氛裡，忽聽外面有笑語聲，王熙鳳在幕後說話。）

王熙鳳：怎麼，林姑娘來了，真的來了嗎！啊呀呀，我來遲了，我來遲了！
（隨着笑語聲，進來了王熙鳳，林黛玉忙起身迎接。）
老祖宗，我來遲了，我來遲了！

王熙鳳：哎呀，老祖宗，我來遲了！（唱）
昨日樓頭喜鵲噪，
今朝庭前貴客到。

賈　　母：（笑語）你不認識她。她是我們這裡有名的"潑辣貨"，南京人所謂"辣子"，你就叫她一聲"鳳辣子"也就是了。

王夫人：（笑着告訴林黛玉）她就是你璉二嫂子，學名喚作王熙鳳。

林黛玉：見過二嫂子

王熙鳳：（忙上前攜林黛玉手）起來，起來！（仔細地上下打量）啊呀！好一個妹妹。（唱）
休怪我一雙鳳眼癡癡瞧，
似這般美麗的人兒天下少！
哪像個老祖宗膝前的外孫女，
分明是玉天仙離了蓬萊島。
怪不得我家的老祖宗，
在人前背後常誇耀。
唉，只是我妹妹好命苦，
姑媽偏偏去世早。（故做掩袖傷感）

賈　　母：噯！（唱）
我一天愁雲方纔消，
你何必又招我煩惱！

王熙鳳：（忙轉悲為喜）哎呀，正是！我一見了妹妹，一心都在她身上，又是歡喜，又是傷心，竟忘了老祖宗了。老祖宗。喏，該打該打！（賈母笑，王熙鳳接着十分體貼地對林黛玉說）妹妹，坐下，妹妹，你如今來到這裡啊——（唱）

　　　　　休當作粉蝶兒寄居在花叢,
　　　　　這家中就是你家中。
　　　　　要吃要用把嘴唇動,
　　　　　受委屈告訴我王熙鳳。
林黛玉:多謝二嫂子費心。
王熙鳳:你們趕早打掃屋子,讓林姑娘帶來的人歇息去。
周媽媽:媽媽、姑娘隨我來。(周媽媽領老婆子、雪雁下)
賈　母:(看了雪雁一眼)黛玉帶來的這個小丫頭她太稚嫩了,就把我身邊的那個……(環視眾丫鬟後,看到紫鵑)那個紫鵑丫環給了黛玉好使喚。
王夫人:老太太真是想得周到。
紫　鵑:見過林姑娘。
王熙鳳:老祖宗,林妹妹的屋子,我也準備好了……
賈　母:這倒不必了,就讓她暫時住在這裡,和我靠得近一些。等過了殘冬,到了明年春天再另作安置吧!
王熙鳳:哎呀,嘖嘖嘖……林妹妹一來,老祖宗就離不開她了。
王夫人:是啊,是啊!
賈　母:(笑着向林黛玉)你聽聽她這張嘴。(稍停)怎麼,寶玉到家廟去還願,怎麼這時候還沒有回來,也該讓他和妹妹見個禮啊!
　　　　(內聲:寶二爺回來了。)
家　丁:寶二爺回來了。
　　　　(……賈寶玉手裡揮舞着一串佛珠,從玻璃窗後走過,上場。)
賈寶玉:(向賈母請安)老祖宗安!(又向王夫人)太太安!
賈　母:(笑語)寶玉,家裡來了客人,還不快去見過你林妹妹。
王夫人:快去見過寶哥哥。(賈寶玉注視林黛玉)
賈寶玉:林妹妹!(賈寶玉與林妹妹互相打量)(唱)
　　　　天上掉下個林妹妹,
　　　　似一朵輕雲剛出岫。

林黛玉：（唱）
　　　　只道他腹内草莽人輕浮，
　　　　却原來骨格清奇非俗流。
賈寶玉：（唱）
　　　　閒靜猶似花照水，
　　　　行動好比風拂柳。
林黛玉：（唱）
　　　　眉梢眼角藏秀氣，
　　　　聲音笑貌露溫柔。
賈寶玉：（唱）
　　　　眼前分明外來客，
　　　　心底却似舊時友。
　　　　（滿臉含笑）這個妹妹，我好像曾見過的。
賈　母：（笑）又胡說了，你何曾見過。
賈寶玉：雖没見過，看見面善，心裡倒像是認識的一般。
賈　母：好，好，（拉雙方手）這樣在一起也就和睦了，坐下，坐下。
賈寶玉：妹妹，你讀過書嗎？
林黛玉：讀過一年書，認得幾個字。
賈寶玉：（走向林黛玉身邊）妹妹尊名？
林黛玉：名喚黛玉。
賈寶玉：表字呢？
林黛玉：無字。
賈寶玉：好，我送妹妹一字，喚作"顰顰"兩字甚妙。
王熙鳳：（插嘴）什麼叫"顰顰"呀？
賈寶玉：《古今人物通考》上說，西方有石名黛，可作畫眉之墨，看，
　　　　妹妹眉尖若蹙。取這個字，豈不甚美！
王熙鳳：（笑）只怕又是杜撰的！
賈寶玉：除了"四書五經"，杜撰的也太多呢！
賈　母：真聰明啊！
賈寶玉：妹妹，你有玉没有？

林黛玉：我没有玉，你那塊玉也是件稀罕之物，豈能人人都有。
賈寶玉：（摘下身上佩帶的那塊玉）什麼稀罕東西，人的高下不識，還說靈不靈呢，我可不要這個東西。（狠命地向地上摔去）
（丫鬟們慌了，急忙去拾玉，交給王熙鳳。）
王夫人：寶玉，你……
賈　母：（急得摟住賈寶玉）孽障！你生氣，要打罵人容易，何苦去摔你那命根子啊！
賈寶玉：家裡姐姐妹妹都沒有。只有我有，我説沒趣，今天來了個神仙似的妹妹也沒有。可知這不是個好東西！
王熙鳳：寶兄弟，快戴上！（賈寶玉揮手拒絕）
王夫人：寶玉，當心你爹知道。（賈寶玉愣住）快戴上吧！
王熙鳳：（溫柔地替寶玉戴上了玉）寶兄弟，老祖宗不是常説的嗎，這富貴家業就指望着你這個命根子呢！

第二場　讀《西廂》

（地點：大觀園沁芳橋畔。）
（内聲伴唱）
燕子飛去又歸來，
簾外鶯聲落新梅。
金玉良緣誰安排，
木石前盟難解開。
（賈寶玉、薛寶釵等待林黛玉上。）
賈寶玉：林妹妹怎麼到現在没有來，焙茗，你去看看。
薛寶釵：寶兄弟，你頸上掛的那快玉，雖曾聽説過，却未曾仔細的賞鑒過，今天倒要見識一下。（挪近身子，賈寶玉湊了過去，摘下玉，遞給薛寶釵）
薛寶釵：（欣賞着，念着玉上面的字）"莫失莫忘，仙壽恒昌。"（又重復一遍，回頭笑向鶯兒説）你也看得發呆做什麽？

鶯　兒：（笑）我聽這兩句話，倒像和姑娘金鎖上的兩句話是一對呢！
賈寶玉：好姐姐，你的金鎖上也有幾個字？讓我也賞鑒賞鑒！
薛寶釵：你不要聽她的，沒有什麼字。
賈寶玉：（央求）好姐姐，你怎麼看了我的，卻不讓人看你的呢？
薛寶釵：我這個倒沒有什麼好看的，只是上面也有兩句吉利話罷了。
（摘下金鎖，遞給賈寶玉。林黛玉暗上）
賈寶玉：（念着上面刻的字）"不離不棄，芳齡永繼。"這兩句話倒真像和我的是一對呢！（遞還，忽然聞到薛寶釵身上的香氣）寶姐姐，你的衣裳熏的好香啊！
薛寶釵：我最怕熏香，好好的衣裳為什麼要熏香呢？
賈寶玉：那是什麼香呢？
薛寶釵：（想了想）哦，想是我早上吃了"冷香丸"的香氣。
賈寶玉：冷香丸？那麼好聞，給我一丸嘗嘗吧！
薛寶釵：（笑）又要混鬧了，藥怎麼好瞎吃呢！
賈寶玉：這香氣好聞來！
（焙茗上。）
焙　茗：二爺，我去找了，林姑娘不在。
薛寶釵：寶兄弟，我不等她了，改日再來吧！
賈寶玉：（也起身）也好，我送寶姐姐。
（賈寶玉、薛寶釵同下。）
（舞臺另一側，石頭上，林黛玉看着寶玉、寶釵卻沒有做聲。）
（寶玉上，看見林黛玉。）
賈寶玉：林妹妹，方纔寶姐姐前來看你，左等右等，不見你來，原來你卻在這裡！
林黛玉：我這裡春意闌珊，睡意朦朧，你麼，正好與寶姐姐暢快交談。
賈寶玉：好妹妹，你呀！（唱）

> 春色如錦不去賞,
> 合起眼皮入睡鄉。
> 飯後貪眠易積食,
> 替你解悶去尋歡暢。(拉林黛玉起來)

林黛玉:你到別處去玩吧!

賈寶玉:我上哪裡去?我看見他們怪膩的。

林黛玉:(指點賈寶玉額頭)你啊,真正是我命中的魔星!

林黛玉:(發現寶玉臉腮上有一塊紅跡,於是拉他坐起來,撫之細看)咦,你的臉又讓誰的指甲劃破了?

賈寶玉:(笑躲開)不是,方纔剛剛擦了點胭脂膏。

林黛玉:(用自己的手帕替賈寶玉揩去)你又在做這些事了,要是傳到舅舅耳朵裡,大家又都不得安心了。

賈寶玉:那怕什麼,大不了家裡的人都說我是"混世魔王"罷了。

林黛玉:好啊,原來你得了雅號,被封為"混世魔王"了。

賈寶玉:哎,人家叫得,你可不能叫!

林黛玉:為什麼不能叫?我偏要叫!混世魔王!

賈寶玉:你再叫!

林黛玉:混世魔王、混世魔王……

賈寶玉:你……

> (賈寶玉將手呵了兩口,上前咯吱林黛玉,林黛玉一面躲開,一面笑的喘不過氣來,林黛玉笑逃。賈寶玉追時,書落地。黛玉發現撿起。被賈寶玉搶過。)

林黛玉:這是什麼?

賈寶玉:(支支吾吾)這是……

林黛玉:哦,一定是那些功名利祿的書。(故作諷嘲)這樣一來呀,可要"蟾宮折桂"了呢!

賈寶玉:你取笑我做什麼?你又不是不知道我最討厭那些誑功名、混飯吃的八股文章,你還提這些呢!

林黛玉:不是那些書,那又是什麼呢?不要在我面前弄鬼了,快趁早給我看看。

賈寶玉：給你看我是不怕的，好歹不要告訴人。
林黛玉：是什麽書啊？
賈寶玉：（興奮地）真是好文章！你要是看了，連飯也不想吃呢。
（賈寶玉故意逗她，不給看。林黛玉生了氣，賈寶玉連忙把書遞過去。）
賈寶玉：像這樣的好書，老爺却不許我讀，我却偏要讀它一個爽快呵！——（唱）
書齋讀遍經與史，
難得《西廂》絕妙詞。
羨張生，琴心能使鶯鶯解，
慕鶯鶯，深情更比張生癡。
唉！歎寶玉身不由己圈在此，
但願得今晚夢遊普救寺。
（林黛玉接過書念《西廂記》。於是林黛玉坐下來，從頭看起，越看越愛。賈寶玉側依在她身邊共看，一會兒又立在她身後。林黛玉看得出神。）
賈寶玉：（笑）好妹妹，真是好文章！你説好不好？
（林黛玉笑着點頭。賈寶玉情不自禁地學作書中張生之態輕搖摺扇，走向林黛玉。）
賈寶玉：妹妹！（唱）
我是個多愁多病身，
你就是那傾國傾城的貌！
林黛玉：（面紅耳赤帶怒含嗔的站起來指着賈寶玉）該死的——（唱）
胡説八道，
弄出這淫詞豔曲來調笑，
混賬的話兒欺侮人，
我可要到舅舅跟前將你告。
（林黛玉轉身欲走，賈寶玉急了，忙上前攔住。）
賈寶玉：好妹妹，（唱）

　　　　　我無非偶記詞兒順口念,
　　　　　好妹妹,你千萬饒我這一遭。
　　　　　我若有心欺侮你,
　　　　　(白)好,明朝讓我跌在池子裡讓癩頭黿——
　　　　　(接唱)把我吞吃掉。
林黛玉:(撲哧一笑)(唱)
　　　　　那張生,一封書敢於退賊寇。
　　　　　那鶯鶯,八行箋人約黃昏後。
　　　　　那紅娘,三寸舌降服老夫人。
　　　　　那惠明,五千兵餡做肉饅頭。
　　　　　我以為你也膽如斗,
　　　　　呸!原來是個銀樣鑞槍頭!
賈寶玉:(笑)你說說,你這個呢?好!我也告訴去。
林黛玉:(故意推他)你去呀,你去呀!
賈寶玉:好妹妹,我們不談這個了(賈寶玉袖藏了《西廂記》,與林黛玉坐在石上)好妹妹,上次我到你房裡來,看見你又在做針線,你做個香袋送給我,好不好?
林黛玉:那,要看我高興不高興。
賈寶玉:你送我個香袋,我也送你件好東西。(摸出一個苓香串來)這是北靜王送給我的,是皇上賜下來的呢。
林黛玉:(站起來拿過香串輕蔑地擲在地上)什麼臭男人拿過的,我不要這東西!
賈寶玉:(只得拾起來收好了)你不要這東西,我可要你的香袋。要,我要香袋,香袋!
林黛玉:你要一個香袋那容易,橫豎今後有人會替你做了,人家比我又會做,又會寫,又有什麼金的玉的……
賈寶玉:你又來了!我們兩人是姑舅姐妹,寶姐姐是兩姨姐妹,論親戚,比你遠。再有,你先來,我們兩人一桌吃,一床睡,從小一起長大,她是才來的呀,豈可為了她而疏遠你的呢?

林黛玉：啐！我難道叫你疏遠她？那我成了什麼人了呢？（雙手按心）我為的是我的心。

賈寶玉：我也為的是我的心。難道只知道你的心而不知道我的心不成？

（林黛玉低頭不語，在山石上坐下，賈寶玉也跟着坐下。）

林黛玉：天氣分明冷了一些，你穿得這樣單薄，回頭冷了，怕又要傷風了。

賈寶玉：看你自己也穿得這樣單薄。

（賈寶玉把《西廂》遞給林黛玉，兩人又共讀起來。）

第三場　別琪官

（郊外、傍晚。）

（殘陽如血，琪官望穿秋水，等待着知音寶玉的到來。寶玉在焙茗的引導下匆匆趕到。）

伴　　唱：一邊是一曲《西廂》方知心，
　　　　　那一邊痛別知友淚灑長亭。啊！

賈寶玉：琪官，你這樣從親王府逃出來，他們會放過你嗎？

琪　官：把生死二字置之度外就什麼都不怕了！

賈寶玉：那你再不唱戲了？

琪　官：我再也不願意受人欺侮了。（唱）
　　　　做戲子，低賤猶如婢和奴，
　　　　臺下淚比臺上多。
　　　　此去避居東郊地，
　　　　從此離開親王府。

賈寶玉：（唱）
　　　　只可惜，肺腑之交難分手，

琪　官：（唱）
　　　　但願得魚雁往來多傳書。

焙　　茗：二爺，時候不早了！

琪　官：二爺。

賈寶玉：琪官。

琪　官：（摘下身上的汗巾）二爺，這是琪官隨身之物，請二爺收下。

（賈寶玉也摘下自己的汗巾，贈給琪官，二人分別。）

伴　唱：相見時難別亦難，
　　　　一聲珍重淚濕羅衫。

第四場　不肖種種

（怡紅院，時屆初夏。賈寶玉正被逼讀八股文。晴雯出，見他搖頭晃腦之狀，不禁掩口而笑。）

賈寶玉：（念）"事君以忠，事父以孝。聖人云：忠孝人之本也，事君不可以不忠，事父不可以不孝也。三綱五常乃人立身之大經，為人臣子，不可以不知，是以……是以忠臣出於孝子之門也。"（晴雯忍不住笑出聲來）

賈寶玉：人家在苦惱，你還在笑呢！（棄書）唉！（唱）
　　　　每日裡送往迎來把客陪，
　　　　焚香叩頭祭祖先。
　　　　垂手恭敬聽教誨，
　　　　味同嚼蠟讀聖賢。
　　　　這餌名釣祿的臭文章，
　　　　讀得我頭暈目眩實可厭！

晴　雯：孫悟空套上了緊箍咒，沒法子，來，再讀一會吧。我來替你打扇。

（晴雯為賈寶玉打扇）

賈寶玉：咳！八股八股，把人害苦呵！（心不在焉地讀了兩行，看晴雯）呀，晴雯，看你的眉毛，是誰替你畫成這個樣子？

晴　雯：我自己畫的。

賈寶玉：畫得一點不美，我來替你改畫一下。

晴　　雯：小祖宗，還是讀書要緊。
賈寶玉：你讓我解解悶吧！
晴　　雯：好，就讓你畫吧。二爺，你畫便畫，可不要把我的眉毛畫得跟林姑娘一樣！
賈寶玉：這是為什麼？
晴　　雯：太太不喜歡。有一天，太太到園中來，見了我就虎着臉，皺着眉頭，她說：（唱）
　　　　　眉尖如蹙眼波如水，
　　　　　眉眼好像林妹妹。
　　　　　水蛇腰，削肩膀，
　　　　　這一個丫頭她是誰？
賈寶玉：奇怪，難道眉眼生得好看一點，也就會得罪人了嗎？哼！我偏偏要畫得像林妹妹一樣，來！（襲人出）
晴　　雯：好！
襲　　人：二爺呀，（唱）
　　　　　你你怎可鳳凰混在烏鴉隊，
　　　　　主子替奴婢去畫眉。
　　　　　你放下正經書不念，
　　　　　被老爺知道定責備。
　　　　　（白）哎呀二爺，你就是退一萬步說，（接唱）
　　　　　縱然你不是真心愛讀書，
　　　　　也應該裝出個讀書樣子來。
賈寶玉：讀書、讀書，又是讀書！（憤然坐下，胡亂翻書，又不耐煩地揮扇）
襲　　人：（忽發現他身上一條鮮豔的汗巾）咦，這條汗巾是哪裡來的？我怎麼從來也沒有見過？說啊，二爺，是哪裡來的？（賈寶玉急忙掩藏汗巾）
賈寶玉：這……是個朋友送我的。
襲　　人：是什麼朋友？竟會送這樣的東西？
賈寶玉：哎呀，你少管一些好不好？

襲　人：啊呀，不知道你又結交上什麼三教九流的人物了。
晴　雯：呦！好鮮豔的一條汗巾阿，啊呀不知道我們家二爺又做了些什麼瞞着人的事了？
賈寶玉：你怕什麼？我幹的都是正經事，又沒去為非作歹嘍。
晴　雯：那是哪裡來的？
賈寶玉：不瞞你說，是忠順王府裡有個唱戲的戲子，名叫琪官，是他送給我留作紀念的。
晴　雯：唱戲的戲子？
襲　人：二爺，你竟然和戲子結交了朋友，做這種事情？！
晴　雯：呦！與戲子交個朋友，難道這就犯了什麼大罪了嗎？
襲　人：你！
　　　　（薛寶釵上）
薛寶釵：寶兄弟！
襲　人：啊呀，是寶姑娘來了，寶姑娘請進。
薛寶釵：怎麼，不歡迎客人嗎？那我不該來的。
襲　人：寶姑娘，不。
賈寶玉：寶姐姐，來來來，寶姐姐請坐啊！
襲　人：寶姑娘請坐！
薛寶釵：剛纔你們講的這麼熱鬧，在談講些什麼？
襲　人：寶姑娘，你看，他竟與戲子結交了朋友。
薛寶釵：戲子？
襲　人：是啊，那還得了嗎？
薛寶釵：寶兄弟要真和戲子結交，這倒叫人擔心呢？
賈寶玉：寶姐姐，你不要聽這些話。
焙　茗：二爺！
賈寶玉：什麼事啊？
焙　茗：老爺吩咐，我來傳話，說，賈雨村老爺明天一早要來拜訪，老爺叫你準備準備，明天好會客。
賈寶玉：又是會客！
焙　茗：這是老爺吩咐的嘛！

賈寶玉：好好好，去去去。寶姐姐，你替我想想，老爺每逢接待賓客，總是要我也陪着，你說說這是為什麼呢？
薛寶釵：自然是你能迎賓接客，所以纔叫你呢。
賈寶玉：我無非是個俗中又俗的俗人罷了，我真不願意與這些祿蠹們來往呢！
襲　人：寶姑娘，你聽聽，他就是這個改不了，世界上哪有一個不願與做官人來往，倒却願意和戲子結交朋友的道理？
薛寶釵：是啊，寶兄弟，這倒真要改一改纔好呢？寶兄弟！（唱）
　　　　常言道"主雅客來勤"，
　　　　誰不想高朋能盈門。
　　　　如今你尚未入仕林，
　　　　也該去會會做官的人。
　　　　談講些仕途經濟好學問，
　　　　學會些處世做人真本領。
　　　　理應該百尺竿頭求上進，
　　　　怎能够不務正業薄功名。
賈寶玉：（大為逆耳，把對薛寶釵的美感都消失了）寶姐姐，老太太要玩骨牌，正没人，你去玩骨牌去吧。
薛寶釵：（羞紅了臉，笑）怎麼，我是專陪人家玩骨牌的麼？
襲　人：（忙勸解）寶姑娘不要理他這些，人家勸他上進，他總是罵人家什麼"祿蠹"，你想怎麼怨得老爺不生氣呢！
薛寶釵：（只好笑了笑）時候不早，我去看看姨娘去。
襲　人：寶姑娘再坐一會吧。
薛寶釵：不用了，寶兄弟，我走了。
襲　人：寶姑娘走好。
　　　　（襲人使手勢要賈寶玉送薛寶釵，賈寶玉不理。襲人送走薛寶釵後，又回來。林黛玉上，聞聲止步不前。）
襲　人：寶姑娘真是心地寬大，有涵養。幸而是寶姑娘，要是換了林姑娘，又不知會怎麼樣呢！提起這些來，寶姑娘真是叫人敬重，可是你倒和人家生分了。

賈寶玉：林姑娘？林姑娘從來沒有説過這些混賬的話！
襲　人：這難道是混賬話嗎？
賈寶玉：哎，真想不到，這瓊樓閨閣之中，也會染上了這種風氣！
　　　　（賈寶玉拂袖而入，襲人取書隨下。林黛玉聽了這話，不覺又驚又喜，又悲又歎。）
合　唱：萬兩黃金容易得，
　　　　人間知己最難求。
　　　　背地聞説知心話，
　　　　但願知心到白頭。

第五場　答寶玉

（榮國府廳上，賈政正在訓斥賈寶玉。）
賈　政：好端端的，垂頭喪氣做什麼？方纔賈雨村來了，要見你，等你半天纔出來。既出來，又無慷慨瀟灑的談吐，顯得委委瑣瑣的，哼！（唱）
　　　　陪貴客你作萎縮狀，
　　　　陪丫頭你倒臉生光。
　　　　自古道世事通明皆學問，
　　　　人情練達即文章。
　　　　可歎你人情世故俱不學，
　　　　仕途經濟撤一旁。
　　　　只怕是庸才難以成棟梁，
　　　　於家於國都無望。
　　　　（僕人上，寶玉下。）
僕　人：稟老爺，忠順親王府裡有人來見老爺。
賈　政：吩咐有請！（長府官上。賈政與長府官對坐。）
賈　政：不知大人駕到，有失遠迎，望請恕罪。
長府官：豈敢、豈敢！
賈　政：大人請坐！

長府官：請坐！
賈　政：請問大人……
長府官：下官奉王命而來，有一事相煩，請老先生作主！
賈　政：望大人宣明，學生好尊諭承辦。
長府官：(冷笑)也不必承辦，只需用老先生一句話就完了。
賈　政：哪裡，哪裡。
長府官：我們府上有一戲子，名叫琪官，乃是我王爺心愛的。如今三五日不見回去，四處尋找無着。聽城內衆人傳說，琪官與令郎寶玉相交甚厚，聽說逃出府去，也是令郎的主意，故此求老先生轉致令郎，請將琪官放回，一則可慰王爺奉懇之意，那二來麼，免了下官求覓之苦。(作揖)
賈　政：(又驚又氣)請大人稍待，來人！(僕人上)喚寶玉來！(僕人下，賈寶玉上，與長府官對視了一下。)
賈寶玉：老爺！
賈　政：你這該死的奴才！(唱)
　　　　在家裡，你行爲乖僻背訓教，
　　　　在外邊，無法無天又招搖。
　　　　那琪官是王爺駕前承奉人，
　　　　你竟敢引逗他出府逃！
　　　　小奴才，你不替祖宗爭光彩，
　　　　卻禍及與我添煩惱！
賈寶玉：什麼琪官，我實在不曉得此事。
長府官：(唱)
　　　　白紙難把烈火包，
　　　　公子你何苦瞞得牢！
賈寶玉：恐是訛傳，亦未見得。
長府官：(冷笑)訛傳？(唱)
　　　　現有真憑實據在，
　　　　他贈你汗巾還繫你腰。
賈　政：啊？你講！你講！

賈寶玉：（唱）
　　　那琪官，厭倦臺上鸞歌舞，
　　　厭倦臺下賣歡笑，
　　　再不願廁身優伶，
　　　願做個隱居漁樵。
長府官：如此說來，他人在哪裡呢？
賈寶玉：……
賈　政：你講！
賈寶玉：我却不知。
長府官：他避居東郊，可有此事？
賈寶玉：大人既知底細，何必問我呢！
長府官：好，我去找他。找着了便罷，若沒有，再來請教。告辭了。（下）
賈　政：（回頭向賈寶玉）不許走開，回來有話問你！（送長府官出）大人慢走，大人慢走。（下）
賈寶玉：琪官啊琪官。（唱）
　　　可歎你縱有行者神通廣，
　　　難逃如來五指掌。（欲走）
　　　（賈政回來。）
賈　政：站住！（臉色鐵青，逼視賈寶玉，摑了他一個巴掌）來人！（進來幾個僕人，賈政手指賈寶玉對僕人大聲地說）把寶玉綁了！取大板子來，取繩子來！把門都關上，有人傳信到裡面，立刻打死！
　　　（賈寶玉焦急四顧，求救無人。僕人等照命令執行，捆綁了賈寶玉。）
賈　政：（淚流滿面）天啊！天哪！想我賈府詩禮簪纓之族，富貴功名之家，竟出了個不忠不孝的逆子！（唱）
　　　你不能光燦燦胸懸金印，
　　　你不能威赫赫爵祿高登，
　　　却和那丫頭戲子結朋友，

做出了玷辱門楣醜事情。
不如今日絕狗命，
免將來弒父又弒君。
今日打死忤逆子，
明日我，情願剃度入空門。
快與我活活打死休留情！

賈寶玉：（求饒）老爺！老爺！老爺！老爺！老爺！
賈　政：（接唱）免將來辱没祖宗留禍根！打！
（僕人們答捶賈寶玉，賈寶玉示意僕人佯打，僕人會意，賈寶玉佯裝呼痛。賈政發現僕人佯打，一脚踢開掌板子的，自己奪過板子來打，實實打了幾下，被繡鸞丫頭扶着急奔而入的王夫人奪住了。）
王夫人：寶玉！寶玉！（哭）老爺！老爺！寶玉雖然該打，你自己也要保重，打死寶玉事小，要是把老太太氣壞了，豈非事大了！
賈　政：（冷笑）夫人休提此言，我養了孽子，我已不孝，不如今日結果了他，以絕後患！
王夫人：（抓住板子）老爺！你就看在我們夫妻的份上，我已年過半百，只有這一個孽障。（扔掉板子，抱住賈寶玉）寶玉，我們娘兒倆不如一同死了，在陰司裡也得個依靠。寶玉，我那苦命的兒啊！
賈　政：（長歎一聲）都是你，都是你把他寵成這樣，我今天非勒死他不可！拿繩子來！
王夫人：（大哭）老爺！老爺！老爺你就饒了他吧！饒了他吧！
賈　政：（向僕人）拿繩子來！拿繩子來！
王夫人：好啊！你要勒死他，你還是先把我勒死，你還是先把我勒死吧！（爭奪繩子。）
賈　政：你與我放手！
（外面一片聲地"老太太到——"，話未完，只聽外面賈母顫巍巍的聲音："你先打死我！你先打死我！"賈母在珍珠丫頭的攙扶下,搖頭喘氣地進來,後面跟着王熙鳳。)

賈　　母：(見賈寶玉,心痛至極)寶玉!
賈　　政：(躬身陪笑)老太太,你有何吩咐?何必自己走來,喚兒子進去吩咐也就是了。
賈　　母：(厲聲)你原來和我講話,我倒有話吩咐,只是我一生沒養個好兒子,卻叫我同誰説去?啊?!
賈　　政：(忙跪下)老太太!(衆人陪跪)做兒子的如此管教他,也為的是榮宗耀祖。老太太説這話,叫我做兒子的如何當得起。
賈　　母：呸!我只講了一句話,你就經受不起,你那樣的板子,難道寶玉就經受得起了?
賈寶玉：(跪步,抱住賈母雙膝)老祖宗……
賈　　母：寶玉!(老淚縱橫)我那不學好不爭氣的孫子喲!(緊緊抱住賈寶玉。)

第六場　閉門羹

(怡紅院內外。賈寶玉的傷纔痊癒,這一天的晚飯後,在榻上睡着了。襲人坐在榻邊,手中做着針線,旁邊放着一柄蠅拂,偶爾拿起拂子替他拂趕飛蟲。這時,薛寶釵上。)

晴　　雯：寶姑娘。
薛寶釵：寶二爺他在嗎?
晴　　雯：二爺他已經睡了呀。
薛寶釵：睡了?
　　　　(晴雯嘟着嘴下。)
薛寶釵：襲人,你還在忙啊?寶兄弟要是沒有你的細心照料,只怕身上的傷就不能好得那麼快了!聽説你近來丟了一隻戒指是嗎?
襲　　人：是啊,這還是太太賞給我的呢?
薛寶釵：我這裡有一個,你戴着吧。

襲　人：不不不，寶姑娘，這怎麼使得？這怎麼使得呢？
薛寶釵：戴着吧。
襲　人：哎呀，寶姑娘來了半天，我連杯茶都沒有倒，寶姑娘你坐一下，我去倒茶來。（下）
薛寶釵：不用了。
　　　　（襲人走了出去。薛寶釵只顧看那針線活，便不留心，一蹲身，剛剛也坐在襲人方纔坐的所在，因見那個活計可愛，就隨手拿了起來，替她做了。）
賈寶玉：（翻騰了一下，在夢裡罵起來了）什麼話！和尚道士的話如何信得？什麼金玉良緣，我偏要說木石姻緣！（薛寶釵放下針線活，楞住了。）
賈寶玉：（醒來）寶姐姐是你啊！（忙起身）
薛寶釵：寶兄弟，身體可大愈了？
賈寶玉：多謝你牽記着，我已經全好了。寶姐姐想必來了許多時候。
薛寶釵：（笑）剛坐了一會，就聽見你在夢中罵人，想不到我是來聽你罵人的。
賈寶玉：（笑了）是真的？我怎麼一點都不知道。
薛寶釵：好了，夢中之言不足為信，就不談它吧。我一來是望望你，二來聽說你近來又做了幾首新詩，倒想來拜讀一番呢。
賈寶玉：詩倒是做了幾首，只是總不及你和林妹妹。（拉着薛寶釵的手）你來了，正好請你評論一下。（襲人上，關好了院門）
襲　人：那麼請到裡面去吧。
賈寶玉：寶姐姐請……
　　　　（賈寶玉、薛寶釵同下。襲人隨下。林黛玉由院外上。晴雯由內出。）
晴　雯：（發洩）什麼寶姑娘，貝姑娘的，有事沒事跑了來就坐着，叫我們半夜三更的不得睡覺。

林黛玉：（唱）
　　　　寶玉被笞身負傷，
　　　　榮國府多的是無情棒！
　　　　他是皮肉傷癒心未愈，
　　　　我是三朝兩夕勤探望。
　　　　　（叩院門銅環）
晴　雯：（聽到敲門聲，沒好氣的）誰呀？都睡着了，有事明天再來吧！
林黛玉：是我呀！還不開門。
晴　雯：（聽不出是誰，使性子）憑你是誰，二爺吩咐的，一概不許放進人來！
　　　　（晴雯轉身入內去了。）
　　　　（林黛玉又氣又驚，欲高聲問，忽聽內室傳來薛寶釵呼喚"寶兄弟"的聲音，又縮了回來。）
合　唱：一聲呼叱半身涼，
　　　　獨立花徑心悽惶。
　　　　寄人籬下被作踐。
　　　　低頭忍吃閉門羹。

第七場　葬　　花

（數天后的一個早晨，大觀園沁芳橋畔。只聽王熙鳳的聲音"老祖宗走好"，王熙鳳和薛寶釵扶着賈母，旁邊陪着薛姨媽和王夫人，後面跟着許多僕婦、丫環同上。）

薛寶釵：（唱）
　　　　四月天氣雨乍晴，
　　　　陪着老太太來遊春。
賈　母：（笑着向薛寶釵）我的兒，難為你陪着我們老一輩來遊園，這纔添了我們不少興致呢！
薛寶釵：（唱）

　　　　　寶釵理該共做伴。
王熙鳳：是啊！（唱）
　　　　　龍女應當陪觀音。（眾笑）
薛姨媽：（唱）
　　　　　人說四月春將去，
　　　　　我看是正當美景和良辰。
薛寶釵：老太太，你累了，到那邊坐一會兒吧。
賈　母：好呀。（唱）
　　　　　老年雖有惜春意，
　　　　　怎奈是白髮已非賞花人。
王熙鳳：老祖宗講到哪裡去了？（唱）
　　　　　說什麼白髮已非賞花人，
　　　　　依我看老太太越活越年輕。
　　　　　長生不老活下去，
　　　　　賽過南極老壽星。
賈　母：（笑）鳳丫頭，就憑你這張巧嘴！
薛寶釵：（笑）這幾年，我留心看起來，二嫂子憑她怎樣巧，總巧不過老太太。
賈　母：我的兒啊，我如今老了，還巧什麼呢，當年我像鳳丫頭一般年紀的時候，倒是比她還強呢。
王夫人：是啊，是這樣的！
賈　母：姨太太，不是我當着姨太太的面奉承，千真萬真，從我們家四個女孩兒算起，要說巧，要說好，可都不及寶丫頭呵！
薛姨媽：（笑）老太太這話倒是說偏了。
王熙鳳：這倒是真的，我時常聽老太太在背後說寶姑娘好呢！
賈　母：鳳丫頭，等會準備一些好吃的，娘兒們今天索興就樂一樂。（向薛姨媽）姨太太，你想吃什麼，儘管告訴我，我有本事叫鳳丫頭辦了來吃。
薛姨媽：老太太總是給她出難題，時常叫她弄了好吃的東西來孝敬。

王熙鳳：姑媽休説了，我們老祖宗只是嫌人肉酸，要是不嫌人肉酸啊，早就把我也吃了呢！（衆大笑，邊笑邊走，同下。）
合　唱：看不盡滿眼春色富貴花，
　　　　説不完滿嘴獻媚奉承話，
　　　　誰知園中另有人，
　　　　偷灑珠淚葬落花。
　　　　（遠處傳來清幽的笛聲。笛聲中，林黛玉肩掛花鋤，鋤上擔着紗囊，緩步行來。）
林黛玉：（唱）
　　　　繞緑堤拂柳絲穿過花徑，
　　　　聽何處哀怨笛風送聲聲。
　　　　人説道大觀園四季如春，
　　　　我眼中却只是一座愁城。
　　　　看風過處落紅成陣，
　　　　牡丹謝芍藥怕海棠驚。
　　　　楊柳帶愁桃花含恨，
　　　　這花朵兒與人一般受逼凌。
　　　　我一寸芳心誰共鳴，
　　　　七條琴弦誰知音。
　　　　我只爲惜惺惺憐同命，
　　　　不教你陷落污泥遭踩躪。
　　　　且收拾起桃李魂，
　　　　自築香墳葬落英。
　　　　（葬落花，吟出了《葬花詞》）
　　　　花落花飛飛滿天，
　　　　紅消香斷有誰憐？
　　　　一年三百六十天，
　　　　風刀霜劍嚴相逼。
　　　　明媚鮮妍能幾時？
　　　　一朝飄泊難尋覓。

花魂鳥魄總難留，
　　　鳥自無言花自羞。
　　　願儂此日生雙翼，
　　　隨花飛到天盡頭！
　　　天盡頭，何處有香丘？
　　　未若錦囊收豔骨，
　　　一抔淨土掩風流。
　　　質本潔來還潔去，
　　　不教污淖陷渠溝。
　　　（賈寶玉正走到這裡，看到林黛玉在葬花，聽到《葬花詞》，站立在山坡上不覺聽呆了。）

林黛玉：（唱）
　　　儂今葬花人笑癡，
　　　他年葬儂知是誰？
　　　一朝春盡紅顏老，
　　　花落人亡兩不知。
　　　（賈寶玉不覺中把懷裡的落花撒了一地，悲傷地哭了起來。）

林黛玉：人說我癡，難道還有一個癡的不成？
　　　（回頭見是賈寶玉，歎了一聲，躲開他走去。）
賈寶玉：妹妹慢走。（林黛玉站住了）我知道你不理我，看見我就避開，我只和你說一句話，從今之後就撂開手吧。
林黛玉：你說吧！
賈寶玉：說兩句，你聽不聽呢？（林黛玉回頭就走）噯！既有今日，何必當初。
林黛玉：（回過身來）當初怎麼樣，今日又怎麼樣？
賈寶玉：（唱）
　　　想當初，妹妹從江南初來到，
　　　寶玉是終日相伴共歡笑，
　　　我把那心上的話兒對你講，

　　　　心愛的東西憑你挑，
　　　　還怕那丫環服侍不周到，
　　　　我親自椿椿件件來照料。
　　　　你若煩惱我擔憂，
　　　　你若開顏我先笑。
　　　　我和你同桌吃飯同床睡，
　　　　像一母所生的親同胞。
　　　　誰知道妹妹人大心也大，
　　　　如今是斜着眼睛把我瞧。
　　　　三朝四夕不理我，
　　　　使寶玉失魂落魄擔煩惱。
　　　　我有錯，你打也是罵也好，
　　　　為什麼遠而避之將我拋？
　　　　你有愁，訴也是説也好，
　　　　為什麼背人獨自常悲嚎？
　　　　你叫我不明不白鼓裡蒙啊，
　　　　我就是為你死了——
　　　　也是個屈死的鬼魂冤難告！
　　　　（林黛玉又感激，又難受，淌下淚來。）
賈寶玉：怎麼你在哭了？
林黛玉：我何曾哭來？
賈寶玉：你看，淚珠還滾着呢！（禁不住擡起手為林黛玉拭淚。）
林黛玉：（退了幾步）你要死了，動手動脚的。
賈寶玉：（笑）説話忘了情，不覺動了手，也就顧不得死活。
林黛玉：你既這樣説，我來問你，那天我到怡紅院去，你為什麼不叫丫頭開門呢？
賈寶玉：此話從哪裡説起，怪不得你不理我，我若敢這樣對待妹妹，叫我立刻就死好了。
林黛玉：啐！誰要你賭咒發誓的！那一天啊，（唱）
　　　　我不顧蒼苔滑天色昏，

來訪你秉燭共談心。
　　誰知道受了你丫頭言欺凌,
　　嘗了你怡紅院裡閉門羹。
　　撇下我滿目淒涼對院門,
　　遍體生寒立花徑。
　　那一日你蒙着耳朵不理人,
　　今日又何必指着鼻子把誓盟。

賈寶玉：好妹妹,我實在不知道你來過,那天只有寶姐姐來坐過一回。定是丫頭們幹出來的好事,等我回去問出是誰,定要教訓教訓她們。

林黛玉：是要教訓教訓纔好,得罪了我倒是小事,要是以後什麼寶姑娘來了、貝姑娘來了,也把她們得罪了事情可大了。

賈寶玉：(趕上前)你還説這些話,到底是氣我還是咒我呢?

林黛玉：(自悔不該這樣説)這有什麼要緊,筋都暴起來了,還急得一臉汗呢。(邊説邊近前替他拭汗)

賈寶玉：(瞅了她半天,握住她的手,説出一句話)好妹妹,你放心。

林黛玉：(愣了半晌,離開身子)我,有什麼不放心的?我真不明你的意思,你倒説説看,什麼放心不放心的?

賈寶玉：(歎了口氣)你果然不明白這話麼?難道我平日在你身上的心都用錯了!若連你的意思都體貼不着,就難怪你天天為我生氣了。

林黛玉：我真不明白。

賈寶玉：好妹妹,你不要騙我,你若真的不明白這話,不但我平日白費了心,而且連你對待我的心都辜負了。你總是因為不放心的緣故,纔多了心,纔弄了一身的病。好妹妹,你若能寬慰些,病就會好了。

　　(林黛玉聽了這話,如轟雷掣電一般,細思之,比自己肺腑裡掏出來的還懇切,一時有千言萬語要説,却半字也吐不出來,只是瞅着他。賈寶玉也怔怔地看着林黛玉,林黛玉回身走去。)

賈寶玉：（拉住她）妹妹慢走，你再讓我講一句話再走好不好？
林黛玉：（非常懇切地）還有什麼可說的？你的話，我都明白了。
賈寶玉：都明白了？好妹妹，我這心從來也不敢說，今天大膽地說出來，就是死了也是情願的。我為你也弄了一身的病，又不敢告訴人，只好挨着……
（林黛玉輕輕地推開賈寶玉的手走去，賈寶玉出神地咀嚼着林黛玉的話。）
（紫鵑上。寶玉抓住紫鵑手。）
賈寶玉：好妹妹……
紫　鵑：寶二爺，你的林妹妹走了。
賈寶玉：紫鵑，天氣不好，忽冷忽熱的，你身上穿的這樣單薄，妹妹已經病了，要是你再病了，那怎麼得了。（抓着紫鵑的胳膊，愛撫着她）
紫　鵑：（立起身來）寶二爺，從今後，我們說話便說話，可不能動手動脚的。一年小，兩年大，叫人看着不尊重。那些混賬的人背後都會說你的，你總不留心，還和小時候一般行為，這如何使得？況且姑娘也吩咐過我們，不要和你說笑，你看近來遠着你恐還遠不及呢！（賈寶玉身上如同被潑了盆冷水）
紫　鵑：怎麼，寶二爺，你生我的氣啦？
賈寶玉：我不曾生氣。你的話說得有理，怪不得妹妹常常不理我了！唉，死的死了，嫁的嫁了，走的走了……
紫　鵑：（開玩笑地）是啊，要是你的林妹妹也回蘇州老家去……
賈寶玉：（吃驚地站起來）誰要回去啊？
紫　鵑：（故作肯定地）你林妹妹，回蘇州自己家裡去啊！
賈寶玉：（終於笑了）你啊！你啊！你說什麼謊啊！（唱）
　　　　你紅嘴白牙胡亂云，
　　　　妹妹是蘇州原籍早無親。
　　　　老太太憐惜外孫女，
　　　　千里接歸伴晨昏。

　　　　她離不開瀟湘館中千竿竹，
　　　　怎會去姑蘇城內舊牆門。
紫　鵑：（故意冷笑）你也太小看人了！（唱）
　　　　你以為賈府族大人丁旺，
　　　　難道說別人族中就無靠傍。
　　　　你可知借來的東西總要還，
　　　　接來的親戚住不長。
　　　　姓林的不能在賈府住一世，
　　　　聽說是林家明春來接姑娘。
　　　　（賈寶玉聞言怔住了。紫鵑掩口偷笑，正等着賈寶玉怎麼回答，等了半天，見他只不作聲，細看時，發現賈寶玉已神色大變，眼睛也直了，拉賈寶玉手的時候，發現他的手也冷了。紫鵑着了慌，只是叫着"寶二爺……"；園中走來一個丫頭，看呆了，這個丫頭忽然發覺襲人在那邊，忙叫："襲人姐姐快來，二爺不好了！"襲人急忙趕過來，這個丫頭急奔而下，去稟告老太太。）
襲　人：（驚慌失措）二爺！二爺！這是怎麼了！（埋怨紫鵑）你闖下什麼禍了？
紫　鵑：我只不過和他說了幾句話，他就變成這樣了。
襲　人：（哭了）這可怎麼好呢？
　　　　（襲人想扶賈寶玉回怡紅院，但他動也不動。這時，只見遠遠有幾乘竹轎，擡着賈母、王夫人、王熙鳳飛奔而至，賈母、王夫人、王熙鳳下轎走來，圍着賈寶玉連聲叫"寶玉"、"寶玉"）
賈　母：（怒氣衝衝）襲人，你是怎樣侍候的，把寶玉弄成這個樣子！
襲　人：（跪下）不知道紫鵑姑奶奶說了些什麼話，二爺他眼也直了，手腳也冷了，話也不會說了。
王夫人：（慌亂）這可不中用了。
賈　母：（對紫鵑怒目而視）你這個小丫頭和他說了些什麼？

王熙鳳：死丫頭，你與他説了些什麽？
紫　鵑：我並不敢説什麽，只是和他説句玩笑。（向賈寶玉）寶二爺，你可不能當真呀！
　　　　（賈寶玉見了紫鵑，"哇"的哭出聲來，衆人這纔放了心。）
王熙鳳：死丫頭，得罪了二爺，還不過去賠罪！
賈寶玉：（一把拉住紫鵑）紫鵑，你們不能走，你們不能走！
　　　　（唱）要去連我也帶了去。
賈　母：這是怎麽一回事啊？
紫　鵑：我剛才與二爺開了一句玩笑，説林姑娘要回蘇州自己家裡去，二爺他就……
賈　母：原來是這樣……（周媽媽上）
周媽媽：老太太，林媽媽她們都來看寶二爺了。
賈　母：你叫林媽媽客堂坐一會。
賈寶玉：（聽到了個"林"字便大嚷）不得了，不得了，林家的人來接林妹妹了，快打出去！打出去！
賈　母：（忙順着説）快打出去吧。
王熙鳳：打出去，打出去！
賈　母：寶玉，這不是林家的人！
賈寶玉：除了林妹妹，（唱）
　　　　憑是誰，不許他姓林。
賈　母：對呀，以後你們不准提到林字，不要叫姓林的進來，都聽見了吧！
王熙鳳：你們聽見了没有，不許姓林的進來！
賈寶玉：（忽然指着橋畔河上）你們看！那邊有隻船來接林妹妹了。（唱）
　　　　啊呀，船在那邊等。
賈　母：（又忙吩咐）來人哪！快把船摇走，摇走！
王熙鳳：你們聽見了没有，快點摇走啊！
賈　母：（撫着賈寶玉）寶玉，那你總該放心了吧！
賈寶玉：（緊緊地拉住紫鵑，臉上充滿笑容）（唱）

　　　　　林妹妹,她從今以後去不成。
紫　鵑：二爺……
　　　　（賈母,王夫人愕然相視。）

第八場　王熙鳳獻策

（某年的一個秋天黃昏。賈母房中。賈母呆呆地捧着茶盅,心情沉重。王夫人坐在下首,傻丫頭隨侍在側。）

賈　母：我看近來寶玉病得奇怪,那黛玉也忽然病又忽然好的,以前小孩子們攔在一起也不怕什麼,如今……你看怎麼樣？
　　　　（王熙鳳悄悄地進來。）
王夫人：（呆了一呆）林姑娘倒是個有心的人,至於寶玉,不避嫌疑是有的。但此時若把他們隔開了,豈不是露了痕跡。
賈　母：唉,像我們這樣的人家,女孩子斷不能存一點心思,若叫外人知道,臉上都沒有光彩！
王夫人：老太太,依我看"男大當婚,女大當嫁",還是趁早給寶玉成了親,也免得將來闖出什麼禍來。說不定沖一沖喜,病也就會好的。
賈　母：我也正想到這一層了。我們娘兒倆先核計核計,隨後再與政兒商量。
王夫人：老太太,老爺說挑選媳婦請老太太做主就是,可老爺又說（唱）

　　　　娶媳婦要四德皆備,
　　　　纔能夠相夫成器光門楣。
賈　母：說得是啊……我也曾留心過黛玉,唉,（唱）
　　　　可惜黛玉這女孩兒,
　　　　舉止行動多乖僻。
　　　　不如寶釵性温存,
　　　　穩重端莊够賢和。
王夫人：老太太,我的心裡也是這樣想。（唱）

　　　　　林姑娘,雖是有貌又有才,
　　　　　只恐怕多愁多病福分淺。
　　　　　寶丫頭德容皆備有福相,
　　　　　品格端方十分賢。
　　　　　（襲人上）
王熙鳳：可不是麼！（唱）
　　　　　更有金鎖配寶玉,
　　　　　是一對天生的並蒂蓮。
　　　　　能使家和萬事興,
　　　　　助得寶玉富貴全。
賈　母：寶丫頭倒是合人心意的。寶玉若是娶了她,說不定病也好了,人也走正道了。
王夫人
王熙鳳：老太太說的是！
賈　母：既然你們都說寶丫頭好,那麼我的主意也就定了。
王夫人：老太太,我們心裡雖說好,但林姑娘也要給她說了人家纔好,倘若這女孩兒真與寶玉有些私心,若知道寶玉定下寶釵,倒防生出什麼事來呢！
賈　母：自然先給寶玉娶親,然後再給林丫頭找婆家,再沒有先是外人,後是自己的。至於寶玉定親的事,就不許叫她知道罷了。
王熙鳳：（吩咐在屋裡的傻丫頭和眾位丫頭）你都聽見了,可不准傳出去,若走漏了一個字,當心打斷你們的兩條腿。
　　　　　（傻丫頭呆呆的點頭,眾位丫頭稱"是",襲人忽然站了出來,哭跪在地。）
襲　人：老太太、太太……
王夫人：好端端的有什麼委屈了,起來說吧！
襲　人：（起立）老太太、太太,這話奴才本是不敢講的,現在沒法子,只好講了！（唱）
　　　　　寶二爺若娶寶姑娘,

　　　　　奴才也沾一線光。
　　　　　怎奈是,金玉配,恐生風浪,
　　　　　我知道他心裡只有個林姑娘。
　　　　　如今若知娶親的事,
　　　　　只恐怕天大的禍事也會鬧。
　　　　　倒不如未曾落雨先帶傘,
　　　　　老太太,你能提防處且提防。
　　　　　(這番話把賈母弄的啞口無言。)
王 夫 人:老太太。
賈 　 母:(半晌,長歎一聲)唉,別的事都好說。若寶玉真是這樣,
　　　　　這倒教人難了!
王 熙 鳳:(胸有成竹地)難倒不難,我想到了一個主意。(示意眾
　　　　　下)不知姑媽肯不肯?
王 夫 人:你只管說來。
王 熙 鳳:依我看,這件事只有一個"調包"的法子!
賈 　 母:調包?
王 熙 鳳:唔!(唱)
　　　　　定一條偷梁換柱調包計,
　　　　　設一個李代桃僵巧機關。
　　　　　到時候紅蓋頭遮住新奶奶,
　　　　　扶新人可用紫鵑小丫環。
　　　　　對寶玉只說娶的是林妹妹,
　　　　　把真情暫且瞞一番。
賈 　 母:(點頭)只是能瞞得過麼?
王 夫 人:是啊!
王 熙 鳳:老祖宗——(唱)
　　　　　等到那酒闌人也散,
　　　　　生米煮成熟米飯,
　　　　　管叫他銷金帳內翻不了臉,
　　　　　鴛鴦枕上息波瀾。

第九場　黛玉焚稿

（已是深秋季節。秋風蕭瑟，景物凋謝，不禁感觸。）
（黛玉撫琴。吟唱）

幕　後：啊——啊——啊——
眼空蓄淚淚空垂，
啊——
暗灑閑拋更向誰？
啊——
尺幅鮫綃勞惠贈，
為君哪得不傷悲，（黛玉拿出詩帕來看）
啊，不傷悲。啊——啊——
（林黛玉未曾吟完，傻大姐哭着跑上，林黛玉站起來。）
林黛玉：你好好的為什麼在這裡啼哭，受什麼人的氣了？
傻丫頭：林姑娘，你來評評這個理，他們說話我又不知道，我就說錯了一句話，我姐姐也不該打我呀！
林黛玉：你姐姐是哪一個？
傻丫頭：就是珍珠姐姐。
林黛玉：你叫什麼？
傻丫頭：我叫傻大姐。
林黛玉：你姐姐為什麼要打你？你說錯什麼話了？
傻丫頭：為什麼？還不是為了寶二爺要娶寶姑娘的事情。
林黛玉：（以為聽錯了，拉她近身問）你說什麼？
傻丫頭：就是為寶二爺要娶寶姑娘的事情。
（幕後合唱）
好一似塌了青天，沉了陸地，
魂如風箏斷線飛！
眼面前，橋斷、樹倒、石轉、路迷，
難分辨，南北東西。

（林黛玉跌跌撞撞往前走。）

紫鵑畫外音：姑娘，你究竟要往哪裡去呀？

林黛玉：（半晌，迸出一句）我……我問問寶玉去！

（林黛玉急向橋上走去，走了幾步，她身子往前一栽，回過頭來，靠着欄杆，"哇"的一聲，一口鮮血吐了出來。）

（紫鵑畫外音：姑娘，血！）

（音樂聲起。）

（瀟湘館內。黛玉病臥榻上，紫鵑守候在榻邊，她端過藥來）

紫鵑：姑娘，起來吃藥吧。（林黛玉搖頭，紫鵑泣聲）你就吃一點吧。

（林黛玉推開藥碗。紫鵑一陣心酸，禁不住哭泣起來。）

（林黛玉掙扎起身，又喘成一片。紫鵑忙用軟枕替她靠住坐了。）

林黛玉：紫鵑，你哭什麼？（苦笑）我哪裡能够死呢！

紫鵑：姑娘！（唱）
與姑娘情如手足長廊守，
這模樣，教我紫鵑怎不愁？
水米未曾入咽喉，
鏡子裡只見你容顏瘦，
枕頭邊只覺你淚濕透。
姑娘啊！想你眼中能有多少淚，
怎禁得冬流到春，夏流到秋？
姑娘啊！你要多保養，
再莫愁，把天大的事兒放開手，
保養你玉精神、花模樣，
打開你眉上鎖，腹中憂。

林黛玉：（感激地對紫鵑笑了笑）（唱）
你好心好意我全知，
你曾經勸過我多少次，

怎奈是，一身病骨已難支，
滿腔憤怨非藥治。
只落得，路遠山高家難歸，
地老天荒人待死。

紫　鵑：姑娘！（唱）
姑娘你身子乃是寶和珍，
再莫説這樣的話兒痛人心。
世間上總有良藥可治病，
更何況府中都是疼你的人，
老祖宗當你掌上珍，
衆姐妹貼近你的心……

林黛玉：（悲憤、止住紫鵑）不用説了。（唱）
紫鵑你休提府中人，
這府中，誰是我知冷知熱親？！
（滿腔悲憤地喘氣，然後注視紫鵑，白）妹妹，只有你是我最知心的了。（唱）
難為你知冷知熱知心待，
你問饑問飽不停閒。
你為我眼皮兒終夜未曾合，
你把我骨肉親人一樣待。
老太太派你服侍我這幾年，
我也將你當作我的親妹妹。

紫　鵑：姑娘！……
林黛玉：（支撐住身子，用勁地説）把我的詩本子拿來！
紫　鵑：姑娘，等身體好了再看吧。
（林黛玉搖頭。紫鵑取詩稿給她，見她又咯了血，忙用手絹替她揩拭，林黛玉指指手帕，紫鵑知她又要手帕，便又去取。

林黛玉：（使勁地説）有字的！
（紫鵑知是要那塊詩帕，便取來給她。林黛玉接過詩帕，

　　　　　狠命地想撕碎它,但無力的手只有打顫的份兒。)
紫　　鵑:姑娘,姑娘,何苦自己又生氣呢!(林黛玉指指火盆)
紫　　鵑:(以為她冷了)姑娘,多蓋上一件吧,那火盆裡有炭氣,只
　　　　　怕受不住。(林黛玉只是搖頭,紫鵑只得端火盆來,放在
　　　　　榻邊)
林黛玉:(拿起詩稿,無限感慨)(唱)
　　　　　我一生與詩書作了閨中伴,
　　　　　與筆墨結成骨肉親。
　　　　　曾記得菊花賦詩奪魁首,
　　　　　海棠起社鬥清新,
　　　　　怡紅院中行新令,
　　　　　瀟湘館內論舊文,
　　　　　一生心血結成字。
　　　　　如今是記憶未死,墨漬猶新。
　　　　　這詩稿不想玉堂金馬登高第,
　　　　　只望它高山流水遇知音。
　　　　　如今是知音已絕,詩稿怎存?(焚稿)
紫　　鵑:姑娘,這又何苦呢!
林黛玉:(接唱)
　　　　　把斷腸文章付火焚。(接着又取詩帕來無限傷心地看了
　　　　　一陣)
　　　　　這詩帕原是他隨身帶,
　　　　　曾為我揩過多少舊淚痕,
　　　　　誰知道詩帕未變人心變,
　　　　　可歎我真心人換得個假心人。
　　　　　早知人情比紙薄,
　　　　　我懊悔留存詩帕到如今,
　　　　　萬般恩情從此絕,(焚帕,紫鵑欲阻,又不敢阻。)
　　　　　(幕後獨唱)只落得一彎冷月照詩魂。
　　　　　(傳來喜慶的鼓樂聲,病榻上的林黛玉漸漸睜開眼睛,掙

　　　　　扎着要坐起來，紫鵑趕忙扶住她。雪雁上。）
紫　　鵑：（上前去止住，忙問）雪雁，你告訴老太太、太太，林姑娘病
　　　　　重，她們怎樣説？
雪　　雁：姐姐你不要問了，寶二爺真的要娶寶姑娘了！（看了一下
　　　　　病榻，然後輕聲説）就在今夜成親，新房都另外收拾好了。
　　　　　上頭吩咐了，不教我們知道。
紫　　鵑：寶玉，我看她明朝死了，你拿什麽臉來見我。
　　　　　（病榻上的林黛玉漸漸睜開眼睛，掙扎着要坐起來，紫鵑
　　　　　趕忙扶住她。）
林黛玉：妹妹，你聽！
紫　　鵑：姑娘，姑娘，没有什麽……
林黛玉：（唱）
　　　　　笙簫管笛耳邊繞，
　　　　　一聲聲猶如斷腸刀。
　　　　　他那裡是花燭面前相對笑，
　　　　　我這裡是長眠孤館誰來吊。
紫　　鵑：姑娘！（哭泣）
林黛玉：（緊握住紫鵑的手）妹妹……我是不中用的人了。（唱）
　　　　　多承你伴我月夕共花朝，
　　　　　幾年來一同受煎熬。
　　　　　到如今，濁世難容我清白身，
　　　　　與妹妹永別在今宵。
　　　　　從今後，你失羣孤雁向誰靠？
紫　　鵑：姑娘！（撲向林黛玉懷中痛哭）
林黛玉：（唱）
　　　　　只怕是寒食清明，
　　　　　夢中把我姑娘叫。
　　　　　（白）妹妹，我託你一件事。
紫　　鵑：什麽事啊？
林黛玉：黛玉在此没有親人，我的身子是乾淨的，你好歹叫他們送

我回去。(唱)
我質本潔來還潔去,
休將白骨埋污淖。
(又一陣從遠處傳來的喜樂聲。)

林黛玉：(直着聲)寶玉！寶玉！你好……(死去)
紫　鵑：(伏倒在林黛玉的身上,哭呼)姑娘！姑娘！
(喜樂聲越來越高,掩蓋了紫鵑的哭聲。)

第十一場　金玉良緣

(在喜樂聲中,一對新人被送入洞房。喜娘扶着蒙上蓋頭的新娘,下手扶新娘的便是雪雁,跟着進來了穿着喜服的賈母、王夫人、王熙鳳和襲人。新人坐了帳。雪雁憤憤地看了賈寶玉一眼,退了出去。喜娘給新郎、新娘奉上合歡酒,並向賈母道喜後也退了出去。在紅燭和喜服相互輝映下,洞房似乎是滿室生春。賈寶玉滿臉堆笑,挨近新娘。)

賈寶玉：林妹妹！(新娘的身子顫動了一下)
賈寶玉：你身子好了沒有？我們好久沒有見面了,總算盼到了這一天！
(賈寶玉欲揭開紅蓋頭,王熙鳳忙推開他。襲人扶新娘坐向花燭前。)
王熙鳳：寶兄弟！
賈　母：寶玉！你要穩重點呵。
賈寶玉：林妹妹,今天真是從古到今、天上人間第一件稱心滿意的事啊！……(唱)
我合不攏笑口將喜訊接,
數遍了指頭把佳期待,
總算是,東園桃樹西園柳,今日移向一處栽。
此生得娶林妹妹,

　　　　　心如燈花並蕊開，
　　　　　往日病愁一筆勾，
　　　　　今後樂事無限美。
　　　　　從今後，與你春日早起摘花戴，
　　　　　寒夜挑燈把謎猜，
　　　　　添香並立觀書畫，
　　　　　步月隨影踏蒼苔；
　　　　　從今後，俏語嬌音滿室聞，
　　　　　如刀斷水分不開。
　　　　　這真是，銀河雖闊總有渡，
　　　　　牛郎織女七夕會。
　　　　（問周圍的人，白）咦，方纔只見雪雁，却為何不見紫鵑呢？
王熙鳳：（連忙回答）她的生肖沖了，因此不來。
賈寶玉：原來如此。林妹妹你蓋着這個東西做什麼？我們何必用這些俗套呢？
　　　　（賈寶玉欲去揭蓋頭，這使賈母等人急出了一身冷汗。）
王熙鳳：（阻住他）寶兄弟。
　　　　（賈寶玉住手，但歇了一歇，耐不住又要去揭。）
王熙鳳：（又阻止）寶兄弟！（拉賈寶玉至一邊。）（唱）
　　　　　做新郎總該懂溫柔，
　　　　　休惹得新娘氣帶羞。
　　　　　多生歡喜少癡傻，
　　　　　隨緣隨份莫貪求。
　　　　　老祖宗都是為你好，
　　　　　你須懂得，孝順乃是第一籌！
賈寶玉：（笑）你說我傻，我說你纔傻呢，我把我這顆心都交給了她，還能對她不溫柔麼？（唱）
　　　　　我愛她敬她都來不及，
　　　　　怎會使她氣帶羞。
　　　　　今日我十分喜減去一身病，

百煉鋼早化作繞指柔。
王夫人：寶玉，我的兒，(唱)
願你倆相敬如賓到白頭，
這纔是父母之心不辜負。
賈寶玉：那還用說麼？
賈　母：寶玉，來！你母親的話可要記住，這都是為你好呀！
賈寶玉：我知道。(又走向新人)林妹妹，雖然這紅蓋頭啊，(唱)
遮住你臉如芙蓉眉如柳，
却遮不住你心底春光往外透。
(賈寶玉蹲下身子看新娘，眾人提心吊膽的亦隨着看。)
賈寶玉：但教我如何能不揭開它呢？……
(按捺不住，終於揭開了蓋頭。他睜眼一看，像是薛寶釵，但心中不信，急持燈來照看，可不是薛寶釵又是誰？發愣。)
賈寶玉：我是在哪裡呢？襲人，你來咬咬我的手指頭，看我是不是在做夢？
(眾人忙接過燈去，扶賈寶玉坐了。賈寶玉發着呆。)
王熙鳳：什麼做夢不做夢，不要胡說，老祖宗在這裡坐着，老爺也在外面坐着呢。
賈寶玉：襲人，方纔床上坐的美人兒是誰？
襲　人：是新娶的二奶奶。
賈寶玉：你真糊塗，新娶的二奶奶是誰？
襲　人：(在王熙鳳的示意下，肯定地)是寶姑娘。
賈寶玉：林姑娘呢？
襲　人：你怎麼混說起林姑娘來了，老爺作主娶的是寶姑娘。
賈寶玉：(大驚失色)是寶姑娘……
王熙鳳：是呀，是寶姑娘。
王夫人：寶玉，你娶的是寶姑娘。
襲　人：是寶姑娘。
賈寶玉：寶姑娘？……老祖宗，這究竟是怎麼一回事？到底是怎麼一回事?
賈　母、王夫人：你娶的是寶姑娘。
賈寶玉：我方纔明明與林妹妹成的親,雪雁還扶着她呢！怎麼一霎時都變了,都變了！這是為什麼?……為什麼？為什麼？
王熙鳳：(安慰坐立不安的賈母)老祖宗,船到橋門總會直的,你坐下,你坐下。(王熙鳳一言方畢,賈寶玉放聲大哭)
賈寶玉：(哭呼)林妹妹！(伏桌,痛心疾首)(唱)
　　　　我以為百年好事今宵定,
　　　　為什麼月老繫錯了紅頭繩？
　　　　為什麼梅園錯把杏花栽？
　　　　為什麼鵲巢竟被鳩來侵？
　　　　莫不是老祖宗騙我假做親,
　　　　寶姐姐她趕走我的心上人！
　　　　(白)林妹妹,你在哪裡？
　　　　定是氣息奄奄你十分病,
　　　　淚如滾水你煎着心。
　　　　(白)聽,你們聽,你們可聽到林妹妹的哭聲？你們可聽到林妹妹的哭聲？
賈　母：寶玉,你聽我講,聽我講。
賈寶玉：(不理)聽,你們聽,你們可聽到林妹妹的哭聲？(向襲人)襲人你告訴我,你可曾聽見她哭聲呀？
王夫人：你聽娘說,寶玉……
賈寶玉：(撲跪賈母面前,捶着胸)老祖宗,我要死了。
賈　母：(與王夫人同安慰賈寶玉)寶玉你怎麼樣？你怎麼樣？
賈寶玉：老祖宗,我有一句心裡的話要說。(唱)
　　　　我和妹妹都有病,
　　　　兩個病源一條根,
　　　　望求你,把我們放在一間屋,
　　　　也好讓,同病相憐心連心,

　　　　　活着也能日相見，
　　　　　死了也可葬同墳！
賈　母：寶玉……
賈寶玉：（唱）
　　　　　老祖宗啊！我天下萬物無所求，
　　　　　只求與妹妹共死生。
　　　　（白）老祖宗！你依了我吧！（連連叩拜）
賈　母：（捶着心，老淚縱橫）寶玉，今天是你大喜的日子，你竟病得這樣，好教我心痛，你呀，你呀……
　　　　（王夫人呆若木雞；能說慣道的王熙鳳也束手無策；薛寶釵心內又痛又亂，垂頭無語。洞房一片沉寂，方纔滿室生春的氣象已煙消雲散。）
賈寶玉：我知道求你們也沒有用！（立起身來，不顧一切地）我找林妹妹去！
王熙鳳：（急上前）寶兄弟……
賈寶玉：（推開她）我找林妹妹去！
賈　母：（攔阻她）寶玉！你……
賈寶玉：（推開賈母）我找林妹妹去！
薛寶釵：寶玉，林妹妹她已經死了。
　　　　（賈寶玉聞言昏了過去，洞房亂了秩序，眾人扶着他一片聲地呼"寶玉"，賈母頹然倒在椅子上。）
合　唱：好一條調包計偷柱換梁，
　　　　　只贏得慘紅燭映照洞房。

第十二場　哭靈、出走

　　　　（冬日黃昏，瀟湘館，林黛玉靈前。）
　　　　（賈寶玉急上，見到靈牌。）
賈寶玉：林妹妹，我來遲了，我來遲了！（唱）
　　　　　金玉良緣將我騙，

害妹妹魂歸離恨天。
到如今,人面不知何處去,
空留下,素燭白幛伴靈前。
林妹妹啊,林妹妹啊,
如今是千呼萬喚喚不歸,
上天入地難尋見。
可歎我,生不能臨別話幾句,
死不能扶一扶七尺棺!
林妹妹,想當初你是孤苦伶仃到我家來,
只以為暖巢可棲孤零燕。
我和你,情深猶如親兄妹,
那時候兩小無猜共枕眠。
到後來,我和妹妹都長大,
共讀《西廂》在花前。
寶玉是剖腹掏心真情待,
妹妹是心裡早有你口不言。
到如今,無人共把《西廂》讀,
可憐我傷心不敢立花前。
曾記得怡紅院嘗了閉門羹,
你是日不安心夜不眠。
妹妹呀,你為我一往情深把病添;
我為你,睡裡夢裡常想念。
好容易盼到洞房花燭夜,
總以為美滿姻緣一線牽,
想不到林妹妹變成寶姐姐,
却原來,你被逼死我被騙!
實指望,白頭能偕恩和愛,
誰知曉,今日你黃土壟中獨自眠!
林妹妹啊,自從居住大觀園,
幾年來,你是心頭愁結解不開,

　　　　落花滿地令你驚,
　　　　冷雨敲窗病未眠。
　　　　你怕那,人世上風刀和霜劍,
　　　　到如今,它果然逼你喪九泉。
紫　　鵑:寶二爺,天夜了,你不便多留,快回去吧。
賈寶玉:紫鵑,我知道,妹妹恨我,你也恨我,我就是死了,也是個屈死鬼。
紫　　鵑:這些話我已經聽慣了,人死了,還說個什麼呢!
賈寶玉:紫鵑,妹妹臨死時,她講些什麼?
紫　　鵑:唉!(唱)
　　　　想當初姑娘病重無人理,
　　　　床前只有我知心婢。
　　　　她這邊是冷屋鬼火三更泣,
　　　　你那邊是洞房春暖一天喜。
　　　　只聽她恨聲呼寶玉,
　　　　這辛酸的事兒我牢牢記!
　　　　(指着寶玉)寶二爺,你來遲了!你來遲了!人死黃泉難扶起。
賈寶玉:林妹妹,這是父母作主,並不是我負心!
紫　　鵑:(伏桌哭泣)姑娘啊……
賈寶玉:(環視四周,一片淒涼)(唱)
　　　　問紫鵑,妹妹的詩稿今何在?
紫　　鵑:(唱)
　　　　如片片蝴蝶火中化。
賈寶玉:(唱)
　　　　問紫鵑,妹妹的瑤琴今何在?
紫　　鵑:(唱)
　　　　琴弦已斷你休提它。
賈寶玉:(唱)
　　　　問紫鵑,妹妹的花鋤今何在?

紫　　鵑：（唱）
　　　　　花鋤雖在誰葬花？
賈寶玉：（唱）
　　　　　問紫鵑，妹妹的鸚哥今何在？
紫　　鵑：（唱）
　　　　　那鸚哥，叫着姑娘，學着姑娘生前的話。
賈寶玉：（唱）
　　　　　那鸚哥也知情和義，
紫　　鵑：（唱）
　　　　　世上的人兒不如它！
賈寶玉：（哭呼）林妹妹，我被人騙了，被人騙了！（唱）
　　　　　九州生鐵鑄大錯，
　　　　　一根赤繩把終身誤。
　　　　　天缺一角有女媧，
　　　　　心缺一塊難再補。
　　　　　你已是質同冰雪離濁世，
　　　　　我豈能一股清流隨俗波！
　　　　　從今後你長恨孤眠在地下，
　　　　　我怨種愁根永不拔。
　　　　　人間難栽連理枝，
　　　　　我和你世外去結並蒂花。
　　　　（遠處傳來寺院晚鐘聲聲，賈寶玉若有所悟。他憤然摘下頸項上所掛的那塊通靈寶玉，癡視着）
紫　　鵑：（低頭泣語）寶二爺，你快回去吧！
賈寶玉：回去吧……回去吧。
　　　　（賈寶玉棄玉於地，在晚鐘聲與合唱聲中，默默向靈前告別，向外走去。）
合　　唱：拋却了莫失莫忘通靈玉，
　　　　　掙脫了不離不棄黃金鎖。
　　　　　離開了蒼蠅競血骯髒地，

(賈寶玉已經走的無影無蹤了,這時只聽幕後一片聲地呼喚着"寶二爺"……紫鵑聞聲,在燈光下,發現棄在地上的那塊玉,她拾了起來,木立出神,只聽幕後襲人和周媽媽等人的聲音。)

襲　人:(內聲)找到寶二爺了沒有?
周媽媽:(內聲)看來是找不到他了,找不到了!
　　　(幕後合唱)
　　　撇開了黑蟻爭穴富貴窠。

琥 珀 匙

（傳奇）

清·葉時章

【作者簡介】葉時章,約生於明萬曆三十七年至萬曆四十二年間(1609—1614),卒於清康熙三十二年至康熙三十七年間(1693—1698)。字雉斐,號牧拙生,一説名稚斐,字美章,吴縣(今江蘇蘇州)人。青年時曾習舉子業,入清後棄功名之念,寄情詩文詞曲。與李玉、朱素臣、畢魏、邱園等過從甚密,為"蘇州派"劇作家的重要一員。據今人考證,葉時章於清順治年間避兵安溪,因創作傳奇《漁家哭》而得罪地方豪紳,被告下獄。作有傳奇劇本九種,分別為《英雄概》、《琥珀匙》、《三擊節》、《開口笑》、《女開科》、《遜國疑》、《八翼飛》、《人中人》和《漁家哭》。今僅存《琥珀匙》、《英雄概》兩種。他還曾與畢魏、朱素臣共同參與李玉《清忠譜》傳奇的創作,與朱素臣共同創作傳奇《四大慶》。

【劇情概要】該劇共二十八齣。劇寫姑蘇人骨塤,遊學杭州,寄居於拾翠園。隔壁鄰居桃佛奴為桃南洲之長女,善彈古樂器琥珀匙(即渾不似)。骨塤往遊西湖,巧遇丢失頭釵的桃佛奴。骨乃撰《減字木蘭花》詞,書於錦箋,繫於花枝。佛奴得詞,步韻一首,贈予骨生。骨生鑽牆相會,還其金釵,二人定下終身大事。佛奴父桃南洲因與太湖大盜金髯翁貿易,被官府逮捕,責令交出臟銀。佛奴賣身救父,却被無賴賣入揚州妓館。佛奴堅守節操,答應作畫以償身價,並編寫了《苦節傳》歌本以表達心志。後在金髯翁的幫助下,桃佛奴終於脱離苦海,與已中進士的骨塤團圓。

【劇本流傳】該劇現存舊鈔本,原為程硯秋玉霜簃藏,今存中國藝術研究院圖書館。《古本戲曲叢刊三集》據之影印。另有清《環翠山房十五種曲》鈔本所收本,為法國巴黎國家圖書館藏。今日易見的是中華書局1988年出版的《明清傳奇選刊》本。本書以《古本戲曲叢刊三集》本為底本,參校以中華書局本。

【演出情況】該劇《山盟》、《立關》是崑劇舞臺上常演的折子戲,清人葉堂曾為這兩折定譜,收入《納書盈曲譜》中。1955年,四川省川劇劇目鑒定委員會將《琥珀匙》改編為川劇《芙奴傳》(又名《苦節傳》),後成為川劇四大本戲之一。

(周立波)

第一齣　家　門

【沁園春】(末上)吳士胥生，進香天竺，假寓園亭。遇多情桃女，新絃調撥；詞箋答和，締結三生。豈桃家父母，霹遭奇陷，孝女捐身始續親。嗟薄倖，託姻小妹，不負前盟。　娉婷惜金陵，節守關房立志貞。義夫弃職，天涯負骨，鬼逗真情；更逢奇妁，挾刺江濱。賴俠盜，金髯指證明。天門上，先應坊表，敕爾嘉旌。來者，桃佛奴是也。(下)

第二齣　畫　梅

(旦上)

【滿庭芳】煑雪溶漿，烹梅漉瀋，寒香滌透詩脾。寫情插景，拈盡眼前題。花乳滴研雀瓦，喜濡毫、翰染鵝溪。關春思，飛花點點，都上燕巢泥。(白)無賴曉鶯鶯夢斷，轉添春思難平。好風頻謝落花聲，濃雲薄霧，睡起不勝情。奴家桃氏，小字佛奴。母親坐草時，異香滿室，因名遺香女。年及瓜期，緣慳桃詠。世係錢塘江左，卜居西子湖邊。素好攄詞，兼能染翰。拋殘繡線，遙看山水有餘情；倦涉圖書，殊怪笑吟不足譜。老父南洲，生居舊族，產業綺羅。母親桑氏，出自名門，躬挑綵繡。奈鶴髮既逾，鳳毛鮮嗣，只一弱妹，小字媚姑。春深雀鎖，自慚江左雙喬；夢杳鷰書，未卜堂前半子。所惜的，歌風謔月，堪憐小妹無兄；所喜的，剪雪裁冰，尤幸大姑有娣。今日晴窗無事，偶然畫得墨梅一紙，不免題詩一首。咳，梅花，梅花，看你冰姿帶媚，墨艷生香，真箇畫得有生色也。

【好事近】疎影一枝欹，冷艷香浮筆底。(白)呀，你看遊蜂兒一箇箇撲將上來。(歎)敢是芳心初吐，兀自紙上馨飛。(白)果然筆筆如生，還怕風來吹㪵也。(歎)還疑怕向窗前風老，盈盈的舞動瓊肌；怕雪妒霜欺瘦損，偏喜的淡烟濃暈，一線痕肥。

(占持琥珀匙上)

【錦纏道】叩窗西，早又是騰翻硯池。（旦見介）呀，妹子來了。（占）姐姐，（歎）你迫忙的為甚拈題？（旦）題畫《梅花》。（占）姐姐，你費情思，全不顧敲穿心髓。（旦白）妹子，這是我彈的琥珀匙，你取來則甚？（占）待要姐姐教道一曲。（歎）願你女師模親傳綵綺，須破工夫暫拋側理。（旦白）我題句未完，少停與你到湖山石畔，慢慢的指點傳你便了。（占）如此最好，待妹子與你磨墨何如？（旦）我且水取玉蟾蜍，早烟浮鸜眼，一任你塗鴉襯赫蹏。（旦）我幾自擎毫，頓怕推敲，句冷逼思奇。

　　（丑）不向金珠為貨賣，來從翰墨作生涯。老身咸婆的便是。一向倒換首飾，全不濟事，不想近隣桃家小姐能詩會畫，遠近聞名，那些仕宦人家、夫人小姐，多央老身上門求取。今日又有許多冊頁、扇子在此，不免去走遭，個裏是哉。（進介）咦，繡房里亦拉哩畫畫哉。（見介）大小姐，二小姐。

　　（二旦）咸媽媽來了。

　　（丑）畫得好嚇，個幅《梅花》就是張敞也畫勿出。

　　（占）咸媽媽説差了。

　　（丑）勿差，實是張敞個筆法丟。

　　（占）咸媽又來假在行，張敞畫的是眉毛，不是梅花。

　　（丑）阿喲，開口就出醜。小姐，個幾方冊頁，是喬奶奶個，求畫山水個。這把扇子，是涂小姐求畫花鳥個。

　　（旦）今日不得工夫，改日取罷。

　　（丑）就遲子幾日也不妨。

　　（付扮賈瞎子上）人道骨董好，骨董人識寡。三日不去一件真，一日到去三件假。老漢姓賈，專賣骨董為生，因此人人都喚我是假骨董；又因我兩眼青昏，就叫我是賈瞎子。此間桃家小姐，善做舊人墨蹟，老漢時常求他幾幅，當作骨董賣。不免進去求他。（進介）小姐作揖，兩日可曾畫畫？老漢有幾件骨董送與小姐，交易幾幅。

　　（旦）只有《墨梅》一紙，方纔脱稿。

　　（丑）小姐，個幅梅花，我要交易個。賈瞎子，你來遲哉。

　　（付）咸阿媽，你拉哩你是有眼睛個。今日勿畫，明朝再來。小姐,先不拉我罷。

（丑）小姐,渠眼睛瞎個,識奢好歹,還是先不拉我。

（旦）不須爭執,這幅《梅花》,奴家也不捨得,通是改日取罷。

（丑）呔,瞎子,你娘肚皮裏眼睛勿曾帶來,識奢骨董。

（付）咸阿媽,你出語太欺人,我雖沒得眼睛,骨董行中,算我識貨個。

（丑）呸,瞎眼個識貨,難道我有眼睛個倒是瞎子?

（付）道是我瞎子料,只怕你尿糞,我還估得你出賴。

（丑）我倒估得你出。

（付）估我奢個?

（丑）估你個雙爛青眼烏珠,正好兌拉人家嵌寶。

（付）還有一對夜明珠拉哩,你兌子去。

（丑）瞎奋娘賊。兩位小姐拉哩奢說話,打殺個瞎奋娘賊嚇。（共扭打介）

（外、老上）閨閣靜無人,何事音聲沸?

（丑）員外、安人出來哉。

（外）賈瞎子,為何與咸媽媽廝鬧?

（付）員外,小姐有幅《梅花》,是我交易哆個,咸阿媽要搶我個料。

（丑）員外,是我先交易個。

（外）男不可女執,在我這閨閣廝鬧,成何規矩,都走出去,今後都不許來。

（付）員外,我去哉。老花娘出子門,尿頭纔打你個出來。

（丑譚下）

（外）我兒過來。大凡女子無才是德,今你會畫能詩,為父的心雖甚喜,然古人養女,不欲令深知文墨。看你積案盈窗,盡皆詩章畫片。閨中女子,博此虛名,却有何益?

【古輪臺】（旦）告親知,兒豈名博蕙蘭齊,看只寫不盡春色三分意。情來迫句,因此飯歇茶餘,弄筆窗前隨意。（外、老）兒嚇,你雖深通文墨,怎比得男兒,當替得爹爹門戶。（二旦）雖則是伯道無兒，尤喜得中郎有女，昔木蘭曾代做孝男回。（外）木蘭代父，你怎學得他？（二旦歎）若必趨庭待鯉，問江邊誰臥曹碑。（合）喜筆耕堪供，硯田無損，誰言甘旨，辦不出閨幃。難推委，管教垂白得舒眉。

（外）媽媽，我倒忘了。今早主人家到我家來說，新到客人要到我家看這些綵緞。我和你快些去整理起來。（下）

（占）姐姐，如今到湖山石下，教我琥珀匙罷。

【尾】理繁絃且爾凝心緒，核新詞心手要提維。淺逗輕挑，全憑指上推。

　　　滿樹梨花壓海棠，謾操名句眺睛光。
　　　行來春色三分畫，入我圖中有幾行。

（下）

第三齣　倩　詞

（生上，丑扮行童挑行李隨上）

【意難忘】髻朵情絲，傍鐘聲塔影，拜仰西慈。草淺花深，泥融波瀾，映水朱霞光燦。山色侵梅，湖光碧眼，邀人多情一盼。小生姓胥，名塤，字先吹，乃吳中人也。向來遊學西京，近欲觀光南國，只是家徒四壁，落魄半生。讓風流於司馬，未結琴心；邀實信於尾生，誰期梁上？我想兩姓未聯，畢竟焚香欠到；三生不偶，多應鑿石無緣。因此叩仰靈山，拜瞻西相，早祈露洒楊枝，惠我蓮生並蒂。

（丑）相公，看西湖上男男女女，纔是進香的。相公，你看好了行李，等我去尋下處就來。

（生）如此快去速來。

（丑應下）

（生）你看西湖好景致也。

【金梧桐】山腰蜂影差，波面魚紋剌。花雨蘇堤，馬頰施紅紫。（丑上）相公，下處尋哆哉。叫拾翠園，里面精致得緊。請進去。（走介）（生）如此快把行李發進去。（看介）看梅班古砌衣，子落殘

松齒。徑長蓬蒿,誰冷窺園志?(丑)相公,山上海棠開得好。(生)喜隔山幾片嬌飛至。(下)

(二旦上)

【東甌令】紅粧錦,綠拖綵,新壘泥香來燕子。(旦白)妹子,山上海棠盛開,折枝下來便好。(占)如何上去?(旦)你扶我一扶。(占)姐姐,那一枝好。猩紅累累嫣於柿。(白)阿呀,折不得。奈玉露冷又被薔薇刺。(占)姐姐,你釵梁蜂粉點些兒,鬢亂晚粧時。

(旦)不要閒話了。

(占)如今教我琥珀匙罷。(彈介)

【攬箏琶】粉容碎,羅襪褪,紅歷淚。冷晴紗香消繡被。風花妬,心賴情灰,把些舊恨休再培,恐腰帶寬圍。

(生上)空庭閒蝶舞,隔院小鶯聲。方纔那裏弄箏?聲音悽惋,字字傷人。但不知何等女子所彈?

【大勝樂】音清脆,曲度新詞,他齒牙聲都上指,叮叮揹出傷心字。呀,為何就住了?敢是防竊聽,暫停絲,那知我餘音已向心頭刺。(旦白)妹子,恐怕母親呼喚,和你進去罷。(合下)(生)呀,一霎時寂然無聲。是了,多應是另擬新腔尚費思。嚇,我有道理,不免扳住花梢,探望一回,有何不可。(看介)咦,絕無一人,難道我聽錯了?豈有此理。我耳魂不昧,一聲聲兀自繞出花枝。

(白)呀,你看海棠枝上明晃晃的是什麼東西?是一股雙雀釵。嚇,那女子一定折取海棠,被那花枝抓留在彼了。花神,花神,明明付與小生做個記念。畢竟就來尋取,我且藏過一邊,自有道理。

(旦上,尋釵)

【解三醒】尋遍了繡窗針指,尋遍了箋橫墨亂時,尋遍了床頭假寐呻吟次。(生白)山內似有人聲,我且再上山去。想是出來尋釵了。(看介)咦,原來是個絕色女子。我且不要則聲。(旦)並沒一些下落,不知那里去了?(歎)尋遍了鼠壁鼯私,尋遍了殘紅滿地叢茵漬,尋遍了短草深深嚮落遲。多應不在這裏了。還追思,畢竟是粧臺歷亂,木簡花笥。(下)

(生)呀,進去了。小姐,小姐,小生拾得在此,小生拾得在此。

胥先吹,你好没主意,方纔何不叫住了他,親手遞還他便好,怎麼由他進去了?如今怎曉得此釵落在小生之手?嚇,有了,我且向書房,把花箋做一小詞,繫在花枝上,他若再來,尋至此間,定必見取。正是:不傳紅葉信,怎透箇中情。(下)

(丑上)好笑我哩相公,纔到個哩,便有哆哈探頭探腦,等我看渠做奢把戲出來?(下)

(生上)我已把詞箋打成方勝,我且上山去繫在花梢便了。

【尾】囑花神聊做傳書使,仗君親自付嬌姿。(旦)花神,花神,你多多達上小姐,道我胥先吹相去不遠,止隔着湖山一半兒。

(丑暗上介)相公,花神説,我到勿耐介個煩。

(生)咦,狗才。

(丑)相公,明朝早要到天竺燒香,先拉哩捏神捏鬼哉。

(生)還不走?

(丑)再有盖個道理拉哩。(下)

梁園日暮亂飛鴉,碧玉今時鬭麗華。
才子乘春來騁望,却令今日死君家。

(下)

第四齣　閱　錦

(末黃髯武扮上)

【出隊子】囊充赤蒜,閑向莊家揀繡紈。(淨隨上)金爺,那桃家裏生活,裝花剔鎖錦猊班,莫把尋常綵緞看。(付、小生擡銀子上)白鏹黃金,和托大盤。

(淨白)這裏是了,金爺請住。桃阿爹,桃阿爹。

(外白上)想是邊客至,倒履遠相迎。是那個?

(淨)此位就是金爺。

(外)請!貴客光臨,有失倒履。

(末)造次登門,動勞長者。

(外)請坐。老先生相貌奇偉,定非凡品。請問臺號,貴鄉何處?

（末）學生四海為家，跡無據定。人見吾鬚眉黃赤，都稱我為金髯老翁。

（外）先生如此英豐俠概，碌碌秀衣，豈云稱職。

（末）厚承過獎。老先生上姓貴表？

（外）老漢桃南洲。

（末）久仰！

（外）不敢！

（末）老先生，看你年高德劭，絕非市井者流。聞宅上機錦甚佳，求借一觀。

（外）主人家，你陪金老先生在此坐一坐，待我取緞疋出來看樣。（下）

（淨）金爺，這個老人家極忠厚。單是無子，二位令愛善能文墨詩畫，四遠聞名。

（末）女子善能文墨，妙！

（外拿緞上介）綵緞在此，請觀。

（末）好生活！好生活！

【三段子】匠工手腕，怕天孫投梭避垣。（淨）秀色可飡，巧纖纖絲絲細攢。（合）男兒縱羨雞雄冠，才華未必蠶絲練，線線針針多中款。

（淨白）桃阿爹，金爺生活中意的了，待我開行帳。（隨口開寫緞疋若干介）桃阿爹，要多少價錢？

（外）共要這個數目在那裏。

（淨）九百兩？桃阿爹，我個月竪，要撫字湯哆。（撥算盤介）

【歸朝歡】依愚見，依愚見，撥倒算盤論絲線，難將價短。金爺，看物貨，看物貨，十分上眼。（末）生活是好的。（淨）七百五十兩丟，阿賣得？（外）那里差這許多。（淨）阿爹，勿是介個。（歎）扳主顧，休扯蓬滿。（外）金老先生如此豪概，焉敢論價。（末）學生也不要便宜，只要從公。（淨）依咱估值從公算，（附耳介）主人月竪休虧短。（外）自然不少。（淨）竟是眉毛，奢要子我個料。（外）八百兩,虧本的嚇。(淨)下遭主客。桃阿爹,個銀子你收子,兌一兌輕重再算。生活準備起來,金爺就要動身個。收拾綾羅即下舡。

(外)請小飯。

(末)還要買些小物,不敢領了。

　　　　冷蕤疎枝半不禁,天涯風俗自相親。
　　　　使君高義驅今古,自得隋珠覺夜明。

(淨隨口諢下)

第五齣　山　盟

(二旦上)

【泣顏回】昨記墜釵梢,唯向花前環繞。芳心初動,奈印泥痕露冷紅潮。(旦白)妹子,雀釵失去,一時再想不起。(占)昨日折取海棠,莫非被花枝抓留在彼。(旦)若是花枝抓留,此事定沒人知,快去尋取。忙行探取,願司花蜂使沿花繞,探花人未許輕瞧,則除是東皇洩漏消耗。

(占)姐姐,待我扶你上去看來。

(旦)呀,妹子,釵到沒有,花枝上吊着一幅錦箋。

(占)誰人所繫,拿下來看。

(旦)且慢,待我再向草叢細看一回。

(生乘馬,丑隨上)

【前腔】綠柔紅碎亂風濤,滿目春光一掃。我縈思花底,覺魂化心飛身小。(丑白)相公,今日上山燒香辛苦哉,請到書房裏吃點心。(生)你自去,我還要閑玩片時。(丑應下)(生)昨繫詞箋,不知那人曾窺否?待我看來。且從容探取,須做拖腔,莫把好賬輕勾了。(旦念詞介)"隔墙聲送,誰倩新腔憐客夢。愁夾巫山,柱訴衷腸閨閣間。　　雀釵留繫,一段姻緣天遣契。返璧嬌娥,重院期將玉貌過。右調【減字木蘭花】,姑蘇胥先吹題寄。"元來是一首新詞。此釵那人拾了。(占)既有下落,可對母親說知,與他取討便了。(旦)詞中之意,明肯見還。待我也做一詞,仍繫花梢,使他知是我家之物，自必送上門來。（占）有理。（並下）（生）山內明明念著小生詞句，（聽介）一霎時緣何並不做聲？待我高叫幾聲，小姐，拾釵人在此！小姐，作詞人在此呀！教我枉慇懃狠喚低呼，嚇，我曉得了，都應是鬧花聲山高聽杳。

（白）我有道理，不免繞山高唱前詞，他必來問我。（作念前詞下）

（旦上）新詞未是相思句，只恐相思反續成。詞上明明寫有姑蘇胥先吹。看他詞句風流，但不知人物何如。喜得步成前韻，也將此箋繫向花梢，自有分曉。

（生內念介）聽山外高唱前詞，必是那生在彼，待我上山看來。（看介）呀，果然好個風流人物也。

【千秋歲】逗心苗，他故意山前繞，向花前賣俏相挑。（生暗上白）咦，山上是尋釵女郎，我且擎釵在手，只做不知誰家女子所遺，剛落在小生之手。好香也。（旦）那生手中明晃晃釵是我的。見他隻手擎將，隻手擎將，只見低回首時時堆笑。（生）真個依稀香氣鬢雲邊，小生的痴魂，直欲飛到他身伴也。（旦）待欲出聲與他取討，教我如何啟齒？（嗽介）（生）小娘子，莫非是尋釵的麼？（旦）敢是胥……（生）小生正是胥先吹。（旦）蒙賜花箋，已云心銘。（生）聊託花神寄信，殊不成言。（旦）君既志誠，物今有主，何不見還？（生）釵便有一隻，只怕不是小姐的。（旦）怎麼不是我的？（生）要說得明白，即當奉上。（旦）則為花魂笑，隨風召，不隄防花兜早。（生白）一些不差，果然遺在花梢。只是小姐如何謝我？（旦）却有花箋一紙，薄酬尊句。秀才家一字千金寶，只這單詞絕句，聊做酬勞。（拋箋下介）

（生）是酬小生的。呀，也是一幅花箋。（看介）"情將詞送，不管閨中添舊夢。悵望重山，獨倚欄杆腸斷間。　探花漫繫，感激相尋應遠契。叩問嫦娥，怕捲湘簾紫燕過。西湖桃佛奴酬韻。"妙，果然寫作皆精，李易安、衛夫人不足多矣。小姐，（揖介）

【前腔】謝酬勞，半幅梨花雪，一字字香透心腦。小生呵，夢入羅浮，夢入羅浮，舊劉郎，天臺重到。（白）還他釵子便了。咦，且慢,還要計較。小姐,釵却在此,只是山高得緊,如何呈上?(旦)那邊石墻下有一隙洞,可容隻手,郎君從此便能遞進。(生看介)隙洞雖有,這里荆棘刺人,近不得,除非小姐伸手出來,方可接取。(旦伸介)(生)釵在此。(旦伸出手,生扯住不放介。旦)這是怎麽說,還不放了。(生)小姐,小生欲傍嬌姿,若望天颜。今得親為把臂,如捧瓊瑶,安敢釋手。(丑喊介)相公,吃點心了。(生放介)狗才,誰要吃點心,大驚小怪。(丑)相公,那間到像黃頭隔籠扯脚關。(生)還不走?(丑下)小姐拿了釵去,小姐,小姐,一天好事,可恨狗才打斷。如今怎麽處?我有道理,待我把這隙洞大大開個窟窿鑽進去,却不是好。花園土地,全仗你扶持。(欵)我低低向山神告,悄説向花神道。我胥先吹呵,只這一次來打攪。猛穿垣破壁,便死魂消。(鑽進介)小姐,小姐,

(旦)呀,你從何至此?

(生)小生破墙而入。

(旦)扒墙挖壁,非君子所為。倘我家中有人看見,實不穩便,還不速去!

(生)小生實冒死而來,竟有所求,望小姐見憐。

(旦)胥生,你説那里話來!

【越恁好】文魔執拗,文魔執拗,忒輕狂忒浪濤。(生)小生焉敢輕戲小姐,實是送還釵子。(送釵介)(旦)男女授受不親,放在一邊。(生)小姐何必太謙。方纔已親炙手了。那湖山小隙,親執手炙瓊瑤。(旦接釵介)(生)艷晶晶朵桃,艷晶晶朵桃,見齊簇簇齒牙兒香蓮氣飄。碧溜溜眼兒俏,雙雙盼迎兒,秋水映遥。(旦)秀才家何得輕狂若此,還不快去!(生)輕狂是秀才家本等,何妨?請問小姐,昨者隔山耳灌新聲,請問彈者何人?所彈何物?(旦)就是奴家所彈琥珀匙,何勞致問?(生)就是小姐?一發妙了。豈不聞當年相如撫琴,挑動文君,永訂深盟?今日小姐操彈琥珀匙,勾引小生,也應結好。(旦)好扯淡!誰來勾引你。(生)今日小姐當做女相如,小生權為男卓氏。相思句不用挑,隨向琴心了。趁花前諦語,莫負年少。

（旦）胥生，你好差矣。文君失身司馬，遺笑至今。因邪致合，豈能終好？

（生）小生清白傳家，名重蘇城。如小姐聲色兼長，堪稱絕世。若令才子佳人當場錯過，後人恥笑，所遺多矣！

（旦）胥生，你若果鍾情，何不通媒正議，以定百年？如此鼠竊之行，豈君子之所為也？

（生）多蒙小姐許通媒妁。一則科場限促，二則令尊大人處未必見允，如何是好？

（旦）爹媽最愛奴家，早晚我先明以情告。待郎君科場事畢，議親未遲也。

（生）若得如此，小生銘心鏤骨也。

（旦）奴家將此釵贈君，願君無負此言。

（生）花園土地作證，胥先吹若苟逾盟，有如此日！小生亦有銀串一聯留記，也要小姐立一誓言。

（旦）桃佛奴若苟逾盟，亦如此日。

（生）我的嫡嫡親親的娘子！

（旦）何得如此？

（生）如今是夫妻了，就戲何妨？

（旦）如今益發戲不得了。妾身既許屬君，君當教之以正；先以淫奔之道教妻子，日後將何以自信？

（生）嚇，小姐堅持大義，使小生汗愧無地。

（丑上）相公，有客禮拜。

（旦）有人來了，快出去罷。

（生）小生場事完了，就來議親。

（旦）今晚我先對母親說明，明日再來復你。

（生）小生明日在此謹等。

【尾】叮嚀，踏碎堦前草，滿擔風月為君挑。韶光易老，只恐夜雨燈前魂暗消。

（生慢鑽介）

（占急上）天有不測風雲，人有旦夕禍福。姐姐，不好了，父親不知為甚被幾個公差鎖去了。

（旦）有這等事？（回顧急共下）

（生出介）

（丑）咄，啥人？捉！捉！

（生嚇介）嚇殺你個臭賊！嚇殺你個臭賊！（下）

（生）哎，狗才，真個好香不可不燒也，若非大士有靈，怎遇得這多情小姐嚇。

　　繡帶飄風裊暮寒，却愁不得細相看。
　　無聊獨倚湖山畔，好教瓊樹莫吹殘。

（下）

第六齣　罹　禍

（老上）

【西地錦】命合災星招惹，閉門烈焰飛涉。我兒快來。（二旦唱上）爹行何事遭覊絏，請娘細與兒說。

（老白）兒嚇，不要說起，只因前日那京差為買綾羅嫁禍來。

（旦）就是金髯翁，却便怎麼？

（老）你爹爹道他人品多慨爽，妄貪大大出錢財，鮮鮮綵緞多搬出，不留絲寸倒箱開。兒嚇，不想那金髯呵是江海有名強盜首，打劫官銀扮客儕。

（二旦）既是強盜，官府何不拿他？

（老）兒嚇，併却主人連夜走，擒爹追取苦哀哉。

（二旦）好苦嚇！正是閉門家裏坐，禍從天上來。

【瑞雲濃】無端禍結，痛如焚，寸心欲剜，悲屈！那橫死的奸賊！誰知你火厝積薪遭弄撥，嚇得我絲絲一線心窩血，喉間氣纔伸又噎。（合）亂鴉啞樹聲聲聒，聽閃得人心驚面熱。

（付末押外上，外）

【出隊子】無辜累挈，念我憑空霹受蝎。（進介）媽媽那裏？（老）回來了麼？（外歎）我屈遭橫禍向誰說，梏樹刀傷桑樹折。（付向內暗搜銀上）贓銀在此了。（外）二位，這不是贓銀，可憐我汗血膏脂，將心肉痛割。

（付）夥計，衣飾器皿，件件多要入官的，剝他衣服下來。

（三旦）不要動手，待我們脫。（脫衣介）

（付）贓銀幾哈丟？

（外）八百兩在內。

（付）贓銀一千，個二百兩介？

（外）他買我家綵緞，只有八百兩。

（付）油嘴強盜！

（外）大哥，你看我是做強盜的？

（付打介）賊強盜，你一定拿來花費哉！

（外）實是沒有。

（付）我曉得你勿受痛苦勿肯招，等我掏罾吊你答起來。

（三旦勸介）

（外）大哥，不要如此，待我賣產估償。

（老）員外，罄囊搶盡了，還有甚估償？

（小生）難道官府等你賣產麼？

（外）阿呀，皇天嚇，如此教我那里去措辦？罷！

【鬥雙雞】拚一命，拚一命，九泉叫屈，媽媽，你把女兒好生擇配。得佳婿，得佳婿養伊半截。我兒，做爹爹的呵，好歹今朝永決，歎一家破壞，覆盆怎雪？（旦白）呀啐！為子不能死孝，尚欲待偷生，不思報答？

（白）二位大叔，一應上下使費都在我身上設處。

（外）兒嚇，你是女孩兒家，從何措辦？

（旦）阿呀，爹爹，孩兒縱不能為緹縈上書白冤，豈不能為李寄賣身救父？

（外）兒嚇，做爹爹的寧忍一死，怎捨得賣身？

（旦）孩兒賣身，未必致死。況為女身，侍奉膝前，無多歲月。自古女生外向，到底是他家的人。今見爹爹受此慘禍，孩兒怎敢坐視其危。

（外）兒，怎忍捨得你？

（小生）夥計，看他的女兒，如此行孝，你我做什麼死冤家。帶他到官，但憑官府發放便了。小娘子，令尊到官，有我每幫襯，不須啼哭。

（三旦）多謝大叔。

【尾】感君慷慨悲狐切，荷深恩九死難滅。（小生、付）只要你早納官銀莫慢者。

（捉外，占隨下）

（老）阿約，我兒轉來，我兒轉來，你去做什麼？

【哭相思】一叫一回腸欲斷，那能得計訪親情。侯門一入深如海，金屋無人見淚痕。（下）

第七齣　審　問

（淨末皂隸，丑駝背官上）

【大齋郎】猱腮鬍，駱駝背，白螺兩眼愛青蚨。縱然吸盡黔黎髓，略補登窗脊肋枯。

（白）三年常得宦情甜，卸盡酸風學假廉。雖云只飲官廚水，怎省我民出米鹽？下官錢塘縣縣尹魏清是也。只因嘴上挦挦多鬚，背上高高聳肉，又駝又鬍，百姓都稱我是糊塗知縣。雖是此身行樂圖，聞在上司耳內，實不穩便。為此我硬氣做個好官，羨餘火耗，不要一厘；紙殼罪贖，不取半文。且喜兩臺首薦廉能，三年就叨考滿。可恨數日差心腹幹辦，把一千銀子上京打點，行取科道衙門。

（淨）老爺噤聲。老爺方纔說一厘銀子不要的，那裏許多銀子勾搭衙門？外人聞知，道老爺這銀子，來歷不明了。

（丑）我老爺又不是拐人的，有甚不明。刑名裏邊，審得事情瑣碎的，我就免供逐出。詞訟裏邊，揀著罪犯輕鮮的，我就吊牌消繳。

（淨）如此說，老爺一發沒有銀子趁了。

（丑）這是我老爺假清廉，哄人的套子。若有幾樁重大事情，我就扎起面皮，不怕他不棄產拆屋，賣男鬻女。或者送某門生過手，或者倩某鄉親串鼻。

（淨）原來老爺有這許多進銀子的法門。

（丑）法門，法門，我老爺着實遭瘟。可恨那幹辦，銀子不出境內就被強盜劫了去。

（淨）極打劫得好個哉。

（丑）狗才，怎麼説極打劫得好？

（淨）那間在人面前好解説，我哩老爺清官，一厘銀子不要的，只是強盜要料。

（丑）胡説！昨日捕人獲着窩贓賊犯，押去追贓。分付該吏，一應起數，俱限明日聽審，止帶贓犯一起後堂回話。

（淨應，向內傳介）

（付持銀上）捕人進。（見介）稟爺，原獲贓銀八百兩現在。

（丑）還有二百兩呢？

（付）小人再三拷問，其實沒有。

（丑）嗟，胡説，帶賊犯過來。

（小生押外上，占隨上）犯人進，犯人當面。

（丑）桃南洲，還有二百兩呢？

（外）爺爺，他買我綵緞，只有八百兩。

（丑）敢是花費了？

（外）爺爺，沒有花費。

（丑）嗟，賊情事，不打不招，扯下去打。

（占）阿呀，爺爺嚇，父親年老，受刑不起。

（丑）這是什麼人？

（小生）是他的女兒。

（丑）扯下去打。（打介）

（外）爺爺嚇，

【泣顏回】天日昭無辜，念小人呵，守業窮簷硜苦。（丑白）叫原捕，一定你還搜不到嚇。（小生）小人把他地皮都翻過的了，沒有。（外）爺爺嚇，**他蟻窩番塾，驗蟻蛸別無窠堵**。（丑白）還有什麼贓積麼？（小生）衣篩器皿，一一開單呈上。（丑）唓，也不多幾件，與原銀一併置庫。（外）槖饘罄掃，痛瓶傾，席捲如洗釜。（丑）我曉得，一定你寄頓在親戚人家，快快招來。（外）爺爺是青天，望爺爺去追捕強盜，小人怎麼敢干連親戚？（丑）哇，終不然老爺銀子不要追了？栙起來。（栙介）（占）阿喲，冤枉嚇。爹爹嚇，孩兒呵，不能效淳于贖罪除刑，定做吉翂登聞擊鼓。

（丑）哇，你道我枉了你父親，要去擊鼓麼？可惡，着實可惡！

【撲燈蛾】怪伊忒撒奸，怪伊忒撒奸，遽敢逢官怒，要去擊登聞，輕覷我堂堂官府也。（外）爺爺息怒。小人情願補償。（丑）可又來。你原曉得亡羊補牢，須知我魏青天原不糊塗。（外）爺爺明鑒萬里，怎説糊塗？（丑）帶去收監。（占）爺爺嚇，若把我父親監禁，那有銀子？小婦人情願待在獄中，放我父親出去，好措辦銀子。（小生）老爺，這也説得有理。（丑）把這小賤人上了刑具，帶去暫發女監收管。（外）我那親兒嚇，你怎受這般苦楚。（押占下）（丑）叫原捕，桃南洲押出去。（歎）待比他三朝兩日慢追呼，緊覊圖土奈咱何。

（付押外下）

（丑）原捕，分付你，只要他完得快，我老爺極慈仁的，連罪也不問他的。

（小生）禀爺，桃南洲其實沒有家資，一時措辦不出，求老爺寬限幾日。

（丑）他家中還有何人？

（小生）止有個妻子，還有一個女兒在家。

（丑）女兒幾歲了？

（小生）十七八歲。

（丑）生得如何？

（小生）老爺，倒有十分姿色。

（丑）你説他沒有家資？

（小生）其實沒有。

（丑）狗才，好不懂，這女兒就是家資了。限五日清完。

（小生伸舌介）

（合下）

第八齣　逐　寓

　　（生白上）隔墙花影暗招人，疑是瑤天降玉真。雙打情眸忙注迓，乍瞻小鳥踏香塵。小生胥先吹，蒙桃小姐相期，許我先與安人說明親事，再至墻邊復我。我竟邀至書齋，領教他琥珀匙，有何不可。已是墻邊了，只得在此等候。小姐，小姐，

　　【桂枝香】你才情雙種，色聲兼重，教我一枕相思，幾次魂提心捧。（白）看看日色西沉，為什麼還不出來？誰羈步踪？誰羈步踪？嚇，是了，必竟人前難動，猶自乘閒覓空。咦，那小姐出來了。那粉墙東，一陣陣拂袖蘭芽氣，一聲聲裙拖竹葉風。

　　（丑急白上）有事不怕事，無事不找事。相公，收拾行李起身，出還主人家房子。

　　（生）為何？

　　（丑）揚州來個束御史奶奶，也來天竺進香，要借房子作寓。主人家勿肯，亂打亂罵，行李纔搬子出來哉。

　　（生）束御史是我通家，何妨。

　　（小生、末院子、占丫環隨付上）

　　【引】（付）攬翠披叢，瞻仰飛來第一峰。

　　（白）院子，閒人趕出去。

　　（占隨下）

　　（小生末）相公，夫人到此，不當穩便，請另尋寓所罷。

　　（生）我借在先，再住幾日就去了。

　　（末）再住幾日？主人家把他行李搬出去，不要淘氣。

　　（生）你家老爺是我通家舊誼，不要放肆嚇。

　　（小生末）老爺與你通家舊誼，夫人不與你通家舊誼。放你狗屁，走出去！

　　（推生、丑出，掩門下）

　　（丑）開子門，我哩相公還有一個拜帖匣在裏向。

（生）開門！開門！這狗才這樣可惡。場事一完，就來議親便了。小姐，只是不得與你一別了。披衣更向門前望，神女飛來第一峰。

（丑）相公，你上京去中子，等我拉路，打得去便罷。（同下）

（旦上）

【長拍】萬縷緘愁，萬縷緘愁，千丝結恨，我艱苦兩難操縱。胥生，胥生，待與你生期梁上做尾生，全信，怎捐軀，做得孝女緹縈。（白）奴家自與胥郎盟訂終身，方欲告知父母，不想父禍滅身。為子死孝，在此一舉。胥郎，胥郎，須念桃佛奴全孝不能全節了。昨晚約彼假山回話，須與他決絕回音，只索討個來世姻緣便了。此間已是牆穴之下，不免叫一聲：胥郎，胥郎。呀，竟不在此嚇，一定候久不至，向書房安息了。趁此月色微明，挨牆出去與他一訣。只見燈火半桃紅，想他情魂一片，猶續逢人痴夢。（白）不免敲門。胥郎，胥郎，（內）丫環，是誰扣門？（旦）咦，又是女人聲音，敢是胥生已有妻室了？只聽得雌語噥噥，呼侍婢，莫不是女排衙已坐堂翁。（付上）是什麼人扣門？待我去看來。（開門介）是一位女郎。（旦歎）反吃他行一恐，敢書生脫空，亂打金鐘。

（付白）請問小娘子，是誰家女子，獨自到此？

（旦）奴家桃佛奴，就此園中居住。請問大娘，誰家宅眷，寓此荒園？

（付）

【短拍】我是束府揚州，我是束府揚州。（旦）是一位夫人，失瞻了。為何到此？（付）心香特禱。（旦）也是進香來此。幾時了？（付）甫臨鶯未掃雷峰。（旦）如此說不像胥郎眷屬了。請問夫人，此間有個胥秀才，夫人怎與他同寓麼？（付歎）我已自令家僮，頃刻間踢開酸甕。（旦）被夫人趕去了。（付歎）怎放得雙匙一碗，鼻齁齁豈榻伴暫相容。丫環，拿火出來。

（旦）胥郎，胥郎，

【尾】教我一緘淚憑誰送？撇却奴情種，誰知你已御揚州跨鶴風。（下）

（付）小娘子，小娘子，那里去了？奇怪。丫環，快取火來。
（占持燈上）夫人，為何在此叫喚？
（付）方纔有一女子扣門，自稱桃氏佛奴，姿容絶世，正欲問他來歷，霎時竟不見了，可不奇怪？
（占）夫人，聞說此園時有妖怪，夫人明日進過香，作速起身去罷。
（付）有理，是個妖怪，是個妖怪。（下）

第九齣　義　　令

（外扮頭目武扮上）插幟紅旗蔽滿山，
（淨上）行商過客盡驚寒。
（生上）生涯全靠弓和馬，
（小生上）莫把英雄冷眼看。
（外）俺們乃金髯翁大王部下水軍頭領是也。俺大王許多好處也說他不盡。只說他約法三章，他英豐俠概，萬古莫及了。
（生）那三件？
（外）一不許劫取皇家庫藏，二不許攫掠民間財帛，三不許搬搶客商行李。
（生）我們寨中的東西那里來的？
（外）哥哥專打聽那貪官污吏裝囊裹橐的東西，並無一絲還他。
（淨）前日大王改換衣裝，往江南一帶察訪州郡官員，昨日已歸寨中。今日升帳，我等在此伺候。
【引】（三旦、丑、小旦引末上）嘯傲長江，水闊天高任激昂，誰鯨敢鼓當頭浪，朱亥藏椎救大梁。
（白）蛟龍焉肯困泥沙，虎豹終須露爪牙。憑借風雲承大舉，稱孤南面好奢華。孤家金髯翁是也。孤這裏萬里龍宮，千重虎窟。白茫茫大海，黑碌碌兩淮。青湛數點江山，錦簇錯成繡履。因風駕櫓，破浪乘鯨。言所或投，直可傾蓋推心；義所不平，休道覆盆轉眼。正是：太阿業毀官人者，刑賞還虧草澤嚴。

（衆）衆頭領見大王！

（末）衆頭領，孤家前日微行江左。叵耐錢塘貪令，暗剝民膏，將銀一千入京勾答衙門。孤已取之，置買號衣百副，挨營給散。你們今後若有採訪，務要細探實報，毋得誤傳。

（外）哨長啓大王，打探兩浙開府，婪資百萬，滿載入都。號船二十餘隻，官兵三百員護送，即日經過。候大王裁處。

（末）開府為朝家屏翰，保障軍民，不能為國恤養，翻遺彼厚尅，良可痛恨。哨長，你領此號箭，統舡一百艘，截駕中流，盡襲資裝，不可遺漏。

（外）得令。

（淨）哨長啓大王，雲南布政，六載貪饕，交章推薦，現陞工部侍郎入覲，號舡六隻，七板舡十餘隻，多裝貨物，即日經過。候大王號令。

（末）藩司為一方之鎮，百吏之師，如此貪饕，何以式後。哨長，傳此號箭，統舡三十，設伏上游，罄取囊資，勿令逃脫。

（淨）得令。

（生）哨長啓大王，探得福建延平府推官，一清如水，考滿不能榮陞，反為撫院所參。今歸只有民舡一隻，親丁數口，極其苦楚。報知大王。

（末）大載節推，清介可知。朝廷既無公道，孤這裏定有處分。哨長，你傳此令箭，將銀三千，贈彼還鄉，不可遲滯。

（生）得令。

（小生）啓大王，暹羅國、琉球國入貢，遣使上書，期在普陀相見。

（末）既如此，分付拔寨出洋。

【馱環着】向東南海障，向東南海障，拔寨飄洋。看鯨翅蝦鬚似劍槍，飛往千里，孤帆一掌。浪滾波騰，堪羨小夷吾，煮成醯醬。蜃樓昶，鼉鼓䔖䔖，喜涉目猶多奇創。天何廣，地曷量，還自傲虯髯，另開天壤。

（衆）到岸了。

（末）打扶手。（上岸行介）

【越恁好】海天通一榜，海天通一榜，番鬼覲皇唐。玄黃玉帛，誇重譯化蠻方。扶危濟困，興劉滅項，威加八荒。非同嘯聚梁山上，笑他草澤黃巾黨。

【尾】陣雲結處蛟龍喪，一意鋤強興讓，暫借天威佐聖王。（下）

第十齣　媒　詰

（付上）

【梨花兒】雅號稱奴鵓鵊鴟，瀾翻口舌如淮泗。保山隊裏腦頭兒，嗏，合婚先去改八字。

（白）老身便是張三姨，渾名叫做鵓鵊鴟。鵓鵊鴟，也是生性嘴尖舌快，夾勿住個張鳥。一徑我開口說話，就是捋舌八哥，即是勿了，譁片响，鴉飛鵲亂。白鳥說："來得湊巧。"加添簽頭賊智，一雙鷂鷹頭鶻子眼，生得介勿好。進子人家，顛嘴捌腮，個張老鴉嘴，嘶嘶嘩嘩，就像告天子能介亂倒。見子酒食，好似餓牢鷹、銛臀鳥。做定吃得像傷登鵓鴣，能只說勿飽。真真世界天上，生我個隻怪鳥。閑話休提，揚州束御史老爺，家私巨萬，沒得兒子，來到杭州，要娶偏房。日日領子一淘媒人娘娘，就是十姊妹，東家相，西家看，白子亦道是鈍雞色上，長子亦道是高腳老鸛，瘦子亦道是寒鶉雞能，難得中意。只有一位鸚嘴鼻小娘，亦道是面上爵子斑多，勿肯就訂。昨日晃雄雞李大姐，領子去相一個，鵝卵面，鳳凰眼，十分像意個哉，亦道是秋波有點毛病，竟是一隻白鷴眼。難得湊巧，近日西湖上有個桃員外的小姐，為父賣身，個頭親事，一說就成個。說話之間，個哩是舡邊哉，阿有六個哩？

（淨巾服上）什麼人？越女看來多脂粉，端無出色貌超羣。

（付）老爺，自家出來哉。（見介）老爺。

（淨）我替你說，今日若是沒得，我就要開舡哉。

（付）老爺，有蓋個絕精個，就是西湖上桃員外小姐，名桃佛奴，詩畫兼全,四遠馳名。

(淨)為奢肯做偏房?

(付)桃員外為子屈官司,小姐情願賣身救父,個頭親事,一說就成個。

(淨)既如此,打轎。

(付)老爺,勿多幾步路,步行子去罷。

(淨)只願他心肯。

(付)好事應便允。個裏是哉。請住,老安人有請。

(老上)

【引】傷心事怎言,歎一家頃刻顛連。

(付)老安人,揚州到一位束御史老爺,無子娶妾,特來求小姐一見。

(老)原來如此,我兒出來。

(旦上)

【金蕉葉】淚漣漣,嗟玉碎難期瓦全。(付白)老爺請進去,小姐出來哉。(老)大人請臺坐,待小女拜見。(淨)不消,常禮罷。(老)念我女蒲柳下姿,未稱椒蘭上選。(淨)好說。聞得令愛善於詩畫。粗扇一柄,當面求教。(老)女流之輩,恐不入貴人青眼。(淨)盛名之下,自不虛傳。

(老)兒嚇,你平日生長深閨,足不離庭,聲不出戶。今日要你出頭露面,好不感傷人也。

【小桃紅】(旦)我只為救親,不惜把身捐,急切裏顧不得羞生面也。我身出親娘,為死孝,又何冤。(付)小姐,筆硯在此。(旦)筆兒,筆兒,昨日與胥郎呵,(歎)倩着你抹花箋,和多情打稿兒思入玄。今日牡丹魂,可描得到梅花觀也。(淨)畫得好,請題一首詩。(旦歎)縱然我有句能聯,敢與《嬌紅傳》、《小青吟》合刊做斷腸編。

(付)老爺請觀。

(淨)妙,詩情畫意,信稱雙絕。

(付)小姐請進去。

(老扶旦下)

（付）老爺，人物何如？

（淨）妙，人品雙絕。但勿知要幾哈財禮？

（付）纔來我肚皮裡，多也不消，少也勿勻，干淨要三百兩哆。

（淨）三百兩也勿多。只是一說，小姐自己賣身，非出於父母本心，怕後有反悔，就請安人立一文契，今日就行聘。

（付）是哉。老爺請回，少停回覆老爺。

（淨隨口下）

（付）有理個。外縣人家立子一張文契，脫我哩做媒人干係。老安人有請。

（老上）生前不種好姻緣，致使今生效木蘭。

（付）老安人，恭喜，恭喜，小姐此去就是一位夫人了，受用勿盡。

（老）媽媽，這是沒奈何的勾當，什麼喜賀。

（付）束老爺歡喜得極，但有一句說話。這是小姐的捨身孝意，非父母之本念，要立一張婚書，今日就行聘。若無婚書，勿成就丟。

（老）媽媽，什麼婚書，明明賣女兒文契。我那親兒嚇，平日指望好好擇配，何等光彩！今日將你如此凌賤，兀的不痛殺我也！

（付）老安人蘇醒，老安人蘇醒，小姐快來。

（旦上）母親，為何悶倒在此？

（老）阿約兒嚇！

（付）方纔束老爺說，小姐自己孝心，非父母之本念，要立張婚書。老安人不忍執筆，故此掉淚。

（旦）若不是如此，爹爹再無生路。母親既不忍執筆，待我自寫罷。

（老）兒，立寫文契，豈是人家娶妾所為？還宜三思。

【蠻牌令】休造次且細斟研。（付）安人，不過一紙婚書，何須過慮。（老）媽媽，你擔差誤，悔時難。（付白）揚州城內，有名有勢人家，有奢差誤？（老）兒嚇，這點墨跡落在紙上，再不能娘懷調笑口，頓教你，人面貼奴顏。（旦）母親放心，孩兒筆下寫得明白在此。兒不寫待烹廚小姑堪擅，兒只寫掌書箋薛婢從權。只為遭家變，把薄命捐,因此佛奴名字花押親填。

（付）文契已寫完,老身就去回覆,促他就行聘了。正是：佳人不惜佳人命,玉得成時好賺錢。（下）

（小生押外上,外）

【亭前柳】家業苦蕭然,何處訴奇冤？況身遭拘鎖,刻日限官錢。媽媽,（老）員外回來了,怎生脫白回來？（外）我那能個脫白？虧媚姑孩兒,權替下獄,官府限五日內完贓釋放。如今教我那裏去措辦銀子嚇？（老）苦嚇,蒼天！教我女孩兒兩地當苛譴,我這裏捨命捐軀,他那里又獄底代囚拏。

（外）媽媽,你說什麼捨命捐軀？

（老哭不言介）

（旦）爹爹,不孝孩兒沒法區處,已將此身賣了,與爹爹完官贖罪。

（外）你把己身賣了與我完官贖罪？阿呀,親兒,這個使不得。

【五般宜】好和歹爹一身死生禍肩,怎煩你將身鬻典,蓋自爹愆。（白）做爹爹不能為明哲保身的丈夫,你倒做殺身成仁的女子。猛說起兜底痛心酸。（白）媽媽,你好沒見識,憑着女兒的主意。倘百忙裏失身匪類,恨何消遣。（小生）咳,老桃,不須埋怨。令愛如此孝心,蒼天自然有眼,決不落於人後的。（外）大叔,我的老骨頭應當作賤,他的嫩皮肉何堪拋閃。（旦）爹爹,莫為孩兒過傷。我想仕宦人家,捐資娶妾,孩兒此去,或者不致落寞。爹爹,你善自保重,孩兒還有見你的日子。（外）兒嚇,你的孝行今生不能勾報你了。願來生我做你的孩兒,一般般如磨轉。

（付捧盒上）

【江頭送別】行財禮,行財禮,菲儀不腆。函盒內,函盒內,准釵代釧。（白）且喜員外回來了。（外）媽媽,盒內什麼東西？（付）員外請看。（外）聘金三百兩。我那親兒嚇,你的終身是我誤也。（旦）爹爹放心,孩兒此去呵,入門三相知深淺,問高低合曉融圓。

（白）大叔,今日有了銀子,就該釋放爹爹了。凡百事體,全仗大叔曲為廕庇。（跪介）

（小生）大姐請起。桃南洲，你今日有了銀子，你也不消到官，我自去與你完納。小令愛在我身上，討保回來，還要求本官批個乾淨執照與你，包你脫然無事便了。

（衆）多謝大叔。

（小生）從空伸出拿雲手，提起天羅地網人。（下）

（付）員外、安人，小姐出門事件也要打點打點，他家不日就來娶親了。

（諢下）

（衆合）

【尾】一床錦被雖遮掩，奈骨肉從今消散。兒，好教我腸斷春風叫杜鵑。

死生魂魄暫同遊。腸斷江春欲盡頭。
中郎有女曾傳業，相看淚落不能收。（下）

第十一齣　續　妹

（占上）

【引】狴犴拚將一命傾，誰知有姊孝，先我身承。

（白）奴家桃媚姑，代罪囹圄，滿拚一命殉親，不想姐姐已先鬻身，為父完官贖罪。咳，姐姐，千秋孝女，是你一身做去了。奈他明日就要出門，姊妹聚首，在此今宵片刻了。他在房裡啼哭不止，不免到他房中勸解一番，有何不可。（下）

（旦上）

【粉孩兒】黯黯的強朦朧心顫驚，怪迷離夢眼閉來還醒，願魂隨情引劈面迎，又乍虛空燭影搖檻。（白）奴家自與胥郎訂盟，誓諧琴瑟。誰知今日琵琶別抱，背負前言，此生情債，料不能償。前宵逸出牆頭，待要訴明衷曲，與他永為決別，不想又被揚州束夫人逐他出寓，一見無緣。咳，胥郎，胥郎，把君家情案消溟，望來生鴛譜重整。

（占暗上聽介）姐姐為何不睡，在此自言自語？

（旦）妹子來得正好，我有心事，到此時實是瞞你不得了。

【紅芍藥】自那日裏柬答芳卿，（占）莫非就是拾釵那生麼？姐姐把詞箋答他便怎麼？（旦）與他山兒畔禱下三生。（占）既與胥生有不悔之盟，怎又將此身輕棄了？姐姐嚇，你只該倚靠邊牆，行而有信，怎去跨雙鞍言不相應？（旦）妹子，父母情重，夫妻情小，全孝不能全節了。千秋寧傳薄倖名，怎便把雙親眼冷，只圖着熱守私情。（占）姐姐，日後倘胥生尋聘到此，（歎）你甚方法分身支領？

（旦）妹子，我此去未知飄泊何方，彼來尋聘，此生情債……妹子你請坐了，受姐姐一拜。

（占）這是為何？不要折殺了妹子。

（旦）這一拜並不為別，姐姐未了恩情，盡託賢妹，為我補續了。妹子，你若允諾呵，

【耍孩兒】我在九地從今含笑瞑，較美滿情差勝。（占）姐姐尊命，妹無不領。自古道惺惺應自惜惺惺，只慮胥生呵，生憎怪甜桃撇漾賠青杏，却不道傍蒹葭牛馬悲風影。（旦）妹子，有記驗在此。那日我把雀釵留贈，他有銀串答酬。今日呵，都與你為媒證。

（白）妹子，我傳你的琥珀匙，須盡心學哩。

（占）還去學他怎麼？

（旦）那日胥郎倩我操彈，因有此事，彼又驟去，不曾與他撫索談心。他日爾夫婦撥我絃，度我曲，淒風苦雨之中，啾啾而至者，乃爾姐也。

【會河陽】瀝酒臨風，撫絃淚零，我的悲魂唧唧到簾屏。（占）姐姐，你的苦情，嘗吊我痛腸，我也難久邀壽齡，怕盼不到你還鄉井。（旦白）妹子，還有刺血手書一緘，敢託賢妹，寄語胥郎："是你妻子去時留筆也。"（占）姐姐休得哭損身子。（旦）妹子，我心事不能盡述了。叮嚀，聲到我喉間哽；灰心，血到我胸前冷。（暈介）

（占）姐姐。爹爹、母親快出來。

（外、老上）

【縷縷金】心耿耿，淚盈盈，嚼兒空有齒，老難撐，啼喚聲聲急，手綿足緊。（占）姐姐不好了。（外老）我那孝順的親兒嚇，教我眼

枯無淚,叫親親,爹心痛難忍,娘心痛難忍。

(旦)爹媽在上,孩兒有一椿心事,到此不得不説了。

(外、老)孝順的親兒嚇,有甚心事?爹娘自然從你。

(旦欲言不語介)你便怎麼?

(占)爹爹,只有此血書便知心事了。

(外看介)呀,元來你與姑蘇胥先吹已有不悔之盟。

(老)莫非就是還釵那生麼?員外,果是個志誠君子。

(外)書中之意不涉淫褻,足見你立心堅貞了。兒,你要將妹子續這姻緣,亦是美事,為父的————依你。

(旦)爹娘嚇,恕着孩兒不肖,更得垂情依允。

【越恁好】五中刻銘,五中刻銘,深禱爹娘恩。妹妹,我心事呵,椿椿件件,不重囑付可憐聲。(合)兒,且把精神打疊心暫寧,閃殺人痛腸裂迸。兒,怎撇得你下?

(旦)爹、娘、妹子,不知再聚何年。眼覷眼三兩兩相看定,手扣手一雙雙相持緊。

(末、生、院子、付媒婆上)

【紅繡鞋】紅羅擁簇花燈,紅羅擁簇花燈,香車緊護簫笙,香車緊護簫笙。(付)員外,乘吉日,趁良辰,忙整頓,莫留停。小姐,須打扮做新人。

【尾】(衆)縱教血濺重衣冷,悲斷無聲腸緊。兒,好只索尋夢回來慰老親。

【哭相思】出門腸斷草淒淒,惟有垂楊管別離。今夜不知何處泊,啼猿相送武陵歸。

(迎旦下)(外)媽媽,少停旬日之外,我和你到揚州探望女兒。

(老)小女兒怎麼?

(外)寄頓親戚人家便了。(下)

第十二齣 賺 桃

(淨上)

【字字雙】嘴兒滑溚眼兒乖,無賴。假充御史聘姣才,膽大。西施活寶賺將來,拐帶。烟花隊里竪招牌,買賣。

（白）敗落男兒不值狗,多年子弟變爲龜。自家姓貝,名十戈,原是金陵一個富監,巨萬家私,抛在烟花隊裏。鴇兒憐我飄零,留我做個幫龜。原來青樓有個規矩,老鴇的蓋老,那些粉頭多稱是舅舅。因此合院的人都稱我是貝娘舅、貝娘舅。如今鴇兒把銀子託我到杭州討買人手,你想誰家肯將此女兒做此勾當。因此打聽得揚州束夫人在此進香,切着根脚,只得假冒御史名目,哄到金陵,那個找尋得到？正是：從今飛出焰魔天,脚下騰雲趕不上。且喜桃佛奴已娶下舡,今晚學生落得先討子個頭湯介。

（付上）頭湯,頭湯,還有我相幫。貝娘舊,你忘記子老親娘分付,你道,你勿脱滑個料,着我緊緊相隨,今夜原只好搭我睏。

（淨）不要嚷,不要嚷,外院人家娶妾,第一夜不去與他同睡,看破機關,露出馬脚來哉。

（付）勿對個。

（淨）囕聲,就是你我還要權為主僕之體,不要被他知覺了。

（旦內嗽介）湯保,分付小心伏侍奶奶,我老爺到岸上去登東。（下）

（付應介）

（旦上）

【拗芝麻】只見愁雲劃去桅,浙水流洄派。（白）奴家不得已遠鶩揚州。冷眼看來,主僕不分,語言失錯,不像宦家行動。悶難猜,心暗揣,怕章臺誤鎖沙吒寨。（白）胥郎,胥郎,奴若遇此不良,猛拼一死,還把乾淨身子侍你來世。那悲笳飲恨,斷不學當年蔡。（白）什麼人在此探頭探腦？（付）大姐作揖,啐,啐！小夫人唱喏。（旦）全沒規矩。你叫什麼名字？（付）我叫滚水裏救肚飢。（旦）怎麼？（付）湯保。（旦）湯保,在他家主管何事？（付）百人坑裏臭糞。（旦）怎麼？（付）雜屎。（旦）是雜使。他家事情,你可曉得？（付）曉得。廚竈脚下,陰溝洞裏,開門打户,添湯換水,搬碗掇盞,燒火剝葱,人來客去,男進女出,提尿瓶,倒馬桶,都是我當心掌管個。

（旦）可有妻子？（付）妻子有個，答個岸上個殺丕合個。（旦）妻子那有合的。既是主人，也不該破口。（付）我哩花娘也勿好，有了他竟撇了我。（旦）那有此事？（付）你若勿信，我就四脚蹩。（旦）怎麼就讓了他？（付）我是原勿肯個，吃我里房下凶料拔出皮鞭，連頭夾腦一頓打，我的頭就如此縮了進去，一世不敢伸出頭來。（旦）呀，如此光景，斷然不是好人家人了。且住，束夫人月下曾有一面，且到他家覰個真假，尋個自盡便了。急從大宅翻身快，休將膚肉填盆蠱。（下）

（淨上）湯保那裏？湯保那裏？勿好哉。老爺剛到岸上登東，被蛐蟮呼子卵脬，脹得斗大，痛得極。

（付）那間原去房裏答渠睏子罷。

（淨）成勿得，成勿得，原即好搭你睏。

（付）可見世情越惡薄哉，曲蟮蟲那能叮勢利。你是假冒御史，就來叮你個卵脬哉。

（譚下）

第十三齣　矢　　貞

（丑上）

【薔薇花】貝家哥，討買丫環遠託他，朝來屈指日兒多，直恁多擔閣。

（白）老身金陵舊院子馮秀媽的便是。幼籍煙花，老凋紅粉。年來時運不利，幾個丫環從良的從良，贖身的贖身，就門庭冷落，車馬稀疏。因此我併疊些銀子，託貝娘舅往杭州討買人手。一去月餘，怎麼還不見回來？

（付上）踏破鐵鞋無覓處，得來全不費工夫。（見介）（丑）湯保，回來了？人手可有？

（付）造化，造化，看遍杭州城，並無絕色。桃員外家有個小姐，叫名桃佛奴。

（丑）有名目的人家怎括得他上手？

（付）他父親為了屈官司，小姐賣身救父。秀媽勿要説，美貌無雙，亦且書畫兼全。貝娘舅假扮了揚州束御史，無子娶妾，設騙下舡的。

（丑）好個貝娘舅。走來他是最不脱滑的，休要被他弄破了確子回來。

（付）其夜正要答渠睏睏，上岸登坑，乞個蛐蟮叮子卵脬，止今動勿得。快點去迎接來哉。

（丑）辛苦了。你進去吃酒飯。

（付下）

（丑）丫環快出來。

（老占白上）舞低楊柳樓心月，歌罷桃花扇底風。

（丑）新姐到了，快去迎接，白眉神前點香火。（應介）

（淨上）羊肉不到口，反惹一身羶。秀媽，這是桃佛奴親筆文契，請收子。到門哉。

（旦上）

【引】夫人月下曾接語，望門楣便知虛實。

（二旦）新姐請。

（丑）兒，過來拜了神道。

（旦）什麼神道在門脚下？婆子過來，引我去見夫人。

（占）新姐，這不是婆子，是我母親。

（旦）是二位的令堂。失瞻了。

（丑）兒嚇，你也該認我是母親，不是行這小禮的。

（旦）就是夫人呀，全不像月下見過的嚇，我曉得了。

【鎖南枝】你是排門户掠販的，我是良家女兒怎首低。（丑）兒嚇，不要惱，一把銀子費在你身上了。（旦）好個御史。呀唪！假充官宦太心欺，怕誆人有律例。（淨）我哩個樣人家，莫説一個御史，就是十個御史也有。（旦）唳，胡亂談，都逆耳。你若不送我回去，拚得到官司，與你做頭敵。

（丑）纔入我門來，這等放潑，日後一發罷了。

【四換頭】激得我狠性起，須知橋到頭低，你還弄嘴。（旦）你休動手,慢威逼,就石爛江枯志不移。(丑)料我門戶人家,竪不成節婦牌樓。玉潔冰清,誰人信你?(旦)要我改節相從,啐!你全然執迷。(丑)不怕不從。(旦)須知道陳女投崖,王妻斷臂,你休妄想痴心狠皺眉。(丑)潑賤小丫頭,受我多財禮,終不然膀胱兒下貼上封皮?(淨)佛奴姐,你何須執拗苦違逆,也要自思維。早難道家堂打掃世尊軀。(旦)光棍還要胡說,桃佛奴不要命了,扯你到官,拚個死活。(丑)還要這等放刁,賤人,須認我老娘手段。

【前腔】(旦)虔婆慢狠為,逼殺奴有隣里。(丑)你敢拖刀弄劍,到來嚇我麼?(旦)叫你小小吃官司,人財兩失誰償取。(二旦)新姐不要如此。(歎)這般拗執冽別子,有話從容且莫性急。(旦)決不偷生辱己,留得名,馨千古,便刎下頭來血也奇。(二旦)姐姐,鋼刀手滑休弄持,鋼刀手滑休弄持,有差池。(丑)好一椿銀子討你回來,教我怎當得生錢息債折便宜。(旦)過來,你只為着幾兩銀子麼?也不難,奴家是血性女子,決不負你。(歎)好教本利算還伊。(丑)有得本利還,我有得甚說。(旦)只要依我一事。(丑)莫說一事,百事也依你。(旦)要幽室掩關三載,任我做僧尼。

　　(丑)坐了關,一發沒有銀子了。
　　(旦)奴家詩畫頗頗聞名,不消半年三月,償還了你的孽債了。
　　(丑)有這等事?
　　(淨)我倒忘了,詩畫絕妙。
　　(丑)既如此,裏面空房儘有,且坐起關來再處。
　　(旦)一時流入深閨里,却鎖重門別院沉。(下)
　　(丑)丫環,新姐進去了,看好了,拿些點心熱湯水。
　　(二旦應下)
　　(丑)貝娘舅,原是你不老到。
　　(淨)那埋怨起我來?
　　(丑)在舡里的時節,露些風聲便好。
　　(淨)在家裏尚然如此,倘在舡内說知,對子水哩一跳,個那處?
　　(丑)這也罷了。詩畫果然是有名的麼?
　　(淨)個把扇子是他親筆。

（丑）好，畫得好。事已如此，由他坐起關來再處。
（淨）詩畫四遠聞名。（隨口譚下）

第十四齣　江　　遇

（小生冠帶上）
【引】敕狩中州，不負衣文繡，只刊得民碑在口。
（白）下官束束，別號守齋，官拜御史，祖籍廣陵。邇者代巡洛邑，茲乃覆命皇都。且喜道過桑梓，因爾興懷松菊。稍停北上之車，暫假東園之榻。前日移文到家，少不得有人迎接。舡頭，已到那裏了？
（外舡頭應介）揚子江了。
（末院子上）駟馬遙聞南國信，使君江上掛歸帆。
（上舡見介）院子叩頭。夫人攜舡江口迎接老爺。
（小生）夫人在江口接我，請夫人過舡來。
（末傳請介）打扶手。
（付上）
【引】喜夫君宦海舡歸舟，慢攜向洗塵斗酒。（見介）相公，你心勞行役，隻爾風塵，不勝懸念。
（小生）夫人，我王事靡盬，久違琴瑟，幸獲平安。請坐。
（付）相公，你洛陽憲府，定必滿載多金。看你宦橐蕭然，不像……
（小生）咳，夫人，我這一把年紀，尚無子嗣，民間脂膏，取來何用。夫人，
【甘州歌】我清風兩袖，愧宦途勞頓，寒酸依舊。（付）相公，樓舡天座，等如一葉虛舟。（小生）我冰心自貞堅介石，雪志偏孤傍水鷗。（付）你忘家計不自籌，當年蘇季怎懸頭。（小生）我顛毛白，種嗣你，枉教伯道作孫謀。
（付）相公說得是。前去金山不遠，上去祈求子嗣何如？
（小生）夫人，你歲歲燒香，年年求子，看看求過五旬外了。還

要求？

（付）如今包有。院子，分付放舡到金山去。（共下）

（生上）家長快些搖。

（丑舡家上）

【前腔】雙桡劃漢遊，見邊雲四起，歸鳥聲啾。（白）風兒，願你再大些，趕到杭州，要與桃小姐做親。仗你封姨力緊，滕王一夜功收。（內）前舡慢來。（丑）壞哉，壞哉，撞着子官舡哉。（外上）呔！你當風何自拿橫舵，我瀉浪焉能挽順舟？撞壞了舡了，鎖他娘。誰艄子，甚裏頭，敢驚御史坐舡樓。（丑）都是相公，快些搖，快些搖，如今那處？（生）誰敢鎖我舡家？（外）不曉得御史束爺麼？（生）唗，休張勢，莫厭柔，你去上覆，說胥塤不怕大來頭。

（小生上）舡頭去問，可是今科胥先吹相公麼？

（外傳介）

（丑）正是。

（小生）既是先吹兄，快請相見。

（生）可是揚州束御史老爺？

（外應）（過舡見介）

（小生）兩世通家，久疏闊契。

（生）道阻江干，瞻雲嘗切。

（小生）胥兄，此榜未開，何事南行甚急？

（生）謬叨秋薦，勉赴春闈。小弟期親在杭，因此不待揭榜，促舟南下。

（小生）原來如此。請問杭州與誰氏聯姻？

【前腔】（生）男兒切好述，念佛奴桃女，久唱睢鳩。（小生）是桃佛奴。住了，且問兄，幾時行聘的？（生）小弟在園中暫寓，尚未納聘。與他湖山盟誓三生，邂逅相投。（小生）住了。可是拾翠園？（生）是拾翠園。（小生）又是兄說起，險些做出來。（生）却是為何？（小生）小弟賤內曾到杭州進香，借寓此園。那晚有一處女，也說是桃佛奴，月下現形，陡然不見。原來那園中最多鬼魅。兄莫非被鬼所欺了？（生笑）那有此事。小弟大受尊嫂之累。（小生）却是為何?(生)那晚尊嫂到寓,小弟正與桃小姐相期,不想被盛使狠逐出門,可恨竟不得與桃小姐一見。小姐,小姐,你含啼怕剪清宵燭,帶淚思沉此夜簹。(小生)又喜賤内使兄出門,不然竟被鬼迷了。(生)就是鬼迷也説不得了,告別了。(小生)小弟正欲與兄叙闊,何去此甚促?(生)小弟還要去下聘。鄉心碎,客夢稠,好尋王謝昔時樓。(小生)風兒越大了,再少停片時。(生)小弟極喜此風。檣力勁,水勢遒,趁風今夜下江洲。請了,分別下舡。(下)

(小生)分付挽舡。(笑下)

第十五齣　訪　　錯

(外、老上)
【月雲高】【月兒高】駕飛奇禍,身家頓捐破。傍女徙揚州地,我也羞居故土。媽媽,且喜渡江已到揚州,束府未知遠近。飢鳥依人,侯門暫棲躲。(白)不免問一聲:大哥,束御史家在那裏?(内應)前面四牌坊便是。(外)起動了,媽媽,還在四牌坊,快行前去。看他門顯爽堪雀羅,奈我衫敝垢,渾鶉裹,【渡江雲】怕世態花添錦上梭,那堪我一縷荷衣似雨後簑。

(白)媽媽,此間已是了,看好了行李。門上大叔有麼?
(末上)傳聲暮閉黃金屋,獨遣開扉對晚空。是那個?
(外)大叔,老漢乃杭州桃南洲,係你老爺小奶奶的父親,特同老荊在此,探望女兒,乞煩通報。
(末)老人家敢是問差了?我家並無小奶奶的。
(外)大叔,你們老爺到杭州進香,親到我家下聘,不隔一日就娶下舡的。
(末)夫人曾到杭州進香,老爺不曾來。
(外)不肯通報,待我自進去。
(末)什么所在亂撞!且住著,老爺不在家,禀知夫人,自有分曉。怕傳三語入,釣出一天愁。夫人有請。
(付上)

【引】怪語驚傳問誰聒,真和假,甚牙閑磕。
(末)稟夫人,外邊有個老兒,説是杭州人,同着個婆子,説是我家小奶奶的父親,特來稟知。
(付)對他説,敢是問差了,我家並無小奶奶的。
(末)小人也是這等説,他竟要闖到內裏來。
(付)有這等事?着那老兒前廳少坐,媽媽着他進來。
(末)是。老人家,與你稟過了夫人,教你前廳少坐,媽媽着他進來。
(外應下)
(老進見介)夫人請上,待老身拜見。
(付)不消。常禮罷。
(老)貧女未嫻閨訓,遠託高門,深荷二天,敢辭百叩。
(付)藏嬌實無金屋,訪戴忽訝剡舟。請坐,願聞顛末。
(老)夫人聽稟。
【古梁州】錢塘織紝,家門安妥,為盜賊牽犯條科,賴緹縈賢女,鬻身罪償連坐。(付白)莫非不是我家,你認錯了。且問你,當日我東人曾過,若贄絲夢,媒妁伊誰個?(老)夫人,公相親到寒家。三百兼金,覿面聘嬌娥。(付)怕沒有此事。(老)喚我女兒出來一見。難道一入侯門便陌路過,求賜見,莫延俄。
(付)聽那婆子説來,莫非我那老殺才欺我無子,瞞娶別舘,也未可知。你且迴避,我與做主,尋還你女兒。
(老)多謝夫人賢德。(下)
(付)院子,可曉得老爺討的妙人藏在那裏?
(末)小人不曉得。
(付)你不曉得麼?教你不要慌,快請老爺回來。
(末)曉得。聞得河東獅吼,誰不毛骨悚然?(下)
(付)好個沒良心的老殺才。
(小生上)
【引】瓊筵詩酒方濃,甚事閨中頻促。(見介)夫人。(揖介)
(付)夫人,夫人,扯斷你的耳根,做得好没天理的事!

（小生）為着何事如此發惱？

（付）還要瞞我。杭州娶妾事發了。

（小生）什么娶妾？好笑。又聽誰人搬哄，一些把臂也没有，劈空裏這等絮聒起來。

（付）鐵嘴鐵嘴，小丈人現在前廳，還要抵賴。

（小生）有什么人在此？喚過來。

（末應介）

（付）天殺的，撞死在你身上！

（末）老人家，老爺喚你。

（外上）

（付下）

（外）公相在上，老漢是杭州桃南洲，特來探望女兒，乞賜一見。

（小生）誰娶你女兒，却在此處取討？

（外）春間天竺進香，可是公相？

（小生）這是我夫人進香。

（外）可又來，其時老漢在獄，虧我孝女奮身相救。公相親到寒家，聘金三百兩，聘娶下舡的。

（小生）這是那里説起？呸，敢是你見了鬼了？

（外）咳，蒼天在上，我女既嫁隨君，死生相託，將謂老夫婦終身依傍。誰知千里相尋，却説誰人藏過。咳，公相嚇，

【前腔】你要官居八座，難道宅第巍峨，便納韋布寒微，自古椒房成戚，那須愛屋推烏。（小生）笑你無風捕影，撒賴姻親，藤葛強攀蘿。（外）公相，你是做官的，請推詳一推詳。（小生）教我怎么樣推詳？（外）若公相不娶我家女兒，何可杭州到此硬來認親？甚裏頭皮敢向朱門叩？你道父子何傷隱諱多，求賜見，莫延俄。（小生）過來。據你定親時身在獄中，討你女兒的對頭認得也不認得？（外）老漢雖不在家，老妻面見過的。蒼天在上，怎賴得過。（小生）既是你妻子認得，何不仝來驗知真假？（外）老荆現在。（小生）快喚過來。（外）媽媽，快來！

【前腔】（老上）（又）痛親兒音耗全訛。（外）媽媽，你認得束御

史的麼？（老）在我家來過的，怎么不認得。（外）過來認一認。（老）阿呀員外，覷尼父截然陽貨。（外）不是麼？（老）不是。（小生）阿吙，却不道無端搗鬼，一納地打渾調科。（外）吙，我死罷了，誰要你來救我，硬聽女兒自賣。好搏夫人結果，千里相尋到此，全相佐，眼見旴江没了孝曹娥，腸斷天涯枉痛呵。公相呵，教我情到此怎收羅？

【前腔】（小生）見他們涕泗滂沱，定强梁誑居奇貨。（白）我曉得，決然是個光棍，窺你吃官司，你女兒又急欲自賣，又探聽我夫人在彼進香，乘間借為題目了。咏，你這婆子，也忒不仔細，你女兒多應落于水販之手了。似楊花逐水，飄泊汀莎。（外、老）老景窮途日暮，舡到江心，何處堪收舵？（小生）可憐。動人惻隱，使我蚤心婆，且不要啼哭。就里從容訪孝娥，情到此且收羅。過來，你女兒可喚甚麼名字？（外）小女名喚桃佛奴。（小生）就是桃佛奴，可是拾翠園中？（外）拾翠園是老漢所居。（小生）這也奇怪，夫人快來。（付上）來了。（小生）夫人，你道他女兒是誰？就是桃佛奴。（付）我都聽見了，原來誤認他是鬼。相公，你前次江中遇見胥舉人，說是他定下的妻子。（小生）我倒忘了。老丈，你女兒已許下胥先吹了，怎麼由他自賣？（外）大人，一言難盡。小女孝心所迫，實出不得已。（小生）前者江中，偶遇令婿，他已不待揭榜，竟到杭州造宅下聘。倘他尋至此間，你却如何抵對？（外）小女出門時，有血書一封，轉倩妹子，續此姻契。（小生）原來還有小令愛，如今在那裏？（外）不便同行，寄頓親戚人家。（小生）夫人，既是我好朋友的令岳，也不好簡慢。院子，分付打掃南莊空房，接取令愛同住，一則慢慢察訪佛奴消息，二則待胥兄到來成親何如？（外老）多感多感。

【尾】謝相憐存仁大，潛心緝訪遍搜羅。（合）濟困扶危纔是大丈夫。

　　　　　漢國明妃去不還，又勞行役出秦關。
　　　　　白頭盼斷天涯哭，却恨鶯聲似故山。

（小生）院子，領桃員外到南莊去。

（末引外、老下）

（小生）夫人，你只管説我娶妾，難道我有這等事？
（付）我諒你也不敢嚇。（下）

第十六齣　報　　中

（生上）

【步步嬌】草草公車催程緊，鞭指藍橋近。怕當年拾翠人，還向墻邊，悄地深深等。（白）小生自離京都，一竟到杭，來向桃家通媒議親。且喜仍得借寓園中。你看湖山石，依然纏着女蘿花，亂石墻仍舊半留藍橋路。呀，你看墻穴依然未補，不免挨身前進。（進介）呀，全不似舊時光景了。做了崔護舊題門，空庭剩有桃花嫩。

（白）不免叫一聲：小姐！小姐！
（淨白上）絨貨為生理，臨洮是我家。哎，你是什么人？
（生）噫，小姐倒不見，驚動了岳丈。（見介）岳丈，小婿拜揖。
（淨）誰是你岳丈？
（生）岳丈，小婿與令愛呵，

【江兒水】昔訂羅敷約，今來踐尾生。因此撇科場，千里諧秦晉。（淨）誰與你聯姻？（生）難道小姐還未説明？叮嚀，猶記牙齦韻，他含糊浪打相思印。岳丈。（淨）又叫咱是岳丈哩。（生）莫非怪小婿？六禮未能修謹，因此坦腹當前，不肯驟然依允。

（淨）住了。咱家止有一個女兒，尚未許人。難道我這不肖，私行結識你來？
（生）請令愛出來，自有分曉，何須亂嚷。
（淨）且喚不肖女出來當面對。女兒快來。
（付上）忽聞爹唤語。（見生介）此位是何人？
（生看介）老丈，不是此位令愛，是小生誤認了。得罪。
（淨）咦，那裏走！貪夜入人家，非奸即盜，打殺你這狗殺才。
（生）不要粗鹵。小生呵，

【玉交枝】是吳門英俊，訪南洲特來議親。婦翁樂廣因錯認，不是宋玉窺隣，休愠。（淨）既然尋丈人，何不青天白日上他門，怎麽黃昏時候却在此處鑽墙？既不是西廂踏月待有人，却緣何東墙悄夜踰來進。(付)爹，喚孩兒出來為甚麼事？只管打他是怎麼説？(淨)説你與他曾有婚姻之約，因此喚你出來對証。(付)有這等事？啐，天殺的臭忘八！那裏認得。我生得千嬌百媚，未出閨門千金小姐，你白白的討我這等寡便宜麼？怪書生非親認親，怪書生人前誘人。

　　(淨)氣死我也，不要管，打殺這狗弟子！

　　(付)爹，住了。這樣打殺了可不要償命的？人人説此園有妖怪，將他剝去衣巾，面上將紅紅綠綠塗着，喊破四隣，只説是妖怪，待衆人打死，豈不干淨？

　　(生)地方救人，地方救人。

　　(淨剝生衣巾塗臉喊介)東隣西舍，有妖怪出現。

　　(三旦、丑執家伙打上介)妖怪在哪裏？(見介)

　　【六么令】妖精忒狠，未到黃昏揶揄弄人。(生白)阿喲，不要打。我是新科魁榜住吳門。(衆)既是新舉人，為何藍牙面赤條身。(打介)(外、末、小生報人上合)會魁搜遍杭州郡，會魁搜遍杭州郡。

　　(白)列位，借問一聲，這裏可是拾翠園麼？

　　(衆)正是。

　　(外末)可有個舉人胥埙？如今中了第六名進士，人人説在此間作寓。

　　(衆)我們在此打妖怪，不曉得。

　　(生)列位，我是舉人胥埙。

　　(末、外)既是胥爺，為何這般光景？

　　(生)列位，小生因訪丈人到此。那人怪我誤入此園，畫成妖怪，假手衆人打死，望列位相救。

　　(外、末)有這等事？打這厮。

　　(打衆下)

　　(丑)勿要打，勿要打，可是胥先吹相公麽？

　　(生)正是正是。

　　(丑)蓋列只管説是妖怪妖怪。

（生）你是甚麽人？

（丑）老身原是桃南洲舊隣咸媽媽。

（生）咸媽媽，桃南洲怎麽樣了？

（丑）他為了極大屈官司，搬往揚州去了。這個房子賣與山西客人了。

（生）可有甚麽説話？

（丑）臨別時託我寄信，説相公來時，多多致意。

（生）還有甚言語？

（衆）我們寫票要緊，只管講閑話。（推丑打介，譚下）

第十七齣　關　　守

（丑上）鴇母性少三貞九烈，只因貪賺七銅八鐵。多得了一兩五錢，便覺千歡萬悦。老身馮秀媽，向因門庭冷落，杭州討個人手，誰想是個好人家女兒，立志十分貞節，把一個術院變成尼庵，準準與他坐關，誰知倒是一椿好買賣。那佛奴原是西湖有名的士女班頭，果然求詩畫的日日填門，莫説是老身打發不開，連這兩個丫頭也没工夫接客了。今日又接下許多詩畫。不知可曾梳洗。丫頭，泡上好松茶送進關去。急教洗硯添新水，好給揮毫女翰林。（下）

（旦上）

【引】縧鸚難脱紅絲繫，鏡鸞已被青塵蔽。

奴家桃佛奴，不幸造次輕身，誤投販手。且喜牢據半關，不受風塵沾染。揮毫一紙，且將孽債酬填。奈何京師士宦駢集，文逋畫債，催索無停。墨漬粉痕，應酬怎了？

（丑上）院裏小娘多墨水，作成龜子盡通文。兒，常府管家坐催四幅堂畫，户部王爺立等八架圍屏。其餘單條扇子、册頁、斗方，又堆上一堆了。快快打發他去纔是。

（旦）可回他，晚間多有，其餘零星小畫可教小姑姑磨墨添水，大姑姑刷絹礬紙，趕完便了。

（丑）好女兒，不要辛勤壞了。大姑、小姑快來。（下）

（老占上）拖雲刷就鵝溪絹，排浪淘新雀硯銅。姐姐，硯已洗淨，絹兒上礬，請染翰。

（旦）大姑姑把絹兒搠好，小姑姑磨起墨來。

【漁家傲】端不讓西蜀夫人筆底奇，煙雲染水盡山穷，教看人佈蕊。喜筆隨意到，多生動，描不出畫中詩意。却不道比西施淡抹濃妝，待坡仙題晴賦雨，你怎如得掛壁寰瀛，令我葉渡回。

（老占）姐姐，畫得好！

【剔銀燈】淡寫意這雲山肖米，倣古處描出維摩。新句題頭上，看幾字羲綵體，小款下一點丹砂鈐記。你標題奇，是丹青匠手，洛陽紙千秋價馳。

（付上）不見錢塘蘇小小，金陵再去訪桃娥。老漢賈瞎子，在杭州專靠桃小姐書畫賣來度日。近日聞得此間舊院有個坐關女子桃佛奴，未知是真是假，只得去走遭。一路問來，説是此間已是。（看介）

（老白）瞎子，為何在此探頭探腦？

（付）我在此問個信了。

（旦）那人語音厮熟，喚他過來。

（占）瞎子，姑娘喚你。

（旦）你是賈瞎子？

（付）莫非是西湖桃小姐麼？（哭介）小姐嚇，你為何流落至此？

【攤破地錦花】（旦）一似夢兒中，瞥見了親鄉里，驀掉下悲。賈老，你知我娘和父近且誰依？（付）小姐，員外安人已遷到揚州，看望小姐去了。（旦）阿呀，爹娘嚇，好似鳳凰臺畔誰知被燕子樓棲。（白）賈老，煩你到揚州，尋着員外、安人，重重謝你。（付）老漢眼目不便，那裏去尋？小姐，把員外負屈情由，自小姐鬻身被騙、立志坐關的情節，從頭至尾，編成歌本，待老漢向十字街頭高聲唱賣，一人傳十，十人傳百，少不得員外、安人有個信息相通。（旦）如此最好，奴家自編一本《苦節傳》在此，你拿去。遍街頭翻歌本透消息。

（白）有碎銀十兩，與你以作盤費，若有信息，重重謝你。

（付）老漢就去倩人教會便了。

（旦）還有話分付你，

【麻婆子】路旁路旁人叢處，你關心聽莫遲。慢訪慢訪揚州客，叮嚀蚤寄知。（付）魚書若仗此歌詞，雀環有日唧來寄。（合）若知聲息忙傳語，好教眼盼捷旌旗。

（旦）你去罷。故鄉今夜思千里，雙袖龍鍾淚不乾。

（三旦下）

（付）有緣千里來相會。不想竟是桃小姐，他流落至此，尚能堅持節操。這本《苦節傳》一定有許多動人處，不免與個斯文朋友教會，明日先到馬頭上唱去。（下）

第十八齣　傳　　歌

（末上）扶風俠士天下奇，義氣相逢山可移。幾處報仇身不死，開心寫意君所知。咱金髯翁，定伯江海，結客島嶼，擁眾截殺貪官，不怕天兵；孑身遊行都市，誰來盤詰。金陵士宦接軌，賢不肖不同，特此改頭換面，採訪一番。

【錦庭樂】【錦纏道】瞥粧喬，魚服了龍姿鳳表，都市鎮招搖。怪盜蹠衣冠，沐猴廊廟，【滿庭芳】幸官評海島存公道。（付內念歌介）杭州織錦桃員外，強盜金髯害一門。（末）這底事關心誰呼叫？（付）佛奴救父將身賣，誤投販手害終身。（末）呀，奇怪奇怪。他受冤苦飲恨難消，激得睚眦發惱。聽，字字聲聲罪咱名號。

（白）不免上前去，買他一本細看一看，便知分曉。正是十年磨一劍，霜鋒未曾試。今日把似君，誰有不平事。（下）

（付白上）蛤蟆乾跳折子腿，蜒蚰勿動自然肥。好奇怪，方纔在承恩寺前唱賣，人叢中挤一個人，丟了一塊銀子，劈手奪了一本就走。人人說是一位黃鬚大漢，如飛向對院中去了。如今不免再到前面唱去。列位，要買《苦節傳》的，這裏來這裏來。（喊介下）

（外、老從人引小生上）

【芙蓉紅】鍾山紫氣高，揚子龍光耀，定千年拱帝雄鎮江表。

一般五城御史巡奸宄,六部樞垣察衆曹。(付內喊介)(小生)住了。那高高站立的是甚麽人?在那裏聚衆喧嘩,帶過來。(捉付上介)爺爺嚇,小的是瞎子,在此唱歌,望可憐小的殘疾人狗命。(小生)是何歌本?拿上來。(看介)翻歌調,甚妖言絮叨。嚇,奇怪。是西湖桃佛奴鬻身救父情節。細展卷,一本《苦節》鳴冤草。

(白)你叫甚麽名字?
(付)小人諢名賈瞎子。
(小生)你曉得編歌本的女子住在那裏?
(付)爺爺,他是杭州好人家兒女,被人假冒揚州束御史名目,騙他墮落煙花,如今現坐關房,立志守節。
(小生)真個坐關守院麽?可曉得我老爺就是揚州束御史?左右,押他同到院中,捉拿冒名光棍。(走介)
(付)稟爺,這家便是了。
(小生)左右,不許走漏一人,快拿!
(衆捉丑淨上介)鴇兒、龜子當面。
(小生)到杭州假充御史的就是你?
(淨)小人平日最小心,縮頭過日,並沒有此事。
(小生)唗,取短夾棍伺候。打開關房,令桃佛奴面証。
(衆應打介)
(旦上)

【引】鼠牙穿屋是誰邀,驀地裏恁喧囂。
(衆)桃佛奴當面。
(小生)擡起頭來。咳,可憐。看你美過文君,才勝蘇蕙,不失冰操,足凜霜節。可敬!可羨!所編歌本,你的情節,本院盡知。那冒名束御史的,你還認得否?
(旦)爺爺,那貝十戈就是冒名束御史的。
(淨)爺爺,不要聽他,與我並沒相干。
(小生)唗,你這光棍!

【四邊靜】狐狸竊,頂天靈寶,偷天賜機巧,掠取好良家,污泥陷花貌。扯下去重打三十,須認我真御史的板子。(打介)打你憑空脫冒,斷絕人道,五律有明條,怎教丘鬼胡跳。

(旦)望爺爺做主,送奴回去。錢塘再見爹娘,萬代洪恩。

(小生)你還不曉得,你爹娘已在我家,不在錢塘了。況你孤身女子,路上不穩便。且問你,那姑蘇胥先吹與你曾有姻契的麼?

(旦)與奴誓訂終身。

(小生)小姐請起。先吹兄與下官累世通家,他已高掇巍科,已到杭州尋聘去了。

(旦)胥郎已高中了?謝天地。

(小生)下官本該留待公衙,奈瓜李有嫌。不若小姐寬心仍坐關中,待本院親自封鎖。連夜發書,一面報與你父母知道,一面待胥兄到來,續成姻契。何如?

(旦)多謝爺爺做主。

(小生)小姐請進關去,封好了。

(旦下)

(眾)關門封好了。

(小生)那光棍帶到衙門治罪。

(捉淨上)

(小生)鴇兒本該一體治罪,本院姑爾從寬,着你小心伏侍桃小姐,若有一毫怠慢,拿你活活敲死。

(丑)再不敢了。(下)

(小生)賈瞎子,着你三日一看,倘有風吹草動,即便禀知本院,自有重賞。打執事!

(合眾下)

(末奔上)好個御史,好個御史,咱正欲拔刀助不平,他卻先咱做了去。俺金鬃翁任俠一生,疎豪半世,不料買來歌本,竟是杭州桃員外之女。讀他情節,明明是俺遺禍與他。咳,俺生平不肯做皺眉之事,這樁罪案,思之愧報千秋。且欲訪他父母,斬入關中,令之父子團圓。不想束御史做來,一一安妥,不似咱家任意草草,可敬,可羡。且住,他父母既在束家,相逢有日,不須掛慮了。咱如今一徑奔至姑蘇,訪着胥先吹,少助金帛,令彼速完夫婦,亦可消俺一點

疚心。正是寧同萬死碎綺翼,不忍雲間分兩張。(下)

第十九齣 塗 哭

(生上)

【山坡羊】歹相親巫山一片,劣姻盟江天星散。掛情踪芒鞋遍搜,又誰知兩地涎空嚥。(白)小生為了桃小姐,前到杭州,遇着隣里咸婆,說桃南洲為了屈訟,已遷往揚州去了。我正欲問個明白,不想被報人打去,說在束御史南莊。束兄已上京覆命去了,為此迅步前去。小姐,在拾翠園,訂盟夫婦言。一時被逐,有失花間願。為場事匆忙,驟然而返。(合)忻顏,姻緣在即間;盟言,效於飛石上緣。

(白)來此已是束御史南莊了。有人麼?
(外上)街前何客至,忙出遠相迎。是那個?
(生)請問宅上,可是桃南洲麼?
(外)老夫就是。
(生)這等是岳丈了。
(外)足下是何人?
(生)小婿是胥先吹。
(外)是賢婿了。果是鍾情人也。請到舍下去。(進介)請坐待我着老荆出來。
(生)小婿正欲拜見。
(外)媽媽,快來。
(老上)
【引】離鄉怨天涯,竟不通魚雁。
(外)婿郎在此。(見介)
(生)岳父母請上,待小婿拜見。
(外老)路途辛苦,不消,常禮罷。
(生)從命。小婿因場事羈留,聞知岳父遭此橫禍,有失問候。
(外)賢婿,一言難盡。

【金梧繫山羊】蕭牆起禍緣,流徙家星散。(生)不想岳父罹此凶禍,不曾驚壞小姐麽?(老)痛惜嬌兒,孝行堪欽羡。(生)女流之輩,如何盡得孝來?(老)賢婿。(外嗽介)(老不言介)(生)岳母。為甚話到舌兒尖,還把真情嚥。(外老)賢婿,我不為別的,只為你驀地遥臨,悲喜交相餞。(生)元來怪小婿來遲了。期您,只為半紙功名誤少年。劣婿還有恕罪處,書賢,兩榜春秋幸得聯。

(外老)元來賢婿已聯捷了。可喜可喜。你如此貴顯,不棄寒微,於小女亦鍾情厚矣。賢婿,那知老夫婦在此處?

(生)是咸媽媽指引來的。

(外)媽媽,但不知咸媽媽可曾説出女兒之事。

(老)便是。

(生)小婿明日聊奉聘金百兩,以為花燭之費。

(外)多謝。今晚在此草榻了罷。

(生)還要去相見本府,不得消停,告辭了。

(外)有慢。

(生)暫時分手莫躊躕,薄暮垂鞭信馬蹄。今夜月明人看望,和鳴雙鳳喜來儀。(下)

(外)媽媽,且喜胥郎已中了進士,明日擇了吉日,竟與媚姑孩兒成親。佛奴女兒賣身被騙的情由,且慢慢説起。

(老)我方纔險些兒説了出來。

(外)但不知孝順兒在那裏?(哭下)

第二十齣　書　戲

(末扮院子上)水宿風餐不計程,雞聲茅店乍驚心。跨驢出得羊腸路,一紙家書抵萬金。自家束御史家院子是也。自老爺上京復命,即陞南京京畿道御史。不想冤家路窄,杭州桃南洲夫婦在我家尋取女兒,誰知被京花子拐在院中。老爺追出情由,隨即封鎖關房,連夜發書二封。這一封寄與桃員外,着他入京,領取女兒,待胥進士到來做親。這一封却也奇怪,又着我報知夫人,打掃南樓,娶回做妾。這甚麼意思？嚇，是了。老爺惱着夫人吃醋撚酸,故意兒倒去哄他。且不要管,依着老爺投遞便了。此間已是自家府門首,不免逕入。(擊雲板)夫人有請。

（付上）

【引】桑陰女伴說羅敷,忽報堂前京使呼。(見介)

(末)夫人,小人叩頭。

(付)老爺在京好麼？

(末)好。有平安家報在此。夫人請看。

(付持書看介)

【一封書】愚夫頓首：書報平安無別語,錢塘女佛奴,果京花脫冒子。(白)那個佛奴？(末)就是桃南洲的女兒。果被京花子拐在院子里,老爺已查出了。(付)一段姻緣天付與,與他有甚麼姻緣？再看,打掃南樓納麗姝。要娶他為妾？望賢妻免嗟噓,薄倖從今且恕吾。

(白)天殺的,天殺的,好欺心,除非渾身是膽。

(末)夫人且息怒,怕沒有此事。

(付)書上明明寫着,還說沒有。

(末)夫人,那桃佛奴現今牢坐關房,老爺又加上封皮,有書報與他父母知道,待胥進士到來做親。怕老爺哄着夫人,不要着惱。

(付)天殺的,可曉得朋友妻不可欺。嚇,是了。他明知桃家尚有幼女與胥進士續了此姻,一定是使出這欺心念頭了。寧可信其有,不可信其無。你說還有什麼書,在那裏？

(末)在這裏。

(付)取過來一併扯碎,倘他父母知道,通是你這狗才。

(末)曉得。閉門不管庭前月,分付梅花自主張。

(付)眉頭一蹙,計上心來。我家有個繡娘,喚名女專諸,最有心計。不免喚他出來商議,繡娘那裏？

(淨白上)繡娘繡娘,拳大臂長。狠性子不讓九子夜叉母,劣心兒賽得飛身聶隱娘。夫人萬福,有何事情？

(付)繡娘,那桃佛奴果被人騙到金陵,他却閉關守節,被我老爺訪出,如今要娶他回來做妾。此事怎了?

(淨)如今佛奴在那裏?

(付)仍閉在關中,一定任轉帶回來了。

(淨)夫人不難,有計在此。

(付)有何計策?

(淨)

【奈子花】女專諸眼腦流毒,要除根仗我荊軻。(付)難道去殺他?(淨)若不殺他,生米做了熟飯了。縱東窗秘策,難圖縛虎。(付)怎到金陵去殺他?(淨)如今江寇金髯翁聲勢猖獗,夫人選幾個莊客,駕起快舡,假扮強盜,連夜到金陵,打進關房,一把火,好瘞他殘軀烈火。(付)此計雖好,假如你在外邊放火,裏邊被人救出。那里曉得?繡娘,(合)必得那佛奴活活的擒來見我。

(淨)要活的一發容易,快喚莊客,明日就去。計就月中驅玉兔,謀成日里捉金烏。(下)

第二十一齣　撒　親

【賞宮花】(末、小生吹手,丑掌禮,旦媒婆)(迎外、老生、旦冠戴上)良宵未央,鬧笙歌沸華堂。燭花成風藥,月練映鴛裳。不枉敝屣功名追疋馬,且喜錦纏合卺醉柔鄉。

(丑白)伏以窈窕佳人是謫真,綠雲頭上蓋方巾。纖纖玉手來揭起,却似嫦娥月裏人。

(老揭旦頭巾)

(外)列位,這裏來酒飯。

(衆合下)

(生)夫人,我和你片石峰前別翠容,知卿泣斷五更風。今宵剩把銀釭照,猶恐相逢是夢中。夫人,你的芳容卑人亦曾熟覩,你何必重新害羞。(看介)全不似舊時模樣了。我與佛奴小姐呵,

【新水令】畫真真心稿印錢塘,須不是混明妃丹青各樣。敢是倩魂離舊影,洛水眩思王。他背倚新妝,難道嫁時裳,全換了荊釵

相。（占）

【步步嬌】訝兒郎煞認桃源謊，我也難驟把從頭講。且把幾句言語試他一試。過來，奴家與你經年分手，難道就不認得了？可知道消損舊日龐？（生）尊容實不像佛奴小姐，卑人怎敢昧心冒認。（占）那一些兒不像？我曉得。敢另有可意中人，因此上心飄目蕩。（生）卑人夢寐中詳記分明，難道面對嬌容倒認錯了？（占）過來。你仔細覷端詳，敢野狐來混文鴛帳。

（生）全不相像，教我怎好認得？

（占）住了。湖山下兩地深盟，一一可記，難道也忘了？

【折桂令】（生）記名園寓隔岩墻，聽脆溜歌圓，艷溢花香。掂情踪隱現湖山，和酬詞句，贈答釵璫。（占）可又來，一些也不差。（生）我夢魂中呵，鏤芙蓉分明在掌，今怎似字玉真做了海上仙娘。（占）可知道一從別後減容光了。（生）那裏是眉眼相當，笑語如常。分明是別院虛花，說甚麼瘦減容光。

（占）郎君，你好薄倖也，和你經年間別，蒙你千里相尋，初道你是個多情種子，今日看起來，

【江兒水】分明昔日秋胡戲，終為李益狂。（生）下官是薄情的？小娘子既不錯認，可知那日可有證據？（占）怎麼沒有媒證？串銀兒拄玉腕嘗依傍。（生）果是我的。（占）劣詞箋空習誦得心窩癢。（生）不差，也是我的。（占）且問你，釵雀兒向插在誰鬢上？（生）在這裏。（占）可知道別來無恙？媒證依然，煞何故乖張千狀。好個多情人也。

【雁兒落】（生）俺不是封孝廉百腐腸，宿梅花師雄戇。只祇望種藍田玉一雙，却元來假杜陵花別樣。（占）媒證般般可據，還認奴家是假的？（生）呀，分明是銀串鎖鴛鴦，詞句和崔張。憑着那圖畫春風面，越教紅豆掛裝航。悲傷吞不下囫圇，頭迷魂姎；端相，俺怎向燕泥香拜象王，俺怎向燕泥香拜象王。

（白）小娘子，婚姻乃百年大事，決不忍將錯就錯，有負佛奴小姐。你若不說明，寧可終身不娶，斷不敢成親。

（占）郎君你果認得真切否？

（生）怎麼不真？

（占）郎君你果鍾情人也，委是奴家試探郎君。前者所遇的，實是奴家姐姐。

（生）既是令姐，怎么換了妹子成親？

（占）奴家不好説，只問奴爹媽，便知端的。

（生）岳父母快來。

（外老上）賢婿不須呼唤，愚夫婦聽久了。賢婿嚇，

【饒饒令】真個鍾情無似你，小女呵，死孝過哀姜。（生）如此説令愛不幸了。（外）非也。這一紙血書是兒囑咐，與君呵，做返魂香續命湯，做返魂香續命湯。

（生看介）"佛奴嚙指濡血，書致夫君胥郎座下：妾自花前心禱，矢戴一天，詎料家難切膚，旋圖董永之謀，竟負下堂之戒。薄情公案，没世啣羞。淑姊媚姑，德勝奴千，代充下陳，少展恩情於萬一。從此蕭郎路絶，冀得一死，克守完貞，事君來世，惟此而已。嗚呼！泪湧心剪，情陳妹口，舉不盡言，佛奴叩首。再拜。"嚇，元來令愛託妹尋盟，思行大孝，不顧小節。兀的不痛殺我也！

【收江南】呀，却原來效緹縈救父呵，囑小妹續鸞凰。小姐嚇，你做了英臺含恨別梁郎，我做了巫山宋玉賦荒唐。（外老）賢婿，且慢悲傷，完了花燭，待老夫婦另作商量。（生）岳父母請便。拭啼痕萬行，拭啼痕萬行。夫人，我和你强歡顔從容携手入蘭房。

（占）爹媽慢去，孩兒還有話説。

（外）有什么話説？

（占）郎君，你好薄倖也。我姐姐救父心切，失身匪類。

（生）正要問你，你姐姐嫁着何人？

（占）被光棍所騙，至今尚無下落。你若繫戀新婚，竟忘舊盟，情之所致者，恐不如此也。

【園林好】你覷箋箋血書數行，怎硬生生撇開痛腸，可見你負心人本來色相。（白）你若不尋着我姐姐，奴家斷不與你成親的。甘隻影守空房，甘隻影守空房。

（生）區區女子，如此重義；我堂堂六尺，反不如他。呸，枉讀

圣贤書史,這頂儒冠戴之何益!岳父母在上,小婿改换衣裝,前訪吾妻消息。夫人,若不得見令姐,誓不空回。

【沽美酒】(生)他粉油頭氣激昂,俺烈男兒反血性降。只索毀裂冠裳,學野裝,顧不得梓桑別邦。快打叠錦腰纏走餉行糧,別泰山好將息高堂客況,別嬌妻好密護蕙釀蘭房。下工夫推詳遍訪。俺呵,便一航渡江,恁夜央帶霜。呀,管完璧雙歸堂上。

(外老)賢婿,便要尋小女,且過了三朝七日,怎得就去?

(生)劣婿是個血性男子,若苟留戀新婚,真為薄倖也。且喜天色已明,就此出門去也。

(外老)賢婿,

【尾】你天涯何自擔惆悵,(占)郎君,你哭向窮途且慢斷腸,(生)我此去呵,誓不見佳人不返故鄉。(下)

　　　　草色青青送馬蹄,隨風直到夜郎西。
　　　　幾度木蘭橋上望,杜鵑啼處淚沾衣。(下)

第二十二齣　焚　劫

(淨上)腰間寶劍蛟龍吼,腹內陰謀神鬼驚。我女專諸,領束夫人之命,押令莊客,竄出京城,來此荒僻之所,打扮停當,生搶佛奴,回報夫人。眾莊客那裏?

(末、小生、付、丑強盜上)我們無計使,只得靠專諸。多妝扮在這裏了。

(淨)死人尸首可有?

(眾)也有了。把叉口裝在那裏,禁城中不是當耍的,須要商量停當。

(淨)此間大盜金髻翁出沒江海所在,官兵聞之膽喪。少間打進關中,搶了佛奴,把尸首拋入。一面放起火來,齊聲喊叫,說江上金髻翁全夥在此。他們聞了,頭腦還是疼的。

(眾)有理。

【番鼓兒】(淨)奶奶的,奶奶的,犒賞十分厚。(合)全靠專諸一生泖溜,用布纏頭,各執器械在手。我們盡塗花臉,套紅鬚金髯做首,然後搶出,搶出禍來由,便爇硝磺燒關便走。(喊介)江上金髯翁全夥在此,江上金髯翁全夥在此。

(搶旦,放火,遶場下)

第二十三齣 義　　結

(生上)

【青玉案】伊如董永將身賣,痛孝切因遭害。

(白)我胥塤為訪佛奴小姐消息,天涯訪問,海角追尋,杳無消息。只得還復渡江,再向江南去訪問則個。呀,你看陰雲四塞,毒霧橫空,敢是天公要下雪也? 怎得個舡來渡去? 妻嚛,教我胥先吹呵,

【尾犯序】似孤雁歷空哀,繞樹三匝,棲止無賴。暮雪江天,羨漁樵歸來。堪駭,分徑路周行頓掩,竟沒個尋梅過客。(白)好了。有一所古廟在此,宋楊么之廟。咦,楊么,楊么,你不過綠林一盜,你有何功廟食江干? 且住,今晚在此避雪度夜,便煞功也。蒼荒地,冰凌塞土,抵蒙正破窯開。

(丑舡家,搖末上介)

【前腔】銀河萬頃現樓臺,帆展玉屏,人掛珠鎧。(白)水手,江上什麼廟宇?(丑)宋楊么之廟。(末)好,是孤家先輩。打扶手,上岸拈香。抹楚填吳,捲江南長淮。(白)好一座廟宇,為何有個人凍倒在此? 待我喚醒他。漢子醒來,漢子醒來。(生)哀哉。老丈拜揖。(末)先生何事孑身到此?(生)為義激尋妻浪走,(末)原來是為尋令正的麼?(生)痛烈婦冤沉孽海。(末)令正因何失散了?(生)只恨金髯盜,(末)金髯便怎麼?(生)他劫錢塘墨尹殃及孝裙衩。

(末)那金髯是劫取錢塘貪令,與令正何涉?

(生)老丈,一言難盡。舍岳原是武林桃南洲。

(末)令岳是桃南洲?(背介)他就是胥先吹了。他與令岳便

怎麼？

（生）他家織得好机錦，那金賊呵，

【前腔】把婪贓買貨回，（末）便買机錦，與他何害？（生）緝得窩藏，便百口難解。老丈，我岳父呵，陷入囹圄，命如朝瀣。荊妻呵，遭飛災，為救父鬻身被賺。老丈，荊妻臨出門時嚙血寫書，誓死見報。因此顧不得窮途利害。（末）聽伊道不覺睚眦盡裂，寶劍匣中哀。住了。先生，令岳的事情，老漢略略風聞一二，也不必細說了。如今先生可怪着那金髯麼？

（生）老丈，我恨不得食肉寢皮，不足消我胸中之恨。

（末）先生，我聞金髯甚有義氣，怕錯怪着他。

（生）咳，千剮強盜，有何義氣？

（末）先生，比如金髯，今日與你覿面相逢，先生將何處之？

（生）老丈，他若與我覿面相逢，我定與他做個頭敵。

（末）先生，我聞金髯有萬夫不當之勇，諒你怯怯書生，也不是他的對手。

（生）老丈說那裏話來，彼縱有威風，決不如秦皇帝。卑人身雖怯弱，還賽得個藺相如，五步之內，當以頸血濺之。

（末）烈哉！烈哉！先生，金髯與咱向有一面，不道如此不義。實不相瞞，老漢雖潛踪草莽，負氣頗高。出入百萬軍中，如蹈無人之境。白晝殺人，猶如探囊取物。何難轉眼之間，為先生函至其首。

（生）卑人肉眼不識俠士，請問老丈上姓？

（末）你且不要問俺姓名，且待我斬至其首，然後與先生細講。

（生）若得如此，願借君瓣香，結為兄弟，未知尊意如何？

（末）只是叨長，有所不當。

（生）哥哥，請轉。

【憶多嬌】承鼎諾，與我殲大惡，（末）傾蓋一言敢負託。賢弟，我就仗劍飛身，你且緊盼着。（走介）賢弟，我就斬至其首，不快汝心。與你同去，待你手刃何如？（生）這個使得。（走介）（合）義氣相薄，義氣相薄，入山寨待你手誅巨鱷。請登舟。（下舡介）

【前腔】風轉朔,雪似箔,蘆花江上鋪來薄,蝗陣蠅營劈面撲。(外、小生扮頭目,二旦小校上介)衆頭目迎接大王。(末)打扶手。訪趙歸幄,訪趙歸幄,排車仗迎回部落。

(生)哥哥,這裏什麽所在?

(末)賢弟,這是愚兄草莊。賢弟嚇,方纔所恨金髯,咱即是也。

(生)你就是?(拔末劍刺介)

(衆擋住介)

(生)

【鬥黑麻】我恨刻肝腸,你罪過山岳,還待掩耳偷鈴,直恁藏頭露脚。(末)賢弟,你且休性急,莫認錯。(白)那佛奴消息我也盡知。(生)休得胡言。(末)道我哄你麽?你可是胥先吹,榜上第六名進士?(生)咦,他那裏知道?(末)你孤身落我山寨,撫劍相視,義氣足驚江海。咱金髯翁不是幹歹事的。(生)你且說佛奴在那裏?(末)咱遊至金陵,見市上唱賣歌本,咱耳聽心驚,買下一本來看,正是佛奴手編《苦節》。咱心久抱不平,正欲訪他父母及賢弟消息,贈之千金,完其骨肉夫婦,將此歸璧之大功,贖前不知之細過。今日相逢,真乃天作之合。賢弟何故懷疑?何故懷疑?(生)兄真乃天下有心人也,倒是小弟冒犯了。百叩恩兄,恕弟情痴欠酌。哥哥,這歌詞誰擱,借我做玄霜一味藥。(末)賢弟寒威忒狠,愚兄呵,與你剪燭西窗,與你剪燭西窗,將悲歌細嚼。

(白)煖酒來,取歌本與胥爺看。

(生看介)哥哥,你害得佛奴好苦也!

【前腔】身陷平康,閉關志恪,丹青裏生涯,抵償罪縛。(末)賢弟,看了這般烈婦,可該飲酒?(生)該吃,乾!哥哥,這樣風雅,也該替小弟浮一大白。(末)愚兄該罰。乾!賢弟,如佛奴者,真個巾幗秀、鷄中鶴。(白)取銀子過來。(衆托上介)(生)要他何用?(末)賢弟請收,將此銀速到金陵贖取佛奴回來。愚兄呵,做個成敗蕭何,罪功約略。(合)若不孤眠廟脚,雪埋江上角,怎得陌路相逢,怎得陌路相逢,將萬愁卸却。

(生)多謝哥哥!

（末）季子留遺廟，（生）平沙雪渡春。
　　（末）惜別心能醉，（生）相思何處尋。
　　（末）今夜權住草莊，明日去罷。（下）

第二十四齣　謀　匿

　　（淨上）救人須救徹，殺人須見血。奉束夫人之命，生搶佛奴回來。今已載歸河下，急去報與夫人知道。夫人有請。
　　（付上）事不關心，關心者亂。繡娘回來了。謀事如何？
　　（淨）已搶在河下了。只是領他到家，一者怕認得門道，二者識熟人面，不當穩便。
　　（付）如此怎麼好？
　　（淨）不難。把個大帽磕過他的嘴眼，再把帕兒緊緊繫了，着幾個莊客，一擁上南樓，四圍封釘，天昏地黑，活活的坐個軟監。就是老爺回來，也不曉得。
　　（付）好計，好計。
　　【金錢花】專諸妙算偷天，偷天；一抹兜遮嘴眼，嘴眼。攢攢擁擁似痴憨，人不覺鬼難探，權鳳鎖暫鶯檻。
　　（付白）天晚些擁進，却不是好。今早不曾做功課，和你念佛去。繡娘真個黑漆皮燈籠，風縫不通。
　　（淨）正是葫蘆裏賣藥，水屑不漏。（下）

第二十五齣　思　報

　　（老、占、小校、生上）
　　【端正好】為佳人情珍重，踏天涯受多少磨礲。又虧那楊么古廟江頭凍，纔討得金陵送。
　　（老、占）稟爺，此間已是舊院了。
　　（生）可問馮秀媽家住在那裏？
　　（衆歸介）去問賈瞎子。

（衆喚介）

（付上）嚇，來了！來了！

（老）姑蘇胥爺喚你。

（付）小人有眼不識泰山，望乞恕罪。

（生）賈老，馮秀媽在那裏？

（付）馮秀媽為了桃小姐，連夜逃走了。

（生）正要問你，如今佛奴小姐在那裏？

（付）不要説起。三日前被大盜金髯翁放火燒關，燒死了。

（生）那有此事？

（付）老爺，來，來，這堆白骨就是。

（生）阿呀妻嚇，骨塡千里追尋，經年訪覓，纔得個消息，誰知又是一場話靶，兀的不痛殺我也。

（衆）老爺蘇醒！老爺蘇醒！

（生）小校，快備祭禮來，待我吊奠一番。

（衆應下）

（生）我那妻嚇，叫你不應了，我如今把你骸骨包裹回去，與你爹娘妹子一看，也不枉這場辛苦。

【叨叨令】盼着你齒牙伶曾敲詞句工，這十尖尖的指節兒，想你在生呵，響叮叮把琥珀匙輕挑弄。閃湖山扭捏瘦腰肢淺恭，不能個襯肩旁同勾春夢。一捻的蓮芽筍峰，撒花開怎套上鞋頭鳳？雖揀得殘骸一宗，俏心肝何處堪尋捧。兀的不是不放鬆也麽哥，兀的不是不放鬆也麽哥，漫泣向西風，心坎里真真切切痛。

（衆上）祭禮完備了。

（生）擺下了。

【小梁州】一瓣香招取芳魂降碧空，鑒夫壻再拜擎觥。怎教你沒陪奉，獨自享清風。與你幽明共，權補做合歡鐘，比梁鴻擧案齊眉送。一一的強下喉嚨，恁喬裝客氣伴不動，莫不是双匙一碗，比鶼鶼交頸和同。

（白）把祭禮收過了。拿一錠銀子，賞了賈老，餘的拿了回去，上覆主人去罷。

（衆應下）

（生）阿呀，我那妻嚇，你幽魂若在，快快隨我去。

（內作鬼叫介）那裏有鬼聲？

【快活三】險拋伊肩擔空，聽那檀口叫來風，既然是英魄在聲中。（丑扮燒焦鬼上介）（生）呀，却何方現身形，與你相攪共？

（丑白）胥先吹，這是我的骸骨，你背向那裏去？

（生）這是我佛奴妻子的骸骨，你是何方妖鬼，阻俺去路？

（丑）那邊有一答地穴，與我好好埋葬，便與你說個明白。

（生）只要你說個明白，就與你埋葬便了。

（丑）我冥冥中不比你陽世昏懵，桃佛奴被揚州束御史的夫人差繡娘女專諸扮作金髢劫去。將我遺尸代換，燒的是我。

（生）如今佛奴在那裏？

（丑）現今鎖禁南樓，刺血寫經。快去！快去！（奔下）

（生）咳，束謙！束謙！

【朝天子】好名卿巨公，把朋妻剔弄，用奸婆將金蟬哄。欲掩却傍人話，誰知鬼也唧噥。和線去吞針，刺人腸縫，好打破黃砂甕。忿恨冲冲，這不是打虛謎三擊春粳頌。

（下）

第二十六齣　憤　索

（小生上）

【夜行舡】十載虛名榮仕版，清白吏特簡臺班。（付上）奉使臨淮，不忘舉案，難學八年不反。

（小生白）夫人，下官久客宦途，且喜討差桑梓，又得從容琴瑟。

（付）相公，正好逍遙，只怕又要督漕起馬。

（小生）夫人，舊例此差半年覆命，況且淮揚接壤，只須移檄州司，便可趲完公務。

（付）相公，你一月前說訪着佛奴，書上教我打掃南樓，携貯阿嬌，緣何不帶回來？

（小生）夫人，這是我取笑你。那佛奴原是胥先吹妻室，那有此事？

（付）胥先吹已娶了桃家妹子，你就娶了佛奴，也只算得歸正舊緣。

（小生）說那裏話來！已遣書去請桃南洲，緣何竟不入京來？早上去請他，少不得就來見我。

（付）相公，如今來認了他小丈人罷。

（小生）夫人，休得取笑。

（生上）

【引】靈魂諄諄非妄誕，怪金屋深鎖紅顏。

（白）來此已是，不免逕入。

（小生）夫人迴避。

（付下）

（小生）胥兄，江洲乍別，驟聞捷報，不勝雀躍。

（生）此身外之事，不煩掛齒。貧儒力不能廕庇一妻，為有力者所攘。小弟此來，不是道闊敘舊，明白了一椿奇事，即疏具上聞，隨以微軀相殉了。

（小生）奇怪。與他兩世通家，並無片語寒溫，非酣非狂，言詞不遜，禮貌欠恭，却是為何？

（外上）

【引】信有青鸞，三口飜然一粲。

（白）蒙束大人見召，不免進見。（見介）大人。

（小生）寒莊荒僻，有褻高賢。

（外）久叨宇下，犬馬未圖。

（生）岳丈，來得正好。

（外）賢婿回來了。小女可有消息？

（生）小婿不辭辛苦，去訪令愛消息。剛得個實信，却在金陵舊院。

（外）在舊院？為何不領了回來？

（生）却有個怪人，假扮金髯，打進關房，一把火燒做一堆白骨。

（外）孩兒燒死了？阿呀，我那親兒嚇！

（生）岳父不須啼哭，有事在後。

（小生）有這等事？兄原來為此着惱。小弟為待吾兄，閉鎖關房，不道倒失算了。

（生）極承老兄厚情。

（小生）且住，那扮盜的可曉得甚麼人？

（生）難道老兄倒不曉得？岳父，幸喜燒死的不是令愛，令愛却有人搶在家裏。

（外）是那個搶在家裏？

（生）請問束老先生，便知明白。

（小生）又是奇怪。學生正為此事問取南洲，一月前，我發書回來，請你接取令愛，你却竟不入京。我奉命出差後，那時燒不燒，那裏曉得？

（外）並沒有書，若有尊翰，那有不來之理。

（生）咳，明人不做暗事，你何必這樣含糊。

（小生）我倒含糊？如此說，難道佛奴是我搶在家裏？

（生）差也不多。

（小生）好沒頭腦，明指着我。可笑！可笑！

（生）過來！且問你，你家藏着女專諸，却有何用？

（小生）不過一繡娘，誰家沒有？

（生）咳，

【風入松】憑他雨覆與雲翻，說着教伊羞報。（小生白）我有何羞報處？（外）賢婿，有話好好的講。（生）岳父，他用金蟬脫殼將你嬌兒纂。（小生）那見我纂奪他的女兒？這等無風而波。（生）你欺暗室難逃神瞷。（小生）神瞷甚麼來？（生）你明知佛奴是我的妻子，待要掩人的耳目，你活活的把人抛入火中代換。你希圖他李代桃僵，殺人命戲如草和菅。

（外）有這等事？

（小生）走來。

【急三槍】何憑據，誰知見？平白地胡撒賴，强扯扳。（生）

岳父,小婿那日把殘骨負至中途,誰知那冤鬼不平,備説其細。(小生)呸,一派鬼話!青天裏,白日下,胡搗鬼,含血噴,恁你恣摧殘!

(生)你家可有南樓?

(小生)樓房是那家没有的?好扯淡!

(生)岳父,那冤鬼説,現今鎖禁南樓。

(外)大人,若小女果在南樓,乞賜一見。

(小生)老丈,你也説此話。

【風入松】只道民間白地有撒空奸,我輩俱是衣冠中人。斷不倒龍圖公案。過來,你道佛奴是我鎖禁南樓麽?不難。和你通家兩世稱角總,分付把四下樓房,盡數開着。開重户洞心披膽。(生)自然要搜。憑着你機關暗拴,免不得搜内閣與你捕閨闈。岳父先回去,我自有道理。

(外下)

(生扯小生下)

(付同淨白上)日間不作虧心事,半夜敲門不吃驚。

(付)繡娘,倘他一重重搜將進來,這……那話兒藏在那裏去?

(淨)我當初原説燒死在關,好不乾淨,要甚麽活的?要甚麽活的?

(付)悔也遲了。快快與我算計。

(淨)如今只得要下手殺他。

(付)殺了尸首藏在那裏?

(淨)不要管,包你殺得乾淨。閻王註定三更死,定不留人到五更。(下)

第二十七齣　樓　　禁

(旦上)

【西河柳】心暗審,何事長門禁?劫處危樓,到頭還怎?黑地昏天,疑神疑鬼,擔憂好不分明,苟延朝菌餘生。僅得爐香消寂寞,且尋筆硯寄閒情。問東君,因甚將春鎖却娉婷。我桃佛奴,被人搶來,囚禁樓中,不知這裏甚麼所在。且喜爐香佛火伴我凄涼,不免向佛前刺指濡血,將未完經卷再寫幾行。血兒,血兒,你手上生得多少?

【二犯朝天子】十指纖纖刺血淋,把妙法蓮花勾染毫臨,猩紅權當字泥金。懺空林,問前生種孽何深,今世裏重重受禁。天嚇,蒙束御史發書回去,此時爹娘定到金陵,領取奴家。又誰知做海底撈針,打萍花廢尋,打萍花廢尋。

(淨持刀上介)看刀!
(旦跌介)

【香柳娘】陟天魔降臨,陟天魔降臨,嚇得我遍身寒噤,有何仇怨,你打凶甚?(淨白)還不認得我麼?金陵放火劫你回來的就是我。(旦)阿呀,與你前日無冤,往日無仇,何故又來殺我?(淨)實對你說了罷,我是束御史家繡娘女專諸。前日老爺發書回來,要娶你為妾。夫人設計,教我假扮金鬐,活取回來,鎖禁此樓。如今有一個人特來尋你,夫人怕此事洩漏,特來結果你的性命。(旦)阿呀,繡娘嚇,望你刀下超生,捨奴一命。(淨)不要着忙,若真個要殺你,方纔背後一刀便結局了。還對你說,請娘行放心,請娘行放心,來救你災祲,何須害顛喑。(旦)果然是救我的?是再生父母,是再生父母,感激恩深,却忘脫離重禁。

(淨)事已急了,我帶得僧衣僧帽在此,快快穿戴出了後門,指引你去路。夫人撞見,措手不及了。快些!快些!

【前腔】限生殺半睁,限生殺半睁,押衙堪任速行,猶恐難相應。(旦)感鉏麑慷慨,感鉏麑慷慨。好了,出了後門了。籠鳥出深林,池魚脫紫罧。(合)轉灣灘樹陰,轉灣灘樹陰,冷汗交淋,驚魂如浸。(下)

(小生內白)分付家人,把重門大大開了。
(二生上)

【前腔】(生)任窮搜遍尋,任窮搜遍尋,慢行細審,激得我心頭氣蠱吞聲飲。(小生白)這裏是南樓了,請搜。(生)果南樓是真,排榻寂和岑,為甚香翻透衾枕?(白)你還要抵賴,這都是佛奴手筆。

驗壁間字跡,驗壁間字跡,四壁題吟,血痕誰沁。

（小生）胥兄,小弟其實不知。若有些形跡,待小弟追覓還兄便了。

（生）不怕你不送出來。想象精靈還見難,人情反覆似波瀾。（下）

（小生）想此事一定與我夫人有些緣故,待我急去問他。（下）
（淨旦上）

【前腔】我夫人行昧心,夫人行昧心。我今救悋,這場或災難廝認。（淨）此間是江邊了。請娘行暫停,請娘行暫停,與你説原因,教伊命將頃。（旦）繡娘何出此言？（淨）實對你説了罷。方纔殺死樓上,尸首無處隱藏,因此教你喬扮尼僧,賺出後門。此處江邊,你的性命在此結局了。掣腰間短柄,看四顧無人,教你霎時命殞。

（末暗上）江邊有人行刺尼僧,待我射他一箭。咘,看箭！

（射倒淨介）這婦人如此行凶,先殺你下長江受用。

（殺淨,末）這尼僧也不是好人,也吃一刀。且住,待我喚醒他,問個明白,然後殺他未遲。尼僧醒來。呀,

【柰子花】看他一朵如花,却原何惱犯兒家。你是何處尼僧,作甚歹事,被人挾刺在此？實對俺説,若有一毫調謊,也吃一刀。（旦）阿呀,略停息怒,聽奴一話,（末）快説來。（旦）奴家不是尼僧,是錢塘桃佛奴。（末）住了。你既是桃佛奴,為何被人挾刺在此？（旦）奴只為家遭不幸,鬻身救父,被光棍拐販金陵。節守關房,幸遇束御史審出情由,報取父母,領奴回去。不想他夫人錯認御史娶奴為妾,暗差女專諸假扮金髯,放火斬關,劫取囚禁樓中。如今不知何故,又哄我出來殺害,若得相救,願啣環酬恩莫大。（末）聽罷,這一腔怒氣難加。如今女專諸在那里？

（旦）方纔殺的就是。

（末）殺得好,殺得好。桃佛奴,咱就是金髯翁。你父親現住束御史南莊,離此不遠,送你回去,不須害怕,隨俺走。

（攙旦遶場走,脚踢門,跌旦介）束家夫婦好生可惡,明日領着

孩子們與他算賬。正是怒從心上起,惡向膽邊生。(下)

(老、占上)

【滴溜子】當黃夜,當黃夜,是誰何騁。將門打,將門打,戰兢兢不定。(見介)是何處野僧,敢如此無禮麼?你胡行,害心瘋顛病。員外快來!堂前有禿奴急來驅逬。(外上)嚇,來了。甚處妖僧,敢輕覷我們。還不走出去。

(占看介)好像我姐姐模樣。

(外、老看)嚇,果然是我女兒,為何魆地回來?

(旦)阿呀,爹娘嚇,待孩兒將出門苦境細說你聽。

(外老)說與爹娘知道。

(旦)孩兒被光棍拐販金陵,孩兒堅執坐關,幸遇束御史審出,發書報與爹媽知道。不想他的夫人錯認御史娶兒為妾,暗差女專諸假扮金髻,劫奴囚禁南樓。今又不知何故,教奴扮作尼僧,哄奴江邊殺我。

(外老)如何脫走至此?

(旦)正要下手,被一黃鬚俠士把女專諸砍入江中,救奴至此。

(外老)可曉得他是甚麼人?

(旦)他說是金髻翁。

(外)原來如此。媽媽,我女兒幾遍死中得活。如今骨肉團圓,眼見夫妻完聚,和你大家拜謝天地。

【前腔】神明鑒,神明鑒,孝兒受窘。遭危難,遭危難。幾番不殞,此際家門重整,標題孝與貞。千秋馨慶,只待胥郎,歸家合卺。

(扶旦哭介)(下)

第二十八齣　封　妬

(小生上)

【絳都春序】好惱!好惱!非人意料,遍南樓,咏題佛奴血草。夫人快來!夫人快來!(付上)為甚喧嚣?(小生)你還不曉得?那新進士胥郎搜妻小,(付)咦,有何證據和咱討?(小生)還說沒有證據,刺血寫梵經多少?(白)快快喚女專諸出來,好好將佛奴送還他。(付)我實對你説,桃佛奴我着繡娘引向江邊殺了。(小生)殺了,罷了,罷了。如今胥進士坐在家中,怎麽了此事?少不得要動聞聖上了。殺奸匿盜,我一生清白可不被伊污了。

(末領衆上介)

【引】男兒非虎笑,落得草野咆哮。

(白)此間已是,打將進去。(見介)

(末)你就是束家夫婦麽?咳,御史公,你枉自居鄉表,出仕錚錚,扮盜劫人於南院,法已難逃。遣客刺女於長江,情尤可恨。你有何辯,敢不伏誅?

(小生)盜賊橫行,乃仕宦之失職;牝雞司曉,止家室之細端。今日此來,是何主見?

(末)咦!

【惜奴嬌】兀自妝喬,好刑於妻子,立身行道。看家無計,羞殺你治國時髦。(小生)多勞,自愧疏虞堪嘲笑,謝俠客垂明教。(末)這等與御史無干,皆是婦人奸計。綁起來!(合)怒沖霄,怪他謀人江上,定做執法皋陶。

(付)下次再不敢了。

(生上)不好了,堂上燈燭輝煌,人聲洶湧,一定鳩集凶人,謀害我了,不免逃走了罷。

(衆捉介)又拿得一個漢子在此。

(末)元來是先吹賢弟。

(生)呀,是金髯兄。哥哥為何在此?

(末)賢弟,我偶爾巡行江上,遥見一婦人行刺尼僧。俺便路見不平,拈弓在手,應絃而倒,救起尼僧,把婦人砍入江中。你道這尼僧是誰?

(生)是誰呢?

(末)是令正桃佛奴,殺的就是他家繡娘女專諸也。

(生)好,殺得好。如今佛奴在何處?

(末)已送至令岳家裏了。

（生）多謝哥哥。階下綁縛者何人？

（末）這是御史公的夫人。謀害令正，皆彼之奸計，愚兄定要正法。

（生）說那裏話來。女專諸已殺，亦足消我胸中之忿，況御史公與我兩世通家，彼雖不仁。在御史面上，決使不得，請放起來。

（末）一者賢弟相勸，二者御史公居官清正，權且饒你。放他起來。（放開介）你若再仍前如此，我就請你一刀。

（付）再勿敢哉。那間就去吃十齋哉。（下）

（末）賢弟，速速回去，看視令正。

（生）多謝哥哥。請了。（下）

（末）桃佛奴這般節義，若不題請旌表，枉為皇家柱石了。

（小生）這是下官分內之事，即日就去題本便了。

（末）告辭了。相逢意氣為君飲，起行殘月影徘徊。

（別下）

第二十九齣　激　合

（生上）

【引】聽說金鬚信，不想重圓合破鏡。夫人，開門！夫人，開門！（占上）剝啄恁不定，誰打雙環聲甚緊？（開門見介）夫人，恭喜，令姐回來了。

（占）幾曾回來的？

（生）豈有此理，昨晚回來的。

（占）相公，你有言在前，不見我家姐姐，誓不獨回。如今姐姐在那裏？

【園林好】你新婚夜錚錚誓成，將沒把臂虛題做真。（生）夫人，休道我無風捕影，（占白）怎見我姐姐回來了？（生）看金鬚客指迷津，他道從江上救回程。

（占）原來你道聽途說，不曾眼見。

（生）夫人，那金鬚相去不遠，待我再趕上去，問個明白。

（占）且住。不要性急，只怕姐姐走在面前，你還認不端的。姐姐快來。

（旦上）

【引】相思一面萬艱辛，果然千里合延津。

（占）相公，認一認是誰？

（生）呀，這是真正佛奴小姐，佛奴小姐嚇。

（各哭介）

【尹令】（生）痛殺你踵頂輕捐不棄，痛殺你小妹諄諄託倩，痛殺你囑筆關房節行，痛殺你命脫江沙，萬折千磨重覿卿。

【品令】（旦）感君為奴堅守舊時盟，感君憐妾苦志遍跟尋，感君俊眼洞房難廝認，感君棄官吳越往來不定。今日裏偷生苟免，怕死向君前也難報君。

【豆葉黃】（占）聽一聲聲淒淒，軟叙傷情，今日裏兩兩相逢，實是萬般徼倖。怎兀自避跡嫌形？恁般志誠。相公，你細覷著姐姐端清，你細覷著姐姐端清，今日裏儀容可是妹妹裝成？

（外老上）

【月上海棠】喜氣迎，義夫節婦門闌慶。不是一番寒徹，怎得撲鼻梅馨。（白）賢婿，老夫婦道你今日一定回來，樂人賓相先已喚下了，就是今日畢姻。接風席與喜筵一統設了。（生）多謝岳丈。（外老）還幸，掌上明珠歸，合浦雙星，今夜三星炯。老夫援引嬪女于潙汭故事。長女娥皇，並次女名英，舘甥貳室雙合巹。

（旦）爹爹差矣。孩兒與胥郎雖有舊盟，矢無二念。奈失投匪類，名已玷於青蠅；誤落平康，誰肯信其白璧。前生情債既託妹妹，今世夫妻休思姐姐。胥郎嚇，從今一面，足慰初心，奴家即當削髮披緇，永入空門懺悔了。

（占）姐姐說那裏話來。妹子向承委託，不敢不從。前番合巹，妹子勉出權宜。今日團圓，姐姐合當就正。況胥郎相思獨鍾，推阻非情。且姐姐節守為誰，堅辭何意？妹子不過借花作供，局外閒人。花燭之下，增一贅疣，大失體統。胥郎，奴家便當一卷《楞迦》，退避空林，此願足矣。

（生）好。通說得有理。岳父母在上，兩位令愛却也說得好笑，那個要削髮披緇，這個要退避空林，竟把小婿白白的撇在空裏。
（外）賢婿，怎麽就認起真來？
【川撥棹】天緣定，合雙鸞歸子晉。兒嚇，又何必推阻紛紛。婿從翁，女從二親。鬧蓬門，鼓樂聲，道枯枝，還遇春。
（向內白）喜娘，快取二位夫人鳳冠霞帔來。
（推二旦、生下）妙，妙。
【前腔】婿女雙雙入畫屏，爹媽嘻嘻做舅姑。戲漣漪兩兩鴛鴦，戲漣漪兩兩鴛鴦，節和義雙雙德馨。感天公，屈有伸；道枯枝，還遇春。
（淨掌禮喝禮云，生、二旦拜堂介）聖旨下。
（小生上）
【引】榮膺丹詔獎節孝，名垂青史。
（白）聖旨已到，跪聽宣讀。詔曰：朕聞經國之道，先於齊家；忠君之表，始於克孝。茲爾進士胥塤，一詩諦盟，鏤金石而不渝。伊妻桃氏，矢志救親，蹈湯火其如一。孝矣哉！緹縈、木蘭，弗獲並美於前。不難殺身以成仁，在女子尤稱雅操。義矣哉！宋弘、李靖，真可紹美於後。移孝作忠，女儀可法；化家為國，臣道堪風。胥塤，欽授翰林院編修。正妻佛奴，特封節孝夫人。次妻媚姑，誥封孺人。着該撫按建祠坊表，以彰盛典。欽哉謝恩。
（衆）萬歲，萬歲，萬萬歲。（見介）
（生）胥塤夫婦猥末風流，仰叨洪造，曷旣深高！
（小生）下官不諳家教，罪戾實深。濫叨使節，聊作負荊。
（外）薄設菲筵，望乞款坐少叙。
【節節高】門楣喜氣盈，孝名馨，忠貞節義人難並。千秋馨，萬載稱，標題姓。佳人才子真相稱，三生石上前緣定，分飛離合幻中情，兩番合卺，情中景。
【尾】遺香點綴閨門艷，休認謠詞衛鄭。莫例看小技雕蟲艷曲聽。（下）

人 中 龍

（傳奇）

清·盛際時

【作者簡介】盛際時,生卒年不詳。字昌期,吳縣(今屬江蘇蘇州)人。所撰傳奇四種:《人中龍》、《胭脂雪》,今存;《飛龍蓋》、《雙虬判》,已佚。《新傳奇品》稱其為"珍奇羅列,時發精光"。曾與朱素臣、朱佐朝、邱園合著《四大慶》傳奇。

【劇情概要】該劇共二十七折。劇寫唐朝劉鄴,為武曲星託生。經關聖帝指引,來到西川博取功名與婚姻。值西川節度使李德裕造籌邊樓,招賢納士。李德裕與宮中擅權太監仇士良相互敵視,帝密詔李德裕率兵入京除奸。太師鄭注欲以看石榴樹上甘露下降為由誘仇士良來府中殺之。仇發覺,殺鄭注等,遣人矯詔捕捉李德裕。劉鄴聞知,途中接走德裕,相偕避難。仇復遣人捕捉德裕妻及子女。子李遠被贊成縣木匠王廷相所救,並與廷相女竹枝訂婚。女瓊章因人出賣而被捕。劉鄴扮成頭陀,赴京鳴冤。會仇士良設齋開元寺,鄴大鬧齋筵,棒殺仇士良,為此被捕入獄。時木匠王廷相應徵入京服役,遇大理寺正卿薛元賞,揭發仇士良謀害李德裕事。薛上書明德裕冤,旨下會勘劉鄴、瓊章,真相大白,德裕諸人皆得赦免,並獲封賞。瓊章所畫的《少年擊劍圖》中之少年,酷似劉鄴。君王題"人中龍"三字於圖上,賜予劉鄴,並令與瓊章成婚。

【版本流傳】該劇現存清鈔本,原為鄭振鐸藏,今藏於北京國家圖書館。《古本戲曲叢刊三集》據之影印。然該本雖分折,却沒有折目。

【演出情況】未見有演出的記載。

(周立波)

第一折

【玉蝴蝶】(末上)劉鄴才高年少,因蒙神示,應夢求功。正值奸璫亂國,禍起邊戎。遇臨歧忠僕救脫,妻拏逮拆散總總。恨元凶陰謀屠胤,絕處恩逢。　　潛蹤。佳緣訂約,驀逢姊妹,禍發飄蓬。妄圖嚴搜,改粧赴險,羨英雄。鬧齋時鋤閹息憤,廷鞠際癉惡旌忠。人中龍,喜筵慶賞,聖德無窮。(云云下)

第二折

【喜遷鶯】(生巾服上)奇才絕勇,向洛市安時,易水藏用。筆吐文光,腰橫劍氣,宵來牛斗高沖。義重細恩必報,怒激閑仇不共。還自想,癡文狂武,可得侯封。劍魄書魂伴十年,空懷奇術買迍邅。朝吟暮舞渾閒事,風路雲衢只在天。小生姓劉,名鄴,字漢藩,乃漢先主二十代玄孫,建康勾曲人也。雙親早背,孑影堪憐。可笑胸富甲兵,空挾屠龍之技;文成珠玉,誰憐倚馬之才。自知桂窟緣慳,只索蓬蒿困守。這也不在話下。只是雲路苦無機入,向聞西蜀節度李德裕,新造籌邊樓,練兵訓卒,納士招賢,天下豪傑傾投,四海英雄向附。小生羨慕已久,意欲投奔那裡。目今世道衰微,妖孽盡現。好笑我這裡左近地方,忽有什麼妖物出現,那些村民日夜拖刀弄劍,擊鼓鳴鑼,豈不可笑?今夜挨輪我家帶領地隣守夜,小生亦在其中。我想文能祭鱷送窮,我才雖是不敏,豈難泣鬼驚神?總是獨坐在此,不免把才癡筆興揮灑幾行,有何不可。

【玉芙蓉】文鋪錦繡重,筆渴珠璣湧。想江花韓篆,無非是學富才宏。想那送窮有恨千秋頌,祭鱷多才百代宗。我今晚並非閒塗亂抹,只為妖和祟,恁粧威弄風。因此漫學他題詩入廟鬼神通。

(雜眾上)村鑼巷鼓亂紛紜,鶴唳風聲欲斷魂。興亡兆繫妖和孽,衰敗時招鬼與神。我們都是勾曲鄉民,好端端的清淨地方。出了什麼妖怪,弄得大的不睡,小的不眠,吃飯不落飢腸,撒尿不落坑缸。今晚輪着我們村坊上守怪,我們都在這裡了,獨是劉官人不見出來,且到他家裡去喚他。
（衆）有哉。快些敲門。（叩門介）劉官人,怎麽只管住在家裡?
（生開門介）來了。列位急什麽?
（衆）天色已晚,我們輪着守怪。大家出來幫助了。
（生）你每是這等胡亂,只是我偏不信有什麽妖怪。
（丑）你們不曉得,若説子要唬壞了你來。
（生）嚇,又來了。你難道看見的?
（丑）那説勿看見?千真萬真個。
（衆）你且説怎麽一個模樣?
（丑）那怪麽,（做手勢介）頭大猶如金鑾殿。
（衆）這樣大頭。身有多少長?
（丑）身高足有百丈長。
（生）那有這樣長大的。
（丑）耳鼻頭你説像什麽?
（衆）像什麽?
（丑）像一座七層寶塔。
（衆）鼻子怎麽像塔?
（丑）塔鼻頭子倒勿曉得,個雙眼睛就像二只七石缸,張開嘴到有城門大,伸出舌頭來,直頭一垜紅照墻。
（生）那有此理。動手推倒子方相,起脚踏倒子金剛。前日子吃得熱子,竟來油盞裡洗浴。這個大怪,怎麽在油盞內洗澡?
（丑）啐,差哉。來揚子江裡嚇。有時節蹺起了脚,踏來城頭上吹風涼。
（生）統是荒唐之言,不要睬他。
（丑）呀,弗是虛説個嘘。單是個日子幾看唬殺了。
（衆）為什麽?
（丑）故個怪物,竟是撒一個臭屁,真頭像半天裡個響雷。
（衆）講這樣屁話。
（丑）就是前村個三百畞頭田裡,少子掐壅了,渠上子一個毛坑。

　　（衆）休得取笑。劉官人，我們地方上果然有些響動。我們都是有妻兒老小在家，驚惶無地，你也要出來守助，大家保個太平便好。

　　（生）咳，列位，總有什麼妖怪。你等回去，但請放心。有俺劉某在此守護，怕他甚麼。

　　（丑）臭賊，也會說大話個。

　　（衆）那妖怪非同小可，你個人怎麼守護我們許多人家？

　　（生）列位還不曉得，俺劉鄩的本事麼？俺氣能翻江倒海，力可舉鼎拔山，膽足包身，勇還蓋世，那怕什麼妖怪來。

　　【前腔】舟牽駕海雄，鼎舉千鈞重。（衆）劉官人總然勇猛，怎得驅逐妖魔？（生）嚇，縱妖興魅作，怎逃我閃電飛虹。（衆）不信官人有恁般力量。（生笑介）那屠龍常把龍珠捧，暴虎頻將虎穴通。（衆）既然如此，我們村中全賴官人神力了。（生）你等請回，但聽有些響動，都在我身上便了。嚇，一恁他妖和祟，怎粧威弄風。漫學與民除害斬蛇功。

　　（衆）極好的了。我們暫且回去，歇息片時，再來陪伴。只是官人也要小心在意。

　　（生）列位請便，不消分付得。

　　（衆）欲除作怪興妖物，須仗驚天動地人。（下）

　　（生掩門介）衆人都去。俺且倚桌打睡片時，看他有何動靜。正是：一覺放開心地穩，夢魂飛不到陽臺。（倚桌介）

　　（付扮周倉捧劍跳上）馬首只隨真義士，玉泉山下殉忠魂。今朝顯聖非閒事，欲使英雄事業新。某乃伏魔大帝麾下副將周倉是也。為因唐室雖微，閹宦竊政，誅戮忠義，殺害生靈。上帝特命武曲星託生句曲劉氏，名曰劉鄩，驅除閹官，扶救忠良。俺大帝念他是昭烈後裔，因此命俺送護身棍一條，名曰毒龍尾，指點他立功之處。來此已是他的臥室了，不免喚醒他，現形指示一番，以顯威靈，有何不可。劉生，劉生。

　　（生驚醒介）哎，你是何等妖邪，敢來這裡現形麼？

【朱奴兒】是何物妖邪弄凶？（付）劉生，你休得害怕。（生怒介）怎動我正人驚恐。（付）你莫認我是妖邪，此來贈你毒龍尾一條，正要你去斬除妖邪奸惡耳。（生）哎，還不走！（衆上）不好了，劉家裡在那裡大驚小怪，我們快些趕進去。（打進介）（付作熄火倚棍下）（生）這等可惡得緊。（衆）劉官人為什麼？（生）你等衆人來了麼？不要說起，方纔果然妖怪出現。（衆驚介）果然有的，那怪如何模樣？（生）怪物鐵面銅鬚，虎頭豹眼，執棍立於燈前，被我怒罵，打滅燈兒去了。（衆）有這等事。虧得官人，果然有些膽量。（丑）我裡點燈四下照照看，或者還伴在囉哩。（點燈照介）（生）這條棍是方纔那怪物持來的，聽得叫什麼毒龍尾。（看介）上邊有幾行小字，待我看來。"為促劉王事業興，獨行千里救冤情。要知婚媾功名事，成在西川就在京。漢壽亭侯賜贈。"呀，奇怪。却是導我延津在幾字中。列位，原不是什麼妖魔。（丑）弗是妖魔，定是鬼怪哉。（生）也不是鬼怪，却是關聖帝君顯靈。方纔的分明是周將軍模樣。為我前程事特顯靈通。（衆）這幾句怎麼樣解說？（生）前面兩句雖然不甚分明，後邊兩句分明說我功名姻事在於西川了。（小生）奇怪呀。那西川如今有李節度駐劄，聞他招賢納士，是個用人之地。官人有此大才，又有神人指引，何不前去？（生）正是。我也久慕李公忠國勞邊，敬賢禮士，欲去相投，正無機會。如今既蒙神指示，我明日決意前往了。（衆）妙得極。我等衆隣友當與官人送行。（生）多謝厚情。（合）神明寵，想人生異逢，喚醒了南柯夢。

（生提棍介）天色已明，不免收拾起程。

【尾】今宵相聚情偏重，（衆）明朝仗劍各西東，（合）博得個駟馬高車歸故塋。

　　　　（生）莫道無神却有神，（衆）村坊從此得安寧。
　　　　　　勸君更盡一杯酒，　　西出陽關無故人。

（下）

第三折

（付上）金風嫋嫋動高旌，玉帳分弓射賊營。西蜀地形天下險，安危須仗出羣能。自家西川節度使李爺麾下一員驍將是也。俺老爺三朝柱石，一方保障，統領着數十萬甲兵，管轄下十座軍州。自從南詔入寇以來，一方殘敝，因此新建下一所籌邊樓，要招天下賢才，在樓中籌畫邊務。又命俺們衆將，各將本鎮地形險要，圖畫呈覽，以便分兵防守。俺已畫得西南一帶在此。今朝又傳各路將官，拜表上闕。且待衆將到來，一同進見。不免在此伺候。

（雜衆上）滿目山川入戰圖，

（生）西南半壁慰來蘇。中原自是多麟鳳，休道皇家結網疏。（見介）請了。

（付）列位請了。

（衆）今早太尉爺傳令，齊集我每將士出本，不知所為何事。

（付）小弟也不曉得為什麼事，且待太尉升帳，便知端的。

（內吹打，衆引外上）

【引】一劍霜寒萬里橋，漁陽羯鼓久停敲。淋漓熱血映征袍，欲報涓埃答聖朝。幽燕老將氣仍雄，雙臂常懸兩角弓。誰道劍門天塹險，邊沙萬里獨當沖。下官李德裕，表字文饒，恒州贊皇人也。先祖棲鶴公，累官御史大夫。先父吉甫公，憲宗朝拜相。下官初擢詞林，累遷太尉。聖上因南詔入寇，西蜀震動，特拜下官為西川節度使之職，駐扎成都。夫人崔氏，乃博陵相國之裔。孩兒李遠，小女瓊章，母子三人同來任所。真個是相門將種，麟閣圖形期第一；男才女貌，鯉庭《詩》《禮》更無雙。這也不在話下。下官自從到任以來，只為地方殘敝，賊之情僞，難於遥度，為此新達一所籌邊樓，隨命衆將，各將地形險要，畫就圖樣，以便籌畫方略。只是我朝自肅宗皇帝以來，閹官相繼擅權，天子半遭廢置，目今仇士良那厮尤其專寵。下官每念及此，不勝痛心。夜來草就一疏，請除閹逆。因此傳集衆將，拜進本章上京。叫中軍，分付開門，齊集衆將上堂。

（內吹打開門進見介）太尉在上，眾將叩見！
（外）眾將請起。
（眾）某等蒙太尉鈞旨，不知有何使令？
（外）眾將官，本節度今早傳集公等，非為別事，只為朝中奸閹仇士良當權害政，凌虐邊庭將士。夜來草成一本，上達天聽。倘得君心開悟，除滅奸閹，不惟朝野肅清，兼使君民安堵。不識諸將以為何如？
（眾）呀，仇賊奸惡多端，神人共憤。今日太尉獨手擎天，請除元惡，乃千載一時之舉，我等豈不鼓舞太平。
（外）足見諸公忠義同心。叫中軍，喚賣表舍人過來，安排香案。
（淨應喚介）
（末上）羽檄馳天馬，寒星伴使車。賣奏舍人叩頭。
（外）你須聽我分付：今日具疏，非比平常，你須星夜賣往京師。副本先送到平章府鄭太師那裡，要他密陳聖上，勿使奸閹禰縫。不可有誤。
（末）曉得。
（外）看香案過來。
（末上立，外拜介）
【駐馬聽】待罪邊僚，稽首頻將謁帝堯。只為宮闈垂變，社稷行危，肘腋藏鴞。恨不得牽衣折檻悟君遙，全憑詞鋒筆劍誅凶暴。（將本傳末背介）（眾合）願吾皇俯鑒臣愚，奮乾綱殄滅閹梟。
（內吹打末下）
（外）呀，本章已去。倘得僥天之倖，感悟聖主，立除凶惡，我老臣雖粉身碎首，亦無憾矣。
（眾）太尉忠誠貫日，自能感悟聖聰，管取元凶授首，朝野舒眉。
（外看圖介）王將軍過來。你將此令箭一支，到各處關津渡口，稽查奸細，不可有誤。
（小生）（應下）
【前腔】堅築城壕，星夜催工莫憚勞。（向生介）務使軍民安堵,寇敵歸賓,禍起潛消。(向付介)明修棧道有前條,金臺駿骨須年少。(向丑介)務嚴加備武修文,待博他史錄麟標。分付掩門。

(衆下)

(外)康榮那裡?

(末上)堂上一呼,階下百諾。老爺,康榮叩頭。

(外)康榮,今日大相公加冠之日,家宴可曾完備麼?

(末)完備多時了。

(外)既如此,請夫人小姐上堂,與我更換冠帶。

(末應,傳介)

(老正、小生上)

【引】百歲流光同過鳥,眼前有子承祧。(旦)小窗閒撥篆雲繞。(小生)鯉庭期步武,燕翼愧奇毛。

(見介)

(外)夫人,下官只因王事多艱,誠恐家無長子,為此孩兒年未二旬,先行冠禮。不想纔冠之後,竟儼似成人了。所以方纔拜進了表章,退堂已曾分付康榮安排筵宴,與夫人稱慶。(老)相公,自古道丈夫之冠也,父命之。相公還該訓誨他一番纔是。

(外)正是。李遠過來。(小生應跪介)你如今既行冠禮,當學成人。忠孝是我家傳,不可一刻忘佩。韜鈐乃丈夫能事,也須朝夕研究,慎毋玩忽。

(小生)謹遵爹爹嚴命。

(外)看酒過來。

(小生進酒介)

【梁州新郎】雲巾新上,賢冠期早,再拜謹遵嚴教。學成人禮,為臣為子須勞。堪羨雄文彈射,掛後生風,方與冠裳耀。烏紗小髻也杏花標,顯得崢嶸頭角高。(合)聖德厚,天恩浩,三槐九棘門楣耀。麟閣著,汗青照。

(內作坍屋聲介)呀,什麼天崩地裂之聲?

(淨中軍上)誰道麒麟閣,幾成瓦礫場。中軍官啓事。

(末)什麼事?

（淨）方纔一陣怪風經過，籌邊樓倒下半邊，特來通報。

（末照稟介）

（外）阿呀，籌邊樓坍了麼？（驚介）那籌邊樓新造的，怎麼就坍了？好奇怪。

（末）這是老奴督工建造，甚是堅固的。難道就坍了？

（外）自然不甚堅固，所以傾頹，也不為奇怪。分付中軍，快喚人修葺。（向末介）原是你去督工，不可有誤。

（淨末應下）

（老）且住。請問相公，適纔所進本章，却為何事？

（外）夫人，你還不曉得，目今仇宦惡焰滔天，我老臣義難坐視，為此特進彈章，掃除元惡。

（老）呀，相公。宦閹弄權，朝中許多大人，尚且箝口結舌，你是疏遠邊臣，何苦出頭惹事。縱使志存報國，在此邊上儘可效忠。想你還是追了此本回來罷。

（外）咳，夫人說那裏話來。大臣憂國，內外總是一般。為主除奸，本無二義。我身在邊庭，心懸魏闕，在朝諸公，豈無同志。成敗利鈍，聽之而已，不必多言。

（老）相公，

【前腔】你協忠謀雖有同朝，料奸宦豈無牙爪。怕一擊不中，遺恨鋼刀。（外）夫人，總有豺狼當道，狐鼠成羣，梟焰從空罩，怎肯從權且袖手。待冰消，放虎深山獨坐高。況此本一上呵，肅宮禁，除奸狡，上方請劍吾今效，吉凶事漫猜料。

（小生、旦）爹爹，這國家大事雖非兒女輩所言，但恐觸犯奸黨耳。惟願此本一上呵，

【節節高】恩蒙御覽標，聽芻蕘，太阿已悔持顛倒，把奸黨掃。逆宦梟，無遺噍，北平左袒安天詔，南衙指日增威耀。（外）自當如此。（合）須知為國豈忘家，保身明哲由他誚。

【尾】一封欲把乾坤造，願毒霧妖氣指日消。（合）那時節掃却胸中湧怒濤。（下）

第四折

【七娘子】(生引末上)官居玉鉉叨燮理，保金甌期無缺毀。忠孝家門，絲綸世系，那堪身處艱難際。三朝出入紫薇臣，頭白金章愧在身。休道盤根別利器，果然國難識艱辛。老夫鄭注，別號丹泉，甘泉滎陽人也。起家一第，位冠百僚。目今閹宦仇士良竊弄威權，挾制君父。老夫念切掃除，未遑寢食。昨有西川節度使李德裕籍成一本，請除奸宦。先有副本通知，老夫為他密奏。可見邊帥尚有同心，我元臣豈能無志。但那奸賊惡焰滔天，奸黨布滿。自審孤掌，急切難圖。想朝臣中惟李樞密忠義為心，兵符在手，已曾遣人請他商議，尚未見到。只是我高祖太宗禪位以來，誰想壞於此輩之手，豈不可恨。

【錦纏道】恨渠魁恣陰謀，狐鼠竄，依城社，漸傾頹。我想貂璫弄權，自古也有，止不過盜竊威福耳。怎如今呵，竟公然門生國老稱謂。想起來也非此輩之過，都是我先朝呵，假權宜定策禁闈，自此上莽中常縈亂樞機。如今要除他，可不難了？我拚履虎受迍危，只無奈負嵎耽視，乾綱痛解維。除則是北軍方濟，料丹心卓犖肯成灰。

【普天樂】(雜引小生上)掌兵威，憂方熾，捧綸音，誰留滯。下官樞密使李訓是也。鄭太師相招，不免進見。左右通報。(雜)李老爺到門。(生稟介)(末)請進來。(迎介)樞密公。(小生)老太師。(末)請坐。(小生)有坐。適蒙老太師見召，不識有何臺諭？(末)左右迴避。(衆應下)樞密公，老夫非為別事，只因仇士良專權亂政，中外寒心。老夫無力除奸，特請樞密公商議。(小生)老太師，下官素知老太師之志，今早承聖上密旨，與老太師協圖此賊，為此特來告知。天子詔將衣帶確藏，道仗一木將大廈撐持。(末)既有密詔，何不早言，快取過來。(小生付詔，末跪接看介)朕惟不造，受制家奴仇士良等，實切負芒。知你鄭注、李訓素秉忠良，可為朕計，除此賊以安官掖。慎之毋忽。萬歲，萬歲。(起介)樞密公，原來聖上銳志除奸,我老臣何惜一死。若得樞密公勒兵為衛,豎奴不足平矣。扶危定欹,喜同心一似帶礪無遺。

【古輪臺】(小生)奉欽依,孤臣舉動繫安危,還當慎重休輕議。(末)聖旨急切,難容刻俟,老夫也怎肯輕議。(小生)老太師有所不知,兵符雖下官所掌,那兵權久屬他人矣。不過金吾虛衛,虎竹空持,怎麼却羽林千隊。(末)如此,怎麼樣好?(小生)下官倒有一計在此。(末)有何妙計?請道其詳。(小生)那知道微兵肅清常侍,漢家功業豈難追。(末)召外兵除內亂,此計甚好。(小生)那藩兵呵,雖能見委知,乃心王室由誰?(末)樞密公,老夫也在這裡想,那西川節度李德裕呵,他祖孫世弼,盡忠行孝,況有除閹書遞。(小生)他雖有此心,只怕兵力不足。(末)百萬擁熊羆,謀兼濟,何難豎子受誅夷。

(小生)既如此,事不疑遲,老太師就密詔謄寫一通。下官即取兵符,遣心腹一人,星夜前往四川,召彼進京便了。

(末)有理,請到書房謄詔,以便差官前去。

【尾】皇華使,星夜馳。(小生)促膝交謀誅內宄,(合)但願得一擊成功把天地回。

(末)仗劍還當磨礪須,(小生)受教期把佞人誅。

(合)不施萬丈深潭計,　　怎得驪龍頷下珠。(下)

第五折

【鵲橋仙】(淨雜隨上)兩朝定策,六宮司命。龍袞輝煌部領,朝班頤指任遷升。却笑彼南風不競。出入朝陽寵幸深,矜驕先壓帝王心。古來莫道無閹帝,陽氣而今有半陰。洒家仇士良是也。自幼淨身入宮,累官神策中尉,掌禁軍之命。六官半屬乾兒,操廢立之權,皇上目為國老。(笑介)分明弄百官於掌上,真個薄天子而不為。只可笑那鄭注、李訓這兩個老兒,當初原虧俺皇爺前薦拔,一個拜了平章,一個做了樞密。如今又要與咱家作對,豈不可惱?那個西川節度李德裕,自恃三世大臣,每事也與咱不合,少不得要尋個題目來處置他，纔覺快暢。因此潛遣一員心腹內官，喚做田全操，在聖上跟前窺覷，有些事體便來報咱。孩子們，田常侍到來，即便通報。

（雜應介）

（丑太監上）

【引】希旨侍宮庭，顰和笑總是關情。咱家穿宮內官田全操是也。有事見仇千歲，不免進見，煩你通報。

（雜）少待。

（雜稟介）田常侍到了。

（淨）請進來。

（雜）常侍有請。

（丑見介）千歲爺在上，田全操叩見。

（淨）罷了。看坐。（丑坐介）我的兒，這兩日在宮中，可有什麼話說？

（丑）千歲爺不要說起。昨晚皇上獨坐便殿看本章。

（淨）有什麼本呢？

（丑）却是李德裕這厮，尋了千歲爺的罪過具本。御筆却被俺家瞧見，特來報知。

（淨怒介）嚇，李德裕怎般大膽無禮。那時聖上怎樣批發了？

（丑頓足介）咄，千歲爺，事體甚是利害。那晚險些唬殺了咱。

（淨急問介）有什麼利害？

（丑）當時皇爺竟寫一封密詔，連夜送與李德裕，進兵裡應外合，圖謀千歲爺。即日就要舉事了。

（淨）嚇，有這等事？田常侍，只是那八十萬禁軍却是咱掌管，怕他怎的。

（丑）千歲，不是這等講，待咱道來。

【玉抱肚】你操持兵權，掌三軍生殺惟命。只怕他跋扈無良，妄自要潛窺宮省。（淨）依你便怎麼？（丑）依我麼，自古道先下手為強。那李德裕具本投奏，招風攬火，是為的緊對頭了。不若乘他未到京時，先降一封假詔候於半路，待他來時，說他無故行兵向闕，叛逆顯然,拏解來京,殺了那厮,豈不先除心腹大患,便無能為了。未識此計以為何如?(淨)此計妙甚。只是這個假詔也要你去宣讀為是。(丑)這個不難,我去便了。(合)安排香餌釣鰲鯨,擒入牢籠付鼎烹。

【前腔】(淨)我威行邊境,一任咱風生臺省。總由他內外同謀,須落俺天然機穽。(恨介)只是李訓、鄭注二賊,久與咱們作對,今日又是這樣無禮。(丑)這是籠中之鳥,何愁這兩個老頭?(淨)有理。他機謀未發禍先臨,頃刻教他一命傾。

(外上)萬歲爺有旨,據李訓奏稱,平章府內有石榴樹上甘露下降,未識真假,命你仇士良前往驗視,覆奏毋違。

(淨)領旨。呀,且住,我想此事必有蹊蹺。那鄭注家裡有了甘露,怎麼李訓奏聞,如今聖上又可可的差着咱前往,豈非事有可疑?

(丑)千歲爺,事已如此,不消疑慮得。自古道當斷不斷,反受其亂。不若將計就計,帶領禁軍,各扮內官,暗藏利刃前去。稍有動靜,先行下手。咱再遣勇將兩名,前來接應,假報軍情,誅此二賊便了。

(淨)有理有理。兩計若成,咱的大事定矣。(向內介)訓、注二賊,你好謀未就我先圖,害虎誰知為虎狙。

(合)就計月中擒玉兔,謀成日裡捉金烏。

(下)

第六折

【普賢歌】(付上)區區弄斧最花描,家伙樓房造作高。東家也見招,西家也要包,判斷人家作料少。自家叫做王廷相,原是一個木匠,手段極是平常,生活忒然慢賬。動手賣弄在行,開口包你牢壯。門窗戶闥,粧來歪斜。櫈兒條橙,做得無樣。單粧照壁,就脫落了橫條。新造房子,也要使根撐據。戶檻釘子抱柱,門閂認做闌闥。粗重生活,做得伶仃。細膩家生,算勿光淌。到了人家,無非摸飯。擋子斧頭,專會閒蕩。閒話少說,區區非別,贊縣城外大樹村中一個木匠，叫做王廷相，大號少山的便是。雖則手藝低微，喜得生意活湊。前年死了家婆，單單養得一個丫頭，喚名竹枝，長成一十六歲。不惟面龐齊整，且喜稟性聰明。那些女工針指，不消說起，件件精明。就是詩詞歌賦，也都記得，竟比我老一個樣木鋤頭能。故日子前村兩帶樓子要我包造，今日要去講講價，不免喚他出來，看守門戶。竹枝囡兒囉哩？（貼青衣上）來了。

【引】裙布荆釵，守寒閨窮滋味，臉含羞柴門怕倚。

（見介）爹爹萬福。

（付）我兒子，阿曾洗完竈上來？

（貼）洗完了。

（付）廢木柴呢，看仔細竈前頭。你替我住來門前，我要到前村去攬生活了。有啥叫做生活個來，你也要勾搭勾搭，勿要只管木頭能。有啥買家生個來，你就前瀾後狹賣便罷，没得鏧方眼釘着實。

（貼）爹爹，羞人答答，教孩兒出頭露面。

（付）我兒子阿，一日弗識羞，三日弗受餓。我裡做樣做木匠個人家，作梁竟作梁，作柱竟作柱，怕啥出頭露面。（取板介）喥，這兩塊就是康邋瘌個床上個歡門，你住來門前畫子花闌攔起來。我也就歸來個嘘。

（貼應介）爹爹就回來。

（付）我自然哉。正是不將辛苦易，難近世間財。（下）

（貼坐畫花介）

【江頭金桂】自幼寒門，勉耐嬌羞獨斂眉。想奴女子家呵，只合藏花蔽柳，怎把市井相窺，笑當爐非婦宜。想我在此做生活，雖是香草花枝，豈比女工針指。（悲介）我爹爹呵，一自萱堂傾棄，形影孤悽。也須要奴把活計持，只是恨無男自女，緩急無繫。因此暗思維，女德當柔順，因此把親言不敢違。

【普賢歌】（丑）邋瘌脱盡鬢邊毛，轉眼無情臭草包。專撐暗裡篙，慣使兩面刀。誰不識尖酸康阿保。自家康阿保便是。家住大樹村中，區區學生個爹爹，叫做康榮，投靠來西川節度李府中。我個阿媽娘，就是本地賣婆康媽媽。惟我阿保，閒游浪蕩，多嘴饒舌，前日子我裡娘道：是來外康豌荳能，也則要有竅。替我扳子一頭親，一等爺轉來就要做親。屋裡無得床用，來王木匠丟做了一張四腳涼床。好幾日哉，今日三，明日四，只管回我。今日再去催討。王木匠弗來屋裡，搭渠因兒絞絞去，有理個。一路來是哉。王司務，阿來屋裡？

（貼見介）呀，原來是康小官。我每爹爹出去了。怎麼説？

（丑）大姐，你可曉得？特來要床。

（貼）聞爹爹説床尚没有完。

（丑）大姐，床上的弗完，難道到來地下去？

（貼不理介）真當姐姐，別樣生活上或者工不短少，來床上弗曾討你便宜個噱。

（貼）只講胡講。有無候爹爹回來，自然還你。快走出去！

（丑）你要出去，我偏要進去。騙子多遭哉，今日要來個張床上出出氣丟。其實你身上，今夜要睏個哉。

（貼怒介）哇，放什麼屁！

【錦衣香】小畜生言無忌。（丑）弗要罵吓，你個媒人，還要我里阿媽做來。（貼）狗殺才言惡厲。（丑）阿呀好罵。你個樣了頭家，還算是實拼貨來，就是更支支嚷嚷啥。（貼）胡説，因何惡語傷人，忒殺無理。（丑）弗是我個無理吓，非咱床上討便宜，專怪美語甜言，騙殺區區。（付上）誰在吾家聒絮。呀，儞是康阿保阿，為啥了與我女孩兒鬧得蹊蹺？（丑見介）王伯伯歸來哉。好阿，床弗還我？倒教因兒來罵我。（貼）爹爹，那康瘋痢上門無狀，欺負孩兒，正在此罵他。（付）瘋痢走來。家伙應還你，怎來上門尋氣。（丑）啐，你還子家伙，阿來踏你尾巴個。怎般護短，分明放屁。

（付怒打丑介）小入娘賊，就拏我來罵。件把傢伙，做還子你就是。啥個截勿倒個樹了，來個星胡言亂語，只怕你個樣囤圇木頭，弗曾經剖削個來要油嘴麼。

（丑哭罵介）

（老上）

【漿水令】是誰人閑爭是非，論鄰家以和為貴。（見丑介）這是我家保兒,為什麼與王伯伯費嘴?(丑扯老哭介)阿媽,我來討床,沒得還我,故老老倒拏我更個打。(付)康媽媽,你家保兒來討家生,竟拏我個因兒來罵,亦要拏我老老來打,我正要來告訴你。(老)王伯伯,你是年老之人,休要與那畜生一般見識。他是無知黃口小頑皮,倘若擔差,望乞饒恕。(貼)媽媽,只因你家小哥說話不中聽,所以與他口角,休得見罪。休懷念,莫再提。(丑指貼)阿呀,倒是花面身段。只是我看你,(老推丑介)還要多講。你看他什麼?(丑)看渠麼,誰娶你凶徒打罵嘴。(老打丑介)還要亂話,快走回去。(老向付貼介)看薄面,看薄面,休得見罪。(付)我是生成一劈兩開個性格,從今後,從今後,兩勿猜疑。

(丑)且住。打也打哉,罵也罵哉,話也說明白哉,個張床究竟幾時還我?

(老)王伯伯自然還你的,還要胡講。

(付)勿消再分付得,故番釘打木裡,還你便罷。

【尾】管教有得新郎睡。(丑)弗要再騙我阿,莫怪我再來淘氣。(老)不必多言,就此回去罷。(合)從今後休記今朝是與非。

　　萬事留情面,隣交更莫疏。
　　是非終有日,不聽自然無。

(下)

第七折

【西地錦】(末小生上)天祚頻危,閹寺圖謀,未見雄雌。(小生)鴻門定計勤王事,管教一網殲之。

(末)樞密公,我等為奉密詔,謀討仇賊,正沒機會。不想廳後石榴樹,忽有甘露下降,昨日樞密公奏聞。喜得聖上理會此意,果遣仇賊前來看視,此乃天助我等成功也。但不知李節度人馬幾時到京。

(小生)今早有密報到來,說他的人馬已起程了。如今皇上既命仇賊前來,乃天亡此賊。在座間殺之,止一勇士之力耳。若等李節度到京，豈不失此機會？

（末）然雖如此，那仇賊奸詐多端，也須防備。

（小生）老太師，那些宦官性屬陰類，無不喜歡奉承。可令門上大張音樂，堂上盛設酒筵，先醉其心，後醉其身。或在飲酒中間，或引他到石榴樹下，帷幄中暗藏兵甲，鳴鐘為號，一齊下手，有何難哉。

（末）妙計，妙計。家將何在？

（二旦扮上）朝臣已定牢籠計，誅殺宦官仇士良。爾等各持利刃，暗伏幕後，待他到時，飲酒之後，鐘聲為號，同李老爺一齊下手。事成之後，重重有賞。

（二旦）領鈞旨。

（末）院子那裡？

（生、外上）道開東閣皆南部，席款西賓是北衙。太師爺有何分付？

（末）好生安排酒席，與那些女樂，都要結綵整齊伺候。

（生、外應下）

（雜引淨上）

（內）仇公公到門。

（末）樞密公，暫到裡邊去。只聽鐘聲便了。

（小生）領命。

（下）

【出隊子】欽承嚴旨，欽承嚴旨，前往平章府內咨。沙堤一帶路參差。未審石榴果有私。暗裡藏鬮，隨將計施。

（末）不知公公駕臨，有失遠接。

（淨）咱奉皇命而來，無事也不敢輕造。

（末）豈敢。

（淨攙末進門，雜隨介）

（末）仇公公扶龍定策，內外肅瞻儀範。

（淨）鄭老先握虎頒符，臣民欽仰雄威。

（末）下官廳事後石榴樹上，忽有甘露下降，此乃國家祥瑞，因此奉賀聖上。不想又勞公公臨看，可謂光添蓬蓽矣。

（淨）昨因樞密李先兒奏稱，老太師府中，有此祥瑞之事，萬歲為此特命咱家看視。但不知石榴樹在那裡，敢煩太師領去一看。

（末）公公奉旨到此。下官自然引去同看。今聊備薄酒一杯，少奉公公之壽。

（淨）咱有王命在身，怎敢私自飲酒，且先看了飲一杯罷。

（末）甘露看了就是。還是先飲了酒，也見下官恭敬之誠。看酒過來。

（內吹打生外斟酒，末定席介）

（淨）鄭老先，既蒙盛情，敢不叨飲。只是貴府有祥瑞之事，咱家無以為賀，借花獻佛。太師先飲此杯。

（末）吓，公公這樣用情，焉敢不從。竟自下官先飲。（吃介）斟酒過來，送與仇公公。

（外、生斟酒介）住了。鄭老先，咱家奉敬賢東，豈有一杯之理？還要再奉一杯。

（末）那有此理？這杯自然要奉貴客。

（淨）鄭老先，豈不聞主人不飲。

（末）公公講得好，下官當再飲。（又吃介）如今奉敬，公公沒得講了？

（淨）這個自然。咱飲一杯罷。

（吃介定席各坐介）

【畫眉序】玉液泛金卮，酬酢殷勤慰公私。萃清歌妙舞，品竹調絲。（飲介）漫誇張賢主佳賓，休認做賞心樂事。（末）再斟酒與仇公公。（淨）鄭老先，多謝你這般殷勤。（末）不敢。（合）破除萬事無過此，行杯到手休辭。

（淨）鄭老先，咱酒已飲過幾杯了。如今看甘露要緊，撤開筵席罷。

（末）仇公公又來了，難得公公到此，今日雖不成禮，也要盡歡吓。是了，想是筵前無以為樂。（向生介）喚女樂們過來。

（生）老爺喚女樂們。

（二旦上）紅牙方歇板，玉臂又擎杯。

（末）千歲爺在此，過來叩頭。

（淨）不消了。鄭老先，咱家這樣東西是用不著的。老先到來灑落咱家了。

（末）不敢。這是奉敬公公，女樂們快些送酒。

（淨）咱們性子最直，實是吃不得了。

（末）呀，公公這般固辭，想是怪下官簡慢了。也罷，待下官親奉幾杯。斟酒過來。（出位介）

（淨）呀，這叫咱家那裡當得起。既蒙老先要咱飲，只得勉强再飲一杯。（向二旦介）你們進去。不勞在此罷。（應下）

（淨持酒吃介）

【前腔】持斝自尋思，尊姐須疑意參差。（飲介）待咱也還敬老先一杯。（末）這個怎敢反勞。（背介）呀，奇怪，這機關秘密，難道蟬覺風颼。（淨）鄭老先飲酒。（末）多謝公公。（飲介）（合）莫忘却一醉消愁，記取三杯和事。

（末）請坐了。

（合前）（付、生扮家將上）

【滴溜子】邊廷報，邊廷報，謀設計施。門上那個在？（外）咄，那裡來的？（付）我每緊急軍情，要報仇千歲爺的。（外）千歲爺與俺太師在那裡飲酒，誰敢與你通報？（付）呸，軍情緊重，敢教緩止。（闖進。末驚介）這是什麽人？（外）是仇府家將。（付）千歲爺，家將啟事。（淨）有何話講？快起來説。（付）千歲爺，頃刻有羽書飛至。（淨）所報何事？（付）那西川節度李德裕呵，無端起部兵，來京漸邇。叛逆謀成，望提備早時。

（淨怒介）吓，那李德裕這廝，竟造反了麽？鄭老先，你可曉得這些風聲麽？

（末）他在邊庭上，下官那裡曉得。

（淨）咳，他無故興兵犯闕，豈無內應在京。

【鮑老催】他驟聚叛師，結連南黨傾北司，須知外變由內滋。（末）公公，情真僞，莫浪猜，休輕指，賢愚須辨非和是。（淨冷笑介）

量他這一旅之師，有何用哉。狂夫空把陰謀肆，笑螳臂輕揮使。

（淨）鄭老先，咱家看了甘露，再作道理。

（末）甘露在後廳，就請進去。

（淨扯末介）既如此，就煩老太師引進。

（付）啓千歲爺，甘露是難得看見的，家將們也要同千歲爺去看一看。

（末急介）呀，這裡面就是內室了，你每進去不便。

（淨）鄭先生，就待他看一看何妨。家將每隨咱進來。

（生、付隨介）

（內奏樂介）

（淨住介）呀，鄭老先，今日看甘露，是一件欽差的正務，只管把這些音樂來打鬧，且住了樂。

（末）這是恭敬公公，並無他意。

（淨望內介）這邊張掛綵幔內，什麼所在？

（末）這是石榴樹傍，那綵幔內，就是衆女樂每承應的所在。

（淨怒介）鄭老先，俺有一句話要對你講。有人在聖上面前呵，

【滴滴金】道你南衙素蓄無君志，把甘露奸謀欺聖旨。那綵幃中敢是藏甲士？（末）呀，公公，恁讒言休挂齒，空勞裂眥，休錯認玉玦今朝示。（淨）也罷。家將每你每到裡面搜檢明白，好去回覆聖上。早識破牢籠，休得遁詞。

（付、生應介）

（末急向內介）快些奏樂。

（內鳴鐘。小生合二旦殺上。淨、老、丑各卸衣混殺介。）

（捉小生介。）

（淨）吓，你這兩個該死的老賊，通謀暗害咱家麼？倘然聖上駕來，豈非也遭毒手？

（末、小生）咳，闇狗。你挾制君父，擅殺大臣，我老臣恨不得食汝肉，寢汝皮，以除天下之害。今事不成，乃天命也。

【雙聲子】你如狼兕，你如狼兕，把君國橫吞噬。如鷹鷙，如鷹鷙，把臣宰陰傷死。（淨）咦，老賊！你結黨私，狡計施，禍臨頭，怎

免鼎骨車尸。

（殺末、小生下）

（淨）好了。二賊已除，喒從今高枕無憂矣。叫家將每，（衆應介）帶五百名刀斧手，把李、鄭二賊家口，不分良賤，盡行斬首。一面喚田全操賫奉旨意，帶領緹騎，星夜前往捉拏李德裕解京，不可有誤。

（衆）領旨。

（淨）就此回宮。

【尾】從今剗盡心頭刺，玩國蒙君任我施，却歎他落落元臣喪酒卮。

（下）

第八折

【泣顔回】（雜引外上）慷慨赴勤王，奉旨晨昏兼往。金戈鐵馬，一怒震驚天壤。下官李德裕。自從上表之後，深蒙鄭太師之力，得呈御覽，遂奉密詔，與李樞密、鄭太師協謀仇賊。所以鄭、李二公暗着下官統領鐵騎三千，星夜到京，他為內應討賊，因此隨即領兵起程。軍士每，來此是什麽地方了？（衆）已到劍門界了。（外）我想李、鄭二公瞀哺而待，我軍怎可遲到！前日曾差軍校們到京打聽，必有回音。軍士們，迅速前往。（衆應介）看星催電趲，早驅馳，刻慰謀臣望。喜忠芒擬奪邪氣，看指日掃清閹黨。（欲下）

（生探子上）報！報！報事官回來見老爺。

（貼）住着。

（雜）禀老爺，探事軍回來了。

（外）快喚過來。

（貼）老爺喚你進去。

（生進介）探事軍叩頭。

（外）京師消息如何？快起來講。

（生）呀，老爺，小的奉將令呵，

【前腔】風霜歷赴探京邦。(外)可曾打探鄭、李二位老爺與那仇賊有何勾當？(生)不要説起。那兩位老爺與仇內官呵，端的是**勢逆難兼兩立**，(外)這幾日如何光景？(生)那鄭太師與李樞密請仇內官到家呵，看庭榴甘露，(外)那奸賊可肯來否？(生)他坦然自甘投網。(外)他若肯來，二公之謀濟矣。(生搖手介)那奸賊呵，**將機就計**，霎時間虎穴生奇浪。(外急問介)什麽奇浪？(生)阿呀，老爺，那奸賊竟帶領禁軍假扮內官前往。可憐鄭、李二爺呵，把忠謀反就奸排，痛雙雙盡登泉壤。

(外大驚介)阿呀，二公竟死於仇賊之手。(頓足介)罷了，罷了。我此來正欲與二公協圖此賊，誰想二公先遭毒手，豈非天喪忠良也？後營領賞。

(生應下)

【千秋歲】(外)恨穿蒼，賊在亡忠讜，使英雄血泪沾裳。仇賊，仇賊，毒害薰蒸，毒害薰蒸，恁蝕政擅權，把君臣置掌。且住。我軍此來，原是二公之命，如今謀已不成，進退兩難。如何是好？評功詔，灾空釀。圖閫召，兵空向，徒觸羝羊網。(末)老爺，內事不成，孤軍空往。倘然禍及，如何處置？不若回軍去罷。(外)蒼頭言之有理。衆將官，就此回軍去罷。且把蚩旍撥轉，旋伐花腔。

(丑捧詔，雜校尉上)鸞坡頒玉詔，虎帷撥銅符。前面何鎮人馬？

(小生)西川節度使李老爺的。

(丑)住着，聖旨下了。

(外)聖旨麽快些迎接。(跪介)

(丑)奉聖旨：李德裕這厮，乘南北之亂，引兵向闕，叛逆顯然。着田全操即刻扭解來京，其本部人馬暫停該地方，另候調遣。謝恩。

(外)萬歲萬歲。

(丑)把犯官上了刑具。

(衆奪介)我每老爺有何罪，聖上拏他？

(丑)方纔宣詔，你們不聽得的麽？他無故引兵向闕，有叛逆之形,你等將官敢違旨麼?

【越恁好】他扰兵驚闕,他扰兵驚闕,不端謀叛已彰。奉天威咫尺,敢不去拘逆黨。(末)呀,老爺,將在外,君命有所不受。這道聖旨安知非假?老爺若束手就縛,豈不枉送性命?望巍巍九重,望巍巍九重,怎向君門灑淋漓熱血一腔。(外)呀,蒼頭說那裡話來。目今朝無內應,外擁孤軍。聖上既加罪於我,倘有違慢,豈不把我一生忠孝掃地了?痛臨歧,被閹奴笑。孤臣秉貞,莫敢肆張。(丑怒介)聖旨在此,誰敢多言?王言重,緹騎嚴,誰敢胡言講?!快前驅帝里,休再遲向。

(末哭介)阿呀,你不泯忠良,甘心就執,教老奴怎生割捨。夫人公子在家,怎得放心?

(外)蒼頭,你休得啼哭,回去安慰夫人公子。我到御前自有話講。你只要把公子好生看顧,就是你一點忠義之念了。

【紅繡鞋】伊歸好視親行,親行。(末哭拜介)酬恩粉骨難償,難償。(丑)眾將暫扎本處地方,官騎每就此起馬。(眾拜介)老爺呵,同甘苦,忍分張。冤莫白,義難忘。何時瞻範疆場。

(末扯外哭介)

【尾】你孤忠有恨空惆悵。(外)為國何辭鼎鑊嘗。何日稽顙,君前把積事講。

(丑、眾、外下)

(末)呀,你看老爺此去,吉凶難保。不免回去報與夫人公子知道。安頓了小姐公子,那時再往打聽便了。

　　　　堪恨奸徒設計深,中途就逮實傷心。
　　　　出師未捷身先死,常使英雄淚滿襟。(下)

第九折

【步步嬌】(生上)酒盡離亭休家念,歷遍程途險。小生劉鄩,自蒙神明指示,隨即離家,往投西川節度處勾當。一路行來,已到贊皇地方了。想我劉鄩昂藏七尺,足武能文,二十將來,未成一事。

那李公雖是愛重賢才，但未知我命運若何，可遭際遇否，言之好生傷感人也。頻將壯淚添，想無定功名，爭奈寸陰荏苒。若得奮沈潛，須憑咱胸庫和腰劍。（下）

（淨扮老道提燈上）人人盡道出家難，只恐貧窮病老間。我笑世人勞碌處，那能學我道人閑。自家鎣皇城外、鈐山嘴上、關帝廟中一個老道便是。這寺原是本城李老爺的香火院，目今夫人、公子、小姐俱隨老爺在西川任所，因此供養我老道人在內，住持香火。兩日缺少燈油，要到府中去支領，不免嵌上裡邊的門兒，去走一遭。且住，只恐燒香的來，且留些火在香爐內。正是一爐香篆消清晝，幾卷黃庭滅罪愆。（下）

（付持香燭上）

【醉扶歸】每縈女債無償欠，今因姻事禱靈籤。自家王少山。兩日生活忙得極，外頭屋裡無得空。我老娘家一手一脚，獨木勿成火。便養個囝兒，亦是嬌養貨，替勿動個。前日子我出去得一歇，剛撞着該個康阿保來討床，竟相罵個一個了勿得。你道我阿是吃殺子無人個虧，故此個兩日要尋個補代來幫幫。只是康媽媽說個兩頭，勿是勿肯入贅。就是我看勿上眼。因此我疑或疑志，思量鈐山關帝廟裡個籤，着得極個。因此今朝趁個空閑，備子香燭，前往求籤。問問天地，還是該出嫁，還是入贅？只為嫁贅多疑問神占。說話之間，早到廟中了。噲，老道人勿來屋裡，且爐中尚有餘火，不免粧上香燭，禱告則個。（拈香拜介）神聖爺爺在上，小人王廷相，只為女兒竹枝，婚姻未遂，替渠招個補代，進子我個大門，替力擧長進，養得老我終身。入軸頭一拍一泯縫，牢牢壯壯，求個一檔上上籤。（求介）望神明把我微忱鑒。（看介）第十五籤，全憑於此決微纖。呀，籤訣是有來裡。只是詳籤個道人不勿曾歸來。故沒那處，那凶與吉誰詳覘。且等歇兒，或者渠就歸來，也弗可知。

（生上）

【皂羅袍】行過板橋茅店，望蒼茫遠近，萬點山尖。這裡是個廟宇。（望內介）原來是關帝行祠。前蒙周將軍現形指點之後，未曾拜謝。在此經過，不免進拜則個。（進介）看廟宇神容恁莊嚴。

（拜介，付聽介）大帝在上，弟子劉鄩，建康勾曲人氏，因蒙神靈賜棍，前往李節度處勾當，萬祈保佑弟子前往有望。懇神靈早遂功名念。（付扯介）相公，相求你一椿事務。（生）有甚麼事？（付）方纔求一檔簽，有個簽訣來裡。吃個勿識字個，求你替我詳解詳解。（生）你問什麼事體的？（付）相公，只為我女兒姻事。（生）求了第幾簽？（付）第十五簽。（生看壁上念介）為促劉王事業興，獨行千里救冤情。要知婚媾功名事，成在西川就在京。（暗驚介）呀，這幾句簽訣就是我棍上這幾句，好不奇怪。吓，為甚的棍中字句，還符卜簽。怎把我功名婚媾，情同意兼。（付）相公，為啥了看子簽訣，來丟自言自語，難道也勿識字個阿？（生）不是。方纔你求的十五簽，正與我前日神明指示的一般，故此奇怪。（付）相公也有啥個說話，搭個簽一樣的麼？（生）正是，就是這幾句。（付）故幾句那亨蓋個意思麼？（生又念介）這四句裡邊，前面兩句我也解說不出，後邊兩句，那婚姻兼有功名之分，成於西川，就於京師，不在這裡左近。（合）其中先兆當留驗。

（付）想我做木匠個人，囉裡有啥功名個詳差哉。

（生）不是這等說。神明之言，日後必有應驗。

（淨上）世間好物不堅牢，彩雲易散琉璃脆。（進門見介）相公，老道失迎了。（見付介）王司務，這等生活忙，那得工夫到此。

（付）老師父，特來求個當簽，要你詳一詳。囉道是你勿來屋裡，亦虧子個位相公，來替我詳子。弗然直頭板門上打子摺，空回白轉哉。

（淨）只為佛門前燈油缺少，往李老爺府中支領。方纔前去，不想聞了老爺凶信，合府驚惶。我只得空手回來了。

（付）李老爺丟聞子啥個凶信介？

（淨）勿要說起。朝廷道他謀叛，已差校尉拏了。只怕早晚要來抄沒家中哩。

（付驚介）阿呀，蓋個好老爺，那裏犯了個齣事務介？

（生）老師父，那李爺何等樣官？怎麼謀叛起來？

（淨）相公，你不曉得，就是西川節度李老爺了，他的事體是冤枉的。

（生）就是這李老爺，可曉得什麼事體？

（淨）方纔府中說起來呵，

【好姐姐】近得奇殃媾閫。（生）敢是與當今奸宦仇士良麼？（淨）正是。他奉內詔合謀兵掩。（生）可曾進兵呢？（淨）他發兵之後，誰想宰臣露謀先被殲。（生）那時李爺就該回兵纔好。（淨）不道纔回兵之時，那官騎就到了。竟遭傾陷。道他擅兵犯闕陰謀漸，被逮至京隨按法嚴。

（生驚介）有這等事。咳，罷了。那李公乃國家之棟梁，邊庭之砥柱，不想被陷奸賊之手。

【香柳娘】痛功臣被屈，痛功臣被屈，頓遭坑塹。教我神交深抱詎忘嫌。（付）勿要說相公恨，就是我聽得子，也來裡懊惱。真正做只墩狗，歪木打來纏木裡，拗曲作直，是個折屋斧頭哉嘘。（付）正是。怎麼天上降這樣惡人。（付）恨貔璫太惡，恨貔璫太惡，流毒恁炎炎，上方恨無劍。（生背介）且住。那神明示我來此建功立名，豈有差誤之理？況傳聞之言，未足深信。且挨到前途，再行探聽。想神明指點，想神明指點，難道空勞語，詹將人拗閃。

（竟下）

（付）呀，故個臭賊。帶子一頂兩摺個巾，竟踱子去哉。

（淨）想是他與李老爺有些瓜葛的，聞知此信，驚駭而去了。

（付）啐，簽亦求哉，亦勿來裏摸飯哉，只管衍個啥，亦歸去子罷。

【尾】神籤已決多疑念，願指日從心協鳳占。（淨）呀，王司務，幾乎忘記了。我裡頭毛坑壞了，要修理修理，就煩你進去看看。（付）極好個哉，我正要念受生經，竟退子何如。（淨）也罷。（合）你也相應我也廉。

（付）僧道有門徒？（淨）匠工無主顧。（付）看經典作工，（淨）分明貨換貨。

（下）

第十折

（生持棍上）少年錦帶吳鈎挂，精氣宵來貫斗牛。自愧未將霜刃試，誓當眼下報恩仇。俺劉鄩，因聞李公被逮之信，未知真假，因此前來打聽。我想李公籌邊計國，恤士愛民，故此千里相投，自負知己。倘他果有不測，我劉鄩半世忠心，一腔俠氣，那裡按捺得下，少不得為他做一番事業也呵。

【北新水令】一天風月劍光斜，望龍城將星明滅。俺待要風雲期變化，因此上萍水慕豪傑。早難道事值周折，却做了暗如漆前程夜。

（丑同衆押外上）

【南步步嬌】（外）萬死孤臣持堅節，素志無虧缺。只恨圖奸計欠賒。指望雪嶺冰山，將過日皎雲撤。誰道天意助奸邪，把請兵除官謀輕洩。（下）

【北折桂令】（生上）笑年來守分藏拙。只為未定昇沈，冷淡甘徹。險消磨兵甲填胸，虹霓作氣，錦繡生涯。俺一路而來，紛紛都道李爺拏下，早晚在此經過。我聞知頓覺驚心，摧砥柱狂波誰截，壞長城籌邊誰設。恨殺那奸宄連結，把忠藎戕滅。不免相從大路迎去，好歹看個下落。倘然間水盡山窮，偏要霧起雲結。（下）（丑外衆上）

【南江兒水】（外）雨灑孤臣淚，風悲忠宰屈。恨登聞有鼓情空越。總惡焰難烘，我懷冰雪，奸鋒怎裂我心腸鐵。想起比心萇血，一死同歸，落得千秋名熱。（下）

（生急上望介）呀，你看一員太監，帶領着軍校，簇擁一名鎖扭犯人過去了。敢就是李公了。

【北雁兒落帶得勝令】早則見慘悽悽孤囚覊縲絏，又見那惡狠狠輦卒忙拖拽。俺這裡臨歧冷眼瞧，他那裡被法肝腸裂。（向內介）前面大哥，可曉得方纔解去的犯人是何等樣人？（內）聞說是西川節度李老爺。（生驚介）正是他了。（頓足介）你看蓬頭垢臉，帶鎖披枷,好狼狽也。呀,好教俺盼殺那豪傑,覷行藏情慘切。且住。我劉鄩生平忠義為心,豪傑自許。今日看他怎般含冤負屈,豈不枉却我幾年神慕,千里相投,況且見義勇為是丈夫本等。俺今日難道袖手旁觀? 也罷,我仗却平生神威俠膽,結識了他,有何不可。激得他橫殺氣風雷怒,逼得俺奮神威日月遮。休怯,早試咱六尺龍梢者。情悅,纔完我一生心事也。(下)

（丑衆外上）

【南僥僥令】（外）情空懸帝闕,身待鬼門接。攖佞縛奸慚不就,抱恨在黃泉徒痛咽。

（生上）（攔住介）咄,你等衆人慢走。

（衆）呀,你是什麽樣人? 攔住咱們去路。

（生）我要問你,解的是什麽樣犯人?

（丑）哇,你這廝,誰不曉得西川節度,是謀叛的欽犯李德裕。你來問他怎的?

（生）咳,說起李爺就好。若說起李爺呵,

【北收江南】呀,直恁把忠良陷害呵,一味的打滅絕。（丑）哇,你這廝好大膽,這是朝廷的重犯,你敢前來多嘴。（生）胡說,誰不曉得仇賊的重犯。俺男兒血性有干涉,今日裡冤家相見躲不迭。（丑怒介）阿呀呀,這廝怎般不知死活,軍士每打這廝。（生擎棍介）誰敢上來? 恁何須打疊,俺從來斬絕,拚做個驚天霹靂起眉睫。

【南園林好】（丑指生介）恁無知將人藐蔑,撩虎吻不知死活。（生）俺對你說,快快放下李老爺,萬事全休,倘有半個不字,叫你立成䪺粉。（丑）那廝講這樣屁話,誰敢把犯人打劫! 想這廝也是逆黨。軍士每拏下這廝,一同解去! 休輕放,莫饒舌。休輕放,莫饒舌。還不動手!

（衆捉生,生打倒衆,丑奔跌,生背外介）

【北沽美酒帶太平令】霎時間鏖戰捷,霎時間鏖戰捷。手起處電光掣,唬得他滾滾紛紛滿路蹶,亂慌慌心膽怯。那怕他螳臂揮車,（急走介）九重山衝來破穴,函谷關轉睛逃越。慘人懷風號雨咽,動人愁雲迷霧結。俺呵,趲過了林遮路斜,山疊水折。呀,纔見

（丑衆上）（慌介）怎麼處？怎麼處？這般一個要緊人犯，被他搶去了。（指衆介）要你這班狗才何用？回去對千歲爺説了，一個個都是死。

（二旦）呀，田公公，他是亡命而來，更兼凶勇無比，我等一時倉卒，怎生與他對得來？

（丑）狗才，放這樣臭屁。罷了，且報了地方官，着他追獲。一面回去報知千歲，差官挨緝便了。

【尾】枯魚已向西江決，當事徒勞狡計設，却笑我今夜船歸空載月。（下）

第十一折

【六么令】（生背外上）潑天驚懍，奔走踉蹌，渡徑穿林。遥瞻小月落西岑，疏林曉起鳴禽。暫時歇下將機審，暫時歇下將機審。

（生）李老爺，行了多時，且喜離彼已遠。此處山深路僻，就此歇息片時，也不妨了。

（外）壯士，我乃朝廷犯官，既被擒拏，當赴京定奪，豈有逃避之理？這刑具那里就敢擅開。

（生）咳，李老爺，俺既救了你，那刑具自然就要開了，還要説什麼赴京定奪。

（外）壯士有所不知。念我李德裕呵，

【榴花泣】謀貽忠孝久為心。（生）這是小生羨慕，所以如此。（外）怎肯為一朝難死便埋沉。（生）今日之事，乃奸官排陷，並非朝廷加罪與你。（外）雖則是罪從奸宦詆排陰，這煌煌紙尾，原自出綸音。（生）呀，李老爺，你難道還不曉得那朝政久屬北司，天子宰相不過拱手備文而已，怎麽説起真來？請開了刑具。（外不肯介）壯士，我豈不曉得聖旨是假的。但我呵，既蒙法禁，少不得到君前把曲直從頭審。（生）咳，李老爺，你把事勢認差了。他既頒了偽旨，豈容去見聖上的麼？還是請開了刑具，再作商量。（外）這個那裡使得。總然隔萬里天顏,想孤臣謀孽何任。

（生）説那裡話來。休得要,

【前腔】叨叨念切語奸侵,教咱聞之怒髮指冠簪。（外）呀,壯士,這是老夫的事體,與足下何干？恁般着惱。（生）呀,李老爺,念小生呵,不忘邱壑攄忱針。（外）壯士之志,雖然如此,但在我為臣子者,豈有以奸閹藉口,而忘君父之理？（生）咳,李老爺,豈不記得小不忍則亂大謀？全不想身留一劍,異日掃霾陰。（外）只是一説。老夫與足下並無恩怨之交,何故奮身相救？（生）小生豈恩怨可以動心者？某乃建康人氏,姓劉名鄴。夙慕明公忠國勞邊,重賢禮士,天下之豪傑傾心,故此不遠千里相投。不想中途忽聞異變,故此挺身相救,實乃一憤所致。倘明公偏執膠柱之見,一死不惟無益。即小生一番捨命之情,竟付之東流矣。還是請開了刑具。你忠節可欽,論達人須把經權審。（外）只是老夫事關重大,倘然有累臺兄,如何是好？（生摇首介）我劍初磨為試不平,又何疑猿禍延林。

（與外開刑具介。外揖介）老夫殘喘,深蒙壯士救全,此德終身難泯。但既蒙相救,難免窮追,必須尋個安身所在方好。

（生）這裡贊皇城外,前面那鈴山嘴上,有所關帝廟,且是僻靜,小生曾在那邊經過。且同到那裡,再作商量。

（外）嚇,這裡是贊皇城外？如此,就是老夫故鄉。那個廟是寒家香火院,且到廟中躲避幾時也不妨。

（生）極好的了,就此同行。此間已是,不免叩門則個。

（淨上）慈悲勝念千聲佛,造惡徒燒萬炷香。這等清早,誰人叩門？不免去看來。（開介）呀,這是李老爺,怎麼清晨到此？

（外）不必吱聲,且閉了門。

（淨關門介,自語介）咦,前日聞得李老爺被朝廷拏了,難道是假的？（進介）老爺,老道叩頭。

（外）不消了。（見生介）呀,你就是昨日來個相公嚇。

（生）正是。

（外）你起來。有話對你講。

（淨）有何分付？

（外）我被奸宦誣害，差官扭解赴京。不意途遇這位相公中途奪救，無處藏身，要在這裡躲避幾時，不可洩漏。

（淨）阿彌陀佛。這裡是老爺的香火院，但憑住下。況老爺是老道恩主，怎敢洩漏。

（外）呀，劉兄，雖蒙相救，在此安身，生死只當付之天命了。只是還有一事相商，未識肯聽從否？

（生）有何見教，就請說來。

（外）老夫呵，

【漁家燈】蒙相救脫奎離羂，這恩德唧結還深。（生）不敢。明公何出此言？（外）端只恐燕去梁空，危巢內卵傾知怎。（生）原來如此。但不知衙署中有家眷幾人？（外）只有老荊和小兒小女母子三人，只恐早晚難免擒拏了。（生）李老爺，自古為人須為徹，小生既為其始，自當慮盡其終，這個也在我身上便了。你放心且自隱居高枕，攘一臂始終當任。（外）恩兄果肯如此，我李德裕何敢當此大德。羨你胸襟，令人可欽，恁俠氣超昔邁今。

（生）天色已明，恐怕有人知覺，就此拜別前去。

【尾】潛居，須莫把風聲滲，且待時清俟好音。（外）那時唧結睚眦報必深。

（生）年來千里定神交，

（外）濟困扶危俠氣真。

（合）惟有感恩並戴德，萬年千載不忘心。

（生）小生別了，老爺在此謹慎。

（外）劉兄前途保重，老夫在此專候回音。

（生應下）

（外淨俱下）

第十二折

【三棒鼓】（眾引淨上）陰謀狡計有多端，喜得兩賊相謀也前件完。把君恁瞞,把臣恁般。不放寬,直須斬草也,咱心便歡,咱身便安。咱家仇士良,叵耐注、訓二賊結黨同謀咱家,被俺將計就計,誅了二賊。隨着田全操矯旨密拏李德裕這廝到來,要問他叛逆的罪名。去了幾時,怎不見回報?

(丑上)

【窣地錦襠】劍門歸路似鋒攢,路遇強徒沒處鑽。那樁心事幾時完,再向宮庭起禍端。(進見介)田全操叩頭。

(淨)你回來了麼?李德裕拏到了麼?

(丑)俺奉千歲之命,賷了聖旨,將到劍門,恰好李德裕的人馬也到那里,被俺單騎宣詔,隨即拏下了。

(淨喜介)妙!妙!我說是你能幹。如今解在那裡?

(丑)千歲爺且慢歡喜。不想那日行到臥龍岡地方,途中遇着一個漢子,手執齊眉棍,不問情由,打散官騎,把李德裕搶了去。

(淨驚介)搶了去了?只是你是精細的,怎麼幹這樣事體?如今怎麼樣好?如今怎麼樣好?

(丑)如今千歲爺也不消煩惱。那李德裕雖然搶去,還有妻子兒女在西川,何不拏他到來。在他身上,招出同謀搶劫的賊。一面着該部官兒圖形畫影,偏天下挨緝正犯,怕他兩個走上天去?

(淨)是便是了。那李德裕是有人認得的,畫他的圖形也不難。只是那漢子,又不曉得他的姓名,須是要你與畫工講怎麼一個模樣,摹寫出來,一同發到各州縣衙查便好。

(丑)阿呀,千歲爺嚇,前日一時倉卒,那個人其寔不認得了,如今只好拏了他家屬。那李德裕二人,自然根究出來的,有何難處。

(淨怒介)這兩個要緊人犯,若不先行嚴緝,可不遠遁去了?如今兩件事件都在你身上,成功之日,自有重賞。倘有一件不完,休來見我。

(丑)是。總是不消千歲爺費心,都在咱身上便了。

【包子令】他兩人罪犯非輕款,(淨)非輕款。(丑)罪連三族豈容寬!(淨)豈容寬!(丑)捉拏家族休教緩,管教兩事盡皆完。(淨)火速前去莫盤桓。

【前腔】叵耐逆賊潛逃竄,(丑)潛逃竄。(淨)須教大索遍查盤!(丑)遍查盤!(淨)拏來休問長和短,總成一網付刑官。(丑)火速前去莫盤桓。急去莫延刻,搜拿劫犯賊。眼望旌旂捷,耳聽好消息。(並下)

第十三折

【望遠行】(旦上)重幃夢破,起整垂釵嚲。好景柔情,閒遣筆囊墨裏。【更漏子】玉爐香,紅蠟泪,偏照畫堂秘思。眉翠薄,鬢雲殘,夜長衾枕寒。　梧桐樹,三更雨,不道離情正苦。一葉葉,一聲聲,空堦滴到明。奴家李氏,小字瓊章。自從父親被召去後,母親兄弟同在衙中,且喜安閒無事。只是我爹爹此去進討宦官,未審凶吉如何,好生放心不下。奴家惟以圖山畫水,寫鳥描花,消遣而已。

(小生嗽介)

(旦)呀,那邊兄弟來了。

(小生巾服上)

【引】曖日青燈,暫離芸窗攻課,回首望長安雲鎖。

(見介)姐姐拜揖。

(旦)兄弟,你在書館攻書,那得工夫閒玩?

(小生)姐姐,兄弟因方纔外邊學中朋友傳進一題,要作《少年擊劍古風》一首。因思姐姐繡窗閒坐,何不以此佳題圖一幅,待小弟構選一篇,以為當時盛舉,方且顯我武家本事。未識姐姐以為可否?

(旦)兄弟既有此興,待我試寫一幅,兄弟也就在這裡吟詠罷。

(小生)有理。姐姐寫其神形,兄弟摹其意志,兩下相資,自得其妙。

(各坐介)

(寫畫介)

【八聲甘州】瓊窗獨坐,做丹青粟影,妙逐神磨。想點睛潑墨,應愧我蛾畫鴉圖。畫少年呵,美如何晏當年粉。想擊劍呵,舞似劉琨夜半歌。(合)時俄把風流俠氣臨摹。

(小生)姐姐不曾畫完?

(旦)畫完了。

(小生取看介)妙呵,你看儀容俊爽,果是少年。飛舞寒光,足稱擊劍。僧繇摩詰不過如是了。

(旦)兄弟作歌可曾完否?

(小生)也完了。

(旦取看念介)白面郎君氣勝蘭,天空龍戰玉鱗殘。飛身到處霜花落,那怕奸臣膽不寒。好嚇,神情慷慨,不愧少年本色。吾弟何不將此佳詠寫中畫圖?

(小生)有理。待小生寫在上邊。

(寫介)

(老旦上)

【解三酲】憶孤臣數行泪顆,賴兒女片刻歡呵。(見介)如何的粉和脂狼藉明窗瑣,那筆和硯墨痕新涴。你們姐弟二人在此做什麼?(旦)方纔兄弟將外邊傳進詩題要作《少年擊劍歌》,孩兒閒窗無事,就將此題作畫,把丹青慢描消晝永。(小生)念孩兒呵,把七字閒吟學切磋。(合)餘功課,聊尋畫筆,試學吟哦。

(老)這也好。女孩兒,先把畫來我看。

(旦遞老看介)畫得好,年少如生,劍光欲動。你女兒家畫得恁般入聖。(向小生介)小孩兒,你的歌做得如何?也拏來我看。

(小生遞詩,老看介)也作得好。丰神劍氣,滿紙淋漓。你姐弟二人,可稱二絕矣。

(末急上)

【不是路】急走如梭,星夜回家報事呵。夫人在那裡?(衆)呀,康榮回來了。怎麼這等慌張?(末)夫人,公子,小姐,不好了。奇災禍,從天降下怎騰那。(衆)呀,有甚麼災禍麼?(末)那鄭太師和李樞密老爺,事撦儸,那機關未發謀先破,逐火燒身喪網羅。(衆)如今老爺在那裡?(末)夫人,非小事,可憐老爺呵,朝廷拏解難逃躲。(眾)朝廷為何事就來拏了?(末)竟把叛逆連坐,叛逆連坐。

(眾)呀,朝廷道叛逆,拏解京中去了,唬殺我也。

(老)(跌倒介)

(小生)母親蘇醒!母親蘇醒!

(老)相公呵,

【皂角兒序】你奮忠腸砥瀾柱波,敢觸奸黨,招風攬火。(小生旦哭介)爹爹呵,你為朝廷枕戈赴京,不提防鬼狐先破。(合)痛殺那窮邊塞,姊和弟,子和母,煢煢無措。黑冤奇禍,飛來傾俄,頓教人肝腸痛斷,淚拋血顆。

(內吶喊介)

(末)夫人,不好了,外邊許多官兵,圍住衙門,說要拏夫人公子進京去。等官騎一到,就打進來了。

(老眾驚哭介)如此怎麼處?

(老)且住。我想覆巢之下,必無完卵。公子既被指名,勢難藏匿。只是小姐乃深閨弱質,怎忍他出乖露醜?蒼頭,你可念老爺昔日之情,潛領小姐逃避他方,且待事體平靜,再圖相會。

(末)呀,夫人,前日老爺臨行,將公子託付小人。今日總不能拏出小主,敢不將小姐隱藏?多在老奴身上,請夫人放心。

(旦哭介)啊呀,母親嚇。爹爹母親尚且如此,何況女孩兒一身?孩兒願同母親到京,見爹爹一面,生死總在一處,決不貪生獨往。

(小生)呀,姐姐,你不比我做兄弟的,被奸黨指名,難以藏匿。若以兒女之情,定為無益之死。趁此官騎未到之時,快與蒼頭逃避,不必固執,及早逃避罷。

(老)正是。我的兒嚇,快快隨了蒼頭逃出後門去罷!

(旦大哭介)啊呀,母親嚇,叫孩兒怎生捨得嚇。(拜介)

【前腔】痛母兒慈歡孝和,晨昏裡共飡帶卧。恨不能登聞上書,豈今朝中途拗躲。(合)從今須謹慎,莫傗儸,怕風聲破禍非小可。(末旦下)(丑領外貼上)快打進去。破巢取卵,休疏網羅,縱然他身生兩翅，也難逃躲。

（丑）奉聖旨：李德裕這廝，結連賊黨，路劫潛逃。着來差將伊妻崔氏、伊子李遠，一併解京，嚴追正犯，毋違。左右，把犯婦犯人上了刑具。

（衆應介）

（老）阿呀，我那相公封疆大臣，有功無賞。既被奸黨排陷，又來拏我母子，人心難昧，天理難容。

（丑）不要強辯，到刑部堂上，自然還你個明白。軍士們，快到裡邊搜檢明白，前後盡皆封鎖，着地方看守，以待聖旨定奪。

（衆應介）

（丑看畫介）這是什麽東西？（細看介）這畫上的面龐是那裡見過的？（想介）呀，是的。這就是前日劫奪李德裕的強賊模樣。（指老、小生介）你們預先藏抗強徒，前來搶奪人犯。

（老、小生）呀，這是那裡說起？

（丑）不要管，正畫不出這個面龐，今日恰好落在咱手裡，豈不湊巧。叫軍士們，就此起馬前去。

【尾】王程緊急如星火，喜得咱功勞偏大，明日裡回復當權趨奉他。（下）

第十四折

【梨花兒】（付持斧上）我做匠人多買賣，沒人幫手常無奈。家中有貨願賠錢，嗏，只因少個好補代。我王少山，今日來千里坡上人家做生活，歸來且喜天色弗晏。只是呷子口黃湯，走到大路上，銃頭銃惱，竟打野裡歸去子罷。呀，且住。匠不離斧，沒得忘記子嚇。（摸介）還好，來裡腰裡。那間一竟歸去了罷。正是三杯和萬事，一醉解千愁。（下）

（丑、外上）

【前腔】奉勢拏人忒爽快，虎威狐假多撒賴。（外）呀，公公，你的帽兒顛倒戴了。（丑拍胸介）我自小心肝背上生，嗏，怪不得帽兒亦倒戴。(重戴介)不是為國,看守人犯要緊,匆忙之際,故此戴反了。(看外介)你是朱勇?

(外)正是,小的是朱勇。

(丑)朱勇過來,今日一樁大事,要在你身上做來。

(外)不知公公有何大事分付小的?自然做去。

(丑)咱奉仇千歲之命,那李德裕的家屬,止要那婆子解京,他的兒子要在中途害他性命。咱知你是能幹事的,差你前去。少間先遣那婆子前行,你領到僻靜之處,了當此事,自有重賞。不可有誤!

(外)那李老爺家小既是朝廷的人犯,怎麼仇公公要謀死他兒子?

(丑)這是千歲的旨意,誰要你管?

(外)是,曉得。

(丑)快些催他趕路。

(外向內介)咄,李夫人快些走動。

(雜押老旦、小生上)

【粉孩兒】昏昏的恨蒼穹忒煞歹,把冤臣老小,怎的佈擺。只因甘露起禍胎,致貂璫把忠義擠排。為除根網盡無餘,危巢覆,恨如海。

(丑)軍士們,先押這老婆子前去,那李遠慢慢的到後邊來罷。

(小生)呀,你們既把我母子解京,自然一起同往,怎要把我母親先行?

(丑)哇,這是朝廷的旨意,你來問我怎麼?(向貼介)打這廝!

(貼打,老遮介)呀,你們好沒道理。老身也是朝廷的命婦,我孩兒也恩蔭在身,你們動不動就加打麼,是何道理?

(丑)呸,見你娘的鬼!你們是叛逆妻奴,講這樣大話唬誰?快些走,遲慢了敲斷你的孤拐。

(小生哭介)呀,母親不要和他辯了。

【福馬郎】在他低檐頭自矮,怎向炎威下空訴解。(老哭介)兒嚇,我叫天不應,叫地怎開,將人視塵埃。只怕身難保,命難捱。

（丑）不許多講，老婆子快些前去。

（老、小生求介）公公，可憐我母子二人，生死一同前去，求公公做個方便。

（丑怒介）咦，誰與你講閒話。軍士們，快打這婆子前去。

（貼打老介）

（丑）

【紅芍藥】君王旨誰敢私裁？恁娘兒疾早分開。（貼扯老，小生攔哭介）眼見得其中事尷尬，怎教人離得快。（小生扯老介）母親，只怕孩兒此去事不諧。（老）我的親兒嚇，就是做娘的前去呵，命如絲，死生惟待。（貼扯老，外扯小生，老大哭介）我兒呵，你須是小心在意。（小生）母親，你前途也須仔細。恨從今舉目無親，母子倆何日重邂。

（貼扯老下）

（小生跌，外扯起小生介）

（小生）親娘嚇，

【耍孩兒】叫殺娘親顏不在，未識生和死，兩地分怕夢斷魂乖。（外）快些趲路。（小生哭介）我尋思爺娘呵，遭屈禍拆散天涯外。奸賊呵奸賊，為甚的直恁生機械，怎只管將人害。

（外望介）且住。這裡是曠野之處，正好下手。（向生介）咄，住着，不要走了。

（小生）呀，大哥，天色尚早，正好走路嚇。

（外）到了這裡，有話要對你說了。

（小生）有何話說？

（外）我領你到此呵，

【會河陽】干係非輕，謹承上差。（小生）這是大哥的苦差了。（外）那仇太監是你們的對頭，他今朝斬草要斷根荄。（小生驚介）呀，大哥，他斬草除根，敢是要我的性命麼？（外拔刀介）正是。冤各有頭，債各有主，不關我軍校之事。你自知狹路冤逢，你的時乖運衰。（小生唬奔跌介）呀，大哥，大哥，可……可憐我父子一家受冤，求大哥饒我性命。（拜求介）（外）這是仇公公的旨意，誰敢饒你？休恁的哀求拜。（小生）大哥，望你憐念我冤情大，望伊千萬把恩情賣。

（外欲砍介）

（付上）

【縷縷金】乘遊興，慢歸來，何事荒林鬧，好奇哉。（看介）咄咄，啥人啥人。（拔斧介）阿阿强盗哉，青天白日，謀財害命麼？（外）哎，你這廝是什麼人？敢管閑事？（付）倒説我管閑事，你來丢幹啥正經？白日青天，把人殺害。（小生）長官救命。（外）還不快走，不然先砍你鬼頭。（付揚斧介）你公然劫命與謀財，則王法豈無在？則王法豈無在？

【越恁好】（外）伊須迴避，伊須迴避，休得惹禍灾。（付）且問你是啥人？要謀渠個性命。（外）我奉公差遣。（付指小生介）個是啥人？（外）他是叛臣子今日死當該。（付）個没是一位公子，渠個爺做啥官了？（外）就是西川李節度。（付）啊呀，就是李老爺個公子。苦腦，阿關渠啥事介，嚐阿可以放得渠？（外）哎，放你娘的狗屁。這是什麼事件，敢來討饒。（付）勿是我討饒，憐他忠良苦被奸窟埋。（小生求介，向付介）望伊救解。（外摇頭介）這瀽天的干係難擔當，（付）你若勿放渠啥，啐，做我勿着哉，（拍胸介）這瀽天的冤屈難寧耐。

（外）嚇，你這廝發狠麼？這是仇太監要他的命，你不要認差了對頭。

（付）啥舊梅板啊，經得我一斧頭，劈渠七八塊。走來，我對你説，弗要尺寸弗算，故李節度囉個勿曉得是個忠臣，仇太監啥人勿曉是個奸賊，你今奉公差遣，殺害無辜，不要説人情難恕，就是個天理也難容。況且個仇賊惡貫滿盈，你丢也難免恢恢天網。倘你憐忠良之子，放他逃生，那李老爺是三世忠臣，豈無門生故舊？日後報仇雪冤，豈非你是大恩人麽？我今路見不平，所以苦苦勸你，倘然不肯容情，我搭你到贊皇縣去講，豈有朝廷捉拏重犯，在深山曠野謀害之理。故歇則怕也有些擔差，弗如你隨方逐圓，依子我好。

（外背介）且住。此言是有理。想那仇太監作惡多端，少不得有敗壞之日。況那李公子果是無罪。罷,放你去了罷。

（小生）呀,難道大哥真個肯放我麼?

（外）實要放你,只是你潛縱匿跡,倘有洩漏,你我同死,也就無益了。

（小生）如此説,果然放我了。

（付）嘖嘖,我説你是好人。呀,公子還勿拜謝來。

（小生）恩人請上,受我李遠一拜。

【紅繡鞋】感君羅網開恩,開恩。憐咱縲絏冤埋,冤埋。（合）德與冤兩無涯,人生裡命安排。好似鬼使神差,好似鬼使神差。

（外）公子,乘此無人知覺,快些去罷。

（小生）恩人,我是去了。

（付扯介）快些去罷。

【尾】含冤被德如山海,何日光天掃惡霾,那時節報國匡家説舊懷。（下）

第十五折

【吳小四】（丑上）笑呵呵,奸詐多,面和意不和,背後興兵專惹禍。當面無風慣起波,怕他娘,奈我何。自家康阿保。兩日為子李老爺丟事體。屋裡纔抄没子,連我里娘兒兩個,唬得臭死。弗知我里個爺那亨哉。亦聞得李老爺逃走子哩,畫影圖形子俚,各處追捉。方纔亦去探聽探聽,聞得道如有出首者賞錢三千頭,捕着親丁個,賞錢一千頭。挨圖着甲,緊急得極。為此急急歸來,搭我裡娘商量,弗知我裡阿有啥事個。（望內介）哈來個弗是王木匠呀。搭個倯人丟走嘘,待我躲來半邊,看渠過去。有理。（虛下）

（付小生上）

【一江風】歛驚魂重把恩人認,（小生）老丈,謝你陌路懷公憤。（付）公子呵,只為痛伊冤,因此引手臨歧,力把枯魚潤。（丑冲上見介）（小生欲避介）（丑）王伯伯囉裡來?（付）南山頭做子生活哩歸來,你來裡做啥?（丑）我是偶然來哩白相。（看小生介）故是啥人?

（付）故麽，弗瞞你說，是寒家一遠親，是寒家一遠親。（丑背介）呀，且住。故直頭像李公子呀，那亨說起親眷來介。（向付介）噲，王伯伯，我且問你，伊家沒此親。（付）故是我裡個表外甥，幾年來情疏愧我貧。（丑）原來是表外甥。蓋沒你丟先歸去罷。正是各人自掃門前雪，莫管他家屋上霜。咦，詫異丟嚇。（付）公子，路上有人看見，勿要担擱哉，快些到我屋裡去罷。（小生）多謝。（合）須到舍，權安頓。（到介）

（付）我兒開門。

（貼上）

【前腔】叩門頻。敢是爹爹麽？（付）正是我。兒子，快些開了門。（貼）重把爹行問。（作開介）慢拽起雙扉印。（付向小生介）（小生進付關門介）我兒子，貴人上宅，不必迴避，過來叫聲相公。（小生）就是令愛麽？（付）正是我哩蓋個粗丫頭。（小生揖介）小娘子拜揖。（貼福介）爹爹，是何人？（付）你看渠像啥等樣人？（貼作看介）看他恨鎖愁含，直恁表表多奇俊。（付笑介）我兒子有眼力丟。你猜囉個，就是李節度老爺個公子噱。（貼）嚇，原來是一位貴公子。（付）如何？真正龍生鳳養嚄。昂藏果不羣，昂藏果不羣。（貼）爹爹，原何到賤門？（付）他被仇家中途要害他性命，被我救了，因此要在我家暫居幾時。只是我兒子快些進去，收拾點心來吃，公子肚裡餓哉。（貼）曉得。（背介）從此聲息裡須當慎。

（付）公子請坐了。吃個屋裡狹窄了，只好暫權坐坐哉。

（小生）不曾問得老丈尊姓大號，這裡是什麽地方？

（付）我麽，姓王，賤號少山，此地叫做大樹村。

（小生）只是還有一說。小生在此，老丈不可稱我公子。

（付）叫我叫啥個？

（小生）方纔說是外甥，竟稱我外甥便了。

（付）有理。竟叫你是外甥罷。

（老旦上）

【前腔】苦艱辛說合尋問趁。老身康婆，為因王少山的女兒親事，高勿成，低勿就，今日特去回覆他。來往多勞頓。（叩門介）王伯伯在家麼？（付）原來是康媽媽。（開介）媽媽，多謝重勞。（老）好說，勞而無功。（指小生介）此位何人？（付）是我個外甥。過來唱子媽媽個喏。（小生揖介）（老）噲，王伯伯好個外甥嚇。（付）弗敢欺，外甥弗出舅家門。媽媽請坐子。（坐介）康媽媽，所言那亨哉？（老）不要說起，多承你作成老身這頭親事，若不是我，幾乎擔誤了你令愛。（付）為啥了麼？（老）小官人有些差異病個。（付）啥個病？（老笑介）你道是什麼？是個二形子。（付）門印子阿曾牽鑽眼個來麼？（老）不是。二形子，没有那話的。（付）是便說起來，是一木生成個哉呀，故使勿得。（老）自此老身特來回覆。事難諧，令愛呵，**天喜無緣，親事偏遲鈍**。（付）故那處叫我囉哩便當。（老）王伯伯，近邊人家，實是没有，怎麼處？都不成事的了。（扯付介）走來。（指小生介）你家從没有這個外甥來往嚇。（付）便是有好幾年弗曾來哉，為因近來無子爺娘，暫權我裡住兩日。（老）王伯伯，我倒有一句話兒在此。那小官人呵，**與伊家是至親**。（付）故是着木着添個親嚇，與吾家是至親。（老）人家表姊妹聯姻慣個，何不和他結此姻。（付沉吟介）媽媽，有個緣故，渠是有家事個人，暫時落薄，那得肯板吾哩個因兒。（老）不是這等說。姻緣在天，不可人料。待老身呵，把此語和他問。

　　（付）既然是更，做着勿着。勞你說說看，我弗好當面說得。我倒進去蓋歇事務，成子重重相謝。

　　（老）你且進去。

　　（付應下）

　　（老）官人。

　　（小生）媽媽請坐。

　　（老坐介）請問官人，家居何處？何不常到母舅家裡來？

　　（小生）媽媽聽禀。

　　【三學士】久客他鄉原本郡，家中並没親人。（老）青春幾何了？（小生）年方十七歲。（老）官人，方纔今母舅有句話兒，要老身對你講，未識可否？（小生）小生借居於此，惟命是從。（老）官人，你家母舅没有兒子，止有一位令表妹在家。他老人家時常要出去做生意的,恐官人在此阿,晨昏不便相安處。(小生)如此怎麼樣好?(老)因此託老身與你商量,欲開甥館延君做親上親。(小生)嗄,這個那裡使得。甫就鷦枝棲求穩,況中表分怎連姻。

(老)呀,官人說那裡話來。你家母舅因託在至親,所以就說。你若不從,豈非負他美意。若論中表聯姻呀,

【前腔】玉鏡當年曾合巹。況令表妹雖是小户人家,羨幽嫻四德無倫。(小生背介)且住。小生的性命是他救的,想此事呵,倘違恩大牽絲切,却不道有負鮠生結草忱。況避居在此,也覺心安的,只得從順了罷。(轉介)媽媽,多謝母舅如此見愛,安敢不從。只是等母舅出來,還有話講。(老)既蒙官人見允,有甚話説,令母舅也無有不從的。王伯伯有請。(付)全仗蘇張舌,撮成秦晉歡。媽媽,你丢故些説話,我句句纔聽得個哉。(向小生介)官人,你既然允從,還有啥話對我説來?(小生扯付背介)恩丈,小生既蒙救命,又辱聯姻,感佩無涯,終身難報。只是我父母有難之秋,豈有私自成婚之理?須待事平之後,即當納聘過娶便了。(付)既蒙不棄允從,我老娘家阿有啥弗依你個。大段道理,竟是更便罷。(小生)既如此,岳丈請上,受小婿拜謝。(付)是哉,故一拜是扒頭釘轉子腳哉。(老)好個有禮體的官人,大家造化。(小生拜,付答介)(合)一諾千金兩意懇,甥和舅分外真。(付)緣已定,勝千金。(小生)此際思親淚滿襟。(合)着意種花花不發,無心插柳柳成陰。

(付)康媽媽同小婿進去吃點心。

(老)竟算喜酒。(下)

第十六折

(丑上)眼見方為實,傳言未必真。我康阿保今朝去打聽李家裡個風聲,不當不低,撞着個王木匠,搭蓋個後生同走。我仔細一看,故個面孔依稀彷彿,竟我哩老爺個公子。只是個兩日,聞得老爺、公子纔捉哉,那則公子到跟子王木匠居來,難道是騙歸來個勿成?故也竟有點蹊蹺丢嘘。思量起來,前日我好端端去討床,爺兒

兩個倒拏我一頓臭罵,那間我看你有啥木屑落我眼睛裡,我就尋個策數,拼渠一拼哉。

(老上)

【秋蕊花】幾日鞋跟踏綻,喜無心插柳堪攀。

(丑見介)阿媽,你來囉來蓋樣個忙。

(老)我兒,做娘的這兩日為王家個頭親事,急切裡沒有個好對頭。適纔到他家去回覆,不想恰好一個佳婿,可可的走上門來,被我一說就允,你道好不湊巧。

(丑笑介)阿媽亦來哉,有數說個沰來舡沒拐,走來人沒留,只有淌來僧,囉裡有個淌來女婿?

(老)你不曉得,這就是他的外甥,如今就做女婿,親上加親。做娘的落得做個現成媒人,難道不好?

(丑)且住。我正要問你,做個外甥,阿就是白面孔兒十七八歲個小夥子?

(老)正是一個標緻後生。你在那裡見來?

(丑)我今朝街上撞着歇渠。阿媽,你道此人像囉個?

(老)像那一個?

(丑)竟像老爺丟個公子,我前跟爹爹官上去了認得個。

(老)難道是他?

(丑)難道你倒勿曉得了?

(老)我那裡認得。你父親自從投靠李府,因西川路遠,從不曾走的。只是李公子有事之秋,怎能到得這裡,或者偶然相似。

(末同旦上)

【鎖南枝】離衙署行路難,託青衣改粧潛度關。(旦悲介)爹娘呵,可憐歷艱難,骨肉皆星散。(末)小姐,自從逃出西川,且喜無人知覺,一路行來,這裡已是老奴家裡了,小姐請進去。(旦)我雖苟生且暫安,老爹娘甚日返?

(老)呀,老官。

(丑)爹爹回來哉。

(末)這位是小姐,你們過來拜見了。

（老）這位是小姐麼？（跪介）小姐叩頭。

（旦扶介）康婆請起。

（丑看旦喜介）咏，有趣嚇，蓋個標緻小姐，那裏突子吾哩來。

（老）老兒，我且問你，老爺的事體怎麼樣了？小姐為何到此？

（末）媽媽，老爺家夫人公子拏上京去了，夫人將小姐託我逃避，為此我連夜逃奔回家。

（老）嚇，老爺與夫人公子俱被拏了？咳，怎生是好？

（末）媽媽，只是小姐在此呵，

【前腔】你晨昏謹防範，這是全家命所關。（老）這是老身的大干係，不消你分付。（末）保兒過來。（丑）那亨？（末）小姐在我家裡，非同小可。怕有風吹草動，你須閉口深藏，莫露些兒綻。（丑）個弗消爹爹掉勿落，竟抗伊來阿媽房裡便罷。（末）媽媽，前日老爺、夫人、公子赴京，吉凶未卜，如今安頓了小姐，我即到前途去打聽。你母子在家，須要十分謹慎伏侍小姐，不可使他有些差失。（老）這個自然。（老、丑合）你此行須早還，須知受人託也敢輕慢。

（末）小姐請寬心住在此間，待老奴到京打聽下落，便來回覆。

（旦）蒼頭，倘有什麼消息，作急回來通知。

（末）老奴理會得。

（丑）爺爹，有數說新婚不知遠歸，有心是更。爺爺住來屋裡一夜，明朝去罷。

（老）胡說，保兒送爹爹一程。

（末）舊業暫歸當作客，

（旦）異鄉重到即還家。（同下）

（老）小姐請坐。

（旦）康婆坐了。康婆，不幸我家遭此風波，虧你丈夫挈帶逃回，脫離虎口。若得骨肉團圓，自當厚報。

（老）小姐，夫人是老夫婦的恩主，怎麼說圖報的話。只是還有一句話，要請問小姐。前日小姐出門之後，不識公子果然被逮否？

（旦）我逃出內衙之後，就聞得公子被逮了，你怎麼又問起來？

（老）有個緣故。請問小姐，那公子呵，可是，

【前腔】多奇俊，傅粉顏，年華仿佛二九間。（旦）這個模樣正是他呢。只是你那裡見來？（老）如今呵，現在鄰舍王家新做東床坦。（旦）不信有這等事，多應你認錯了。（老）我保兒曾識韓，況這頭親是我赤繩縮。

【前腔】（旦）呀，康婆，你斯言敢虛誕。（悲介）我兄弟呵，正在紛紜冤禍間。況有如雲嚴騎，怎生脫出重圍，潛向家鄉返。（老）依我保兒說起來，分明是他。（旦）只是你可說起康榮之妻？（老）這個老身不曾說得。（旦）也罷。你如今竟到王家去細問一番，就來回說。先說出老康榮他便無忌憚。

（老）小姐之言，甚是有理。待我明日到他家去，先說了名姓，問個明白。如果是公子，訂來相會便了。

　　　　茅檐且自隱嬌姝，骨肉天涯音問疏。
　　　　渾濁不分鱸共鯉，水清方見兩般魚。

（老）小姐請裡面去。
（同下）

第十七折

【一剪梅】（外上）隱跡常懷志未酬，恩也難休，仇也難休。追思往事淚盈眸，年也常流，淚也常流。老夫李德裕，遭仇賊誣陷，中途被逮。多蒙建康劉生，抱憤救奪，到此避居。家中盡已抄沒了。（悲介）咳，又未知夫人孩兒如何下落，日夜憂愁，焦心如炙。況且外邊追捕甚急，此處又墻卑室淺，眼目頗近，如何是好。那奸賊閃得我好沒出路也。

【太師引】廟廊憂，多掣肘，看功勛漸成鬢秋。懷忠憤除奸曾奏，愧尸飡邊鄙空籌。這幾年來呵，徒有志潑瑕蕩垢，怎掃得陰氣凝晝。今日里空株守，計甚麼宦遊，那些急流勇退薄封侯。

（淨急奔上）忙將地網天羅事，報與逃災避難人。呀，老爺，不好了。

（外驚問介）老道怎麼講？

（淨）老爺嚇，方纔老道在外邊打聽老爺的消息呵，【西江月】緝捕萬分緊急，嚴文傳遍天涯。關津渡口亂如麻，畫影圖形張挂。

（外驚介）有這等事？

（淨）商賈往來盤詰，十家按戶盤查。

（外）這般緊急。

（淨）如今一發了不得也。

（外）如今又是怎麼？

（淨）要挨門逐戶細搜，要挨門逐戶細搜拏。老爺嚇，只恐此地難教住下。

（外驚介）如此怎麼樣好？

【前腔】聽原由心如炙，歎孤身似枯魚釜游。（淨）這裡是老爺的香火院，即刻要先來搜搜，還要講閒話，作急逃生要緊。（外）老道，這般緊急，教我到那裡去好。急切裡茫無措手，雖然有家國難投。（淨）如今不是這等說了。老道有衣帽在這裡，老爺扮做雲遊道士模樣，逃去他方，不識可否？（外）呀，老道，雖把衣冠更換，怕本來面貌難遮覆。（淨）如此怎麼樣好？（外）想我今日怎學得伍相國呵，蒙寇仇把昭關暗度。（淨）請問老爺，他怎麼樣過去的？（外）他是鬚眉都變在一宵愁。

（淨）咳，一夜裡愁白了鬚過去的。老爺呵，

【大迓鼓】你逃生無計求，縱衣冠更換，容貌堪憂。（外）便是。怎麼樣處？（淨）老道倒有一計在此。（外）有甚麼樣計？快些說來，（淨）老道前日偶然在街坊上拾得一包東西，雖不比雞鳴狗盜偷嚴守，倒能把面目更張任遠遊。（外）是什麼東西？（淨）一包烏鬚藥，今日正好湊老爺之用。看如戢旛然，正當染修。

（外）此計甚好，快些取來。

（淨下取上）烏鬚藥在此。

（外）嚇，原來把鹽水調染的，快取熱水過來。

（淨）熱水在這裡，老爺快些染將起來。（外調介）

【前腔】誰憐楚國囚，為關防形影，無路堪投。（在盆內洗鬚暗

換介）老道，你看染得如何？（淨拍手介）妙得緊，一霎時染得這黑了。（外）取鏡子過來。（淨取鏡外照介）果然染得好。想那童顏鶴髮神仙壽，今日裡衷面修髯免客愁。

（淨）老爺，衣服在此，事不宜遲，快些換了出門去罷。

（外急換介）變服前行，不敢逗遛。

（外）老道，我自去了。

（淨）老爺路上須自小心在意，我老道專盼老爺榮歸之日了。

（外）更衣變貌避災迍，（淨）願學當年楚國人。

（合）雙手劈開生死路，　一身跳出是非門。

（同下）

第十八折

【搗練子】鬢霧亂，黛烟低，歡假愁真笑也啼。倚檻有懷雲在眼，背燈無語淚交頤。奴家李瓊章，多遭家變，幸虧康榮先領逃走，得免縲絏之苦。（悲介）未識爹爹被逮若何，母親兄弟赴京如何？奴家苟全，獨自逃遁，不惟含愧，深覺痛心。昨日聞得康婆說，這裡王家新招一個女婿，係我兄弟李遠，因此懷疑。今早康婆前去問了。我想他既被逮騎捉拏，怎能逃脫至此，這也是萬萬沒有此理。只是奴家避居在此，度日如年，怎能勾出頭日子，好生傷感人也。

【忒忒令】黑沉沉親罹禍飛，苦慘慘弟遭冤砌。笑骨肉拘羈似冰消瓦碎。想奴家呵，寸腸裡被驚惶。受憂疑，含悲苦，沒些兒是喜。

（暫下。老、小生上。老）官人走呵。

【沉醉東風】白雲飛一望教迷，青雲路挺身無計。康婆，我那裡曉得便就是康榮的妻子。方纔是虧你說明，使我不勝之喜。只是如今小姐果然在你家麼？（老）大相公，小姐是昨晚同我老兒回來的，因老身說起此事，所以叫我特來問個明白。他只道我言非，因此問明詳細，這其間管教歡會。（小生）既如此，快些同去。（合）為爹淚垂，為娘淚垂，難道縈縈姊妹，相逢不痛悲？

（到介）
（老）大相公，同老身進來。
（同進介）
（老）小姐，大相公在此，快些出來。
（旦）果然兄弟在此麼？
（小生）姐姐在那裡？呀，果然是姐姐。
（旦）呀，果然是兄弟。
（各悲介）
【隔引】一家骨肉盡分離，天涯姊弟無心會。
（丑）阿媽，前村送盤人家又來催哉，快些去罷。
（老）小姐、相公，你兩個叙一叙，老身去前村走一遭，不得相陪了。
（小生）康婆請便，我也就去的。
（老向丑介）保兒，你看好了家裡，我去就來的。
（丑）是哉，喜果袋子歸來。（同下）
（旦）兄弟，我且問你，聞知母親和你一同被捉了，怎生逃得到此？
（小生）姐姐，自你那日出門之後呵，
【園林好】假朝廷狐施虎威，打一網把娘兒盡提。（旦）既被捉拏，怎生脫身到此？（小生）姐姐，那奸賊竟打發母親先行，又把小弟呵，假手在中途謀斃。（旦驚介）有這等事？那時怎生得免？（小生）幸虧恩丈王恩丈王少山偶然遇見，**特救取帶回歸，特救取帶回歸**。
（丑上暗聽做鬼臉介）我説直頭是個此人耶。
（旦）呀，原來如此。兄弟只是一説，（悲介）
【江兒水】慈母分途往，存亡未可知，説來不覺肝腸碎。（小生）便是。（悲介）（旦）想那仇賊呵，惡穿奸鋒多陰計。就是我爹爹呵，笏雄若勇成何濟，此際冤家難避。（合）凶吉茫然，空把雙親縈繫。
（旦）兄弟，聞得你在王家聯了姻契，不識可真否？

（小生）姐姐，那王少山呵，

【五供養】雖微手藝，却不減朱家義，結青衣。（旦）微賤之中，不想有此義士。（小生）他施恩榮婿館，我報德混門楣。（旦）這也甚好。你天涯浪跡，似孤鳥，驚弓莫避。須道故鄉休戀處，是艱危。今日受恩之地便親依。

（小生）姐姐，我和你在此呵，

【玉交枝】餘生相寄，休得露褊心，令人破窺。便是那酒傭髡李伊能繼，慎蹤跡斂角韜圭。（同哭介）刀頭有環正杳期，秦關馬角歸無計。（丑自語介）待我唬渠一唬。（扯小生介）你就是李公子倷，弗好哉，外頭竟曉得子哩，去報地方上來捉你哉。（旦、小生驚介）外邊人曉得了，如此怎麼樣好？（丑）弗是更説哉，快些出子吾哩後門，原到王家裡去罷。（旦）保兒，你去開了後門，放大相公去罷。（丑）後門開丟，防早去罷。（小生旦）這行藏難道旁人早知，這冤屈難道皇天不知。

（小生）姐姐，我去了。

（旦）小心謹慎。

（小生急下）

（丑關門介）唬殺子俚哉。且住，我康阿保像模像樣是個人來哩哉，難道故出事務還勿閣着來？（指旦介）此人昨日進子吾哩個大門，弗知那亨竟動子我個虛火。昨夜扒床攊席，過勿得子一夜。今日趁個娘勿來屋里，搭渠鬼絞絞，叫子一狗吃尿學餂餂兒。（向旦介）小姐唱喏。

（旦）保兒，你怎麼又作起揖來？

（丑笑介）小姐來子勿曾搭你講講兒，今日吾哩娘出去哉，省得小姐冷冷清清，我搭你説説兒。

（旦）胡説。你便有什麼講？

（丑）小姐，我對你説，大凡男女到子介模樣，就得知孔竅起來哉，阿是？（近旦介）我康阿保雖然是童男子，做個事務，覺着得深深勢勢個哉嘘。

（旦避介）唉，放屁，你講什麼話來。

（丑）你倒不在行。只為：

【玉抱肚】娘行標緻，這天鵝我要嚐些味兒。（旦怒介）唗，畜生，怎敢無禮麼？（丑）畜生畜生，越畜越生嘘。走來，我對你説，王家里個丫頭配公子，我保官人要搭小姐是介丢。那丫頭與公子成親，我區區和小姐為配。（旦）呀，這小殺才這般放肆，還不去！（丑）叫我囉哩去麼？小姐，大家只算嚐新。搜搜兒，尿梗病弗生個嘘。我與你孤男寡女正當時，況湊口饅頭不必推。

（丑欲抱，旦閃開哭介）天那！

（丑）親勿曾做來，就哭起天來。

【川撥棹】（旦）時乖戾，躲黃旛，逢豹尾。（丑）啥黃旛豹尾？到是紅鸞天喜星。走來，你住來我屋裏，直頭弔桶落我井里，其實搭我白相相兒，落得春風人情。勿然是？（旦）狗畜生，不然你便怎麼？（丑）勿然，現有告示來丢，李家門裡，其實吃着勿盡來哩。（又近旦介）小姐説便是更説，只算男兒口談只要你。（做手勢介）如此而已嘛。（旦）啐，狗殺才，我今朝一死何疑，我今朝一死何疑。（丑）當正勿啥？（旦）呀吪，怎鴉鵲難將鳳欺。（丑）阿呀，你勿要取笑，惹場大是非嘛。（旦）任伊行搬是非，我堅貞誓不移。

（丑）啐，只管閒話，我要緊來哩哉，不一個硬上哩使使罷。

（搜，旦避介。老上叩門介）保兒！

（丑）壞哉！壞哉！老厭物歸來哉，後門出去子罷。

（旦急出開門介）

（丑）嚇，故個小花娘，是更無禮。叫渠勿要慌。（下）

（老見旦驚介）呀，小姐為何這般模樣？

（旦哭介）康婆嚇，

【前腔】堪恨奸狐没道理。（老）是哪一個？（旦）就是你家保兒，把奴家呵，視桑間煞怎欺。（老驚介）嚇，有這等事？如今這畜生在那裡去了？（旦）後門去了。（老）小姐不要着忙，待他回來，等我打他一個半死。恕狂厮犯上無知，恕狂厮犯上無知。（跪介）幸哀矜貧婆面皮。（旦扶介）罷，這是我運乖張災未彌。康婆，怕同舟禍尚窺。

（老）小姐但請放心，有老身在此，自今以後，老身也不到外邊去了。

（旦）多謝康婆。

【尾】逃災又被災星滯。（老）望寬懷不須介意。（合）這的是盤錯方知利器奇。

鸚鵡從今莫語飛，柳藏雪隱暫時棲。
龍居淺水遭蝦戲，鳳入深林被鳥欺。

（下）

第十九折

【山坡羊】（生包囊佩劍上）氣衝衝待把龍潭輕探，怒吽吽還將虎穴頻撼。鐵錚錚有不羞慚的面目，冷稜稜有不畏怯的肝和膽。小生劉鄩，前日因李公見託，打聽他家眷之事，隨即趕到西川。不想那賊竟將衙中老少盡皆拏解京中去了，彼時小生就趕出西川口。一路行來，聽得紛紛揚揚，那些各州府縣的關津渡口、市鎮、鄉村，盡皆畫影圖形，各家挨緝捉拏我每兩個。且住，我劉鄩為一時義憤所激，劫了李公，如今反害了他一家老小，豈不是咱之罪？因此決意要到京中打探個下落，以圖機會。爭奈外邊如此緊急，插翅也難飛去。夜來思想一計，必須更衣變服，改換形藏，方可掩人耳目。今早買得幾件衣服家伙在此，竟到前途更換，扮頭陀模樣前去便了。嚇，俺把事機擔，休將慷慨憨，拚得漆身吞炭，消我心頭憾。我今改扮前去呵，總是隘緊關嚴，我也不勞奮斬。且打開包裹，揀個僻靜之所，裝扮起來，有何不可。（換衣介）難甘，為忠良害不甘；難堪，為奸邪恨不堪。（下）

【前腔】（末）九重光黑沉沉的昏暗，九重闈遠迢迢的遮闇。痛全家生煞煞的分離，歎孤忠慘哭哭的遭傾陷。自家康榮，安頓了小姐在家，一路行來，聞得老爺行至中途，被什麼少年劫奪了去。如今一路上畫影圖形，捉拏他兩個，豈非奇怪。我如今且到京中打聽，少不得自有下落嚇。赴京把消息探，那死生茫未諳，痛殺全家骨肉分飛慘。呀，那邊深林之內，有一個人那里走動，待我去看來。

（望內介）原來有一個小後生在那裏扮做頭陀，好生奇怪嚇。難道被剃空門，恁把行藏遮掩。看他這般匆忙急迫，必然是個來歷不明、潛蹤匿跡之輩嚇。看他鬅鬆，束金箍易鬐簪。藍衫，挂襌衣換短衫。

（生急上）（打倒末介）咦，你是何人？敢來窺探俺的破綻麼？打死了這廝罷。

（末求介）好漢，念小人有大冤在身，望乞饒命。

（生）這廝調謊，你便有什麼大冤？

（末）好漢，

【風入松】念我全家良善久冤銜，萬望高明詳鑒。（生）你是何等樣人？有甚屈情麼？（末）咳，只為主人計國遭誣陷，痛家屬盡行抄斬。（生）你主人姓甚名誰？何等前程？（末）我家主人麼姓……（住介）（生）這廝欲言不語，定非好人。（打介）打死了罷。（末）呀，好漢，待我說來，我家主人嚇，李節度在西川駐劄，誰道遭奇妬被奸讒。

（生）嚇，原來是李節度家人。（背介）

【前腔】我思之暗把禍根惹，反累他滅門災攬。走來，你既是李府家人，前日呵，家屬提向京師勘，你怎不隨了去呵？反在此荒林閒站。（末）小人正為此事欲往京中打聽，在這裡經過。只是好漢你哪裡曉得我家家眷被拏了？（生）我怎麼不曉得，伊家的端詳盡諳。我且問你，你家老爺呵，他的前途事你可曾探？

（末）小人一路行來，聞得我家老爺，

【急三槍】在中途裡，逢俠少，將他劫，未知生和死，在北和南。

（生）嚇，你也曉得老爺的消息麼？

（末）路上沸沸揚揚，那關津渡口，盡皆畫影圖形，捉拏他兩個，豈不曉得。

（生）既如此，你可認得那俠少是誰？

（末）這個小人那裡曉得。

（生）你道是那個？（四顧介）

【前腔】那秦軍中，就是區區事。你看咱容貌，和那圖形影，細詳參。

（末驚認介）呀，難道就是好漢？

（生）正是。我乃建康書生劉鄖，因為救了你家老爺，官司搜索甚緊，只得假扮頭陀，掩人耳目，不想在此被你遇見。

（末）有這等事。

【風入松】我聞言頓醒夢兒酣。劉老爺，你與我家老爺有何恩德，作此義舉？敢觸虎鬚龍頷。（生搖手介）非也。只為不平頓起雄心撼，那些個恩德相耽。（末）劉相公，如今我家老爺呵，雖蒙救離籠脫檻，未識藏何所，避危巇。

（生）你家老爺呵，

【急三槍】他在荒庵內，埋蹤跡。但恐官司緊，嚴搜緝，未免受驚耽。

（末）在那裡荒庵？

（生）就在本鄉香火院中。

（末）呀，自家香火院中哪有不去搜尋之理？倘有疏虞，如何是好？

（生）正是。因此我如今要往京師，一來審視風聲，二來打聽你家消息。只是管家，你一向在那裡，直到今日纔來打聽？

（末）不瞞相公說，我家老爺呵，

【前腔】有閨中女，慮崑岡火，只得往他鄉避，因此把京中事少遲耽。

（生）這個也好。你如今往京師去，本欲與你同往，怎奈我行藏詭秘，急切難到，你須先往一步，我隨後就來。

（末）這也使得。但不知想到京中，有何勾當？

（生）呀，怎麼說有何勾當？想我劉鄖為了你李氏一門呵，

【風入松】既遭網禁尚耽耽，我旁觀義始終不滅。（末）如此，相公到京，還要怎麼？（生）豈不聞為人須為徹，那鋤奸雪恨咱挑擔，怎憚那臥薪嘗膽。（末）雖蒙相公這般俠腸義骨，但恐奸黨甚多，急難搖動。（生）這個事在人為，你我各盡其力便了。（合）誓有日把賊邪盡斬，方得顯韋布有奇男。

（末）既如此，小人先往京中，專候相公來到了。
（生）甚好，到京再見。
　（生）更衣變服混魚龍，（末）清國除閹力仗公。
　（合）一葉浮萍歸大海，　　人生何處不相逢。（下）

第二十折

　【西地錦】（雜引小生上）吏隱不離門户，看滿庭草映冰壺。不羨于公貴，焉知獄吏尊。自應廷尉職，天下無冤民。下官大理寺正卿薛元賞是也。起家京兆，職掌刑曹。目今宦官仇士良啣恨李德裕，提兵討罪，矯詔密拏。不想李公在中途被人劫去，如今又拏他家屬進京。却將一幅少年擊劍圖，指為同謀劫奪的證據，要下官今日審問。論起來那劫奪犯官，何等大事，只據一紙圖畫，就要入人的罪名，豈不可笑。今早仇士良又差田全操來與下官會審，鞫問之時，再作區處。
（旦稟介）啟爺，田中貴到了。
（雜引丑上）
【前引後】羅鉗甘網專迎附，那愁他強項難圖。
（見介）薛老先，那李德裕是仇千歲的對頭。今早分付咱家，要把他妻子嚴刑拷問，招出搶那正犯的叛黨，老先也須在意。
（小生）不消中貴叮嚀，下官自有理會。左右的，帶李夫人聽審。
（雜應介）
（帶老上）
【引】（老）拙冤俘，欲叩九閽無路。
（帶老進介）犯婦當面。
（小生）你就是李夫人麽？
（老）妾身正是。
（小生）你丈夫李德裕世受國恩，身為邊帥，輒敢提兵向闕，又嘯黨劫逃。你今被逮，有何理說？

（丑）你快說，媾黨何人？劫逃何地？從實招來，免受刑罰。

（老）大人、公公在上，念妾夫李德裕呵，

【啄木兒】勞邊計，瘁國謨，那玉塞金甌安似堵。（小生）你丈夫守邊有功，聖上也相待不薄，如何謀叛起來？（丑）想是怪聖上有功不賞，故此結連內黨，欲謀大逆了。（老）呀，大人、公公，我丈夫在邊上，那曉得朝中的事體。只為奉銅符侯駕難逃，怎敢麾鐵騎越軌侵都？（丑）既是奉檄起兵，那被逮之後，也該赴闕自陳，怎麼預伏奸黨劫奪了去？（老）呀，大人、公公，妾夫若果有謀叛之心，何不在軍中劫了，直至中途伏黨劫遁，萬望明鑒。他慮夫面君把冤情訴，因此先滅仇口在中途路。（丑怒介）呀，這婆子怎般放刁，難道倒是咱家把他來謀害了麼？（老）丈夫之事，妾身在衙中，還不曉得。只是我的孩兒，與我一同拏解的，如今為何只把妾身解來，竟不知把我孩兒謀害在那裡了。分明把忠宰孤兒一網屠。

（丑）哎，這婆子不肯招認，反有許多嘮叨。左右的，拶起來。

（小生）且慢，田中貴，

【前腔】他夫雖劫，子未逋。（丑）正是，只要問他劫奪的下落。（老哭介）妾身是活生生一個孩兒交付他的，如今也要還我個下落。（小生）正是。問何處公孫藏趙武。（丑）薛老先，他的兒子麼，為痛悲勞頓傷兼，中途裡一命輕殂。（老驚介）我的孩兒真個死了？豈不痛殺我也。（僕地介，雜叫介）老夫人蘇醒蘇醒。（老醒介）（小生）有這等事。田中貴，想朝廷既有嚴法度，將仇愆地陰排布。（丑）呀，薛老先，他是生病死的，不干他人之事，倒省着六問三推法似爐。

（向老介）你可招麼？

（老）呀吓，如今我家父子倒被這些奸賊謀害了，還要我招什麼來？

（丑）你若不招，看夾棍過來。

（老哭介）天那，

【三段子】恨遭豺虎，陷忠良刑妻戮奴。（丑）你還要說忠良？（指畫介）這幅畫上的反詩，那個做的？（小生）正是這幅畫是那裡來?（老）這紙圖畫,是兒童閒描亂摹。（丑）既是閒寫的,怎麼似劫賊的面目?（老）呀,難道把這畫就認真了?却不道仲尼陽貨顏相左,怎地圖形畫影將風捕?竟把一紙丹青,勒人供吐。

（丑）全是強辯。左右的,拉下夾起來!

（小生）住了。田中貴,想那李德裕在逃,原在中途被劫,與他夫人無涉。就是那幅畫圖,也未知真假,那裡就能作證定招?只是那公子李遠死得好不明白的。

（丑）咳,薛老先,你也太糊塗了,他在途中病死的,有什麼不明白。就是那奪李德裕的少年,咱家難道不認得了?那幅上分明是他,況在他內房裡取出來的,焉有不知情的?雖是這婆子利口如簧,不用刑法,如何肯招。夾起來。

（眾應介）

（小生）住了。田中貴,

【歸朝歡】原詞辨,原詞辨,料非枉誣,論平反難從怨府。（丑）薛老先,那謀逆事,謀逆事,滅門罪辜,你刑官狗私情曲護。（小生）以人媚人誠難做。（丑）你欺君壞法私跋扈。（小生）却不論公論嚴嚴碑在途。不要管,待下官自去奏聞聖上便了。左右的,帶去收監。（丑）咱自去回覆仇千歲,分付手下,要緊人犯須要看守好了。（小生）聽訴由公政莫苟。（丑）縱然如虎奈我何。

（小生）酒逢知己千杯少,話不投機半句多。

（各下）

（老出介）

（末奔上）老夫人裡邊怎麼審了?

（雜喝介）這個老兒什麼人?

（老）這是我家蒼頭。

（雜）罷了,待他每有話講一講罷。

（老哭介）可恨田全操仗勢誣良,苦苦要我招認劫搶老爺的逆黨,多虧薛老爺從公審問,得免非刑。只是康榮呵,大相公已被田全操謀害在中途了。

（末驚介）老夫人那裡曉得?

（老）也自田賊自說出來。
（末）有這等事？（哭介）阿呀，大相公呵，
【憶多嬌】巢已覆，麞被鏃，痛伶仃儒子，未把奸銳觸，何事今朝同遭蠱毒。（合）舉目悲哭，舉目悲哭，流不盡驚愁萬斛。
（老）康榮，想老爺呵，
【前腔】他生未卜，我死已速。（末）老夫人，你雖在難中，也須保重。（老）康榮，他要我招認劫逃之事呵，煢煢衰朽，怎受刑問酷。倘鍛鍊成招，怕難逃赤族。
（合前）
（末）呀，老夫人，我想千死萬死，總是一死。想那仇賊網盡忠良，絕人宗嗣，我老奴十分痛恨。向蒙老爺夫人厚待之恩，粉身難報。在當時，
【鬥黑麻】想雪怨伸仇，有智臣趙僕。我既受深恩，百身願贖。天柱折，地維覆，這樣的深冤，我嘗膽臥薪誓復。（合）風催雨逐，破船和漏屋。何日天開，何日天開，再歡骨肉。
【前腔】（老）想二世功勳，買得全家罪戮。把李門的宗祧，一朝斬覆。（低唱）康榮，你好撫養閨中玉，使弱息生全，我死得瞑目。
（末點頭低白）這個不勞夫人費心。
（合前）
（雜）天色晚了，快些去罷。
（老）康榮，你時常來看看我。
（末）這個自然。
　　（老）飛譖傷人禍滅門，（末）可憐骨肉受災迍。
　　（合）福無雙至猶難信，　禍不單行果是真。
（各下）

第二十一折

【雙勸酒】（雜引淨上）陰謀肆狂，雄權執掌，比威勢張，南風魄喪。奈惡夢連宵擾攘，除非抱佛燒香。咱家仇士良，只因前日那些

南部官兒與咱作對，被咱略施小計，一網盡收，止有李德裕在逃。想他也是釜中之魚，不能遠遁。又差田全操捉他的家屬到京。那李遠且喜在中途謀害，止將一幅圖畫并他妻子解京覊候。昨日發與大理正卿薛元賞，與田全操一同會審，要他嚴刑拷問，招出畫上叛黨併李德裕的去向，少不得就有明白了。只是咱家夜來得其一夢，見兩個烏鬚象簡的官兒，把咱痛打，虧得一個執禪杖的金身羅漢將咱救了，那時唬醒轉來。想起此夢甚是不祥，因此發心要廣齋僧道，修造合城寺觀，解禳災危，有何不可。孩子們！

（付）有。

（淨）你將一道榜文張挂開元寺前，一面分付住持要設五千四十八分素齋，明日朔旦為始，廣齋僧道，不可有誤。

（丑上）不如意事常八九，可與人言無二三。（見介）千歲爺，田全操叩見。

（淨）罷了，且坐。我且問你，那李家婆子的事情招認了麼？

（丑）千歲爺，不要說起，那婆子十分利害，不惟不肯招供，倒把咱來罵了一場，為此特來告訴千歲爺。

（淨怒介）有這等事。那薛官兒怎麼的講？

（丑）一發不要說起。那狗頭呵，

【月上海棠】為同舍光，狗詞一面私南黨。（淨）嚇，那廝這等大膽，你怎麼不用刑拷問？（丑）呀，千歲，為他南山執判我布網空忙。（淨）罷了，我用人差矣。如今怎麼樣了？（丑）他終不能珥筆窮幸，反要向青蒲呼柱。（淨大怒介）這廝反要與他辨冤麼？咱偏要擺佈殺那婆子，然後與這畜生算賬。（丑）千歲爺，老薛只為這婆子要與咱討兒子下落，所以倔強起來。如今莫若把這婆子發配遠方，倒也省得許多口舌，不知千歲爺意下如何。（淨點頭介）這話倒也有理。既如此，你明早快備文書，差個的當人兒，把他發配到新州安置便了。（丑）是。（合）休輕放，把禍胎遷配，斷送遠方。斬草除根莫要鬆，笑他倔強禍無窮。假饒總有千般計，盡在區區反掌中。

（淨）事不宜遲，快發文書。

（丑）連夜就發便了。（下）

第二十二折

【菊花新】（小生上）未審鶴枝可息肩，幾回搔首問青天。我李遠，自從在途中遇害，蒙岳丈救歸，隨即把婚姻許配。且喜康榮家裡又近，常與姐姐相會，聊可解愁。只是我爺爺存亡未卜，母親解京未知下落，好生縈挂。就是我避居在此，真個是風聲鶴唳，舉動驚惶，好生惆悵人也。

（末押付上）

【剔銀燈】硃牌票欽承部宣，當官事把匠工捉遍。（付）噯，阿叔，就是當官也通情。盍歇兒等我歸去收拾子屋裡，明朝起身，也不為遲。況在京城裡千程萬里丟，唅來裡屋脚跟頭了。（末）你這人不知利害的，仇大監要做工，誰敢擔擱。本縣太爺限今日那些匠人都要起身的，那裡等得你明早，快些去。（付）你是官差，故是勿怪你。斧頭吃鑿子，鑿子吃木頭，個事務嚇。只是我個活爺，像生來屋裡，也等我去拏了嗹。（末）也罷，就同你走一遭，只要打掃快些。（付）個自然哉。這裡是哉，你來門前坐蓋歇兒，我就去便罷。（末坐介）（付進，小生見介）岳父回來了。外邊的是什麼人？（付）勿要說起，是縣裡公人。（小生驚介）為什麼事？（付）裡邊有文書下來，要修造庵寺觀，這裡合府個匠人去當官，我裡個樣只算以下匠人，也捉着子立刻就起身，因此歸來收拾收拾。（向內介）囡兒落哩？（貼上）來了。雲鬢欲梳愁折鳳，翠蛾羞照怕驚鸞。爹爹怎麼說。（小生）娘子拜揖。（旦退後福介）（付扯貼介）你丟總要碰來一塊個哉，還要縮縮勢勢做啥？我兒子嚇，方纔縣裡出子牌票，要喚我京裡去當官，立刻就要起身。你丟來屋裡，要有商有量，照管好子屋裡，我也就歸來個。（貼）當官事體，怎麼這等要緊？（付）京裡個事務，囉個敢遲慢得。（向小生介）小官人，你也要謹慎些，夜頭醒困點兒，我裡個大姐，是怕冷靜個嗹。（小生）不勞岳丈分付。（貼）既然如此，衣服也要收拾幾件帶去便好，一時那裡來得及。

（付）勿要哉，竟是隨身衣服便罷。（小生）但不知京中為什麽事，要許多匠作。（付）只為那仇太監目今廣行善事，把京中庵觀重修建。（小生背介）就是這仇賊。（付）我兒子，快整備隨身物件。（末催介）快些去罷。（付）就來哉，就來哉。（貼取包上）爹爹，家伙統在裡頭，有幾件舊衣服也在內了。（付）既是梗，我去哉。（合）**暫分離不敢少延，悲兩地腸懸意牽。**

（同末下）

（小生）娘子，小生陡遭家難，性命已在須臾，幸蒙令尊陌路救歸，鷦枝借棲，德為過望。鴛盟陡許，恩出非常。感佩難忘，銜環有日。

（貼）念妾村莊陋質，奚配閥閱名流？蒙君不棄荊菲，竊幸箕帚有託。

（老上）呀，大相公和大姐都在這裡。不好了。

（小生貼）媽媽，為何慌慌張張？

（老）不要說起，我家保兒這畜生口角不好，竟在外邊露了風聲，地方上通以曉得，聞知去報了官府，來捉大相公了。小姐着忙得緊，着老身送盤費在此，教大相公及早逃避。

（小生貼）如此怎麽好？

（老）你們有話快敘一敘，我回去打聽打聽就來。一心忙似箭，兩脚走如飛。（下）

（小生）娘子，和你患難相依，誰想又起風波。離別在即，如何是好。

（貼）相公，你三世一身，關係匪淺，此地斷難久居，只索分手前去。倘有禍及妾身，以死報君便了。

（小生）多謝娘子。

【催拍】**感恩山危途救旋，權栖息殘喘苟延。**（貼）**你且他方避遷，你且他方避遷，隱跡埋蹤暫逭迍邅。九鼎一絲，賴你緜延。**（合）**還愁去地隔天懸，魚和雁恐茫然。**

（老持包上）失意佳人催促駕，聊將資斧贈行裝。相公，外邊風聲甚是不好，因此小姐送路費在此，教相公作速起身去罷。

（小生）娘子，就此拜別，父仇家恨戴天深，
（貼）乍見隨離淚滿襟。
（合）但願應時還得見，果然勝似岳陽金。
（老）待老身奉送一程。
（小生）多謝康婆。（同下）
（雜扮公差押旦丑上）甕中捉鼈，手到拏來。
（丑）這裡是哉。你丢先進去看見了個小夥子，先捉渠要緊，故個了頭勿要放鬆之嚇。
（雜）可有後門的？
（丑）無得個。
（同打進介）
（貼）嚇，你等衆人為何打到我家裡來？
（雜）你每藏抗逆犯李遠在家，如今上官曉得了，特來抄捉，快叫他出來。
（貼）我們小戶人家，那裡有什麼逆黨藏在那裡？
（丑）還要嘴強來。（向雜介）你丢進去搜罷。
（雜搜介）
（旦）你就是王大姐麼？
（貼）敢就是小姐麼？
（旦）奴家正是。（抱哭介）
（丑）阿呀，姑嫂兩個好哭嚇。
（雜）不許悲哭，你家父親那裡去了？
（貼）為京師裡當官，今早起身去了。
（雜）如此說，你快快說李遠在那裡，不要連累我們嚇。
（貼）呀，那康保兒是挾仇誣害的，從不曉得什麼李遠嚇。
（雜）走走，我每不與你講，且到公庭分辨。

【尾】（旦）裙釵薄命災頻見，（丑）狹路有詞莫辨。（合）須知道事黑徒瞻無日天。

（雜）渾身是口不能言，遍體排牙說不出。

（下）

第二十三折

（生執禪杖上）祖龍繞樹笑荆軻，爭似劉生一劍磨。久抱不平埋俠恨，管教今日認頭陀。我劉鄩改頭換面，一路捱到京師，且喜無人認識。昨日打聽仇賊拏李公家屬解京，竟將公子謀害在途，把老夫人發配到新州去了。（恨介）那賊人這般網盡除根，豈不可恨。想將起來分明是俺連累他一家性命了，若不與他奮力報仇，怎見得俺為人為徹。兩日正沒機會，近他左右，今早聞知那賊設齋在開元寺中，廣延僧道，俺不免混在衆人之中，覷個方便，自有道理。（望介）呀，那邊有許多僧道來了。

（雜衆上）

【神仗兒】緇衣俊雅，緇衣俊雅，黃冠瀟灑。鐘聲纔罷，遥望炊烟萬瓦，想香積厨邊，鳥巢先下。（生迎介）列位師兄那裡去？（衆）你還不曉得，今日仇內監在開元寺中設齋，筵五千四十八衆僧道，熱鬧得緊。在那邊我們都要赴齋的。（生）既如此，帶挈俺家同去。（衆）總是會中人，同去便了。（合）齊盼着內官家，齊盼着內官家。（下）

（淨吉服，衆隨上）

【前腔】幢幡引挂，幢幡引挂，香花高下，燈燭迎迓。都道祇園會大，請轉法輪，長安日下。

（合前）

（付扮和尚跪接介）開元寺住持迎接千歲爺。

（二旦）起去。

（淨）齋筵完備了麼？

（付）都完備了。

（淨）大衆可齊麼？

（付）都齊了。請千歲拈香。

（內奏樂）

（淨拜介）

【畫眉姐姐】鐘磬雜烟霞,一縷沉烟代拈花。念咱蒙佛力,生長繁華。掌神策壓倒朝班,摧帝室折衝杯斝。左右退後者,奈神魂詫,因此廣飡釋道邀佛法,願覆慈雲泯禍芽。

(淨)為何喧嚷?

(付)啟千歲爺,齋堂內有一頭陀,口出狂言,把素齋多傾翻在地,無禮得緊。特來稟知。

(淨怒介)嚇,有這等事麼?喚他過來。

(付向內介)咄,頭陀,千歲爺喚你。

(生上)俺來也。

【端正好】我是個莽男兒,窮措大,只為得雄心猛俠骨槎枒,因此上謀仇暫把緇衣挂,試把那禪風耍。

(見淨問訊介)老檀那,稽首了。

(淨)你是那裡頭陀,怎麼來鬧咱的齋堂呢?

(生)你要問俺麼?聽者。

【滾繡球】俺近飛雀錫舞空,停眠鷗杯作槎。(淨)你挂搭在那裡?(生)說什麼足逍遙三間茅舍,樂家風一鷗雲霞。(淨)你幾時上出家的?(生)俺也論不得哩,在家時也出家,出家來也在家。(淨)怎麼不剃了頭髮?(生)除煩惱何須削髮。(淨)手中的禪杖要它何用?(生)展英雄杖此生涯。(淨)你敢不是斷葷的?(生)俺口饞常是耽葷酒。(淨)如此說你不會誦經的了?(生搖手介)性烈何曾禮釋迦。

(淨)咳,有你這樣出家人?

(生)你不必嗟呀。

(淨)咱家今日在此廣設齋筵,普修佛事,是一樁極大的善果,倒被你來攪鬧,好生無禮。

(生大笑介)

【倘秀才】你道佛門中的老護法,(淨)却不道人有善念,天必從之,難道莫有感應。(生)你休得抱佛臨頭,把善事誇。却不道種豆能收豆,栽瓜還得瓜。(淨)平日也沒有什麼歹事做。(生)只怕你說真弄假。

（淨）住持，付他一分齋兒去罷。
（生）這些人腌臢得緊，誰要吃他的齋。
（淨）這等你自取便了。
（生）俺也不耐煩來取。
（淨）如此，你要怎麼？
（生）俺要老檀那自己親奉一齋，方見你的真心哩。
（淨）咦，你這個不成才的頭陀，有何本領要俺奉齋。不要吃，你自去罷。
（生）你道俺這頭陀沒有本領麼？
（淨）你只為舖酒啜肉，不能禮佛看經，有何本領在那裡？
（生）你好小覷俺也。

【叨叨令】你不曾把經文皈戒窮宣化。（淨）虧你怎地挂了素珠，穿了襌衣。（生）又道俺怎地把素珠襌衲空懸挂。（淨）你這般嘴臉，出什麼家？（生）俺不比那些粧聲做色的假禿子哩，文便有雕龍繡虎的才華大，武便有降龍伏虎的神通詫。（淨大笑介）這廝好誇口賣弄。（生）恁道俺誇口人也麼哥，又道俺賣弄人也麼哥，今日裡和盤託出則算當場話。

（淨）既如此，待俺試你這狂驢一試。果然有些本領，咱就把你披剃在此寺中。倘然行不應口，休怪咱家問你欺誑之罪。左右，取紙筆過來。

（眾應，取付生介）

（生寫送淨，淨念介）禍積空將香積收，惡緣枉向善緣求，饒伊饜飫龍華客，難脫金刀卯字頭。（怒介）這廝出言無狀。過來，你的武藝如何？就把襌杖使與咱看來。

（生）既要俺使，你叫眾手下讓開所在。演示我的本事，使一會與檀那看者。

（淨）孩子們退後些。

（生使襌杖介）

【脫布衫】吼風雷走石飛沙，唬山川掃霧翻霞。（唱介）響呼呼英雄叱咤，咱，看棍，唿喇喇把奸雄一下。

（打殺淨介）

（衆）呀，不好了，千歲爺被他打死了。你何處賊人，假扮頭陀，打死了千歲爺。

（生）住了。你認俺是何人？

【小梁州】那圖畫上書生俺不差，建康人劉鄩是咱。只為那李節度的冤陷起波查，難甘罷，除却恨無他。

（衆）嚇，原來就是你，拏到御前請旨發落便了。

（生大笑介）今日纔出俺心頭積恨矣。

【煞尾】不平睚眦是俺生平話，喜得功成博浪沙。他播弄陰氛掩日華，就是那擊筑窮圖也讓咱。（下）

第二十四折

【青哥兒】（付上）當官喚轉來修造，不離了斧頭推刨。誰知仇官已冰消，停工作，落得到京師閒眺。我王少山，前日本縣捉差到京裡來，替仇太監修造寺觀。工程浩大，常怕難得完成。囉哩說起，昨日竟不來蓋個啥頭陀打殺子，個個撐頭一倒，故些小太監釘稀板薄，無啥用哉，因此個些各寺院個生活，一概也只好捺住哉。只是個頭陀弗知是啥等樣人，有介個膽量，打殺子蓋個大作料。若得認渠一認，也弗枉來京裡走一遭。咦，個蕩一個人奔得來哉，為啥了是介逗。

（末上）

【前腔】奇冤事無門説告，剪元凶滿城歡鬧。可憐國士繫囚牢，死生未卜，怕虎口豈容輕撩。

（付見介）噲，康阿叔久違哉。忙嚇。

（末）呀，王少山，你在這裏怎麼？

（付）為當官捉來哩個。只是老康，你丢李家裡事務那亨哉？

（末）不要説起，我正為這樁事體在此奔走。（低語介）你可曉得，我家老爺的仇人被一個頭陀打死了，如今他監禁在獄，我要去看他一看。

（付）正是我要問你，故個頭陀是啥等樣人？替你丟出更個死力。

（末）那人姓劉名鄩，建康人氏，只為路見不平，就搶奪了我家老爺，如今反連累了夫人、公子，他却懷憤報仇，幹此捨命之事。

（付想介）劉鄩，建康人。嚇，是哉，我也曾會歇個。

（末）你在那裡會過的？

（付）前頭我在關王廟廟里求籤，感承渠替我詳子，所以認得。但勿道是蓋個人，是更有本事個。康阿叔，阿可以同我去望渠望。

（末）既然認得的，就去何妨。只是這個所在不當耍的，要小心纔好去得。

（付）故自然哉，不須多囑付，

（末）同是會中人。（同下）

（外扮獄官上）地獄天堂頃刻分，公門裡面好修行。平生不作皺眉事，世上應無切齒人。自家大理寺一個獄官朱勇，原是錦衣衛一個軍士，只因那日田全操着我謀害李公子，被俺私自放了，朦朧回覆了他，因此照顧了俺做了獄官。昨日北司發下一名犯人，乃是打死仇太監的頭陀，叫做劉鄩，在獄候旨定奪。我想此人為國除害的義士，不免分付禁子好生看守。禁子那裡？

（丑）餓鬼口中奪食，死囚窟裡蹲身。老爺有何分付？

（外）昨日北司發下頭陀，此乃義人，只怕聖上還要會審，不可把他難為。

（丑）曉得。

（末、付）以過天門街，來到地獄所。

（末）這裡是獄前了。（叫介）禁長哥。

（丑）咄，什麼人？

（末）我每是來看劉頭陀的，煩你開一開。

（丑）住丟，等我稟了老爺來。（向外介）老爺，外頭兩個人要進來看劉頭陀的，可要放他進來？

（外）那劉鄩是好漢，就放他兩人進來也不妨。只是叫他悄悄的進來。

(丑應開介)老爺在裡頭,你每悄悄進去。
(末、付進介)
(外)你每進去講幾句話,就要出去的,官府不時來點閘的。
(末付)我每曉得。
(丑向內介)哈,劉頭陀出來,有人在這裡看你。
(生刑具上)
【四園春】一擊功成陷猱牢,那想奸黨尚如毛。
(付末)劉相公在那裡?
(生)呀,你是李老爺家康大叔。到此怎麼?
(末)小人康榮特來看取相公。
(付)劉相公,阿認得我哉?
(生)你是那個?
(付)我就是關帝廟裡勞你詳簽個王少山。
(生)呀,正是,我却忘了。
(末)相公,不想你到了京中就行此天大之事,我小人受主深恩,不能與你分憂替力,豈不愧死。
(內唱介)
(丑急上)大理寺老爺來閘監哉,老爺快些出去迎接。
(外)怎麼處?大堂老爺來,你兩個在那裡躲一躲。
(生)正是。那裡躲一躲。
(小生冠帶雜隨上)
【前引後】為詢冤獄暫停鑣,棠樹新封第一條。
(外接介)獄官叩頭。
(小生)起來。那一位是劉鄩?
(外指生介)這位就是。
(生)罪人就是。
(小生)好。看你丰儀洒落,氣宇軒昂,奮救忠良,掃除國賊,不失為千古義士。但不知與李公有甚深交,與他出此死力,請道其詳。
(生)老爺在上,聽稟。念罪人與李公呵,

【尾犯序】千里締神交。（小生）難得。從無一面，發此義舉。（生）只為那仇賊呵，萬里長城一時摧倒。（小生）如今李公怎麼樣了？（生）他暫避天涯，望長安日遙。（小生）且喜李公無恙，只是皇上聞你擊殺仇賊，心中大喜，因此下官到獄省視，誠恐奸黨將你暗算。難保，怕羽豎狐悲兔死，難免得除根斬草。因此慮圄扉沒主，特地慰牢騷。

（生）多蒙老爺垂念，我劉鄩雖死猶生矣。

（小生）帶下去。帶方纔兩人上來。

（付）有麼事？

（小生）嚇，甚麼人？拏來！

（眾應搜介）啟爺，有兩個人藏躲在此。

（小生）拏過來。

（付）阿呀個折壞哉。（跪介）

（小生）咦，這什麼所在，敢進來竊聽，一定是奸黨了，看夾棍伺候。

（末付）（慌介）

（生）老爺在上，這個老兒，就是李節度家蒼頭，因罪人為他家主報仇，特與這個隣里進來看我，並非奸黨，求為方便。

（小生）嚇，你就是李老爺的家人，到此怎麼？

（末）老爺在上，念小的呵，

【前腔】因遭奸黨破危巢，家散人離，災來顛倒。（小生）你家老爺虧得劉相公相救，實為莫大之幸了。（末）我家老爺雖蒙劉相公相救，我家夫人又蒙老爺周旋。只是可憐我家大相公呵，做春盡鵑啼，盼孤魂難招。（小生）你家公子，那田全操說在中途病亡了，但究竟不知如何身死。（生）這是不消說起，是那賊謀害了。（末哭介）不道頓做了兒曹嗟命，恨不學王孫遣鮑。（眾合）堪悲歎，忠良後胤，一旦影蕭條。

（小生）既如此，我放你出去，打聽你老主人並公子下落，即來稟我。

（末應下，付隨走介）

（眾）那裡走？

（付）怎麼？方纔同進來，如今同出去，怎不放我？

（小生）拏過來。

（付）老爺，那個李公子嚇，是……（住口介）說不得的。（恨介）真正是千刀萬剮的賊，就是個一斧頭劈殺渠便好。

（小生）嚇，你為什麼也恨他起來？

（付）老爺思量着了，個日謀殺李公子。（作住口介）

（小生）你說什麼李公子李公子？

（付支吾介）勿是。我說白相兒。

（小生怒介）哦，你這廝言語蹊蹺，想是同謀的了。來，夾起來。

（付慌介）勿要夾，待我說。阿呀，老爺呵，

【前腔】望恩官休怒嚚，（背介）我欲吐真情，怕草撥風挑。（小生）你快說，在那裡所在？怎生將他謀害了？（付）老爺，故日小人來千里坡做生活歸來，正遇着螳螂林中蟬蜩。（小生）可是李公子麼？（付）啥洛勿是。小人一走到贊皇道上，遇見一人，手持雪亮鋼刀一把，要謀害李公子。他咆哮。那李公子呵，分明是羊居虎口，怎做得鰲魚脫鈎。（小生眾怒介）有這等事，可恨可惱。那時怎麼樣了？（付）那時麼，我看見子忒個慘哉，慌忙奪住了刀，拏故個入娘千言萬語，一頓數落，故個狗嘴也只好竟就放哉。（小生）那李公子是你放了？（付）是小人放了。（小生笑介）（付）老爺，那李公子呵，分明是鬼門關上，重把斷魂邀。

（小生眾喜介）這等說來，那李公子原不曾死。

（付）那間小人救來丟屋裡。

（小生）只是你可曉得動手的人叫什麼名字。

（付）忘了。

（小生）容你想。

（付）他叫這個這個，那個那個，嚇，想着了，他是錦衣衛一名軍士，叫做朱勇。

（外驚介）大老爺，獄官這裡有罪。（跪介）你却有何罪來？

（外）老爺，

【前腔】機緣偏恁巧。(生)有什麼機緣巧處？(外)那虎狼傷人,我曾為牙爪。(小生)呀,怎麼你是爪牙？(外)向日獄官原是錦衣衛一名軍士,因隨田中貴捉拏李老爺家小。誰想他呵,命遣謀孤,難由此際辭勞。(小生)那時怎麼樣了？(外指付介)誰料,適遇着朱家義重,因此把青衣放早。(小生末)嚇,放公子原來就是你,却是難得。(付)站着,等我瞧。(看介)嚇,老爺,正是這個囚櫺的。這是天憐念李家存爕,説起這根苗。

(小生)劉兄,那田賊之謀,今有實據。下官即帶領王相入朝奏聞聖上,兼得獎你大功,並請赦除李門之罪便了。

(生、末、付)多謝老爺。

　　　　奸氛流毒恨難摧,一擊成功報國時。
　　　　雪隱鷺鷥飛始見,柳藏鸚鵡語方知。

(外)獄官送爺。
(小生)好生看守。
(各下)

第二十五折

【點絳唇】(淨黃門,雜武士上)鳲鵲星留,虬龍月逗。蓮花漏,玉箭初收,鵠立通明右。紫禁鐘疏月未斜,熒熒庭火照宮花。遥覘御座圍丹宸,簾底香風出內家。下官本朝黃門是也。只因頭陀劉鄩,擊死宦官仇士良,天顏有喜,特命御前審問,剿除餘黨。今當早朝時分,官裡升殿,不免在此伺候。言之未已,奏事官早到。

(小生隨付上)

【前腔】花柳烟收,珮環鳴玖。(付)隨前後,草眼香浮,(合)稽頓金階右。

(小生)來此已是午門了,王相隨我入朝。
(付)老爺,我是個木匠,見了皇帝,教我怎麼説？
(小生)只要你把公子的事直説便了。
(付)故自然哉。(背介)這叫做小胡同裡拽木頭,直帳。(同

進介)

（淨）來者何官，就此俯伏。

（小生俯伏介）

（小生）臣大理寺正卿薛元賞朝見，願吾皇萬歲萬歲。

（淨）下邊是何人？

（付）是我。

（小生）跪下。

（付）王相木匠，大號少山，願吾皇萬歲萬歲。

（淨）你等所奏何事？就此披宣。

（小生）微臣奏為大惡已除，懇賜憫義錄忠，以彰皇仁事。那大惡仇士良呵，

【粉蝶兒】國蠹民蟊，偏弄得國蠹民蟊。縱使傾竹和皮，罪難書奏。誰不恨陰勁陽柔。就是甘露之禍，豈不是蔽天聰，亂大政，端的是乾綱傾覆。尤可恨者，田全操把德裕之子李遠呵，一網裡破卵兼收，把指佞的芽兒陰耨。

（淨）聖旨道來：仇士良罪惡多端，未為無據。但李遠既被田全操陰謀，爾職何所見聞，輒為指奏。

（小生）起來。

（付）說什麼。

（小生）把李公子的事說上去。

（付）皇帝老爺，你勿要忙，你坐在那裡，等小人慢慢的告訴你。一日，小人來千里坡做子生活歸來，

【泣顏回】晚徑皮林齒，驀地裡冤家逢遇。正遇着個人，挈一個小官人來丟要殺，苦惱嚇。投生無路，枉哀哀百告千求。那時我見子也顧勿得啥哉，幸喜有個斧頭來身邊，吃我拉住子竟要搭渠拼命起來哉，故個人原好，竟心回慈善，把孤兒饒却輕丟手。小人呵，因此救回家匿酒藏屠。啊呀，皇帝老爺呵，恁深冤萬勿輕休。

（淨）王相既救李遠，前薛元賞與田全操會審崔氏之時，如何講了，一一奏來。

（小生）那李德裕之妻崔氏公庭折辨嚇。

【石榴花】他道是風雷麟虎促貔貅,因此指旌旗星火敢淹留?誰料得索瘢被逮,媒孽成囚,旁觀引手,做網失吞舟。那日田全操呵,他忒煞的虎眈眈,他忒煞的虎眈眈,把全家抄得無此漏,悽悽慘慘誰來搭救。把一個小孩兒,把一個小孩兒,斷送得無門走,却説道一命葬荒坵。

(淨)聖旨道來:王相既救李遠在家,田全操又言中途病死,事多欺弊,速宣田全操到來對質,薛元賞暫退午門外候旨。

(小生)領旨。(下)

(老傳介)

(丑上)鴉與鵲同行,凶吉難全保。奴婢田全操見駕,願吾皇萬歲萬歲。

(淨)聖旨道來:仇士良擅行矯旨,田全操何得諛奸肆毒,併將李遠下落,一一奏來。

(丑)想仇士良與李德裕呵,

【前腔】緣由南北久為仇,奴婢呵,草蚊微敢興戈矛,況絲綸矯偽,實茫然作馬呼牛。就是李遠呵,伶仃孤豎,為驚憂跋涉難消受,到中途一命歸泉,只此事真情供口。

(付)吠,再勿道故些太監個嘴,蓋樣會烏説個噲。走來,個李公子那亨死個?

(丑)你知道怎麽死的?

(付)我知道怎麽死的嚇。好嚇,你把那李氏一門呵,

【鬥鵪鶉】你眼把把虎視狼貪,你眼把把虎視狼貪,黑漫漫陰施毒手。(丑)難道我謀死了他麽?(付)不是你謀死的,倒是我謀死的?我且問你,贊皇道上,囉個做個事務?(丑慌介)(付)有一人手持雪亮鋼刀一把,要謀害李公子。可憐那李公子呵,他慘悽悽噬弱吞羼,他慘悽悽噬弱吞羼,冒失失遇咱路救。(丑)被你救了?你且説可有什麽證見?(付)我自然還你證見,你站着。皇帝老爺在上,田全操暗差軍校朱勇謀殺李遠是實,現今朱勇為大理寺獄官,只消叫渠來一問就明白哉。(淨)既有朱勇為證,快宣過來。(丑)咦,這冤家那裡就跟尋着了?(外上)若要不知,除非莫為。若要不

覺,除非莫作。(跪介)臣大理寺獄官朱勇見駕,願吾皇萬歲萬歲。(淨)聖旨道來:田全操差你途中謀害李遠,是非真假,從實說來。(外)臣啓陛下:(付)不要怕他。只為得上命差來不自由,因此上昧已暫從仇。那時路遇王相,求告微臣,因感念一時,慨然釋放,付領而去,臣歸只得把已殺之事回復。(付)何如?我是有名的王老實,勿烏說個謊,魯莊門前,他使勿得花爷頭個呵。(指外介)他語慨慨理遁詞窮,他語慨慨理遁詞窮,(指自介)實丕丕語言不謬。

(淨)陰謀李遠,其事已真。朱勇暫退午門,候旨定奪。

(外下)

(丑)奴婢還有辨章,奏聞萬歲。李德裕叛形雖未顯彰,逆情久已萌蓄。自古亂人賊子,人人得而誅之,為此奴婢輕信仇士良之差遣,將李遠誅了,以絕逆種,望陛下原情。

(淨)李德裕逆謀既已未形,叛謀何以見蓄,也須奏來。

(丑)李德裕呵,

【撲燈蛾】則為我統私兵中途被騎拏,誰想他預伏黨劫犯謀先搆。(淨)那李德裕中途被劉鄩劫奪,原出偶然,何以見得預謀,也須奏來。(丑)奴婢因德裕被劫之後,又奉仇士良傳旨,往拏德裕家屬。又在房內檢出圖畫一幅,就是劉鄩之像,既非知情,何有此畫,只此便是叛形,何惜李遠一死。他非知道既悖煌煌旨,罪全家怎辭駢首。(淨)聖旨道來:既有此圖證罪,再宣薛元賞上殿問明。(老傳介小生上)(淨)前卿所鞠李德裕之妻崔氏所檢圖像,果係何來?速將原委奏來。(小生)臣正有事啓奏陛下:前日臣審得此圖,名曰《少年擊劍圖》,乃李德裕之女所畫,其形偶似劉鄩,言出崔氏之口。適今贊皇縣知縣,因有大樹村民康保出首,李德裕之女并李遠藏在木匠王相家中為婿,雖解縣審明,問官不敢擅專,現在午門外專候聖裁。畫圖真假,聖明一問便了。(付驚自語介)是更說,康阿保出首哉?(淨)既是家屬,在午門外一併宣來,問結此案。(老傳介,二旦上)歎紅顔命多坎坷,對人前含淚强遮羞。(進見介)臣妾乃李德裕之女李瓊章見駕。(貼)臣妾王竹枝見駕。頻稽首吾皇萬壽,恕嬌雛燕鶯,妾到鳳池遊。

（付）呀，正是吾哩兒子呀。

（貼）爹爹為何也在此？

（付）也為個出事務哉。

（淨）聖旨道來：《少年擊劍圖》，李瓊章何據而畫？其貌麗果否劉鄴？從實奏來。

（旦）臣妾因隨父親在任，偶有外邊傳進《少年擊劍圖》與弟李遠題詠，不合臣妾呵，

【上小樓】畫眉餘學點睛，競詩壇角勝籌。誰道形影相同，誰道形影相同，牛馬相關，災禍相糾。（淨）王竹枝藏匿李遠如何？道來。（貼）天顏在上，臣妾父王相，因懷義憤，救李遠在家，不意康保挾怨首官，那李公子預曉風聲，先行逃遁。罪不合孤胤容藏，罪不合孤胤容藏，孤影潛逃，孤蹤莫究。（同旦拜介）（合）望巍巍天恩垂佑。

（丑）呀，萬歲爺在上，豈有閨中女子圖畫恰與外人相同？這是明係欺誣了。王竹枝既無李遠在家，亦屬口說無憑，難信真假。望聖聰明鑒。

（淨）聖旨道來：田全操陰謀李遠，朱勇面質定案。但預謀劫犯，似非圖畫可證。再宣劉鄴到來對鞫，便知明白。

（老傳介）

【疊字犯】（生上）斷臂奇功已就，贏得空衣掣肘。（跪介）待罪狂生劉鄴見駕，願吾皇萬歲萬歲。（淨）聖旨道來：李德裕被逮到京，劉鄴因何預伏劫奪罪犯，其旨雖非聖意，然草芥橫行，顯然與李德裕結黨為逆，從實供招奏來。（生）天顏咫尺，洞鑒微情。罪人劉鄴乃建康人氏，與李德裕從無半面，但曾慕其勞國籌邊，愛賢禮士，始意欲投麾下效用。不意行至中途，陡聞被逮之音，道路口碑，無不含憤，因此罪人奮力救奪。事出一己之誠，並非通謀逃竄。今日賊黨滅絕，非與李德裕報仇，乃為天下雪憤也。倘聖恩不宥，一死何辭。滌蕩得輦側奸，報盡了海內仇，縱鼎烹車裂也何辭俯首。（小生）臣啓陛下，奸閹仇士良，今日之死，乃天假劉生。宮闈之禍既除，天下之仇已雪，實乃千載一時也。纔顯出君王一頭，赤緊的

雪耻千秋。忠魂義魄，銜恩不朽，望吾皇死生骨肉沛恩周。

（淨）聖旨道來：賊璠仇士良，逆惡大憝，罪不容恕。向者甘露之變，鄭、李二卿機事不密，朕心惻然。茲賴爾劉鄩赤手除奸，復累世之深仇，雪舉朝之積憤，匪云專殺，實快朕心。特赦其所犯，封為尚義侯，兼金吾衛將軍。李德裕奉詔討逆，累及妻孥，深可憐憫，着速追覓還朝，以備顧問。妻孥僕隸，釋放寧家。伊女李瓊章，所畫《少年擊劍圖》，與劉鄩之形不謀而合，姑留御覽，別有處分。朱勇、王相等，職分雖殊，尚義則一，可擢朱勇評事，王相為工部司務，并賜黃金百兩。薛元賞當職能言，可為邦之司直，陞為刑部尚書。鄭注、李訓等，鋤奸身殉，實切憫焉，速追其後，襲蔭為官，以酬其忠。田全操黨逆陷忠，法所不宥，押赴市曹，并將仇士良屍首，一同碟斬。覆奏謝恩。

（衆）萬歲萬歲。

（丑）從前作過事，沒興一齊來。

（押丑下）

（淨）退班。

【尾】（衆）從今王氣天王受，珥筆應知字有秋，這是一柱擎天憑素手。（下）

第二十六折

【懶畫眉】（外黑髯道裝上）國禍家仇幾捐軀，斷梗飄萍日月驅。老夫李德裕，為遭奸黨陷害，得蒙建康劉鄩慨救埋蹤。不意官司追捕緊急，難以棲身，只得將鬚髯染黑，扮作雲遊道人避難。且喜無人知覺，所悲者夫人孩兒未知消息如何。因此詭跡潛蹤，捱到臨潼地方了。此間離京不遠，庶可打聽風聲。（悲介）天那，未知一家老幼今生可得相會了。參商骨肉竟何如，博得天倫無恙重歡聚，那時長幼驚看滿面鬚。（下）

（小生上）

【前腔】孤影驚飛歎離居，那處蒼山是我廬。小生多蒙王公救取,又蒙姻事相許,滿望脫離此難,以俟佳音,不意陡起風波,又成逃竄。所痛者爹爹、母親天涯海角,生死如何。小生又浪跡浮萍飄不定,如何是好。暮雲春樹斷音書,一肩離恨歸何處。一路行來,意欲到京探聽母親消息,但不知來此什麼地方,且待人來問個信來。但願日近長安路不迂。

【駐馬聽】(丑上)路涉崎嶇,敢怠天恩星火驅。(見小生介)小哥,借問一聲,你一路行來可見一個解子解着一名老婦過去麼?(小生)我一路來不見解什麼女犯的過去嚇,又怕你趕路差了。(丑)我是京中下來的,到新州去,這裡是必由之徑,豈有差誤之理?且倘若他們去得快到了衛所,不惟他沒造化,就是俺每也費了許多跋涉,怎麼處?(小生)請問大哥,你京中下來,要趕什麼犯人?恁般要緊。(丑)你還不曉得。如今仇士良呵,奸鋒墮地,惡黨消亡,正氣咸舒。(小生驚喜介)那仇賊已死,奸黨盡除了?(丑)我今特奉聖旨,為因西川節度李老爺的夫人發配新州衛去,因此特來追他轉去。錄忠遍賜洗冤書,把羈囚流犯都追取。(小生)呀,不信。(丑)你看文書。(小生)嚇,真個如此,謝天不盡了。(丑)與你什麼相干?要你謝起天來。(小生)不瞞大哥說,李節度是我的父親。今日奸徒已滅,得見天日,豈不感謝。(丑)你真個是李公子?(小生)小生就是李遠。(丑)如此小的有罪了。只是老夫人追他不着,怎麼處?(小生)長官既奉上命,是必連夜追趕,小生當得相陪前去。(丑)此極妙的了,就請同往。務歷城墟,總是鐵鞋踏破,不敢少趑趄。

(淨扮解子押老上)

【漁家傲】怎知道骨肉家園壞須臾,驀地子喪無蹤,夫亡四隅。恨珥筆索吹加苛議,遭逢邊戍。(外一面上望介)一路行來,那邊有個公人押着一個婆子來了,不免躲在林子裡讓他過去。(躲介)(老)長官,行路辛苦,權在這邊坐一坐再走。(淨)也罷,在這林子裡頭權坐片時再行罷。(老坐介)老身審鞫之後,那仇、田二賊竟把我發配到新州安置。一路淒風苦雨,恨水愁山,舉目無親,好不傷感人也。(哭介)(淨)李夫人請免愁煩,縱然你遷配前去,想節度老爺是個好官，自然有個出頭日子。（外暗上望介，老）長官，老身此去，死暴邊隅，何足為惜。但我家相公，雖聞被逮潛逃，生死尚無下落。我孩兒又遭田賊謀死，頓絕李氏宗祧，仇怨空蒙，總生何益。（淨）李老夫人，吉人自有天相，不消如此。今早聞得一個消息在此，但未知真確，不好說得。（老）有何消息，但說不妨。（淨）聞說仇太監被什麼頭陀打死在開元寺中，一路行人沸沸揚揚，都是這樣講。（老）不信如此。只是那賊護衛如雲，若是隻身孤立的，那裡就打得他？只怕沒有此事。（悲介）嚇，長官，我李門之仇想沒有報雪之日了。嚇，長官，今日裡家覆宗傾，怎得個仇深怨舒？思量起齒切心錐泪湧珠。

（外背介）那邊坐的分明是我夫人阿。難道問了什麼罪？到那裡去麼？

【剔銀燈】聽他叨叨訴冤情恨語，我欲前認，（住介）使不得，奈有公差堪慮。呀吒，總是一死，到此地位也顧不得利害了。（近前叫介）夫人。（老驚介）呀，你是老相公。（住口介）你是那個？（外）呀，夫人，我是李德裕，難道你不認得了？（老）面兒聲音雖是，只覺有些眼生。（淨自語介）奇怪，怎麼夫妻不認得的。（外背介）嚇，是了。夫人不肯認我，有個緣故。恐官司緊護着難輕恕。（老）走來，你既是我老相公，恁修髯怎不教人猶豫。（外）呀，夫人，這是染黑的。（老）如此說，果是我相公了。（抱哭介）想看，渾非夢寐，怎的天涯裡無心歡會。

（淨跪介）李老爺，小的解子叩頭。

（外）起來，我夫人承你路途照顧，我後日自當酬謝。但我是避罪之人，今日生死皆出足下之手了。

（淨）呀，老爺，小的雖是公人，不是做那樣惡心事體的，老爺不消疑慮得。

（老）想那解子不是這等人，但請放心。只是相公一向在那裡？

（外）夫人，老夫自從被拏解京後，遇義士劉生救奪，就在本鄉香火院中暫避。誰想官司追捕，難以安身，只得改換行藏，飄流在外。近日聞得夫人被逮在京，故此遠遠打聽，不想在此遇着。但是夫人,你怎生成招發配,兩個孩兒怎麼樣了?

(老哭介)阿呀,相公,自你被禍之後,即有緹騎到門,捉拿家小。幸得先將女孩兒與康榮領去,得脫此難。老身和小兒被田全操那厮解至中途,却把我母子分開,竟把孩兒謀死在中途了。

(外驚介)孩兒被田全操謀死了?(大哭介)阿呀,孩兒嚇。

【攤破地錦花】痛瓊琚誰道失崑岡炬,二賊呵,直恁一鼓盡除,把屠孤一綫先誅。(老)歎飄泊萍蹤,斷送桑榆漫欷歔,何日報不天俱。

(丑同小生上)空勞海角尋蹤跡,何處天涯覓信音。

(小生)大哥,那邊林子裏有人講話,我每去問一聲。

(丑)有理。(見介)這是我爹爹母親呵。(急叫介)

(外、老驚介)呀,這是孩兒,難道鬼魂出現了?

(小生)孩兒原不曾死。

(外、老)不曾死?(抱哭介)我那親兒嚇。

(淨、丑)有這等奇事,怎麼一家都在此相會起來。

(小生)呀,爹爹,你髭鬚怎麼樣通黑了?

(外)我的兒,我做爹爹的自被義士救了,只因官司追捕,難以脫逃,只得將髭鬚染黑,扮作雲遊。為因進京打探你母親消息,不想在此相會。

(老)我兒,那田全操說你病死中途了,你怎地今日來到這裡?

(小生)母親不要說起,那田賊把我母子折散中途,竟差軍士一名,要把孩兒殺害。

(外老)那時怎生脫身?

(小生)幸虧恩丈王少山相救回家,許招孩兒為婿,彼時就會着姐姐。不想那康榮之子與王家有隙,竟把孩兒當官出首。幸虧康婆先來報知,得以逃脫。竟欲潛往京中,打聽母親下落。不想方纔遇見這位大哥,有喜音到來,與孩兒一路追母親轉去。那知連爹爹也遇着了,豈非天大之喜。

(外老)吾兒,京中有何喜音到此處?

（丑跪介）老爹、夫人叩頭。小的是大理寺薛老爺差來的，有公文在此。為因那仇士良已死，薛老爺具本，把甘露之變的官員家小並老爺的家眷一併赦除，追復還宗，加官復職。為此小的星夜前來。（遞外看介）

（老）那仇士良果然死了麼？

（丑）被一個建康書生劉鄩假扮頭陀將他擊死在開元寺中。如今田全操一班黨羽盡皆誅滅了。

（外大喜介）有這等事。哈哈哈，今日始見天日矣。

（丑）如今老爺夫人公子一同回去罷。

（外）有此佳音，自然就要回去。

【麻婆子】謝天謝地把陰氛掃，陽光有太虛。聖旨聖旨把冤忠錄，恩光沛故閭。從來否泰有乘除，須知禍福不常據。想殉國身曾許，今日裡靖國幸存軀。（下）

第二十七折

（末上）天開圖畫繡芙蓉，得失榮枯轉眼中。盡道門闌多喜氣，果然佳婿近乘龍。自家康榮。俺老爺一家被仇賊矯旨誣陷，幸虧劉相公奮力報仇，薛老爺直言辯枉，不但奸黨盡除，且喜老爺與夫人公子在路上不期而會，蒙聖恩追覓還朝，超陞相位，公子恩蔭中書。今早老爺與公子和劉相公一同面聖去了。聞得聖上因小姐所畫的少年與劉相公面龐暗合，竟恩賜入贅完婚，豈非十分之喜。只恨我家保兒這畜生無禮，雖蒙老爺看我老僕之面並不計較，但我心上實是不安，且待回去送與老爺，憑他處治便了。老爺入朝許久，想必就回，不免在此伺候。

（外國公帽蟒玉，生冠帶，雜內侍捧冠帔畫圖上）

【鵝鴨滿渡船】鳳池歸，珠佩擁，只見袖染天香御筆紅。平章新印總，平章新印總，更喜絲綸玉樹映門楣，咸為聖朝梁棟。紅袖拂，碧紗龍，爭比親摻出九重，況是玉皇香案捧。遙望五雲深處，臺星燦炳，兀的不是國瑞家榮。

（到介）

（末接介）

（外）蒼頭請過畫軸，香案供着。

（末應介）

（外）特此兩副冠帔，送與二位新人冠帶，準備行禮。

（末接下）

（付、丑）咱們告辭了。

（外）有勞二位。

（付、丑）不敢。曉隨天仗入，暮惹御香歸。（下）

（生）岳父大人請上，容小婿拜見。

（外）老夫也有一拜。

（生拜介）念小婿駑駘下乘，素仰臺光，竊愧冰清，得隨鸞鳳。

（外答介）老夫蒲柳餘年，荷蒙再造，深慙玉潤，却倚蒹葭。

（小生冠帶上）（見介）名士風流，何幸屈居甥館。

（生）舊家聲譽，敢期側附雁行。

（外）我兒，陪賢婿書館少坐，少停出來行禮。

（小生）劉兄請。（同下）

（外）蒼頭，請夫人出來。

（末應請介。老吉服上）

【顆顆珠】老鬢久飛蓬，生還帝里，又喜沐恩封。（見介）相公，今日面君，聖上怎生相待？

（外）夫人，可喜聖上念我孤忠，久抱冤抑，特加封我為衛國公，孩兒襲蔭中書，兼掌制誥。我女孩兒又因圖畫暗合劉生面龐，將他賜贅我家，又賜孩兒與媳婦冠帔成親，一門都有封贈。今日黃道吉日，就完婚禮，為此請夫人出來。

（老）可喜聖恩如此隆重，可也不負忠君愛國之誠也。況劉生忠義之士，得配孩兒，可稱佳婿矣。

（外）蒼頭，喚儐相過來。

（末應介）

（淨上）全仗周公禮樂，搆成秦晉歡娛。儐相叩頭。

（外）吉時已至，快請四位新人。
（淨照常請介）
（二旦二生上）
【引】秦樓鳳雙月吹簫弄，（二旦）彩扇羞遮，鬢雲輕攏。
（淨喝拜。二生定席介）
【赤馬兒】紫誥花封，藍田玉種，暢好的兩行朝陽鳳，翩翩的飛上梧桐。玉鏡笑溫，雨雲嗤宋，巍冠彈貢。（合）恁般好姻緣天送，恁般好姻緣天送。
（外）夫人，聖上賜下女孩兒畫的《少年擊劍圖》，有御筆親書在上，我們須瞻仰一番，也見聖恩隆重。蒼頭，圖畫可曾張挂麼？
（末）蒙老爺吩咐，懸挂在後堂了。
（外）我每同去看來。（看介）
（老）果然是孩兒前日所畫的，聖上早已裝潢了。原來聖上御筆親題"人中龍"在上。
（外）妙嚇，你看毫光燦爛，墨氣淋漓，"人中龍"三字稱獎賢婿，雖非美譽，然足稱其實矣。
【前腔】名嘉瑞鳳，譽美人龍，龍鱗飛鬣動。就此畫像呵，畫眉郎還是掃眉峰，畫眉郎還是掃眉峰，不比頰三毫添撮空。（合前）
（生）岳父大人在上，還有一樁奇事奉聞。
（外）願聞。
（生）小婿未出門的時節，曾蒙關聖帝君座下周將軍賜我一棍，却有四句詩在上，道"為促劉王事業興，獨行千里救冤情。要知婚媾功名事，成在西川就在京"。彼時小婿因西川就是岳父駐節的所在，因此遠來。一路行到前日那岳父的香火院中，正遇着王親家，為着姻事在那裡求籤，那籤訣巧巧就是小婿棍上的四句。
（外衆）就是這四句？這一發奇了。
（生）如今看起來，那首句是"為促劉王事業興"，那劉是小婿，王是王親家了。第二句"千里救冤情"，小婿在卧龍岡下救了岳父，算來路程，足有千里。那王親家又在千里坡救了大舅，俱是一人做的事體,豈非兩句先應了?後來說婚媾功名,始於西川,成於帝邸,那四句如今纖毫不爽,可見神聖恁般靈感。

(衆)便是。奇怪得緊,我每大家望空拜謝則個。

【拗芝麻】感得神明恩德隆,特顯威靈重。指世功,開人用,掃盡奸邪種,真是鬼使神差把婚姻功名送。喜今並入鴛鴦籠,喜今畫入麒麟頌。

【尾】菊窗點得雙睛動,好看破壁便飛翀,終見得漢帝子孫皆龍種。(下)

十 美 圖

（傳奇）

清·佚名

【作者簡介】作者佚名。

【劇情概要】該劇寫唐朝廣陵人辛茹，風流倜儻，文武兼通。廣德元年，父執郭子儀巡察至廣陵，辛茹謁見。時值中秋，辛茹以月為題，即席賦詩。子儀特賞"嫦娥原是獨憐才"句。臨別時，囑辛茹進京赴考。月中嫦娥使者纖阿，得辛茹詩以進。嫦娥惱怒辛茹輕佻，欲顛倒姻緣以挫折之。乃命纖阿攝辛茹魂，上遊廣寒宮，令窺宮中所藏《十美圖》。人間佳偶，圖皆註明。第七圖為姑蘇黃李娘，第十圖為李娘妹。辛茹愛黃李娘，見已訂婚郭暉，乃易以己名，而移暉名於第十圖。辛茹醒後，即買舟赴姑蘇，訪黃李娘。李娘父黃程策，為天寶五年進士，官河隴節度使，告假歸姑蘇。有二女，長李娘，次夜舒，兩人才色俱佳。皇帝因嘉獎程策軍功，賜姓李，策乃改李娘名為媚姬。程策偶遇辛茹，甚為賞識，邀至家中。辛茹題詩於扇，有"好遣朝霞近李娘"句。一日信步後園，與夜舒遇，兩情相悅，遂訂花前之約。不料遺扇園中，為媚姬所得，念其末句含有自己乳名，遂珍藏之。時吐番與回紇聯盟犯邊，詔命郭子儀禦回紇，程策討吐番。程策出征前以家事託辛茹，並以媚姬許之。夜舒偶見詩扇，責辛茹移情於姊。媚姬則斥夜舒與辛茹有私，於是偽稱得父書，勸茹赴京應試。臨別，辛茹遺書夜舒，令書僮晴草送之。媚姬亦作書道別，以召晴草來取，於是事露。媚姬與夜舒始相互怒責，繼而相約仿娥皇、女英，共事辛茹。辛茹科試三場後，寇氛愈來愈熾，詔命應試者暫返鄉里，待寇平後放榜。辛茹乃往涇陽謁子儀。適回紇約子儀相見議和，辛茹竊思如有子姪伴往，以示郭氏後繼有人，回紇必不敢再入寇。於是，子儀收辛茹為義子，賜名暉，隨往。在番營中，暉於三百步外射金錢，三發皆中。回紇大驚，乃盟而退。時程策被吐番圍困於武功，子儀令郭暉率兵解圍。敗敵後，子儀又命暉赴闕報捷，途中得知名為辛茹的自己中了文狀元。程策感郭暉解圍之德，願以次女妻之，奏於天子。皇帝特賜暉為武狀元，定於八月十五日在錫山郭氏故里結婚。辛茹遂先返姑蘇，於八月十一日與媚姬成婚。十四日以郭暉名，再至錫山與夜舒成婚。翌日同返李家，程策始知辛茹、郭暉實為一人。於是媚姬受文魁夫人誥封,夜舒則受武魁夫人誥封。

【版本流傳】《曲海目》著錄。現存清《環翠山房十五種曲》鈔本所收本,法國巴黎國家圖書館藏,《古本戲曲叢刊五集》據之影印。題《十美圖傳奇》,未署撰者。本書以《古本戲曲叢刊五集》所影印本為底本,以雙紅堂文庫藏清鈔本為校本(此本只存上卷),上卷底本有脫訛處,據雙本予以補充,字詞不一致處,擇善而從。此本內容與明人同名說部及清人同名評彈皆無關涉。

【演出情況】現存資料未見有關該劇演出的記載。

(趙曉紅)

開　　場

　　辛茹多才,隋橋詠月,醉謔天仙登纖阿。馳報嫦娥調弄,夢遊天闕。癡改良緣,遠訪姑蘇,兩遭奇誤。司馬提歸,尚杳然,因邊警興師出塞,遂訂嬋娟。夜舒得扇,堪憐姊妹相疑各見愆。向神京赴試,天驕躍武,春闈停榜,附郭籌邊兵解。聯姻重遊舊地,文武元魁喜慶全,十美圖團圓和合,笑滿賓筵。來者辛茹是也。

第一齣　自　歎

　　【齊天樂】神蕤持向靈霞,和霆雨凛分。今古枕籍珠璣,畋謨經史,都尉前賢,弔賀秋霜,驚墮看涕雪。蛟珠水化,龍梭□待酸調羹,虎須着管頭呵,林慮高風憶孝基,村郎千古恨雲期,屠龍怒證□立劍,駕日虛懷許穆梨。小生姓辛名茹,字勝淩,廣陵城瓊花臺畔人也。幼習龍韜霜閃鋃鋙之技,壯懷魚凿冰堅大屈之筋。嚴親官拜納言,慈母受封碩德。所可笑者,削苴相繼。想吾孤身四海空囊,雖成文武全才,尚沒處吐露,好生惆悵人也。

　　【風入松】英雄埋沒向山河,何事蒼天困吾?歎十年愁恨顰眉鎖,空閃下圖書道佐,早羨却楊雄執戈,也把玄經草向漢庭哦。

　　(丑上)墨磨紅靴靺,茶煑綠昌明。啟稟相公知道:郭老爺因奉旨巡海,打這裏揚州經過,泊船在二十四橋,為此報與相公知道。

　　(生)既是郭令公到此,快備名帖,隨吾去拜郭老爺。

　　(丑)曉得。

　　(生)正是:目許登高能作賦,何妨仗劍一談兵。(下)

第二齣　巡　海

　　(末、淨中軍、二旦、小軍、老生上)

　　【引】唧詔越鴻波,萬里揚輕舸。節駐隋橋為俊才,布席先虛左。老夫郭子儀,華縣鄭人也。今奉旨巡遊海道,路經廣陵,船泊二十四橋。這裏有故人之子辛勝凌居住在此,久不會面,不免差人去請來一會。官兒,取吾一個帖兒,去請相公到來。

(淨)曉得。

(生上)

【引】橋邊月色今宵,可喜汾陽適傳蘭舵。

(丑)這裏是哉,辛相公請。

(淨)啟爺,辛相公拜。

(老生)辛茹,吾正想他,快請下船。

(生)叔父!

(老生)賢侄!

(生)叔父請上,小侄有一拜。

(老生)不消。

(生)一別軍麾又幾秋,

(老生)今朝初傍庾公樓。

(生)從前何限遙相憶,

(老生)凝望令人白染頭。看坐。

(生)叔父在上,不敢坐。

(老生)少不得要敘一敘。

(生)告坐了。

(老生)別來連歲,且喜賢侄已是成人了,只不知近日用功若何?

(生)叔父在上,小侄幼讀父書,兼攻韜略。論文便作賦吟詩,論武便佈陣擊劍。只是末學未精,還求叔父指教。

(老生)好賢侄,自此文武全才,取功名如拾芥耳。老夫今日薄治壺觴,聊慰十年一席,只是有慢。

(生)多謝叔父。

(老生)看酒。

【念奴嬌序】華筵初起,見甌居海上,冰輪擁出霜娥影,落空梁隋岸草,渾被簫聲吹破。知麼皓魄當空,醺醾薰面,休將昔事問明河,惟願取酕醄相對,橫槊高歌。

（老生）賢侄妙才,老夫意欲請教一詩,未識可否。

（生）斗酒百篇,文人常技,望叔父命題。

（老生）今乃中秋佳節,就是詠月便了。取文房四寶,送到辛相公席上去。（生）

【古輪臺】想嫦娥秋心,如桂影婆娑,霓裳曲冷教誰和？我這裏揮毫無那,謾題遍情河。盼不到天宮婀娜。醉後狂筆,不足呈正。（老生）仙桂曾因折者栽,嫦娥原是獨憐才。含情故啟瓊樓鑰,分送清光到鳳臺。好一句"嫦娥原是獨憐才"！賢侄這等人才,非嫦娥也,不足為配。（生）惶恐。（老生）再將大杯送與辛相公。重酌金卮,再焚膏火,儘歡娛,休問夜如何。縱月容西墜,任餘酣分付揮戈。看花落鉤斜,草深銅苑,隋橋今古,莫負醉顏酡。消停坐,吟成還欲論陽阿。

（生）叨宴已深,就此告別。

（老生）賢侄,吾欲請汝同往海上,但此去不過一番巡視,無益與你。待老夫歸京之後,賢侄到我敝衙,儘堪博取功名。莫道制科之外,便沒有飛騰之路也。看黃金千鎰,彩緞百端,送到辛相公那裏去。

（生）多謝。

【尾】蒙招飲,惠貺多,説不盡書衷心佩荷,唯願共建勳猷繫五紽。

（淨）多拜上辛相公。

（丑）多拜上郭老爺。

（老生）吩咐開船。（下）

第三齣　敘　　圖

【點絳唇】手馭清華,功扶坤駕。揚揮大,天地無涯,賺徹清光罅。秦王騎虎遊八極,劍光照空天自碧。羲和敲日玻璃聲,劫灰飛盡古今平。小神月中纖阿使者是也,自無極已來,蒙天帝命俺掌御月輪，遍行四海。今乃下界廣德元年八月十五日，小神行至牽牛分野，乃下界揚州，見一書生名喚辛茹，在二十四橋玩月吟詩，戲謔廣寒宮主娘娘。小神既為巡警之官，豈可隱瞞不報？故特抄得狂詩在此，待等宮主娘娘遊幸前來，特將狂詩報上，以憑區處便了。正是：寄與人間休浪語，舉頭三尺有神明。（下）

（老旦、小旦扮侍女，旦上）

【混江龍】玉波如畫，瓊樓百尺聳雲霞。瀉天關銀鋪萬里，映人間錦砌千家。盼不到虞淵翠澤，休擔待使客靈槎。兀的是小藍橋粉潰，看風流梯天臺路，煙鎖了並頭花，平白地掀翻棲霞。宮怨嬈倖，也有情娃。非關是天帝朦朧傳閤漏，端則為世人繾綣思無涯，把秋跡來兜搭。吾乃廣寒宮主嫦娥是也。今乃下界廣德元年八月十五日，中秋佳節，為此特整鸞輿法駕，向雲頭之上，遍覽人間佳景。你看碧雲無霽，山海交加，中華外國，一切奇珍異寶，多向今宵月底，各吐光芒，好一派扶輿瑞氣也。

【油葫蘆】則見那景，山川佳景各分拿，碧天涯，豔的人雙瞳歷亂，可也成奇葩。那一答巍厦樓臨空駕，這一答騰搖紙在銀河下。兀的是崧嶽靈聚成霞，可知有名世高賢發。驀忽地怎得文光達？傾刻裏五彩散天花。

（老旦）啟上宮主，凡間倒有許多奇珍異寶，向此良宵，競爭佳美。我天公何不也將些寶物出來，少助陰光麗景，何如？

（旦）天公乃清虛之府，金玉為丹墀，珠璣為園囿，再將什麼東西可稱至寶嗄？也罷！可喚月中老人，取俺的《十美圖》出來。

（二旦）月中老人，取《十美圖》出來。

（丑上）《十美圖》在此。

（旦）你等可知此圖之妙用麼？

（二旦）望娘娘指教。

（旦）這圖就是遍選人間絕色佳人，在上萬中選千，千中選百，百又選十。爭奈佳人稀少，以此選十個美人，就將來畫成十幅真容，併為一圖。每幅上就注了他的配偶，以作凡間佳人才子的姻緣簿牒。

（二旦）原來如此。

（旦）只是那真容雖是絕色，惟有第七幅為最。

（二旦）此女姓甚名誰？

（旦）名喚黃李娘，這便是傾國傾城之貌，你們過來看者。

（老旦）呀！果稱絕色！敢問娘娘，既喚做十美圖，為何只有九幅？

（旦）這幅空的，該畫的非是別人。

（二旦）是那個？

（旦）就是黃李娘的妹子。

（老旦）姿容若何？

（旦）姿容絕無褒貶，只因他姻緣尚有變幻，故爾未畫，直待他姻緣定時，自然畫入圖中也。這圖呵，

【天下樂】憑着俺月窟琅亞鎖紫霞，爭也不誇，似玉無瑕。止因俺上仙家，辛苦畫音容，定姻緣，不少差。繫紅絲，事非遐，打迭起珠玉有根芽。

（末上）暗室虧心，神目如電。啟上娘娘，小神巡警至豫章分野，見一書生，名喚辛茹，在二十四橋玩月吟詩，內載穢污之語，上觸娘娘。小神不敢隱瞞，特抄得狂詩呈上，望娘娘定奪。

（旦）取上來。

（怒介）這廝好生狂妄！擅敢嘲訕俺仙家麼？

【那吒令】笑狂生直恁的波查，偏矜着筆花，胡吟也那恁誇。待扳那桂花，便相嘲俺家，把天宮調耍。恁昂頭望呲甚牙？恃聰明偏佻達。俺待把相如賦移喚向喉巴。俺想這圖上該有變幻奇緣，俺不免大展神通，把姻緣顛倒，巧成配合，使他恃不了聰明，有何不可？光阿使者，聽吾法旨：你可速往凡間，取辛茹魂魄，到廣寒宮來。使他遍覽天宮法寶，不許攔阻。一面再引李夜舒魂魄與他相見，不得有違。

【鵲踏枝】廣寒宮將簾幙叉，準備着雲羅帕，誰知道漢室張騫再來時，恁地無差。不爭的做人間情話吩咐他，急攘攘沒處討根芽。

（二旦）長夜將闌，請娘娘還宮去罷。

【煞尾】打疊起人間萬種愁，休猜做巧合姻緣天。今日裏吟詩禍發，不爭似他人牢啞。且看他，這一回可早有害不盡的相思路兒滑。（下）

第四齣　遊　宮

醉成飛仙歸來晚，倦倚晴暉入夢雲。

（丑）開門。

（末）呀！相公回來了。

（丑）相公可用夜膳？

（生）罷了，晴草有茶，取一壺來，吾還要玩月片時。

（丑）曉得。詩能吟夜月，茶可解微酣。（下）

（生）咳，這般良夜迢迢，好生寂寞！適纔在郭令公船上對月吟詩，把月中仙子贊上他幾句，這也不是吾的狂妄，如小生這樣風流，非嫦娥，也不足為配。

【解三酲】盼嬋娟碧空垂照，千秋寡虛度良宵。不爭那白頭人比那秋光老，閃得吾魂夢顛倒。阿呀，好倦也。我只為醉當皓魄堪相傍，誰知道月姊無情未可招。難分曉，有胡床堪據，夢把魂消。

【太師引】身影搖，驀忽地來雲表，閃閃閃巫山路遙。且住，吾辛勝凌怎麼到這個所在來？你看，這裏有一所門牆在此，待吾看來。"廣寒宮"，呀！廣寒宮乃嫦娥居住，我辛勝凌何緣到此？且喜宮門半開，吾且悄然步入，看這裏面如何光景。覷瓊花暗香偷襲，羅金玉瑞氣苗條。我想嫦娥無婿，辛茹無妻，天宮好沒分曉，瑤宮恁地光潔皎，似這般徑曲蕭條。千般寶玩，滿座雲霞，人間那得有此。淒涼債，人天事饒，說不盡，從來夢苦魂勞。（看介）什麼《十美圖》？待吾看來。啊呀，妙嗄！

【前腔】覷着他曲几中留翠稿。妙嗄！是何人把花容細描？怎麼畫得這般豐嫩！假一笑能傾人國，若堪呼走下青綃。妙！你看這一幅上的美人，比前幾幅越畫得不同了。這姣姿豔煞圖畫好，我想這樣的絕代佳人，只好是畫，若是真的，就蓋世搜求，未必有此。人世上亙古難描。原來上面多有配偶的。姑蘇黃李娘，後配廣陵郭暉。都有配偶了，怎麼處？洛陽朱玉娟，後配本府王國宜。呀！這是現在少年的名字。看這位配那個。河間蘇淑娘，後配歐陽火，有這個人，吾也聞得他的名姓，也是少年才子。想此圖就是人間才子佳人姻緣簿。若如此，吾辛勝湌也該有分的了，不知在那一幅上邊，待吾看來。呀！並沒有。這也奇了，想廣陵一郡，只有我辛茹的才名，怎麼反沒有吾名字在上？我如今就將郭暉名姓改為辛茹，有何不可？姑蘇黃李娘，後配廣陵辛茹。阿呀！妙嘎！三生石從今莫逃，險幸負佳人錯配兒曹。

（末引小旦上，生介）呀！妙嘎！又是一個美人，想必《十美圖》上有分的了。待吾再看。呀！並沒有，後面還有一幅空的在此。小生素善丹青，吾如今就將這位美人畫入圖中，注了郭暉的配偶，也見小生公道。待吾畫起來。

【三學士】畫出雲溫和雪皎，把墨濡點下春桃。這筆尖拋洩傳神稿，拚着十幅春魂一晌宵。咳，郭暉郭暉，我把這樣一個美人配你，便宜了你。只怕你鴉配文鴛還絕倒，再休言咱獨叨。

（末引小旦出。生介，丑上）茶熟清香可愛，月明分外堪稱。相公，相公！

（生）《十美圖》取來，還要看看。

（丑）相公，沒有什麼《十美圖》嘎！

（生）快取來！

【前腔】（丑）你為甚凝眸成懊惱，息昂藏盼着層霄。你夢魂莫害迷離，怕須向床頭解鬱淘。（生）阿啐！元來一場大夢！我這煞愁惊心自曉，害相思在這遭。

（丑）相公，進房去罷。

（生）正是：魂夢欲交何處覓，却疑身在廣寒宮。（下）

第五齣　改　名

　　【引】(外)遙辭帝輦,聊把青山戀。古徑煙花不剪,誰相遇,且談玄。承恩錫蔭耀三吳,卸職歸家諸事無。杳絕書香燈下看,幾回漸恨有完膚。老夫姓黃名程策,字林仲,姑蘇人也。舉天寶五年進士,累官御史中丞知河隴節度使,因平寇有功,特陞戎政尚書。拙荊蕭氏,止生二女,長女年方十七,因夫人夢吞玉李而生,乳名李娘;次女夜舒,年方十五。幸喜姊妹二人知書識禮,正可娛老夫晚景。今日閑暇,不免喚他出來閑談片刻。院子,着保母惠香伏侍兩位小姐出來。(末應介)(二旦、老旦上)

　　【引】(旦)朝雲暮雨到堂前,怪巫山路遠。(小旦)繡裙兒恐被東風展。(老旦)謹拂着裙釵線。

　　(二旦)爹爹萬福。

　　(老旦)保母叩頭。

　　(外)我兒,你爹爹已汗馬博取功名,辛苦半百餘歲,今歸林下,雖獲幽閒,因膝下無兒,怨同伯道。早晚之間,幸得你姊妹二人唱吟酬和,解吾寂寞,可謂無子而有子也。

　　(二旦)爹爹在上,自古無官一身輕,有子萬事足。今爹爹膝下雖則無兒,李娘、夜舒雖不能效戲彩承歡,聊以晨昏侍奉,請爹爹且自寬懷。

　　(外)我兒,吾有一事,正要對你二人說。

　　(二旦)不知爹爹有何吩咐?

　　(外)蒙聖上隆恩,賜姓為李。只是你乳名喚做李娘,想這個李字是個國姓,豈可把他為名?不若改名媚姬,那"黃李娘"三字,不可提起了。

　　(旦)謹依嚴命。

　　(外)只是今日受此隆恩,皆虧少年汗血所致,今日想起來,

　　【桂枝香】流光飛變,百年馳電,無兒可繼書香,有骨尤堪血戰。(二旦)痛慈親蚤捐,念無兒完善,淚痕如線。(老旦)漫俄延,

幸有閨中秀，同吟洛水川。

（末上）有事忙傳報，無事不敢言。啟老爺，華州郭老爺奉旨巡海，經過蘇州，特來拜訪。（外）郭老爺到此！吾兒進去，待吾迎接。

（二旦）正是：閨姿不便迎車馬，共入紅樓深處藏。（下）

（外）快取大衣服來。（下）

第六齣　蘇　訪

（生上）

【引】成消瘦，可憐夢也都將就。小生昨晚在夢中遊玩廣寒宮，窺見一個《十美圖》，其中有一幅真容，丰姿絕世，奇豔驚人，係姑蘇黃李娘。小生就把圖上注的郭暉名姓改為自己。吾想佳人難得，既已注為己妻，怎不相思魂斷？咳！黃李娘，黃李娘，可不要想殺小生也。（丑上）

【東甌令】烹雀舌，浣茶甌，為甚獨坐幽窗淚暗流？相公！（生）吾那黃李娘！（丑）什麼黃李娘黃李娘？必竟又相處一個女客在那裏了。相公，相公！（生）咦！狗才，為何大驚小怪？（丑）不是。吾拿茶在此，相公可要吃茶？（生）吾身子有病，那個要吃什麼茶？（丑）相公，好端端有什麼病？嘎！是了！想昨夜酒傷了，有了酒病。（生）咦！狗才，我膏肓有病鬼相驟。（丑）有什麼鬼？是了，必竟是酒鬼了。（生）咦！狗才，誰和你明分剖？（丑）又是說不得的，這是什麼病？嘎，是了！相公，你愁容多敢為悲秋，因此鎖眉頭？

（生）咦！狗才，胡說！晴草，吾昨夜似夢非夢，竟到了廣寒宮。

（丑）相公廣寒宮都到了，可好玩的？何不帶晴草去頑頑？

（生）那宮中有一幅圖畫在上，畫着十個美女，都是傾城之貌。

（丑）這便吾不信了，是天話，與吾什麼相干？

（生）吾仔細再看，那十幅美人，更是不同。原來這些美女旁邊，多注着配偶。

（丑）怎麼樣注法？

（生）姑蘇黃李娘,後配廣陵郭暉。
（丑）這等虛邈了。
（生）為什麼？
（丑）圖上注的郭暉名姓,與相公何干？此女自有配偶,可不虛邈？
（生）那時被吾把郭暉改了自己名姓。
（丑）改了？吓,相公在夢裏又做欺心事。
（生）改便改了,叫我那裏去訪他？嗄！這相思不要害殺吾也。
（丑）死不成的,晴草有個救命仙方在此。畫上寫着姑蘇,料然只在蘇州。吾與相公趕至姑蘇城,去問姓黃的就是了。
（生）這倒也説得有理。晴草！

【金蓮子】你與我買扁舟到姑蘇,便把姣姿叩。（丑）休拖逗,早尋好逑。（生）此夕謾相思,怕情魂重向廣寒遊。

【尾】（丑）苦神瘦,略向床兒叩,待把行囊整就。（生）晴草,虧殺你妙手神醫,把我心病瘳。連夜去喚船,不可遲悞了。

（丑）相公這樣性急！待吾去睡一睡再處。（下）（淨上）

【水底魚】（淨）酒飯招牌,辛勤守櫃檯。些微買賣,今朝若個來？自家非別,蘇州城一個店家潘小橋便是。只因本少利微,只好做些小買賣,招不起大本錢的客商。小二,忙把店門開,安排待客來。不將辛苦易,難近世間財。

（生、丑上）

【步步嬌】徑轉吳門多停待,我急色難寧耐,歸鳥入暮來。今夕斜陽,偏則無賴,明説楚陽臺,為阻湘濤外。

（丑）相公,天色晚了,進城不及,就在此處借宿了罷？
（生）有理。
（丑）店家有麼？
（淨）是那個？原來是一位相公！請到裏面去。相公可用夜膳？
（生）前途用過,不消了。（下）
（淨）那一間房子潔淨,請到裏面去罷！

（丑）喂，老伯！吾且問你，這裏有個黃李娘，你可知道麼？
（淨）黃麗娘，有的。
（丑）有的？他家住在何處？
（淨）虎丘。你們相公必竟喜歡這一竅的了。
（丑）他家做什麼生意？
（淨）他家來漁船上生意。
（丑）倽個？
（淨）賣蚌，阿是漁船上個生意。
（丑）是介。說嫖子人家哉？但不知在虎丘那一方？
（淨）我也勿曉得，聽得這些客人說，虎丘有個黃麗娘。
（丑）也罷！今晚且睡了，明日蚤去問便。（下）

第七齣　錯　聽

【繡帶兒】來吳郡，深知名姓，疾忙遍訪娉婷。願今宵細訴相思，盡勾銷已往愁情。小生一到蘇州，且喜訪知黃李娘是個青樓女子，蹤跡虎丘，因此急來探問。來此已是虎丘山來，不知黃李娘住在何處。（丑）相公你走了半日，在此坐坐，待吾問着了，來請相公罷。（丑下，外上）只因女病來酬醮，偶向山光一賞心。請了。呀！一個風流少年。兄也是尋遊山水的麼？（生）小生偶爾登臨，不忍驟去。老先生閒步此間，情致雖同，恐襟懷有異耳。（外）少年作賦登高，當有別致。老朽桑榆，何足共騁？（生）不敢。（外）我消停聽言詞，溫雅真奇驚。見風流再生洵令。老夫與兄同到松陰下略談片刻何如？（生）斜陽影山籠數層，暢好似相逢，恰遇閒行。（末上）一心忙似箭，兩脚走如飛。稟爺，張老爺特攜酒餚到來，故此稟知。（外）當道駕臨，不得奉陪了。疾往僧房去，更衣迎上賓。（下）（丑上）相公！（生）你來了，可曾訪着黃李娘家中了？（丑）我沒有去。（生）為什麼不去？（丑）只見山門下有一個說書的人來會說書，聽子幾句了。（生）哎！狗才，一些正事也不做。（丑）不要忙，待吾去問就是了。借問一聲，這裏有個黃李娘住在何處？（內白介）黃麗娘住在半塘,你們走差了。(丑)多謝了!相公,黃李娘不住在此,住在半塘。(生)半塘也不難,總是要轉去的。吾自到半塘去訪問,你且回到北寺裏,等吾回來便了。(丑)曉得了。體貼東人意,須全小僕心。(小生)重行,還折過迢遙曲徑,脚兒何敢消停。小劉晨苦入天臺,病張騫勇往遥京。待我再問一聲。大哥,借問一聲,這裏有個黃李娘,家住那裏?(內白)竹門內就是。(生)曉得了。竹闈門內,想必這家了。且住,他既是個名妓,怎麼住小小的房子?嘎,是了。他必竟心厭繁華,故此幽居冷淡。想芳卿愛幽閒,寫出衷懷冷,拒鬧闐淡然佳景。不免叩門。(付上)門前少客鳶伸首,房裏無錢鱉縮頭。是那個?原來是一位相公。(生)你們可是黃李娘家麼?(付)正是。(生)吾特來拜望李娘的,煩你去通報一聲。(付)本該請到裏面奉茶,只是吾家大姐接了一位馬市客人在裏面吃酒,不便出來迎接相公,改日來罷。(生)接了一位馬市客人?怎麼接這樣客呢?(付)這是吾門生意。(生)也罷!只請大姐出來一會。(付)相公,這班客人不比本地相公,動不動就要打罵,那敢惹他?你明日來罷。(生)不是嘎!我只待親相訂,重圖締盟,不指望今朝便爾相迎。

　　(付)呀!我們客人來千去萬,從不曾見你這位相公。說有了客了,怎好再接?怎況這節事?重重疊疊不得的。相公你且權熬一夜,明日早些來罷!

　　(內作叫介)來了!(下)

　　(生)看這老兒竟進去了,這等可惡!

【太師引】徒村量成孤另,閃得人巫山那停。他只顧傳杯喧熱,怎知咱餓眼空凝?如此熱鬧,怎得出來?待吾叩門。(老旦)是那個來了?天色將臨晚,門前誰又呼?呀!原來是一位相公!(生)媽媽,小生特來拜望李娘的。(老旦)麗娘就是小女。(生)原來就是令愛,失瞻了!方纔有一位老人家出,曾寄信進去,不見出來回報,不道驚動了媽媽。(老旦)好說。小女今晚有了客了,不得奉迎,有罪,有罪了。(小生)小生也知有罪,只要請令愛出來一見,明日當竭誠奉拜。(老旦)這個使不得。他在筵中笑言傳翠鼎,怎背地私出相迎？（生）只要請他出來一見，就進去也不妨。（老旦）相公，只當老身得罪，明日來罷。匆忙處多多欠情，專相待，今日願負黃荊。保兒，拿酒到樓上去。（下）

（生）呀！連那婆子也進去了，這等放肆！

【前腔】只見他深閉門，胡廝逞，這愁煩今朝怎生？眼睜睜陽臺萬里，嘴吧吧決絕千聲。呀，你聽！他吃得有興，嘎，聽吹呼斷處垂暮景，終不然等到天明？我好恨也！踹雙靴何堪暫停，顧不得佳人小膽休驚。開門！

（付上）今日的客來得多！又是那個叩門？原來又是你這位相公！方纔對你說有客了，只管乒乒乓乓打進來，成什麼規矩？

（生）咦！難道吾不是客麼？

（付）你這相公，嫖經也不曾讀的，只管要嫖。

【東甌令】你遊娼館也要耐心情，只管挨上青樓不肯行。假如先接了你，可接得別人的？你將心自比須三省。（生）你怎敢相凌迸？你認我一認是何等人。（付）你是冒食鬼。（生）一發不是了。豪龜無忌敢揚聲，打你不惺惺。（淨上）誰在此胡鬧？你敢胡行便把妖魔逞？（生）住了！又不與兄相干。（淨）你要見那個？（生）吾要見黃李娘的。（淨）狗咱的！一發該打了！（丑急上介）張爺不要動手，你原何怒發呼不應？（淨）他要見你。（丑）要見我？待吾去呀，恁柳條瘦影把肥拳受頓。

（生）姐姐，那一位是黃李娘？

（丑）吾便是黃麗娘。

（生）你是黃李娘呀？啐！（急下）

（淨）打這狗入的！

（老旦）相公請息怒。

（淨）待我打這狗娘的！調戲吾相處的婊子。

【尾】笑他空害相思病，怎如我今宵折證？（抱丑介）（付）打壞了，打壞了！（老旦）打得老王八好，我們這樣人家，迎新送舊常事，不要管他閨寡婦門的，乾打混的，只是好好回他，怎麼與他亂吵？（付）他在這裏胡鬧，與吾什麼相干？（老旦）進去罷！快收拾剩汁

殘羹,將息遍體疼。(下)

第八齣　寺　遇

　　【引】林間笑語霏瓊屑,驀地匆匆話別。老夫只因兩個女兒俱已及笄,久已留心擇婿,務要才貌雙全,方堪選取。爭奈舉目皆是凡庸,相對並非奇士,因此蹉跎未偶。前日在虎丘山寺遇見一少年,言詞俊雅,丰度溫恭,老夫正要問其姓名,叩其來歷,適因張年兄到來,匆匆別去,豈不錯過了機緣?昨日又有車吏部的令郎,係老夫年侄,遠來拜吾,意在求婚。吾看他雖然豐滿有餘,却帶着膏粱俗氣,不好輕許。今日免不得去答拜,只盡個年家情面罷了。院子,車相公在何處作寓?
　　(末)在此寺裏。
　　(外)既如此,快備名帖去答拜。
　　(末應介)正是一灣綠水林間出,幾處朱門雲際開。
　　(末)有人麼?
　　(付)來了!半牆落日歸啼鳥,滿屋飛花出定僧。是那個?
　　(末)老爺來拜。
　　(付)老爺請!
　　(外)吾且問你,有個車公子,何處作寓?
　　(付)就在小房作寓,只是不在。
　　(外)那裏去了?
　　(付)方纔同幾位相公出去了。
　　(外)既然不在,留下帖兒罷。
　　(付)難得老爺到此,方丈待茶。
　　(外)不消了。因過竹院逢僧話,偷得浮生半日閒。(下)
　　(小生上)特奉東君命,來尋方外人。住持有麼?
　　(付)又是那個?
　　(小生)吾們濟寧府王老爺家,吾們老爺陞了浙江團練,赴任前來,因小姐有恙,臥病方起,為此特到這裏謝佛。要你們幾個頌佛焚香,送香金二兩在此。吾們老爺同小姐就來拈香了。

(付)知道了。請問你家老爺還是三畫王?草頭黃?

(小生)是三劃王。

(付)小姐可有乳名?

(小生)我家小姐叫王禮娘。

(付)是那個字?

(小生)是有禮的禮字。

(付)曉得了,請待茶。

(小生)不消了,你們快些準備,老爺就來了。(下)

(付)徒弟那裏?今日有濟寧府王老爺同小姐到寺禮佛,與吾快備起疏文,吾要進去陪李老爺。

(丑)曉得。(生上)

【新水令】堪驚白日鬼攔截,閃的人退歸不迭。(丑)師父,可曾問小姐的名字麼?(內應)叫王禮娘。(丑)曉得了。(生)什麼黃李娘?這也奇怪,師父,你方纔説什麼黃李娘?(丑)今日有一位濟寧府王老爺家小姐,要來這裏還願,叫吾們備個疏頭,為此問小姐的名字。(生)小姐可就來麼?(丑)就來了。(生)吾説天公不是哄人的,原來這個女子會在今日也。巫山今日夢,莫竟恨程涉。拭眼偷瞧,廣寒宮再遊也。

(內喝介)那邊唱道聲響,想是他們來也。

(四小軍、淨、老旦上)

【步步嬌】練使遊行旌旗列,車騎紛相接。長途病鬼賒,深感神明,得保寧帖。(丑)住持迎接老爺,請老爺拈香。(淨)菩薩在上,弟子王信,只為女兒禮娘臥病初起,特來還願。無可報楞迦,仗此心香者。

(丑)請老爺方丈待茶。

(淨)叫左右快請小姐拈香。(下)

(生)呀!好一位炎炎赫赫的丈人。

【折桂令】泰山峰,車馬喧熱,願指矜莊,忒恁周折,一任的翠遶珠圍,怎知咱移雲換雨,圖上先瞥?我想小姐到時,少不得顛搖搖的禮拜,姣滴滴的禱告。咳!辛茹辛茹,你好僥倖也!待他嫩腰肢殷勤拜者,盍一會啟櫻桃宛轉低說,怎拱手相接,海誓同結?辦炷心香,共祈佛爺?且住,方纔聽他們的口氣,絕不似本地人聲音,為何《十美圖》上注着姑蘇?呀!想是姻緣該在此處相會的意思。

(內喝介)那邊又有喝道響聲,想是小姐來了,我今番要仔細看了。

(丑)請小姐拈香。

【江兒水】(旦)隨父行南闕,秋風混錦車,險因病裏成摧折。荷佛慈恩身康也,虔誠特把明香爇。從此永寧宿夜,前往江浙,仗神明提挈。

(丑)請小姐後殿拈香。(下)

(生作呆介)

(丑)辛相公,那小姐在此拈香,只管看,倘或弄出事來,不是當耍的。

(生)你是有你的三昧,吾自有我的無明,與你何干?

(丑)只怕相公輕佻不老成。

(生)且住!方纔那女子,若比半塘妓者,雖然不大相同,若比畫上真容,幾曾有半分相像?那廣寒宮的畫圖,也是點綴出來的。

【雁兒落】明記着畫中人容豔冶,全不似人世上姣和怯,為什麼問芳名不少差?轉想到畫圖中真各別。我辛茹為了黃李娘,受了大大一場煎熬,今日幸而重逢,尚有許多間阻。呀!只教人盼殺廣寒熱,猛可的湘波決撒得,俺自捫心空思忖,枉撇下睞紅塵兩眼遮。悲嗟,畫兒中巫嶺高千疊,天闕,好教俺呼不下紫雲車。也罷,我且往後殿看個明白便了。(下)

(末、小生上)可惱!可惱!你看,方纔這個人探頭探腦,只管看吾家小姐,又說什麼黃禮娘,一發無禮了,不免報與老爺知道。(下)

(付、淨上)請老爺隨喜隨喜。

【僥僥令】禪房請梵徹,寶宇覆楞迦。樹有餘枝排雲闕,散步閑行意自奢。

（小生、末上）禀老爺,有個光棍,十分放肆,窺探吾家小姐,為此特來報知老爺。

（淨）有這等事？住持過來,你寺中怎容留這樣歹人？

（丑）小寺並沒有。

（淨）待吾去親自看來。（下）

（丑）吾說辛相公探頭探腦,如今弄出事來了,怎麼處？須報知李老爺來勸解。（下）

（生上）

【收江南】窺儀容,一會想成呆,想天淵兩樣真懸絕。（淨、末上）這就是他了。（生）阿呀！吾那黃李娘嘎！你絕塵凡因把畫圖設,向毫端痛決,痛決,恨只恨天宮無主浪拋洩。

（淨）你是何處賊徒,敢唐突吾家小姐？叫左右與吾打！

【園林好】恨狂徒調脣弄舌,怎敢向巫山打撒？打得你相如倒徹,賊魍魎恁乜斜。

（外上）住了！這是吾的舍親。

（淨）就是令親,不該看吾的小女。

（外）請問尊姓大名,是何貴職？

（淨）下官濟寧王信,今任浙江團練。

（外）原來是王練使！請了。

（淨）不敢。請問老先生高姓大名？

（外）老夫就是李林仲。

（淨）就是李老爺？卑職不知,冒犯令親,有罪有罪。

（外）兩不相識,何罪之有？

（淨）小官告罪了,小姐可曾去？

（末）去了。（下）

（丑）和尚送老爺。

（生）多謝老先生。

（外）前日在虎丘山上曾接言談,今日又會,只是足下如此少年,正該閉門用功,為何效此無徒之行,受這等耻辱？

（生）老先生在上,晚生並非好色之徒,只有一件痛心事,不得不然。

（外）覷探女色，有什麼不得不然？

（生）老先生，晚生只為中秋之夜夢遊廣寒宮。

（外）這是夢境，何足憑信？

（生）只見宮中有一幅畫圖，圖上畫着十幅真容，都注着配偶的。

（外）怎麼注法？

（生）那圖上呵，

【沽美酒】注姻緣得較些些，注姻緣得較些些，第七幅上人尤絕。（外）那七幅怎麼樣？（生）那第七幅上注着姑蘇黃李娘。（外）黃李娘，這又奇了，注着何人配偶？（生）就是晚生的名字，因此跡遍吳山人未見。（外）足下既為訪黃李娘而來，就不該偷看方纔那女子了。（生）只因這個女子正叫黃李娘。（外）那一個李字？（丑）有禮的禮字。（外）是那一個王字？（丑）是三畫。（外）他的容貌必竟與畫上一般的了。（生）沒相干，聽名兒是也，怎知道面貌爭賒？（外）面龐又不仝，這又奇了。請問足下尊姓大名？（生）念辛茹江都士，列先儀部兩朝徽節。（外）原來是一位公子，失敬了。（生）愧遺辱箕裘肄業，請纓却濟川無楫。（外）請問令先尊那一科甲榜？（生）先君天寶五年進士。（外）如此説，辛年兄的令郎了，老夫就是李林仲。（生）小姪不知老年伯駕臨，多多有罪。（外）不敢。（生）俺呵，今日裏神耶夢耶？悔尊前訴説，呀，閃殺人衣冠倒迭。

（外）我想賢姪寓在此間，終為不便，何不遷到舍下，朝夕以便請教。

（生）雖蒙老年伯過愛，只是小姪一來不曾拜謁，二來在此出入便些。

（外）舍下出入，未常不便。

（生）斷斷不敢輕造。

（外）吾曉得賢姪的尊意，必竟還放那黃李娘不下，恐到舍下不便相訪麼？

（生）非為此説。

（外）不要推辭！包在老夫身上，還你一個黃李娘便了。

【尾】想陽臺既為襄王設，又何必襄王跋涉？（生）但願可即的陽臺出在意外也。

（外）就請同行。

（生）煩長老對吾晴草說，收拾行李到李老爺府中來便了。

（丑）曉得。

（外）正是：□□□□□□□□。

（生）年伯先請。

（丑）和尚送老爺。

（外）不消了。（下）

第九齣　夷　　反

【點絳唇】陣擁貔貅雲昏，刁斗猩塵溜。順著風頭，嚇得南人走一朝，各樣施威名，人敬尊。今日臨秋真大會，中原愧殺社盟人。咱乃吐蕃太師譚奴喇便是，因俺北居土寨，向欲併吞南國，頗耐南朝有個郭子儀，深得軍心，據住汾陽等處，因此不能前進。今有密報來說，那郭子儀已死，命俺速統精兵，進取涇河一帶。且喜秋高馬肥，正好領兵前進。俺已約回紇太師合兵攻打，今日共會燕支山。叫兒郎就此起兵前去！

【包子令】朔馬長驅入細柳，細柳；貔貅百萬奮戈矛，戈矛。中原指日歸咱手，平分天下享金甌，吐蕃回紇共千秋。（下）

第十齣　私　　訂

【引】紅愁紫慍，做得春光損。小生自蒙李老伯留到家中，厚意殷勤，十分款待。只是小生為訪黃李娘，撇下家鄉將有半載。跡遍吳山，好生煩悶。適纔對景傷情，不免作詩一首，寫在扇頭，聊遣情懷便了。（寫介）"妙畫含靈傾國香，此情只合向雲陽。東風倘惜愁腸斷，好遣朝霞近李娘。廣陵辛茹題。"今日倦極無聊，不免往書

房外閒步一回,多少是好。正是:尋芳嫌路遠,為客恨情多。(下)

(小旦上)

【大勝樂】重生又得見陽春,却向花間覓斷魂。豈知花比人消瘦,行度柳處初新。奴家李夜舒病絕重生,不覺又是仲春時候了。喜爹爹全了個少年住到家裏,是廣陵秀士,見他才貌雙全,人間第一,欲把姐姐許他。但不知奴家後來所配如何,為此心下滋生愁悶,難以消遣,且向園中散步一回,多少是好。斜廊行迴遶鶯呼,小徑微茫燕趁人。姻緣遂心,真個是佳人才子,兩意逡巡。

(生上)

【不是路】偶為尋春,步入花間小角門,還思忖,亭臺一帶梨棠暈。(小旦)步芳塵陡然遇個風流俊,想是多才第一人。(生)我魂驚褪,飛仙光降高唐郡,恁般奇俊,恁般奇俊。

(小旦)什麼人闖進園來?

(生)小生辛茹,荷蒙李年伯高情,款留日久,偶因春倦,信步到此,不想唐突,有罪了。(小旦)好一個讀書君子!此間已進內庭,非至親不得擅進。今日幸遇奴家看見,倘遇別人,大大一場與你沒趣了。快出去罷!

(生)多謝小姐周旋,此恩此德,何日得報?

(小旦)不要多說,快些出去!

(生)小生偶然步入,頓忘去路,怎麼處?

(小旦)這般說,難道終不出去?倘有人問時,如何回答?

(生)問時只憑小姐尊裁便了。

(小旦)天下有這等癡人!

(生)小姐在上,小生自為癡懷所惑,今被小姐道破,真個知心的人了。

【醉羅歌】幸識,幸識瑤姬韻;從此,從此竟消魂。何必人前假,姻親只願得佳人允。(小旦)郎君留意,吾豈不明。古來才子佳人,理宜相配,只是必要稟過嚴親,豈可私下聯盟?伊情果切,東床待君。冰言求締,高堂有親,今朝莫遣癡懷盡。(生)心相近,意共溫,空園幸少探花人。

（内叫）小姐在那裏？

（小旦）有人來了！奴家去也。（下）

（生）小姐看仔細！且住，難道小生又做了夢不成？方纔見那美人，姿容絶世，竟像在那裏見過的。咳！辛茹辛茹，你好僥倖！正是：探花雖有膽，求鳳必潛心。且住，適纔雖與李小姐訂盟，倘日後遇見黃李娘怎麽處？實為兩難。（下）

（正旦上）

【前腔】蝶舞，蝶舞香堦粉花落，花落小庭曛。閒步池塘把眉顰，爭怪着梅花問。你看綠柳如髮，芳草如茵，好一派傷心春色也！呀！這是誰人的扇子遺在此？（作念介）元來就是那辛秀才題的。這人好生狂妄，把吾的乳名胡亂標題，又如何來到這裏？幸爾自吾拾着，倘然爹爹看見，如何是好？吾想他詩中之意，婉轉淒涼，定是風流才子。只是為什麽緣故，便為奴家腸斷起來？咳！辛郎辛郎，奴家生受你這一詩也。愁腸欲斷，知君甚因，朝霞待遣，憐咱那人，春光九十頓時盡。（正生上）不好了，適纔走進園門，遺失了一柄扇子，不免再到園中一尋。（旦）分明就是那人，奴家只索迴避。正是：疾離金谷去，暫避玉堂人。（下）（生）好奇怪，又是一個美人！咦？宛似畫中黃李娘的面貌。嗳！辛茹辛茹，這番相思病，真正要害殺我也！情難忍，心自忖，沉吟，索性到黃昏。何妨再到陽臺夢，仍至天臺訪玉真。（下）

第十一齣　許　配

【引】弄械成功十年心，又遙通帝夢。老夫身隱南山，神棲北闕。昨日忽聞吐蕃、回紇兩路出兵，連和入寇。聖上已命郭令公前往涇陽防禦回紇，老夫復任兵部尚書，兼河隴節度使，領兵前討吐蕃。待聖旨一到，即便起程。但從軍遠出，膝下無兒，家事付誰料理？只有年輕辛茹，英雄無比，欲將媚姬許他為配。今早與大女兒說過，趁此匆匆之間，與他說明。一則完了姻緣，二則又好託他料理家事也，免吾心中牽掛。院子，請辛相公出來。

（末應介）

（生上）

【引】天子只今能用武，暫時分手莫躊躇。老伯拜揖。

（外）賢侄。

（生）老伯榮行在即，小侄正要告辭回去。

（外）老夫叨奉聖旨，防禦回紇。此行勝負未可預料，今見足下英才，欲將大女兒媚姬許配年侄，待奉箕箒。倘老夫僥倖還朝，小女粧奩，自當厚贈。惟恐戰死邊關，竟成婚配。不知尊意如何？

（生）老伯威名貫斗，此行定得大捷。但小侄菲才不堪坦腹，恐負隆情。

（外）何必太謙？

（生）既如此，岳父請上，受小婿一拜。

【黃鶯兒】只是無學愧愚蒙，謝尊前愛過隆，飄零乏聘難承寵。（外）見君才夙重，君姿匪庸。佳期已定言休冗，赴盧龍臨歧折柳，爭絮別離中。

（生下，末聖旨下）

【引】一封丹書，一封丹書飛下九重天。聖旨已到，跪聽宣讀。詔曰：＂西安新陷，吐蕃、回紇叛逆，百姓騷動，今命李卿前督王師，即便進勦，建立大功，奏凱回京，特申恩寵，另加陞賞。＂謝恩。

（外）萬歲！萬歲！

（末）請過聖旨。

（外）香案供着。

（末）請老先生即刻起程，就此告別。皇華天使，馳驛去如飛。（下）

（二旦上）忽聞君命召，不俟駕而行。爹爹請上，受孩兒一拜。

【催拍】悵今朝懸弧操兮，願明年昆吾拜封。歎行期遽匆匆，無限愁情，淒切西風。（二旦下。生上）岳父請上，小婿有一拜。愧乏長纓，隨侍軍容，從今後，萬里青驄，惟願取奏膚功。（下）

（衆）衆將官叩頭！

（外）就此起行前去！

【朝元令】驊騮是中，曉夕馳河隴。人歡戰功，夾道迎南仲。舊策從龍，羣夷鼠拱，紅日一輪高捧。宰相元戎，欃槍迅掃如發蒙。邊月掛渠，衝猩塵漲角弓，怒雲隨湧。風度處，武陵三弄，三弄。（下）

第十二齣　討　扇

　　【綿搭絮】天生佳偶，番做斷雲愁。覆水難收，悔殺花間締好逑。前日在花園中，偶然遇見辛郎，已把終身私定。不料爹爹昨日臨行，竟把姐姐親面許配。咳！空害得吾一夜無眠，好生没做理會！想世間有吾李夜舒的淒涼，自然有吾姐姐的快活也！嗄！我且到姐姐房中去散步片時。正是：惆悵春風偏向處，雙珠終遜杜蘭香。你看房中寂靜，想姐姐還未起身。你今占了才貌雙全的丈夫，好不安然樂意呀！你看妝臺上有一把扇子在此，待吾看來。（念介）這扇兒，吾前日在花園中明明看見在辛郎手中，又不知幾時送與姐姐。這等看起來，辛郎對吾說的言語，多是鬼話了。也罷，我如今拿這扇兒做個把柄，看他怎麼樣。且住，若拏了倒覺不好意思，不如潛出中堂，若遇見辛郎，只在他身上要這把扇兒便了。怪狂流假意胡謅，平白地將人奚弄，把扇私投，悶得我氣滿胸脯，我足頭難前幾逗留。

　　（生上）燈下此心誰共說，焚香表願心生怯。呀！小姐拜揖。嗄！小姐，小生自從花園中訂盟之後，終日思想，今幸重逢，心魂交熱，小姐為何倒冷落起來？

　　（小旦）阿呀！前日訂盟、訂盟的情，今日背盟就是陌路了，還要胡說！

　　（生）昨日令尊將令姐許配小生，也曾力辭。只因令尊堅執，無可奈何，只得應允，難道就忘了園中之約？望小姐諒之。

　　（小旦）住了。我爹爹將姐姐許你，這是吾爹爹主意，我怎好怪你？仔細去想，還是該怪你不該怪你嗄？

　　（生）

【紅衫兒】他意兒怎生嗔,容非故舊,直恁焦愁。嗄,小姐嗄,休教氣損芳姿。有話時望說緣由。(小旦)呀!倒來問我。你佯推醉牢啞咽喉,笑伊家不羞。(生)小生其實沒有什麼。(小旦)只問你袖裡吟酬,怎向他行入手?

【獅子序】(生)巫山路誰倡酹?是何人把讒言妄投?(小旦)什麼讒言?是吾親眼見的。(生)不明白怎生只顧煩愁?好教人實難措口。小姐若不說明,小生就要急死了。(小旦)你就急死,與我何干?(生)就死也要說個明白。(小旦)什麼明白?只要問你題的扇子,如今在那裡?(生)嗄,那柄扇兒,前日小生在園中與小姐講話,後來聽得人聲,匆忙急走,遺失了。(小旦)顯見得?(生)什麼?(小旦)你失了,難道剛剛是吾姐姐拾着?我倒真情待你,你却恁般哄吾!(生)嗄!原來是令姐拾着,吾便那裏曉得。(小旦)還要調嘴!(生)呀!你若不信,我就對天賭誓。(小旦)你賭誓只當放屁。(生)蒼天在上,我辛茹若將詩扇私下送與大小姐,死於——(小旦)不許說。(生)就不說。如今小姐不要氣了。(小旦)怎麼不要氣?(生)若是氣,小生又要賭誓了。(小旦)住了,堪憐你行可羞,事可羞,話可羞,尤倚着虛詞即溜,說甚文章碩士,情種班頭。

(生)必要求說明了去。

(小旦)說什麼明白?只要去討還我那把扇子就是了。(下)

(生)好難題目!吾想這把扇子已入大小姐之手,那一個去取討出來?

(付扮梅香上)

【東甌令】我心間事向誰儔?纔伏枕腮邊淚暗流。(生)梅香姐。(付)辛相公為何自己立在此?(生)偶然在此。(付)這個所在倒幽靜。(生)正是。(付)更無人來的。深房幽靜無人走,我和你頑頑如何?(生)什麼說話?(付)不妨的做片時鴛鴦侶。(生)我問你,你伏侍那一位小姐的?(付)你還不知麼?吾就是候缺的贈嫁。(生)如此,伏侍大小姐的了。(付)正是了。(生)如此說,我有千金一事託伊求。若是做得來,你的奇想便當酹。

(付)什麼事?快些說來。

（生）吾有一柄扇子，前日掉在園內，被大小姐拾去了，你如今若與吾討來，我就依你。

（付）啐！這個有什麼難？等我去討出來。若是討了來，要與吾頑頑的呢！（下）

（生）阿呀！老天嚘！但願此去討了出來，就是吾辛茹的僥倖了！

（付）辛相公，辛相公，扇子在這裏。

（生）怎樣取來的？

（付）吾說辛相公有把扇子落在園內，聞得大小姐拾在此，叫吾來取。

（生）小姐怎麼說？

（付）沒有什麼說，竟把扇子遞與吾了。

（生）如此，吾要——

（付）你要怎麼？

（生）吾要去了。（下）

（付）轉來轉來！老辛殺頭個！

【尾】害得吾遍身欲火難禁受，冷氣沖人涎吐溜，辛家裏冤家，和你做到頭。（下）

第十三齣　進　　兵

【引】月黑玉映秋，雲暗遮龍尾。陣列崆峒劍氣丹，輕裘千騎擁登壇。旄頭夜向黃沙出，汗血秋從西極還。下官郭子儀，奉旨防禦回紇，故屯兵涇陽，專待李林仲行兵到來，分守吐蕃。命下多日，怎麼還不見到來？好生懸望。

（丑、末、小軍外上）

【引】兵如豹耀馬如龍，劍戟迷朦陣陸離。

（眾）李老爺到來！

（老生）道有請。

（外）翁兄請上，小弟有一拜。

（老生）也有一拜。

（外）翁兄光燭星河，威揚天柱，小弟自慚附驥，貽誤飛龍。

（老生）兄翁遠洽宸綸，重承邊寄，小弟自當侍立待命，何必太謙？

（外）請問敵人近日作何景狀？

（老生）小弟因奉旨防禦，堅壁不戰，但奉天等處吐蕃猖獗異常，兄翁此行，須嚴加防護，萬不可輕視。

（外）領教。

（老生）看酒來！

【惜奴嬌】座列金貌，看浮白香流，洪開豹尾，共展孫吳之計，大復唐家田地。戒機一語之中，藏深謎。笑談間兵戈起，張虎威，行間破敵，功成奏凱回歸。

（淨上）報事的叩頭。

（外、生）有何緊急軍情，可一一說來。

（淨）爺在上，探得武功等處，吐蕃兵馬似蜂湧，旌旗閃爍暗乾坤。劍戟鑽排甲陣，一望騰騰殺氣，愁雲黯，黯陰雲，可憐百姓盡離分。作速點兵前進。

（外、生）知道了，再去打聽。

（外）吐蕃已逼武功，事在燃眉，小弟即提兵進發，兄翁只堅守此地便了。

（老生）小弟堅守涇陽，決不與他交戰。倘翁兄那邊有警，作速通知，以便救援。

（外）領教！叫將官就此殺上前去！（下）

（老生）我看李公年邁，不比當時，須多差塘報，沿路打聽，庶可無虞。掩門！（下）

（末、丑、付上）

【水底魚】馬速輕蹄，金城踏做泥。（合）大唐皇帝，快將龍位移。咱家自從打入中華，攻破大震關並奉天等處，將逼京師，處處望風而走，無人抵敵。方纔探子來報，說兵部尚書李林仲行兵前來，擋俺去路。把都兒！將兵馬分為兩翼，待那廝到來，可追趕他

入城，自有道理。（合前，下）

（老旦、正旦、小軍，外上）

【前腔】陣走雲霓，王師百萬齊。鼓鼙聲震，吐蕃魂魄飛。（敗下）快閉城門！

（付）你看這廝被俺大殺一陣，慌慌的逃入武功城內去了。叫把都兒與吾把城緊緊圍住，待他薪竭糧空，自然獻城。（合下）

第十四齣　拷　婢

【引】花氣斜籠寶鏡平，閃出淒涼孤影。我夜舒只為憐才心動，私與辛郎訂盟。不料爹爹臨別之時，竟把姐姐許配，必是吾緣慳分淺，也則索抱恨終身罷了。前日往姐姐房中，見了他的詩扇，好生怒忿，及遇見辛郎，把他責備一番，要他討那扇兒，他果然認真取來，付與奴家。只自今以後，不能長見辛郎，扇兒嗄，只索時時看你便了。

【尾犯序】好事歎無成，愁殺花間，曾締姻盟。扇兒，扇兒，握雨攜雲，向看紈空疼，思着好遮向人前拭涕，怎熱處揚揮待冷。（付暗上，作聽介，小旦）我姐姐與辛郎做了好夫妻，吾倒與他扇兒做了乾夫妻了。堪惆悵，多情兩字，和哄得不分明。（下）

（付）呀！原來辛相公央我討那把扇子，要送與此人！難怪他前日騙吾，今日待吾在大姐面前搬一個是非，教他受些氣。（下）

（旦上）

【前腔】寒花墜地俏無聲，霜氣侵階，香篆初凝。（付上）小姐那裏？（旦）丫頭慌慌張張那裏來？（付）小姐，吾有句極希奇古怪的話，來對小姐說。（旦）說什麼？（付）便是前日那把扇子，辛相公叫吾討出去，你道怎麼樣了？（旦）怎麼樣了？（付）竟送與二小姐了。（旦）有這等事？偏不信路隔桃溪，有尋源漁舲。（付）吾不說謊的呢！堪證，只見他珍藏懷袖，又低說他殢病，又道"堪惆悵，'多情'兩字，和哄得不分明"。

（旦）如此說，真的了？

（付）千真萬真,如今還拿在手中。
　　（旦）如此同去看來。
　　（付）快些走。（下）
　　（小旦上）

【又】吾冷淒淒終日自勞擎,這扇似人孤瘦骨楞楞。且住,扇兒雖捨不得片時放下,倘被姐姐看見怎麼處?吾説不得了。(旦、付暗上,作聽介,小旦唱)一任他花裏燻籠,有多般戒懲。(旦)妹子,你這扇兒那裏來的?(小旦)偶爾拾得在此,姐姐問他怎麼?(旦)阿呀!妹子嗄!吾和你是侯門貴質,不比尋常,凡事要清白為上。這東西倘來歷不明,快些撇下才是。吾做姐姐的好話,不要怪吾説。(小旦)呀!做姐姐的,正該如此,何怪之有?只是這扇前日先在你粧臺上邊,吾若來歷不明,你的來歷也明得有限。(旦)吾自前日在園中拾的。(小旦)我也在園中拾的。(旦)這等看起來,明明梅香這小賤人與你做手脚,竟來哄吾,吾如今也不管,只是打這賤人。(付)關吾儕事!(小旦)呀!你打吾不得,却打這梅香麼?(旦)吾的丫頭由吾打,與你什麼相干?(小旦)正是由你打。(下)(旦)你這賤人,與吾討這扇去,替他做事麼?(付)關我甚事?(旦)須聽,現招出蜂媒蝶使,待做下鶯招燕請。你這賤人,我真堪恨,這癡愚小鬼,反弄出不惺惺。

　　（老旦上）阿呀!大小姐為何在此嚷鬧?小姐為何氣得這般光景?你這丫頭為何淘小姐的氣?
　　（付）奶娘,説是那把扇子嗄!
　　（老旦）便是吾看你討出去的。
　　（付）道吾討去,又送與二小姐了。
　　（老旦）可是你送去的?
　　（付）與我什麼相干?
　　（老旦）如此還不進去,只管在此哭什麼?
　　（付）咳!正是逆風點火自燒身。（下）
　　（老旦）小姐嗄,你不要氣壞了身子。
　　（旦）這小賤人那裏去了?

（老旦）為什麼介？

（旦）前日你見他討去那柄扇子，

（老旦）扇兒便怎麼樣？

（旦）竟送與這個了，可不羞殺。

（老旦）小姐扇子雖在二小姐處，也未必就有什麼，且不要氣。依老身愚見，只消打發辛相公回去，便少了許多閒氣了。

（旦）這話倒也有理，即今場期相近，竟教他上京應試便了。

（老旦）這句一發好，只説今早邊上有書，回來教辛相公，

【尾】忙忙促騎把雲程奮。（旦）乳母，還有一句要緊説話，若不得官，再休延頸。（老旦）我曉得了。你看報貼泥金在此行。

（旦）乳娘，眼望旗旌捷，

（老旦）耳聽好消息。（下）

第十五齣　催　試

【引】空邸淒涼難自遣，怎禁兩下情牽？好笑吾辛勝淦為黃李娘來此，將着尋魂覓夢，豈料李娘沒處訪求，倒惹下兩個相思。我想岳父出兵之日，將大小姐許我為妻，雖然未效鸞凰，還可耐心等着。只是二小姐曾與我在園密約，這段姻緣怎得到手？如今連着畫中黃李娘，做下三處相思，怎不教人想殺也！

（老旦）婉轉成佳偶，殷勤做養娘。辛相公！

（生）呀！乳娘到此何幹？

（老旦）今早老爺在邊上，

【瑣窗寒】寄家書來自奉天。（生）書上如何？（老旦）更沒寒溫別話言，但道春場已近，請相公早奪詞元。（生）小生功名之念，非不在意，只是你老爺託吾在家料理，怎好就入京去？（老旦）嘎！辛相公，你差了！前日是老爺之命，今日也是老爺之命，何必遲疑？（生）你老爺的書呢？（老旦）在大小姐處。（生）如此就煩媽媽去取來，與我一看。（老旦）使得。（生）快去取來。（老旦）只是還有一説對相公講，只是不好啟齒。（生）有話就講。（老旦）老爺書內要

相公赴選求官,誰知裏邊有許多細人妄相議論。(生)議論吾什麽來?敢是議論吾做不出文章麽?(老旦)這個倒不。(生)議論什麽來?(老旦)說相公只好替人家料家務,怎做得官?(生)吾懂這個意思了。(老旦)吾家小姐十分氣惱。(生)何須氣得。(老旦)小姐因此讓老身傳話說:此行若得了官,快回來爭氣;若不得官,叫相公不要回來。你道這些人可惡也不可惡,我如今進去取書,恐怕又添小姐的氣。若要吾便去取來。(生)如此罷了。媽媽,不是小生不肯去,只因你老爺臨行付託,故此遲滯。若論取功名如拾芥耳!可惜一科只有一個狀元,若是兩個,管教都奪他回來。(老旦)如此甚好!但願皇都得意,看花春甸,腰金送春臺嬌婉。(生)媽媽,此行若不拜皇宣,終須不邁堂前。

(老旦)說得好!小姐已吩咐備酒,請相公中堂餞行。

(生)媽媽先請,小生隨後來了。

(老旦)老身先去。不因漁父引,怎得見波濤。(下)

(生)不想又生這一番事來。咳!大丈夫功名萬里,怎受細人談論?吾此一去,大小姐的姻緣是不必說了,只是可惜辜負了二小姐之美情。嘆!也罷!不免悄悄寫書一封,叫晴草送與二小姐,也見得吾不是負心的人。有理!

【前腔】修書拜達妝前,欲赴春闈奪錦旋。匆匆別去,不獲俄延。花間密約,盟心非淺,休提此把春顏瘦減,臨行草此訂齒緣,晨懷盡幅難宣。書已寫完,不免喚晴草出來送去。晴草那裏?

(丑上)堂前擺酒席,眼底送行人。相公,人人說相公要去會試,可是有的?

(生)你還不曉得?今晚就要下船了。

(丑)阿呀!路遙遠,行囊還不曾收拾。

(生)走來,吾且問你。

(丑)那說?

(生)裏邊兩位小姐,你可認得?

(丑)都是認得的。

(生)如此,我有書一封,要悄悄送與二小姐,不可被人看見。

（丑）既有書為何不送大小姐，倒送與二小姐。
（生）不是，吾有件東西在二小姐處，要與他討。
（丑）相公，東西是吃得的？用得的？
（生）嘎，吃得的。
（丑）吃得的，替相公討出來，我也要吃點個。
（生）胡說！（下）

第十六齣　書　露

（旦）事不關心，關心者亂。方纔叫乳娘出去打發辛郎赴試，事雖如此，只是我與他已訂了百年夫婦，怎比陌路？不免修書一封，勸他努力上進，再送白銀五十兩為盤費，日後夫妻分上，也覺好看。梅香那裏？
（付上）來了，小姐怎麼説？
（旦）你去喚辛家的晴草來。
（付）昨夜被小姐打痛了，腿走不動。
（旦）哎！胡說！快去。
（付）待吾去。（下）
（旦）待吾寫起書來。
【大勝樂犯】歎明朝俊馬輕驕，怎禁持遙赴選？夫妻情分當非淺，莫貪看野花纏。南金聊賠龍門步，尺素長盟夙頸緣，花箋驀送得斷腸人遠。
（付、丑）聽得閨中喚，忙入內堂來。小姐有何呼喚？
（旦）吾有書一封，白銀五十兩，送與你家相公，勞你拿去。
（丑）阿呀！這銀子重得緊，勿好拿。（下）
（付）咳！這晴草袖中，什麼東西落出來。
（旦）拏來吾看："二小姐粧前開拆，辱愛卑人辛茹拜啟。二小姐芳卿粧次：向者園中幸遇，過蒙垂盼，永締姻盟。豈期尊大人臨行，只以令姐許配，芳卿夙志尚未遂心。今者遠赴公車，當奪錦旋，以酬私願。若有娥皇、女英，豈不相類耶？"嘎！原來他兩下做這勾當！幸得蒼天有眼，恰好落在吾手。吾且拿這封書去，看他怎生抵對。

（付）小姐，吾今朝不去了。

（旦）為何？

（付）恐怕又要打吾。

（旦）胡說！（下）

（小旦上）

【前腔】甚來由忽辦征鞍，歎臨期難一面。奴家聞得辛郎就要上京應試，不知有何緣故。不免步出中堂，倘或見他問個明白，方教奴家放心。（丑上）牢食好重。（小旦）晴草，這是那裏拏來的？（丑）這是大小姐送與相公的一封書，又是五十兩銀子。（小旦）"賤妾媚姬敬啟夫君勝凌：望乞努力韶華，即奪狀頭歸娶，勿使妾有庋廫之歎。"好嘎！他們兩個傳書遞柬，前日倒與我閒氣。如今供狀，現沒得說了。（丑）不要供狀、供狀，吾家相公也有書一封，送與二小姐的。（小旦）如此拿來。（丑）阿呀！不好哉！不知落在那裏了。（小旦）你好不用心！怎麼失落了？快快尋來！我便還這封書，若不尋來，休想還你。（丑）倩個奇貨，等吾去尋來還你。（下）辛郎書上，定有許多閒話，倘被別人見怎麼處？怕書中寫出風流怨，被他人早瞧見。佳期尚屬東流水，心上先熬一寸煎。（旦上）這箋，好叫我不禁顏變。阿呀！妹子，你做得好事！

（小旦）又做什麼事來？

【太師引】（旦）女兒家須完善。（小旦）咦？又來了。（旦）怎胡為做下亂言？（小旦）什麼亂言？（旦）還說沒有？（小旦）有什麼？（旦）現露出情書一紙。（小旦）嘎，原來如此。（旦）尚撐牙抵賴懸源。我也不管，只將這幾個字兒留着，等爹爹回來與他看。只問你女兒家，該與人傳書遞柬的麼？（小旦）你有什麼把柄？（旦）呀，畧畧有些。這溫存書扎誰寄遣？到咱沒罪牽連。阿呀！（小旦）阿呀！（旦）歸他手難生辯言，今日裏嗔和怪番做相憐。

（小旦）索性要說的了。

（旦）妹子，吾自與你取笑。

（小旦）呀,做妹子的也不認真。

（旦）妹子,我想佳人一定該配才子,就是吾與你,今日也總是一片憐才的熱腸,須不比桑間濮上。古有娥皇、女英,同事一舜,吾和你後來同適辛郎,也沒有什麼不好。

（小旦）雖姐姐洪量,恐爹爹不肯。

（旦）凡事須要做得明白。

【前腔】須自今情相繾,再休憎一句咎言。便做道二喬同嫁,也須知渭水曾然。願他宮花壓帽含笑轉,美相如方表英言。那時節兩相歡宴,今日裏嗔和怪反做相憐。

（旦）妹子,吾和你同到妝臺上去看他的書麼。

（小旦）如今還要看什麼?還了吾罷!

（旦）要看的。

（小旦）還了我罷!（下）

第十七齣　候　　榜

離亂三春夜,文章百戰中。近來豺虎橫,可見秀才窮。自家巡場牢子便是,今乃永泰元年,奉旨開科取士。且喜三場考試已畢,且待放榜。不期吐蕃四起,回紇兩路軍兵,連和入寇,勢甚洶湧,邊報日至。那場期都御史特奉聖諭,叫那些候榜的進士暫時各散回家,直待邊庭平定,方再張榜。都御史老爺奉諭告示舉子,不免就此張掛起來。（下）

（生、付末上）

【宰地崗】桃花濃處較爭些,各凝攀龍駕錦車。芒鞋脫卻換朝靴,雷澤風雲起鐵鋤。

（衆）列位,今日是龍虎日期,大家去看榜。

【皂羅袍】示仰臨場英傑,為涇陽等處邊報重疊。九重宵旰未寧貼,暫停天榜從容揭。在京諸士各歸肄業,邊功寧日依名面闋,因茲右諭通知者。

（衆）原來邊報緊急,暫停文榜。吾們都到下處,收拾行李回家

去罷。(下)

(生)你看他們都紛紛去了,吾偏有此番阻擋,這怎麼處?欲待不歸,這京師可是久寓之地?欲待回去,我又不得登科,怎受細人談論?嗄,有了!當初郭令公約我到他任上,況這裏到涇陽又近,何不前去投他?且待出榜之後,再到京師就職也未遲。回寓收拾,前往涇陽,有何不可?不如意事常八九,可與人言無二三。(下)

第十八齣　易　姓

【引】大廈將傾,又舒手補成望聘。老夫郭子儀奉旨防禦回紇,堅壁不戰,以老敵人。旗牌過來,倘有緊急軍情,即忙通報。
(生上)
【引】步接雲營山徑遶,令嚴白晝蕭條。門上有人麼?
(付)那裏來的?
(生)乞煩通報:廣陵辛茹求見。
(付)少待。禀爺:廣陵辛茹求見。
(老生)辛年侄到了,快請!
(生)叔父請上,小侄有一拜。
(老生)不消了。
(生)帳下追隨,見叔父尤如見父。
(老生)衙門憶晤,接兄子等於接兒。有坐。
(生)告坐了。
(老生)賢侄可曾入京應試?
(生)叔父聽禀:
【宜春令】青陽朔赴禮曹,喜文成龍淵後杳。(老生)正好候榜,何暇到此?(生)只因邊警,聖明不揭春闈曉,因榜遣舉子還家恍。悮着人登廊廟,欲贊籌邊一語,因此遠投秦堡。
(老生)賢侄後堂茶飯。(下)
(丑)特奉番王命,來報唐令公。自己回紇太師麾下小番的便是。俺們起兵之時,聞知郭令公已死,如今又説還在,因此差俺來一看。此間已是營門，不免傳鼓進去。
（付上）那個傳鼓？
（丑）回紇太師差兵要見元帥。
（付）轅門伺候。
（眾引老生上）開門！
（付）禀爺：回紇太師差兵在外。
（老生）綁進來！你這廝慌慌張張，莫非有甚情弊麼？
（丑）奉回紇太師鈞旨，着小番請太師講和，實無情弊。
（老生）如此放了綁，你回紇忽爾領兵犯境，是何道理？
（丑）元帥在上，俺們没有侵奪南朝之意。只因濮固懷恩，指稱元帥身故，唐朝没有將領，因此統兵到此。如今元帥這般嚴威，小番們怎不害怕？

【駐馬聽】深入南朝，誤聽汾陽捐館了。今見元戎不減當年貌。嗏，斗膽敢相邀，覿言親告，元帥猶存焉，敢相侵擾？設誓和親兵不交。

（老生）快回去上覆你家太師，説汾陽王單騎前來便了，旗牌，賞他酒飯，押出轅門。
（外）得令！（下）
（生上）叔父，方纔小侄在公堂之後，細聽差兵之語，甚有奇異，尚須斟酌而行。
（老生）老夫汗血邊疆四十餘載，他們怎不害怕？因聞吾身故，如今要吾一會，即便收兵。吾若不奮身前往，視吾為怯了。大丈夫以天下為己任，自當勇往而前，何須斟酌？
（生）小侄之意，全不在此。今日只怕叔父一人，所以説令公若在，永不交兵。這等看將起來，明欺叔父是一代人物，再没有接手英雄了。
（老生）是嗄！賢侄所見極明，只是如今怎麽處？
（生）若依小侄愚見，叔父還同公子到他營中，也顯得郭家有後，不要被他看輕了。
（老生）賢侄所言固是，但老夫所有八個小兒，多是書生。如此險地怎生去得？不如老夫單身獨往的好。

（生）這也不難，只消選一個出羣英傑，假稱公子便了。

（老生）千軍易得，一將難求。怎得就有？

（生）叔父在上，此計可用，小侄情願同往。

（老生）賢侄若肯去，唐朝莫大之幸，只是怎生將你充為兒輩？

（生）若蒙叔父許允，小侄願拜為父子，以掩三軍之口。

【解三酲】荷慈愛敬聞誨教，從今後永承覆憐。愧兒非武身難紹，惟引誘小兒曹。願其舌戰兵消，氣重整山河不再搖。（老生）君才妙，荷天生福祉，幸獲賢豪。賢侄，已為父子，取個名兒，好播聞外國。

（生）求爹爹命名。

（老生）吾所生八個小兒，多取日字傍，你就喚郭暉便了。

（生）多謝爹爹。

（老生）旗牌過來！今後俱稱辛相公為郭九爺，如有洩露，軍法重處。

【尾】將鈞牌早發回營繳，傳得汾陽王到，保奏和親達聖朝。（下）

（生）嗄！原來郭暉也就是夢中所見，倒應在吾今日。（下）

第十九齣　服　虜

（淨上）玉門關外海雲黃，甲陣無風天自霜。瞬息踐平唐土地，寶刀含血嘯龍光。俺乃回紇太師藥葛羅是也。自從起兵到此，將有一載，向聞唐軍郭令公已經身死，近日不知那個狗頭，假冒他的名字，死守涇陽，不許俺們前進。因此生一妙計，昨遣小番到他營中約會他。今早公然發到馬牌，說今日單騎前來。這分明自來送死，叫把都兒俱要弓上弦，刀出鞘，大開營門，待那廝來時，若是假的，立刻砍了；是真的，再作道理。

【新水令】笑唐朝帝祚已中衰，老汾陽死經多載。把小卒假作賢將名，待嚇俺斜刺裏返窮崖，怎可也單騎前來，俺把刀和劍軍營

擺。（下）

　　【駐馬聽】（二生上）不憚胡霾，耿義懷忠並馬來；白楊連寨，只見漫漫的兵氣滿天涯。遙望見旌旗四列陣雲開，聽幾處烽煙密簇揚鳴。大漢驊騮實狀哉，躍過山崖，早近著葛羅塞。

　　（生）的！回紇營中聽著：大唐兵部尚書左樞密太傅欽命招討幽燕等處兼理糧餉節度使賜上方劍一品蟒服汾陽王郭，單騎到此，快開營門迎接！

　　（淨內）吩咐開營！

　　（淨上）請令公下馬入營。

　　【沉醉東風】（二生）奉皇選欽派也，那上差，怎輕敢下馬登堦？（淨）今日又不和你相待馬上，怎好講話？（二生）恁既是休著戰，聞俺可也離了鞍堦？想比鄭舊屬和諧，為什麼一旦逾盟，又早把陣排？因此上保奏，恁情由得這可改？

　　（淨）咳！令公，你這句話差了。今唐家衰微，這帝位該讓俺家去坐。只因你是個名將，請你到來面講一番。若論俺將勇兵強，怕不打破你這座江山麼？

　　（老生）你道俺唐祚衰微，且把唐朝大略與你講一講。

　　【雁兒落】形勝上接灉河控四海，論英雄有百萬忠誠師。今日替王家議罷兵，非是俺怕行軍成擔待。（淨）令公，偏你粧這許多假謊子，俺也明知唐家只有你老將。俺北人性直，且讓你一人。若令公歸天之後，就是俺親老子也不饒他哩！（二生）呀！俺把這嚴顏頭親手早提來，說什麼未死且延捱。果若是眾回紇心難滅，今日裏遇兵戈也莫便拜。（淨）你待要怎麼？（二生）請兩下齊排，決一戰涇河界，定得個興衰，休只怕恁虛脾掛在懷，休只怕恁虛脾掛在懷。

　　（淨）令公，你也太誇口了。俺不過讓你是名將，俺雖不能騰雲駕霧，也有萬夫不擋之勇，就戰也未必怯你。

　　（生）的！你們沙漠之人，那見得天朝神武？什麼萬夫不擋之勇，敢與俺小將比個高下？

　　（淨）你是什麼人？也來誇口！

　　（老生）這就是第九個小兒。

（淨）呀！原來就是公子！公子，你小小年紀，不要枉送了性命。
　　（生）和你用口也是枉然，可將金錢懸掛三百步之外，你射三箭，吾射三箭，只看誰家射着，就分個強弱了。
　　（淨）好謊也！一個金錢三百步之外，還想射着，哄誰？
　　（生）你若不信，且看俺射來！
　　（淨）小番，將金錢來掛於三百步之外。
　　（生射箭介）
　　（衆）三箭果中金錢！
　　（淨跪介）我的神臂爺爺嘅！
　　【得勝令】（生）這是俺韜略餘能一小才，怎值得衆回紇成羅拜。可知道郭氏盈門盡將才，恁休說老令公人一代。（淨）如此說又是一位令公了！（生）休知道郭九郎天下付黃金鎧，咱可也偶爾隨來，恁爭見仲伯挨排？
　　（淨）俺們被僕固懷恩，哄入中原。如今令公公子在此，俺們就要回去了。
　　（老生）你們既要回去，俺和你盟下誓來。
　　（淨）這個使得！令公先請。
　　（老生）蒼天在上，從此兩國相和，大唐天子萬歲，回紇太師亦萬歲，兩國將相亦萬歲！如有負約者，身死陣前，家族滅絶！
　　（淨）照前誓！
　　（二生）
　　【七兄弟】盟誓設永休战，況回紇扶唐功獨大。接讓連該，甥舅情諧，俺急朝準備藁街，等的恁來朝食同采。
　　（淨）小番，吩咐前隊哈的吁先退四十里！
　　（末傳介）
　　（二生）
　　【梅花酒】尤忽把陣解，早盟下不來。則便是帝垣指日見皇恩，九錫榮遼寨。吐蕃兵尤自惹天災，到禍盈怎乞縱容貸？呀！雖然是得揣懷，雖然是得揣懷，拾懺語應該，便不戰和諧，更喜動顏開。聽兩國三軍盡嘯咳，一霎時戾氣散天街。呀！變麟鳳似虎豺，變麟鳳似虎豺。（淨）令公、公子，俺就要別了！（生）俺有話吩咐你。（淨）公子有言，吾當領教。（生）俺郭家兒有根荄，恁覷汾陽慢輕猜，俺諸兄弟並三槐，恁沙漠中隔天涯，俺休錯想倒銅臺，恁空落得苦黃埃。兀的是英雄手拓帝關，抵多少龍堆百戰始歸來。早知是扶餘來格頌虞階，平定了九垓，平定了九垓，多說道九郎英銳果奇哉。

（淨）領教！小番過來，吩咐各哨，俱牙步就此拔營，令公、公子請了。（下）

（老生）吾兒，你看回紇之衆，帶甲百萬，鐵騎千羣，其勢勇不可擋。且喜兵不血刃，遂乃望風而去，這多是吾兒莫大之功也！

（生）這是上賴聖朝洪庇、爹爹威力，與孩兒何功之有？

（外上）報！

（二生）報何事來？

（外）啟老爺，吐蕃已近，武功甚急，請老爺發兵解救！

（生）再去打聽！（外下）

（老生）吾兒，如今回紇雖去，吐蕃兵馬圍住武功。吾想同在鄰邦，必須到彼解救纔是！（生）既是武功被困，孩兒願領兵到彼解救！

（老生）如此甚好！你可領五千人馬，開道先行，襲其不備。吾即統大隊人馬，隨後接應便了。旗牌過來！吩咐前營馬步兵軍，隨公子往武功城去！

【尾】霎時間肅靜涇河界，眼見番回馳往天涯外。休道俺舌劍成功，免不得血染着銀鎧。（下）

第二十齣　聯　　姻

【水底魚】甲陣如麟，銅槍似雪銀。英雄無敵，叱咤似雷霆。俺吐蕃自從起兵到此，已破大震關、奉天等處，叵奈李林仲那廝，驅領殘兵，擋掩去路。前日被俺大殺一陣，逃入武功城去了，圍困多日,眼見得那廝並無救兵,不日獻城。把都兒!與吾把雲梯布起,斬關奪城!

(衆應介)

(二旦引生上)的,吐蕃聽者!現今回紇之衆因俺汾陽王奉詔勤王,已納款歸國,你怎不識天時,尚敢無狀,快些下馬投降,免得諸番受苦!

(付)休得多言,放馬過來!

(殺介,付敗下)

(生)吐蕃已遁,傳令:暫把人馬將那廝所棄衣甲器械收拾後營,待太老爺兵到,再行定奪!(衆應介,四小軍、中軍引老生上)王帳分兮射虜營,千羣面貌出番城。

(末)太老爺到了!

(生)孩兒領爹爹軍令,提兵到此,纔交戰數合,他便棄戈而去。今獲衣甲數千,特候爹爹定奪!

(老生)吾料汝出來,必然取勝!因此先以抄成奏捷表文在此,你可入京報捷,以見得吾兒的大功,又且早慰天顏。

(生)謹領爹爹嚴命!

(老生)旗牌過來,你可護送公子入京。

(末)得令!

(生)捷書先奏上,

(末)雷雨起蛟龍。(下)

(老生)軍士們,快去武功,通報李老爺知道!

(衆)的!城上通報。

(內)怎麼説?

(衆)汾陽王郭老爺大隊人馬到此,吐蕃已遁,快報李爺!

(內)吩咐開城!

(淨中軍,隨外上)翁兄在那裏?

(老生)阿呀!兄翁為何如此?

(外)自從被吐蕃圍困,自分一死以答聖明,今蒙翁兄大恩援救,雖泥首不堪言謝!

（老生）兄翁説那裏話來？這是小效微勞，何足掛齒？
（外）請大駕入城，翁兄請上，小弟有一拜！
（老生）小弟也有一拜。
（外）胡馬敗潰回巢行，
（老生）凱歸龍笛奏中興。
（外）儒生東閣承顏色，
（老生）酋長西羌識姓名。
（外）看酒來！
（衆合）

【八聲甘州】皇輿復坦喜休兵，罷武萬姓寧。安吹鐃奏凱功名，嘯勒燕山。金巵酌處流霞泛，鐵騎歸期聖日閑。（合）爭看麒麟閣，畫取酡顏。

（外）旗牌過來，吩咐諸將，各有犒勞！
（衆下，外）那回紇、吐蕃，合兵凶勇，其勢難以破敵，不知翁兄用何妙計，遂乃一戰而定。（老生）兄翁還不知麼？
（外）小弟不知。
（老生）小弟因奉旨防禦涇陽，故不與他交戰。適纔因第九個小兒進京來此，反道小弟謹守的不是。他便挺身到回紇營中，陳設大義，那回紇便倒戈而去。他聞得兄翁被困，因此又領軍前來取勝，這倒是小犬的兩功，與小弟無涉。
（外）原來倒是公子救了小弟之危，快請相見！
（老生）小弟已將奏凱表文遣他入京去了，改日另當進謁。
（外）無緣覿面，小弟之不幸也。請問令郎青春幾何？現居何職？

【前腔】（老生）愚頑生居太晚，年十九從來不到行伍間。（外）既是不曾受職，為何又從京師到此？（老生）他粗知《詩》《禮》，赴春闈擬換羅襴。（外）原來在京應選，可曾高中麼？（老生）只因邊警羣儒散，為此暫跨羅龍寨上鞍。
（外）想令郎有文武全才，但令公之後又有一令公矣！嘎！
（合前）

（外）敢問令郎曾聘否？
（老生）小弟因碌碌邊疆，不曾與他求配。
（外）呀！還不曾有配！小弟有一言，望翁兄俯聽。
（老生）有何見教？
（外）小弟有兩個女兒，大女已曾許過人家，次女夜舒，年號十六，尚未適人。今蒙令郎救吾危困，無可相報，願將次女奉侍賢郎，望兄勿棄為幸！
（老生）荷蒙兄翁垂愛，小弟有一拜！
【大迓鼓】姻緣今日間，神明垂佑，永主蘋繁。繫紅絲果屬三生綰，英雄新占畫眉壇，國治家宜從此奠安。小弟即同兄翁歸京復命，約定八月中旬，率領小兒到錫山贄地，奉迎令愛，省得到舍程途太遠。
（外）如此，那吉期訂定八月十五便了！
（老生）如此甚好！
（外）還有一說，小弟明日面君，便將聯姻一事奏聞聖上，以見無私。
（老生）小弟亦有此意。
（外）再請翁兄後堂小酌。
（老生）太擾了！
（外）百年夫婦今朝定，
（老生）曾向蟠桃會裏來。（下）

第二十一齣　揭　　曉

【縷縷金】持京報，急奔波，揚鞭獨縱馬。出皇都前往揚州郡，爭完這些個。自家禮部報人便是。只因邊信已定，朝廷就把春場揭了曉。喜吾分着狀元的條子，是個揚州人，叫做辛茹，因此急往報捷，不免快些前去。冒炎威不憚汗滂沱，休思暫停坐。（下）

（丑、末黃包袱，生執鞭上）

【前腔】雄邊塞上，京都馬前，齊唱着太平歌，莫道人年少，才高帝佐。

（生）旗牌，此處到京都，還有多少路？

（末）還有一日之程。

（生）如此作速趲行前去。

（合前）（付上，生）什麼人闖吾節導？拿過來！

（付）小的是禮部報人，往江南報狀元的，恐怕遲了，為此忘命行走，冒犯老爺，望乞饒恕。（生）這廝敢說謊麼？

（付）現有報條在此。

（生）取上來！"第一甲第一名辛茹，揚州府學"，果是真的，放他去罷！

（付）謝爺！一心忙似箭，兩腳走如飛。（下）

（生）旗牌過來！且帶這馬飲些水。

（末）嗄！

（生）快活！原來吾已中狀元！吾想當初只因未曾揭曉，未得為官，難以回去見小姐，故此暫往邊庭，做些沒奈何的事業。如今已中狀元，便須急轉姑蘇，好與小姐做親，還要替別人奏什麼捷？

（末）馬已飲了水，請公子作速上路！

（生）旗牌，吾有一事要往江南，不到京中去了。

（末）公子若不去，這表文怎麼呈進？

（生）就是你進上便了，吾到江南完了事情，就進京來面見老爺，與吾拜上。

（末）就是公子要往江南，獨自一人，怎生去得？

（生）不妨，盤纏盡有。況且又有同伴，不消你掛念。

（末）這個小人怎敢獨往？

（生）各人有事，那裏顧得許多，就是吾此去，不過在揚州，你快些去罷！

（末）如此小人去了，公子前途須要保重。正是：相離留不得，各自奔前程。（下）

（生）旗牌已去，不免即往姑蘇便了。（合前）（下）

第二十二齣　報　　凱

【引】才郎且喜登科，早準備珠圍翠繞。老身向日曾賺辛相公入京應試，叫他得了官職，然後回來做親。且喜一到京中，果然中了狀元。一聞放榜，即便回來，要成親事。吾想老爺尚未回家，誰人主張？因此被吾終日支吾，那裏擋得他這等急性，一刻延捱不得！老身兩日正沒理會處，方纔聽得人說，老爺即日班師回來，才脫得老身的干係。（生咳嗽上）你看又來也！

【引】（生）笑成名又未渡湘濤，羞殺玉堂年少。

（老旦）狀元那裏玩耍回來？

（生）媽媽，吾的心事，只有你曉得。自從及第急切奔馳來踐你別時之約，到今又及中秋了。你今日也說等老爺回來，明日也說等老爺回來。你老爺是有職任的，得知他幾時回來？看你這般光景，敢是要賴吾的婚姻麼？

（老旦）狀元不要性急。

【奈子花】論榮歸當賦桃夭，但家翁阻在邊郊。華堂吉期，難道娶而不告？（生）咳！怪伊行辭偏執拗。嗄！吾知道了！（老旦）知道什麼來？（生）明賺吾鬢絲垂老。

（末上）有事不敢不報，無事不敢亂傳。啟狀元老爺知道，老爺奏凱還京，已給假回家，將次到門了。

（生）老爺果然回來了！謝天謝地嗄！媽媽，如今要做親了！

（末）只是還有一說。奶娘，彼時老爺被困武功城內，幸虧汾陽王郭老爺的九公子救解出來，因此老爺就將二小姐許了郭九爺。特奏一疏，聖上道郭家公子有這等大功，就把他填做了武狀元，欽賜吾家二小姐與他為配。老爺看定十五，送二小姐郭府去成親。

（生）這個吾也不管，既是老爺今日到家，吾明日八月十一，上上的吉日。媽媽，快快與吾備下花筵，等老爺一到，吾就要做親。

（老旦）事寬即圓。狀元為何這般性急？

（生）阿呀！十五要送二小姐到郭家去，難道吾倒落後麼？

（老旦）這個自然了。吾進去報與兩位小姐知道。

（老旦、末下）

（生）吾辛茹好僥倖也！原來吾岳父又把吾認做郭九郎，將二小姐又許我。上了本，請着聖旨賜婚。且住，吾如今若把這事說明，那二小姐奉旨的，難道把大小姐落後不成？咳！豈有此理！吾且瞞過根由，先與大小姐成親，那時再哄二小姐，有何不可。正是：逢人且説三分話，未可全拋一片心。（下）

第二十三齣　成　親

（外上）

【引】奏凱回京喜榮受，東床坦又登魁首。老夫向日被困武功，幸賴郭公子救解重圍，老夫感其破敵之恩，面將次女夜舒許他為配，約定中秋日期，到錫山賃房成親。前日進京覆命，又蒙聖上將老夫晉爵為侯，欽賜郭暉為武狀元，因此老夫急歸故里，準備粧資送去。且喜長婿辛茹，也登文榜鼎甲，可謂大樂之事也！今日十一，是大吉良辰，不免先與文狀元完婚，然後送次女去武狀元處成親便了。院子，花燭、酒筵可曾完備麼？

（淨）完備多時了。

（外）喚掌禮人進來！

（生、旦上）

（淨）掌禮人，老爺喚！

（付）來了！掌禮人叩頭。（生、旦行禮介）

（外）官家禮數。（行禮介）

【賀新郎】文耀詞林，喜才郎玉堂居首，配佳人相門閨秀。琴歌滿，海上仙人十二樓，不爭雲扉月牖，福永泰天同久。願螽斯奕奕光前後，須滿泛合歡酒。

（末）禀老爺知道，汾陽王郭老爺已到錫山了。

（生）既是令公在錫山駐節，小婿禮當往見纔是。

（外）過了中秋去也不妨。

（生）小婿幼時曾叨令公覆庇，若不就去，太覺怠惰了。
（外）既如此，明日去便了。送新人入洞房！
【尾】笙簫沸，蘭麝稠，看明月團圓似晝，正是人月雙圓做不夜秋。
（生、旦下）
（外）且喜大女兒已完配，今日須備粧資着乳娘送小女兒去便了。吩咐乳娘出來。
（末）乳娘，老爺喚！
（老旦上）堂上一呼，堦下百喏。老爺有何吩咐？
（外）汾陽王郭老爺已到錫山，十五要與九公子完姻。明日是十二日了，我因初到家中，事情冗雜，不得親送二小姐過門，你可傳知裏邊快將妝資準備，就着你送二小姐到郭府去便了。
（老旦）曉得。
（外）一生只為姣雙女，
（老旦）二婿齊名兩狀元。（外下）
（老旦）蒙老爺吩咐，且與小姐說明，二小姐有請。
（小旦上）
【引】悶對殘星成白首，恨天不管人愁。
（老旦）二小姐，方纔老爺吩咐，汾陽王郭老爺已到錫山，明日要送二小姐到那邊成親，就叫老身送去，可作速打點起來。
（小旦）阿呀！乳娘呀！自古"忠不可移，節不可缺"，吾當初曾與新郎一面，知他不是等閒之輩，已將心許他。今日果係名魁，吾已識之在前，今日怎麼遺之於後？今日他與姐姐成親，吾情願老死空房。若將奴許配武夫，決不從命。
（老旦）小姐，老身豈不知道？只是如今父命難違，況且又奉聖旨，怎麼拗得他過？定要去的。
（小旦）難道聖旨要奪人節操的麼？
（老旦）小姐，非但聖諭，就是父命也難違。
（小旦）既如此，吾且遵從父命。雖到郭家，決不與他同房，只要保全自己的名節，乳娘斷不可強吾。

（老旦）且到那邊再處。

（小旦）你看日色已高，姐姐決起身了。你與我請來。

（老旦）待吾去，大小姐有請。

（旦上）同心方結就，連伴又相呼。賢妹有何見諭？

（老旦）你二位在此敘一敘，待吾到外邊去打聽就來。（下）

（小旦）姐姐在上，做妹子的昔曾心許辛郎，自知非禮，蒙姐姐許吾同嫁一人，言猶在耳，豈知爹爹却將吾許配武夫，豈是妹子情願的？今日此去，不過遵依父命，去後必然一死。前日辛郎的詩扇，今特送還姐姐，拜上辛郎。

（旦）吾聞得郭家大公子當今駙馬，以下都是名臣。如今那九公子現居武狀元之職，定然豪傑。賢妹不須憂悶，這扇吾替你付還辛郎便了。

（老旦上）二位小姐嘎，

【劉潑帽】堂前已報辰時候，鸞車備難再遲留。（旦）匆匆相對呼檀口，這雲愁他日裏重相剖。

（外上，小旦穿鳳冠霞帔拜別，同下）

第二十四齣　剖　　疑

（老生上）

【引】吁謨克相三朝政，更喜今朝有鄰定。老夫郭子儀，向有破敵武功，因李林老特將他二女與吾九郎有配，特題一疏，已蒙聖上准奏。將吾郭暉孩兒欽授武狀元，加羅龍節度使事，欽假歸娶之後，一同向闕謝恩。又賜鳳冠霞帔等許多寵錫，這也不在話下。豈料九郎在途中竟自歸家，老夫恐怕李親翁在中秋送他令愛到錫山來踐約，因此親到揚州尋覓，豈知又不在家，全不知他去向，只得又在此錫山住下。今日已是中秋了，倘然李親翁送小姐到來，怎麼處？

（末）爺在上，九公子回來了。

（老生）回來了？好！好！

（生上）

【引】錦繡叢中威風影，玉郎何計交雙頸。爹爹拜揖。

（老生）你那裏去了？

（生）孩兒久別家鄉，歸省墳墓，恕孩兒不孝之罪。

（老生）歸省墳墓，實係孝思。但今聖上授你為武狀元之職，那李林仲已將他二令愛許你為配，定在今日送來成親，只怕尋你不著，正在此愁悶。今得你回家，才得安心了。

（末）稟爺：李府送親到了。

（老生）正好，快去更衣拜堂！（生下，更衣後復上。老旦攜小旦上）

（淨上）掌禮人叩頭。（生、小旦向老生叩头介）

（老生）官家禮數。

（淨請介）送新人入洞房！

（眾下）

（末）請九爺外堂見禮。

（生下）

（老旦）好奇怪！那位郎君怎麼倒像吾們的辛狀元，奇怪！

（小旦）你與吾關上了房門。

（老旦）新郎到堂前拜過了諸親，就要進房來的，怎好把門關上了？

（小旦）不要管，且把房門關上了。

（老旦）嗄，便關上了？

（小旦哭介，老旦）小姐，今日是個吉期，怎麼這等煩惱？

（小旦）咳，保母，吾的心事，只有你曉得，怎麼也説是個吉期？

（老旦）小姐，自古道："嫁雞隨雞，嫁犬隨犬。"今日拜了他祠廟，就是他家的人了，怎麼反説這話？

【降黃龍】（小旦）我昔在園亭，曾向辛郎締下姻盟。（老旦）這不過憐在一念，又不曾受他聘禮，如今郭家是奉旨成親的了，更是不同。況纔老身在燈下覷那九公子面龐，却與辛郎差不多。（小旦）那容顏縱似，論學富情多，怎生堪並？（老旦）須聽百年夫婦，算多是前緣夙定,豈讓人心歡意合,便隨折證?

（生上）

【前腔】（生）娉婷,今夜燈前,莫訝蕭郎番成攪掙。開門!（老旦）來了。（小旦）不要去開。（生）相逢在後園,深蒂鶯闈,教人延頸。開門!（老旦）來了!（小旦）叫你不要開。（老旦）是了,就不開。（生）是了!小姐還認吾是九郎,故此閉門堅拒。我且消停,羨伊貞操獨自守。若知你情人冷落,早啟門廓請。開門,開門!怎麼處呢?嘎,有了!這裏有個門隙在此,吾且把扇子投進,看他怎麼。外邊有人送一把扇子進來了,快快接了去!

（老旦）這又奇了,扇子在那裏?

（生）在地下。

（老旦）這又奇。小姐,外邊不知什麼人,送一把扇子在此,請小姐看一看。

（小旦）呀!這是園中之物,是那個送來的?保母,你與吾去問來。

（老旦）曉得。那個送來的扇子?

（生）是我送來的。

（老旦）你是辛狀元,怎麼到這個所在來?快去罷!

（生）不妨礙。

（老旦）怎麼不妨?倘被郭九爺進來見了,不是當耍的。

（生）我與郭九爺通家至親,就見也不妨。

（老旦）縱是通家,也覺不便,快快出去!

（生笑介）吾就是郭九郎,怎麼這等慌張?

（老旦）你是郭九爺,怎麼與辛狀元一般無二?老身一時看不仔細,有罪了。

（生）媽媽,吾原是哄你,辛狀元也是我,郭狀元也是吾。

（老旦）這又來得奇怪了,怎麼一人兩姓,又中了文武狀元?

（生）吾嫡姓辛,後來赴試到京,便到郭老爺處拜為父子,因此又姓了郭。如今辛、郭兩人,總總是我。

（老旦）呀!元來如此!阿呀,小姐為了狀元日夜思想,待吾先與他説明了，再進來罷。(生)吾進去也不妨。

　　(老旦)狀元動不動這樣性急，待吾先進去。小姐，老身自有一椿心滿意足的喜信，報與小姐知道。

　　(小旦)有什麽喜？

　　(老旦)方纔送扇子進來的就是辛狀元，只因前者赴試之時，因未放榜，即便到郭老爺處拜為父子，因此又姓了郭。如今辛、郭兩人，總是他一人了。

　　(小旦)咳！你這些説哄那個？

　　(老旦)你若不信，待老身請他進來。

　　(小旦)快請進來。

　　(老旦)狀元，小姐説老身謊説，有話自己説明得了。小姐在那裏？

　　(小旦)你果真是辛郎，為何却在此處？

　　【滚】(生)只為求名上帝京，上帝京，偶爾投秦嶺，功業全收，又把鸞鳳聘。謝天垂佑，終成交頸，千秋歲，永團圓，從今定。只是還有一説，前日在大小姐跟前，吾只説探望令公，並不曾説起親事。待這裏三日回門，我便去到大小姐跟前説明，那時小姐隨後歸來，也見吾在二位小姐面上，没有什麽偏向。

　　(老旦)咳！狀元，你還説没有偏向，眼見大小姐被你瞞過了。

　　(內打四更介)夜深了，請狀元小姐進去睡罷！

　　(小旦)且慢！

　　(老旦)天也將明了，還説且慢。

　　【又】聽銅壺促漏聲聲，月露轉花影，今夜藍橋，細把相思整。(合前)(推介)

　　【尾】燈前細語還胡逞，好個撇脱狂才借景，倒累吾鶯地相看，吃這一大驚。(下)

第二十五齣　閨　爭

　　(老外上)

【引】鶯鷫昨已踐眉齊，文武元魁各唱隨。老夫李林仲，官居侯爵，位極人臣，且喜大女兒配與文狀元，小女兒現配與武狀元，一時二婿並據鰲頭，真乃絕無稀有之奇遇也！但前者辛郎到令公處拜訪，一去四日，尚未回來，不知何故。今日郭公子到我這裏回門拜堂，或者辛郎同他轉來，也未可知。院子！

（末）有！

（外）筵席可曾完備了？

（末）完備多時了。

（外）九公子到來，即忙通報。

（末應介）禀老爺，辛狀元回來了。（生上）

【引】回想自驚奇，天作合巧成雙配。

（外）呀！賢婿，怎麼這時纔回？

（生）因郭家有事相留，故此回遲。

（外）請到裏面。

（末）禀爺，郭老爺送二小姐到門了。

（外）吩咐二小姐轎子，竟擡入後院，吾到門首去迎接郭老爺。（下）

（內吹打，小旦、老旦上即下，外迎老生，吹打即下，生、旦上）

【泣顏回】才貌却相宜，更喜腰金歸里。新粧初罷，端詳畫了蛾眉。辛郎，你怎麼竟到郭家去了幾日？（生）下官也知冷落了小姐，只是遇了一件沒奈何的事情，一時推委不得，正待要冒罪直陳。（旦）閒話也不必多講，吾暫饒你初犯便了。（生）夫人，你饒得過就好了。巫山岫裏犯令牌，減等非常例，儘令宵罪贖花前，久以後莫怪連理。

（小旦上）

【前腔】于歸曾不見雙飛，懊恨檀郎潛避。簾櫳煖處知他覓笑相攜。可恨辛郎回門拜堂，竟到姐姐房中去了，再不出來，吾現到姐姐房中，看他怎麼。（旦）賢妹！（小旦）呀！姐姐，過來見了大姨。（生）大姨？（旦）過去見了小姨？（生）小姨？（旦）呀啐！怎麼這等譚帳？還不出去？（小旦）且慢些走。（旦）妹子嗄！你無端越禮恁顛魔，舉動成何體？（生）望娘行暫息雷霆怒，連襟得罪姨姨。

（老旦上）

【千秋歲】聽深閨一派聲香沸，莫不是姊妹生非。呀！二位小姐，為甚是這等不快活？（生）保母來得正好，快來勸一勸。（老旦）這個我曉得。大小姐，世間的事，通容得就罷了。（旦）吾不曉得通容不通容。（老旦）小姐，還是依吾，不要傷了和氣。（小旦）呀啐！倒是吾傷了和氣。（老旦）看他紅暈姣顏，看他紅暈姣顏，好叫吾做周方索然無計。狀元，你可曾說明了麼？（生）你看這般光景，怎好便說？（老旦）狀元，如若不說，怎得明白？待吾與你說明了罷！大小姐，姐夫麼辛狀元也是他，郭狀元也是他。（旦）怎麼說？（老旦）姐夫赴試之時，因未放榜，乘便到郭老爺那邊拜為父子，因此又姓了郭。吾老爺在邊上不曉得是一個人，故此又把二小姐許了狀元，如今二位小姐皆是狀元的夫人了。（旦）好嗄！吾當初原曉得你們兩下傳情，我到好意周全你，你却怎般哄吾，其實可惡！（小旦）什麼可惡？吾是奉旨賜婚的，瞞着誰來？（旦）你是奉旨賜婚，吾難道是淫奔的麼？我須是明相配，怕誰奉君王意？（小旦）直恁的楞睜地把恩綸便毀，讓汝揚眉。過來，你自去，不要來纏言。（推介，旦）到那邊去，不要違逆了聖旨。

（老旦）阿呀！二位小姐怎麼這等認真？只看老婆子面上，相和了罷！

【越恁好】自今休再、休再聒絮講是非，姻緣巧合，琴和瑟兩相宜。（二旦）啐！什麼相宜不相宜？（老旦）狀元過來，那叫你兩邊瞞得鼓緊，如今像什麼光景！一身做事一身當，你做差了事，你自來賠禮，那個替得你？你文齊福齊，把一雙雙錦鴛鴦躍過鳳池。（生）果係下官不是了，望二位小姐和了罷！（老旦）小姐，你來看風流狀元，呆粧着臉兒跪着繡衣。狀元起來了罷！傳懿旨且暫饒，俯伏湘臺裏，看從今美滿，千載歡喜。

（旦）閒話不必多講，只去請問爹爹什麼意思。

【紅繡鞋】堂前索取因依，堂前索取因依。（小旦）我也去請問爹爹,將咱直恁淩欺。(老旦)從容說,謾爭池,傍人論,把聲低,休着惱,損姣體。

【尾】(二旦)這番休想干休矣,只向堂前講禮。(二旦、生下)(老旦)咦,這等曳氣揚聲,說甚好唱隨。這怎麼處?做我不着,待吾再去。

第二十六齣　雙　　合

(老生、外上)

(老生)老親翁請上,下官有一拜。

(外)下官也有一拜。

(老生)犬子何德,幸扳玉葉金枝。

(外)簟帟微寒,喜託青霜紫電。請九公子相見。

(二旦扯生上,外)你們為什麼?

(老生)為甚這般光景?

(外)過來見了。這是大小女,却為什麼事這等胡亂起來?賢婿,你且講個明白。

(生)岳父在上,當初岳父出兵時,謬承許配,這是岳父大人尊意,後來成親,也是岳父大人完就的。

(外)這不消說起了。

(生)誰想今日呵.

【風入松】紅絲初結鳳凰樓,却怪卑人別就。(外)別就那一個?(生)高堂左畔陽臺右,早兩下巫娥鬭口。(外)他們姊妹間有話,也是家常事,何必賢婿在裏邊分解?(生)教小婿那裏分解得來?兀是這紛紛話兜。小婿只為"郭暉"二字,怪咱邊庭上起根由。

(外)咳!賢婿,你是讀書人,邊庭上許配郭公子,是老夫自家主意,與別人何干?你怎麼倒來管我?

(生)小婿就是郭暉。

(外)嗄!你就是郭公子?那辛狀元又是那個?

(生)小婿也是辛茹,難道岳父不認得了?

（外）這又奇了。

（老生）老親翁休得驚疑，九郎果然又喚辛茹，一人兩名。

（外）呀！如此說來，郭暉又是你，辛茹又是你，兩個女夫難道多是你做了？

（老生）親翁何出此言？若被大令坦聞知，豈不見罪？快請大令坦出來相見。

（生）爹爹，孩兒果然就是大女夫。

（老生）如此說，你倒不是我的孩兒了？

（生）爹爹、岳父請免驚疑，待孩兒說個明白。

（老生、外）你且說來。

（生）孩兒去年八月十五夜，似夢非夢，竟到廣寒宮闕。

（老生、外）廣寒宮是天上嫦娥所在。

（生）便是其時，走入宮門，但見天宮富麗，不比人間。只見無人看守。一到宮殿之中，只見棟上擺一本十美圖冊，孩兒把它展開一看，多是美女真容。只有第七幅上邊的一位美人，更是不同。誰想各位美人傍邊，多注着配偶的。

（老生、外）怎麽樣注的？

（生）那時孩兒呵，

【前腔】從頭一一考根由，細把佳人緣窮究。誰知那第七幅上邊寫着"姑蘇黃李娘後配廣陵郭暉"，那時孩兒呵，癡懷妄想移雲手，擅改了圖中配偶。（老生、外）彼時你就把圖上配偶改換了？（生）孩兒一時興發，便把那"郭暉"兩字，改為辛茹。待到做夢之後，就到姑蘇訪問，誰知黃李娘訪不着，倒遇見岳父提挈到秦臺楚樓，蒙慈命詠河洲。

（外）你究竟可曾訪着黃李娘麽？

（生）至今沒有得見。

（外）如此，吾家大女兒容貌可相像麽？

（生）容貌倒也相像，只是名不相同。

（外）却又來，當初老夫嫡姓黃，因大女兒夢吞玉李而生，乳名喚做李娘，只因後來賜了國姓，不敢把國姓為名，所以改換媚姬，那黃李娘就是吾大女兒的原名了。

（生）原來如此！

【急三槍】（老生）那姻緣事由天定，三生石把紅絲繫配睢鳩。

【前腔】（外）莫道金蘭，契隨人願，開雀屏氤氳，使擇鷺儔。

（生）還有一件奇事。

（外、老生）怎麼樣呢？

（生）那時孩兒把"郭暉"兩字改為"辛茹"，只聽得隱隱簫管之聲，空中飛下一位美人，旋遶中堂，一會間又被雲霞吹去。孩兒想，這畫册既叫十美圖，怎麼只有九個真容？因此把所見之女，畫在第十幅上。

【又】我偷將符管寫雙眸，畫出雲中閨秀。畫完女子形象後在前邊注着配偶。（外、老生）注着那個？（生）孩兒就把郭暉名字注在上邊。豈知身繼汾陽後，平空的皺上眉頭。岳父，你道畫的美人像那一個？（外）像那一個？（生）偏不是他方邂逅，這湘妃妹早相眸。

（外）這女子像吾小女兒麼？怪道那年八月十五夜，他説夢到廣寒宮，醒來成了一病。這等看來，今日二女同嫁一婿，這姻緣也是前定的了。

【急三槍】想人間諧好逑，天作合，方得個蒂綢繆。（老生）

【前腔】這奇緣今朝定，甫並頭，分明説，從此共長久。

（旦）爹爹在上，姻緣大事，為何説起夢來？妹子已在夢中與辛郎相會，孩兒除下冠帶，送還賢妹罷！

（老生、外）不須如此。

（小旦）爹爹在上，孩兒雖然奉旨成親，大凡家事從長，聖旨如何作得準？還是孩兒除下冠帶，送還姐姐罷！

（老生）這等巧合姻緣，千古稀少，怎麼二位小姐如此廝鬧，叫兄翁老夫不能分解？

（老旦）二位老爺在上，乞恕老婆子亂言。

（老生、外）有何話説？

（老旦）依老婢愚見，倒也好處。大小姐自有文狀元的封誥，二小姐自有武狀元的封誥,各人自有,何必相爭?

（外、老生）保母之言有理。

（老旦）請二位小姐帶了鳳冠罷!

【風入松】今朝何必恁分口,從今各荷皇麻天祿恩。這番獨承受,節度使現班文秀。狀元,你在十美圖上改了一個還好,若改了幾個,到今日羣女共遊,叫咱也難釋戈矛。（外）想巧合姻緣,豈非天意?今日文武高登,二女並嫁,可稱千載奇事,當拜謝天地。

【馱環着】謝神明永佑,謝神明永佑,美女和調,文武元魁,娥皇、女英輻輳。惟願眉齊永久,萬古傳揚,爭說十美圖,巧成婚媾。也只為才人情深,因此上嫦娥潛逼,燒銀韮,撥翠構,吃盡辛酸,那時方就。（下）

正 昭 陽

(傳奇)

清・石子斐

【作者簡介】石子斐，字成章。紹興人。生卒年及生平事跡未詳。約清康熙中前後在世。工於曲，著有《正昭陽》、《龍鳳山》，另有《鎮靈山》（又名《鎮仙靈》、《楞伽塔》）傳奇，《曲海總目提要》謂《鎮靈山》演蘇州巡撫毀上方山五聖祠事。

【劇情概要】該劇故事源自元雜劇《金水橋陳琳抱妝盒》，後明代傳奇《金丸記》亦寫此事。劇寫北宋真宗朝時，陳州大旱，百姓饑饉，丞相呂端與樞密使寇準保薦開封府尹包拯，前往賑災。又因滇蠻作亂，邊境不寧，請御駕親征，以楊延昭為帥，寇準保駕，而呂端留京，總理朝政。時劉皇后與李宸妃皆身懷六甲，真宗征前詔告：誕生太子者，冊為昭陽聖母。無幾，劉后生女，而李妃生男。劉偽稱生太子，一邊馳報真宗，一邊與心腹內監郭淮設謀，偷梁換柱，以所生之女易宸妃所生之男。郭淮又將女摔死，誣為宸妃所害，將其貶入冷宮。真宗臨滇，蠻人不降，孟良暗用火攻，洞主方誠服。真宗班師回朝後，聽信劉后讒言，欲將宸妃絞死。呂端、寇準知有冤，入朝保奏宸妃。帝怒，貶端為黃州司戶，而宸妃得免死，謫守皇陵。劉后差人謀殺呂端，幸為雜耍藝人筚拆天、蒯飛雲夫婦所救，護送至黃州。宸妃日夜啼哭，終成盲人。劉后見太子趙禎長成，貌似宸妃，復與郭淮謀，遣人縱火欲焚宸妃，然宸妃得到受命於寇準的筚拆天夫婦保護，安全移居商丘。月轉星移，十餘載後，真宗病篤，託孤於寇準，並詔呂端還朝。太子登基，是為仁宗。包拯加封龍圖閣大學士，奉詔還朝，過商丘，筚拆天代宸妃鳴冤。包拯遂送妃入京，自己則微行赴闕。途遇郭淮矯詔賜呂端飲鴆自裁，拯不信，命執郭淮。拯、端入京廷奏，詔發郭淮付法司審理。劉后令內監雷應春，賄託兩臺御史朱能，劾包拯誣奏。拯先察得奸情，命執朱能。蒯飛雲獻計，假扮內侍，至天監探視郭淮，賺得口供。劉后又遣雷應春縱火燒宮，欲謀刺仁宗，幸得筚拆天保駕，殺雷應春。包拯審理郭淮、朱能，得知實情，劉后懼而自鴆身亡。仁宗見母，宸妃雙目竟明，於是正位昭陽。此劇所演，實為後世京劇《狸貓換太子》所本。作者云："新奇創，非虛贗，始終事多奇多變。"

【版本流傳】該劇为《傳奇匯考標目》著錄。《曲海總目提要》

卷二十九亦著錄，題《正朝陽》，恐誤。現存清雍正甲辰二年（1724）沈閬生舊鈔本，《古本戲曲叢刊五集》據之影印，題《正昭陽》，未署撰者。凡二卷二十八齣。本文以《古本戲曲叢刊五集》所影印的清雍正沈氏鈔本為底本，雙紅堂文庫藏清鈔本為校本（此本只存上卷），上卷底本有脫訛處，據雙本予以補充，字詞不一致處，擇善而從。

【演出情況】清末小説《三俠五義》用了幾回篇幅敷衍此故事，稍後上海京劇藝人編為連臺本戲，名曰《狸貓換太子》，盛演不衰，至今仍是上海京劇院的保留劇目。早期越劇移植演出，亦獲成功。1957年，芳華越劇團曾改編演出，劇名為《陳琳與寇珠》。秦腔、川劇、淮劇、豫劇等幾十個劇種也移植了該劇目。

（趙曉紅）

第一齣　家　門

（末上）劉后生奸意，郭淮作惡，毒計多端。宸妃生太子，竊換恣凶殘。君昏聽信讒言，險一命白羅捐。喜義俠忠良匡救，霹網藩開。龍圖學士還朝，訴始終冤陷。路執奸闍，新君承大統，輔弼任忠賢。奏情悃藩，虎鷹魑魅一朝蠲。迎母后昭陽正位，母子團圓。那來者呂端是也。（下）

第二齣　議　奏

（外紗帽、蟒玉、花翻上）

【齊天樂】指揮戡亂才猷遑，謹慎小心夙重。鼎鼐調和，陰陽燮理，轉日廻天忠猛。洪鈞傳運，待綏遠懷夷，激濁揚清。三寸毛錐，家齊國治有奇勳。（白）初年四海重昇平，宵旰應須仗宰衡。溝壑有人憂治世，安邦那得長聰明？老夫姓呂名端，字尚恪，豫章人也。身居宰輔，任重千鈞；黼藻國華，丹青玉度。升班月殿，極半生儒者之榮；進請金玉，如古者師聖之重。孤忠自矢，獨立不移。怎奈四方多事，邊境不寧；饑饉薦臻，民不堪命。滇南有洞蠻之擾，除州有藩葵之殘。夙夜憂慮，不遑寢食，急欲剪除，保民慰國，只是難得其人可以任使。我仔細想將起來，只有開封府尹包文正呵，

【錦纏道】貫胸中抱奇猷，心堅志貞，骨鯁世無倫。可堪齊漁陽，兩穗芳名。端自回天力返，烽能井泉滿盈。民懷涌昔無襦，五袴筐盈，潔操凜如冰。履虎穴蛟淵，何幸中天耀大明？剔奸弊，誅夷強梗，信是大臨器之玄素股肱臣。

（末冠帶上，付長班上）

【普天樂】為兵氛，心憂凛，叩相府，申誠悃。（白）下官寇準，官拜樞密事，有事來見丞相。（付）啟爺，這裏是了。（末）通報。（付）嚇，有人麼？（小生上）是哪個？（付）相煩通報一聲，樞密寇爺拜。（小生）住着。啟爺，樞密寇爺拜。（外）道有請！（進介）樞密

公。(末)老丞相請！(外)請！(末)位覃恩敷，萬姓沐栽培之德。(外)文猷武備，華夷沾覆載之恩。(末)幸附麟麒之末。(外)忻瞻赤舄之來。請坐。(末)有坐。(外)樞密公下顧，有何見諭？請示賜教。老夫也有朝政來聞。(末)下官踵叩為猛虎在山，豺狼當道。(唱)薪樵操惟繫鬚嬰，途路上久絕行旌。民遭困迍，救顛危，仰冀貴相經綸。

(小生上)住着。稟爺：陳州飢民百姓呈，彼處今年亢旱，顆粒無收，萬民飢餒，餓死大半。更遭藩王趙旻兄弟四人，高擡米價，斗米千文，半和糠栖粃殼。富家積米，盡被封閉官買。情極求乞而來，告求相爺，轉達天聽，賑救饑荒，法處奸藩。具有告荒公呈在此。

(外看介)嚇，樞密公，我想人民受災如此，那奸藩更加剋剝，真蟊賊也！過來取我俸銀百兩，每人給賞盤費，着他速速還鄉，明日早朝奏聞官裏便了。

(小生)嚇！衆百姓，太師爺賞你每盤費，回去罷！(下)

(外)咳！世亂民荒，百姓受倒懸之厄。爾我身作朝臣，豈能坐視那陳州藩王不惜民艱，恣惡殘害生靈。依老夫之見，

【古輪臺】這是逞才能，濟民間水火救殷勤，奸除蠹剔清強橫。糧儲疾運，選擇幹才，授以千鈞之任。屻困搜奸，救民坑阱。(末)老丞相主見，徵天地之心，奏請朝廷，無有不允。只是誰人可使？(外)老夫已有籌算在胸中了。待等明早，奏聞官裏，特薦一官前去便了。(唱)教他芟除蔓草霈甘霖。(白)所慮者滇南洞蠻甚急，求知樞密公，有何高見，可以定國安邊？(末)滇南洞蠻猖獗，非可力敵。依下官的愚見，(唱)星掃蟻封，剪除梟獍應九天，刻地震雷霆。(外白)如此說要御駕親征的了？還是何人為帥？誰人保駕？何人可以掌朝？(末)下官籌之熟矣！只須用楊延昭為帥，寇準保駕，老丞相執掌朝政，自獲萬全。(外)只是還有一講。萬乘之尊，豈可輕離龍位，身臨大敵？恐為不便。(末)昔黃帝有版泉之師，后啟有扈之戰，唐太宗有跨海之征，皆賴瞖力股肱之臣、熊羆虎豹之衆為之輔護。(唱)運籌帷幄，制奇決勝，天樞星拱御駕任親征。鯨鯢

靖,須教指日凱歌吟。(外白)樞密公高見,定然不爽。來日早朝,一仝奏聞天子便了。(末)既如此,明日朝房奉候便了。

【尾】咿災靖亂忠良引,民樂雍熙之聖朝。(外)明日裏呵,入覲天顏奏寸忱。(末)就此告別了。

(外)有慢。一片冰心在玉壺,
(末)臣君堯舜盡臣謨。
(外)保民為國憑朝奏,
(末)業建功成在此圖。(下)

第三齣 幸 滇

(生帝服,小生、占、淨、付太監上)

【金菊對黃鶯】舜風呈祥,地天交泰,遙瞻北極尊居。兢華封致,皇儲位還虛。(白)每羨周文子嗣齊,螽斯致頌古今稀。宮庭未植宜男草,麟趾呈祥未有期。朕乃大宋真宗天子是也,纘承先緒,立極九重。歷數在躬,承萬年之基業;雷雨作合,洽四海之歡心。剛健粹精,聰明文思。今當早朝,駕臨金殿,宣召百官,問治安之策,擇其善者而從之。內侍!

(眾應介,生)傳旨,宣百官上殿!
(監)領旨! 萬歲有宣,百官上殿!
(外、末上)領旨!
(引)皇圖鞏固千秋永,臣猷殫何敢悠怡?
(末)民憂國慮,日無定晷,竭瘁勤劬。
(外白)臣呂端,
(末)寇準,願陛下萬歲萬歲!
(生)平身!
(外、末)萬萬歲!
(生)二卿有事奏事。
(外)臣呂端有事奏聞陛下:臣昨日朝罷歸第,忽有陳州飢民百人,連名具奏,呈為彼處經年不雨,禾苗枯槁,民不聊生。更有藩

王閉糶,高擡米價,斗粟千文,半和糠粃,以致百姓每呵,(唱)

【粉蝶兒】嗷嗷的頓餐無捱飢餒,母不能顧子,痛哭流涕。烹妻殺子捱旦夕,滿溝老幼屍遺。更藩儲苛剋民脂,如狼虎噬人無替。

（生）平身!

【福馬郎】我聞說因伊心傷,更傷殘萬姓奸藩。累應正碎誅虺蛇正罪,齎若個王欽,值飢瘦救剪蟊賊?

（外白）臣啟陛下,儲王凶恣恃勢,有司任其指揮,道路為之側目。殺戮逞一時之喜怒,剝民婪壑之充盈。天怒人怨,不加法懲,何以安民倫?想內外朝臣,有智未必有膽,亦未必有能,只有開封府包拯,他有雄才大畧,足智多能,不懼權貴,執法秉公。望陛下呵,(唱)

【紅芍藥】高爵賞劍印欽移,捐國難卹困周飢。主弊剔奸誅救災民。盡才能,代天恩濟。(生白)平身!(外)萬歲!(生)丞相啟奏,實合朕心。朕當親書詔旨,准包拯代巡樞密使,敕賜上方劍一口,蟒玉一襲。凡有王親國戚、奸胥貪吏犯法者,先斬後奏,在御庫支餉銀三萬兩,廣收糧米,星夜赴陳州平賣,救民於水火。(唱)星飛敕旨,晝夜馳,隨伊便宜行止。莫悠悠朕命輕違,致萬民顒望時雨。(外)領旨!(末)臣寇準啟奏陛下：滇南洞蠻猖獗,糾集七十二洞烏蠻,聚二百萬衆,虎踞金省,奸淫萬姓,遭殘,官兵莫敵,請旨加兵殄滅。

（生）洞蠻如此猖獗,何法可制?

（末）蠻夷心性凶頑,非可力敵。臣有一計,可以制之。請陛下親統六師,御駕親征,敕命楊延昭為都督招討大元帥,臣雖不才,請為護駕都尉。

【耍孩兒】駕親幸滇南,軍戎理文武神龍虎變,恢疆復土須臾。(生白)朕居萬乘之尊,豈可親臨邊境?況朝中不可一日無君,朕既滇南天行,那朝政誰人主掌?(末)相臣呂端,經綸濟世之才也,望陛下委以塚宰之任。(唱)百官均受制,遵奉欽命,生殺皆依議,家國治周呂。

（生）平身！

（末）萬歲！

（生）呂丞相！

（外）臣有！

（生）朕為蠻夷猖擾，寇賊奸冗。朕當效先朝聖帝，身入不毛，掃清妖孽，拜卿為大塚宰，攝理朝政，閫外惟卿是主。若有亂臣賊子，一任誅夷！

（外）萬歲！

（生）寇先生！

（末）臣有！

（生）卿可總督六師，扈駕征蠻。與朕傳旨，楊延昭速率御林虎賁軍十萬，其部下將校，齊集候旨！（末、外下）

（生）內侍擺駕回宮！

（太監應）

（外）內臣外弼憑忠誠，

（末）盡瘁舒忠報聖明。（下）

【會河陽】（生）御駕親征，只為燃眉噬臍，卹災拯困有良弼。（太白）駕到！（老、正旦接介）（唱）叩迎俯伏宮闈山呼陛，齊齊叩首迎龍馭。（白）臣妾劉氏、李氏接駕。（生）梓童、貴妃平身。（二旦）萬歲！（生唱）我憂疑龍和鳳分顏邐，憂疑千秋後無承繼。

（老白）陛下朝罷回宮，因何龍情不悅？

（生）梓童有所不知。

【縷縷金】只為民難苦受災痍，亂荒重疊至。喪溝渠，極困忠良，任息氛無計。（老）還是何處荒亂？（生）陳州經年不雨，顆粒無收，更遭奸藩高擡米價，飢民餓死大半。朕已差開封府尹包拯前去周濟飢民，其人大有作為，必能勝任。宸妃，（旦）有。（生）卿家素長翰墨，為朕草制，發與翰林謄錄。（旦）領旨！（生）只為滇南二十一府三十八州，盡為洞蠻所占，屢征不克，已點楊延昭為帥，寇準保駕，統領大兵，御駕親征。（唱）克期征進勦鯨鯢，監國少儲繼，監國少儲繼。

（老白）臣妾啟奏陛下：陛下萬乘之尊，自有文臣治國，武將安邊。洞蠻耗亂，只會調兵遣將，前行征勦，豈可神龍離穴，身入不毛？請陛下龍情之思。

（生）朝政委託相臣呂端總攝，他忠貞夙秉，教望素著。朕已傳道聖旨，君無戲言，何敢惜繁勞，以致萬民倒懸？只是朕春秋過半，皇儲難得，喜卿姊妹齊懷龍孕。朕躬至滇，必有經年之久，惟願二卿誕生太子，則朕萬年基業，纘緒有人，朕必安矣！

【越恁好】昭陽册定，昭陽册定，聖母任尊居。萬年統緒伊兒掌，先後有倫彝。（二旦白）陛下道合乾坤，德崇宇宙。（唱）赤龍盤棟，神捧日先徵可議，君儲延早已見丹霞起，可海生有瑤光如虹。

（生）若得二卿之言，朕之幸也！傳旨擺宴後宮，二卿把盞，為陽關三唱之宴。

（二旦應介）擺駕回宮！

（監應介）

【紅繡鞋】神龍奮翻天衢，天衢，風雲附漢追隨，追隨。宗師大帝敢擾怡？烽煙靖，復繩圍，但願回朝日，兩兩產龍駒。（尾）為君不易非虛語，夙夜憂思不已，只為世亂民荒億兆吁。（下）

第四齣　蠻　聚

（丑扮番王，二生、淨、末小番上）

【紅衲襖】俺喜的錦江山美乾坤，愛煞咱聚英雄，到中原人驚怕。（外番王上）俺喜的寶和珍、金穴銀山架，只怕那宋江山只憑一鼓。（老番王上）雄糾糾一似百萬人和馬，（占女番王上）烈轟轟剎官車，望風骨也麻。（合）殺得個鬼哭神號，積血成河也，指日裏直入中原，把宋主拿。

（丑白）鐵甲長驅氣概雄，

（外）人如彪虎馬如龍。

（老）殺人放火威風大，

（占）敵騎聞風膽也鎔。

（丑）俺賓童羅洞洞主喝裏麻是也！

（外）俺虎溪洞洞主藥辣兒漢是也！

（老）俺丹霞洞洞主粘特撒辣是也！

（占）俺灑天嬈洞洞主敖喝也骨多是也！

（丑）列位洞主，咱因心念中華，為此會齊各洞主，合兵二百餘萬，打破滇南，虎踞金省。那些子弟玉帛，任咱受用，官兵不敢正視。不道宋朝孩子皇帝，帶領幾萬人馬，一個什麽楊延昭為帥，前來和俺們打仗。正乃天遣他來納命，錦繡江山獻與咱們受用。待等來交兵，務要殺入宋營，生擒宋主，豈不為快？

（外）洞主，俺聞楊家將驍勇，來日交鋒，須要用心對敵。

（丑）洞主不妨，憑着俺每并心竭力，自然殺他個片甲不還。如有擒得南朝皇帝者，就推尊為頭名使。

（衆）灑營！

（丑）衆部落聽吾號令！

（衆應介）來日呵，

【番竹馬】早把敵軍哈喇來呈帝，只憑着隻手擒拿。整刀槍劍戟，明列旌旗，密密的排無縫罅。受教，殺他無一個能招架，只一鼓占中華。金珠玉帛歸咱，揀選着花枝般嫩嬌嬌摟着戲耍，袞龍袍鎮日裏體兒掛，身上珠寶落索，呀，隨咱快殺一個道孤稱寡。

（各執雙刀跳下）

第五齣　設　謀

（付太監莽衣上）

【風入松引】出入宮闈身顯榮，富貴成虛勢。百年血食無人奉，只因截下人種。（白）初叨皇爺寵幸，將男作女，歡娛做了空空洞洞，從來沒一個響屁。此來宮闈承值，伏侍母后皇帝，專靠奴顏婢膝，更向椒房歡喜。咱家郭淮是也。自從皇帝御駕南征去了，今有半載，只是皇爺春秋過半，未有皇儲。喜正宮劉娘娘、宸妃李娘娘，他兩位身懷龍孕。皇爺幸滇之前，曾有玉旨：誕生太子者，冊為昭陽聖母。皇爺去後，二位娘娘今月分娩。先三日，正宮劉娘娘生下一位公主，以後李娘娘生了一位太子。劉娘娘懿旨曉諭百官，竟稱誕生太子，宮娥、內侍、嬪妃，並無一人知覺。星夜差官，飛報皇爺去了。我仔細想將起來，不過一時權宜之說，倘皇爺駕回，一朝事露，罪責非輕。為此劉娘娘日夜憂心，他悄地命咱計較，咱想得一個妙法在此，只是事情重大，關係非輕，不敢輕舉妄動。且候劉娘娘問及，再作道理。

（內鳴鐘介）你聽金鐘聲震，想是娘娘已出寢宮，只索進宮伺候。正是：欲求生富貴，須下死工夫。（下）

（老旦莽披，占扮宮女隨上）

【前引】只為膝前嗣空，終朝裏怨天公。（白）位正中宮尊太陰，天顏侍御共相親。艱於儲嗣心生計，詐產驪龍報聖君。自家正宮劉后是也。自入清宮，已有數載，艱於得嗣，儲繼尚虛，聖心不豫。且喜忽懷龍孕，誰知偏妃李氏同月得胎，聖上不勝之喜。只為滇南寇警，御駕親征，臨行口傳玉旨：我二人之中，誕生太子者，冊立為昭陽聖母。誰知我皇天不祐，降生之日，却是一女。不踰三日，李妃反生太子。文武臣僚，上表稱慶。我意中欲將公主更換李妃之子，只是事情重大，難以行事，故此日夜憂思，臥不安席。我想宮中只有內監郭淮是我心腹，不免宣他來計較便了。宮娥傳旨，宣郭淮進宮。

（占）領旨！

（宣介，付上）忽聞傳懿旨，應是為皇儲。

（占）郭淮宣到。

（付）娘娘，奴婢郭淮叩首，願娘娘千歲！

（老）起在一邊。

（付應介）娘娘，呼喚奴婢何用？

（老）宮娥廻避。

（占下）

（老）郭淮，我的心事，只有你知。只因事干重大，倘聖上回朝，一知衷曲，我罪非輕。欲將宮主更換李妃之子，只是聖上有言，若誕生太子者，即為母后，他如何得肯？

（付）奴婢每見娘娘憂攢鳳額，豈不欲為籌謀勝算？只是娘娘與李娘娘情仝姊妹，相憐相愛，難以行事。

（老）事已如此，也顧不得什麼情分了，只要換得太子，便安如磐石了。

（付）既如此，請娘娘一物為信，憑奴婢計較，管教詿得太子進宮，娘娘竟自留下，把公主抱還他便了。

（老）他生了太子，如得珍寶，聖駕還朝，他就是個母后了。若得公主更換，他如何肯干休？（付）娘娘放心，奴婢自有見識。只是娘娘有了太子，就顧不得恩了，倘有不測之變，娘娘恕奴婢死罪！

（老）只要換得太子，隨你行事，決不罪你。我就除下臂上碧玉釧，與你為信便了。

（付接釧介）奴婢就此行事去也。

（老）郭淮，

【四邊靜】我只為事干狂妄心懷恐，伏你神機用。若得賺他兒，位正昭陽永。（付白）奴婢此去呵，（唱）**潛龍護擁，離鸞拋送，將**他貶入冷宮闈，無處把情控。

（老白）小心在意！（付）曉得！計就月中月中，謀成日裏日裏。
（下）

第六齣　誣　貶

（正旦莽披，抱子上）

【小引】喜產神龍，全是宋朝祚永。（白）妾身李氏，累蒙聖眷，冊為偏妃。聖心方慮無儲，天幸我誕生太子，龍準鳳目，骨格清奇，真成龍種！但不知為何緣故，朝來魂顫心驚，神思恍惚。

【步步嬌】我為甚心恍情愁恐？敢是人謀算？（白）我自心正，那怕妖邪？（唱）我無暇保弱躬，那慮他意外生枝，無風波動。

（付上介）巧計蓄胸中，惡心頃刻把殘生送。

（白）娘娘，奴婢郭淮叩見。

（旦）郭淮，你來得正好。心念皇爺，幾忘寢食。兩日可有邊報麼？

（付）奴婢聞得皇爺幸滇，大破洞蠻，退兵百萬里，只在目下平伏，便要班師了。

（旦）這是聖上百靈擁護，將軍八面威風。誕生太子之喜，想皇爺早已知道了？

（付）娘娘誕生太子，正宮劉娘娘不勝之喜，各宮飛章，奏賀去了。

（旦）皇爺聞此，必然喜動天顏。你來此怎麼？

（付）奴婢奉正宮劉娘娘懿旨而來。

【園林好】為娘娘誕生龍種，遣奴婢傳言到宮。（旦白）到宮有何事？（付唱）欲把潛龍親捧。（旦白）只怕使不得。（付）有甚使不得？（唱）他珍愛理應從。

【江兒水】（旦）冷落秋闈裏，更幼沖，只愁此去擔驚恐。（付白）娘娘奉有懿旨。（唱）豈不誠心來擔承奉，敢將掌上珠輕縱？（旦白）娘娘懿旨，誰敢有違？付你抱去，須要小心。（唱）須把東宮好擁。（遞與付抱介）（付）這個自然，奴婢去也。（唱）此去謀成，將潛龍換歸金鳳。（下）

（旦白）你看郭淮急忙忙將太子抱進清宮去了。他既奉懿旨，為何這般光景？好生放心不下。

【玉交枝】人心難懂，恐他行機謀。暗中遣人覷覦機謀，迴災驀地隨伊播弄。（白）劉娘娘嚇！（唱）須知嫡庶恩愛全，但願天樞南極裏朝拱。（付上）（唱）萬年基嗣龍繼宗，怎知咱言談笑中。（見介，白）娘娘，太子見過母后，隨即酣睡，娘娘親將風披包裹，命奴婢送還。娘娘，奴婢覆旨去了。

（旦接，抱看，驚介）呀！只是個女身，如何妄稱太子？（想介）嚇！是了，分明是你與劉娘娘表裏為奸，特建瞞天之計，思想更換太子麼？快抱去換來！

（付）你方纔付咱抱去，咱就抱來還你，怎麼說是咱換了？

（旦怒介）唉！郭淮，你將我太子抱去，更換公主前來，與劉后仝謀,端為昭陽正位!嚇!你!

【川撥棹】推客縱將奸謀奏聖躬。(付白)娘娘,不必着惱,待奴婢抱去換還太子便了。(旦)這便纔是!(付接介,旦背轉,付摔介)嚇!娘娘,雖然不是太子,也不便把公主摔死!(旦轉身介)呀!是你摔死了公主,反來賴我麼?我曉得嚇!(唱)你設機謀狠摔兒終,罪滔天實難恕容。(付白)我也不管,就將此死屍抱付劉娘娘駕前,聽憑懿旨便了。(抱介)(唱)把屍骸訴正宮,却將伊罪不容。(內白)懿旨下!(丑內官、外、占小太監上)(合唱)懿旨森森羈冷宮,為荊棘,應斷萌。(丑白)正宮劉娘娘有旨,李氏生女怨恨,不忠不慈,手刃其女,貶入冷宮,奏請定奪。孩子每,快快扶入冷宮去。(唱)候皇爺駕轉朝中,正法律誅夷母衆,且扶伊幽禁宮。(下)

(付又上)好妙計也!

【尾】皇儲干係千鈞重,暗設神機妙用,從此萬載千秋劉氏榮。(下)

第七齣　點　　將

(淨赤臉、盔甲上)

(白)馬褂征鞍,馬褂征鞍;柳梢枝上,柳梢枝上;男兒要掛印,男兒要掛印;腰下常懸,腰下常懸。自家都招討大元帥麾下、首將孟良是也!向在老令公帳下,職任先鋒。殺敵衝鋒,南征北討,身先士卒,斬將搴旂,奉旨征遼,身經百戰。令公生有七子,無不智勇足備,均叨顯爵。可恨奸臣潘仁美暗通蕭后,不發軍糧,以致中軍乏食,士卒飢疲,為遼所敗。七將軍殺出重圍,請糧求救,復為奸賊亂箭射死;令公憤恨,撞死李陵碑下;大哥、二哥、三哥盡皆戰死;四哥流落番邦,回朝之日,觸死紫金門外;五哥久已棄職,披剃空門。止存六哥一人,和八姐、九妹,並俺衆將,誓死報復,大破遼兵。班師回朝,聖恩敕鎮三關,招為郡馬。近因洞蠻造反,虎踞滇南,御駕親征。敕命六哥為帥,寇樞密保駕督師,帶領我等衆將部卒五萬,並御林虎賁二軍,合兵二十餘萬,來至滇南,扎定營盤。尚未交鋒,六哥傳令:今日登壇遣將發兵。六哥早已升帳,衆將尚未齊集,只索營門伺候。

(內衆)請了。

(淨)道猶未了,衆將來也!

(生盔甲上)花刀岳勝久聞名,武藝韜略實冠羣。馬到須教誅臣逆,安邦定國著奇能。元帥登壇號令,須索營門伺候。請了!

(淨)請了!

(末上)力敵千軍氣概雄,飛刀先射斗牛宮。楊家飛將呼延贊,烏氏雙龍拜下風。元帥登壇號令,須索營門伺候。

(見介)

(付上)慣戰能征膽氣粗,飛熊飛虎不如吾。楊家義子高懷亮,赤膽忠心宋室扶。元帥登壇,只索上前候令。

(衆)請了!

(內吹打,小生扎甲披莽,二旦小軍上)

【點絳唇】不羨看拔幟,奇能天山刻。定稱雄勁,俺自有智勇超倫,霹靂手誅強命。(白)西鄙煙塵一鼓清,龍韜虎略任施行。丈夫鵲印搖邊明,大將龍旗拂海雲。本帥楊延昭是也。欽承聖眷,扈駕南征,兵抵滇南,扎營安寧州郊外,選期今日進兵,勦滅洞蠻,登壇號令,須看俺一戰除氛,上報朝廷,下安万姓,纔展俺平生英勇也!

(衆)衆將進!

(小生)進來!

(生、末、淨)衆將打恭!

(小生)衆將官站過兩傍,聽吾號令!

(衆傍立介)

(小生)岳勝聽令!

(生)有!

(小生)爾領步兵一萬,埋伏楊林,只待蠻兵到來,從中截來。

【油葫蘆】恁須要偃旌旗,戰馬摘鑾鈴,靜無聲。三軍奮勇號梟獍,剪俘囚,勦巨逆,雄威逞。俺這裏端自有奇兵應。恁本是個嚼鐵勇超羣,又何慮小醜蜂蟻盛?只看取一回,烽煙掃,恢邊境,功勞簿首著爾芳名。

（生應下）

（小生）呼延贊聽令!

（末）有!

（小生）你領部兵一萬,沖入蠻營!

【天下樂】漫道他百萬蜂屯,膽戰競,兀也逡巡性。戰征應,索效五百人,破賊馬將軍。似轟雷搗賊營,斬樓蘭定太平,纔顯恁威武獨超羣。

（末應下）

（小生）孟良聽令!

（淨）有!

（小生）爾領部軍一萬,埋伏昆明界,只待蠻兵一到,攔住截殺,突入蠻營,焚其糧草。

【那吒令】可羨你大膽的包身,紅抹額俊英,止鉦的技能,上馬可敵擒。似獅彪出羣,統雄師迅行。宗諸葛火燒屯,向披靡驅兵進殺,教恁進退無門。

（淨應下）

（小生）懷亮兄弟聽令!

（付）有!

（小生）你領部軍一萬,埋伏深林,以待洞蠻敗時,用力截殺。

【鵲踏枝】勦蠻酋如風捲雲,須一鼓山魈清。莫教縱隻騎潛逃,須索要斬草除根。不爭的把三軍疾行,纔不愧楊將舊家聲。

（付應下）

（小生）諸將調遣已畢,俺親自統領大軍,接應去也。大小三軍!

（二旦）有!

（小生）聽我號令!洞蠻集烏合之衆,犯我天朝,羣縣為之一空,士民遭其屠戮。故寇樞密請駕,親統六師,專征破敵。今日之戰,各須斬盡凶蠻,殄滅蚣蟓。建功回日,論功陞賞!就此發兵!

（二旦）得令！

（呐喊介）

（小生）

【寄生草】視敵騎蜣蜋比，剿豺狼若刈。共只憑奇謀勝算，張韓並，折衝破敵多雄勁，摧枯拉朽烽煙靖，潑湯蟻滅須臾頃。愁馬革裹屍骸，竭忠盡瘁丹心秉。（下）

第八齣　平　蠻

（二旦小軍領生、末上）

【芙蓉掃朱奴】刀槍密似麻，文武謀猷，大剿鯨鯢，一似風捲殘霞。絕機陳排難猜度，虎驟龍騰草似麻。（生白）朕乃大宋天子，只為洞蠻虎踞滇南，帶領雄師虎將，御駕親征，兵臨安寧屯扎。文有寇先生，武有楊郡馬，諒此小醜，何難殄滅？只在今日一戰，鹼斬元凶，掃平蟻穴，纔顯俺大宋威武。寇先生！（末）臣有！（生）須用奇計殺他隻輪不還，不可少挫軍威。（末）請陛下駕升龍帳，微臣先已設計，郡馬遣將發兵，只憑一戰，管教奏捷。（生）長城之倚，今在先生。朕躬升帳，以待奏捷便了。（上殺介）（眾合唱）恢疆界，只憑子牙一戰冰消化。

（淨退，外上戰介）

（外）南蠻留名！

（淨）哎！還不認得俺孟爺爺麼？

（外）你就是孟良？

（淨）蠻酋！（唱）

【四邊靜】你形容醜陋如羅刹，手脚欠滑撻，敢與孟爺爺交鋒兩廝殺？（外唱）不須噪聒，把頭獻納，免俺污刀槍生把皮兒刮。

（殺介，追下）

（付追老上）

（老）南蠻留名！

（付）哎！蠻酋！你不認得我高懷亮麼？

【又】俺殺人放火眼不霎,伊何不詳察?怎敢犯雷霆,螻蟻想扛塔。
（老唱,合前,殺追下）
（小生追占上,殺介）
（小生槍挑占下馬介）
（丑殺上）呀!你是何人?敢把槍挑俺天母洞主?
（小生）蠻酋!你雖不認得俺六爺爺的面龐,難道不聞俺威名麼?
【又】楊家猛將專征伐,夷夏威名達。仗劍斬鯨鯢,揮戈掃逆孽。（丑白）嚇!你就是楊業的兒子麼?（小生）然也!（丑）汝父被大遼所戮。（唱）骨髓飄刮昊天塔,下馬早投降,免受犬鴉嚼。
（殺介,丑敗下）
（外、老、丑敗上,淨、付、小生追上,走陣介）
（外衆敗下）
（小生）衆將官!把蠻酋緊緊圍定,不許放走一人!
（內）得令!
（吶喊介）
（生、末下臺介）
（二旦、小軍上）
（生）好一場廝殺也!
（小生）臣啟陛下,洞蠻已在圍中斬首,無算蠻兵,殺死大半了!
（生）郡馬一戰,大破洞蠻,今被大兵圍困,插翅也難飛去了!傳旨三軍,各各埋鍋造飯,朕同寇先生,且向御營安息者。
（小生）孟良!傳令三軍,安營造飯!
（淨）得令!大小三軍,元帥分付,安營埋鍋造飯!
（內應,吶喊介）
（小生）就此起駕!
（二旦）得令!
【又】神謀勝算真特拔,一戰如排撻,屍積堆如山,腥紅染衣甲。一朝殄滅天山鬼魅,一戰復滇南,姓氏麟臺列。（下）

第九齣　誠　服

（外、老旦飛奔上）殺壞了了！

【引】猛虎落深坑，（外、老）生死全難定。

（外白）洞主，俺們遵奉號令，指望打破汴京，洞主登了龍位，分茅列土，兒孫受享。誰想被寇準督師，楊六郎為帥，被他一陣殺得片甲不存，又傷了俺天母洞主。十停人馬去了六七，又被他重重圍困，軍中糧草又被孟良放火燒盡。如今外有強敵，內無食用，眼見得做了釜底魚，是個死哩！

（內吶喊介）

（丑）你聽金鼓連天，殺聲震地，想是宋朝人馬，殺進營來了！怎麼處？

（外、老）只得束手受死哩！

（丑）束手受死也罷！

（合唱）

【尾犯帶芙蓉】釜底幾枯鱗，爛額焦頭，只在晨昏。糧盡人疲，旦晚難存。憐憫深自悔，飛蛾明向卵投石，全然未省難逃遁。（丑白）列位洞主，如今事已急了，只得備下降書、降表，前往宋營哀求，或者南朝皇帝開好生之德，放咱們生還，也未可知。（外、老）他若不放便怎麼？（丑）他若是不肯罷！（合唱）只得哀求請，望仁慈赦釋，誠附殷勤。（轉下）

（付、小旦引生上）一計能燒百萬兵，神機妙算有誰能？

（末上）今朝施展回天手，

（小生上）眼見螻蟻命不存。

（見介）

（生）朕躬准寇先生之請，御駕親征，且喜文武仝心，將士戮力，一戰成功。洞蠻緊緊圍裹，已半月有餘。又得孟良暗用火功，絕其糧草，眼見俘囚別無救援，內無糧餉，束手受死。只是天地有好生之德，何忍絕其種類？只須誠服其心，縱之生還，不為後患便了。

（淨上）報！殺賊威風震，燒糧倒必驚。孟良啟駕，各洞蠻酋，齎進降表，至轅門請罪。

（小生）孟良傳令！搜檢明白，進營打話。

（淨）得令！衆蠻酋，元帥有令，着你進宮打話。

（丑、外、老上）恩蒙赦釋歸巢穴，頂戴洪恩萬萬年。

（丑）罪酋喝裏麻帶領各洞蠻頭目拜伏請罪哩！

（生）爾等都是洞蠻酋首麼？

（丑衆）是！

（生）唗！

【尾犯序】小醜恁胡行，禍福吉凶不自省。粉體靡屍，務芟截除根。（丑白）萬歲爺，請息雷霆！罪酋上有一言奏啟！（小生）唗！蠻酋！你命在須臾，還有何講？（丑）元帥爺！叩罪囚等小醜跳梁，干犯天威，罪該萬死。望陛下廣開好生之德，大施雨露之恩，格外施仁，苟活蟻命。若得生還巢穴，情願年年進貢，歲歲來朝。只天地有好生之德，陛下豈無開網之仁？（合唱）哀懇求，哀念蜣螂移求，哀念知蜘網，掙斡裂骨，望搭橋蟻渡，全活戴天恩。

（生唱）

【又】法干不赦怎容情，一死應承定，空自哀鳴。（末白）洞蠻犯順，罪固當誅，只是誅降殺服，恐傷天地之和。望陛下呵，（唱）格外垂慈，放商湯存仁。（生白）既有公卿奏請，姑饒一死，速獻降書、誓辭，朕當開一面之網，許爾等自生之路便了。（丑）罪酋等獻上降書、降表。（合唱）哀懇望，哀念螻蟻，微命免烈火身烹，條天心念無知無見，干罪險傾生。（生白）本該掃爾巢，蕩爾穴，絕爾種類，以警四夷，切念古帝明皇，不為已甚，赦爾死罪生還，稍有背盟，決不姑宥！

（丑、外、老）如有背盟跋扈者，千刀萬箭分屍！

（小生）孟良！與我傳令大小三軍，暫且解圍！

（淨）得令！大小三軍聽者，元帥有令，暫且解圍！

（內吶喊介）

（丑、外、老）好了！解圍了！吾皇萬歲！（轉下）

（生）朕賴衆文武協力同心，將卒盡力，恢疆復土。楊郡馬，鎮守滇南，全省安民招撫。其餘衆將，待朕回朝，論功陞賞！

（小生）領旨！

（生）寇先生扈駕還朝！

（末）領旨！

（生）傳旨班師！

（小生）衆將官就此班師！

（衆應介）

（小生）微臣扈送一程。

【又】（合）鞭敲金鐙凱歌吟，海不揚波，夷夏無驚。從此氣清，保萬載咸寧，歡慶。文共武竭忱殫，兵和將龍騰虎勁。還堪喜王儲克繼，奕世永傳承。（下）

第十齣　撮　　弄

（占兜頭、青布衫，扮走索女上）

【普賢歌】鑽梯走索打筋斗，四體如綿無骨頭。夫妻只兩口，攪身如水流。日逐三餐盡夠有。（白）自小習成技藝，手脚十分便利。諸般撲跌精通，撮弄更加怪異。跳白猿，千臺脚迅；遊龍騰，高竿之上；槍刀闕，輕飛絮舞；弄缸甓，好教人看得眼花亂墜。搗虛見渾，只憑俺做得撇脫希奇。雖則般般是假，任他離婁明目，看不出實實虛虛。奴家蒯氏，小字飛雲，淮安人也。自幼嫁與鞏拆天為室，夫妻同庚二十。丈夫膂力剛强，拳棒精熟，膽壯心雄，多謀足智。祖習拳棒把戲為業，慣走江湖，以商丘作室。奴家雖係女身，頗有男兒智量，俠腸義膽。只為本處年來荒歉，米珠薪貴，生意淡薄。虧得朝廷欽點一代巡樞密使姓包名拯，他為官清如水、明如鏡，慣斷無頭冤獄，誓除酷吏奸胥。來此賑濟飢民，載來糧米三萬，減價發賣。但有赤貧老弱，開册報明，日給口糧，救活萬人。本郡藩王恃勢虐民，他搜其惡跡，奏達盡行削除。來此經年，歲熟民安，那些人家多已豐衣足食，每日生意，頗有積趣。日上三竿，朝食已過,不免喚丈夫出來,早早出去生理。丈夫走動!

（丑衣帽搭膊拴腰上）

【又】神强力健勝如猴,日可更移天可偷。撮弄手段有,撲跌若飛鷗,不少盤纏隨我遊。（白）娘子,唱喏。

（占）我和你仝行仝坐,為何作起揖來?

（丑）個叫仔上床夫妻,下地君子。夫妻相敬如賓,纔是大綱節目。

（占）也講得是。

（丑）摟占,做親嘴介）我個娘!

（占）啐!你纔説上床夫妻,下地君子,為何如此粗鹵?

（丑）我搭唔要出去做生意哉,討介個好襯語。

（占）什麼好襯語?

（丑）今日出去,比子昨日出去,賺介幾個對合。

（占）休得取笑!快快一同出去罷!

（丑挑厢介）主人家,我裏出去做生意哉,看好子下處!

（内應介）

（丑、占行唱）

【窣地錦襠】肩挑箱籠滿街兜,積攢銀子返故丘。出頭露面不知羞,業在其中非浪當。

（歇擔介）

（丑白）就來這裏發個利市罷!家主婆,你鐋起來!

（占打鑼介）（白）鳳舞龍旋繞碧虛,來回迅速名裡移。刀槍劍戟身難過,萬馬千軍盡竄歸。列位看把戲嚇!

（外、淨、二生、二旦扮遊人上）

（丑）看把戲!列位,小子到貴處雖無駭人本領,只落得拳棒熟,撮弄精,那些尋常把戲,不足為奇。今日要演一椿真伎倆,看官目無所見,耳未所聞。列位看官們肯出青銀十貫,便把本事施行。

（衆）太多了!

（占）不消許多,減半減半,列位大爺們要看把戲,把銀子擲下,大大賞賜幾塊,銅錢也賞幾百,等我再搬演一回,包你們好看!

（衆）大家來湊些！
（外）五錢。
（生）一百。
（小生）三十文。
（淨）六分。
（旦）一錢。
（付）直頭定一隻，替我夾夾。
（占）夾你的嘴，還少？
（付）少，沒我包子你。
（占）包你！
（付）你包我嗜？
（占）一扇蘆蓆就包了你了！
（淨）倒被他說了去了！
（渾介）
（丑）齊了麽？
（占）齊了。
（丑拿流星錘使介）
（白）走盡江湖浪蕩閒，挣拳摸打我為先。打盡天下無敵手，凌煙閣上把名傳。
（做完介，占打鑼白）這樣本事也平常！
（丑）也拿得出個哉！
（占）你敢與老娘比個手段麽？
（丑）你個樣婆娘擺兩皈咊來！
（占、丑相對打介，占跌丑介）
（末上）唗！弄把戲的！代巡包老爺有令，一應外方之人不許存頓地方，立刻驅逐出境！
（丑）牌頭阿叔，我裏個樣人，這裏不容，有處去個？就走便罷！
（末）如若遲延，立刻處治！
（丑）是哉！就去罷哉！
（衆下）

（丑）咳！羅裏說起！正要做生意，賺幾錢銀子，誰想個官府做起對頭來！我裏竟到下處去，拿子行李就起身。

（占）如今往哪一路去好？

（丑）只要離子渠個地方，到處做得生意個。我裏竟到汴梁城裏去走走罷！

（占）有理！那汴梁乃帝都之地，勝似這裏百倍，我們連夜去罷！正是此處不留人，

（丑）自有留人處。

【破窰□】清官法令狠如彪，挑了行囊別處投。日常路費不須憂，走他州，哪怕錢財無人賞？（下）

第十一齣　誣　害

（老旦上，淨扮宮女上）

【引】非關心性似鶺鴒，寮關係宗枝。老身劉后，幸得郭淮設計，更換太子。李妃不甘之意，郭淮心性狠毒，竟將我女摔死，回奏於吾，不勝驚駭。他又奏密計，必要如此怎般，方為萬全。事已如此，只得割恩捨愛，反誣李氏殺女欺君之罪，將他貶入冷宮。今已數月有餘，連日飛報到來，皇上幸滇南，仗寇準之謀，喜楊帥之勇，一鼓平蠻，班師回京，準期今日還朝。我做此虛心之事，又將李妃陷害，聖駕還朝問及，教我如何抵對？嚇，有了！郭淮行此毒計，必有主見，且宣他進宮商議便了。宮娥！

（淨應介）

（老旦）快宣郭淮進宮！

（淨宣介）

（付上）承恩宣召非無別，六出奇謀早主張。娘娘，奴婢郭淮叩頭。

（老旦）起在一邊。

（付）千歲！

（老旦）宮娥回避。

（淨應下）
（付）娘娘宣召奴婢，有何差遣？
（老旦）郭淮，我只為李妃之事呵，
【黃鶯兒】朝暮自嗟咨，恐君心有所思。意中惶惑無寧止。（付白）娘娘請寬聖衷，奴婢久已籌之熟矣！奴婢還有定計，娘娘候皇爺回宮之時，（唱）只要從空駕詞，向君王奏知，吾教聖心觸怒加刑處。（老旦白）妙！此計實為萬全也！（付唱）布羅網隨伊插翅逃，不過釜鍋支。
（生、眾太監上）
【囀林鶯】陰陽燮理天相資，佐理朝政專司。（太監白）駕到！（老旦出迎介）臣妾劉氏接駕。（生）梓童平身！（老旦）萬歲萬萬歲！（生唱）自幸滇南，兩間常蒙思。（老旦悲唱）覲天顏令奴驚持。（生白）却是為何？（老旦唱）內裏無主持，失檢點，雛鶯遭弒。（生白）梓童，此言為何而發？（老旦跪白）臣妾罪該萬死！（生白）卿有何罪？平身奏來。（老旦起介）臣妾與李妃仝月懷孕，妾身幸誕生皇兒，李妃生下一女。臣妾贈以洗兒金錢、錦繡襁褓，他反疑臣妾奚落，竟將公主摔地而殂。內侍急回報知，臣妾不勝駭愕，急赴偏宮看視，只見此女呵，（唱）命懸絲，任撫護，一靈早赴陰司。
（生怒白）嚇！李氏生下公主，怎敢擅自摔死，殺我掌珠，好恨也！
【簇御林】我聞伊奏，指鬢恁恨牝狐毒鴆。（白）你當時就該處以重法了！（老旦）李妃曾叨聖眷，臣妾何敢擅專治罪？只他存心太狠，欺君滅嗣，罪難容縱，將他權貶入冷宮安置，候旨定奪。（唱）他儀容不與當年似。（白）臣妾啟奏：叨主青宮，內理不齊，以致毒婦行兇。（唱）應正罪牝牡恣，望仁慈，天恩赦釋，超活免仝誅。
（生白）此皆毒婦藐朕躬，有逆天大罪，並非梓童之過，只將李氏正典，以償弒殺之罪。郭淮傳旨，明日五更三點，將李氏綁赴法場，著塚宰呂端監斬、覆旨。
（付）領旨！
（老旦）臣妾啟奏陛下，李氏雖干天譴，曾叨聖眷，請陛下格外施恩，賜以全屍，況此係宫壼之變，不可使聞大臣。

（生）準卿所奏。郭淮，你領朕意，賜白羅三尺，明日五更三點，縛出午門，絞死便了。

（付）領旨！（下）

【貓兒墜】（生）昭昭國典，執法永無私，正罪施行不可遲。（老旦白）陛下請息天威，臣妾治有御宴。（唱）且開懷飽飲瑶卮。（生白）一腔憤恨，何必飲宴。（唱）難支五内無明火，咬牙切齒。（老旦）李娘娘，

【尾】你自作自受罹刑處，干天怒蒙君殺子。（生）律法難容狗我私。

（生白）愁氣填胸難自禁，

（老旦）存亡應着定前生。

（生白）違殺滅法當誅戮，

（老旦背白）我背却銀燈拭淚痕。

（下）

第十二齣　貶　　忠

（外、末各執笏上）終年執政佐唐堯，物阜民安邪氣消。

（末）只憑一鼓羣裒剪，赫耀天威萬古昭。

（外）下官吕端。

（末）下官寇準。

（外）昨日聖駕回朝，百官行朝賀之禮。今當早朝時分，恐有玉音傳出，須索午門伺候者。

（末）丞相前行，下官隨後。（行介）

【粉蝶兒】萬國來朝，眼見有，眼見有，喜得個斬樓蘭，似煙飛掃。盡共稱誦聖德巍高，可齊方赤帝子，伐蚩尤剿無餘耗。喜溢眉梢，賀昇平，山呼舞蹈。（下）

（內白）閒人站開！

（旦）好苦嚇！

（付捧旨押旦上，小生、丑校尉仝上）

【泣顏回】血淚湧如潮，痛恨閹奸謀狡。朋凶陷害，蒙污久受籠牢，冤情怎辨？任含沙血噴龍情惱。悲慘慘索綁繩穿，痛煞煞命歸泉道。

（外、末上）

（白）綁縛何人？犯何條律？却自朝門而去。

（小生）呂、寇二位老爺來了。

（付）這是宸妃李娘娘，奉聖旨綁出午門外絞死哩！

（外、末）既是李娘娘，犯有何罪，驟然致此大典？

（旦）問者何官？

（外）老臣呂端。

（末）臣寇準。

（旦）原來二位大臣！

（唱）

【石榴花】俺本是無疵無玷美瓊瑤，端只為儲嗣起波濤。（外白）正宮劉娘娘誕生太子，百官盡知，有甚波濤？（旦）這是那裏説起！（唱）我一任他指鹿為馬颺李尋桃，玉石不辨涇渭混淆。（外、末白）便怎麼樣？（旦唱）暗地裏起婪謀，誆真龍離穴誰知道？（外、末白）如此説，其中有詐否？（旦）罷！聖心如此蠱惑，説也没相干了。（唱）如山壓卵，急難詳告，今日裏受刑誅，受刑誅，跳不出深深窖。這冤情，只索訴天曹。

（外、末白）説話不明，就如昏鏡，好難測度。行刑校尉過來！

（小生、丑應介）

（外）且把娘娘押在午門，少停片刻，待我入朝保奏便了。

（付）咳，聖旨如何挽回？

（外）有俺在此。過來，若有差遲，爾等治罪！

（小生、丑應介）

（付）嚇，也罷！我看你如何挽回便了。且押到外邊，等一等罷！

（小生、丑）娘娘請行。

（押旦下）

（外）罷了罷了！朝綱如此顛倒，你我身為大臣，豈能坐視？就此一仝入朝，極言苦諫便了。

（末仝走）

（唱）

【前腔】蓋忠臣我願餐刀，忍視朝綱顛倒？攀柱折檻，天心威格慈昭。（末白）已到金階，皇上尚未升殿，就此一仝俯伏便了。（外）說得有理。聖上呵，（唱）你聰明睿智，却元何一霎時成昏耄？聽讒言刑戮嬪妃，全不把是非詳較。

（生上，淨、老太監引上）

【鬥鵪鶉】恨綿綿內禁興妖，慘呼呼雛鸞數殀。（白）殿前俯伏者何官？（外）臣呂端。（末）臣寇準。（同白）臣等俯伏丹墀，候陛下登殿。（生）朕躬尚未設朝，何敢擅登殿陛？（唱）亂紛紛不奉朝宣，亂紛紛不奉朝宣，視昭昭皇章虛渺。（外、末白）臣等怎敢擅登殿陛，只為陛下呵，（唱）忍心把皎明蟾膌污草，也須知涇渭有混淆。（生白）朕躬並無失德，此言自何而來？（外）陛下仁慈普照，聖德維新，李娘娘侍御龍躬，冊為貴妃，美名素著，有何罪犯？（唱）枉施刑屍市頭，哭哀哀沉冤莫告。（生白）嚇，原來為此！二卿，若論李妃之罪，萬剮難贖。（唱）

【撲燈蛾犯】恣胡行不知高與卑，生嫉妬法犯全不較，侮君王皇祚骯髒，昧良心嫡胤刈如蒿。生下有鸞雛鳳種，一霎時逆殺害犯天條。（外）阿呀！聖上嚇，你好差矣！母子之情，豈有殺害之理？其中必有奸弊，伏望暫赦回宮，細鞠真詫。聖上嚇！（唱）天聽遠有中霆推雷鑑，纔覺察人間臧否善和惡。

（生白）嚇！朕躬幸滇，委爾朝政，職司塚宰，細微毫末之變，即當飛章奏達。宮壺有此異變，隱匿不奏，已犯蒙君之律。朕躬察其凶毒，明正典刑，還敢憤憤諫阻？無君甚矣！法應正典。姑念老臣，恕爾一死，貶為黃州司戶，立刻出京，止容一人一騎隨行。速退！

（外）萬歲，萬歲！罷了罷了！忠言不聽耳，謫貶逐黃州。（下）

（生）內侍！

（淨、老應介）

（生）速將李氏絞死覆旨！

（淨、老）領旨！

（末）臣寇準有本，望陛下暫停行刑聖旨，容臣冒死上奏！

（生）既有所奏，內侍傳旨暫停。

（淨、老應介）

（末）願陛下萬歲！

（生）奏來！

（末）切思士民有夫婦之恩，陛下豈無宮闈之愛？李娘娘罪之真誣，臣不敢辨，況陛下九重之尊，萬姓蒙覆載之澤，一旦施行妃侍，恐傷天地之和，望陛下赦其一死。

【下小樓犯】（末唱）不教受非刑斃，聖恩崇蟻命保。憶古來開綱商湯，開綱商湯，痊骨存仁，興滅功高，又何悲玉碎珠沉，玉碎珠沉？堯天舜日光凝照，望天恩開羅劈網釋鶺鴒。

（生白）毒婦情真，罪當一死難饒。卿有謀定之洪功，勉准所奏。內侍傳旨，將李氏押去皇陵看守，免其一死便了。

（老、淨）領旨！

（末）萬歲萬歲！

（生）捲簾散朝，擺駕回宮。

（眾應介）堪樂繼緒憂懷釋，鴇母虺殘罪不容。（下）

（末）咳！這是哪裏說起！宮闈生變，元老被謫，不能個挽日回天，好不悶殺人也！不免急往相府敘別，後圖奏請召回便了。咳！丞相！丞相！

【尾】你調和鼎鼐勳名浩，把社稷山河肩獨挑。聖上，聖上，因甚疾震雷霆山嶽搖。（下）

第十三齣　途　救

（丑背竹箱上）

【水紅花】權應揮哄搏，三餐積銀兩。腰頭飽滿，只愁朝暮病來纏,感蒼天十分康健。(白)自家鞏拆天,向在陳州生理。正是有咬嚼頭上,誰道代制包老爺,嚴禁外方之人存頓,立刻驅逐出境。我夫妻兩口,有這個樣本事,囉怕無場嚇尋飯吃?連夜收拾子行李,要到京裏走走。一路來到山西地方,做子兩日生意,賺子七八百銅鈿,亦有好兩日用哉!我裏家主婆方纔走子兩套索,弄子兩隻缸甓,肚裏餓哉,趕到飯店裏,三四碗醃肉湯落豆腐,七八碗白時老,一吃口渴起來,走到井邊半吊桶個冷水介一吃,肚裏痛起來,奔到墳墩裏去五十三哉。去子半日,僥了還勿見來,弗要被蛇遊子屁眼裏去,消倒丟哉。等我叫一聲:看女朋友,唵,女朋友!(占上)可是叫你的命!(丑)勿差,你原是我個命根介。(占)慌到那裏去?只管叫!(丑)恐怕你撥來別人竭子去了。(占)不要亂話,回寓去罷!(丑)為僥子老早要歸去?(占唱)身子十分疲倦,早早去安眠。(丑白)安眠尚早。(占)為何?(丑唱)我搭你還要做一個狗連連也囉!

(占)啐!

(渾下)

(外上)聖上嚇!

(付童兒隨上)

【山坡羊】把朝綱霎時撩亂,信奸讒不把真誣明辨,猛烈雷霆震鳴。聖上嚇!全不把衾枕情垂念。(白)老夫呂端,只因李娘娘被陷施刑,我極言諫阻,觸怒聖心,貶為黃州司戶,不容存頓,立刻起身。我想既食君祿,命懸於君之手,固此別過妻孥,只帶一人一騎隨行,又恐違了欽限,曉行夜宿,來此已是西魯地方。今早五鼓起身,一路行來,多是深山曠野,又沒處打個中伙,腹中又飢,身子又倦,如何是好?(付)老爺又數說個?閉口深藏舌,安身處處牢。僥正經管個樣閑事,務討介苦來吃。(外)你這小人,怎知大體?(付)我是小人,你那間大也,大得有限哉。日頭倒西快哉,快點走一步,要救肚皮要緊。(外)咳!(唱)我心痛酸,朝綱日漸顛。(付)老爺你衰齡暮景,兀自閑多看。今日行萬里關山,有誰知寒識煖?(合)遭艱,盡忠獸心不偏,何事感君心特命顛?(下)

（末、淨、二生扮強盜上）

【水紅花】忠奸不辨豈虛言，不留營毒謀施展。教他一命喪烽煙，赴黃泉冤情誰念？我等乃廠中一班校慰是也。奉郭公公之命，道呂丞相附護李宸妃，君前諫阻，觸怒聖心，貶為黃州司戶。正宮劉娘娘切齒恨他，旨命郭公公差我等二十餘人，每給發安家銀五十兩，着我們一路隨來，覷個荒僻去處，打扮做綠林，將他主僕二人殺死。一路人煙湊集，不好下手，今日來此，已是山西地面。前面一派荒郊，正好行事。我們快追上前去了當了他，早回去請功。（衆）有理！（合唱）只因閑事多管，致教觸怒天顏。管教他喪荒郊，有誰收屍骸殮也囉。（下）

（占、丑同上）

【梧葉兒】憑撮演涉邊，算無憂慮少銀錢，隨本事一生歡忭。（丑白）今早起身別子主人家，一路來，竟有點肚裏餓哉，且趕到前頭去吃點啥再走。（占）有理。（內白）行人留下買路錢！（占看介）不好了，強盜來了！（丑）勿好哉！家主婆，青天白日，撞着子強盜短路，我搭你拿子傢伙趕上去，救個客人，也是好事。（占）說得有理。（丑拿棍，占拿錘子介）（合唱）救難除奸，且把滔天施展。（下）

（外前奔，衆追上，丑上殺介，占上齊殺，敗衆下）

（外白）二位恩人，多謝多謝！

（作揖介）

（丑）請問老客，姓甚名誰？為何事到此？

（外）老夫姓呂名端，豫章人也，曾叨相位。

（丑、占）原來是一位相爺！小人們有眼不識，伏乞恕罪。

（跪介，外扶介）救命之恩，不必如此。請起！

（丑）請問既是相爺，為何微服到此？

（外）二位，老夫呵，

【五更轉】（唱）遭貶逐，黃州踐。（丑白）為何事致遭貶逐？（外唱）為偏宮大冤愆，朝門賜死，叩闕忠言諫。（丑白）聽也不聽？（外唱）不能感格天心，反遭謫貶，承皇命星夜馳，何容緩？窮途困苦多歷遍，誰知復遇強徒，命懸一線。

（占白）丞相爺謫貶，偏宮刑處，真乃朝綱顛倒，內中必有奸謀，以致如此。
（丑）弗道皇帝介樣無情個，為何有數説個一夜夫妻百夜恩？一個娘娘那亨就要絞殺哉。起來哉，弗是相爺來裏説，小人拿個我裏女個，肉粥能介，重話勿説一句！
（外）休得取笑，我那小廝那裏去了？
（占）那邊刀傷一人，不知可是？
（外看哀介）我那兒嚇！指望你千里相隨，不道被盜所殺，可憐可憐！
（旦）死者不可復生，請自保重。但如今相爺子然一身，怎好前去？
（外）正是！
（占）我夫妻二人，總是到處為家，何不送相爺到於謫所，有何不可？
（丑）好！真正有智婦人，賽過讀書君子。我裏兩個送相爺前行便了。
（外）救命之恩，尚未圖報，怎敢復勞遠送？
（丑）好説。
（占）這屍首怎麼處？
（丑）勿妨得，我掘一個地潭，葬子就是哉！
（轉下）
（外）嚇，我那兒嚇！

【憶多嬌】我心痛酸，淚雨旋，患難相隨到朔邊，朝夕相依奉旨甘。（丑、旦上）（合唱）命喪鋒尖，命喪鋒尖，死別生離慘然。
（丑白）安葬已畢，起身去罷。
（合唱）

【鬥黑麻】我義膽忠肝，死不避嫌。痛明朝柱石，冤遭播遷。（外白）義士，方纔那班強盜，必定又有奸謀所使。（丑）相爺何以知之？（外）偏宮刑處，皆為正宮嫉妒而起，因怪老夫諫阻，（唱）他待除草卻把根剗，暗遣強人途中命捐。（白）方纔正是危急之際，得蒙二位恩人相救。(作揖介)(唱)恩仝昊天,禍福怎未占?(合唱)指日榮旌,指日榮旌,扶佐聖天。

(外白)帶馬來,上路。

(丑)馬嚇,勿好哉,方纔一陣搏殺,一匹馬勿知奔子那裏去了哉?

(外)怎麼處?

(丑)勿難個,等我挑子行李,送相爺到前面去尋個飯店安歇一宿,明日早些覓輛車兒送相爺前行便了。

(外)有理。

(丑挑行李、竹箱介)

(外唱)

【尾】死和生由天鑒,猛換得溝渠骨填。(丑、占白)相爺嚇!(唱)須有日霧散,雲開見碧天。

(外白)多謝了。

(同下)

第十四齣　謀　　絕

(老旦冠帔上)

【月兒高】非我心情險,沉埋我琬琰。保重非微渺,萬冀千秋焰。(白)老身劉后,賴郭淮良謀,儲嗣歸之。我有誠恐洩漏機關,將無作有;捏假成真,三言兩語,激怒九重之命,賜死李氏。呂端諫阻,謫貶黃州司戶。可恨寇準復奏皇上,竟將李氏赦死,貶守皇陵,日夜啼哭,已成雙瞽,久抑廢人。倏忽三周,皇兒以是長成,命為趙禎,已知人事,十分聰佼。昨午聖駕幸宮,親自撫抱,細視端詳,神色頓變,驚得我手足無措。我常熟視太子,容儀宛似李妃,只恐皇上睹物興思,以此不敢啟請聖衷,未免心懷憂慮。(唱)只恐漏機關,欺君罪難閃。待想荊棘剪,免受終身玷。

(付上,白)要知心上事,但聽口中言。娘娘,奴婢叩頭。

(老旦)起來。郭淮,我正要來宣你,有大事與你商量。

（付）娘娘心曲，奴婢盡知。奴婢瞻仰太子龍形，宛似李娘娘無二，皇爺愛如珍寶，時常撫視，倘一時感動龍心，

【皂羅袍】持旨開網釋罟，更加雨露，槁木重占。（白）一時訴出前情，娘娘與奴婢呵，（唱）破釜沉舟溺深淵，狂風驟雨難遮掩。（老旦白）我正為此事日夕擔憂，如今怎生説法便好？（付）李娘娘貶守皇陵，侍從僅有數人，皆係奉旨監押，並無一人是其心腹。為今之計，不如暗遣能事之人，於三更時分（唱）暗地祝融焚紙，沸湯潑雪，無形絶影根枝盡殱，千愁萬慮消烈焰。

（老旦白）此計果屬萬全，只是差誰人前去？

（付）奴婢自有心腹差遣。

（老旦）你速速前去分付，只就今夜行事。只要除禍胎，再無後患了。

（付）娘娘，此計叫做一火能燒百萬兵，

（老旦）何難了此一釵裙。

（付）寸心待展回天手，

（老）頂下麗珠掌底擎。作事須要慎密，不可所使非人。

（付）奴婢理會得。（下）

第十五齣　火　救

（丑唱誇調上）

【梨花兒】莫道區區是小人，全終全始拚身命。欲把滔天事業成，喏！尋思劈網羈鸞奮。（白）小子翬拆天，自從途中救了呂丞相，因他年老孤單，我夫妻二人送他到了黃州。蒙他留住署中，以叔侄相稱，十分青目。這丞相愛民如子，一味勸民課農，不理詞訟，日日哈薄粥，吃也没得吃。住子介兩年，丞相看我裏兩個嗷勿得個樣清淡，只得寫一封書，打發我裏起身，叫我到京送與寇老爺開看。我拿來手中，金蝴蝶能介一送送子進去，寇老爺看子書，書上盛稱我夫妻恩義，託渠照拂。寇老爺就叫我進去，賞我三十兩銀子，我叩子一個頭，渠又付我錦囊一個，教我悄悄開看。我到子下處，關

緊子房門，夫妻兩個拆開一看，上寫貴妃李娘娘貶守皇陵，已經三載，皇上將有召回之意，被劉娘娘立阻不容。寇老爺誠恐正宮設計害他性命，教我設計救他。我仔細一想，個是皇帝丟個事務，教我無法。倒是我裏家主婆有主意，叫我在皇陵左右，租子一間屋住子。乞我想一條妙計，買子琵琶、響板，搭子唱詩調，個日日來皇陵門首，闖來闖去。勿道是個班太監熟子，竟歡喜聽個。那間乞我裏夫妻兩個搭個班，無卵子個串得爛熟，竟領我裏女個進去，見子李娘娘，時常叫進去唱唱，替渠消愁解悶，竟出入無忌。今日老早進去子，個歇還勿見出來，勿知娘娘阿有啥賞賜，等我在皇陵門首去看看介。

（占上）（唱）

【又】聞訴緣由明事因，只愁另有機謀狠。（丑白）家主婆，你出來哉奢！娘娘阿有啥賞賜？（占）賞賜沒有，有一樁天大的事情，娘娘都說與我知道了。（丑）有啥天翻地覆事，快點說我聽。（占）這裏不是講話的所在，回去悄悄對你說。（丑）正是我搭你睏子說。（占）啐！（唱）待把滔天事業成，㗎，尋思碎網救鸞奮。（下）

（末、小生、外、淨、丑白）走嚇！閻王註定三更死，定不留人到四更。我們奉郭公公之命，待等三更時分，一齊舉火，在皇陵內燒死李娘娘。列位，我每且到酒肆中吃杯酒兒，一齊動手便了。不要說一個婦人，就是八臂哪吒，難逃此死，須小心前去。（下）

（淨扮宮女扶旦贇目上）

【引】冤深恨深，說明謀，桃僵李認。（白）妾身李氏，自遭奸算，搶劫太子，誣奏九重，險遭刑戮。幸得忠良力諫免死，貶守皇陵，三載於茲。只為思想孩兒，心懷毒恨，日夜悲苦，不想哭損雙目，度日如年。天顏杳隔，冤苦難伸，好似啞子試嚐黃栢味，耕讀誤受打鞭笞，天日難瞻，福星莫覩。淒淒楚楚，惟聞鶴唳猿啼；冷冷清清，但聽鴉鳴鵲噪。好苦楚人也！

【祝英臺】柱瑤星，明月映，光電繞樞宸。盤棟降龍種，紫薇下凡塵。（白）我那兒嚇！只道你做娘的生下你來，日後位正昭陽，誰知被劉后、郭淮計害。那知皇上呵，（唱）不審自來蛇牙蜂針，難比閨幃毒狠。聽讒言,致教奴冤啣負屈難伸。

（淨白）娘娘,夜已深了,請睡罷!

（旦）悲恨交加,傷痛加了一回,身子也覺困倦。正是心中冤苦事,一齊分付與東風。（下）

（衆上放火,遠場燒介）（下）

（丑內白）家主婆,勿好哉!皇陵上失子火哉,快點快點嚇!

（占、丑同上）（唱）

【憶鶯兒】你看烈焰騰,非火坑。（白）想李娘娘呵,（唱）料想今生難逃命。（白）這裏是哉,打進去!（下）（衆復上,跌下）（占背旦上,丑仝上）家主婆,這裏住勿得哉,收拾子鋪陳,逃往商丘,再作計較便了。（唱）脫離火坑,疾忙趕行,早歸故里逃災釁。兩忠誠,保全國母,冤苦有時伸。

（仝下）

第十六齣　禪　　託

（老旦冠帔上）

【六么令】龍躬染疴,禍起迍凶,渾未猜摩。異端煽惑信妖誣,天書降,重如斛,災來那見神明護,災來那見神明護。（白）老身劉后,且喜撫育皇兒,年已數齡。龍顏鳳目,神形魁偉。勤心好學,孝友性成。詩書過目成誦,舉止端重如山,宫廷內外無不稱頌。不意聖上忽染沉疴,神疲力倦,御膳不治。夢寐之間,常以李妃切念。早是先發制終之烈焰,大患已除。若非郭淮三運籌謀,必有覆水之大患。朝來聖駕寢息,不敢驚擾。日已傍午,且進御前。咳!設使神龍有變,叫我如何主持?惟願天心扶聖,永固皇圖萬萬齡。內侍!扶皇爺出來。

（內應介,扶生上。生扎頭）（唱）

【十二月】一時心感觸,悔昔日雷霆迅速。寸斷肝腸,魂隨夢逐,待見除非鬼籙。

（老旦白）萬歲請坐穩了。

（生倚桌，老傍坐）萬歲，龍體可覺好些？
（生咳）
【高陽臺】我自悔當年滇南征進，宮禁幾多番覆霧蔽青天，任伊壓佈無束。（老旦白）陛下請寬聖衷。疥癬之憂，霍然在即，幸毋過慮。（生唱）咦，我憂悚難禁，聖帝明王也有明鑑，珍重賢淑。（白）梓童，都是你的主意！（唱）慘離離教伊祝融怨魄泉哭。
（小生金冠莽帔上）
【前腔】眉感，君父違和，憂心耿耿，怎教臥寐安褥。（付）奴婢迎接太子爺。（小生白）萬歲，朝來身子安否如何？（付白）越覺沉重了些。（小生）這便怎麼處？你去啟奏皇爺，道孤來宮問安。（付稟）啟上皇爺，太子來宮問安。（生）快宣進來！（付應）萬歲有宣！（小生）父王母后在上，臣兒朝見。（生）兒嚇！為父的以皇儲未建為念，幸喜生有吾兒，朕心稍安。誰知皇天不佑，二豎作纏。今爾尚在苕齡，倘朕躬有不諱，那得周公輔弼？（唱）傳鼎千秋，皇圖永固如磐。（小生白）父皇請寬聖懷。（唱）天祿綿綿，萬禩應自是寬聖衷，霍然在日。（生白）為父的病入膏肓，已無起色，所不忘情者，兒年甫髫耳！（唱）痛傷心難拋幼，六尺寄託誰屬。（想介）有了，內侍宣寇準內廷見朕！
（付應下）
（老旦）萬歲宣寇樞密何幹？
（生）樞密寇準，天才卓越，心有經綸，自任天下之重；胸藏錦繡，堪為帝者之師。干城之寄，非此人不可。朕付託成，與周之治有何難哉？
（付仝末上）
（白）赤心圖報國，盡瘁敢辭勞？
（付）寇準宣到了！
（生）快宣進來！
（末進）臣寇準朝見，願陛下萬歲！娘娘千歲！
（生）先生平身！
（末）萬歲！

（生）寇先生，

（末）臣有！

（生）朕以失政天下祚永，二豎為祟，病危旦夕，特召先生，囑以後事。

（末）陛下聖德巍巍，應兆華封之祝。聖體失豫，霍然在即，請寬聖衷。

（生）朕躬罹此沉疴，大勢凶多吉少。先生忠貞不逾，才華蓋世。朕將禪位，太子幼齡，不懂朝政，敬以六尺之孤委之卿家，輔佐孤兒，匡維朝政。

（末）臣學疏才淺，何敢當此大任？遍想朝臣，惟呂端物望三朝，人倫一代，真乃東宮太保之端僚，南臺中丞之峻極。蒙恩貶謫，數載於茲，請陛下須赦黃州，召回復職。

（生）呂端忠直，朕所深知。自任黃州司戶，聞其德及黎民，感沾教化，男女讓路，道無拾遺。民世德仝於二天，誠治世之能臣也！即當旨召復職還朝，共襄朝政，扶佐皇儲。

（末）萬歲！

（生）內侍傳旨中書草詔，欽召相臣呂端還朝。

（付）領旨！

（生）寇先生，

（末）臣有！

（生）授禪詔制，朕以手筆草就，拜卿為太子太傅，即於明日，仝百官擁護新君登位便了。（小生、末）萬歲！

（生）皇兒且回東宮，寇先生出朝宣旨。

（小生）孝道未伸心自歉，

（末）臣獻盡瘁報君恩。

（仝下）

（老旦）臣妾啟奏陛下：皇兒年幼，初登大寶，專委臣下，只恐生變！

（生）武王崩，成王幼，周公攝政，教化大育。那寇準呵，（唱）

【高陽臺】誠篤，忠正無私，扶孤攝政，朝綱自是嚴肅。（老旦背白）萬歲嚇！念妾臣呵，（唱）撫育皇儲，受盡萬千穀觫。（生白）授禪之後，兒為天子，母為太后，主掌清宮，撫育之勤不虛矣！只朕躬不祿，妃嬪媵嬙叨朕幸者，懷之以恩。未蒙幸者遣之偕配。（唱）聽囑，無怨女，存仁育，休教伊終身孤獨。（作昏扶椅）不好了，朕一霎時神思昏迷，我命想休矣！（倒椅介）（老旦）萬歲蘇醒！萬歲蘇醒！（生醒介）阿呀！（老旦）內侍快些扶入龍床安寢，小心侍候！（付應，扶介）（生唱）一霎時力衰氣短，已登鬼錄。

（生下）

（老旦）這怎麼處？郭淮！

（付）有！

（老旦）方纔皇爺已將太子付託寇準輔立，又詔旨宣召呂端復職，還朝輔政。龍躬倘有不測，那呂端、寇準二人，拗執憨直，大權盡為掌握。我雖尊居太后，權非有我，反成制肘，便怎麼處？

（付）奴婢也慮他二人，但聖旨已下，如何挽回？

（老旦）阿呀！聖上嚇！（唱）

【紅納襖】怎不念脫簪勤聖治扶？怎不念肅宮闈無沾污？怎不念淡泊甘練服、嬪妃課？怎不念內宮勤彌瘵周治？（付白）請娘娘且寬聖衷！雖以朝政委之二臣，今聞知皇爺病已危篤。太子雖已受禪，尚在髫齡，有何知識？那呂端雖奉旨召復回，尚有數月。（唱）須省伊涉道途，又何妨先機制伏？（老白）你有何計策？（付）待奴婢攜鴆酒一尊，假傳聖旨，趕至中途，着他伏毒自盡便了。（唱）再將釜上枯魚，破腹刷鱗也，那時節，萬年基，永不磨。

（末太監白上）不好了，娘娘在哪裏？皇爺昏暈龍床，奴婢每再三呼喚，人事不省了。

（老旦）如此危篤，大勢危矣！速往東宮請太子進宮！

（末）領旨！（下）

（老旦）郭淮，

（付）有！

（老旦）方纔此計，速速就行！

（付）奴婢就行便了！

（老旦）春雲翻薄似秋雲，恩愛從茲一旦分。
（付）子建能文空自老，空中風雨慘離羣。（下）

第十七齣　計　訴

（占扶旦上，旦素衣、瞽目上）（唱）
【霜天曉角】遭讒被陷，沉入深深坎。母子分離痛慘，血淚染，透襟衫。（白）妾身李氏，自閹宦郭淮與劉后陰謀更換太子，毒謀坑害，幸有忠義力救，死中得活。感得恩人夫妻，於烈焰之中捨命相救，逃至商丘，居住深山。叨其恩養，十有餘年。前聞聖駕已崩，太子登基，必係是我親兒。只是兒為天子，母遭淪落他鄉，沉冤莫控，怨恨難伸，好不痛心也！（唱）
【小桃紅】自遭奸險計除芟，只為着龍駒暗也。陡起凶謀，虎視眈眈，平地起波瀾。生生的布烏雲，好難堪。驟尤天涯賺也，真個是水中萍絮，隨風任飛淹。（丑上）（唱）
【上山虎】為君天地鑒，美玉沉，怨苦難伸，勘剪奸正婪。（白）家主婆，囉裏囉裏！（占上）（唱）甚日裏吐氣揚眉，鳳歸舊梧？（白）你回來了麼？（丑）正是。歸來哉！你去稟知娘娘，說我要見。（占）你要見娘娘麼？住着，娘娘，丈夫有事要見娘娘。（旦）你丈夫要見我？請進來相見。（占）曉得。稟過了，喚你進去。（丑應介）娘娘，鞏拆天叩頭。（旦）不消，起來！（丑）介沒我起來哉！（旦）恩人到來，有何話講？（丑）娘娘，你個災難滿哉！即日就要母子團圓，復位昭陽了。（旦）這個只恐不能勾了。（占）丈夫，你這句話是何緣故？（丑）待制包文正老爺，奉命陳州糶米，賑救飢荒，四個王子弟兄被擺佈倒子，萬民感戴。聖上加封龍圖學士，留任陳州十餘年，日斷陽，夜斷陰，斷子無數個無頭事。目今老皇帝是死哉，太子登子龍位，包老爺特旨召回輔政，隨即走馬還朝，今日打這裏經過。娘娘個段冤情，只要分付渠一聲，（唱）管教那奸閹立刻成芟。（旦）郭淮逆賊，是劉后的心腹，只恐他護持定了，拿他不動。（丑）經着子包鐵面，（唱）令行如虎喊，隨恁冢宰勳，宗法正，纔地覆天翻。事自能主專,善惡分明如照鑑。

(旦白)然雖如此,我是當朝帝妃,雖在難中,恐難折節臣下。

(丑)娘娘不肯折節臣下,竟是我罩拆天做抱告人,等渠到馬頭上,(唱)

【山麻稭】馬頭截,冤情喊。無頭訴表裏為奸,將女更男,冤啣牢籠計,陷入深深坎。(旦白)蒙你一腔忠肝義膽,只係宮壼之變,事關朝廷,你是個民,突出伊伸訴,不惟不能見准,只恐反遭其禍。(占)娘娘聖鑒,果是不差。只是懷恨十餘年,有此情硬官府,不去伸訴,那有見天之日?(丑)顧勿得哉!自古有三軍可奪帥也,匹夫不可奪志也!(唱)猛拼得鼎烹鋸解,魂命歸泉下,魄訴神參。(急下)

(占)丈夫轉來,丈夫轉來!阿呀!娘娘,他竟自去了!

(旦)他竟自去了?不好!那包拯受命辭朝,到了陳州,皇上敕賜印劍,生殺任專。他雖素心忠直,秉性執拗,甚作威福。(唱)

【蠻牌令】俠任代申冤,湯火捨身採。只恐難取信,刑法受難,迅掃中天蔽曇,反權釀疾雷迅嵐。(想介,白)嚇,有了!(占)娘娘聖鑒,便怎麼?(旦)要煩大嫂扶我前去,待包拯到來,恩人喊冤,他若作威作福,扶我親見包拯。(唱)自有降龍投服虎,亟萬鈞干係,專任伊擔。

(占白)如此就請同行。

(作扶旦下)(唱)

【尾】重逢龍鳳由明鑑,顧不得尊卑越限,惟願撥霧開雲瞬息間。(下)

第十八齣 鳴　冤

(付扮地方上)(白)正是無官不貴,無役不賤,署有差遲,就打臀尖。自家商丘十八都地方便是,今日待制包老爺陳州糶米賑飢,一來十餘年,行子無數個德政,斷子無數個冤獄,奉旨欽召還京,走馬離任到此經過。先行文書,到達府縣,蠲免供應,迎送不費民間分文,只是馬牌上禁止奸刁沿途攔街叫喊,製造鋸子夾板,但違條約者,就要拿來鋸兩半。地方若不趕開,要打三十龍頭板子。個是性命相關,勿是兒戲個。早得清早起身伺候,即來個歇到哉!且趕開子閒人介,免得臨期有悮。走開點!包老爺來哉!(唱)

【水底魚】受盡驅馳,端為役務支。若還差誤,毛板實難辭。(下)

(淨、末扮董超、薛霸唱,小生、外、老、雜四牢子,執開棍鋸子夾板上引,生黑臉、髯鬚、圓領、紗帽上)

(白)鐵面烏紗不狥私,剔奸誅暴任行使。奸藩逢俺心驚懼,庶士歡呼樂盛時。下官包文正,官拜龍圖閣學士,奉旨陳州賑飢,剔奸除暴,卹災賑困,士民歡忻,宇宙肅清。恩蒙旨命,久駐於茲,數年以來。今奉欽召還朝,但皇命不敢久羈,星夜走馬馳京。先已行文郡縣,所到地方,蠲免供應迎送,頗覺自適。所悲者先帝駕崩,不能復覲;所善者新主登極,寇公攝政可為付託得人。只是宰相呂端,久謫黃州,聞先帝已頒詔召回復職,攝政朝堂。若有此二公,則眼見朝政清熙、和諧之治可見矣!今來此商丘地方,你看那些士民百姓,無有不歡呼也!(唱)

【新水令】巡行周困赴京闕,殫誠猷救民顛蹶。當途豺虺剪,山洞虎狼截。士庶寧貼,可不負聖明提拔。

(衆唱,生下)

(丑上)咳!羣拆天嚇!(唱)

【步步嬌】只為一點誠心堅如鐵,誓死何憂懾?(白)我羣拆天只為李娘娘冤情,懷抱不平七八九年哉!今日包老爺還朝,在此經過,我急急忙忙報知娘娘,指望渠攔住子馬頭訴冤,誰知娘娘不肯折節臣下,我乞個耐勿得子,一奔到奔子縣前來,尋子一個寫狀子個,請渠到僻靜去處,話明白子個段冤情,竟拿李娘娘出名。我做子抱告寫子一張冤呈,來裏趕到馬頭上來伺候。咳!羣拆天,羣拆天!今日苦我個條性命勿着去搶一搶刀門,看若准子個張狀子,李娘娘申冤有日麽?(唱)想存亡數已決,豈肯畏縮逡巡?坐視優劣,履壑踰阹穴,願上天默佑共伸屈。

（付急上）（白）閑人閃開！包老爺來哉！

（撞跌丑）

（付白）倷人碰我一跌？

（丑）個個人脚花無個，街上走路。

（付）咳，你是倷人？包老爺來哉，還勿走開，走來個答亂撞。

（丑）前頭包老爺來哉，倷讓我喊上去，老爺救命嚇！

（付）吷！你個個人打扮得詫異丢，沒得要告狀倷！

（丑）差也勿多，有事分付老包。

（付）你個個人像是癡個，阿是要做夾板料？

（丑）好好能個人，那哉做起夾板料來？

（付）你是瞎子？聾子？包老爺行個起馬牌來，上寫着，如有攔街叫喊者，竟拏來上子夾板，一鋸兩開丢。你若要団圈，請你別處去利市，走唔娘個清秋路！

（丑）從來無個樣刑法，我也顧勿得倷刀斧甲裏哉！讓我去！

（付）你若捨得腦袋剃刀上，我打勿起三十龍鬚板子了。請別介別！

（丑）勿放倷？

（付拉住丑，丑推付跌介）

（丑）你來哉！你來哉！阿呀！老爺冤枉哉！（下）

（付起介）跌殺哉！轉來轉來！介屄養個！推子我一跌，飛個能介，奔子去哉！個歇丢硬手硬脚，少停做子告笞片哉！（下）

（衆引生上）（唱）

【折桂令】歷程途昏晝兼涉，聖德巍峨，矢盡臣節，痛先王驟爾昇遐。幼主龍登，恐國鼎顛蹶。不願效伊霍勳，只圖周召功業。走馬還闕覲新君，拜舞山呼，侍朝堂盡瘁匡協。

（丑內喊介）貴妃李娘娘有准，具有冤情上達，求爺爺恩救哉！

（雜）禀爺，有頑民叫喊！

（生）何人攔馬頭叫喊？違我禁約，與我抓過來！

（付仗扮牢子上，衆捉丑擲地介）

（生）哎！本院奉旨還朝，先有馬牌示禁，不許攔街叫喊。何物

奸刁，敢違法令？刀鋸伺候！（衆應介）

（丑）爺爺，小人叫做罩拆天，有天大冤情，故此拚生捨命，代李娘娘投訴的哉！

（生）有何天大冤情？你且講上來。

（丑）是先帝的貴妃李娘娘，懷孕產下太子，不想被內監郭淮，（唱）

【江兒水】他賺掇奸謀設，龍駒暗地竊。如狼虎毒似蝎，旋將后女宮闈撤，龍雛鳳種顛朝闕。（白）竟將李娘娘呵，（唱）誣殺堅囚悲切。（白）俟後聖駕征蠻，得勝回朝，正宮劉娘娘誣奏聖前，觸怒九重，將李娘娘貶守皇陵。伏又縱火焚燒，以圖滅跡。小人夫妻二人，突火救出，一同逃來商丘山僻居住，奉養七年之久。爺爺呵，（唱）冤苦無伸，伏叩天官超拔。

（生）咦！太子生時，太后初產之時，頒旨特諭天下，萬民共知。何等奸刁，怎敢捏言誹謗聖母？

（丑）求爺爺觀看冤呈，便知明白。

（生）咦！（唱）

【雁兒落帶得勝令】敢誣言把明蟾黑霧遮，全不慮蹈國法難逃越。正刑施萬剮應懲逆，罪當裂。（白）將他捆上夾板！（衆提丑捆上夾板）（丑）阿呀！爺爺！李娘娘現在小人家中居住哉！（生唱）呀！宮闈事豈是你應説？唇噴霧，蔽天闕，屍首難償罪，剪奸刁何須奏聖哲？（丑白）爺爺，李娘娘現在小人家中，妻子蒯氏朝夕奉侍，望爺爺迎來一問，便知明白了哇！（生白）還要胡説！（唱）一任你巧舌如簧，鋸裂恁刁誣沙更噴血！鋸裂恁刁誣沙更噴血！（白）下鋸者！

（衆應介）

（占扶旦上）

（占白）娘娘，不好了！丈夫在那裏下鋸了！

（旦白）包拯，老身李妃在此，不上前來俯伏迎接，怎敢張威作勢麼？

（淨、末）稟老爺，有一婦人，扶一瞽目老婦，口稱李妃，呼着老爺名字,在那裏吆喝。

（生）且停鋸！嚇！是何等妖婦,怎敢無禮,與我拿過來！

（占）誰敢動手？（打雜介）速喚包拯,上前接駕！

（淨、末）禀老爺,小人去拿那婦人,那攙扶婦人亂打,口呼老爺名諱,要老爺上前迎接。

（生）有這等事？嚇！是何妖婦,敢侮慢大臣麼？

（占）包待制在此了。

（旦）你就是包拯麼？你既為朝廷大臣,難道忘了皇上册立李貴妃之旨麼？

（生）聖諭如何不知？

（旦）我已誕生太子,因聖駕幸滇南,劉后與閹賊郭淮,明謀詭去太子,將他所生公主抱來,纔進宮門,郭淮便將公主摔死,陷害我所殺,誣奏君前,以致老身呵,（唱）

【僥僥令】午門君命決,掌輔奏丹闕,貶謫忠良黃州守。（白）將老身貶守皇陵,郭淮與劉后仝謀,差人在皇陵四下放火燒奴。（唱）深幸死裏逃生來義俠。

（生白）既是貴妃娘娘,有何憑據？

（旦）你還敢盤問我？你可記得差往陳州的詔旨麼？

（生）聖諭如何不記得！

（旦）内中有"殫爾力,竭爾勤,永綏萬姓；剔巨奸,除國蠹,任爾施行",這六句可是有的麼？

（生）這是有的。

（旦）皇上草制,是老身手稿,發與翰臣謄錄,你還道我是假的麼？

（生驚介）如此説,果然是貴妃娘娘了！

（作下馬跪介）微臣包拯,罪該萬死！左右快把抱訴人放下！

（衆應,放丑介）

（丑）囉裏説起,撥渠介一夾,腦漿夾出來裏哉！

【收江南】（生唱）呀！誰知有宮壺變,任奸讒,蒙聖聽,陷忠烈。（白）左右！（衆應）（生白）將我暖轎,與娘娘乘坐,微臣久駐陳州,實乃不知。（旦）難道你衙門沒有傳報的麼？（生）此乃内廷之事,誰敢報傳?(唱)致罪與天譴,犯刑決,望慈恩怒捨,望慈恩怒捨,天盡誠,正明奸,剪除尫蝎。(白)將我暖轎,與娘娘乘坐一路去,說我有恙不便相見。再將小轎一乘,與嗣姨乘坐。爾等護送到京,覓一公署住下,即着鞏義夫妻侍奉,不可洩漏。

(衆應)

(生)請娘娘乘轎!

(衆)(唱)

【園林好】吉和凶全無定轍,賴忠良霆推電掣。但願得重還宮闕,功和罪有分別,功和罪有分別。

(衆下)

(生)董超、薛霸,取衣巾過來,與我換了。

(末、淨應下)

【沽美酒太平】(生)險忠良遭鋸裂,險忠良遭鋸裂。滔天罪,自干涉。幸喜彰較著,說詢其中共奸謫。且改飾微行赴闕,把奸閹迅提監押,奏明君始終本末,請敕旨審明逆孼。俺呵,自有個神機妙決,管龍鳳欣然會合。呀,纔顯俺明如日月。(下)

第十九齣　阻　　鳩

(末、淨家將,小生院子引外白鬚、紗帽、莽玉上)

【傾杯賞芙蓉】聖澤汪洋似海潮,蒙謫天顏杳。不遂犖,屢匡君誤報聖朝,墨授遺芳重入僚。君親未盡忠和孝,一念尋思倍慘焦。(外白)老夫呂端,謫貶黃州十有餘年,蒙恩旨召還朝,方親重覩天顏。聽悲者太嶽崩,不能擋哭梓宮。更兼老塋矢掃,每懷風木之悲,雖奉恩宣,中心悋歉。過來,天色已晚,哪裏暫宿一宵,明日早行。(小生)府治尚遠,那邊有一僧院,可以歇息。(外)既有僧院,借宿了,明日早行便了。(小生白)曉得!(合)(小生)這裏是了!(外)通報。(小生)有人麼?(丑)僧避街前住,禪心江上山。是哪個?(小生見介)我們是黃州呂太師,奉旨欽召進京的。天色已晚,府治尚遠,借你寺中暫宿一宵,明日就行的。(丑)太師爺呢?

（小生）在外邊。（丑迎白）建寧寺住持接爺！（外）請起！（進介）（丑）住持叩見！（外）不消了。老夫奉召還朝，見天色晚了，欲借寶刹宿一宵，明日自當重謝。（丑）此乃十方之所，胡敢望賞？但憑太師爺揀選上房。（外）一宿之地，何得揀選？從人都在廊下安歇，不得騷擾寺僧。（末、淨）請太師爺到方丈獻茶。（外）相煩引導。（唱）逢僧話禪，紅塵擾攘，且挑燈默坐靜卷，杜塵囂。（下）

（生方巾服上）

【玉芙蓉】微行不憚勞，執法除奸狡，正昭陽大位，豈敢進撓？（白）下官包拯，只為李娘娘被郭淮禍害，盜竊太子，弑殺鳳雛，指鹿為馬，欺君罔上，誓必先擒巨惡，然後奏達聖聰，為此微服私行。我一路行來，天色已晚，你看那邊有所僧院，不免上前借宿一宵，明日早行。（唱）漁夫綸捲鴉棲樹，樵子停柯燕伏巢。（白）這裏是了，有人麼？（丑上）迎來送往多勞頓，香積廚中斷煙火。是那個？（生）我是過路客人，訪親不遇，歸途甚遠，借宿一宵，明日就行的。（丑）客人，寺院中本是十方所在，怎敢不留？只是呂丞相在此，不敢再留，請到別處去宿了罷！（生）哪個什麼呂丞相？（丑）方纔說是黃州來。（生）如此說，是我恩師了。過來，我也不是什麼過路客人，乃是代制包文正，微服在此的。（丑）阿呀！小僧有眼不識，望老爺恕罪。（生）起來。相煩稟上丞相，說包拯要見。（丑應下）（生）呀！妙哉！恰好老師奉召進京，也在此安頓，我不免就將李娘娘之事，與老師說明，一同劾這奸閹便了。（丑又上）嚇！曉得。稟老爺通報過了，請老爺相見。（生）相煩引導。（合唱）心歡笑，以嚮故交訴衷懷，須秉燭，話通宵。（下）

（二旦攜藥酒，付捧旨上）

【普天芙蓉】（合唱）鴆醪須除災耗，如鼚磬無憂悼。（付白）咱家郭淮，自從更換太子，計害李妃，深叨正宮劉娘娘眷顧。老皇帝駕崩，太子禪位，雖有寇準攝政，孤掌難鳴。只有丞相呂端，為保奏李妃，觸怒聖心，謫貶黃州十有餘年，眼釘拔出。不道先帝臨危頒詔，欽召還朝，復職攝政，為此和劉娘娘計議，假傳聖旨，坐他怨望朝廷、故違欽限、圖謀不軌之罪，賜鴆正典。恐所差不當，故親自走遭。一路行來,打聽聞他已到中州,現在建寧寺中歇息。趁他在寺院中,神不知,鬼不覺,正好結果他。校尉,快快趕路!(二旦應,走)(合唱)喜椒房計聽言從,抱忠良一起除消。(旦白)這裏是了。(付)快通報。(二旦)有人麼?(丑上)又是哪個?(見介)哪裏來的?(二旦)可有黃州來的呂丞相在此麼?(丑)呂丞相麼,在此借宿。(二旦)快報去,聖旨下了!(丑應)是。稟上丞相爺,聖旨下了,請丞相接旨。(外白)賢契,老夫暫別。(生)老師請接旨。(外唱)心欣躍,他鄉遇故交。訴忠懷,須教秉燭話通宵。

(去接旨,付進介)

(付)聖旨已到!

(外應介)

(付)呂端抗旨久謫,先王念屬老臣,召回復職任用,恩莫重矣!何敢怨望朝廷,故違欽限,圖謀不軌,法應誅戮。姑念先帝老臣,賜鴆自裁,毋得遲滯。謝恩!

(外)萬歲萬歲!

(付)校尉,取鴆酒與他吃。

(二旦應下)

(外白)哎喲!老臣久遭謫貶,自謂骨葬他鄉,恩蒙欽召復職,實乃先帝再生之恩也!馬不停蹄,星馳叩闕,有何罪愆,驟旨賜死?哎呦!聖上嚇!念老臣呂端呵,

【錦芙蓉】犯何辜,把孤臣疾雷震消,先帝命全拋,竟不念老臣殫盡勳勞。(白)聖上聖上,我一死何足惜!(唱)只愁你牝雞報曉,漢唐變覆今朝。(付白)奉有聖旨,速請飲酒!(外看付介)郭淮!你只好在內廷承值,因何奉差到此?嚇,是了!明明是你妬忌忠良,生謀誣陷!(唱)我心知曉,待朋謀肆梟。(付白)不必多言,快快飲酒罷!(外)既有鴆酒,速速取來!(二旦應,斟酒介)(外白)我雖受鴆而死,(唱)我一靈肯容魑魅任奸撓?

(生先暗上,看介,掄酒擲地)

(生白)老師!不必飲酒,有門生在!

(付)你是何人?豈敢抗旨!

（生）郭淮，你敢矯旨謀殺大臣麼？我包文正在此！

（付驚介）你就是包文正麼？我問你，有幾顆頭在頸，敢攔截聖旨？和呂端明謀造反麼？

（生）咦！奸賊！我老包正要來拿你！丞相爺的侍從何在？

（末、淨應介）

（生）把那奸閹拿下！

（末、淨應，鎖付介）

（二旦仝下）反了反了！你敢抗拒聖旨，栓鎖欽差麼？

（生）閹賊閹賊，你有迷天大罪，萬剮尤輕，還敢謀害大臣性命！左右，把他緊緊監押，扭結進京面聖定奪。

（末、淨應，扯付）

（付白）包拯，你敢拿我，只怕你在那裏討死哩！

（衆扯付下）

（外）賢契，雖蒙搭救，只是有了抗旨之罪，如何是好？

（生）恩師，門生正待到京緝訪那賊，且喜他自投羅網。玉石可以立辨，坤綱可以復整矣！門生和恩師到京，執此詔旨、鴆毒，一同面君便了。（唱）

【朱奴插芙蓉】我奏天聽，真誣辨校，把大逆正刑誅勳。（外白）只恐太后護持，皇齡尚幼，不能自主。（生）老師說哪裏話來！（唱）你鼎鼐調和佐聖朝，叨蒙宰掌朝功浩。（外白）賢契，立見是爾忠烈，老夫已是餘生了。（生唱）咳！休優悼，任天翻地覆，管回天挽日，答報聖恩高。

（外白）明日裏呵，

【尾】黎明扭結忡馳道，回奏君王乾裂鮫。（生白）老師，門生呵，（唱）便九死何辭臣道昭。

（共下）

第二十齣　廷　奏

（小生金冠、蟒玉、二旦、太監引上）

【點絳唇】（小生）纘緒丕基，忠良濟濟承丹陛。殫瘁匪誰？政治元良倚。（白）御爐香惹客衣輕，長樂鐘聲徹夜聞。雞唱曉初聞閶闔月，山呼看拂冕旒雲。朕乃宋帝趙禎，沖齡登極，政理周然，寇準受寄託之重，殫精輔治，朝政肅然。父王又頒詔旨，召回呂端協輔，只在早晚還朝。又有待制包拯，久住陳州，寇準奏請宣召，亦下詔欽召。朕在東宮，素聞包、呂二臣，實係雛虞真瑞，苞風楊儀。秩浦玉為人，月湛冰壺之鑑；河陽花作果，薰風沛膏露之春。有此良臣、股肱輔弼，朕雖幼沖，亦何慮哉？內侍，宣寇先生上殿！

（二旦應，宣末上）

【引】鼎彝身居，調和燮理。（白）臣寇準朝見，陛下萬歲萬歲！

（小生）平身。

（末）萬歲！（起介）

（末）臣啟陛下，丞相呂端、龍圖學士包拯奉召還朝，現在午門候旨。

（小生）二卿不約而仝，一齊面朝了，可喜！內侍宣呂丞相、包學士上殿朝見！

（二旦應，宣外、生上）

【引】（外）聖澤重山峋，（生）朝拜丹墀陛。

（見介）

（外）臣呂端朝見！

（生）臣包拯朝見！

（合）願陛下萬歲萬歲！

（小生）平身。

（外、生）萬萬歲！（起介）

（小生）二位先生跋涉多勞，勤心外事，朕在襁褓，二卿遠任。雖懷企仰，未識荊州，今日幸瞻儀範。

（外）臣等蒙知遇之恩，

（生）敢不肝膽塗地！

（外）臣呂端今有短章，冒奏天顏。

（小生）既有所奏，就此披宣。

（外）老臣罪該萬死，望陛下天恩開赦，方敢奏上。
（小生）恕卿無罪。
（外）萬歲！臣蒙恩赦前愆，黃州下頒，召回復職。欽承綸綍，星夜飛馳，路過中州，寄宿僧院，將二更，忽有內侍郭淮，帶領校尉排撻而入，口傳聖旨。（唱）

【啄木兒】將臣罪逆犯夷，欽賜皇封鴆鳩醴。（小生駭狀，白）朕未有此旨，先生便怎麼？（外）君要臣死，臣敢不奉旨？（唱）**猛拼捨腸裂身傾枉死**，誠早為冤魂。（小生白）如何得以全生？（外）幸得包拯欽召還朝，微服私行，也來僧院借宿。聞臣受鴆，（唱）他捨生力救無疑忌，丹書鴆釀各收取。（白）因將郭淮扭結來京。（唱）只得冒死陳情於斧鋸。

（小生白）有如此異事！詔書何在？
（外）詔書呈上。
（遞小生看介）嚇！郭淮這廝，敢將假旨，害朕輔弼，可惱可惱！丞相平身。
（外）萬歲萬歲！
（小生）包先生何以辨之真偽？
（生）臣恐逆天大罪，望陛下恩赦頸上一刀，方敢上奏。
（小生）恕之無罪，速速奏來！
（生）萬歲，臣奉旨欽召還朝，路過商丘，突有一人名喚鞏拆天，同妻蒯氏，扶一雙瞽之婦，攔馬叫屈。微臣痛恨奸刁攔街叫喊，正待罡明正典，瞽婦大呼臣名。罪臣身係宰職，不能為聖母伸冤，以致鸞鳳離巢，幾遭鴆持。微臣細叩始末，却是陛下生身嫡母，先命貴妃李娘娘也！微臣不敢輕信，娘娘口宣先帝敕使微臣陳州之旨，悉係娘娘手製，始終朗誦，一字無訛。臣已賃下民間房屋安頓娘娘，隨命鞏義夫妻侍奉。微臣微服私行體訪，夜宿僧院，忽聞賜鴆呂端，郭淮奉使。只得冒死攔住，扭結郭淮，叩闕待罪。
（小生悲介）先生誤矣，此奏誤矣！朕躬為太后娘娘從幼撫育，愛如珍寶，並未聞有生母李宸妃。何物奸刁，敢行冒認，自干鼎鑊之誅？

（生）哎哟！陛下天聰慧敏，那時還在襁褓，怎知大弊？皆先帝春秋過邁，難於緒嗣，喜得正宮劉娘娘、宸妃李娘娘，各懷龍孕。先帝幸滇之日，口傳玉旨：若誕生太子者，即册立昭陽聖母。聖駕幸滇之後，兩位娘娘相繼生產。先三日，正宮劉娘娘生產下公主，宸妃李娘娘誕生陛下。那郭淮呵，

【前腔】行奸計，毒似蠍，承旨青宮誣帝妃，暗把雛鳳相更害。（白）卻誣為李娘娘所殺，正宮劉娘娘傳旨將李娘娘呵，（唱）疾傳懿旨來害置。（白）候聖駕還朝，劉娘娘奏李娘娘懷憤殺女。（唱）不忠不慈難逃罪。（白）聖心震怒，賜白羅三尺，將李娘娘縊死朝門。丞相呂端諫阻，（唱）謫貶黃州刻地驅。

（小生白）那宸妃李娘娘，如何得免？

（生）當時又得寇準苦諫免死，貶守皇陵。

（小生）如此就得生了？寇先生，

（末）臣有！

（小生）這事可是有的？

（末）多是實有證據。

（小生）既已貶守皇陵，何由得到商丘叫冤？

（生）哎呦，陛下！那郭淮好狠歹毒也！

（小生）他便怎麼？

【三段子】（生）盡根處，子夜縱祝融焚燒寢宮。（白）可憐那李娘娘呵，（唱）進退路迷，已跌作魂魄散飛。（白）虧得鞏拆天夫妻二人寄寓附近，（唱）冒煙突火全不懼，拼生負救潛逃避，數載侍奉殷勤全賴伊。

（小生白）平身！

（生）萬歲！（起介）

（小生）據包先生所奏，朕非太后所生。只是雛育之恩，如同己出，但恨將朕母如此毒害，不共戴天之仇，如何得雪？寇先生，望伊指示，免朕萬刃鑽心之事。

（末）臣寇準啟奏陛下，郭淮逆顯，然未供招，終無實據，請陛下聖旨，將郭淮發付法司審理，嚴刑勘問的供，解送包拯定罪覆旨，須

要保密，不可使聞太后。臣與丞相侍奉陛下，在於東宮，指稱講讀。

【歸朝歡】忙傳諭，傳諭故舊嬪妃，掩宮禁，潛修理，休洩漏、休洩漏中事機。待招成，正刑誅，罪愆任承審鞫。包拯理疑難，剖明內裏，管教涇渭混淆再分清。

（小生白）准依先生所奏，平身。

（末）萬歲！

（小生）包先生，

（生）臣有！

（小生）郭淮既已拿下，發於刑部，未能勘問，待其審實，解来定罪覆旨！

（生）領旨！欽承聖旨，細加勘審。（下）

（小生）二位先生，隨朕東宮講學者。

（外、末）領旨！

（小生）内侍，擺駕回東宮！

（二旦應介）

【鮑老催】（衆唱）驟聞奏述，難禁寸心生萬棘。情傷自斷難忍刻，真與誣任正直。明冤抑，龍潛有日風雲赫，去鱗煎贲天威疾，怨大逆，罪該劈。

【尾】中懷尤自多疑慮，但願得立剖臧否，孽鏡昭昭鑒不虛。（下）

第二十一齣　賄　託

（老旦冠莽上）

【鎖南枝】皇兒孝，日近顏，連致問，隔心未安。（白）老身劉氏，皇兒登極，尊居太后。天子一日三朝，問安視膳，克盡孝道。不知何故，近日疏遠，足路不到青宮。更兼郭淮鳩吕端，一去半月之久，杳無信音傳達，教我好生驚疑也！（唱）只因心痛自拓擔，不免生疑。

（太監上）（唱）

【又】天威震，雷電炰，霎時巨風廷凍翻。（白）奴婢雷應春叩頭！娘娘，不好了。（老旦白）却是為何？（淨）郭淮奉旨前去賜死吕端，不料遇了包拯文正，抗住詔旨鴆毒，竟將郭淮扭結到京。昨日早朝奏上，萬歲發與西臺御史勘問，皇爺竟幸東官，吕端、寇準侍講，寸步不離。（唱）假傳敕旨鴆元臣，逆罪難逃處劓。（白）娘娘嚇！（唱）更有狐疑事，説來心也寒。（老旦白）還有什麼事？（淨）包文正又奏道，皇爺不是娘娘所生的。（唱）却把鏡中花空攀挽。（老旦白）呵，有這等事！你那黑臉的賊！（唱）無端任嘲訕，螳臂擋蟻撼山。不懼宗族夷，覆轍，敢卵石爭衡，骨粉身屍剮。（白）過來！你速赴西臺衙門，傳我懿旨，道包拯無影之讒，欺君罔上，勘問郭淮，不可用刑，只依他口供。覆奏聖上，要坐包拯之罪。（唱）我有牢龍計荊棘策。（淨白）領旨！（走介，又轉介）（老旦白）你去了怎麼又轉來？（淨）啟上娘娘，他是一個憲司，奉旨勘問郭淮，奴婢口傳懿旨，他如何肯信？請娘娘一件信物傳示他纔好。（老旦白）這也有理。你就將我腰繫八寶碧玉藍田帶、明珠金鳳串，賜他為信。成功之日，（唱）官上加官，只待天心宣。

（淨）領旨！（攜帶串下）

（老旦白）明蟾皎皎照中央，萬點星辰盡掩光。包拯！包拯！浮雲從地起，隨風吹散影消漾。（下）

第二十二齣　搜　奸

（生冠帶上，小生外、付、末、旦小軍引上）

【梁州合】（丑）屏翰勳崇久著名，有山嶽威聲。（白）生殺操持秉天權，戮殘除暴豈吾為？隨波逐浪行將去，買命全憑阿堵揮。下官西臺御史朱能是也，職掌銓衡，任專刑獄。不思商鼎調元，誰想虞門登俊？只圖詔笑脅肩，逢迎勢要。昨日奉龍圖學士包文正，發到一宗公案，係奸竊太子，弑殺鳳雛，陰謀坑害宸妃李娘娘，遵聖旨立刻審實。解來人犯，係中尉郭淮，他是太后娘娘重用内官。聖限緊急，掛牌今日聽審。今早忽有内官，傳奉太后懿旨，賜下官八寶藍田帶一圍,明珠金鳳串一段,着從輕審録,口詞要坐包公妄奏誑君、綱常倒置之罪。且住,我想包公物望素隆,威權凤重,攔他不倒;太后之命,又難違背,輾轉尋思,手足無措,這便怎麼處?嚇,有計了!我今出堂時,且把原犯帶到此間,我假稱公務,晚堂聽審,且把原犯鎖禁監獄,然後到監中去,提個死罪犯人一名,灌以啞藥,少間勘問之時,將他嚴刑拷打。只要郭淮在傍,一口咬定包拯假捏誑奏,我這裏捏成招卷,奏過朝廷,自能反坐包公,郭淮開豁。這富貴可也不小!左右,分付開門。
　　(衆)開門!
　　(丑)帶欽犯聽審!
　　(衆)帶欽犯聽審!
　　(淨扮解差帶付上)欽犯進!
　　(衆)進來!
　　(淨)欽犯當面。
　　(丑)聽點。郭淮,
　　(付)有。
　　(丑)解子趙虎,
　　(淨)有!
　　(丑)打開刑具。
　　(衆)領鈞旨,犯官開刑具!
　　(丑)本院有公事,晚堂聽審,解子外廂伺候。
　　(淨應下)
　　(丑)分付掩門。
　　(衆)掩門。(下)
　　(丑)上公請起。
　　(付)犯官堦上重囚,何敢擅立?
　　(丑)上公太后心腹,內廷股肱,敢不敬禮?請起。
　　(付)如此從命了。(立起見介)大人,怎是包學士與俺作對,怎麼處?
　　(丑)上公放心,這事多在下官身上,下官自有主見,包你反坐包拯，開豁上公便了。

（付）若得如此，咱進宮之時，奏知太后娘娘，官封一品，位列人臣。

（丑）全賴提攜！

（付）今日得君提，

（丑）免教落下僚。

（生邊帽馬衣，上白）鐵石操持心不移，天回目轉自思惟。皋陶執法千秋重，何恨王侯聲勢巍？下官包拯，只為宸妃李娘娘一事，奏明聖聰，旨命法司勘問。恐有奸弊，微臣私行察聽，須索走一遭也呵。

【端正好】殫忠猷，伸臣耿，恨殺那虎狼的凶淫。將這冠裳卸下轉門覷，覺察伊奸釁。

【滾繡球】繞長街，過短亭，改衣冠悄地行，只為那狼犲犲陰謀施逞，豁棘棘狐魅猙獰。鳳雛傷兲聽瞞，恣凶謀聖母坑，險教他身成灰燼。全不慮有昭昭天鑒冰清，奈教他證明供狀分涇渭，執法刑誅，吾君迎建號稱尊。（下）

（淨黑臉，邊帽、馬衣、腰牌上）

（白）一飲一酌，莫非前定。身衣口食，只靠衙門。自家西臺御史朱老爺麾下一名軍健焦能是也。我生來面似鍋底，外頭人纔叫我焦黑黑。好笑我裏老爺，一扇腰牌上，名字倒勿寫，也寫子焦黑子。嚇，我曉得嚇！只因我焦能名字犯子老爺個諱了，為此倒寫我個綽號哉！閑話少說，今日我裏老爺奉旨勘問太監郭淮，我說子個犯人，是然出個思量，要大大裏介賺渠點使用咊。喲，那得知渠是太后娘娘個用人，竟一點儕没得，阿敢搭渠，哼介一哼，老爺分付晚堂聽審。天色還早來，伺候子半日，肚裏有點出騷雄哉，兩日黃湯没處去尋呷吃呷吃，酒螢蟲才餓殺哉。勿是介，且到班房裏打一個瞌睏，躲過子個餓陣列介。

（作睡介）

（生上）

【叨叨令】（生）恨閹奸，陰謀毒狠，害得個美國母遭冤困。幸遇着排危難昆崙技藝,免受着烈焰熾。脫離了豺狼郡,待取那確指證,剪除那狗黨山魈賊,鳴冤獄快殺人也麼哥,迎母后喜殺人也麼哥!還愁有暗中機勾,從那猩猩處。(白)來此已是法司前了,怎麼靜悄悄的,並沒一人在此?(看介)那邊班房內,睡着一個人在那裏,待我進去看來。嚇!你看這人面龐到與俺相仿,身邊掛着腰牌,待我看來:刑曹軍健一名焦黑子。妙嚇!我怎賺得他的牌到手,就好混進法堂去了。嚇,有了!待我且喚醒他來,自有道理。漢子漢子!

　　(淨)老公弗見漢子,老公弗見漢子。
　　(淨又)老公勿見漢子。
　　(生)言重,請了。問老兄今日可是勘問郭淮一案麼?
　　(淨)正是那了。
　　(生)他是俺的主人,特來看視他的。
　　(淨)兄是郭公公唔幹,來看起數個?
　　(生)正是!
　　(淨)失敬!兄上姓大名?
　　(生)俺叫焦黑子。
　　(淨)叫倽?
　　(生)焦黑子。
　　(淨笑介)竟搭學生一樣個姓名。
　　(生)難道兄也叫焦黑子麼?
　　(淨)勿信看哉!
　　(生)嚇!天下仝名仝姓者,
　　(淨)正是五百年前共一家。
　　(生)正是。
　　(淨)只是一説,兄個面孔比學生亦黑,真正焦黑子哉。
　　(生)今日是我主人在貴衙門勘問,全仗看顧。
　　(淨)自然。只是晚堂哉。
　　(生)晚堂麼?如今天色尚早,可仝兄到酒肆中稍飲三杯。
　　(淨)兄是內府當值個,特來看起數,要留小弟酒店裏坐子也,極對科個哉！只是那亨好叨擾？
　　（生）請不必太謙。
　　（淨）如此多謝了。（走介）行行去去。
　　（生）這裏是了，酒家。
　　（付上）酒店門前，酒店門前，南來北往，南來北往，買酒吃個哉。
　　（生）正是。
　　（付）請樓上坐。
　　（淨）我裏纔是吃好没事個，好酒好菜拿來。
　　（付應）酒來哩！
　　（生）你去再拿酒來！
　　（付應下）
　　（生斟酒介）請老兄飲三杯。
　　（淨）大家吃没好那哉，要我學生獨吃。
　　（生）這是敬客，以為安席之敬。
　　（淨）嚇，個是敬客個意思。
　　（生）正是。
　　（淨）介没吃呢。
　　（淨三杯）乾！乾！
　　（生看介）（又斟酒介）再飲三杯。
　　（淨）方纔兄説三杯，那則亦要我吃？
　　（生）方纔老兄説個乾字，就是合了三杯多不乾，該罰三杯。
　　（淨）個也説得是，我吃呢！
　　（連三杯）無滴。
　　（生）一滴，二滴，三滴，四滴，五滴，六滴，再飲六杯！
　　（淨）個是為儂？
　　（生）兄方纔説個無滴，如今有六滴，該罰六杯。
　　（淨）介没是我嘴癢再吃呢，那間我竟勿開口哉。没吃連吃介六杯，纔吃完哉。
　　（生）好量！如今請行令。

（淨）介没兄來行令，小弟勿敢不從命。

（生）如此占了。

（吃介）乾！耍個方不方、圓不圓、光不光。方不方四字無兩點，圓不圓團字無四邊，光不光光不兼全。如今老兄來，

（淨）個個難，竟罰子三杯罷！

（生）不説罰十大杯。

（淨）五鍾罷。

（生）説得出就不吃了。

（淨）是！嚇，等學生説説。總之没俹説。

（生）正是。

（淨）乾方不方褲子襠，圓不圓破篩套，光不光……

（生）光不光呢？

（淨）卵袋頭。（笑介）

（生）又不成令，況且太俗，罰十杯。

（淨）吃勿得哉！

（生）灌介。

（淨醉吐介）。

（生）好了，他已大醉了。待我且解他腰牌下來。

（解介）酒家。

（付上）還要酒俹？

（生）不吃了，酒銀三錢，少間還要來飲。

（付去介）

（生）過來，我這朋友醉了，扶他到無風處睡。（付應介）

（生）他醉後還要耍酒風，不要驚動他。

（付應，扶淨介）

（淨）勿要攙，我是越攙越醉個了。（同付下）

（生）妙嚇！我今日有了腰牌，就好混入法堂去了。（去介）

　　【脱布衫】恐伊行昧法容情，慮該司曲意逢迎，不能個開雲掃霧，把曲直一時淆混。（白）來此已是法司前了。且住，早上已收郭淮解到，方纔那軍健説，要到晚堂聽審，其中必有些蹊蹺在裏頭。

大堂上無人，且到後堂看來。

（內）上公請一杯。

（付）請！包學士與俺作對，那裏吃得下。

（丑）不妨。有下官在此，反坐包公之罪便了。

（付）多謝大人！請。

（生）嚇！好一個法司，奉旨發來的欽犯，不思盡心勘問，反和那閹奸歡呼豪飲。

【小梁州】聽着他應對綢繆，髮上昇，寸然無明。徇情抗旨罪非輕，不思省斧鋸自身承。（白）我如今也不要驚動他，少間看他如何審問便了。（唱）那奸搜弊剔鈐曹任，頓忘却奉法施行，縱罪囚違皇命明奸結黨，思拖俺玷青蠅。（內喝介）（生白）你看那賊已陞堂了，我且躲在廊下，看他如何鞫審便了。（唱）我要搜奸弊，須回短廊前。（下）

（小生、外、旦末引丑）

（丑冠帶醉顏，上白）

（付應）衍陰雨潤獄無冤，肺石風清咱怨您。一觸袖羊魑魅滅，烏臺執法永無偏。下官今日奉旨勘問郭淮，只索秉公審理一番。左右，帶郭淮過來聽審。

（衆、付、雜扮罪囚上）

（衆）欽犯帶進，欽犯當面。

（丑）打開刑具。

（衆）領鈞旨。犯官開刑具。

（丑）郭淮，你身為內廷寵監，何敢擅竊太子，弒殺鳳雛，誣害偏官？奸惡已極，今日到我臺下，還有何辯？

（付）大人在上，當今皇上嫡親母親太后娘娘親生了太子，青宮李娘娘生的是公主，自己忿恨，摔死公主，觸怒聖心，貶守皇陵，失火焚身，這是個真情哇！

（丑）好張利口，不打不招。左右，與我打四十！

（衆應，打雜介）打完。

（丑）快招上來！

（付）是李娘娘自己摔死的公主哇！
（丑）呔，梆起來！
（衆）領鈞旨！犯官上梆！
（丑）快快招來！
（付）叫犯官招什麼？
（丑）呔！與我敲！
（衆應介）
（丑）問他可招。
（衆）快招！
（生暗立，上看介）
（付）這是包學士誣奏誑君哇！
（丑）還講包學士誣奏誑君？放了梆。
（衆）領鈞旨，犯官放梆。
（丑白）取短些夾棍夾起來。
（衆應）
（生白）不須動手，俺包學士在此。
（衆看驚介）不好了，包爺來了！
（付）老包來了！
（衆介）老爺去不得！
（衆攔住付，齊跪介）
（生）奸賊幹得好事！
（丑）嚇，狗才！你是焦黑子，進後堂來什麼？
（生擒丑介）奸賊，你認我可是焦黑子不是焦黑子？
（丑認介，作急介）不好了！原來是天官老爺，小官不知天官大人到來，有失迎接。
（衆）老爺，不關小的們事，求老爺開恩。
（生）不關衆人之事，起來。
（衆）多謝老爺。（起介）
（生）與我去了這廝冠帶！
（衆應，取丑冠帶）

（生）過來，把那假郭淮帶到本院衙門去！

（眾應，帶雜下）

（生）奸賊，還不跪麼？打！

（眾應，丑跪介）

（丑）小官着實在這裏拷打他，只是不招，非關小官之事，求天官老爺開恩。

（生）開恩却也容易，只是假中伏假，欺弄朝廷，我如今借你這法堂衙役，先審問你一番。

【快活三】堂下役且升廳，銓曹呵，罪輕，你蒙天罪惡難逃遁，再休想苟活你殘生命。（白）奸賊奸賊！

【朝天子】早是俺微服私行，把行藏審察。不容伊生讒佞，險教伊狠奸謀蒙聖聽，把忠良陷入深坑，何日裏璇宮可定？勘破奸謀，可也心欣幸。（白）將這二賊上了刑具！（眾）領鈞旨！犯官上刑具！（生）帶去天牢監着！（眾）嚇，把犯官收監！（付、丑下）（生）就着那奸賊的冠帶過來。（眾應）（生換冠帶介）（生唱）一回自忖心可也自明。（白）打道。（眾應）（唱介）李娘娘，李娘娘，管教伊取昭陽正位誅強梗。

（眾喝）

（生下）

第二十三齣　誆　招

（占扮內監上，白）不羨當年紅拂奇，無非俊眼識龍魚。荊釵裙布謀猷展，龍鳳須教兩有依。妾身蒯氏，丈夫鞏拆天自從救了李娘娘，攔住龍圖學士馬頭叫屈，訴明冤陷之情，隨備車馬，將娘娘帶至京師安頓，命我夫妻侍奉。他就微服私行，途遇郭淮，即時扭結來京，將他罪狀奏達朝廷。聖旨准發到法曹勘問。包老爺覺察御史奸弊，一齊發到天牢監禁，即時走馬入朝，奏聞天聽。旨命包老爺親提審理，誠恐郭淮抵死不招，終難覆奏，因獻一計，情願假扮內侍，到天監中探討郭淮口供，自有花言巧語，哄他說出真情。勘問之時，就不怕他死命抵賴了。迤邐行來，已到獄門上了。禁子何在？

（末扮禁子上）口吃陽間飯，防守衆獄囚。是那個？

（占）咱是青宮內侍，來此看視郭中尉的。

（末）原來是位內侍，待小的開門麼，請進來。（開門）

（占）郭中尉，郭爺在那裏？

（末）郭爺在獄中，本該安頓上房，龍圖爺鈞諭，只得權禁後監。

（占）該死的狗弟子，他是太后娘娘的用人，即日就要出獄的，如何禁入後牢？好打！請來官廳上相見。

（末應，請付上）

（付白）縲絏何時脫？重歸禁闕中。是誰在此？

（占）老公公，咱奉太后娘娘之命，悄地前來看你。

（付）嚇！既是娘娘近侍，為何從未曾識面？

（占）你那裏識認得咱，咱也不大認識公公，可是郭中尉麼？

（付）咱是郭淮，你喚什麽名兒？

（占）咱是雷應春，從幼伏侍太子爺，寸步不離的，向在東宮應值，你何由見咱？

（付）是有個雷應春，實是從未識面。今蒙光顧，却是為何？

（占）咱今日此來，奉太后娘娘懿旨特來看你，兼有囑付。

（付白）原來奉娘娘命遣，娘娘有何旨命？

（占）娘娘呵，（唱）

【風入松】為你無端三木受驚持，端為青宮乏嗣。你甘承鼎斧無疑伺，暗地裏將神龍歸主，呈奇計。冤家剪除，今雖太后，全幸有皇儲。

（付白）呀，好差矣！今上皇爺，是太后娘娘嫡血，十月懷胎生長，青宮李娘娘生的是公主，自己將他摔死，因此觸怒聖心，貶守皇陵，失火焚身。你這些話兒自何而來？

（占）哎喲！郭公公，太子之事，宮中嬪妃內侍，並無一人知覺，我從幼進宮侍奉，娘娘誕生公主，只咱知覺，因此將咱拘留深宮，不令見人。今日娘娘要囑咐你，只得差着咱來。包拯那冤家，私到法司察出弊端,奏聞官裏,也在半信半疑,把你發與包黑子勘問,他新置幾般極刑——

（付）什麼極刑？

（占）敲牙拔指剔睛,搧穴腦箍烙鐵,要你供招。

（付）嚇！有此狠毒歹刑,叫咱怎生禁忍？眼見是個死！阿呀,好苦嚇！（哭介）

【又】嚇得我三魂早已赴陰司,難禁毒刑處置。我拚生待固千秋祀,推不得那般酷處。（占白）因此太后娘娘命我再三致囑：（唱）承熬練煎煿痛支。（白）只要你一口咬定,娘娘自有主張。（唱）教图圀脱,把包黑子反坐正刑施。

（付）呀！（唱）

【急三鎗】看他真和否、非和是難猜料,只恐仇人使摘老龍珠。

（占白）公公,你何必生疑！咱和你同為常侍。（唱）

【又】須信道狐悲鬼物傷情,休疑慮青宮遭。（白）只要你熬過這一番審問,（唱）須指日脱苦思。（白）咱已言盡,就此覆奉娘娘去也。（欲下）

（付扯住介）

（付）且慢！咱看他詞談吞吐,行動舉止,明明是個内官,的係娘娘所差了。阿呀,雷哥嚇！你回宫覆奏娘娘,説俺郭淮呵,（唱）

【風入松】恩叨隆眷報無時,李代桃僵謀主,傷生罪罪重如山峙。今日图圀幽置,只指慈恩護持,横屍立決不吐真詞。

（占）若得如此,只見公公忠義之心了,咱别進宫覆娘娘。（唱）

【急三鎗】他是太皇后尊無二誰不敬？（白）明日垂簾聽政,召包黑子上殿,旨命不可擅用非刑,抗違律制,他每多是上下。（唱）敢不尊違悖,免刑支？

（付白）雷哥嚇,我郭淮這條性命,全賴你鼎言回奏。（唱）

【又】道俺皇儲竊鷟雛害宸妃陷,只為醉犬馬報恩施。

（占白）咱多已知道,奏達娘娘,自有好音。

（付）雷哥嚇,這條性命,只在這一番審問了。

（占）公公請自寬心,咱去了。

（付）好苦嚇！（下）
（占）闇奸闇奸你鐵口錚錚，不露奸情半點，今日被我一番話兒，你將真情盡吐露了！包老爺審問之時，可也不費詞說了。開門！
（末應介）
（占）郭公公在此，好生伏侍，若有差遲，痛責不恕！
（末應，開門介）（下）
【風入松】（占）忙回報覆，敢罹遲竊害奸謀供指？（白）李娘娘，（唱）你團圓母子青宮主，不枉受多般毒制，只恐你反眸鑑除，難見神龍面，嗟咨。（下）

第二十四齣　遣　弒

（老旦莽服上）（唱）
【醉扶歸】我有陳平六出奇謀，端只為龍雛鳳種博君歡，把過遮天計而瞞。且喜九重繼統千秋煥，狂風疾雨好花攢，枉早暮也勤澆灌。（白）事不關心，關心者亂。老身只為皇儲一事，費盡多少心機！搝祐皇兒，繼承大統，尊封聖母，立極后宮。可恨包拯吹毛求疵，奏稱郭淮竊太子害宸妃，更呂端、寇準為之左袒，故駕潛匿禁中，以講讀書名，緊閉禁門，內侍不奉旨宣，不許擅入。那包拯萬計千方，搜刮弊端。前日法曹勘問郭淮，又被他察出情弊，一齊發入天監，奏達幼主，旨命包拯審實覆旨。若使郭淮招出前情，老身難免欺君妬殺之名矣！雖不敢加害於我，那臭名委實難當。再思熟審，得萬全之策便好。我想孼子忘恩失孝，有此芥蒂，終非好好相待。不如先下手為強，將他殺害，並呂端、寇準一齊剪除，放火燒宮，只說聖駕被焚燒，我自垂簾聽政，另擇宗室之孝者，嗣子正統，何愁包拯不死我手？只是事情重大，無人可差，只有雷應春膽壯心雄，臂力過人，身輕體健，命他前去行事，決無破敗，不免宣來分付。雷應春何在？
（淨上，白）空懷烏獲勇，犬馬任勤勞。娘娘，奴婢叩頭！

（老旦）雷應春，我有大事託你，你肯去麼？

（淨）娘娘差遣，奴婢敢不赴湯蹈火？決不敢辭！

（老旦）皇上聽信奸讒，對我不孝，罪當廢棄，可恨呂端、寇準，潛匿璇宮，不理朝政，荒淫無度。我有寶劍一口，截鐵如泥，你可於今夜三更，越牆而入，將他君臣三人刺死，縱火燒宮。爾後竟稱失火被焚，曉諭百官，我垂簾聽政。你事成之後，賞賜千金，職封萬戶。

（淨）娘娘旨命，奴婢前去。

（老旦）寶劍在此！

（淨）接劍！

（老旦）起來，聽我道，（唱）

【皂羅袍】事就洪功獨冠，稍踈虞決裂罪，犯難寬。剪除逆孽越重垣，釜魚籠雀難逃竄。（淨白）娘娘在上，非是奴婢誇口，（唱）過人智勇，捨生命捐。（老唱）我終宵達旦，佳音信傳。（白）事成之後，（唱）封功錫賞聲名煥。

（淨白）管教手到成功，

（老旦）須要小心慎密。

（淨應）

（老白）非我存心太不端，

（淨）千秋基業重層巒。

（老旦）不施萬丈，不施萬丈。

（合）勒馬臨歧悔枉然。（下）

第二十五齣　保　　儲

（丑武生內穿馬衣上，白）世人莫笑我為人，倒有凌雲志氣伸。堪笑衣冠人面畜，不如村野小貧民。我鞏拆天蒙呂丞相認為叔侄，包公敬事如賓。只為未明李娘娘一事，聖上同呂、寇二公，潛匿璿宮，指稱講書。呂相誠恐內有不測，悄地著我潛身在此保駕，亦許我朝見皇爺，單教潛身此地護持。你道阿要悶殺子人嚇！咳，要做

忠臣義士，説勿得哉！正是：要將名姓標青史，且做潛身隱跡人。（下）

　　（小生沖天巾上）

　　【引】情思昏迷不百結，愁懷積聚，仗忠良吹散雲翳。

　　（外巾披風上）堪恨閹奸攪天地，

　　（末巾披風上）敗露奸謀應萬刃。

　　（見介）

　　（小生白）為臣不易作君難，聖結諄諄信不凡。

　　（外）外侮內憂無計遣，

　　（末）何時霧散覩青天。

　　（小生）二位先生，朕躬艱遭內變，渾如芒刺鑽心。真真假假未分明，孝道何時克盡？霧散雲開有日，皂白自有分明。

　　（外）片時折獄有良臣，

　　（末）木魅山魈滅影。

　　（小生）朕自從包卿察出事情，心懷疑豫。誰想郭淮奸偽百出，以致未能狥情昧法。種種弊端，悉為包卿察出。朕已旨命勘問，又已旬日，尚無實據覆奏，使朕好不憂心也！

　　【泣顏回】轉輾自猜疑，往事依然無據。孩提鞠育，恩情重似山巖。（末、外白）從來狠毒出於婦人也。（唱）那戚妃慘死，武婕好計，毒中宮廢假如真，秦昭昭又何難涇渭分理？

　　【千秋歲】（小生）我自羞貽，寸緒多愧偏，不自禁流汗如泣。只恐禍起蕭牆，只恐禍起蕭牆，須效學曲突躬身薪徙。（外白）陛下聖鑒，同與天日。老臣等侍御左右，須防不測，思訴屈之人罩拆天，雄心貫日，俠氣凌雲。他有昆侖磨勒之能，臣已曾悄地令入冷宮扈駕，不敢朝見，潛地宮中。那罩拆天嚇！（唱）如奴隸供驅馳，悄傳進風波禦，技勇真無比。請憂寬聖衷，不用猜疑。

　　（內三點介）

　　（外）金鐘三下，陛下請龍駕安寢罷！

　　（小生）敘談已久也，覺倦體難支，二位先生，隨朕安寢。

　　（外）太傅扈駕安寢，老臣還要少坐。

（小生）既如此，寇先生隨朕安寢。

（末應介）

（小生）正是：歡娛嫌夜短，

（末）寂寞恨更長。（下）

（外）聖駕同太傅已進宮去了。也罷，不免將桌上古典展玩一番便了。

【越恁好】古來今往，古來今往，奸與偽著書詩臭名兒怎洗？唐武瞾漢宮須任一時妬嫉，一時妬嫉。待烈轟轟整千秋專制，閫儀有忠良柱石，忠良柱石，整朝綱除奸究如菜搗虀。明冤獄刻日裏，將閹奸洗，正昭陽李后覆歸龍位。

（內白）

（丑）何人內廷行刺？

（淨）看劍！

（丑）看棍！

（淨、丑殺上，丑打殺淨下）

【紅繡鞋】（丑）教伊膽裂魂飛，魂飛，將伊擺下亡軀。（白）叔爺快來！（外）為何事喧嚷？（丑白）叔爺，小侄方纔四下巡視，只見一人手持利刃，踰牆而入，待殺天子，即殺大臣，幸遇小侄，將此賊打死。（外）嚇！在哪裏？（丑）這不是？（唱）奸人麼，手已成虀，頭顱破命歸泉，神天佑保無虞。

（外白）賢侄，禁宮之中，有何逆賊？必然太后所使，皇上安寢，不便奏聞。明日早朝，奏聞天子，將此賊之屍碎剮於市，以正國典便了。

（丑）叔爺言之有理。

（外）賢侄，你今夜呵，

【尾】一滔天功績應難比，救主全忠宋室誰？（丑白）這是聖天子百靈相護，叔爺洪福齊天。小侄呵，（唱）不過是假手除奸完困痍。

（外白）從今須要小心。

（丑應，仝下）

第二十六齣　供　　招

（生莽玉上）（老劊子、淨末董超薛霸隨上）

【北醉花陰】（生）聖命欽承奸雄誑，只愁咱前言是妄。稽奸剔弊掃蜣螂，怕什麼懿戚椒房。蔽聖聽，朝綱掌，雪萬性爪牙張。俺可也，攪海翻江，早把那鯨鯢誅戮。（白）下官包拯，只為宸妃李娘娘事未明，搜奸察弊，拿下法曹，又委羣義之妻蒯氏，喬粧内侍，前赴獄中，探出郭淮口詞。不想内廷昨夜三更有奸究踰牆而入，欲刺皇上和呂、寇二公，幸虧羣拆天棍斃巨逆，今早碎剮其屍。我想不是閹賊之謀，必是太后所使。我今日升堂廳審理那郭、朱二賊，任他銅筋鐵骨，也難逃俺今日的刑法。況且又有口錄憑據，何愁他不如實供招？只要審問明白，李娘娘正位昭陽有日也！分付帶朱能、郭淮聽審！

（傳帶欽犯介）

（外、旦牢子帶付、丑上）欽犯進！

（衆）欽犯當面！

（末）聽點。郭淮，

（付）有。

（末）朱能，

（丑）有。

（生）打開刑具。

（衆應介）領鈞旨。犯官開刑具！

（生）把朱能帶下去。

（衆應介）

（帶丑下）

（生）帶郭淮上來！

（衆應介）

（生）郭淮！你奸竊太子，弒殺鳳雛，情真罪實，還敢賄賂貪員，妄想漏網。今日還有何辯麼？

（付）天官老爺在上，自那日先上皇帝幸滇之後，兩位娘娘呵，【南畫眉序】相繼產鸞鳳，嫡派龍種會合養。急傳宣懿旨，奏達先皇。滿朝臣叩賀稱揚，萬民樂歡呼齊唱。（白）三日後，宸妃李氏，生下公主。今日裏呵，（唱）又何必粧證作謊？

（生）咦！

【北喜遷鶯】謾道俺粧誣作謊，佐青宮毒焰高張，確據端詳。（付白）這是李娘娘的毒手。（生）咦！（唱）最堪憐幼女身傾喪，最堪憐悲枉，懷胎受盡驚惶。休思想，釋範圍奮舞翱翔，早招承，行誅之，誅之。

（白）若不招承，鉗鑿伺候！

（眾應介）

（付）天官老爺嚇！

【南滴金】李宸妃忿恨弒摔鳳雛，囚宮禁候聖旨以赴雲陽，到得午門外忽遇呂端。（唱）冒死叩闕犯上，謫戍逐黃州天恩浩蕩。（白）將李娘娘呵，（唱）貶守皇陵，失火身亡。

（生白）你還敢抵賴？與我洗剝了，綁上絞椿！

（眾應，綁付上絞椿介）

（生唱）

【北出隊子】恁設計移花，更陽變陰化法紀忘，不自省，違條律，雛鳳殞強梁。任着伊暗地設箝羅布網，這不是極惡罪磔裂應當？（白）快招上來！

（付）爺爺嚇！

【南鮑老催】當今皇上，是太后嫡血親生養，無形捏瞞天謊。李娘娘遭祝融身已喪，何來奸人起波浪，詐稱李氏將君誑？（白）若要明白，除非有了李妃，仝到太后娘娘駕前！（唱）真假分明，辨別細講。

（生白）咦嚇！你把那太后娘娘來壓迫我麼？（唱）

【北刮地風】呀，倚着青宮玩法章，敢胡行言顛覆綱常。一霎裏驟起狂風浪，艨艟免不得洗溺汪洋。一心待指鹿欺君上，待削跡獨秉坤綱。好傷悲，好悽涼，母子參商，深宮離棄深藏，憑忠俠死裏生償,申冤悃險致身軀喪,今朝有對供證據煌煌。
　(付白)咱有什麼供狀麼?
　(生白)現在你親口供狀在此,取與他看。
　(末介)看來。
　(付)嚇!這供狀是那裏來的?可不是見了鬼麼!(唱)
　【南滴溜子】我何曾的、何曾的招承供狀?你指鹿馬、指鹿馬將我骯髒,一任瞞天蛛網,瓜藤與葛纏,僻空冤枉,這紙確供一味荒唐。
　(生白)嚇,反說荒唐!鉗牙!
　(衆應,鉗牙介)
　(生)問他可招。
　(衆)快招!
　(付搖頭介)
　(衆)不招。
　(生)再鉗!
　(衆又鉗介)
　(生白)奸賊!你謀害皇妃,弑殺鳳雛,萬剮尤輕!
　【北四門子】料西山日照伊奸罔,受大辟難逃網。一死尤輕,萬剮應當,又何須鐵口錚錚講?俺水鐘似濤,皎日見張呀,勘奸謀始終飛謊。(白)着他快快招上來!
　(衆)快招!
　(付)沒有證見。
　(衆)設沒有證見。
　(生)他說沒有證見麼?
　(衆)是。
　(生)傳賈衞侍上堂。
　(衆)賈衞侍,老爺喚。
　(占上)機關巧弄窺奸役,任你神仙也不知。蒯氏見爺。
　(生)請起,令郭淮認來。
　(末)郭淮認來。

（付白）你莫非是雷哥麼？

（占白）你道我真是雷應春麼？你前日裏呵，（唱）

【南雙聲子】託真情講。（白）道劉娘娘呵，（唱）恐昭陽位他人掌，將宸妃誆，將宸妃誆，李代桃僵。假傳懿旨喬粧往，你真情吐露故立狀。

（生白）郭淮，可認得的麼？

（付搖頭介）不認得。

（衆）説不認得。

（生白）嚇！奸賊，那日他曾到你獄中，與你曾相會來麼？

（占介）

（生白）難道就忘了麼？（唱）

【北水仙子】明明的內侍裝，內侍裝，赴囹圄早託真情誆你你你，誰知你紅拂女，戴冠冕，李代桃僵。信信信信雙紅俠烈腸，喜喜喜喜青宮即日宸妃掌，遂遂遂遂俺赤膽忠心愰，奏奏奏奏明君整頓鸞輿往，迎迎迎迎李后正昭陽。

（白）請回。

（占應下）

（生白）郭淮，你如今可招？

（衆）快招！

（付）劉娘娘，不想他有此謀算，哄出供招，如今渾身似口，也沒相干了。願招。

（生白）如此放下來。

（衆應，放付介）畫供。

（衆應，付畫供介）

（生）帶朱能上來！

（衆應，帶丑上）

（生白）朱能，你受宋朝俸祿，職掌御史，不思盡忠報國，細心勘問，反和那閹奸作弊，是何道理？

（丑白）非關犯官之事，恰遵太后旨命。

（生白）唉！你託重囚，灌了啞藥，將他極刑拷打，他有口不能言,任伊佈弄國法。若不是俺親身察出,連俺險遭奸賊之毒手。將二賊綁起來!

（衆綁付、丑介,插招旗介）

（生白）將二賊押赴法場,奏過聖上,示衆便了。

（衆應,押付、丑下）

（生白）我如今將此二賊供招,奏請聖旨便了。打道上朝!

（淨、末應介）

【煞尾】（生）最堪憐慈容聖母遭骯髒,一任蜂針蛇口毒鴟張。任忠臣義俠救,纔得個鳳歸巢,戲蜂金表稱揚。（下）

第二十七齣　自　鳩

（老旦莽披上）

【駐馬聽】方纔攖針,只為螻蟻恩。撼嶺柱自執深謀,除一似天際浮霞,吹散無痕。（白）老身劉太后,可恨包拯誣奏,呂端、寇準蒙蔽天聽,久匿官禁,不行朝見,心懷憤恨。我暗差雷應春前去行刺,不惟不能成事,反被擒拏碎剮,傳旨包拯速將郭淮審確覆奏。內侍報聞,不勝驚駭。（唱）江心波浪震淫淫,受驚擔恐難安枕。暗自沉吟,行刑痛拷供招,罪難容隱。

（小生內侍上）

【又】烈火銷金,黑霧騰空蔽太陰。（白）不好了,不好了!（老旦）為何這等驚慌?（小生）郭淮已被包拯嚴刑拷究,招出竊換太子、摔死公主、謀害宸妃情由。（唱）道與青宮朋計,陷害宸妃,蒙蔽天心。（老白）嚇!郭淮招承了還是怎麼發落了?（小生）可恨,那包拯審實供招,把郭淮呵,（唱）千刀萬剮血淋淋,立時奏覆來青禁。（白）皇爺龍情震怒,待將娘娘正欺君弒逆之條,又虧呂、寇二臣諫阻。只恐難免貶謫之旨,立備鸞車鳳輦,迎請李娘娘回宮了!（老旦）李氏久已物故了,那裏又有什麼李娘娘?（小生）李娘娘並不曾死,皇陵失火,有鞏拆天夫妻救去商丘。包拯還朝經過,李娘娘親叩馬頭鳴冤,包拯暗送來京安頓。皇爺傳旨,（唱）慈母駕來臨,萬官嬪侍伏午門接迎。

（老旦）知道了，再去打聽！

（小生應下）

（老旦白）咳，罷了！罷了！我用盡心機，反為他人作嫁衣裳了。咳，劉氏劉氏，

【又】枉費謀心，雪樹冰山已融，自揣逆謀彰著，罪重如山，羞恥難禁。雖無法典正非刑，難逃謫貶身囚困。（白）罷了！我自從進宮以來，上叨聖眷，正位青宮，二十餘年，富貴已極。只因皇儲一事，生出毒謀，如今事已敗露，必不干休。我身為國母，豈可受辱於羣小？（唱）轉輾自沉吟，只有香醪酖酊，早早命歸陰。（下）（外上白）聖旨下！

【又】旨到宮廷，謫貶牝鷗囚禁門。昔作瞞天之計，那曉今朝堦覆前因。（白）宮娥有麼？（付上）從前作故事，沒興一齊來。公公何來？（外）有聖旨，請娘娘接旨！（付）娘娘麼，不好了，一時已歸天去了！（外）怎麼娘娘就棄世了？（付白）娘娘纔進宮，好端端用早膳，不知為什麼，（唱）流紅七竅命歸陰，將身跳躍魂歸冥。（外）有這等事？嚇，是了！多因為那郭淮一事，誠恐皇爺罪及，先自服毒而死了。有此大變，我和你一仝前去，奏報皇爺便了。（仝唱）疾奏明君，想從前作事，今沒興來臨。（下）

第二十八齣　圓　宴

（丑箭衣上，付、老扮宮女，雜鸞輿上，外、末、生莽袍各執笏，淨、占太監上，旦莽衣上）（合唱）

【朝元令】分離數年，杳阻天顏遠，參商痛煎，已謂難重圓。霧開雲散，暗想當年遭貶，毒焰纏綿。歡逢俊傑甘露躅，絕處再生，全鸞輿宮返。（下）（淨、占引旦下，小生上）（合唱）你執披深展，幸有股肱明鑒，幸有股肱明鑒。

（外、末白）臣啟陛下，太后鸞輿已到午門，請旨定奪。

（小生）二卿隨朕出迎。

（外、末）領旨！（下）
（旦上，白）皇兒那裏？
（小生）母后那裏？
【又】襁褓慈親遭變，天涯受苦艱。（旦白）皇兒，做娘的呵，（唱）端為產蜿蜒，遭奸計算，失明難見天。（衆唱）請御金鑾玉殿，拜叩尊前，百僚俯伏齊拜瞻。（旦坐）（小生拜唱）那毒婦已歸泉，昭陽位母占。
（外、末、生、丑白）臣等朝見太后娘娘，萬壽！（合唱）
（小生白）母后，只為臣兒，致遭毒婦閽奸讒害，哭損鳳眸，今幸母子歡逢，孩兒拜禱上蒼，祈保母后復明雙目。
（旦白）數載失盲，只恐無見今日了。
（小生）衆臣先生，隨朕拜禱。
（衆應）
【又】拜叩蒼穹垂鑒，慈闈遭困顛，雙眸失鑒。仰叩天憐，賜重明，骨肉圓。（小生白）念我趙禎呵，（唱）叨受九重鈞，忍教親受冤？（白）拜禱已畢，與母后掩拭一回。（唱）董奢叩天恩明電，大明如往年。（旦白）嚇，你是哪個？（小生）孩兒是趙禎！（旦）你是皇兒？如此說，我雙眼復明了？（小生）果然，母后雙眼復明了！（衆）可喜，謝天地！（旦）兒嚇！做娘的與你數年一別，遂遭毒婦殘害，久已失明，只道永不能夠瞻天仰聖，再覩天顏了。不道皇兒純孝格天，做娘的雙眼復明了！（唱）合受宋祚，應如金玉言。（白）上蒼！我李氏有何德能，生此孝道皇兒，遇此忠義臣宰！
（小生）衆卿過來，隨朕送母后正位昭陽。
（衆應）領旨！
（旦）兒嚇！做娘的已受尊號，衆卿應錫榮封，以報輔翼之德。
（小生）謹尊母后慈旨。衆卿過來，聽朕封爵！
（衆跪介）
（小生）鞏拆天義士夫婦救朕母后，全朕棟梁，太后數載侍奉之勤，朕躬免奸雄鋒芒之害，二人之復報敢何輕？賜名趙鞏，准為朕兄，爵封順王；妻蒯氏封德妃，即已於皇宮同侍母后。呂先生封太師,寇先生封太傅,包先生封太保。該有功臣,御宴酬卿等洪功,就此謝恩就宴!

(衆)願吾皇萬歲萬歲!

(小生)就此起駕。

(衆應。合前)

(旦、小生下,外、生、末在場)

(丑笑介)勿道今日撮蓋個好把戲出來!

(外)看酒來,安席。

(丑)那亨坐法?

(外)王公請上坐!

(丑)老叔來咾作樂小侄哉!我只好簽簽檯角,那則坐起上位來?

(外)王公轉天回日之功,應該上坐的。

(丑)列位老爺來裏,況家叔來咾,那亨上頭坐?

(衆)不必太謙。

(丑)也罷!坐便是我坐子上位,阿是拿酒擺子,竟是一個撒網咾,大家坐子罷!

(衆)只怕沒有此理。

(丑)勿要多禮數哉,列位老爺請了!

(各坐介)(唱)

【惜奴嬌】誰分辨?幸浮雲風飛捲。(合)勦奸正位昭陽,國母鳳穴重還。

(丑白)丕頭上個件勞實,直脚京樂人哉。身上個件衣裳,滿身嵌子金線,腰裏亦蕩子一個圈,直脚拿我猴猻看成,粧扮子來裏跳圈哉。

(衆)休得取笑。

(外)看酒過來,奉敬王公三大杯。

(丑)老叔,为偧了?

(外)王公勳業滔天,功績無二,理應奉敬三杯。

(丑)道是我有功勞了,奉我三杯?

（衆）正是！
（丑）久經功勞勿是我個，纔是包老爺個。
（衆）爲何？
（丑）説也話長。阿列位老爺，可以出子席來講講再坐何如？
（衆）使得。
（出席介）
（丑）包老爺在那裏？
（生）上公。
（丑）怎麽説，我今日改頭換面，纔虧子你。
（生）爲何？
（丑）我當初夫妻兩個，來陳州做生意個時節，日日背子個隻竹箱，來街上使流星槌、打猴拳、丢木鴨蛋、打三棒鼓、纘梯走索、弄缸甏，生意正是有賺摸個頭上，勿道是你差人趕逐，弗容外方之人存頓，立刻驅逐出境，一時無法哉！我裏夫妻兩個，只得收拾行李起身，思量到京裏來趁錢。剛剛到得山東地面，撞着丞相，勿道是遇子大夥强盜，個個入娘賊，搧子爛亮介把刀。

【錦衣香】正要齊頸圈，缸刀燕，受困顛，命懸線。（衆白）其時可有人搭救麽？（丑）乞我裏夫妻兩個，（唱）雙雙棍棒除鋒，免伊鋒劍。（白）直送到黄州，蒙丞相留住署中，以叔姪相稱，十分青目。住子介兩年，吃亦没得吃。丞相看見我裏夫妻兩個嗷勿得個樣清淡了，只得寫一封書，打發我裏起身。（唱）寸函持送寇公前。（白）寇老爺，阿記得哉？付我錦囊一個。（唱）我身叨重託，冒火沖煙。（白）來皇陵上救子李娘娘。（唱）我潛逃脱虎饞，向伊行伸訴沉冤。（白）個答亦要感激包老爺哉！（衆）又是何事？（丑）道是我生得圖圖相了，竟拿兩塊板，捉我一夾，風快個鋸子，竟要鋸我兩半。（衆）如何得免？（丑）虧殺子李娘娘自家來對裏説明白子故舊説話，就帶我進京。勿道包老爺有哆哈賊智藏肚裏，包老爺，你分明倒像我拉虱。（唱）撮弄真稀罕，降龍伏虎、空鍾取酒多奇變。

（末）若非王公，安能救國母於九泉，以全君王於刃鈫之中？
（丑）老叔，小侄不過搶刀鬥買賣，勿道是郭淮個入娘賊，弄哆哈三套圈,纔弄子假把戲,今日只作成我裏!

【漿水令】遷擡角遷上九天,擁高竿擁上頂尖。白猴亂舞戴五冠,搗鬼弄虛,賭頭吞劍,豺狼趕、虎豹潛,拳打破蛟龍項。(衆唱合)真英雄,真英雄,國母保全。(丑)列位老爺分明是,(唱)撮把戲,撮把戲,變化多端。

(衆唱)

【尾】新奇創,非虛贋,始終事多奇多變。(丑)列位老爺嚇,我今日,(唱)富貴榮華皆是天。(下)